〔清〕梁章鉅等撰
白化文　李鼎霞　點校

楹聯叢話

附新話

中華書局

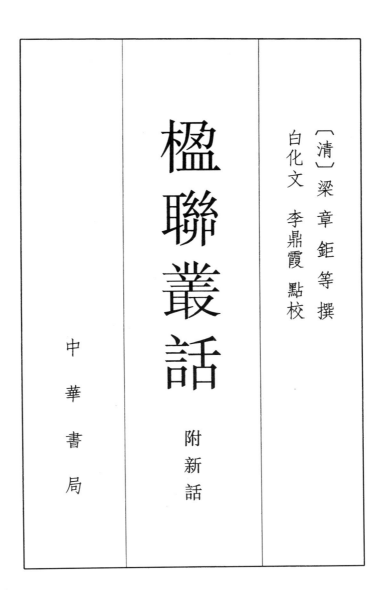

圖書在版編目(CIP)數據

楹聯叢話:附新話/(清)梁章鉅等撰;白化文,李鼎霞點校.—北京:中華書局,1987.6(2024.5 重印)
ISBN 978-7-101-00130-3

Ⅰ.楹… Ⅱ.①梁…②白…③李… Ⅲ.對聯-文學評論-中國-清代 Ⅳ.I207.62

中國版本圖書館 CIP 數據核字(2006)第 081771 號

責任編輯:江寶章
責任印製:管　斌

楹聯叢話 附新話
〔清〕梁章鉅等 撰
白化文　李鼎霞 點校
*
中華書局出版發行
(北京市豐臺區太平橋西里 38 號　100073)
http://www.zhbc.com.cn
E-mail:zhbc@zhbc.com.cn
河北博文科技印務有限公司印刷
*
850×1168 毫米 1/32 · 18⅜印張 · 2 插頁 · 399 千字
1987 年 6 月第 1 版　2024 年 5 月第 10 次印刷
印數:22701-23900 册　定價:68.00 元

ISBN 978-7-101-00130-3

新版前言

點校此書，始於一九八六年，由白化文和李如鸞共同作成。一九八七年在中華書局初版，係繁體字直排本。此後，李鼎霞又陸續校對、加工，並與白化文研究，對書中所收材料做了一些增删、改動，以《楹聯叢話全編》的書名，在北京出版社出過簡體字横排本。二零零零年，江西人民出版社出版了《聯話叢編》，整套叢書均係繁體字直排本，此書的李、白點校本中的大部分亦被收入。從北京出版社本起，點校的底稿基本上都屬於重作，而且李鼎霞做的工作最多，所以改署李鼎霞、白化文兩人的名字。此次中華書局重版，也是如此。先作出校對表格，提供責任編輯採擇。必須說明的是，李、白二人此次所作，有的超出單純的校對範疇，而是對原書有個別改動。例如，《楹聯四話》卷四，咸豐帝挽林則徐聯，原書所引，上聯起首作「答君恩清慎忠勤」，結尾則作「猶自心存君國」；下聯起首是「殫臣力崎嶇險阻」，結尾是「空教淚灑英雄」。上聯重出「君」字，下聯也没有反映出對應來。因此，我們酌改上聯第一個小分句中一字，作「答主恩」。這在前兩次李鼎霞參與時，就已經改過了。我們認爲，這次的新印本，可以戲稱爲「李、白本」。似此等處，均請讀者體察。總之，我們幹的初步的活計到此，以後就該聽讀者的評判啦！

李鼎霞　白化文　二零零五年六月，紫霄園

新版前言

點校此書，始於一九八六年，由白化文和李如鸞共同作成。一九八七年在中華書局初版，係繁體字直排本。此後，李鼎霞又陸續校對、加工，並與白化文研究，對書中所收材料做了一些增刪、改動，以《楹聯叢話全編》的書名，在北京出版社出過簡體字横排本。二零零零年，江西人民出版社出版了《聯話叢編》，整套叢書均係繁體字直排本，此書的李、白點校本中的大部分亦被收入。從北京出版社本起，點校的底稿基本上都屬於重作，而且李鼎霞做的工作最多，所以改署李鼎霞、白化文兩人的名字。此次中華書局重版，也是如此。先作出校對表格，提供責任編輯採擇。必須説明的是，李、白二人此次所作，有的超出單純的校對範疇，而是對原書有個别改動。例如，《楹聯四話》卷四，咸豐帝挽林則徐聯，原書所引，上聯起首作「答君恩清慎忠勤」，結尾則作「猶自心存君國」；下聯起首是「殫臣力崎嶇險阻」，結尾是「空教淚灑英雄」。上聯重出「君」字，下聯也没有反映出對應來。因此，我們酌改上聯第一個小分句中一字，作「答主恩」。這在前兩次李鼎霞參與時，就已經改過了。我們認爲，這次的新印本，可以戲稱爲「李、白本」。似此等處，均請讀者體察。總之，我們幹的初步的活計到此，以後就該聽讀者的評判啦！

李鼎霞　白化文　二零零五年六月，紫霄園

前言

《楹聯叢話》十二卷、《楹聯續話》四卷、《楹聯三話》二卷，均爲清梁章鉅編；《楹聯四話》六卷，是梁章鉅的第三子梁恭辰所編。梁章鉅字閎中，又字茝林，號茝鄰，晚號退庵，祖籍福建長樂縣，清初徙居福州，所以自稱福州人。乾隆五十九年（公元一七九四年）中舉人，嘉慶七年（公元一八〇二年）成進士。曾任禮部主事，充軍機章京，升用員外郎，授湖北荆州府知府。道光年間，歷官江蘇、山東、江西按察使，江蘇、甘肅布政使，廣西巡撫，前後五任江蘇巡撫，兼署兩江總督等職，道光二十二年（公元一八四二年）正月因病辭官，此後即閑居家中，專事著述。道光二十九年（公元一八四九年）卒，年七十五。梁恭辰生于嘉慶十九年（公元一八一四年），曾作過府道一級的官。梁章鉅一生的著作共有七十餘種。正續三種《楹聯叢話》都是他晚年所集，成于道光二十年至二十七年（公元一八四〇至一八四七年）之間。《四話》則是他死後由梁恭辰編成。

《楹聯新話》十卷，清浙江紹興朱應鎬輯。據該書前後序，知道朱氏在清末光緒朝前半期「丞、簿、尉三莅其官」，在福建等地作過小官。他輯録此書，意在爲梁氏楹聯叢話作補編，所收同治光緒兩朝新聯較多。太平天國之後，特别在江南一帶，曾國藩等粉飾太平，宣揚自己，爲名勝古蹟和新舊祠廟作了許多楹聯。其中內容反動、詆毀太平天國革命者不少。這些，朱應鎬都大量采輯，津津樂道。這是應該痛加批判的。但從保存史料方面看，還有一定參考價值。另外，朱應鎬對梁氏《叢話》《續話》時有補正，亦可資參考。但他似未見過《三話》《四話》，故所録時見雷同。此書是《叢話》系統較早的一部續書，流傳不廣，今附印梁氏四書之後，意在把清代的這一系統的書結集在一起，便于讀者參考。

楹聯，也叫「楹帖」、「對聯」、「對子」。是懸掛或粘貼在壁間、柱上的聯語。春節貼在門上的紅紙對聯，則叫「春聯」。字數多寡無定規，但要求對偶工整，平仄協調，是詩詞形式的演變。相傳起源于五代後蜀主孟昶之自撰春聯，貼于桃符上下，謂之「題桃符」。至宋時遂推廣到用在普通楹柱上，到清代和近代極爲流行，常作爲裝飾和交際慶弔之用。記述楹聯的專書，以梁氏之書爲最著。對偶爲漢語的特殊技巧，楹聯又是運用對偶的文學形式之一，此五書關于它的起源及各門類作品的特色，均有所論述。它們的缺點，主要是內容龐雜，有些部分今天看來已經没有什麼價值。特别是《新話》，如前所云，所録反動性聯語不少。此外，這五部書中有很大一部分轉抄自他書，形同稗販。這都減少了它們的價值。

《楹聯叢話》係據道光二十年春桂林初刻本標點。《楹聯續話》據道光二十二年浦城初刻本標點。《楹聯三話》和《楹聯四話》則據上海涵芬樓排印本標點。《楹聯新話》據光緒十八至十九年原刻本標點。根據有關材料校改了個别錯字。限于水平，定有謬誤，請閲讀者指正。

白化文　李如鸞

一九八三年四月，蔚秀園

總目

楹聯叢話

〔清〕梁章鉅撰

目録

楹聯叢話序

茝鄰先生，八閩碩儒，吐納經範，無書不讀，有美必彰。曩者提刑山左，手輯唐五代以前名論，先之以聖賢遺訓之在諸經外者，爲《古格言》十二卷。昌既受而讀之矣。閱十年而繼李善撰《文選旁證》四十六卷，博綜審諦於唐宋元明以來卅七家之言，以訂晉府汲古之誤，而集是書之大成。美哉富矣！近復讀公二集，一爲《退菴詩存》，推本倫紀，鑒別金石；逢源於經籍，殫精於時務，詩也而政教寓焉；一爲《退菴隨筆》，則數十年拳拳於庭訓師傳，因時隨地，藉束身心，期諸實用。自謂無關乎著作，而學殖躬行，經史諸子、官常家禮、文事武功，蓋靡有弗備者。比年爲吾粤采風陳詩，徵文考獻，將有《三管英靈》之集。而公暇搜羅，孳孳未已，迺復以所輯楹帖見示，諏徧八方，稿凡三易，每聯輒手敘其所緣起，附以品題，判若列眉，瞭如指掌。夫道體之罔弗該也，文字之罔弗喻也；語其壯則鯤海鵬霄，語其細則蚊睫蝸角。須彌自成其高也，芥子不隘於納也。楹帖肇自宋、元，於斯爲盛。片辭數語，著墨無多，而蔚然薈萃之餘，足使忠孝廉節之悃，百世常新；廟堂瑰瑋之觀，千里如見。可箴可銘，不殊負笈趨庭也；紀勝紀地，何啻梯山航海也。詼諧亦寓勸懲；欣戚胥關名教。草茅昧於掌故者，如探石室之司矣；膾炙遍於士林者，可作家珍之數矣。一爲創局，頓成巨觀。惟公以蓬山耆宿入直樞垣，敭歷大邦，疊膺重寄，雖官書林立，而几案塵清。偶當詩鉢文壇，輒復露垂泉湧。茲則秉節全圻，總宏綱而理庶政，猶是思艱圖易，舉重若輕。雍容乎禮法之場，翔泳乎文藝之圃。燭武所謂智深勇沈，潁濱所稱神止氣定者，非歟！故於前所著諸集，見公之綜貫百氏，取精用宏，而於斯集有以見公心源治法，以整以暇爲天授，非人力所能及也。道光二十年庚子春正月，陳繼昌謹序。

自序

楹聯之興，肇於五代之桃符。孟蜀「餘慶」「長春」十字，其最古也。至推而用之楹柱，蓋自宋人始，而見於載籍者寥寥。然如蘇文忠、真文忠及朱文公撰語，尚有存者，則大賢無不措意於此矣。元明以後，作者漸夥，而傳者甚稀，良由無薈萃成書者，任其零落湮沉，殊可慨惜！我朝聖學相嬗，念典日新，凡殿廷廟宇之間，各有御聯懸挂。恭值翠華臨莅，輒荷宸題；寵錫臣工，屢承吉語。天章稠疊，不啻雲爛星暾。海內翕然向風，亦莫不緝頌剬詩，和聲鳴盛。楹聯之製，殆無有美富於此時者。伏思列朝聖藻，如日月之經天，自有金匱石室之司，非私家所宜撰輯。而名公巨卿，鴻儒碩士，品題投贈，涣衍寰區，若非輯成一書，恐時過境遷，遂不無碎璧零璣之憾。竊謂劉勰《文心》，實文話所托始；鍾嶸《詩品》，爲詩話之先聲。而宋王銍之《四六話》，謝伋之《四六談麈》，國朝毛奇齡之《詞話》，徐釚之《詞苑叢談》，部列區分，無體不備，遂爲任彦昇《文章緣起》之所未賅。何獨於楹聯而寂寥罔述！因不揣固陋，創爲斯編。博訪遐搜，參以舊所聞見，或有僞體，必加別裁。郵筩徧於四方，討源旁及雜説，約畧條其義類，次其後先。第一曰故事，第二曰應制，第三第四曰廟祀，第五曰廨宇，第六第七曰勝蹟，第八曰格言，第九曰佳話，第十曰挽詞，第十一曰集句，附以集字，第十二曰雜綴，附以諧語，分爲十門，都爲十二卷。非敢謂盡之，而關涉掌故，膾炙藝林之作，則已十得六七，粲然可觀。方之禁扁，似稍擴其成規；比諸句圖，亦別開之生面云爾。道光庚子立春日，福州梁章鉅撰於桂林撫署之懷清堂。

楹聯叢話卷之一

故事

嘗聞紀文達師言：楹帖始於桃符，蜀孟昶「餘慶」「長春」一聯最古。但宋以來，春帖子多用絕句，其必以對語，朱箋書之者，則不知始於何時也。按《蜀檮杌》云：蜀未歸宋之前，一年歲除日，昶令學士幸寅遜題桃符版於寢門，以其詞非工，自命筆云：「新年納餘慶；嘉節號長春。」後蜀平，朝廷以呂餘慶知成都，而長春乃太祖誕節名也。此在當時爲語讖，實後來楹帖之權輿。但未知其前尚有可攷否耳。

吴越時，龍華寺僧契盈，吾閩人也。一日，侍忠懿王游碧波亭，時潮水初滿，舟楫輻輳。王曰：「吴越去京師三千里，誰知一水之利如此！」契盈因題亭柱云：「三千里外一條水；十二時中兩度潮。」時江南未通，兩浙貢賦率由海達青州，故云。時人稱爲駢切。

浦城真西山先生，嘗讀書邑之粵山，名其齋曰「學易」，即今南浦書院地也。有春聯云：「坐看吴粵兩山色；默契羲文千古心。」見《三才圖會》。余嘗主南浦講席，擬爲敬録此聯，懸之楹柱，而因循未果。附記於此。

朱子於紹熙五年，築滄洲精舍，時年六十有五矣。自書一聯云：「佩韋遵考訓；晦木謹師傳。」謹按：朱子之父韋齋先生，嘗自謂卞急害道，因取古人佩韋之義爲號。又朱子受業於劉屏山先生，先生有《字朱元晦祝詞》云：「交朋尚焉，請祝以字。字以元晦，表名之義。木晦於根，春榮華敷；人晦於身，神明内腴。」此朱子聯語所由出也。滄洲精舍，即竹林精舍。據年譜，時爲韓侂胄中傷，以内批罷歸，除江陵府，不拜。又乞追還新舊職名，則已無意出山。又懲於趙汝愚之貶及羣小之攻僞學，故有感而爲「佩韋」、「晦木」之思焉。

滄洲精舍中尚有兩聯，一云「道迷前聖統；朋誤遠方來」，一云「愛君希道泰；憂國願年豐」。又《朱子全集》卷後所附載聯語尚多，謹摘録如左，以見南宋時楹帖盛行，雖大賢亦復措意於此矣。贈人聯云：「水雲長日神仙府；禾黍豐年富貴家。」又廣信南巖寺朱子讀書處聯云：「一竅有泉通地脈；四時無雨滴天漿。」又建寧府學明倫堂聯云：「師師庶僚，居安宅而立正位；濟濟多士，由義路而入禮門。」松溪縣學明倫堂聯云：「學成君子，如麟鳳之爲祥，而龍虎之爲變；德在生民，如雨露之爲澤，而雷霆之爲威。」又知漳州日，建書舍於天寶鎮山開元寺後，頂聯云：「十二峰送青排闥，自天寶以飛來；五百年逃墨歸儒，跨開元之頂上。」又贈漳州一士子云：「東牆倒，西牆倒，窺見室家之好；前巷深，後巷深，不聞車馬之音。」又一聯云：「鳥識元機，銜得春來花上弄；魚穿地脈，挹將月向水邊吞。」至世有刻爲木榜，懸諸堂楹，人所習見者如：「讀聖賢書，行仁義事」；「存忠孝心，立修齊志」；「日月兩輪天地眼；詩書萬卷聖賢心」。此類尚多，安得有心人爲之一一搜輯乎？

《墨莊漫録》云：東坡在黄州，一日逼歲除，訪王文甫，見其家方治桃符，公戲書一聯於其上云：「門大要容千騎入；堂深不覺百男歡。」

《困學紀聞》云：「攻媿先生書桃符云：『門前莫約頻來客；坐上同觀未見書。』」按：《攻媿集》，四明樓鑰大防撰。

宋韓康公宣撫陜右，太守具宴，委蔡司理持正作候館一聯云：「文價早歸唐吏部；將壇今拜漢淮陰。」韓極喜之。又京口韓香除夜請客，作桃符云：「有客如擒虎；無錢請退之。」此二事皆見蔣平仲《山房隨筆》。皆切韓姓，此亦後來贈聯切姓之濫觴也。

《稗史》載：宋洪平齋俞新第後，上史衛王書，自宰相至州縣，無不指摭其短。大畧云：「昔之宰相，端委廟堂，進退百官；今之宰相，招權納賄，倚勢作威而已。」凡及一聯，必如上式，末俱用「而已」二字。時相怒之，十年不調。洪自署桃符云：「未得之乎一字力；只因而已十年閒。」

《濯纓亭筆記》云：「元世祖初聞趙子昂之名，即召見之。子昂丰姿如玉，照映左右。世祖心異之，以爲非人臣之相。使脱冠，見其頭尖鋭，乃曰：『不過一俊書生耳。』遂命書殿上春聯。子昂題曰：『九天閶闔開宮殿；萬國衣冠拜冕旒。』又命書應門春聯，題曰：『日月光天德；山河壯帝居。』」按：「日月」十字，今率用爲新歲桃符，幾徧閭巷，而不知始自松雪翁，且非臣工所宜用也。又按：今人家門聯率用「天恩春浩蕩；文治日光華」十字，不知此乃雍正年間御賜桐城張文和廷玉桃符句，張氏歲歲懸之。後京官度歲，强半書此作大門春聯；近日則外省亦比户皆然矣。

《堅瓠集》載：趙子昂過揚州迎月樓趙家，其主求作春聯，子昂題曰：「春風閬苑三千客；明月揚州第一樓。」主人大喜，以紫金壺奉酬。

孫季昭弈《示兒編》載：黃耕叟夫人三月十四日生，吴叔經作壽聯曰：「天邊將滿一輪月；世上還鍾百歲人。」或謂「將滿一輪」，若是十三日亦使得。不若云「猶欠一分」，便見直是十四日也。予謂「猶欠一分」非祝壽底語，終未若魏仲先壽萊公詩云：「何時生上相，明日是中元。」形容得七月十四日坦然明白矣。周益公生於丙午七月十五日，嘗壽以聯曰：「年與潞公同丙午；日臨萊國占中元。」公覽而笑曰：「賢此聯，已道盡了生年月日，只欠説出一箇生時，便是一本好建生矣。」按此二事亦後來壽聯切日之濫觴也。

元楊元誠瑀《山居新話》載：元統間，余爲奎章閣屬官，題所寓春帖云：「光依東壁圖書府；心在西湖山水間。」時余嶁山爲江浙儒學提舉，寫春帖於山居曰：「官居東壁圖書府；家住西湖山水間。」偶爾相符，亦可喜也。

明周暉《金陵瑣事》載：太祖嘗御書春聯賜中山王徐達，云：「始余起兵於濠上，先崇捧日之心；逮兹定鼎於江南，遂作擎天之柱。」按：此二十六字，乃初封信國公誥中語也。又一聯云：「破虜平蠻，功貫古今人第一；出將入相，才兼文武世無雙。」蓋亦賜中山王作。

《列朝詩集》載：學士陶安字主敬，明太祖嘗製門帖賜之曰：「國朝謀畧無雙士；翰苑文章第一家。」

《簪雲樓雜説》云：「春聯之設，自明孝陵昉也。時太祖都金陵，於除夕忽傳旨：『公卿士庶家，門上須加春聯一副。』太祖親微行出觀，以爲笑樂。偶見一家獨無之，詢知爲醃豕苗者，尚未倩人耳。太祖爲大書曰：『雙手劈開生死路；一刀割斷是非根。』投筆徑去。嗣太祖復出，不見懸挂，因問故，答云：『知是御書，高懸中堂，燃香祝聖，爲獻歲之瑞。』太祖大喜，賚銀三十兩，俾遷業焉。」

「洛水元龜初獻瑞，陰數九，陽數九，九九八十一數，數通乎道，道合元始天尊，一誠有感；岐山丹鳳兩呈祥，雄鳴六，雌鳴六，六六三十六聲，聲聞于天，天生嘉靖皇帝，萬壽無疆。」此明世廟齋醮對聯，乃袁文榮煒所撰。見沈德符《野獲編》。又一本云：「揲靈蓍之草以成文，天數五，地數五，五五二十五數，數生於道，道合元始天尊，尊無二上；截嶰竹之箭以協律，陽聲六，陰聲六，六六三十六聲，聲聞于天，天生嘉靖皇帝，帝統萬年。」詞句大同小異，傳是夏貴溪言手筆。

《野獲編》云：「張江陵盛時，有送對聯諂之者云：『上相太師，一德輔三朝，功高日月；狀元榜眼，二難登兩第，學冠天人。』江陵欣然懸於廳事。先是華亭公罷相歸，其堂聯云：『庭訓尚存，老去敢忘佩服；國恩未報，歸來猶抱慚惶。』雖自占地步，而詞旨謙抑，勝江陵之誇詡遠矣。昔年，殷歷城罷相在里，江陵以宋詩爲對聯寄之云：『山中宰相無官府；天上神仙有子孫。』蓋諛與嘲各半。頃者沈四明謝事居家，則直用李適之語云：『避賢初罷相；樂聖且銜杯。』又今相國福清公邸中所粘桃符，則云：『但將藥裹供衰病；未有涓埃答聖朝。』尤爲渾雅。」

前明邱南鎭岳由亞卿左遷藩參，數厚遺張江陵，嘗以黄金製對聯餽之云：「日月並明，萬國仰大明天子；丘山爲岳，四方頌太岳相公。」蓋亦欲以己名時蒙記憶也。江陵喜，將驟擢之。未幾敗，岳遂罷歸。

《七修類稿》云：「吏部許尚書讚，其父亦吏部尚書也。讚先爲户部尚書，其兄詔，亦嘗爲南户部尚書也。俞子木爲作一聯云：『父冢宰，子冢宰，秉一代之銓衡；兄司徒，弟司徒，總兩京之會計。』又，陳敏之木，天台人也，任徽州歙縣訓導，書一聯於衙曰：『四萬八千丈山中仙客；三百六十重灘上閑官。』一則不可移易，一則天生切對。」

嘉靖末年，南京城守門宦官高剛於堂中書春聯云：「海無波濤，海瑞之功不淺；林有梁棟，林潤之澤居多。」蓋謂剛峰、念堂二公也。宦官亦重諫臣如此。

《堅瓠集》云：「邱仲深學博貌古，而心術不可知。嘗與劉吉不協，劉作一聯書其門云：『貌如盧杞心尤險；學比荆公性更偏。』時論頗以爲然。」

《敝帚齋餘談》云：「江陵初賜第於鄉，上御筆親勒堂對云：『忠可格天，正氣垂之萬世；功昭捧日，休光播於百年。』可謂異典極褒。至癸未籍没，則並第宅不保矣。但對聯乃御製御書，不知當時在事者何以處之。」

又云：「嘗於都下見一罷閑中貴堂間書一對云：『無子無孫，盡是他人之物；有花有酒，聊爲卒歲之歡。』又全用南宋喬行簡詞中語。此輩亦知達生如此。」

又云：「向見王百穀家桃符云：『豈有文章驚海内；漫勞車馬駐江干。』哂其太誇。頃過陳眉公，中庭書一聯云：『天爲補貧偏與健；人因見懶誤稱高。』蓋用陸務觀語。雖謙抑，實簡傲也。去年至支硎山，范長白學使齋中懸聯云：『松風高士供；蘭夢美人圓。』其所書即所作也。時范未有子，故有『夢蘭』句。然圓夢字又作原，唐宋人皆已兩用之。未知孰是。范又有對云：『門前白水流將去；屋裏青山跳出來。』又用《笑林》中里童屬對語，亦奇。」

滇省南關外，前明有趙某業屠，一日欲宰母牛，忽失其刀。時小犢在傍，仰臥哀鳴。趙鞭之起，則屠刀在焉。因感悟，棄屠刀，攜子母二牛，屏跡西山，每吟「減去心頭火，要見呂洞賓」之句。有道者過訪，趙欵以茶，盛以古磁。道者失手墜地，趙似動嗔念。道者忽不見，古器依然。遺片紙書云：「洞賓方纔到，心頭火又生。」趙愧悔。一日憑欄觀海，遥見沐藩於昆明池習水戰，若有所羨，遂溘然逝。後提軍陳用賓來滇，偶遊西山，一一如舊遊。石壁記有趙没之年月日，與提軍生日適符。乃知即趙後身也。自言鎮閩時，有道者來見，欵以茶，問「減去心頭火」否，不解所謂也。臨別約以鸚鵡一會。至是詢知鸚鵡山，遂往遊焉。見一痴道人，手執二瓶，兩口相對，立於山石間。笑語曰：「軍門别來無恙？此時向那頭跳出？」語未竟，從者喝之，頓失所在。提軍始悟二瓶對口即「呂」字，立於山石即「巖」字，就立處爲橋曰「迎仙橋」。山半肖洞賓像，爲環翠宫。後人題聯云：「春夢慣迷人，九環仙骨，誤著了一品朝衣，任雞鳴紫陌，馬踏紅塵，軍門向那頭跳出；空山曾約伴，六詔杯茶，猶記得七閩片語，看劍影横天，笛聲吹海，先生從何處飛來？」

前明工部尚書張忠定公延登以功名顯。劉理順、吴麟徵、夏允彝、周延儒皆其門下士也。家署門聯云：「門多將相文中子；身繫安危郭令公。」蓋門客所題贈。

《堅瓠集》云：「萬曆辛丑九日，焦弱侯先生招同人登謝公樓。一友曰：嘗見欽天監柱聯云：『夏至酉逢三伏熱；重陽戊遇一冬晴。』今諺云：『夏至有風，重陽無雨。』皆訛傳耳。」按：今時占驗語，上句作『夏至有雷三伏冷』，下句亦作『重陽無雨一冬晴』。往往有驗。

明末，李忠肅都憲邦華聞外城陷，遂棄家移宿於文信國祠中。李亦吉水人，既北面再拜，復就信國公位前三揖曰：「邦華鄉邦後學，合死國難，請從先生於九泉矣。」遂以白繒繫於信國之龕柱而死。後其鄉人換題新額爲「二忠祠」。又題楹柱云：「後死須知無二道；先生豈願有忠名。」幾於千金莫能易一字矣。趙甌北詩所謂「故知曠世心相感，恰好同鄉跡再攀」是也。舊有邊華泉聯云：「花外子規燕市月；柳邊精衛浙江潮。」

相傳吾鄉曹石倉先生學佺辭官歸里時，閒行街巷，見一陋屋，柴門不正，柱上署桃符云：「問如何過日；但即此是天。」詢知宅主，乃屠者徐五也。徑入廳事，有二聯，一云：「仗義半從屠狗輩；負心多是讀書人。」一云：「金欲兩千酬漂母；鞭須六百撻平王。」先生爲之悚然。徘徊間，徐五已回。與語，甚契洽，因定交。甲申之變，徐五攜隻雞斗酒，徑造先生廬，排闥而入。見先生，驚曰：「吾辦此奉祭耳！何尚在也？」先生遂拜而就義焉。盧潛溪孔昭云：相傳徐五更有一聯云：「鼠因糧絕潛蹤去；犬爲家貧放膽眠。」殊有感慨。又傳曹殉節後數日，人見溪中有浮屍，著素衣冠。識者以爲即徐五也。按徐五名英，字振烈，侯官人。余田生甸、張超然遠並爲之傳。里中人但稱爲徐五云。

《柳南隨筆》云：「王文恪公鏊祖塋在洞庭東山之化龍池，形爲鳳凰展翅，湖中案山稍偏。地師云：『可惜狀元旗不正，他年應作探花郎。』後竟如其言。越二百年，而公之八代孫世琛乃於康熙壬辰科狀元及第。聞琛於會試前三日祈夢於神，夢至一廳事，其柱聯云：『雨中春樹萬人；雲裏帝城雙鳳。』蓋藏『家』『闕』二字，以示必中狀元也。」

山陰徐文長渭一字天池，又字青藤。所居即名青藤書屋。青藤，其手植也。藤下有池，横一平橋，橋承以柱，上覆石臺。臺額曰：「天漢分源。」柱聯云：「一池金玉如如化；滿眼青黄色色真。」柱背又一聯云：「未必串關別名教；須知書户孕江山。」承橋之柱額曰：「砥柱中流。」皆文長自書，是所謂天池也。見董暘所撰《青藤書屋記》。

紹興府城外三江，濱海地也。居民每有「其魚」之歎。明湯太守紹恩創建應宿閘，水患始息。後人立公祠，乞徐文長撰廟聯。文長疾書云：「鍊石補星辰，兩月興工當萬歷，纘禹之緒；鑿山振河海，千年遺蹟在三江，于湯有光。」兩用成語，一切其事，一切其姓，越人每樂述之。

常熟瞿壽明昌文《粵行紀事》云：「登伏波山，謁關壯繆廟，見王父題額曰：『學本尊王。』又題一聯云：『浩氣塞兩間，萬古綱常永賴；威靈宣八表，千秋帶礪全憑。』凜凜然鞠躬盡瘁之志，上通神明矣。」按：壽明爲督師瞿起田式耜孫。今此聯無可考，桂林人亦不能舉其詞矣。

相傳天啓間塑關帝像二尊，一大一小。時有日者甚神，熹宗指二像，令其推算。日者稱小者福壽縣遠，香火百倍於大者。熹宗遂以小像棄置正陽門左側一小廟中，而供大像於宮中，以窮日者之言。未幾，闖賊入宮，大像遂毁，而小者香火日盛。崇禎間，有卜者邢姓，設肆廟前。甲申三月初旬，卜者書一聯於廟門云：「漢封侯，晉封王，有明封帝，聖天子可謂厚矣；內有姦，外有敵，中原有賊，大將軍何以待之？」按此語乃左忠毅劾魏奄時所上。是夕夢入前殿，見關帝坐帳中，告以明運已盡，天命有歸。不日大聖人至矣。卜者寤後告人曰：「吾設肆於此十餘年，滄桑之變，何忍見之！」明日遂縊於庭樹。今廟旁有土地祠，一白鬚神即卜者云。

客有誦王衍宮詞云：「月華如水浸宮殿，有酒不醉真癡人。」及明福王楹帖云：「萬事不如杯在手；一年幾見月當頭。」以爲「荒亡之言，如出一轍」是也。然福王楹帖是王孟津鐸所書。何良俊《四友齋叢説》謂二語乃吳中老儒朱桂航詩，孟津亦書舊句耳。

吾鄉康熙間蕭蟄菴震以御史巡鹽兩淮，假歸，值耿精忠之變，爲耿所害，籍其貲得三十萬，繯首於烏石山之鄰霄臺。先是蟄菴倡議修復道山即烏石山，建鄰霄臺，勒百字碑紀之，並書臺柱一聯云：「但願桑麻成樂土；不妨詩酒上鄰霄。」至是鄉人易「詩酒」二字爲「屍首」。謝古梅先生詩所謂「荒臺草木千年恨，樂土桑麻一夢中」是也。

陸稼書先生從祀文廟，初議時，或以先生家中曾延僧諷誦爲疑。其後人出先生手書廳事一聯云：「讀儒書不奉佛教；遵母命權作道場。」議遂定。

孫夏峰先生居新安，門人爲築雙柳居於學宮之東。顏乃來題聯云：「近聖人之居，教亦多術矣；守先王之道，文不在兹乎？」

耿精忠之變，李鄴園總督之芳，扼守衢州，厥功甚偉。入爲兵部尚書。三衢軍民爲立生祠，聯云：「淮蔡之功茂矣，抑又過之，大難削平，重奠東南半壁；琴鶴之操凛然，於今爲烈，名賢繼起，恰符五百餘年。」

《筠廊偶筆》載：宣武門外教子衚衕永慶寺，爲僧文然所居。祖師殿前白楊古栢二，僧室無他物，壁有聯云：「石壓笋斜出；巖垂花倒開。」按五代道士石仲元，隱於桂州之七星山，自號桂華子，負詩名。世傳其警句，如「石壓木斜出，崕懸花倒生」之類甚多，爲湘源守楊徽之所稱，目爲玉方響。事詳《粤西叢載》，文然但偶書其語，其字句間有異同耳。

《柳南隨筆》載：錢湘靈先生陸燦晚年居虞山，老屋三楹，適當石梅之下，松陰嵐翠，如臨眉目。先生兀坐其中，擁書萬卷，咿哦不輟。過其門者往往駐足覘伺，流連不去。先生咿哦自若也。室中榜一聯云：「名滿天下，不曾出户一步；言滿天下，不曾出口一字。」爲三峰釋碩揆所書。

楹聯叢話卷之二

應制

楹聯之爲應制作者昉於前明嘉靖時。然如袁文榮、夏貴溪所撰齋醮對聯，傳者不過一二，而浮誇之辭，無當大雅。良由其時載筆之臣固無巨手，亦勝朝德政不足以備揄揚，故凌夷衰微，迄於無聲。若此我朝累洽重熙，凡恭值大典慶成，皆有進御文字，靡不上動天鑒，下洽輿歡。自康熙、乾隆年間兩次編輯《萬壽盛典》，皆有「圖繪」一門，楹聯附焉。而殿廷諸聯尤足以鋪鴻藻，申景鑠，潤色洪業，鼓吹承平。自有楹聯以來，未有如此之盛者矣。謹就所見，分録如左。

康熙五十二年，恭值仁廟六旬萬壽。自大内出西直門達西苑，一路皆有牌樓壇宇。每座落必有楹聯，肅括宏深，聞皆出當時名公碩彦之手。如般若菴經棚云：「周雅賡歌，如山如川如日月；箕疇斂福，曰富曰壽曰康寧。」普慶寺諷經處云：「文德武功，兼帝王而大備；心宗性學，貫聖智以純全。」燈棚牌樓云：「輦道風清，葭管萬年調玉露；瑶池春暖，華燈五夜徹瓊霄。」龍泉寺諷經處云：「沸地笙鏞，丹鳳和鳴占景運；彌天烟靄，青鸞翔舞識禎符。」廣濟寺牌坊云：「算永東華，若木光騰春九十；祥開南極，蟠桃花放歲三千。」東三官廟牌樓云：「保合太和，道綜乾始坤生，兩儀並久；誕膺多福，功被民熙物阜，四海皆春。」西三官廟牌樓云：「帝握貞符，禹甸盡歸滄海貢；天開景運，堯封常祝紫宸朝。」慈獻寺前牌坊云：「十雨五風，處處康衢歌帝力；千秋萬歲，年年華渚耀神光。」關帝廟燈棚云：「敷天長戴仁天，知後天之不老；大地同游樂地，真應地以無疆。」直隸全省燈棚云：「聖算無疆，矗矗鰲山開壽域；天顔有喜，溶溶魚藻漾恩波。」江南全省經棚云：「皇極運而歲月日時無易；聖德大而禄位名壽並隆。」浙江全省燈棚云：「日之升，月之恒，萬年延寶祚；天所覆，地所載，億禩奠金甌。」

乾隆五十五年，恭值純廟八旬萬壽，華祝嵩呼之盛，震今鑠古，尤爲史牒所未聞。恭讀《萬壽盛典》，所載楹聯，大都按切時事，臚陳實政，非若「登春臺、游華胥」者，徒爲揣摩想像之詞。蓋九重之福壽愈隆，功德愈盛，而承明金馬之彦研精殫慮，其鴻筆又足以發揮之，洵頌禱之大觀，而揄揚之極軌也。謹就所見，分録如左。如四言云：「四時爲柄；萬象皆春。」「百順爲福；六合同春。」「佛天佛日；壽世壽民。」「皇建福極；位在德元。」「圖成耕織；詩集攸同。」「願聖人壽；近天子光。」五言云：「堯齡增瑞甲；軒紀叶長庚。」「九五福曰壽；八千歲爲秋。」「八徵陳姒範；三祝晉堯封。」「篆凝仁壽字；花發吉祥春。」「祝恒河沙壽；歌大海潮音。」「乾璣甄月軌；泰筴衍天環。」六言云：「景命壽於旗翼；淳風迵彼垓埏。」「五福堂同五代；八旬時念八徵。」七言云：「泰笈中符天地數；坤珍大闡嶽川祥。」「星雲麗近中秋節；山海祥開益地圖。」「壽星四照環辰北；王會來同暨日南。」「春秋紀合八千歲；甲子周回三萬旬。」「皇嚮福錫庶民福；帝如春與四時春。」「位禄名壽德惟券；高明博厚久斯徵。」「八功八德無量佛；千春千秋大椿年。」「軒籙正當符健順；羲文從此衍貞元。」「人如夏諺歌游豫；地是春臺樂皞熙」。

「春臺煦育歌綏萬；化日舒長紀大千。」「福由天縱超千聖；年越古稀又十春。」「能以美利利天下；是用多福福一人。」「獻華童子名長壽；得道仙翁住太常。」謂太常仙蝶也。「四時來備各以敘；如川方至莫不增。」「皇建極，會極歸極；帝作歌，賡歌載歌。」「由庚慶洽三千界；周甲重開二十春。」「萬年椿壽斯爲壽；五世蘭孫又見孫。」「萬衆人天歡贊佛；十方功德統遵王。」「化國蜚提春大共；壽人更老説從長。」「渥恩蠲詔騈科詔；新慶交封曁緬封。」「橋門邁漢三雍典；職貢超唐十道圖。」「鳩杖作朋春醮飫；鶯衣呈舞嘏詞新。」「壽阯培基山萬歲；恩波釃潤水中泠。」八言云：「東西朔南，訖于四海；歲時月日，惟曰萬年。」「山盈川沖，受茲介福；轅萌壤叟，同我太平。」「一字一音，求合於古；萬首萬徧，均和其聲。」謂新製衢歌樂章也。「敬天勤民，以篤慶祚；揆文奮武，載揚大聲。」「儒館獻歌，禮官紀典；海人慴德，繆序蒙禔。」「文武聖神，在明明德；位禄名壽，得全全昌。」九言云：「花雨能仁，祝嵩齡億載；曇枝普茂，鞏海甸三乘。」「五十有五年，堂開五代；八旬兼八月，璽刻八徵。」「七曜燦珠囊，榮鏡宇宙；萬年緜寶籙，合撰升恒。」「祝曼壽須彌，化漸印度；讚文殊師利，景麗臺懷。」十言云：「萬古希逢，豈止三四五六；一人有慶，直至億兆京垓。」「久道久照久成，久徵不息；貞觀貞明貞一，貞下起元。」「無我相，無人相，無邊壽相；有善緣，有德緣，有大福緣。」十一言云：「五試輪經，蕊榜宏開科甲乙；七均正樂，葩詩新訂譜宮商。」「暘雨協豐，占徵念九疇之八；京垓增泰，筴呼聞萬壽者三。」「就如日，瞻如雲，梯航羣介壽；軒乎鼓，饕乎舞，衢壤徧熙春。」十二言云：「翠籙演天元，泰策揲圖書正位；珠弧環斗柄，壽星輝角亢南纏。」「臨雍茂上儀，圜橋水與恩波渥；勒石期壽世，獵碣文從聖藻新。」謂重勒石鼓文字也。「期艾應昌禔，七旬赴宴三千叟；埏垓昭景貺，五代同堂二百家。」十五言云：「集山海梯航，東鰈西鶼，萬國圖歸王會；感風雲律吕，南兜北昧，九重樂奏鈞天。」十七言云：「八月際昌期，玉琯金鐘，譜出一十三徽律吕；億年開景福，丹絨翠籙，歌成萬八千歲春秋。」

聞乾隆五十五年八月八旬萬壽，經壇中有一長聯最爲壯麗，膾炙人口久矣。相傳爲彭文勤師元瑞所撰，而恭繙《萬壽盛典》中實未之載，謹記録之。惟所聞字句小有異同，無關體要也。句云：「龍飛五十有五年，慶一時五數合天，五數合地，五事修，五福備，五世同堂，五色斑爛輝彩服；鶴算八旬逢八月，祝萬壽八千爲春，八千爲秋，八元進，八愷登，八音從律，八風縹緲奏丹墀。」

紫禁城中各宫殿門屏槅扇皆有春聯，每年於臘月下旬懸挂，次年正月下旬撤去。或須更新，但易新絹，分派工楷法之翰林書之，而聯語悉仍其舊。聞舊語係乾隆間勅儒臣分手撰擬，皆其時名翰林所爲，典麗喬皇，允堪藻繪昇平，祓飾休美。章鉅以珥筆樞垣，出入承明者數載，千門萬户多在睹記之中。又間從清秘堂翰林處鈔録成帙，雖未全備，已成巨觀。始知王蘭泉侍郎《湖海詩傳》中所載曹習菴學士仁虎數聯，不過百分之一二也。今謹按各門編録如左。

太和左右門云：「日麗丹山，雲繞旌旗輝鳳羽；祥開紫禁，人從閶闔覲龍光。」「鳷觀翔雲，九譯同文朝玉陛；鳳樓焕彩，八方從律度瑶閶。」協和門云：「協氣東來，禹甸琛球咸輯瑞；和風南被，堯階蓂莢早迎春。」熙和門云：「景緯霞敷，星罕燦三辰珠璧；元和春盎，雲璈宣六代咸英。」上諭館云：「一代典章垂涣汗；萬年法守仰都俞。」誥勅房云：「天寵遥頒青鎖客；國恩重溢紫泥封。」繙書房云：「玉宇中朝資珥筆；金甌億載慶垂衣。」內閣前門云：「聖德醍醐，花深紅藥省；帝光糺縵，日麗紫微天。」太和殿中槅扇云：「龍德正中天，四海雍熙符廣運；鳳城回北斗，萬邦和協頌平章。」體仁閣云：「黃道天開，東壁琛圖輝玉宇；紫宸日麗，西山爽氣映瑤階。」宏義閣云：「畫棟凝熙，東望攝提輝曉日；彤庭延景，北臨棨戟動朝光。」中和殿中槅扇云：「仁壽握乾符，萬國車書會極；中和緜鼎籙，九天日月齊光。」保和殿中槅扇云：「凝鼎命而當陽，聖籙同符日月；握乾樞以御極，泰階共仰星雲。」

乾清門云：「帝座九重高，禹服周疆環紫極；皇圖千禩永，堯天舜日啓青陽。」左門云：「紫極正中央，萬國共球並集；青陽迎左個，千門雨露皆新。」右門云：「皐應闢春陽，瑞氣常浮五雉；羲和迴日馭，卿雲時捧雙龍。」日精門云：「日麗金門，五色雲屏三島近；風和玉殿，九霄彩仗百花新。」月華門云：「瑞啓日中，霞映龍墀晴色迴；春來天上，烟融鳳闕曙光高。」坤寧宮交泰殿東西面云：「萬化轉璇樞，本天而本地；一元開瑞筴，資始以資生。」「居一得元，秉神符而永極；交三成泰，捧寶勝於重華。」左右次間槅扇云：「寶瑟和瑤琴，百子池邊春滿；金柯連玉葉，萬年枝上雲多。」「珠綴繞龍屏，寶矩光連寶籙；璇題懸鳳扆，彤雲瑞應彤墀。」永祥門云：「蟠桃千歲果；溫樹四時花。」穿堂槅扇云：「東華燦爛日初昇，紫氣常依曉殿；北闕輝煌雲正麗，祥光偏護春臺。」增瑞門云：「鳦鳥傳長發；蒼龍協永綏。」

寧壽宮左門云：「九重敷斂範陳箕，曼羨蕃釐共錫；萬國會歸光戴斗，蕩平軌路同遵。」右門云：「洛籌福紀慶洪延，象叶居中建五；乾筴祥符徵順敘，功侔則大函三。」斂禧門云：「輝駢寶券晉雲閶，推策純常集嘏；慶衍瑤籌贏瀣屋，闡珍舄弈流禔。」左門云：「重霄日月燭升恒，景運祥開久照；八表山川徵樂壽，昌期福集新韶。」右門云：「化成熙皞驗風從，治媲春孳夏育；祥迓熾昌昭德致，符呈乾絡坤維。」錫慶門云：「億萬齡錫羡延洪，保定自天孔固；三千界重熙洊洽，祥和與物同春。」左門云：「三壺景象駐恒春，釦砌環迎戩穀；六幕光華徵復旦，彤宸茂集繁祺。」右門云：「珠囊晷緯迓休徵，福界垣昭太乙；玉燭年華彰瑞應，昌辰化溥由庚。」影壁東牆門云：「川嶽獻珍符，烟熅闡瑞；日星昭景貺，糺縵呈華。」西牆門云：「玉琯奏諴和，氣調九寓；璿樞徵廣運，衡正三階。」

皇極殿云：「皇圖盛際陽春，觀蒼駕日升久照；帝座高臨北極，慶紫垣星拱端居。」左右次間云：「順時宜象咸宜，瑞履青陽開左個；懋德凝禔孔厚，祥延紫氣衛中垣。」「環黼扆瑞煥星雲，共覩堯襟舜抱；萃貞符禔流幬載，長披金鏡珠囊。」東西垂花門云：「遵路傍東垣，慶霄春盎；近光瞻左掖，瑞旭晨升。」「戴斗鎮崆峒，尊臨地軸；宣風啓閶闔，順協天樞。」昌澤門東西圍廊槅扇云：「韶序啓青陽，煦回歲籥；祥光騰紫氣，慶溢仙閭。」「福地勝三壺，延釐錫羡；融風調六琯，邕景宣韶。」「昊歲啓三元，含和籥轉；堯曦光四表，承照華敷。」「長晷麗前榮，蓬瀛春駐；清芬飄合殿，卿斋晴薰。」後槅扇云：「松牖春回，吉靄正臨銅晷永；芝庭日麗，祥光長擁玉樞高。」左右槅扇云：「瑶光東指爲春，瑞啓扶桑齊七政；黃道左旋而運，頌臚戴斗拱三階。」「旭臨鳷鵲初昇，華祝騰歡連月窟；仗轉蓬萊徐引，宸居茂對洽春臺。」東西穿堂云：「福緯耀微垣，瑶枝絢采；春祺凝化宇，玉樹承曦。」「協氣繞南榮，蒼車獻瑞；條風來左序，青鎖含輝。」東西圍廊云：「朝爽啓神霄，黃滋左御；青陽昇麗景，芝秀東房。」「銀箭應琅璈，蓬壺晝永；銅鋪開錦繡，閬苑春濃。」

養性殿云：「優游茀祿咸宜，寶籙日增侔岱華；昌熾壽耆彌固，瑤躔春茂式璣衡。」頤和軒云：「靜泰怡神，瑞靄光輝臨黼扆；沖融契道，祥風藹吉暢文軒。」屏門云：「生意無邊，奏曲文禽諧玉琯；真機可挹，交枝仙萼擁金鈴。」景祺閣云：「寶筴叶仙椿，億齡延祉；泰階昭景曜，九服均禧。」暢音閣云：「琅璈逸韻應嵩呼，久矣八風從律；閶闔晴光凝嶰吹，康哉九敍惟歌。」閣後槅扇云：「海寓安恬，圓嶠方壺開福地；天閶詄蕩，右平左碱上熙臺。」閱是樓云：「樽飲康衢，風雨和甘均六幕；絃調寶瑟，星雲景慶亘三階。」東西配樓云：「景麗瑤墀，鸞鶴翔空騰慶靄；春回瓊島，魚龍獻瑞展新圖。」「幬載浹祥和，糺縵交呈旭采；智仁諧樂壽，純常懋迓春祺。」角門云：「地近玉階通御氣；春回瓊琯駐韶光。」直房云：「承恩沾沆瀣；接武引星辰。」尋沿書屋云：「千年金鑑長留，插架寶書資政要；寸晷銅儀恒惜，揆箋妙蘊發幾餘。」保泰門云：「六琯宣和，樂奏鈞天迴暖律；三階拱極，圖呈益地迓新祺。」衍祺門云：「閶闔象昭回，蘿圖衍慶；蓬萊春茂鬯，寶肥延祺。」井院門云：「斟衢醲化調天醴；擊壤歡謠洽德源。」庫房門云：「函三化洽歸璣鏡；吹萬風和轉玉杓。」古華軒云：「星琯叶珠杓，祥開萬象；雲屏通碧漢，瑞啓三陽。」養心殿云：「旭日射銅龍，上陽春曉；和風翔玉燕，中禁花濃。」東西板門云：「蘭橑香繞宜春帖；桂館花浮獻壽杯。」「三島春深雲氣暖；九霄地迥月明多。」直房云：「金闕雲晴，九華開扇彩；珠樓風細，七寶拂爐烟。」「春駕蒼龍，青陽臨左陛；雲開丹鳳，紫極麗中天。」養心殿槅扇云：「廣樂奏鈞天，萬國衣冠同瞻旭日；陽春回大地，四時橐籥首協溫風。」「雉尾雲移，看玉燭光中，星扶華蓋；螭頭香動，聽金鈴聲裏，風展春旗。」毓慶宮槅扇云：「北斗回樞，紫氣迎祥雙闕曉；東風入律，彤雲獻瑞五門春。」蒼震門云：「日麗彤墀，四表光華瞻正朔；雲凝寶仗，萬方歌舞慶同春。」齋宮屏風門云：「位育本中和，曰旦曰明，至誠不應；寅清孚上下，亦臨亦保，敬德昭宣。」

文華殿正門云：「道契松雲，心傳符赤帝；祥呈河洛，治統啓青皇。」武英殿正門云：「四庫藏書，寶笈牙籤天祿上；三長選俊，縹囊翠軸月華西。」傳心殿云：「帝典王謨昭萬有；乾苞坤絡奉三無。」咸安宮云：「衍慶恩深，陽春資發育；右文典重，雲漢仰昭回。」

鑾儀衛門云：「仙仗五雲，鸞鳴和盛世；德車七宿，龍角運中天。」會典館云：「金鏡開楹，升恒光北極；珠杓映座，長養順東方。」尚衣監云：「天上垂衣明藻火；日邊珥筆頌星雲。」茶膳房云：「得氣仙蓂長應月；呈祥瑞蓮並迎風。」「五色雲英滋秀草；千年露實熟蟠桃。」「湛露凝甘盈玉甕；光風布煦應瑶筩。」「液酌衢尊同介景；音調嶰管偏覃禧。」「神鼎上方調六膳；宮壺春色釀三漿。」

阿哥所宮門云：「旭日麗龍樓，瑞氣春融珠樹迥；卿雲籠鶴禁，祥光晴護玉階平。」「金鏡霞明，九苞開鳳籙；玉衡星正，五色協麟文。」「元象轉星杓，丹霄北拱；重門映春樹，紫氣東來。」

坤寧宮云：「麟定螽詵，叶二南於彤管；星軒月殿，配一德於丹宸。」澄瑞亭云：「景運舒長，天上慶雲環紫極；太和翔洽，日邊甘露湛瑤墀。」延暉閣云：「樹石接蓬萊，三色喬雲成幄；軒窗騫象緯，千秋寶籙凝圖。」壽康宮云：「閶闔風和，瑞應金萱輝寶籙；蓬萊日永，祥呈仙筴耀春暉。」大殿云：「厚德著璇宮，禁掖常尊堯舜；修齡儲北斗，春秋永亘貞元。」槅扇云：「瑤殿凝庥，天上雲霞依舜蓂；袞衣獻壽，域中川嶽捧堯尊。」慈寧宮云：「景福集璇宮，億萬斯年永登仁壽；慈雲輝寶殿，千八百國莫不尊親。」槅扇云：「興慶獻春光，瑤草金芝迎愛景；大安調暖律，朱鸞紫鳳叶仙韶。」左右門云：「玉階曉擁珩璜，天上慶雲移寶扇；金闕遙趨劍佩，春來瑞氣滿瑤池。」「麗韶景於履端，璧帶風微翔彩燕；耀春輝於復旦，簾衣晝静響銅龍。」永康門云：「藻景耀中天，瑞啓萬安殿外；矞雲垂北極，祥呈長樂宮前。」徽音門云：「淑景舒華，絳樹含芳承瑞蔭；和風叶律，紫鴛調暖奉祥噰。」佛堂云：「兜羅佛手轉金繩，永護坤維日月；優鉢曇花開寶界，增輝震旦山河。」「妙諦證拈花，萬户千門皆成寶地；明心同指月，十洲三島並現金光。」長慶門云：「北斗泰階平，儀鳳祥雲環錦幄；西池佳氣繞，袞龍愛日侍斑衣。」咸若館云：「日耀東瀛，璇室問安雲似綺；星回北斗，珠宮寄賞物皆春。」景仁宮云：「春紀八千，和風翔壽宇；皇居九五，香露靄仙宮。」近光門云：「瑞啓青陽，軒雲承翠幄；祥開黄道，羲日展金輿。」景陽宮云：「頌啓椒花，百子池邊日暖；觴浮栢葉，萬年枝上春晴。」昌祺門云：「淑氣凝和，天上香浮簇仗；條風扇瑞，宮中日永垂裳。」延禧宮云：「紫禦迎春，瑞拂千條御柳；丹樓映日，祥開萬樹宮花。」麟趾門云：「瑤雲曉護蒼龍闕；玉斗春回紫鳳城。」鍾粹宮云：「瑞雪霽南山，寒收玉宇；條風噓北斗，春滿金甌。」迎瑞門云：「麟趾春深千歲酒；鶯聲日暖四時花。」千嬰門云：「星轉璿杓，光映卿雲五色；春回玉琯，祥開彩勝千枝。」承乾宮云：「紅日初生，萬户祥雲臨複道；青陽乍轉，九天佳氣敞重樓。」永和宮云：「黄道呈祥，八表星環紫闕；青陽布澤，三階日麗丹霄。」德陽門云：「律轉璇樞，三殿星雲復旦；時調玉燭，千門花柳同春。」永壽宮云：「化日麗三陽，春回禹甸；條風和萬國，樂奏虞絃。」長春宮云：「九天淑景凝新旭；三殿晴光接彩霞。」啓祥宮云：「迎春曙色含金榜；近日晴光轉玉宸。」翊坤宮云：「化日舒長，五緯祥光連斗極；

惠風和暢，六符瑞采煥台階。」儲秀宮云：「龍影玉珂聯，花明御路；鸞聲珠履度，日麗天衢。」盛京各門亦有春聯。南宮門云：「麗正凝祥，境引琅嬛開積秀；熙韶薈景，曜連奎壁啓當陽。」東西宮門云：「海甸薈珍函，沿波從朔；春陽迎綺陌，倬漢成文。」「珠笈護豐京，觀化天閶登笈富；銅鋪開兑位，同文月窟獻琛多。」獨坐門云：「繡嶺銀河環畫棟；丹書玉宇貯琅函。」「文昌氣象聯奎壁；道派淵源溯漆沮。」「典超麗正崇文上；規紹遷豳宅洛初。」「星雲照耀輝天禄；山海崇深薈地靈。」嘉蔭堂云：「仿天一藏書，豳館岡原揚大烈；應奎三懸象，沛宮父老慶同文。」文溯閣云：「天作泝前光，玉券十華徵錫極；人文觀大備，瑶籤四照見逢原。」九間殿云：「益地圖開，嶽貢川珍臚寶笈；麗天文焕，豳京郃室溯仙源。」後宮東西門云：「從朔貽規，三院圖書有典；指南錫極，九霄雲漢爲章。」「日映東嵎，被光華於藝圃；源流北海，挹沆瀣之文瀾。」南北值房云：「北鎮標雲，詞林宗斗極；東瀛浴日，學海跂壺天。」「羣玉成山，思文衍郃室；上奎炳耀，繩武播豳風。」

彭文勤公撰擬寧壽宮燈聯，稱旨。恭讀聖製詩云：「東西次第南而北，左右分明後與前。神以通靈氣以運，六爲之儷四爲駢。」可謂極天語之褒嘉，而成文字之寵遇矣。按：此乾隆五十年事。是冬，公即被命協贊綸扉。時和珅在樞地，欲以「青詞宰相」誣公。日下輕薄子遂有「燈聯相公」之目。不知公之學問優長，一時詞臣無出其右，早結主知。燈聯一事，特會逢其適耳。當和珅侮公時，章京方葆巖維甸嘗與力争不獲。公後有贈方詩云：「半山學行吾何敢，爲我伸眉觸要人。」即指此事也。謹按：燈聯左右各八，俱以方向字冠首，而以乾隆年間實政經緯其中，洵才人之極筆，足以揄揚盛美，鼓吹休明。同時儒臣皆爲斂手。今備錄於左。南前云：「南斗煥珠弧，六旬御寓，萬禩頤和，堯封祝曰聖人壽；前星臨黼扆，九陛崇基，三元肇祚，周雅歌之君子甯。」北後云：「北極拱皆朝，子帝有帝，曾孫有孫，五福堂前歡舞綵；後天錫難老，長春如春，元夜不夜，九華燈下壽稱觥。」東左云：「東作稽關心，雪融隴麥，燭照田蠶，課雨佔晴尚初志；左旋杓向角，節宴堯樂，燈詞舜軫，撫時行慶有前規。」西右云：「西域被流沙，年班藩部，歲報屯田，照世杯圓里二萬；右垣通閣道，出震迪光，乘乾垂裕，和時燭朗界三千。」東南云：「東國舊戎衣，吹豳有籥，作岐有鼙，小物克勤詠糠燭；南邦昔車斗，恬海如鱗，禽河如鏡，民風可觀戒燈船。」西南云：「西園翰墨林，西庾積玉，七閣抽琅，太乙藜光燈以右；南宮禮樂地，兩舉制科，六開恩榜，文昌珠彩月同圓。」東北云：「東揖木公朝，十年慶典，千叟恩榮，洛社畫圖鳩杖集；北迎元日詔，五代齒繁，百家算倍，康衢燈火篠驂游。」西北云：「西定噶喇依，恭者我僕，僣者我俘，鑾目更番入春宴；北踰額濟勒，威曰歸降，德曰歸順，鴻臣來賀御東朝。」以上左八聯。南前云：「南面久仔肩，求衣問夜，秉燭待章，福用敷之次五極；前盟果如意，鳥篆鐫瓊，鴻文刻玉，古惟稀矣四三皇。」北後云：「北戒拱論都，河得真源，淮得真源，九如咸頌川方至；後車勤覲嶽，岱猶望幸，嵩猶望幸，萬壽宜歌山有臺。」東左云：「東箱啓儒席，論敷奧旨，雅肄古歌，詩誦壽萬千無量；左海侑賓筵，樂補吹笙，鄉觀飲酒，禮成月三五而盈。」西右云：「西敍溯成功，振以特磬，聲以鎛鐘，節序新詞皋火樹；右文邕鳴盛，風有干城，雅有髦士，科名舊事壓燈毬。」東南云：「東震旦最尊，樓湧萬佛，經譯三乘，歡喜園中法輪轉；南贍部妙勝，印寫秘文，塔飄吉帛，光明天上慧燈懸。」西南云：「西社賽春燈，市流帑鏹，蒲溢倉糧，六十年逢年布惠；南榮曝朝日，户弛繆租，漕除玉粒，二十萬家萬全蠲。」東北云：「東陸鳥司開，辛析紺殿，亥糈黛轅，惕若躬親弈葉守；北辰象布令，秋獮上蘭，冬嬉太液，昭哉心法髦期勤。」西北云：「西來福德，智高六帝，帝享萬年年，典盛禮隆臚舊政；北向子臣，民奉至尊，尊爲衆父父，天符人瑞遂初心。」以上右八聯。

乾隆中，每歲巡幸熱河，必於中秋後一日進哨，即木蘭圍場也。重陽前後出哨。蹕路所經，有所謂萬松嶺者，滿山皆松，爲重九日駐蹕登高之所，歲以爲常。庚戌歲，上進哨時駐此，周覽行宫，顧謂彭文勤公，令將舊懸楹帖悉易新語，期以出哨登高時親閲。公連日搆思，偶於行殿正中得句云：「八十君王，處處十八公道旁介壽；」謂貼「萬松嶺」也，而難其對。因以片紙馳价，屬紀文達公成之。文達公笑曰：「芸楣又來考我乎？」即令來价立待，封紙付還。文勤公啓視，則已就餘紙寫成對語矣。句云：「九重天子，年年重九節塞上稱觴。」嘆曰：「曉嵐真勝我一籌矣！」回鑾日，此聯果大蒙稱賞，特賜文勤公以珍物八事。公跪辭曰：「此出句是臣所撰，而不能對；對語實紀某所撰。請移以賞紀某。」上曰：「兩邊語皆好，汝自應領賞。」即另發一分賜文達公。余聞之程蘭翹師云。

楹聯叢話卷之三

廟祀上

廟中楹聯，宋元時絶無傳句，大約起於明代，至本朝而始盛。文昌殿、關帝廟兩處，撰者尤多，幾於雅、鄭混雜。惟文廟則未之聞。良由著筆甚難，故無人不知藏拙。憶在京師，曾游國學，得恭閲聖製大成殿聯，云：「氣備四時，與天地日月鬼神合其德；教垂萬世，繼堯、舜、禹、湯、文、武作之師。」惟聖人能言聖人，後有作者弗可及矣。

鄒縣孟廟中有御題聯，云：「尊王言必稱堯、舜；憂世心同切孔、顔。」蓋乾隆二十二年南巡過鄒縣時所製。奎藻昭回，當與七篇之書同壽天壤也。

京師有歷代帝王廟，在阜成門外，建於明嘉靖間。本朝順治、康熙間，疊議增祀之典；至雍正二年，始親詣行禮；乾隆二十九年，始易蓋正殿黄瓦。聖製聯云：「治統溯欽承，法戒兼資，洵哉古可爲監；政經崇秩祀，實枚式焕，穆矣其神孔安。」蓋廟貌得徧寰區，惟歷代帝王廟與孔廟典極隆重，必御聯方能相稱。宜百爾臣工以及佔畢儒者皆莫能贊一辭也。

甘肅文縣地極瘠僻，荒山中有文王廟。縣志謂即古羑里地，亦未見其確也。狄道吴信辰鎮有文王廟聯，云：「蒙難觀爻，石徑蒺藜皆卦象；拘幽作操，雲田柞棫亦琴材。」亦第切其地云爾。

錫山鄒世楠過孟廟，夢聯句云：「戰國風趨下；斯文日再中。」覺而異之。徧觀廊廡，無此十字。後數年，過蘇州，得黄野鴻集讀之，乃其集中句也。不知何以入夢，亦奇矣。田實發題孟廟云：「孔門功冠三千士；周室生當五百年。」亦佳。

曾子祠中楹聯云：「述格致誠正修齊治平之傳，萬世咸承厥訓；超德行言語政事文學而外，一人獨得其宗。」又一聯云：「衍一人忠恕之心傳，學惟省貫；開萬世治平之事業，道極明新。」

濟寧州之仲家淺，爲子路故里也。有仲氏祠，聯云：「允矣聖人之徒，聞善則行，聞過則喜；大哉夫子之勇，見危必拯，見義必爲。」

衛輝府之宜溝驛，爲子貢故里。有端木子祠，聯云：「性道在文章，深造自得；廉平稱治績，遺愛無窮。」

吴信辰有顔氏祠堂聯云：「馨香分郭外之田，夕膳晨羞，詎敢作拾塵野祭；展拜守家中之訓，左昭右穆，何須繙争坐名書。」自注：「上聯用陸機『拾塵惑孔顔』句，下聯用顔之推《家訓》及顔魯公《争坐帖》事。」又樊氏祠堂聯云：「薄稼圃而不爲，宜善會先賢之意；敬鬼神而仍遠，當恪尊乃祖所聞。」

關帝廟聯最多，世人皆習用《三國演義》語，殊不雅馴。有集《四書》句者，云：「知我者其惟《春秋》乎？乃所願則學孔子也。」最著於時。語似正大，不知帝之好讀《春秋》，正史亦無明文，惟裴松之引

《江表傳》云：「公好《左氏傳》，諷誦略皆上口。」而已。「學孔子」語亦泛而無當，不得謂之佳聯。若「舊宮寧改漢；遺恨失吞吳。」又「漢家宮闕來天上；武帝旌旗在眼中。」又「吳宮花草埋幽徑；魏國山河半夕陽。」皆集句之渾成者。然先主閟宮、丞相祠堂未嘗不可移用，又不若「三分割據紆籌策；萬國衣冠拜冕旒」二句較爲雅切。又記有一聯云：「先武穆而神，大漢千古；後文宣而聖，山東一人，山西一人。」可包一切掃一切矣。吾鄉龔海峯先生景瀚有句云：「赫厥聲，濯厥靈，無師保如臨父母；天所覆，地所載，有血氣莫不尊親。」亦尚非俗調也。

商邱宋文康公權過蒲州，謁關廟，見一聯云：「怒同文武；道即聖賢。」公以對句不工，思有以易之。偶午睡，夢神告之曰：「何不云『志在《春秋》？』」此事見《筠廊偶筆》。恐係文康託夢以神其事。按：《三國志》本傳有「威震華夏」語，似亦可對「志在《春秋》。」又記有一聯云：「聖以武成名，剛毅近仁，於清任時和中更增一席；學於古有獲，《春秋》卒業，在《詩》《書》《易》《禮》外別有專經。」語亦矜重，然究嫌「《春秋》」云云，涉稗官氣也。

西湖金沙港之關廟在南山北山之中，胡書農學士敬聯云：「聖至於神，薦馨歷千載而遙，如日月行天，江河行地；湖開自漢，崇祀值兩峯相對，有武穆在北，忠肅在南。」又岳廟之左亦有關廟，其門聯云：「德必有隣，把臂呼岳家父子；忠能擇主，鼎足定漢室君臣。」繆昌期手筆也。

河南許州八里橋有關帝廟。壁有畫像：帝騎馬居中，曹公及張遼等分立兩旁，酌酒餞行。有長聯云：「亦知吾故主尚存乎？從今日徧逐天涯，且休道萬鍾千駟；曾許汝立功乃去耳！倘他日相逢歧路，又肯忘樽酒綈袍。」此聯最著於人口，此事亦見正史。然史但云「吾極知曹公待我厚。然吾受劉將軍厚恩，誓以共死，不可背之。吾終不留。要當立效以報曹公乃去。」及殺顔良，曹公知其必去，重加賞賜。帝盡封其所賜，拜書告辭而奔先主於袁軍。左右欲追之，曹公曰：「彼各爲其主，勿追也。」並無酌餞贈袍之舉。此殆鋪張《演義》之言，而忘其非事實也。梁應來紹壬《兩般秋雨菴隨筆》稱其「組織本傳，别有機杼」，過矣。

彭春農學士邦疇曰：「先文勤公視學江蘇，撰署中關帝廟聯云：『兵法讀《春秋》，必有文事；官箴嚴月旦，無作神羞。』又爲一剎題句：其正殿奉關帝，左右祀火神、龍神。聯云：『心之光明猶火也，神而變化其龍乎！』皆就地起義也。」

有傳關帝乩筆一聯云：「史官擬議曰矜，誤矣，視吳、魏諸人，原如無物！後世尊崇爲帝，敢乎，論《春秋》大義，還是漢臣。」按：此才人之筆，託名於降乩者也。陳壽《三國志》評云：「關、張皆稱萬人之敵，爲世虎臣。關報效曹公，張義釋嚴顔，並有國士之風。然關剛而自矜，張暴而無恩，以短取敗，理數之常也。」此聯爲帝辨「矜」字，其意甚善。然「視如無物」云云，則仍不脱「矜」字，似非帝所欲云。至我朝順治間，封爲「忠義神武大帝」。尊崇之典，實至昭代而極隆，非臣工所得擬議，故託諸乩筆，以示謙冲，庶爲帝之所許歟？

吳信辰題關廟聯云：「惠陵烟雨，涿郡風雷，在昔塤篪興一旅；魏國山河，吳宫花草，於今蠻觸笑三分。」語頗壯麗。然亦嫌「塤篪」二字裝點，未免有《演義》語横梗胸中也。余小霞曰：「若改『塤篪』字爲

『同袍』，改『蠻觸』字爲『裂土』，則無遺憾矣。」

《熙朝新語》載：「山東庠生張大美奉關帝甚虔，病中夢入關廟，見帝著本朝衣冠理事。有頃，呼張名語之曰：『吾廟中楹柱對聯膚泛俚俗，甚不愜意。爾與吾有香火緣，其爲吾易之。』張跪誦一聯云：『數定三分，扶漢室削吳吞魏，辛苦備嘗，未了平生事業；志存一統，佐熙朝伏寇降魔，威靈丕振，只完當日精忠。』帝深加歎賞，曰：『此四十二字，爾來歲當知好處也。』次年鄉試，首場張搆思未就，倦而假寐。夢帝肘之曰：『起，起！爾忘對聯字數乎？』張驚寤，文思沛然如夙搆。榜發，中式第四十二名，適符聯字之數。」

繆蓮仙艮《塗説》載關廟一長聯云：「識者觀時，當西蜀未收，昭烈尚無尺土，操雖漢賊，猶是朝臣，至一十八騎走華容，勢方窮促，而慨釋非徒報德，祇緣急國計而緩奸雄，千古有誰共白；君子喻義，恨東吳割據，劉氏已失偏隅，權即人豪，詎應抗主，以八十一州稱敵國，罪實難逃，而拒婚豈曰驕矜，明示絶强援以尊王室，寸心只在自知。」蓮仙稱此聯可泣可歌，殊爲溢美。詞費則有之，而尚不軌於正。又秦澗泉學士大士聯云：「三教盡皈依，正直聰明，心似日懸天上；九州隆享祀，英靈昭格，神如水在地中。」則四平八穩之句也。若世所傳「不愛財，不愛酒」一聯，直是委巷荒唐之語，所當亟爲別裁，而俗流頗多膾炙之者，不得不附録而辨之。世所傳乩筆聯云：「不愛財，不愛酒，不愛婦人，是個老頭陀，祇因眉宇間帶兩字英雄，擔擱了五百年入山正果；又要忠，又要孝，又要風流，好場大寃孽，若非胞胎裏有三分癡鈍，險些做十八灘順水行舟」。

富陽緱嶺，即王子晉吹笙處。舊有關帝廟，邑人葺而新之，或懸一聯云：「此吳地也，不爲孫郎立廟；今帝號矣，何須曹氏封侯。」相傳爲邑之胡明經所撰，惜忘其名。孫權爲富陽産，故出句云爾。

閩浙交界仙霞嶺巔關廟最著靈異。聯扁極多，惟周櫟園先生亮工一聯熟在人口。句云：「拜斯人，便思學斯人，莫混帳磕了頭去；入此山，須要出此山，當仔細摺著心來。」蓋此間閩諺本有「到來福地非爲福，出得仙霞始是仙」之句，故對語即同其意。自國初至今，有獻新聯者，即將舊聯撤去。惟此聯屢經修飾，無敢易之者。然實非雅音也。憶過甘肅之六盤山，徑路酷似仙霞，而高亦相埒。嶺巔關廟亦有此聯，却不題周欵，不知此語何以不脛而走如是。

有作關夫人廟聯者云：「生何氏，没何年，蓋弗可考矣；夫盡忠，子盡孝，可不謂賢乎！」頗著於人口。按：此事羌無故實，不得不用活筆。然據馮山公景所記，則關夫人自有姓。作者亦未見馮記耳。今附録《筠廊偶筆》中一條，以廣見聞云：「偶得蒲州朱牧所撰《關侯祖墓碑》，事奇而文不雅馴，以示吾友馮山公。山公走筆作記一篇，庶足與侯並不朽矣。記曰：『天之生聖賢也，必鍾祥於世德之家。故大孝尊親，咸思貽父母令名。予嘗慨漢壽亭侯生而忠貞，没爲明神，廟貌偏宇内，血食綿千古，而其祖若考名氏獨闕軼無考，侯在天之靈必有衋然隱痛者。予每遇河東博聞之士必周咨之，不可得。康熙十七年戊午，解州有常平士于昌者，讀書塔廟。塔廟，侯故居也。昌晝夢侯授以「易碑」二大字，驚而寤。見濬井者得巨甎碎之，甎上有字。昌急合讀，乃紀侯之祖考兩世諱字生卒甲子大略。循山而求，得墓道焉。遂奔告解州守主朱旦。朱旦作《關侯祖墓碑記》，記中載：「侯祖石磐公，諱審，字問之，和帝永元二年庚寅生，居解州常平村寶池里。公冲穆好道，以《易》《春秋》訓其子，卒於桓帝永壽三年丁酉，享年六十八。子諱毅，字道遠。性至孝，父没，廬墓三年。既免喪，於桓帝延熹三年庚子六月二十四日生侯。侯長，娶胡氏，於靈帝光和元年戊午五月十三日生子平。」其大略如此。昔趙宋時，劉廷翰官貴，當追封三代。少孤，其大父以上不皆逮事，忘其家諱。太宗爲撰名，親書賜之，載在《宋史》，以爲美談，亦以教孝也。而況侯之祖若考皆有名氏載壙石，章章可考，顧忍軼之哉。』」

世傳張桓侯工書法，有《刁斗銘》甚工。又有流江縣紀功題名二十二字，亦侯所書。又俗傳侯之後身在唐爲張睢陽，在宋爲岳忠武。故吳信辰作廟聯云：「雄猛讓一人，武善提戈文握管；精英傳萬世，唐曾顯姓宋留名。」

文昌祠之神，道家以爲張仲後身，又以爲梓潼度世。其實今所祀之文昌，則星象也。古祠屬之天神。祠廟徧天下，而列之祀典，則自我朝嘉慶六年始。儀文與關廟同，而海内私廟之多，亦與關廟等。程春海侍郎恩澤一聯最爲典切，面面俱到，無能出其右者矣。句云：「宇宙大文章，源從孝友；古今名將相，氣作星辰。」蓋無一字無來歷也。

蘇州文昌宫聯云：「天惟陰騭下民，止於仁，止於敬；帝乃誕敷文德，作之君，作之師。」揚州賀園之西有梓潼殿，襄平高景來士鑰聯云：「積忠孝以成神，典桂籍科名，予奪後先，十五國文章司命；舉陰騭而垂訓，鑒槐區德行，權衡富貴，億萬年造化樞機。」又孫文定公嘉淦聯云：「天開參井文章府；星焕山河孝友師。」又郭頻伽麐集句聯云：「帝以會昌，神以建福；文選句下有風雅，上有日星。唐文」亦典重不佻。

蘇州有泰伯廟，而湖北亦有至德祠。聯云：「違親不孝，背君不忠，敢辭瘴雨蠻烟，採藥當年心最苦；傳季而王，偕仲而霸，豈意吳頭楚尾，瓣香到處德維新。」又無錫泰伯祠聯云：「勾吳分土惟三，端委垂型，梅里肇基名最古；遷史世家第一，雲仍衍緒，華陂崇祀惠無疆。」秦鶴所題也。

聞廣東省城真武廟有蘇文忠公手書一聯云：「逞披髮仗劍威風，仙佛焉耳矣；有降龍伏虎手段，龜蛇云乎哉！」語意岸異，非凡手所能，而是否蘇筆，尚須向粵東人考之。

黃鶴樓中奉純陽呂祖。百文敏公（百齡）聯云：「教孝教忠，何殊十七世士夫，顯示化身扶正道；爲谿爲谷，直把五千言文字，參同妙契指迷津。」或疑以純陽比文昌爲過，然同爲道教宗主，何必强爲分別。嘉慶年間勅各直省建立贊化宮，奉祀純陽，儀節與文昌等，則相提並論，豈爲過乎？又黃文炳聯云：「遇有緣人，不枉我望穿眼孔；得無上道，衹要汝立定脚跟。」

余家有魁星閣，上懸黃石齋先生所畫魁星像一軸。筆墨雄偉，迥異恒蹊。惟足踏梅花一枝，不知所取。或寓「梅占百花魁」之意。余集杜、白句爲聯云：「綵筆昔曾干氣象；文昌新入有光輝。」後晤一客云：「前人已有此集句也。」吳信辰魁星閣聯云：「筆足代耕，不厭兼金歸掌握；文能行遠，何妨隻履上雲霄。」雖切而近俗矣。

觀音大士祠聯最多，惟京師陶然亭中數聯勝於他處，而均忘撰者姓名。聯云：「法雲廣蔭無遮會；慧日高懸有相天。」又云：「泡影乾坤，粧成寶相；色香世界，幻出空花。」又云：「蓮宇岧嶢，去天尺五臨韋曲；蘆塘淼漫，在水中央認補陀。」則雅切陶然亭景物矣。

張芥航河帥題大士祠聯云：「真實不虛，大慈悲度一切苦厄；意識無界，空色相現五蘊光明。」又張南山郡丞維屏撰千手千眼觀音聯云：「菩提今菩提，具大神通，忽現千般手眼；自在觀自在，是真佛力，總由一念慈悲。」又德清慈相寺内一聯云：「即色即空，現慈悲相，吾無隱爾；是萬是一，具手眼人，自能辨之。」

燕子磯永濟寺中亦有觀音大士像，柱聯云：「音亦可觀，方信聰明無二用；佛何稱士，須知儒釋有同源。」忘却何人所題，殊有妙悟。

西湖中天竺白衣殿，即送子觀音院也。魏春松觀察成憲聯云：「白衣仙人，瓶中水楊柳；朱芾男子，天上石麒麟。」語特古異。又俗傳一聯云：「我具一片婆心，抱個孩兒送汝；你做百般好事，留些陰騭與他。」雖近俚語，亦是渡世慈航。百文敏公最喜述之。緣此事本近俚俗所爲，則聯語亦不妨相題而製耳。

諸葛忠武侯廟有集句一聯云：「可託六尺之孤，可寄百里之命，君子人與，君子人也；隱居以求其志，行義以達其道，吾聞其語，吾見其人。」又一聯云：「自任以天下之重如此；是知其不可而爲之與？」皆能恰稱身分，勝讀陳承祚史評矣。又有一聯云：「伊、呂允堪儔，若定指揮，豈僅三分興霸業；魏、吳偏並峙，永懷匡復，猶餘兩表見臣心。」

陳東橋孝廉爲余述：靈川縣有諸葛祠聯云：「《梁父吟》成高士志；《出師表》見老臣心。」又云：「成大事以小心，一生謹慎；仰流風於遺像，萬古清高。」忘却撰者姓名。

京師翰林院、禮部、國子監各有土地祠，並祀韓文公。不知起於何時。法祭酒式善聯云：「起八代衰，自昔文章尊北斗；興四門學，即今俎豆重東膠。」彭司業定求聯云：「《進學解》成，閒官一席曾三仕；起衰力任，鉅製千秋本《六經》。」則皆爲國學製也。

南河雲梯關爲淮、黄入海之路，余備兵淮海時屢經其地。關旁有禹王廟，廟内有臺，爲乾隆初年權河督卓亭公所建，題曰「平成臺」。公名完顔偉，其裔孫麟見亭麟慶於道光年間繼爲河督，題聯云：「與水不争能，力盡八年惟注海；升堂思肯構，目窮千里更登臺。」

清江浦亦有禹王臺，浦中一勝景也。麟見亭聯云：「洪水想當年，幸怪鎖洪湖，十萬户飯美魚香，如依夏屋；清時思儉德，祝神來清浦，千百載泳勤沐澤，共樂春臺。」

清江浦四公祠，奉勅建。祀靳文襄公靳輔、齊恪勤公齊蘇勒、嵇文敏公曾筠、高文定公斌也。麟見亭聯云：「本來上界神仙，喜功德在民，輝聯俎豆；同是盛朝臣子，願靈明牖我，績奏江湖。」

淮瀆廟在洪澤湖心，龜山之麓。巫支祈井即在殿前，上封以石。舊有宋金臂禪師所建無梁殿及鐵羅漢百餘尊，久没於湖。道光年間，麟見亭起出羅漢二十四尊，鐘、鑊各一具，建寺奉之。紀以聯云：「巫支祈井底深潛，瀾恬洪澤；阿羅漢波間重出，福佑清淮。」

榷樹湖神廟在寶應縣氾光湖濱。廟門前有榷樹一株，相傳乾隆三十年南巡遇大風，曾維御舟於此，遂錫封建廟。道光間，麟見亭出守新安，阻風江口七日夜。夢三神同舟，許助順風。次日，果泊西梁山。後督南河，過寶應，入廟謁神，宛然其貌。因紀以聯云：「示夢記江頭，曾許我一帆風順；安瀾徧河上，願長此大樹春榮。」

蘭素亭河帥第錫撰南河風神廟聯云：「聖世不鳴條，默佑湖河占利涉；神功常應律，潛調寒燠叶休徵。」

太皞陵在陳州府，郡守王掌絲聯云：「洩造化之機緘，萬世文章開《易》象；規山川之形勝，千秋陵寢奠淮陽。」邑侯麥祥聯云：「後天地而生，朱圉猶堪尋聖蹟；立帝王之極，白雲常此護靈墟。」

衞輝府有比干墓，世所傳宣聖題碣者也。城北又有比干廟，有長聯云：「君德難回，當此衆叛親離，若但如微子去，箕子奴，無以激億萬人忠貞之氣；臣心不死，即兹魂飛血濺，猶將以周日興，殷日喪，上訴諸六七王陟降之靈。」詞旨激昂，然頗似時文家兩小比矣。

邯鄲黄粱店有吕公祠，百文敏公聯云：「萬井烟濃，人間正熟黄粱飯；四山雲起，天上應開白奈花。」

余屢過邯鄲，謁吕仙祠，記得有黄粱夢亭，中懸舊聯，云：「睡至二三更時，凡功名都成幻境；想到一百年後，無少長俱是古人。」亦警世語也。

汲縣白雲閣上奉吕祖像，陶雲汀宫保聯云：「杯前三尺青蛇，仙會恍游蓬島路；笛外一聲黄鶴，我來猶記洞庭秋。」又聯云：「卅二色神仙寶光，也似佛，也似儒，出世還入世；五千言道德真詮，亦稱師，亦稱祖，可名非常名。」按：宫保素不喜道家言，而撰聯乃諦當如此。

永平府在商爲孤竹國，城外有夷齊廟。余於嘉慶二十三年扈蹕過此，因得入廟展謁。有舊聯云：「兄讓弟，弟讓兄，父命天倫千古重；聖稱賢，賢稱聖，頑廉懦立百世師。」屬對如生鐵鑄成。

大明湖中有鐵公祠。訥近堂中丞訥爾經額聯云：「大節凛東藩，四百載至今如昨；崇祠留北渚，萬千刦雖死猶生。」大明湖後有鍾離樓，不知何名。聯云：「養性承天，仙教源流通聖教；修真得地，濟南風景賽終南。」又千佛山中有碧霞宮，聯云：「山高則配天，陽魯陰齊資化育；坤厚故載物，西河東海仰生成。」

濟南城北有北極閣，遠對千佛山，俯瞰大明湖，枕城而立，爲會垣最高處。有集句聯，云：「宮中下見南山盡；城上平臨北斗懸。」可謂工而切矣。

汪文端公由敦有東嶽廟一聯，云：「雲行雨施，不崇朝而徧天下；理大物博，祖陽氣之發東方。」鎔鑄經傳之文，亦自名貴。相傳是趙甌北翼代擬，文端以之進御耳。

張文端公英未遇時，過華山，題陳希夷廟云：「天下太平無一事；山中高卧有千秋。」語意便自不凡。

紹興上虞縣虞姬廟有對聯，云：「今尚祀虞，東漢已無高后廟；斯真霸越，西施羞上范家船。」此倪文貞公所撰也。光武時，斥呂后，而以文帝母薄太后配祀高帝，出語用之。

浙江曹娥廟大門有聯云：「事父未能，入廟傾誠皆末節；悦親有道，見吾不拜也無妨。」傳爲乩筆。又或以爲徐青藤先生所作。

楹聯叢話卷之四

廟祀下

大興朱文正師撰杭州西湖朱文公祠聯云：「由孔孟而來，二千年衛道傳經，獨振斯文統緒；當光寧之世，五十日格非陳善，允宜此地烝嘗。」

邊育之儀部廷英撰朱子祠聯云：「大哉夫子之功，百世權衡，六經羽翼；遠矣斯文之統，周程私淑，孔孟聞知。」

長沙有屈、賈二公祠聯云：「親不負楚，疎不負梁，愛國忠君真氣節；騷可爲經，策可爲史，經天行地大文章。」分貼二公處，渾成可喜。

嶽麓寺三閭大夫祠有秦小峴侍郎瀛聯云：「何處招魂，香草還生三户地；當年呵壁，湘流應識九歌心。」

眉州三蘇祠中楹聯林立，殊少佳構，惟大門有張鵬翔一聯云：「一門父子三詞客；千古文章四大家。」最爲大雅。又乾隆中州牧蔡宗建一聯云：「是父生是子，家學一門，自昔聲名彌宇宙；難兄更難弟，象賢兩世，至今俎豆重鄉邦。」稍可。又劉錫嘏集句一聯云：「江山故宅空文藻；父子高名重古今。」亦佳。

陶雲汀宫保澍云：「益陽郭都賢，字些菴，前明天啟進士，巡撫江西。甲申後爲僧，自號頑石。」其名附見《明史·左良玉傳》，魏叔子之師也。叔子集中有《上郭天門先生書》，即其人。益陽各廟寺多有頑石所題楹帖。如桃花江東林寺門聯云：「洗菜莫教流去葉；見桃猶記舊曾花。」又，浮邱山祖師殿聯云：「中國有聖人，是祖是師，咄咄西來東土；名山藏帝子，亦仙亦佛，元元北鎮南天。」

吳中多周公瑾祠，有自誇其撰聯之工者，云：「顧曲有閒情，不礙破曹真事業；飲醇原雅量，偏嫌生亮並英雄。」余謂「既生瑜又生亮」語出《三國演義》，史傳中並無其事，本傳歷敘公瑾運籌決勝，絕無與諸葛交涉一言。惟《魯肅傳》載：「肅迎劉備於當陽，勸備與權並力，備甚歡悅。時諸葛亮與備相隨。肅謂亮曰：『我，子瑜友也。』即共定交。」數語而已。大抵瑜亮之評，前明即有之，故王漁洋《古詩選·凡例》及尤西堂《滄浪亭詩序》皆襲用之。且如落鳳坡，亦出演義，而《廣輿志》誤收之，漁洋遂有《落鳳坡弔龐士元》詩矣。何況餘子。若《桃符綴語》中所載一聯云：「大帝君臣同骨肉；小喬夫壻是英雄。」十四字，却落落大方。

蜀中姜伯約祠有聯云：「九伐竟無成，心師武侯，能繼祁山六出志；三分不可恃，計誅鄧艾，已復陰平一敗仇。」

廣東省城龍王廟有福文襄郡王聯云：「田鼓祝桑麻，丹荔黃蕉隆肸蠁；雲旗迴島嶼，珠宮貝闕奠靈長。」可謂工麗。阮芸臺先生聯云：「神德庇三農，統天田以乾象；恩膏流百粵，興雲雨於雩壇。」則純用經語，陳義自高。近盧敏肅公坤亦有聯云：「嘉澍慶知時，仰神贊天功，靈噓元氣；大田歌既渥，看澤周南海，福庇東瀛。」

潮州雙忠祠祀張、許二公，聯云：「國士無雙雙國士；忠臣不二二忠臣。」本色語，顛撲不破。張南山云：「粵東文、謝二公祠中亦懸此聯。」

廣西伏波廟最多，皆祀馬文淵。或云：「路博德亦爲伏波將軍，其有功於嶺外，更在馬文淵之前。」然粵民意中皆有馬無路。張南山詩云：「伏波漢將並流傳，銅柱勳名後勝前；都尉有靈應退讓，千秋人念馬文淵。」余小霞州判應松作橫州大灘伏波廟聯云：「銅柱鎮鳶飛，顧盼生風，意氣真能吞浪泊；金門留馬式，男兒報國，姓名何必與雲臺。」同一意也。惟費袞《梁谿漫志》云：「後漢馬文淵、路博德，皆嘗爲伏波將軍，又皆有功於嶺南。海上有伏波祠，古今所傳，莫能定於一。」東坡作碑，謂兩伏波均當廟食。政和中，因修《九域圖志》，以睢陽雙廟爲例。今祀兩神，蓋義理當於人心。雖是時正諱東坡議論，而亦不能廢也。又劉克莊詩云：「緬懷兩伏波，往事可追紀。銅柱戍浪泊，樓船下湟水。時異非一朝，地去亦萬里。山頭博德廟，今爲文淵矣。」按以路、馬當並祀，自是專指嶺南。攷之史：路博德由桂陽下湟水，是今湖廣入廣東道，固未嘗至廣西。且博德下南越，於嶺外各郡，僅招集而已。而馬文淵所過嶺西，輒爲郡縣治城郭，穿渠灌溉，以利其民，條奏越律與漢律駮者十餘事，與越人申明舊制以約束之。自後駱越奉行馬將軍故事，是其澤之被於嶺西獨深，嶺西之專祀，固宜，非可與嶺南一例論也。

楊紫卿明經季鸞薄游粵西，有柳侯廟楹帖云：「才與福難兼，賈傅以來，文字潮儋同萬里；地因人始重，河東而外，江山永柳各千秋。」詞意超脱。相傳柳侯廟有舊聯云：「雙栢仰清標，長憶養人如樹；一池尋故蹟，同欣鑿井得泉。」蓋廟即在羅池上。又舊有雙栢，今存其一云。

柳州劉司户祠聯云：「古猶登第厚顏，安知今之必異；鳥尚銜枝封隴，可以人而不如。」相傳司户以勤民野死，有鳥銜枝，蟻負土，頃刻而成墳。下聯即其事也。

潮州韓文公祠聯云：「天意起斯文，不是一封書，安得先生到此；人心歸正道，只須八個月，至今百世師之。」緊切潮州，移易他處昌黎祠不得。

無錫惠山之麓，有尤文簡公袤祠。其旁爲錫麓書堂，秦小峴侍郎刻公手札，陷石祠壁。顧晴沙光旭題聯云：「依然錫麓書堂，南渡文章，上跨蕭楊范陸；允矣龜山道脈，東林絃誦，同源濂洛關閩。」胡文昭公瑗祠有孫文靖爾準題聯云：「文宣聿啟文昭，木鐸千秋，教著江河日月；有虞肇開有宋，雲仍萬祼，道垂禮樂詩書。」邵文莊公寶祠有秦小峴題聯云：「疏許立身，一飯心常懸北闕；功存講學，半弓地已闢東林。」

無錫有四中丞祠。始爲周文襄公忱專祠；後乃增入海忠介公瑞爲周海二公祠；繼又移周公孔教祠於此；康熙末年，並祀湯文正公斌。稱四中丞。鄒曉屏炳泰題聯云：「德澤沛三吳，百利俱興，萬姓謳歌如昨；勛名崇兩代，四賢濟美，千秋俎豆常新。」

無錫李忠定公綱祠，即公少時讀書處也。費文恪公淳題聯云：「望重三朝持亮節；書成十事秉丹心。」又有李曜聯云：「文克經邦，武克定亂，勳名過開元宰相；忠以輔主，哲以保身，理學推大宋名儒。」又有顧端文公憲成祠，顧晴芬侍郎皋題聯云：「立朝與天子宰相爭是非，悉宗社遠謀，國本重計；居恒共師弟朋友相講習，惟至善性體，小心工夫。」

顧洞陽可久祠，顧晴沙題聯云：「教成於家，溯三國六朝，光昭世德；慎追乎遠，本一門雙義，佑啟後人。」又梁山舟學士同書題聯云：「事君以道，無憚殺身，昔人稱錫谷四諫之冠；當官而行，不求利己，後世高碧山十老之風。」

謝默卿元淮令無錫時，修南門外水仙王廟，並題聯云：「牧民資保障，自公至始築城垣，捍患禦災，當首數蓉湖名宦；守土展明禋，況我來忝同籍里，報功崇德，祗心儀枌社先賢。」又一聯云：「遺愛成神，比諸南國甘棠，蘋藻潔蠲民罔替；降康祈福，薦以西湖秋菊，梓桑恭敬我尤宜。」按：水仙王，姓王名其勤，號少月，松滋人。前明進士，嘉靖間，令無錫，倭患方亟，而縣城久未建，自公至，首倡議建之。工甫竣而倭大至，民賴以全。又丈量通境，以定田賦，邑民樂業，以至於今。蓋錫山第一名宦也。默卿亦松滋人，後二百年，繼公宰是邑，故言之親切如此。

無錫惠山有鄒忠公浩祠，公弟洞始遷居無錫也。湯文正公題聯云：「六經萬户千門，只慎獨兩言，上接泗濱，下肩伊洛；三疏九年再竄，痛引裾一決，曉行嶺海，夜渡瀟湘。」

揚州梅花嶺下史忠正公可法祠，蔣心餘太史士銓題聯云：「讀生前浩氣之歌，廢書而歎；結再世孤忠之局，過墓興哀。」又墓柱聯云：「心痛鼎湖龍，一寸江山雙血淚；魂歸華表鶴，二分明月萬梅花。」又不知姓名一聯云：「殉社稷，只江北孤城，剩水殘山，尚留得風中勁草；葬衣冠，有淮南抔土，冰心鐵骨，好伴取嶺上梅花。」

謝蘊山啟昆知揚州時，修葺史閣部祠墓，夢閣部來見，因問：「爲公修葺祠墓，公知之否？」曰：「知之。此守土者之責也。然要非俗吏所能爲。」問己官位，曰：「不患無位，患所以立。」問：「將來有子否？」曰：「與其有子而名滅，不如無子而名存。」因問：「公祠中少一聯，應作何語？」曰：「一代興亡關氣數；千秋廟貌傍江山。」謝爲書丹勒石，今存祠內。

明季，南都破時，江陰閻典史，孤城死守月餘，始殉難。我朝賜諡立祠，堂中有聯云：「七十日帶髮効忠，表太祖十六朝人物；三千人同心赴義，存大明一百里江山。」相傳臨難時所自題也。

西湖岳墳前，有鐵鑄秦檜夫婦及万俟卨、張俊四像，鐫姓名於胸次，跪於門外。有松江徐氏女題楹柱云：「青山有幸埋忠骨；白鐵無辜鑄佞臣。」聞丹陽陳少陽墓亦鑄鐵人，肖汪伯彥、黄潛善。嘉靖間，南安鄭普過之，題楹柱云：「丹陛披肝，千古綱常可託；荒庭屈膝。兩人富貴何爲。」二像應筆而仆。然則愧耻之心，汪、黄猶未泯矣。

彭文勤公聯云：「舊事總驚心，階前檜賊；感時應濺淚，廟側花神。」是題西湖之岳廟。吳雲樵侍郎芳培聯云：「千秋冤獄莫須有；百戰忠魂歸去來。」是題湯陰之岳廟。對語各切其地，不可移易。

西湖葛嶺下有洪忠宣公皓祠。《錢塘縣志》載：「忠宣於建炎初使金，不屈，歷十五年始放歸，賜宅西湖葛嶺後，後人因就地建祠。」我朝雍正九年，李敏達衛重修，並書一聯云：「身竄冷山，萬死竟回蘇武節；魂依葛嶺，千秋長傍鄂王墳。」亦自確切。

杭州城隍廟在鳳凰山上，地勢高敞，西湖即在眼底。徐文長撰楹聯云：「八百里湖山，知是何年圖畫；十萬家烟火，盡歸此處樓臺。」或云紹興府城種山蓬萊閣亦有此聯。

溫州府城外濱江，江中有小島，即謝康樂詩之孤嶼也。嶼中有江心寺，風景極似金山。朱滄湄文翰聯云：「長與流芳，一片當年乾淨土；宛然浮玉，千秋此處妙高臺。」寺相傳宋恭帝曾駐蹕於此。旁爲文信國公祠，有聯云：「孤嶼有隣，喜得卓公稱後死；嚴陵在望，直呼皋父哭先生。」緣祠左即卓忠毅公敬祠也。又有一長聯云：「久要不忘平生之言，古誼若龜鑑，忠肝若鐵石；敢問何爲浩然之氣，鎮地爲河嶽，麗天爲日星。」蓋信國公大魁日，出王伯厚之門，「古誼」一句，即其卷中批語也。不獨「忠肝鐵石」，信國能踐斯言；而伯厚之具眼知人，亦若龜鑑矣。又卓忠毅公祠聯云：「祠接謝亭，亦有文章驚海甸；忠符信國，並懸肝膽照江心。」

《茶餘客話》載王文成公題于忠肅祠一聯云：「赤手挽銀河，公自大名垂宇宙；青山埋白骨，我來何處弔英賢。」書法遒勁，杭人傳爲文成少時真筆。《西湖志》又載楊鶴于一聯云：「千古痛錢塘，並楚國孤臣，白馬江邊，怒捲千堆雪浪；兩朝冤少保，同岳家父子，夕陽亭裡，心傷兩地風波。」語皆悲壯。近彭文勤公亦題一聯云：「賴社稷之靈，國有君矣；竭股肱之力，死以繼之。」則史評也。

山右河津縣薛文清公瑄祠有一聯云：「開絕學於胡叔心陳公甫王陽明之前，享祀方堪從廟廡；集大成於西河氏太史公文中子之後，誕靈應不愧河津。」黃星齋宅中爲余所述如此。

吳門有許將軍遠祠堂，中一聯云：「待張巡若同胞，先死後死，與常山平原義分一席；恨李翰不作傳，大書特書，賴紫陽涑水筆補千秋。」

余在吳中修滄浪亭，郡人士復於亭右建五百名賢祠，以五百名賢像刻石嵌諸壁，始自周季札及言子，逮我朝名宦鄉賢凡五百餘人，春秋致祭，亦一時盛事也。余曾爲之記，陶雲汀撫部爲之聯云：「非關貌取前人，有德有言，千載風徽追石室；但覺神傳阿堵，亦模亦範，四時俎豆式金閶。」又郡中後學裔孫合題一聯云：「百代集冠裳，爍古炳今，總不外綱常名教；三吴崇俎豆，維風勵俗，豈徒在科第文章。」則孫子和茂才義鈞撰句也。

蘇州虎邱新修白公祠，即顧伊人塔影園舊址也。賀耦庚方伯長齡聯云：「唐代論詩人，李杜以還，惟有幾篇新樂府；蘇州懷刺史，湖山之曲，尚留三畝舊祠堂。」

蘇州郡學之旁有名宦專祠四所，祠各有像，歲久傾陁剥蝕。余下車即屬長洲令王槐午錫蕃重修，工竣，槐午索余各紀以聯。韋公祠云：「唐史傳偏遺，合循吏儒林，讀書不礙中年晚；蘇州官似謚，本清才名德，卧理能教末俗移。」白公祠云：「諷諭豈無因，樂府正聲熟人口；行藏何足辨，名山大業定生前。」有疑行藏句太空者，余曰：「誰辨心與跡，非行亦非藏，即用香山詩意，但非注脚不明耳。」況公鍾祠云：「姓字播絃歌，韋白以來成別調；功名起刀筆，蕭曹自古是奇才。」陳公鵬年祠云：「洛蜀任分門，惟楚有才，增賦肯憑官似虎；河淮方奪路，如尊乃勇，拯民忍使國無鳩。」

宋漫堂題范文正公祠聯云：「兵甲富於胸中，一代功名高宋室；憂樂關乎天下，千秋俎豆重蘇臺。」

露筋祠中聯扁林立，就余所見者，以陳曼生郡丞鴻壽所集「江淮君子水，山木女郎祠」十字爲工。黎湛溪河帥亦欲集成一聯，舉王漁洋「門外野風開白蓮」之句，屬余覓對，余以楊升菴「庭前夜雨弄孤篠」句奉應，河帥首肯，謂意境相稱，時代亦不相懸也。然王句是露筋祠本事，楊句實未能恰配，故亦未懸挂。

無錫金匱合建貞節祠，林少穆撫部則徐題聯云：「盛典繼毘陵，表千秋潛德幽光，長使冰心昭煒管；新祠崇惠麓，聚兩邑貞姬淑媛，羣欽風節樹香蘇。」

古無出痘之説，史傳備載人體貌，獨無言面麻者。自唐會昌中，泉州陳黯十三歲，自詠痘花詩云：「玳瑁應難比，斑犀定不加。天嫌未端正，滿面與裝花。」詩載《文苑英華》，此痘事之始見於書者，今則爲寰區通病矣。有作痘神廟聯云：「到此日方辨妍媸，更向鴻濛開面目；過這關纔算兒女，還從祖父種根苗。」亦未經人道語也。今人家稱出痘爲出寶，又爲天花，故吴信辰痘神廟聯云：「寶痘勻圓，喜個個金丹換骨；天花消散，願家家玉樹成林。」

吾鄉汀建山村中，每數里必有關廟，廟多塑像，旁必有周將軍立像，即世稱周倉者。亦間有周將軍專祠，輒著靈異，而廟中聯語皆鄙誕不經。緣其事僅見演義，正史中並無其名。考《吴書·魯肅傳》載：「肅往益陽，與關相拒，肅邀關相見，各駐兵馬百步上。但諸將軍單刀俱會。俗傳關帝單刀赴會自緣此語而訛耳肅因責數關曰：『國家區區，本以土地借卿家者，卿家兵敗遠來，無以爲資故也。今已得益州，既無奉還之意，但求三郡，又不從命。』語未究竟，坐有一人曰：『夫土地者，惟德所在耳。何常之有？』肅厲聲呵之，辭色甚切。關操刀起曰：『此自國家事，是人何知？』目使之去。」按是人姓名不傳，演義似即據此敷衍爲周倉事。然紀文達師筆記中稱元魯貞作漢壽亭侯碑，已有「乘赤兔兮從周倉」語，則其來亦已久矣。比至桂林，偶與余小霞談及。小霞述其權荔浦令時，於城外周廟題一聯云：「當蜀吴魏之交，擾攘一時能擇主；附劉關張而後，偏裨千古竟傳名。」誠雅製也。

江右管未亭學宣守常德，其鄉人爲鐵柱宫即許真君廟求楹帖，管書云：「君身自是有仙骨；我猶未免爲鄉人。」吴舫翁雲亦有句云：「微斯人吴其爲沼；賴此老海不揚波。」

閩浙分疆處爲楓嶺，景最幽峻。嶺巔祀五顯神，極著顯應，俗皆呼爲五顯嶺。李笠翁云：「盤折嵯峨，甲於諸嶺，由麓徂巔，愈轉愈勝。」廟中神鬼，諸像畢備，觀者生恐怖心，故余爲之聯云：「遠看疑畫，近看似詩，及至身到其間，又覺詩畫都無著手處；善者敬神，惡者畏鬼，究竟皆非異物，須知神鬼出在自心頭。」

乾隆十九年，周文恭公煌奉命册封琉球，使舟至姑米洋，遇颶風，觸礁柁折。時既昏黑，兼大雷雨，帆葉厨棚吹落殆盡，倏見海面一燈浮來，衆悉呼曰：「天后遣救至矣！」須臾舟定。同舟二百餘人，舉慶更生。舟進姑米港，謁廟行香，公獻「願大能成」四字扁，並撰聯云：「神爲德其盛乎，呼吸回天登彼岸；臣何力之有也，忠誠若水證平生。」

張南山題天后宫聯云：「大海茫茫，到無岸無邊，覲於天，天高在上；飄風發發，正可危可懼，徯我后，后來其蘇。」

張南山寄録城隍廟一聯云：「百行孝爲先，論心不論事，論事貧家無孝子；萬惡淫爲首，論事不論心，論心終古少完人。」曲體人情，不失與人爲善之意。又吕仙祠一聯云：「修到神仙，看三醉飛來，也要幾杯緑酒；託生人世，算百般好處，都成一枕黄粱。」則曠達語也。

吴信辰工爲楹聯，楊蓉裳芳燦爲選刻松厓對聯一編，不乏清詞麗句，所稍欠者超脱耳。今録其佳者，如題佛寺門云：「禪門無住始爲禪，但十方國土莊嚴，何處非祇園精舍；度世有緣皆可度，果一念人心迴向，此間即慧海慈航。」又佛堂云：「西方貝葉演真經，總不出戒定慧三條法律；南海蓮花生妙相，也只消聞思修一味圓通。」又題西巖寺云：「色相出真空，眼界光明，震旦雲霞園舍利；聲聞歸妙有，耳根清净，乾陀鐘鼓應迦陵。」又題千手佛殿云：「一心念佛佛如來，鶴唳猿啼，都演出三生妙諦；千手示人人不悟，龜毛兔角，直指開四大疑團。」又題佛堂云：「佛言三藐三菩提，禮此莊嚴，即可承三生度脱；人貴一噴一醒豁，除他罣礙，何難證一味圓通。」又題鍾離祖師殿云：「一朝棄甲成仙，不用偏裨傳兩晉；萬刼銜杯樂聖，聊將散漢著三唐。」又題財神廟云：「蘊玉函珠，善賈固皆棠樂利；心耕筆織，寒儒亦可薦馨香。」又題臨洮常山大王廟云：又稱龍神廟「義膽大於身，陷陣摧鋒，在昔號常山虎將；忠魂符厥號，興雲降雨，至今冠洮水龍神。」又題織神廟云：「改草衣卉服之觀，人間温暖；極錯采鏤金之妙，天下文明。」

或傳揚州華陀廟楹聯云：「元龍幣聘以來，澤被廣陵，到此日青囊未燼；孟德頭顱安在，烟消漳水，讓先生碧血常新。」

楹聯叢話卷之五

解字

內閣漢票籤處有舊聯云：「天下文章莫大處；龍門聲價最高時。」爲諸城劉文正公所書。道光二年燬於火，後陳荔峰閣學嵩慶重書，懸於圓明園直廬。

翰林院署有聯云：「儀鳳祥麟游集盛；金書玉字職司勤。」爲何義門學士所書。

禮部儀制司堂聯云：「在官言官，議事以制；隆禮由禮，慎乃攸司。」集經語頗渾成，然微嫌「議事」與「慎乃」作對，虛實字尚不甚勻稱也。

程春廬同文在兵部職方司最久，公正爲同署所推，有聯云：「有備師干，駕馭當資軍紀肅；不苛公過，權衡常惜將才難。」可以知其風旨矣。

兵部漢本房事繁而職要，與他部本房迥殊。凌虛臺銓聯云：「爲機務總其成，按日具題，子細上塵乙覽；與戎曹分厥任，經年繕寫，辛勤下協寅恭。」又兵部署中關帝廟聯云：「九伐威名襄夏政；千秋正統凛春王。」上句移他處不得，下句以「春王」對「夏政」，亦巧而新。

《藤陰雜記》云：「彰儀門外普濟堂，順天府設以養孤獨者，今餞行者於此茶話，堂聯爲姚端恪公文然題，云：『但覺眼前生意滿；須知世上苦人多。』」

奉天爲陪都重地，並設五部，特缺天官耳。户部大堂聯云：「典領三司，會合東都儲國用；勤修六府，循行南畝贍民生。」兵部聯云：「帝語如聞，惕厲官常臨北極；天威可畏，嚴明軍政肅中樞。」刑部聯云：「體欽恤以明刑，秋肅春温惟國法；秉端平而弼教，青天白日見臣心。」

奉天府丞一職，實兼提督學政，故歷任悉係儒臣。吾閩陳德泉先生治滋任此最久，題大堂聯云：「地重邠岐，禮樂務還醇厚；學宗鄒魯，文章須探本原。」李滄雲棨聯云：「化衍西岐，佐治仰參儒雅；風清東海，掄才蔚起人文。」余叔太常公諱上國聯云：「勉力爲之，正人心，厚風俗，實惟根本；文治彰矣，拔真才，加訓迪，勿懈功夫。」蓋隱括歷次奏摺中硃批天語，以爲敬謹服膺也。

彭寶臣浚視奉天學最有名，其去也，滿漢士紳撰聯送之，云：「名魁天下，化振陪都，本壽考作人，真教玉樹琪花，陸離珊網；兩度來遊，一塵不染，藉文章造福，佇看蘭芽桂蕋，次第瑶階。」

奉天城中有瀋陽書院，蔣丹林祥墀聯云：「地近聖居，洙泗宫牆瞻數仞；基開王迹，鎬豐鐘鼓振千年。」

涿州距京師百里，凡由燕薊南行者，由此分東西兩路。城樓有聯云：「日邊衝要無雙地；天下繁難第一州。」

曲阜衍聖公府大門聯云：「與國咸休，安富尊榮公府第；偕天不老，文章禮樂聖人家。」此前明李文正公東陽所題也。近有成哲親王贈聯云：「爵列三公榮袞黻；身通六藝紹箕裘。」畢秋帆尚書沅贈聯云：「恩紀金魚，永鎮東山棨戟；祥徵玉燕，常綿北海簪纓。」又承恩公恭大宗伯恭阿拉贈衍聖公聯云：「守道不移金鼎重；居身常抱玉壺清。」聞是謝薌泉侍御振定所擬。又劉雲房師視學山左時題聯云：「到此都稱香案吏；及時多種杏壇花。」

紀文達師筆記云：「昔李又聃先生言有寒士下第者，焚其遺卷，訴於文昌祠，夢神語曰：『爾讀書半生，尚不知窮達有命乎？』嘗侍先姚安公，偶述是事，姚安公怫然曰：『又聃應舉之士，傳此語則可；汝輩手掌文衡，傳此語則不可。聚奎堂柱有熊孝感相國題聯曰：「赫赫科條，袖裏常存惟白簡；明明案牘，簾前何處有朱衣。」汝未之見乎？』」

彭文勤公視學浙江，撰署聯云：「天地自成文，湖山有美；國家期得士，桃李無言。」蓋學署儀門外偏植桃李，有牌樓題曰「桃李門」。今門額猶存，而聯則久失之。

吾閩汀州試院後有參天古柏，歲久通靈，歷任學使者皆致祭。紀文達師下車之始，亦循故事，瓣香甫薦，見有緋袍執笏神，隱隱樹表，因題一聯云：「參天黛色長如此；點首朱衣或是君。」

紀文達師曰：「余督學福建時，署中有筆捧樓，以左右挾雙塔也。使者居下層，其上層則複壁曲折，非正午不甚覩物，遂爲山魈所據。憶杜老『山精白日藏』句，悟鬼魅多避明而就晦，因盡撤牆垣，使四面明窗洞啓，三山翠靄，宛在目前。題額曰『浮青閣』，題聯曰：『地迥不遮雙眼闊；窗虛只許萬峰窺。』自是山魈遷於署東南隅之會經堂矣。」

桂林陳文恭公撫湘時，有題貢院堂聯云：「矮屋靜無譁，聽食葉蠶聲，敢忘當年辛苦；文星光有耀，看凌雲驥足，相期他日勳名。」又有明遠樓一聯云：「矩令霜嚴，看多士俯仰低回，羣囂盡息；襟期月朗，喜此邦江山人物，一覽無遺。」相傳爲李笠翁所作。吾閩貢院有一聯云：「場列東西，兩道文光齊射斗；簾分內外，一毫關節不通風。」江南貢院聯亦同此。余監臨桂林鄉試，亦録此聯於門屏之間。或云是黃莘田先生任所製也。

京師貢院明遠樓上有七言對聯云：「夜半文光射北斗；朝來爽氣挹西山。」此雅切京師，若移置他省，便不見佳。不知何人所撰，字則王覺斯所作也。

呂新吾先生坤陳臬中州時，有城門四聯。東延和門云：「青帝布陽春，鬱鬱葱葱，生氣溢沙隨之外；黃堂流德澤，融融液液，太和在梁苑之西。」南文明門云：「萬丈文光，北射斗牛躔魁柄；三星物采，東聯箕尾上台躔。」西寶成門云：「萬寶告成，合耕夫織婦，白叟黃童，年年歌大有；五徵來備，看東舍西鄰，南村北疃，處處樂同人。」北鍾祥門云：「洪濤來萬里恩波，遠抱崇墉浮瑞靄；元女注千年聖水，潛滋環海護生靈。」見《呻吟語·治道門》後。

衙署廳齋楹帖，有可當官箴者。如云：「當官期於物有濟；凡事求其心所安。」「吏民莫作官長看；法律要與詩書通。」汪龍莊輝祖自題云：「官名父母須慈愛；家有兒孫望久長。」袁簡齋自題云：「獄貴得情寧結早；判防多誤每刑輕。」浙江藩署聯云：「權衡江海，司牧名邦，時時思裕國澤民，何暇論湖光山色；黜陟幽明，承宣庶績，念念存戴高履厚，更須持茹檗嘗冰。」余在江蘇藩署，亦有一聯云：「爽氣挹天平，國計民生如此象；雄藩稱地户，湖光江色照余心。」撫桂林時，東偏有懷清堂，爲百文敏公題扁。余配以聯云：「懷哉惟清，既到此間須刻鵠；勤將補拙，敢云餘暇可驂鸞。」

「名場似弈無同局；吏道如詩有別裁。」亦署齋聯，却有別致。余小霞曰：「記得是無錫顧奎光句。」

張南山以名進士觀政楚北，令黃梅時作大堂楹帖，云：「催科不免追呼，願百姓早完國課；省事無如忍耐，勸衆人莫到公堂。」仁人之言，藹如也。

聞阮芸臺先生言視學山東時，見臬署一對聯，極切而佳，句云：「晏嬰齊仁人，一言而溥天下利；孔子魯司寇，無訟當爲百世師。」忘却作者姓名，余陳臬時，徧覓此聯不得。蘇鼇石廷玉繼至，乃爲刊榜於二堂，並跋所聞緣起云。

成果亭成格撫粵東，題廳事聯云：「花竹一庭，是亦中人十家產；軒窗四壁，可無廣厦萬間心。」

阮芸臺先生題江西藩署大門聯云：「庾匡千里開生面；章貢雙流照此心。」

浙江温處道署後有且園，是前官高韋之司寇其佩所闢。池榭清幽，花石秀野，司寇居而樂之，因以「且園」自號。粵東陳觀樓先生昌齊題聯云：「隨意觀風草；無心狎海鷗。」亦自含毫邈然。

州縣署楹帖最多，非諛詞，即理語。記得一聯云：「四野桑麻，不羨河陽花作縣；一腔冰雪，偏教寒谷黍知春。」語獨藴藉，此爲頌不忘規。

常州府署中有竹樓一所，某太守題聯云：「未知明年在何處；不可一日無此君。」集句天成，且的是官齋中語。

成蘭生世瑄守杭州時，廳事聯云：「湖山在目，玉局曾來，又七百年於兹矣；冰雪爲心，金科勿擾，斯二千石之職歟。」

伊墨卿先生秉綬守惠州，倡建豐湖書院，並重修永福寺、準提閣、元妙觀，皆左近勝蹟也。宋芷灣湘紀以聯云：「萬間廣厦庇來新，問秀才老屋深燈，他日幾逢賢太守；百頃平湖游者衆，看後學洙情沂思，有人重起古循州。」又聯云：「關心一郡衣冠，在諸公鼛鼓三年，敢言勞苦；回首十弓榛莽，見多士琴書四壁，得忘由來。」自注云：「此室爲書院庀工處也，謹書其事。」又永福寺聯云：「往來資白業；談笑出紅塵。」又準提閣聯云：「文字有神揭星漢；聖賢以道證人天。」又元妙觀聯云：「此湖此水不深淺；放鶴招鶴成古今。」又豐湖書院二門聯云：「人文古鄒魯；山水小蓬瀛。」又三堂聯云：「從來此地比洙沂，况拓開近水天光，四面春宜風浴；自後何人更蘇翟，只認取前峰燈火，千秋名共湖山。」

伊墨卿先生在惠州，有惠政。嘗自題郡署大門云：「天凛旦明，尚無慙於爾室；地名循惠，用顧畏乎民嵒。」又題署中廳事云：「合惠循爲一州，江山並美；種竹梅成三友，心跡雙清。」又題永福寺云：「雲鶴有奇翼；瑶草無塵根。」又題陳文惠公堯佐祠云：「没世不忘真宰相；荒亭猶屬舊詩人。」按宋相國陳文惠公前守循州時，於署東建野吏亭，後人即於亭旁立公祠，歲時祀焉。

楊硯芬希銓守惠州，集禊帖字，題永福寺云：「永世有因，大悲觀自在；諸天無相，極樂仰文殊。」又題元妙觀云：「蘭宇既清，竹林亦静；諸天不老，大地長春。」

惠州東坡亭有嵇二泉承志題聯云：「忠愛著朝端，即蜑雨蠻烟，魂夢仍依北闕；文章行海外，想賦詩飲酒，勾留又在西湖。」

李蘭卿都轉彦章守思恩日，重建陽明書院。又闢西邕書院，飭所屬各建勸農亭，百廢俱修，均自撰楹聯紀之。都人士集刊《榕園楹帖》一本。榕園者，即都轉公餘讀書處也。今摘録其佳者如左。講堂聯云：「率士盡同文，顧此邦易俗移風，欲使偏陬如上國；登堂能講學，與多士敦詩説禮，須知太守本書生。」實學齋集句云：「剛日讀經，柔日讀史；十年樹木，百年樹人。」實用齋云：「考古證今，致用要關天下事；先憂後樂，存心須在秀才時。」道古軒集句云：「居近識遠，處今知古；研經賞理，敷文奏懷。」修志亭集句云：「清坐使人無俗氣；讀書何計策新功。」山谷劍南藏書樓集句云：「蓄得奇書且勤讀；忽逢佳士喜同游。」劍南、山谷船齋云：「池邊小屋低於艇；江上青山峭似詩。」嵐漪詩屋集宋句云：「能令水石常在眼；任有閑忙不負詩。」玉帶橋集《詩品》云：「畫橋碧陰，明漪絶底；緑杉野屋，好風相從。」修禊亭集宋句云：「聊開禊席臨流水；又與風光作主人。」竹所集句云：「别開小徑連松路；忽有朱欄出竹間。」王平山劉后村詩嶼集句云：「樓臺四望烟雲合；草木一谿文字香。」秦少游林景熙明禮軒集句云：「有威可畏，有儀可象；無本不立，無文不行。」學文堂集劍南句云：「文能換骨餘無法；學到尋源自不疑。」種桂堂云：「聞木樨香，何隱乎爾；知菜根味，無求於人。」惠泉義學云：「造物偏生才，直與杭人多惠比；聖功先養正，果逢山下出泉蒙。」南城鐘鼓樓集宋句云：「句裏江山隨指顧；城南鐘鼓鬭清新。」西邕書院正學堂云：「儒館闢邊城，漸户多絃誦，士勵廉隅，快養人材爲世用；郡齋鄰講院，喜公暇論經，夜深聞讀，不忘書味似兒時。」王文成公祠云：「七萬人相慶更生，計農桑教化兵防，名世允推儒作將；十五卷共尊遺集，兼道學文章經濟，此邦尤願士希賢。」紫翠樓云：「頓看平地樓臺起；忽送千峰紫翠來。」豐農亭云：「載酒偏催耕，顧無忘兩字豐農，爲政先勞原自近；索綯仍合力，正難得一家和氣，力田孝弟本同科。」黄山谷祠云：「直道莫能容，却聽雨登樓，薄醉平生無此快；大名長不死，慕落星結屋，論詩異代久相師。」武緣縣小陸墟新修宣讀聖諭亭云：「聖訓敷言，知道在倫常，業先耕讀；民勞思善，願人勤守隘，俗革歌墟。」又馱圀等村勸農亭云：「加意減租徭，十二村中，爾宅爾田，保汝兒孫常足食；赴功煩版築，三百里外，某山某水，守吾條約即良民。」又林村勸農亭云：「雍睦八家，同能服先疇，頗有鄉風安古處；畬畱三歲，始永除後患，斷無地角累升科。」賓州勸農亭云：「萬二千家爲鄉，看水田再熟，洫路交流，到處争留吾所憩；三百六旬成歲，憶春晚觀風，秋晴喜雨，連年頻與爾相親。」上林縣勸農亭云：「地利極膏腴，十萬山近繞澄江，今年喜雨足田肥，人和歲稔；邊情須體察，三百里親來行縣，到處得興農課士，問俗觀風。」賓州新設瑯琊義學云：「地稱齊魯遺風，向四覽尋源，畧仿古時州有序；我勸師儒設教，視三年敬業，要求初學德之門。」田州土州新設文同義學云：「合十九司猺峒人民，至今已同軌同倫，新學頓殊魋結俗；通一萬里象胥文字，到處有佩觿佩韘，邊城能識諭蒙書。」

杭州西湖之敷文書院有朱竹垞先生集句，聯云：「入則孝，出則弟，守先王之道，以待後學；頌其詩，讀其書，友天下之士，尚論古人。」

崇文書院中新建仰山樓，胡書農學士集句，聯云：「閉户自精，雲無心以出岫；登高能賦，文異水而湧泉。」

奉新縣馮川書院有吴邑侯鳴鳳聯云：「今科又掄元，願諸生莫存第二人想；每月來課士，即此地可作試三場觀。」按各直省解額甚寬，又豈能人人不作第二人想：此聯雖佳，出語究於理未足也。

廣州城中學海堂爲阮芸臺先生所建，以比浙中之詁經精舍。先生自題一聯云：「公羊傳經，司馬記史；白虎德論，雕龍文心。」鄧嶰筠督部廷楨集《繹山碑》字一聯云：「繹史誦經，思在古昔；登高望遠，顯於今時。」白小山學使鎔聯云：「智水仁山，在此堂宇；經神學海，發爲文章。」又成果亭撫部聯云：「學貫九流，匯此地人文法海；秀開百粵，看羣賢事業名山。」聞亦白所製也。

廣東省城粵秀書院亦人文萃集之區，道光年間，有盧生同伯、桂生文燿，同肄業其中。陳厚甫山長鍾麟最器重之。爲集句一聯曰：「盧橘夏熟；桂樹冬榮。」可謂天然湊泊，未幾二生並捷南宮矣。

雲南府之五華書院有尹楚珍先生壯圖聯云：「魚躍鳶飛，活潑潑地；日華雲爛，糺縵縵天。」

吾閩福州府之鰲峰書院，有林青圃先生枝春聯云：「坐里門內夕而朝，教不忘就爾事；習君子言尊以徧，學莫便近其人。」近年吳荷屋方伯榮光新建鳳池書院，聯云：「皇國需才，看鳳翥鸞翔，天下士各憑造就；仙瀛有路，佇風騫浪吸，眼中人休便徘徊。」又孫平叔宮保聯云：「池浴文禽，從羅含夢裏飛來，覽德苑林翔吉羽；岡鳴翽鳳，向劉勰筆端拈出，遷喬阿閣聽和聲。」

廣東雷瓊道駐扎瓊山縣，其大堂楹聯暗藏瓊州全府州縣名色，組織頗自然，句云：「定安全之策，坐鎮瓊山，開樂會以會同官，統府州縣羣僚，獨臨高位；澄邁往之懷，清揚陵水，佐文昌而昌化理，合萬儋崖諸邑，共感恩波。」蓋瓊州凡領十三屬，爲瓊山、澄邁、定安、文昌、儋州、昌化、會同、樂會、臨高、萬州、陵水、崖州、感恩也。

李蘭卿率所屬十二土司，同建陽明書院，自兼掌教，分十齋二十六軒，而皆統於「實學」、「實用」二齋。葉筠潭紹本題聯云：「心學揭良知，憶當年息馬投戈，頓化遐陬成頖璧；教思追大雅，欣此日橫經鼓篋，共歌樂職布中和。」又別建西邕書院，以課合郡童生。筠潭題聯云：「賀水溯遺封，八千里遠隸邊庭，文軫至今通桂管；台山留講席，二百年久陶元化，禮堂終古衍薪傳。」

有題宗祠楹聯云：「小宗人僅千家，念析支分族，仍共本源，害勿交讓，利勿交征，仁義而已矣，孝弟而已矣；大祭歲惟一舉，極展誠抒敬，不過信宿，孚可用禴，享可用簋，玉帛云乎哉，鐘鼓云乎哉。」情文兼到，頗能動人。

江右安福李氏祖祠，舊傳木刻楹帖對語云：「經傳道德五千言。」出語久佚，莫能復屬。吳舫翁偶過其地，李氏乞撰出語，舫翁即於馬上答云：「臚唱兒孫三百輩。」蓋唐時曾放宗人榜三百人也。

余小霞以詩人沈滯粵西末僚，亦工作聯語。近年桂林府重修廨署，與静山太守興仁將中外楹聯全行更换，粲然一新，多出小霞之手。如頭門云：「桂管古稱雄，聲教由來先列郡；文衣今向化，撫綏何以控諸蠻。」儀門云：「此是公門，裹足莫干三尺法；我無私謁，盟心祇凛一條冰。」大堂云：「領郡愧難勝，願閭閻俗變飲羊，人除害馬；同舟須共濟，與僚寀政期馴雉，節勵懸魚。」廳事云：「昔有龔黄，千古名傳循吏去；賢如顔范，一麾我步後塵來。」得月樓云：「簿領有餘閒，退食聊爲容膝地；簪纓多俊侶，清談俱是素心人。」

余小霞任三防主簿時，自製署聯云：「與百姓有緣，纔來此地；期寸心無愧，不鄙斯民。」嘗再任大灘司巡檢，題堂楹云：「八載重來，民情愛我如當日；一枝仍借，山色迎人似舊時。」又嘗撰桂林陳文恭公祠堂聯云：「節制鄉邦，桑梓至今稱百姓；贊襄綸閣，簪纓繼起有三元。」蓋公以粵西人總制兩粵。又其元孫蓮史方伯繼昌登嘉慶庚辰科三元，皆曠世榮遇也。

毘陵周伯恬儀偉先世豐於財，闢盟鷗館，結客極盛；家落，旋售去。龔定菴鞏祚來游，留一聯云：「別館署盟鷗，列兩行玉佩珠簾，幻出空中樓閣；新巢容社燕，約幾箇晨星舊雨，來尋夢裏家山。」

京師福州會館之燕譽堂有舊聯云：「萬里海天臣子；一堂桑梓弟兄。」是前明福清葉文忠公所撰。余於嘉慶丙子，與同郡諸君子又創構福州新館，在虎坊橋之東，規制愈寬，人文愈盛。同郡諸君子合撰楹帖，益蔚爲巨觀。今録其佳者如左。云：「海嶠星從天上聚；長安春占日南多。」又云：「浴海烟開鰲背月；看花人步鳳城霞。」又云：「鳳窟麟洲通御氣；黄蕉丹荔憶鄉風。」又云：「冠蓋仍循鄉飲序；笙歌先醉社公觴。」又云：「室因新拓來今雨；人比分躔聚德星。」又云：「朱櫻紅杏開新宴；丹荔黄橙話故鄉。」又云：「三山佳氣瞻鰲背；九陌香塵駐馬蹄。」又云：「看花却趁春三月；視草同依尺五天。」又云：「家園魚筍評鄉味；人海鶯花洽古春。」又云：「珂里雲開三島麗；金壺花發九衢春。」又云：「竹箭聲華當代選；梅花消息故人來。」又云：「佳日春秋來鶴蓋；深宵吟誦似鰲峰。」又集句云：「同人於門，羣賢畢至；適子之館，吉事有祥。」

福州會館，每歲元宵，烟火之盛，甲於宣南。蓋自國初以來，相承不斷，其事最著，爲他郡所無。西城官民士女來觀者，喧闐街巷，直徹夜分；本館人則飲燕盡歡，都忘其爲他鄉異客矣。所製燈聯，合前後衆手爲之，皆流麗可喜，傳誦於時。今亦録其佳者，如云：「撒荔須分海東樹；看花都向日南坊。」又云：「百五春歸三五月；九重天散萬重花。」又云：「玉京風月原無價；銀闕樓臺共此春。」又云：「寶燭看龍銜，萬户笙歌無禁夜；香塵隨馬度，九衢烟月太平人。」又云：「列樹燦銀花，璧月珠星，迸作九天麗藻；首時調玉燭，南油西漆，蔚成五夜祥雲。」又云：「社火憶鄉風，海駕鰲山，萬盞燈毬争買夜；粉團仍密讌，風和鶴醆，三更春箭正傳觴。」又云：「此地笙歌，恰當韋曲城南，去天尺五；吾儕觴詠，猶是越王臺畔，明月三分。」又云：「碧海無波，總買來簫鼓千場，魚龍百戲；金臺不夜，看裝出琉璃世界，錦繡天街。」

京師吳江會館，陸朗夫燿所建。題聯云：「來看上苑鶯花，今日幸同良會；記省松陵文獻，他年得似何人。」

京中鄉祠以浙紹爲最著，祠中聯云：「鑑湖八百里，望氣遥來，書入帝城雲物；君子六千人，聞風興起，勗成王國賢材。」又戲臺一聯云：「地當韋杜城南，鼓吹休明，共效謳歌來日下；人在枌榆社裏，風流裙屐，恍携絲竹到山陰。」

揚州郡署戲臺聯云：「數點梅花横玉笛；二分明月落金樽。」是王夢樓太守文治所題。

廣東武林會館在歸德門外晏公街，杭人之商賈於粤者，恒集其中。有戲臺對聯云：「一闋荔支香，聽玉笛吹來，徧傳南海；雙聲楊柳曲，問金尊把處，憶否西湖。」

安徽育嬰堂落成，陶雲汀宫保題聯云：「父兮生，母兮鞠，俾無父母有父母；此謂民父母，子言似，孫言續，視猶子孫即子孫，以保我子孫。」

湖北漢口有長沙會館，陶雲汀宫保題聯云：「隔秋水一湖耳，看岸花送客，檣燕留人，此境原非異土；共明月千里兮，記夜醉長沙，曉浮湘水，相逢好話家山。」

歙縣會館有鮑覺生侍郎題聯云：「清樽夜話黄山樹，彩筆朝題紫陌花。」又有一聯云：「九萬程中，三千道上，藉此館粲埸苗，用萃東南之美；卅六峰下，廿四溪邊，移來綬花帶草，咸依日月之光。」忘却何人所題。

楹聯叢話卷之六

勝蹟上

泰山理大物博，秀甲寰區，惜山中楹聯殊少。佳搆最著者，岱廟中「帝出乎震，人生於寅」八字，對仗天然，足以俯視一切。然是廟聯，非爲全山寫照也。惟半山壺天閣有廷曙墀郡守錫一聯云：「登此山一半，已是壺天；造絶頂千重，尚多福地。」又雨花道院中，不知何名一聯云：「雨不崇朝徧天下；花隨流水到人間。」尚非俗筆。

余由東臬擢藩吳中，途出泰安，楊蓉峰太守惠元延余宿岱廟中。是夜廟中月色如晝，而絶頂白雲滃起，上下竟不相蒙。僉謂三日内必有霖雨。適廟僧索書楹聯，因爲撰句云：「攬月居然凌上界；撑雲便要灑齊州。」

嵩山爲中嶽，齊北瀛鯤爲河南知府時，嘗招余往游，未果。後二十年過洛陽，去山不過兩日程，亦心嚮往而弗能至也。憶吳巢松侍講慈鶴爲余談二室之勝，並爲述所撰聯云：「近四旁惟中央，統泰華恒衡，四塞關河拱神嶽；歷九朝爲都會，包伊洛瀍澗，三臺風雨作高山。」

恒山各寺觀中扁額極多，其以四大字磨厓者，亦復不少。而有楹聯者，不過三四處，殊未見佳。惟南關北嶽行宫一聯云：「峻嶽鎮幽燕，近翊黄圖，風雨永昭和會；靈山鍾畢昴，遥連紫塞，陰陽迭起貞元。」氣象尚能相稱。

華山雄奇，甲於四嶽。余曾過玉泉院，聞山僧述嚴道甫侍讀長明有一聯云：「三峰三霄通，寶掌千秋留蘚迹；一嶽一石作，金天萬里矗蓮花。」

華嶽廟在華山之麓，壯麗與岱廟同。余由秦入隴，往返信宿，皆在其中。庭中古樹極多，或爲商周，或爲秦漢，皆懸牌爲標識。碑刻林立，則多是宋以後物，絶無唐以前者，殊不可解。盧厚山宫保所重摹延熹碑，刻工早竣，尚横卧地中，爲之嘆息者久之。廟僧索留楹聯，因漫書付之云：「鴛瓦貼雲霄，俯挹明星兼玉女；虎賁卧庭廡，猶强周栢與秦松。」廟僧未喻其意，亦不知其懸挂與否耳。

衡山遠在南服。讀《衡嶽志》一册，亦絶少佳聯。録其詞旨莊雅，足與靈山相稱者云：「居艮位而踐離躔，溥雷池風穴之功，柱鎮天南，斗横地北；列三公而配四嶽，標月館露臺之勝，帆隨湘轉，鴈到峰回。」又一聯云：「望望七十二峰，工部游時，詩聖有誰能繼響；遥遥一千餘載，文公去後，嶽雲從此不輕開。」亦未詳何人所撰也。

京師陶然亭，康熙年間，水部郎江藻所建，取白香山詩「一醉一陶然」之語爲額，百餘年來，遂爲城南觴詠之地。戴菔塘璐《藤陰雜記》中，載沈東田方伯游陶然亭以楹帖：「慧眼光中，開半畝紅蓮碧沼；烟花象外，坐一堂白月清風。」爲韻成詩，書壁間。余尋之，不得其處。而聯語實未佳。惟有舊聯云：「窗前緑樹分禪榻；城外青山到酒杯。」亦是常語。竊謂曹慕堂宗丞學閔「穿荻小車疑泛艇，出林高閣當登山」

二句膾炙人口，便可移作楹聯矣。

京師藤花最著名者，莫如海波寺街之古藤書屋，以朱竹垞舊居而重。其最古而大者，則萬善給孤寺東之呂家藤花，有元大德四年刻字，商寶意詩所謂「萬善寺旁呂氏宅，滿架古藤翠如織；鐵幹誰鐫大德年，模糊辨是元朝植」是也。倪給諫國璉聯云：「一庭芳草圍新綠；十畝藤花落古香。」今宅屢易主，而藤尚無恙。庭中菊花亦盛，楊少白庚聯云：「萬菊充庭秋富貴；雙藤蔓地古烟霞。」

《藤陰雜記》云：「座師王文莊公初寓韓家潭，七月二十五日生辰，每於中秋前後張樂，次第宴乙丑同年及門生。其戲臺對聯最爲精切，憶己丑歲則云：『十七夕彩滿蟾宮，賡隔夜霓裳舊曲；廿五載班聯鵷序，萃當年蓉鏡羣仙。』庚寅歲則云：『壽宇覃禧，借緱山鶴舞餘籌，更譜瑶笙諧鳳吹；晚香勵節，集蓬島鵷班舊侶，重翻霓羽侑鸞觴。』」

又云：「吴文簡公襄舊宅賜額蘭藻尚存。沈東田方伯及祝芷堂、曹劍亭俱曾居此。相傳爲吴梅村祭酒故宅，湯西厓少宰亦寓焉。前後皆名流也。有舊聯云：『旁人錯比揚雄宅；異代應教庾信居。』」

孫公園後相傳爲孫退谷別業，吴白華司空官翰林時，曾賃住。公讌座師王文莊公，戲臺聯云：「地近春明，憶當年甥館清娱，幾聽後堂絲竹；序先秋禊，幸此日師門暇豫，共陪高閣簷帷。」蓋宅爲茶陵彭大司馬維新舊第。公乙丑及第後，於此贅姻。宅後別一第，有林木亭榭，沈雲椒侍郎寓焉。有蘭韻堂聯云：「匝地清陰三伏候；參天老樹百年餘。」

孫公園前有梁家園，康熙間，孫退谷、龔芝麓皆讌集其中。當時引凉水河入園中，亭臺花木，一時稱盛。今則殊無可觀。李雨村調元寓焉，嘗築看雲樓，聯云：「檻外遠山排闥繞；樓前積水當湖看。」

趙甌北《簷曝雜記》云：「金鼇玉蝀橋新修成，橋柱須鐫聯句，在樞直擬句云：『玉宇瓊樓天尺五；方壺員嶠水中央。』自以爲寫此處光景甚切合。汪文端公爲改『尺五』作『上下』二字，乃益覺生動也。」

通州河樓正俯運渠，景極雄曠。程玉樵廉訪德潤聯云：「高處不勝寒，溯沙鳥風帆，七十二沽丁字水；夕陽無限好，對燕雲薊樹，百千萬疊米家山。」

正定府龍興寺中有準提菴，梁蕉林清標題聯云：「月上鬬圓光，示教禪心兼法味；風吹清梵樂，歸誠景福應真言。」又題東院聯云：「爲定慧，爲聲聞，布金地於祇園，六通朗徹；或净名，或緣覺，轉法輪於鹿苑，五蘊圓明。」又李致齋基和題雨花堂聯云：「雲籠夜月原無礙；鳥宿秋林亦放參。」

阮芸臺先生題杭州府貢院一聯云：「下筆千言，正桂子香時，槐花黃後；出門一笑，看西湖月滿，東浙潮來。」爲時傳誦。又衡州府石鼓書院中有净緑閣，閣中有韓文公「緑净不可唾」一詩，爲張南軒先生所書。阮先生製聯云：「此真净緑唾不可；我實薄才歌奈何。」

西湖飛來峰，相傳晉咸和元年，西天僧慧理登山，嘆曰：「此是中天竺靈鷲之小峰，不知何年飛來。」因以爲名。又不知何時，於峰洞中多鐫佛像以鎮，慮復飛去，則更荒唐。峰下即冷泉亭，亭扁舊傳爲董香光所題。據《西湖游覽志》，「冷泉」二字爲白樂天書，蘇子瞻續書「亭」字，今皆不可考矣。惟董香光聯云：「泉自幾時冷起；峰從何處飛來。」彼教中機鋒語也。又有書王右丞「泉聲咽危石，日色冷青松」句者，亦雅切。至《七修類稿》中又載一聯云：「飛峰一動不如一静；念佛求人不如求己。」則鈍相矣。

靈隱寺山門有趙松雪一聯云：「龍澗風迴，萬壑松濤連海氣；鷲峰雲斂，千年桂月印湖光。」今《西湖志》不載。

西湖向無蘇公專祠，秦小峴觀察始創建之。落成後，阮芸臺先生書楹帖云：「欲共水仙薦秋菊；長留學士住西湖。」註云：「宋時杭人呼公爲學士，不稱姓。今猶然。」華秋槎瑞璜又集公詩爲聯云：「泥上偶然留指爪；故鄉無此好湖山。」先生又摹公手書「讀書樓」三字爲額。

阮先生又集白香山句，題白公祠云：「但是人家有遺愛；曾將詩句結風流。」

西湖有陸宣公祠，近年所新修者。富海帆中丞富呢揚阿聯云：「兩廡薦馨香，咸欽名相謨猷，大儒學問；六橋攬風月，猶似川雲宦蹟，烟雨家鄉。」

孤山放鶴亭上有巢居閣，道光元年重建。吾鄉陳望坡尚書若霖聯云：「祠傍水仙王，北宋尚留高士躅；樹成香雪海，西湖重見古時春。」吴棣華廉訪廷琛聯云：「華表千年，遺蛻可聞元鶴語；孤山一角，暗香先返玉梅魂。」閣上聯尚多，以此二聯爲最佳。

天台之萬年寺有王藻儒閣老掞一聯云：「身比閒雲，月影溪光堪證性；心同流水，松聲竹色共忘機。」又湯敦甫尚書金釗聯云：「露氣春林，月華秋水；晴光淑景，芳草遠山。」上方廣寺朱倫翰聯云：「四山滴翠環初地；一路聽泉到上方。」阮芸臺先生聯云：「以衆華爲物事；作雙樹之道場。」錢竹汀宫詹大昕聯云：「身似菩提心似鏡；雲在青天水在瓶。」

西湖之聖因寺，本行宫。雍正五年，浙江巡撫李敏達始奏准改建。第一進爲彌勒殿，有敏達聯云：

「山外皆山，巒岫繞成清浄界；畫中有畫，笙歌譜就太平圖。」最後爲内方丈，敏達亦有聯云：「聖德遐昌，北極恩光昭北闕；皇仁遠被，西朝瑞靄接西天。」然此地於康熙四十六年，恭逢鑾輿駐幸旬日，扁聯悉出御題。雲漢昭回之地，非臣工所當濡染其間。敏達之聯，實應撤去也。

理安寺之松巔閣，舊名法雨院。桂杏農觀察桂菖聯云：「薄宦寄明湖，有夢難尋荊樹影；前因迷法雨，招魂空叩木樨禪。」跋云：「先兄文敏公鞫獄粵西，道卒武昌，曹儷笙太傅夢兄曰：『我與公皆理安寺僧，今當歸矣。』越日，楚督奏函適至，事遂上聞。余分巡至此，因題楹柱，並誌鴒原之感。」

宋錢昆父有書藏在西湖九里松，其故址已不可考。阮芸臺先生撫浙時，曾仿爲之。於靈隱寺華嚴閣後，創建一閣，取四部書各種，庋置其上，命僧守之。石琢堂廉訪韞玉題聯云：「著作集名流，好事敦當年白傅；文章留慧業，賞音俟後世揚雲。」

朱竹垞先生曝書亭中舊有一聯云：「會須上番看成竹；何處老翁來賦詩。」汪舟次檢討楫所集杜句也。嘉慶初，阮芸臺先生督學浙江，修葺是亭，爲重刻而懸於柱。

嘉興木覺寺中有空翠亭，乃唐僧初夢建寺時故蹟。又有三過堂，壁間有坡公三詩刻，蓋坡公嘗三過此堂。詩見集中。其前楹有唐石幢二，高二丈許，偉材也。芸臺先生有題句刻石柱云：「惟唐代二幢，是峨嵋山人未過前屋；此壁上三律，乃空翠亭僧初夢時詩。」

温州青田縣有石門洞，洞口有天然石門，因名。傳是劉青田讀書處也。有聯云：「似洞非洞，適成仙洞；無門有門，是爲佛門。」聞爲華亭沈某所題而忘其名。

杭州有錢武肅王祠，其裔孫梅溪處士泳有聯云：「功在生民，惜傳聞異辭，信史尚留曲筆；德垂弈禩，悵播遷中葉，支流莫溯真源。」此確是後裔口氣，詞旨亦落落大方。

西湖花神廟在孤山下，跨虹橋之西，雍正九年，總督李敏達所建。中祀湖山之神，旁列十二月花神及四時催花使者，無不釵飛鈿舞，盡態極妍。相傳湖山正神即李公自塑其像；其旁列花神，皆李之姬侍，實有其人。余於嘉慶元年來游時，廟貌已敝；而花神精采，猶弈弈動人。近聞紅顏皆成黄土矣。猶記得有一舊聯云：「翠翠紅紅，處處鶯鶯燕燕；風風雨雨，年年暮暮朝朝。」曼調柔情，情景恰稱。

花神廟旁有月老祠，有金書聯云：「願天下有情的，都成了眷屬；是前生註定事，莫錯過姻緣。」蓋集《琵琶記》、《西廂記》兩院本成句也。

葛嶺下有葛林禪院，與孤山相對。梁山舟先生集劉劭《人物志》語爲聯云：「德行高妙，容止可法；威儀齊整，器盔無聲。」阮芸臺先生聯云：「月似丹光出高嶺；鶴因梅樹住前山。」

蘇州城南之滄浪亭，自宋牧仲中丞犖修後，復經長洲令許月溪遇及吳中丞存禮、覺羅中丞雅爾哈善三次修葺。今人只知有宋牧仲而已。余藩吳時，復加修治，增設臺榭，蔚成大觀。好事者合獻楹聯，而愜心貴當者實少。齊梅麓太守彥槐一聯云：「四萬青錢，明月清風今有價；一雙白璧，詩人名將古無儔。」蓋前祠蘇長史，後祠韓蘄王也。可稱穩切。而「一雙白璧」字，究嫌粧點；余因輯《滄浪亭志》得集句一聯云：「清風明月本無價；近水遥山皆有情。」上係歐陽文忠句，下係蘇長史句，皆滄浪亭本事也。然屢書皆不工，故此聯迄未懸掛。

宋牧仲尚書撫蘇時，爲唐六如修墓，建亭其旁，題曰「才子亭」。韓慕廬宗伯作楹聯云：「在昔唐衢常痛哭；祇今宋玉與招魂。」余嘗過桃花塢訪之，其亭久圮矣。

蘇州圓妙觀七星潭閣有集唐句一聯云：「千樹桃花萬年藥；半潭秋水一房山。」最熟人口。按揚州净香園中桃花池館亦有此聯。

虎丘亦有花神廟，聯云：「一百八記鐘聲，喚起萬家春夢；二十四番風信，吹香七里山塘。」却移作西湖之花神廟聯不得，惜不知何人所撰。

李蘭卿觀察權蘇臬時，訪得蘇文忠公爲僧卓契順書《歸去來辭》石刻於城東定慧寺，復尋得嘯軒故址，因修祠葺軒，以存舊蹟。按定慧寺及嘯軒，並在黄州，前明正統中，蘇州巡撫周文襄公摹勒蘇書於石，太守況公捐禄建寺及嘯軒。寺僧又繪蘇像奉之軒中，遂爲郡中名勝。歷久圮蕪，鮮有知者。至是乃一一還其舊。余於道光乙未過吴門來游，留詩而去。後陶雲汀宫保爲之聯云：「喫惠州飯，和淵明詩，陶云吾云，書就一篇歸去好；判維摩憑，到東坡界，人相我相，笑看二士往來同。」跋云：「定慧寺有東坡書靖節先生《歸去來辭》，蓋在惠州時，寺僧欽長老遣其徒卓契順爲公子致書，臨歸，公以此贈之。其寄欽長老詩云：『初無往來相，二士同一在。』又云：『請判維摩憑，一到東坡界。』即謂是也。」同時林少穆撫部聯云：「嶺海答傳書，七百年佛地因緣，不僅高樓鄰白傅；岷峨迴遠夢，四千里仙蹤游戲，尚留名刹配黄州。」陳芝楣方伯鑾聯云：「翰墨溯高風，輪扶大雅；椒馨薦遺愛，鼎峙前修。」蓋寺中並祀周、況二公，葺爲三賢堂也。蘭卿題聯云：「江海宿緣深，片石猶留古吴郡；軒楹遺址拓，瓣香長溯舊蘇齋。」時以覃溪師所藏文忠真像及所題舊詩，刻石供寺中；又以王虛舟所題「蘇齋」二字扁懸諸楣，並摹覃溪師像奉之。

虎丘有景李堂，在白公祠內，以太白有《虎丘夜游序》也。堂中牡丹頗盛，彭春農學士聯云：「一序證前游，太白光芒神久在；三章懷絶調，牡丹時節我剛來。」

吴季札墓在江陰縣西二十五里，墓中古篆九字，相傳爲孔子所題。碑仆中斷，一夕雷雨，碑石完好如故，但微有斷痕耳。碑亭聯云：「星斗芒寒君子墓；風雷靈護聖人碑。」不知何時何人所題也。

松江上海縣城隍廟中有豫園，奇秀甲於東南，水石回環，軒亭四映，各極其勝。陶雲汀督部小駐園中，各書楹帖以紀之。湖心亭云：「野烟千疊石在水；漁唱一聲人過橋。」得月樓云：「樓高但任雲飛過；池小能將月送來。」三穗堂云：「此即濠間，非我非魚皆樂境；恰來海上，在山在水有遺音。」一笠亭云：「游目騁懷，此地有崇山峻嶺；仰觀俯察，是日也天朗氣清。」則集《蘭亭序》語也。又集前人句題西廊云：「放鶴去尋三島客；約梅同醉一壺春。」

區田之法傳自伊尹，潘功甫舍人曾沂於吴下試行之。因繪圖撰説，流播遠邇。嘗於田畔臨水搆課耕樓，頗饒野趣。索余楹帖，爲集成語云：「側同幽人居，水木明瑟；遂存往古務，冬夏播琴。」韓桂舲先生亟稱之。

太倉州城有曇陽觀，祀一女仙，像設姝麗。相傳前明王文肅公錫爵之女，得道冲舉；或云湯玉茗《牡丹亭》傳奇即演其事，真僞殆不可辨。祠中有集昌黎、少陵句爲聯云：「雲窗霧閣事恍惚；金支翠旗光有無。」非惟渾成，抑亦妍妙。

焦山之麓有松寥閣，俯臨大江，雄勝之概，爲江南北第一。閣中聯句以陳恪勤公「月色如畫；江流有聲」八字爲佳，惜字跡太弱，不稱其句。僧堂有伊墨卿太守聯云：「龜收江海氣；碑出魚龍淵。」下句謂《瘞鶴銘》也。語亦傑創，而分書尤奇偉，直逼漢京，當入焦山長物志也。

鄭板橋燮題焦山自然菴聯云：「山光撲面經新雨；江水回頭爲晚潮。」又云：「汲來江水烹新茗；買盡青山當畫屏。」

太白樓中聯句，以王有才「吾輩此中堪飲酒；先生在上莫題詩」爲最著。近人則吴山尊學士聯云：「謝宣城何如人，只憑江上五言詩，要先生低首；韓荆州差解事，肯讓階前盈尺地，容國士揚眉。」或云樓係一守一令重葺，守姓謝，令姓韓，山尊特借以寓意云。又閔中丞鶚元聯云：「千尺青山，妙句豈惟凌小謝；一龜金粟，後身須信是如來。」又李暐一聯云：「詩酒神仙，天自夢中傳綵筆；樓臺花月，人從江上拜宫袍。」至姚興衆聯云：「狂到世人皆欲殺；醉來天子不能呼。」又徐立綱聯云：「愛國有詩儕杜曲；報君以士識汾陽。」李孚青聯云：「脱身依舊仙歸去；撒手還將月放回。」俗傳太白捉月而死語皆壯，然只是作太白讚耳，於樓何涉乎？又聞有集太白句云：「江空欲聽水仙操；壁立直上蓬萊峰。」頗佳。近胡書農學士聯云：「公昔登臨，想詩境滿懷，酒杯在手；我來依舊，見青山對面，明月當頭。」

袁簡齋隨園中聯云：「此地有崇山峻嶺，茂林修竹；是能讀三墳五典，八索九丘。」是李鶴峰侍郎因培所贈。又自集唐句一聯云：「放鶴去尋三島客；任人來看四時花。」

金陵有名園，袁簡齋爲江寧令時，曾宴新入庠諸生於此，後歸邢氏。簡齋重游，贈園主人一聯云：

「勝地怕重經，記當年絲竹宴諸生，回頭似夢；名園須得主，幸此日樓臺逢哲匠，著手成春。」《隨園詩話》云：「金陵太守謝鍠抵任時，索余對聯，余贈聯云：『太守風清，江左依然迎謝傅；先生來晚，山中久已卧袁安。』陳省齋先生繼其父署守鎮江，余代作對聯云：『守郡繼先人，看江水長流，剩幾個當年父老；析薪綿世澤，願黄堂少住，留一枝此日甘棠。』」

揚州府署客廳中有一聯，甚雅切，句云：「上客盡知名，杜牧詩才，鮑昭賦手；前賢有遺韻，魏公芍藥，永叔荷花。」是王夢樓太守所題。

金陵藩署本明中山王故邸，西偏瞻園，極樹石之勝，聞當時多從艮嶽移來。余曾信宿其中，記得一長聯云：「大江東去，浪淘盡千古英雄，問樓外青山，山外白雲，何處是唐宮漢闕；一作唐陵漢寢小苑春回，一作西迴鶯唤起一庭佳麗，看池邊緑樹，樹邊紅雨，此間有舜日堯天。」相傳中山王自作上半聯，而屬對不就，懸金於門，有能對者酬之。越數月，有諸生某對成，王大喜，遂鐫於柱。是此聯在勝國時已有之，今人以爲黄仲則景仁所作者，誤也。彭春農云：「或又傳此聯爲錢牧齋句。上聯懷勝朝，下聯頌本朝也。」未知是否。

袁簡齋續《同人集》云：「過客贈隨園聯句可存者，如同年裘叔度侍郎云：『民不能忘，始信淵雲兼政事；敏而好學，莫疑巢許是閑人。』徐兆璜别駕云：『廉吏可爲，魯山四面牆垣少；達人知足，陶令歸來歲月多。』莊念農太守云：『著手成春，卷中著述皆千古；有官不仕，林下逍遥見一人。』家止水中翰云：『雲山金石圖書，此地可稱三絶；循吏儒林隱逸，先生自有千秋。』趙雲崧觀察云：『野王之地有二老；

北斗以南只一人。』沈凡民先生云：『天爲安排看山處；風來洒掃讀書窗。』又『曠代仙才流下界；半天人卧在高窗。』李晴江明府云：『潘安仁閒可奉親；郭林宗貞不絶俗。』郭運青侍講云：『爲官不過六百石；著書豈止五千言。』錢辛楣少詹集查初白詩云：『人指所居爲福地；天留此老應文星。』陶怡雲云：『方朔少時，二十萬言書盡讀；傅隆老去，八千餘紙手親鈔。』黄世塏云：『二十科翰林，老猶似少；一百卷文集，多而能精。』余自嘲云：『不作公卿，非無福命都緣懶；難成仙佛，爲愛文章又戀花。』又《隨園詩話補遺》云：「上海李林松仲熙贈聯云：『真才子必得其壽；謫仙人未免有情。』」

《南野堂筆記》載：「小倉山房題句甚多，其中有可移作楹帖者，如黄之紀云：『到處自開詩世界；無人不拜老神仙。』趙雲崧云：『喬木十圍人共老；名山一席客争趨。』丁珠云：『身閒但急千秋業；官罷還貪一縣花。』黄仲則云：『文章草草皆千古；仕宦匆匆只十年。』葉紹楏云：『偶談舊雨人俱古；能坐春風客亦佳。』蒲忭云：『六代雲山隨杖履；一園花鳥盡聰明。』汪汝弼云：『曠代誰標才子號；聞名都當古人看。』孫原湘云：『黄初詞賦空千古；白下江山送六朝。』」

隨園老人云：「嘗游南明寺見沈歸愚先生書對聯云：『瓶添澗水盛將月；衲挂松梢惹得雲。』未知是集成語，抑或先生自撰耶？」

謝默卿告余云：「乾隆中李松雲先生堯棟守金陵時，重濬莫愁湖。陳東浦方伯奉茲題一聯云：『此地曾傳湯沐邑；何人錯認鬱金堂。』蓋明初以後湖賜中山王，食其租税，故至今湖樓奉王香火。若古樂府《莫愁樂》云：『石城女子名莫愁，善歌謡，石城在竟陵，其曲云：「聞歡在揚州，相送楚山頭。」』則莫愁在楚無疑。今石頭城下之莫愁湖，蓋因石城傳訛耳。方伯此聯最可徵信也。」按顧起元《莫愁湖考》云：「莫愁村，今在承天府漢江西，石城在州西，晉羊祜所建。鄭谷詩『石城昔爲莫愁鄉，莫愁魂散石城荒。』」亦可互證。若湖上水閣，有先生手題聯云：「一片湖光比西子；千秋樂府唱南朝。」自然超妙，則仍用舊説耳。

金陵淮清橋橋門，有集劉夢得、韋端己句云：「淮水東邊舊時月；金陵渡口去來潮。」橋門之聯，當以此爲最工。

道光初，金陵有某大姓，葺治水榭，有客爲集宋人詞句，作楹聯贈之者。出語云：「波暖塵香，看檻曲縈紅，簷牙飛翠。」上四字，玉田句；下兩句，白石詞也。對語云：「醉輕夢短，在燈前欹枕，雨外熏鑪。」上四字，毛澤民句；下兩句，夢窗詞也。意匠新巧，頗傳誦於時。

金陵儀鳳門城樓聯云：「聳翠流丹，千仞麗譙輝日月；縈青繚白，四圍屏障合江山。」不知何人所作。

江浦縣之浦口鎮有城，城之東門堞樓三楹，背山面江，形勢勝絶。嘉慶間，適重修工竣，陳香谷中丞桂生按閲，題一聯云：「地軸轉洪濤，月湧星垂，三楚江聲分浦漵；天關開重鎮，煙霏霧斂，六朝山色擁臺隍。」時白小山學使又自皖中寄題集杜一聯云：「雲白山青萬餘里；江深竹静兩三家。」皆爲時所稱。

燕子磯本在江中，近因沙灘日長日寬，遂離江稍遠。有高閣凌空而立，俗所稱鐵鎖鍊孤舟者，今鐵索尚存，猶令人不可方物。旁有永濟寺柱聯云：「松聲竹聲鐘磬聲，聲聲自在；山色水色煙霞色，色色皆空。」忘却何人之欵。

謝默卿云：「吳下園亭最勝，如齊門之吳氏拙政園，閶門之劉氏寒碧莊，葑門之瞿氏網師園，婁門之黄氏五松園，其尤著者，每春秋佳日，輒開園縱人游觀。釵扇如雲，蝶圍蜂繞，裙屐年少，恣其評隲於衣香人影之間，了不爲忤。金閶名姬，反以此增聲價焉。各園楹帖不少，今僅記網師園中有一聯云：「風風雨雨，暖暖寒寒，處處尋尋覓覓；鶯鶯燕燕，花花葉葉，卿卿暮暮朝朝。」語涉纖巧，而狀豔冶之景如在目前，固自妙麗無匹也。按此聯與西湖花神廟一聯相仿，而簡鍊稍遜之。

蟂磯孫夫人祠有徐文長聯柱云：「思親淚落吴江冷；望帝魂歸蜀道難。」相傳修祠工甫竣，董役者夢夫人諭之云：「楹聯且緩製，須至某日時，有徐先生過此，求其撰題可矣。」至期，文長適到，遂信筆書成，夜夢夫人來謝。近楊雪荼慶琛觀察蕪湖時，亦題聯云：「空江蘋藻祠靈澤；門額爲靈澤夫人祠故國松楸夢惠陵。」亦佳。其妙皆在不著議論，而自然雅切也。考《蜀書》云：「先主爲荆州牧，治公安，權稍畏之，進妹固好。」又云：「先主既定益州，而孫夫人還吴。」裴松之引《漢魏春秋》云：「先主入益州，吴遣迎孫夫人，夫人欲將太子歸。諸葛亮使趙雲勒兵斷江留太子。」孫夫人事見於正史者，不過如此。若泛及小説演義，鮮不貽笑大方矣。

《簷曝雜記》云：「江陰君山，以春申君得名。其山臨江，爲一邑勝境。有聯云：『此水自當兵十萬；昔人曾有客三千。』」

安徽城外之大觀亭祀余忠宣公，雄壯甲於皖江。鄧嶰筠督部聯云：「樽前帆影，檻外嵐光，數勝蹟重重，都向江頭開畫本；樓上仙人，閣中帝子，溯游蹤歷歷，又來亭畔弔忠魂。」按督部由湖北廉使、江右藩伯，擢撫安徽。故次聯云爾。

又有汪恩一聯云：「跨太白樓之上，鴛瓦排雲，倚畫檻，一味鄉愁，已漸近鍾阜晴嵐，六朝城郭；橫彭蠡江而西，驚濤堆雪，唤沙鷗，共談宦跡，最難忘峨眉春水，萬里風帆。」汪蓋吴人，曾宦四川，此聯乃守安慶時所作。又陶浤一聯云：「倚檻蒼茫千古事；過江多少六朝山。」

南昌滕王閣大門有一扁云「仙人舊館」，吾鄉李春園太守其宴所題。姚鐵松中丞棻初莅任，見扁極稱賞，嘗向太守乞此扁改題己名，太守不可，乃語太守曰：「扁不見讓，須爲我別撰一聯，如不佳，仍須讓扁也。」太守於次日，即呈聯句云：「我輩復登臨，目極湖山千里而外；奇文共欣賞，人在水天一色之中。」上聯用韓昌黎記語，下聯用王子安序語也。中丞大加擊節，遂寢前説。至今太守之扁，中丞之聯並存，可備滕王閣一故實矣。

《湛淵静語》云：「滕王閣舊置王勃詩序碑當正位，昌黎作重修記居其旁。古心江公治隆興，遂遷韓碑居正；退勃於旁。公嘗刻碑陰，署云：『勃八代未變之文，俳優語也；昌黎文一變直至於道。』舊見墨本，今亡之。」

宋牧仲先生滕王閣聯云：「依然極浦遥山，想見閣中帝子；安得長風巨浪，送來江上才人。」阮芸臺先生聯云：「帝子長洲，仙人舊館；將軍武庫，學士詞宗。」並佳。

舒白香於臘杪游靖安之揚鶴觀，喜其高僻，遂留度歲，爲道士作春帖云：「遥聞爆竹知更歲；偶見梅花覺已春。」頗有「山中無曆日，寒盡不知年」之意。

白香游廬山天池，僧屬題寺楹，信筆作長短二聯云：「一水印天心，指月證三生之果；六根無我相，飲泉清萬劫之塵。」又云：「天上有池能作雨；人間無地不逢年。」

虎溪三笑亭有唐蝸寄先生聯云：「橋跨虎溪，三教三源流，三人三笑語；蓮開僧舍，一花一世界，一葉一如來。」

相傳阮芸臺先生於江西百花洲集句一聯云：「楓葉荻花秋瑟瑟，閒雲潭影日悠悠。」既合風景，而成句又在人人意中。所謂「文章本天成，妙手偶得之。」但余又聞之彭春農學士云：「此語饒州燒作磁聯，其欵或署曹文恪，或署先文勤公。實乃舊句，非芸臺師集成者。」

江州白太傅祠有一聯云：「楓葉四絃秋，悵觸天涯遷謫恨；潯陽千尺水，勾留江上別離情。」頗近自然。

大庾嶺上雲封寺，一名挂角寺。寺門聯云：「山中藏古寺，門外盡勞人。」又一聯云：「驛使暫停花下騎；寺門深掩嶺頭雲。」長白觀瑞聯云：「挂角何時，偶爲嶺上主人，猶想像千秋風度；舉頭欲問，可許山中置我，試管領萬樹梅花。」

李笠翁題廬山絶頂聯云：「足下起祥雲，到此者應帶幾分仙氣；眼前無俗障，坐定後宜生一點禪心。」又云：「偏廬山而扼勝者，皆佛寺也。求爲道觀，惟簡寂觀數楹而已。天下名山，强半如是。釋道應作平等觀。不知世人，何厚於僧而薄於道。聊題一聯，爲黃冠吐氣云：『天下名山僧占多，也該留一二奇峰，棲吾道友；世間好語佛説盡，誰識得五千妙論，出我仙師。』」

瑞州府治後有鳳皇山，山之左有東軒，乃蘇文定公轍謫筠州監酒稅時所建。瑞州在宋時爲筠州也。翁覃溪師爲補題「東軒」二字額，並爲之記。復集蘇詩爲聯云：「天下幾人學杜甫；當時四海一子由。」

錢裴山中丞楷巡撫湖北，甫三月，即被命內召。瀕行，留題黃鶴樓一聯云：「我去太匆匆，騎鶴仙人還送客；玆游良眷眷，落梅時節且登樓。」不脫不粘，却一時情景俱到，他作所不能及也。

黃鶴樓聯扁極多，自以錢裴山所撰爲最。其餘彼善於此者，如魯亮儕之裕云：「到來徑欲淩風去；吟罷還思借笛吹。」薩湘林薩迎阿云：「一樓萃三楚精神，雲鶴俱空橫笛在；二水匯百川支派，古今無盡大江流。」又黃虎文云：「上頭有客題詩句；隔岸何人共酒杯。」又相傳有一聯云：「何時黃鶴重來，且自把金尊，看洲渚千年芳草；今日白雲尚在，問誰吹玉笛，落江城五月梅花。」不著議論，而自擅清新。惜未詳何人所撰也。

黃鶴樓之左爲太白亭，今呼仙棗亭，游人觴讌咸集此中。余本敦聯云：「此地饒千秋風月；偶來作半日神仙。」朱詠齋士彥聯云：「此間可談風月；斯世豈有神仙。」語皆活脫。畢秋帆先生聯云：「攬勝我長吟，碧落此時吹玉笛；學仙人漸老，白頭何處覓金丹。」又不知何名一聯云：「宛然海上三山，藐矣安期，先我亭前探棗實；猶是江城五月，仙乎太白，與君笛裏聽梅花。」

晴川閣與黃鶴樓隔江對峙，而游人題句不及黃鶴樓之多。有李拔集經語一聯，以大字磨崖云：「沱潛既道，江漢朝宗。」又蕭德宣集詩句一聯云：「漢口夕陽斜度鳥；楚江燈火看行船。」又陳望之中丞淮聯云：「靈瀆走雙龍，夾岸直疑銀漢落；仙蹤杳孤鶴，隔江但有白雲來。」又陳大文聯云：「傑觀飛甍，檻外蜀吳橫萬里；風帆沙鳥，天邊江漢湧雙流。」又溧陽宋鑛新題一長聯云：「棟宇逼層霄，憶幾番仙人解佩，詞客題襟，風日最佳時，坐倒金尊，却喜青山排闥至；川原攬全省，看不盡鄂渚烟光，漢陽樹色，樓臺如畫裏，臥吹玉笛，還隨明月過江來。」

湖北石首縣有繡林山，相傳漢昭烈帝納孫夫人於此，錦幛如林，因名。舊有昭烈及夫人合祠，有爲之撰聯者云：「錦繡江山，半壁雄心敵吴魏；風雲兒女，千秋佳話掩甘糜。」聯句固佳，而甘、糜連用，於古未聞。恐亦涉演義語。考昭烈眷屬，見於《蜀書》者，不一而足。初云：「吕布襲下邳，虜先主妻子。」後云：「因先主求和於吕布，布乃還其妻子。」又云：「至小沛，爲高順所敗，復虜先主妻子送布。」後云：「曹公助先主生禽吕布，復得妻子。」又云：「曹公東征先主，盡收其衆，虜先主妻子，並禽關公以歸。」此後不言妻子復歸之事。及當陽長坂之追，又云：「先主棄妻子，與諸葛亮、張飛、趙雲數十騎走。」又云：「先主爲荆州牧，治公安，權稍畏之，進妹固好。」又云：「先主既定益州，而孫夫人還吴。」又《甘皇后傳》云：「先主在小沛，納以爲妾。先主數喪嫡室，后常攝事，隨先主於荆州，産後主。曹公追及先主於當陽長坂，於時困逼，棄后及後主，賴趙雲保護，得免於難。」此外惟有一穆皇后，皆「合葬惠陵」。又《糜竺傳》云：「竺迎先主於小沛，進妹於先主爲夫人。」其終亦不詳，蓋先主眷屬屢經散失，殆不乏其人。其有姓氏可考者，惟甘穆二皇后，孫糜二夫人而已。

岳陽樓中有一聯，頗壯闊，句云：「四面湖山歸眼底；萬家憂樂到心頭。」忘却何人所撰。關中周元鼎聯云：「後樂先憂，范希文庶幾知道；昔聞今上，杜少陵可與言詩。」亦頗自然。余謂李西涯有岳陽樓詩句云：「吴楚乾坤天下句；江湖廊廟古人心。」似可移作聯句。近畢秋帆先生一聯云：「湘靈瑟，吕仙杯，坐攬雲濤人宛在；子美詩，希文筆，笑題雪壁我重來。」則尤見意匠也。

楹聯叢話卷之七

勝蹟下

濟南勝景，以趵突泉爲最奇，而楹聯語多粘滯。惟石琢堂廉訪一聯云：「畫閣鏡中，看幻作神仙福地；飛泉雲外，聽寫成山水清音。」尚不泥於跡象也。

濟南大明湖前有滙泉寺，中有薜荔館，面湖而立，爲游人讌集之所。全湖勝概，皆在目前。今湖面爲荷塘、蘆港所隔，舟行須詰曲隨之。有舊人聯句云：「舟行著色屏風裏；人在回文錦字中。」據寺僧云，是前濰縣教官郭銘盤所書，尚未知何人所撰也。劉金門先生聯云：「四面荷花三面柳；一城山色半城湖。」孫淵如先生星衍集唐句聯云：「地占百彎多是水；樓無一面不當山。」

大明湖中有小滄浪，湖之南岸即學使者官署。署中池水亦七十二泉之一，與湖相通，池上有小亭。吴巢松學使屬余分書「小小滄浪」一扁，賦七古一首爲謝，有「荷花如城月如斗」之句，余和答詩，有「名流作主泉作賓」之句，適成對語，因集書一小聯畀之，而學使遽歸道山，不及懸挂矣。

廷曙墀曾官温州、台州，最後守泰安，題署齋一聯云：「桑麻課罷開花徑；台蕩遊還拜嶽雲。」

四川天回鎮，以唐明皇幸蜀返蹕駐此，因名。驛亭中以李青蓮句爲聯云：「地轉錦江成渭水；天迴玉壘作長安。」

四川嘉定府城外有淩雲山，山下有淩雲寺，爲坡公少年讀書處，有樓，塑坡公少時像。山甚峻，樓前即大江。寺門外有集句聯云：「干青雲而直上；障百川而東之。」時稱其渾成切實。樓中有郭蘭石學使尚先題聯云：「萬户侯何足道哉，顧烏帽青鞵，難得津梁逢大佛；三神山如或見之，問黄樓赤壁，何如鄉郡挾飛仙。」

少陵草堂中佳聯頗多。如詩史堂聯云：「水石適幽居，想溪外微吟，翠竹白沙依草閣；樓臺開暮景，結花間小隊，野梅官柳接春城。」草堂集句聯云：「萬里橋西宅；百花潭北莊。」獨立樓集句聯云：「即今耆舊無新詠；何處老翁來賦詩。」草亭集句聯云：「至今斑竹臨江活；無數春筍滿林生。」恰受航集句聯云：「孤城返照紅將斂；仙侣同舟晚更移。」杜公神龕集句聯云：「旁人錯比揚雄宅；日暮聊爲梁甫吟。」陸放翁配享龕集句聯云：「錦里先生爲老伴；玉霄散吏是頭銜。」皆風雅可誦，以題目本好也。

河南省城有三賢祠，在梁苑古吹臺上，祀李太白、杜少陵、高達夫三公。麟見亭河帥聯云：「一覽極蒼茫，舊苑高臺同萬古；兩間容嘯傲，青天明月此三人。」

道光乙酉，長懋亭將軍，楊時齋督部，克復西域四城。蘭州同官，於黄河南岸，對金城關，在金山寺下建樓三楹，題額曰「蕩謳」。薩湘林廉訪題聯云：「外域全歸，坐攬關山皆勝地；上游得據，笑談西北有高樓。」余於乙未莅蘭州，則蕩謳匾猶存，而聯不可復見矣。

蘭州城南之皋蘭山，又名五泉山。山麓有五眼泉：曰甘露，曰掬月，曰摩子，曰蒙，曰惠。清冽甲於省會諸水，故又名清泉。琳宮紺宇，蔚然巨觀。余於卸藩任後，始獨游一次。翌日，即戎行匆匆，不能成詩，僅留聯句畀寺僧，亦不知懸挂與否也。句云：「佛地本無邊，看排闥層層，紫塞千峰平檻立；清泉不能濁，笑出山滚滚，黄河九曲抱城來。」

蘭州城北之黄河，初從積石東下，其勢漸大。自明初建浮橋，名鎮遠橋。今因之不廢。每隆冬冰合，自成冰橋。冰泮，則以數十艘編爲浮橋。每歲二月初吉，大府率僚屬齋祓詣河瀆神，爲合橋之祀。千夫踴躍，萬民環覩，如畫圖然。余擬題橋門一聯云：「天險化康衢，直如海市樓中，現不住法；河壖開畫本，安得雲梯關外，作如是觀。」雲梯關爲淮黄歸海之要區，由委溯源，幾及萬里。余曾管修防者三載，臨流回憶，夷險頓殊矣。河神廟中，有查九峰觀察廷華聯曰：「曾經滄海千層浪；又上黄河一道橋。」亦自紀其所歷也。

羅浮山最深處爲酥醪觀，是安期生與神女會飲元碧酒處。觀中有樓，是道人江瀛濤所建。黄香石培芳《浮山小志》云：「羅浮山中尠精構，惟酥醪觀中一小樓，殊擅幽勝。」余題爲「浮山第一樓」，並題聯云「萬壑烟雲浮檻出；半天松竹拂窗來。」昔楊大司馬應琚讀書洞中，恒樓居，署曰：「小樓容我静；大地任人忙。」並足識也。

嘉慶甲子，吴山尊、張石蘭典試粤西。揭曉後，百菊溪中丞觴之七星巖。席次，中丞曰：「此間不可無一楹帖。」因口占一句云：「地有七星鄰北斗。」請二君屬對。山尊衝口而應云：「人如二客伴東坡。」中丞大爲擊節，因製聯，懸在七星巖壁立亭中，後署山尊名。近聞聯已不存，粤人亦無有知其緣起者。林少穆爲余述之如此。

獨秀峰爲桂林主山。顔延年守郡時，賦詩云：「未若獨秀者，峩峩郛邑間。」山因以名。然此語但見唐人鄭叔齊所作《獨秀山新開石室記》，而顔遺集中未見此詩也。山麓有讀書巖，范石湖謂有便房石榻石牖，如環堵之室。顔延年讀書其中。似唐以前府治即在是。宋元祐中，郡守孫覽搆五詠堂，鐫五君詠於石。今遺址皆不可考。余於道光戊戌冬，始與僚寀商復五詠堂，而以家藏黃山谷先生所書五君詠墨蹟勒石堂壁，不兩月而規橅大具，頓成壯觀。因撰一聯云：「得地領羣峰，目極舜洞堯山而外；登堂懷往喆，人在鴻軒鳳舉之中。」

獨秀峰中，磨厓詩字如林，以唐人鄭叔齊《石室記》及孟簡題名爲最古。余因五詠堂之北復添一廳事，同人索書楹帖，復撰一聯云：「勝地如畫圖，是賢守遺區，雄藩舊館；前明人靖江王邸靈山託文字，有叔齊作記，孟簡題名。」

獨秀峰下有月牙池，冬夏不涸，峰影皆倒浸其中，鄺湛若《赤雅》，所謂「山翠盡落」者也。峰畔有磨厓「南天一柱」四大字，極雄健。蓋用唐人張固「擎天一柱在南州」詩語。余小霞五詠堂聯云：「異代景前修，想石榻攤書，竹林懷友；新堂還舊觀，對半潭秋水，一柱奇峰。」又集孟浩然、張謂句一聯云：「户外一峰秀；窗前萬木低。」堂成後將一年，王孚遠方伯惟誠始到，補題一聯云：「造物本無私，移來檻外烟雲，適開勝境；會心原不遠，就此眼前山水，猶見古人。」頃卞竹辰方伯士雲亦寄一聯云：「光禄詩，文節書，大府來時開勝境；王公冕，將軍畫，名山何日得重遊。」蓋堂初建時，方伯適奉命都轉長蘆，故次聯云爾。又卞雅堂觀察斌聯云：「勝境重開，詩采書聲延古趣；生機最樂，雀喧魚戲助天和。」跋云：「獨秀峰下有顏光禄讀書舊址。歲己亥，莅林中丞規度其地，即起垣宇，刻五君詠壁間，暇則集同人於此作放生樂事。因擬聯語，並識之。」三聯今並鐫堂柱。

桂林城北仙李園，中多栗樹，故俗呼爲板栗園。前明爲靖藩别業，今爲李芸甫水部所得，仍名李園。園中巖洞之勝，爲桂郡一大觀。余屢觴詠其中，所見楹聯不一，記其尤佳者，大門聯云：「一帶林塘詩境界；四時花果隱生涯。」傳是周山茨升桓所撰。簪碧堂中舊聯云：「北院喜新成，有寒碧千層，遠青一角；東君如舊識，正庭槐垂蔭，梁燕將雛。」爲商寶意盤所題。芸甫新於水竹佳處築一茆亭，以供宜暑，自題聯云：「乍來頓遠塵囂，靜聽水聲真活潑；久坐莫嫌荒僻，飽看山色自清涼。」有鏡亭在水中央，旁有舟曰恰受航。余爲集韓、杜句云：「灌池纔深四五丈，野航恰受兩三人。」

滇南黑龍潭，距省垣二十里，古稱名勝。碩慶題聯云：「兩樹梅花一潭水；四時烟雨半山雲。」有薛爾望者，昆明諸生，明末偕妻妾子女七人，同盡節於潭内，後人哀之，爲立大塚，於潭旁建亭。題聯云：「寒潭千載潔；玉骨一堆香。」

滇中華庭寺，亦勝跡也。有楊升菴慎題聯云：「一水抱城西，烟靄有無，拄杖僧歸蒼茫外；羣峰朝閣下，雨晴濃淡，倚欄人在畫圖中。」

滇南省垣海心亭，頗饒勝致。黄星巖奎光題聯云：「有亭翼然，占緑水十分之一；何時閒了，與明月對飲而三。」

勝地壯觀，必有長聯始稱，然不過二三十餘字而止。惟雲南省城附郭大觀樓，一楹帖多至一百七十餘言，傳誦海内。雖一縱一横，其氣足以舉之，究未免冗長之譏也。句云：「五百里滇池，奔來眼底。披襟岸幘，喜茫茫空闊無邊。看東驤神駿，西翥靈儀，北走蜿蜒，南翔縞素。高人韻士，何妨選勝登臨！趁蟹嶼螺洲，梳裹就風鬟霧鬢；更蘋天葦地，點綴些翠羽丹霞。莫孤負四圍香稻，萬頃晴沙，九夏芙蓉，三春楊柳；數千年往事，注到心頭。把酒淩虛，嘆滚滚英雄誰在！想漢習樓船，唐標鐵柱，宋揮玉斧，元跨革囊。偉烈豐功，費盡移山心力。儘珠簾畫棟，卷不及暮雨朝雲；便斷碣殘碑，都付與蒼烟落照。只贏得幾杵疏鐘，半江漁火，兩行秋鴈，一枕清霜。」按上聯之「神駿」，指金馬；「靈儀」，指碧雞；「蜿蜒」，指蛇山；「縞素」，指鶴山。皆滇中實境。然用替字，反嫌粧點。且以「縞素」爲鶴，亦似未安。聯句爲康熙中邑人孫髯所題，聯字爲陸樹堂所書。聞阮芸臺先生督滇時，曾改竄數字，另製聯板懸之。而彼都人士，嘖有煩言，旋復撤去。近先生以改本寄示，因並録於右，以質觀者：「五百里滇池，奔來眼底。憑欄向遠，喜茫茫波浪無邊。看東驤金馬，西翥碧雞，北倚盤龍，南馴寶象。高人韻士，惜拋流水光陰！趁蟹嶼螺洲，襯將起蒼崖翠壁；更蘋天葦地，早收回薄霧殘霞。莫辜負四圍香稻，萬頃鷗沙，九夏芙蓉，三春楊柳；數千年往事，注到心頭。把酒淩虛，嘆滚滚英雄誰在！想漢習樓船，唐標鐵柱，宋揮玉斧，元跨革囊。爨長蒙酋，費盡移山氣力。儘珠簾畫棟，捲不及暮雨朝雲；便蘚碣苔碑，都付與荒烟落照。祇贏得幾杵疎鐘，半江漁火，兩行鴻鴈，一片滄桑。」

貴州省城北關外有頭橋，爲往來迎送之區。有聯云：「説一聲去也，送别河頭，歎萬里長驅，過橋便入天涯路；盼今日歸哉，迎來道左，喜故人見面，握手還疑夢裏身。」

揚州各勝蹟楹聯，多集晉宋及唐人詩句。蓋盧雅雨都轉見曾屬金棕亭博士兆燕爲之，備載於李艾塘斗《揚州畫舫録》中，今擇其佳者，列之於左：

揚州城北，自慧因寺至虹橋，凡三段：一爲城闉清梵，一爲卷石洞天，一爲西園曲水。慧因寺外爲香悟亭，四面皆木樨。聯云：「潭影竹間動；綦毋潛天香雲外飄。」宋之問河邊有船房，額曰「南漪」。聯云：「紫閣丹樓紛炤耀；王勃桃溪柳陌好經過。」張籍稍高處爲棲鶴亭，其西廳事，額曰「緑楊城郭」。聯云：「城邊柳色向橋晚；温庭筠樓上花枝拂座紅。」趙嘏過此爲勺園，聯云：「移花得蝶；買石饒雲。」鄭板橋所書。

卷石洞天在城闉清梵之後，即古郧園地。今歸洪氏，人呼爲小洪園。初入爲羣玉山房，聯云：「漁浦浪花摇素壁；司空曙玉峰晴色上朱欄。」李羣玉沿河可入薜蘿水榭，聯云：「雲生硐户衣裳潤；白居易風帶潮聲枕簟涼。」許渾水榭之後爲契秋閣，聯云：「渚花張素錦；杜甫月桂朗冲襟。」駱賓王又數折爲宛委山房，聯云：「水石有餘態；劉長卿鳧鷖亦好音。」張九齡

西園曲水，即古之西園茶肆，後歸汪氏。中有濯清堂，聯云：「十分春水雙檐影；徐寅百葉蓮花七里香。」李洞有新月樓聯云：「蝶銜紅蕊蜂銜粉；羅隱露似珍珠月似弓。」白居易又有水明樓聯云：「盈手水光寒不濕；李羣玉入簾花氣夢難忘。」羅虬

元崔伯亭花園，後爲洪氏別墅。洪氏有二園：虹橋修禊，爲大洪園；卷石洞天，爲小洪園。虹橋爲王文簡賦冶春處，後盧轉運復修禊於此。北郊佳麗，推此爲最。乾隆間，賜名「倚虹園」，中有妙遠

堂聯云：「河邊淑氣迎芳草；孫逖城上春陰覆苑牆。」杜甫其右爲餞春堂，聯云：「鶯啼燕語芳菲節；毛熙震蝶影蜂聲爛漫時。」李建勳其右數折，爲小江潭。聯云：「竹室生虛白；陳子昂波瀾動遠空。」王維

小洪園中有流波華館，挺入湖心，清空一片。聯云：「潤道餘寒歷冰雪；杜甫浪花無際似瀟湘。」温庭筠

冶春詩社在虹橋西岸，臨水次爲懷仙館。聯云：「白雲明月偏相識；任華行酒賦詩樂未央。」杜甫水樹間爲秋思山房，聯云：「天氣涵竹氣；張說山光滿湖光。」馬戴其後爲槐蔭廳，聯云：「小院迴廊春寂寂；杜甫朱闌芳草緑纖纖。」劉兼最後爲橋西草堂，聯云：「緑竹漫侵行徑裏；劉長卿飛花故落舞筵前。」蘇頲其後有亭曰「雲構」，聯云：「山雨樽仍在；杜甫亭香草不凡。」張祐

荷浦香風，在虹橋東岸，一名「江園」。乾隆間賜名「淨香園」，中爲清華堂，正臨水際。聯云：「芰荷疊映蔚；謝靈運水木湛清華。」謝脁其後爲緑楊灣，聯云：「金塘柳色前溪曲；温庭筠玉洞桃花萬樹春。」許渾門外爲春禊亭，聯云：「柳占三春色；温庭筠荷香四座風。」劉威

園之左有翠玲瓏館，其旁爲蓬壺影。聯云：「碧瓦朱甍照城郭；杜甫穿池疊石寫蓬壺。」常元旦又其後爲江山四望樓，聯云：「山紅澗碧紛爛漫；韓愈竹軒蘭砌共清虛。」李咸用其左爲涵虛閣，聯云：「圓潭寫溪月；孫逖華岸上春潮。」清江閣後爲浣香樓，聯云：「谷靜秋泉響，孟浩然樓深複道通。」柴宿

四橋烟雨，一名黃園，黃氏別墅也。乾隆間，賜名趣園，園中有錦鏡閣三間，閣之西有小屋三間。

額曰「竹間水際」，聯云：「樹影悠悠花悄悄；曹唐晴雲漠漠柳毿毿。」韋莊閣之東有四照軒，聯云：「九霄香透金莖露；于武林八月涼生玉宇秋。」曹唐軒之後爲漣漪閣，聯云：「紫閣丹樓紛照耀；王勃修篁灌木勢交加。」方干漣漪閣之北有廳事二：一曰「澄碧堂」，聯云：「湖光似鏡雲霞熱；黃滔松氣如秋枕簟涼。」何士元一曰「光霽堂」，聯云：「千重碧樹鎖青苑；韋莊四面朱樓卷畫簾。」杜牧

黃園竟處有吹香草堂，聯云：「層軒静華月；儲光羲修竹引薰風。」韋安石其後爲春水廊，水局極寬處也，聯云：「夾路濃華千樹發；趙彥昭一渠流水兩家分。」項斯旁有蓮花橋，橋邊有勝概樓，聯云：「奇石盡含千古秀；羅鄴春光欲上萬年枝。」錢起

虹橋之西岸，爲吳氏别墅。其北有跨紅閣，先爲酒家，後改官園，仍令園丁賣酒爲業。有聯云：「地偏山水秀；劉禹錫酒緑河橋春。」李正封

長隄春柳，即在虹橋之西，隄畔有濃陰草堂。聯云：「秋水纔添四五尺；杜甫緑陰相間兩三家。」司空圖又過曲廊三四折，盡處有小屋如丁字，謂之丁頭屋。聯云：「緑竹夾清水；江淹游魚動圓波。」潘安仁

北郊之白桃花，以東岸江園爲勝；紅桃花，以西岸桃花塢爲勝。桃花塢之比鄰有曉烟亭，聯云：「佳氣溢芳甸；趙孟頫宿雲澹野川。」元好問

曙光樓面東，以曉色爲勝，城中人每於夏月侵曉出城看露荷。聯云：「問津窺彼岸；蘇頲把釣待秋風。」杜甫

韓園在長隄上，國初韓醉白別墅也。園中築小山亭，聯云：「茂竹臨幽澂；李益 晴雲出翠微。」權德輿 桃花塢額係石刻，內構廳事曰疏峰館，有集韋莊聯句云：「千重碧樹籠青苑；一桁青山倒碧峰。」館之西有方塘，種荷，四旁幽竹蒙翳，構響廊，度板架水上，爲澄鮮閣。聯云：「隔沼連荷芰；杜甫 中流泛羽觴。」陳希烈

山半桃花，每春時，紅白相間，花叢中有蒸霞堂。聯云：「桃花飛绿水；李白 野竹上青霄。」杜甫 又有縱目亭，聯云：「地勝林亭好；孫逖 月圓松竹深。」無可 又有中川亭，四面皆山，中聳重屋。聯云：「小松含瑞露；鄭谷 好鳥鳴高枝。」曹植

梅嶺即長春嶺，在保障湖中，由蜀岡中峰出脈者也。嶺多梅樹，故有梅嶺春深之目。郡人程元恒志銓 築是嶺，三年不成，費至二十萬，後夢關帝示以度地之法，旬日而竣。因構關帝廟，廟右爲嶺上草堂，全湖在望。聯云：「碧落青山飄古韻；杜牧 绿波春浪滿前陂。」韋莊 又其右一亭依麓，額曰「釣渚」，聯云：「浩歌向蘭渚；徐彥伯 把釣待秋風。」杜甫

東園即賀園舊址，中有春雨堂。張文敏照 聯云：「萬樹琪花千圃藥；一莊修竹半床書。」又鄭谷口簠 聯云：「烟雲送客歸瑤水；山木分香繞閬風。」又江昱江恂 聯云：「近水樓臺開梵宇；平山欄檻倚晴空。」春雨堂之北爲菱花亭，聯云：「苔色侵衣桁；李嘉祐 荷香入水亭。」周瑤 亭之北爲夕陽雙寺樓，聯云：「玉沙瑤草連溪碧；曹唐 石路流泉兩寺分。」白居易

夕陽雙寺樓之西爲雲山閣，雍正間賀吴邨君召 所建，本宋陳升之呂公著舊址，今就其地重建，並因

其舊名。」吳邨自爲聯云：「供桑梓謳吟，幾處亭臺成小築；快春秋游覽，一隅丘壑是新開。」又聯云：「水曲山如畫；羅鄴溪虛雲傍花。」杜甫又龔半千賢聯云：「定香生寂磬；空翠滴踈櫺。」又魏瓜圃嘉瑛聯云：「檻前春色長隄柳；閣外秋聲蜀嶺松。」吾鄉劉鄰初敬輿亦有聯云：「宛轉通幽處；玲瓏得曠觀。」

賀園始於雍正，而對薇亭則乾隆間所增建。吳邨題聯云：「夜月橋邊留畫舫；春風陌上引香車。」又汪文端聯云：「當階瑞色新紅藥；臨水文光淨綠天。」吳邨又題踏葉廊聯云：「三山入望松筠在；雙樹無言水月新。」又褚空山峻聯云：「幾處好山供客座；一川寒月淨塵襟。」

東園額爲王覺斯所題，又題芙蓉沜聯云：「花間漁艇近；水外寺鐘微。」嵇文恭璜聯云：「一沜芙蓉新出水；千層芳草遠浮山。」又程午橋夢星題醉烟亭聯云：「隄畔鶯花橋畔月；竹邊歌吹柳邊舟。」董玉虬文驥亦用李雲書句作聯云：「半在山隈半水涘；亦如石屋亦濠梁。」

董彤菴權文嘗守廣陵，題駕鶴樓聯云：「竹裏登樓，風引三山不去；花間看月，溪流四序如春。」又潘松谷偉聯云：「樓臺突兀排青嶂；鐘磬虛徐下白雲。」又王護澤承先聯云：「灣過茱萸，松竹三霄水碧；階翻雲葉，亭臺四序天香。」

駕鶴樓之旁爲杏軒，震澤沈廣文斌聯云：「檻外山光，歷春夏秋冬，萬千變幻，都非凡境；窗中雲影，任東西南北，去來淡蕩，洵是仙居。」

李葂以詩畫擅名，與李鱓同時居揚州，稱二李。題凝翠軒聯云：「終古招邀山色遠；幾人愛惜月明多。」又粱聞山巘書邵康節句於凝翠軒云：「雨後靜觀山意思；風前閑看月精神。」按凝翠軒扁爲文三橋書，又有祝枝山「四面有山皆入畫，一年無日不看花」一聯，皆真蹟也。

九峰園在揚州城南，中有深柳讀書堂。聯云：「會須上番看成竹；杜甫漸擬清陰到畫堂。」薛遠堂後數折爲穀雨軒，聯云：「曉豔遠分金掌露；韓琪夜風寒結玉壺冰。」許渾軒旁有延月室，聯云：「開簾見新月；李端倚樹聽流泉。」李白其東南爲玉玲瓏館，聯云：「北榭遠峰閒即望；薛能南園春色正相宜。」張謂其旁爲雨花菴，門外嵌石刻曰「硯池染翰」，聯云：「高樹夕陽連古巷；盧綸小橋流水接平沙。」劉兼隄上有方亭，額曰「臨池」，聯云：「古調詩吟山色裏；趙嘏野聲飛入硯池中。」杜荀鶴亭旁有小廳，額曰「一片南湖」。聯云：「層軒皆畫水；杜甫芳樹曲迎春。」張九齡旁有小廊十餘楹，額曰「烟渚吟廊」，聯云：「階墀近洲渚；高適亭院有烟霞。」郭良其東斜廊直入水閣，額曰「風漪」，聯云：「隔岸春雲邀翰墨；高適繞城波色動樓臺。」温庭筠再進爲海桐書屋，聯云：「峭壁削成開畫障；吳融垂楊深處有人家。」盧綸

郡城以園勝，康熙間有八家花園，所謂八座名園如畫卷是也。卞園在小金山後，即八園之一。舊有王漁洋聯云：「梅花嶺畔三山月；宵市樓頭一草堂。」畢園亦在小金山後，用竹籬圍大樹數十株，廳事額曰「柳暗花明村舍」，方西疇聯云：「洗桐拭竹倪元鎮；較雨量晴唐子西。」

蜀岡之東，自乾隆二十二年開蓮花埂新河，兩岸皆構名園，北岸有奇峰，刻「白塔晴雲」四字，前有高屋三間，名曰「桂嶼」。嶼後爲花南水北之堂，堂右爲積翠軒，堂聯云：「別業臨青甸；李嶠前軒枕大河。」許渾軒聯云：「疊石通溪水；許渾當軒暗綠筠。」劉憲其前爲半青閣，聯云：「纔見早春鶯出谷；韋莊更逢晴日柳含烟。」蘇頲

園中植芍藥處，名爲芍廳。廳後於石隙種蘭，名爲蘭渚。渚上築室三間，聯云：「名園依緑水；杜甫仙塔儷雲莊。」馬懷書過此竹勢始大，有小室在竹中，爲蒼筤館。聯云：「竹高鳴翡翠；杜甫溪暖戲鵁鶄。」劉長卿

春夏之交，草木際天，中有屋數椽，爲林香草堂。聯云：「歌繞夜梁珠宛轉；羅隱山連河水碧氤氳。」陳上美堂之西有小亭，爲歸雲別館。聯云：「小院迴廊春寂寂；杜甫碧桃紅杏水潺潺。」許渾亭之左爲望春樓，樓前有圓池，池前高屋五楹，露臺一方，金碧丹青，陸離照耀。額云「小李將軍畫本」，爲王澍書。聯云：「萬井樓臺疑繡畫；張九齡千家山郭靜朝暉。」杜甫

自望春樓入夾河，中有高屋數十間，爲花潭竹嶼。聯云：「天上碧桃和露種；高蟾門前荷葉與橋齊。」張萬頃其右爲靜香書屋，聯云：「飛塔雲霄半；劉憲書齋竹樹中。」李頎再進即如意門，中有清妍堂。聯云：「露氣暗連青桂苑；李商隱春風新長紫蘭芽。」白居易堂之後爲蒔玉居，有集杜聯云：「山月映石室；春星帶草堂。」又有閬風堂聯云：「紅桃緑柳垂簷向；王維碧石青苔滿樹陰。」李端又有碧雲樓聯云：「烟開翠幌清風曉；許渾花壓闌干春晝長。」温庭筠

蓀竹軒居蜀岡之麓，結竹爲之。四圍皆竹，蓋仿王元之竹樓遺意。聯云：「竹動疏簾影；盧綸花明綺陌春。」王維竹外爲藤花榭，長里許，中爲藤花書屋。聯云：「雲遮日影藤蘿合；韓翃風帶潮聲枕簟涼。」許渾書屋之北爲清遠堂，聯云：「窗含遠色通書幌；李賀雲帶東風洗畫屏。」許渾

微波峽在兩山中，波路夾轉東山，構微波館。聯云：「川源通霽色；皇甫冉楊柳散和風。」韋應物

蜀岡之西，由法海橋内河出口，爲扇面廳。廳後有石門，通含珠堂。聯云：「野香襲荷芰，皎然池色似瀟湘。」許渾池長十餘丈，與新河僅隔一隄，池上爲環翠樓。聯云：「冉冉修篁依户牖，包何曈曈初日照樓臺。」薛逢池高於河，隄上築花籬，爲疏欞間之，使水氣相通。上置方屋，爲玲瓏花界。聯云：「花柳含丹日，宋之問樓臺繞曲池。」盧照鄰熙春臺在新河曲處，與蓮花橋相對。聯云：「碧瓦朱甍照城郭，杜甫淺黄輕緑映樓臺。」劉禹錫上一層，額曰「五雲多處」，聯云：「百尺金梯倚銀漢，李頎九天鈞樂奏雲韶。」王維臺後即爲廿四橋矣。

三賢祠即篠園，乾隆乙亥，園就圮，盧雅雨與程午橋葺而治之。祀歐陽文忠公、蘇文忠公，及國朝王文簡公。復建仰止樓，以「夕陽雙寺外，春水五塘西」舊聯懸之，顧南原藹吉隸書也。旁有蘇亭，額爲鄭板橋書，盧雅雨自製聯云：「良辰盡爲官忙，得一刻餘閒，好誦史繙經，别開生面；傳舍原非我有，但兩番視事，也栽花種竹，權當家園。」按今之翠霞軒，即三賢祠舊殿。先是祠建於康熙間，本祀韓魏公及歐陽公。太守刁公、王公、蘇文忠公，於平山堂之真賞樓，以國朝司理王文簡公、太守金公、刑部汪公爲配。後居民有祀歐蘇二公及司理王公三賢之請，其時胡庶子潤督學江南，爲文簡門士，遂有是議。至盧雅雨始行之，而諸賢從祧。後地歸汪姓，人稱爲汪園。又撤三賢神主於桃花菴，以殿爲園中廳事。今桃花菴之神主又經更易，非其舊矣。桃花菴之後爲飛霞樓，聯云：「四野緑雲籠稼穡，杜荀鶴九春風景足林泉。」薛稷樓之左爲見悟堂，聯云：「花藥繞方丈，常建清流湧坐隅。」元結樓之後爲桐軒，是軒本祀歐蘇王三賢神主，盧雅雨聯云：「一代兩文忠，到處風流標勝蹟；三賢同俎豆，何人尚友似先生。」又鄭板橋聯云：「遺韻滿江淮，三家一律；愛才如性命，異世同心。」其旁植牡丹百本，構翠霞軒，聯云：「日映文章霞細麗；元稹山張屏障緑參差。」白居易

蜀岡朝旭，李氏別墅也。中有來春堂，聯云：「一片彩霞迎旭日；楊巨源萬條金線帶春烟。」施肩吾其東爲曠如亭，亭外水中有雙流舫，聯云：「重檐交密樹；王勃隔岸上春潮。」清江過此爲高詠樓，本蘇文忠公題《西江月》處，周以垂柳羃䍥，避暑最宜。樓後築屋十餘楹，如弓字。一曰含青室，聯云：「日交當户樹；蘇頲花繞傍池山。」祖詠一曰眺聽烟霞軒，聯云：「松排山面千重翠；白居易日較人間一倍長。」陸龜蒙一曰承露軒，聯云：「池塘月撼芙渠浪；方干羅綺晴嬌緑水洲。」孟浩然一曰青桂山房，聯云：「從此不知蘭麝貴；裴思謙相期共鬭管絃來。」孟浩然

萬松疊翠在微波峽西，一名吴園。廳事後多桂，又築桂露山房。聯云：「迴風入座飄歌扇；李邕冷露無聲濕桂花。」王建前有小屋三間，額曰「春流畫舫」，聯云：「仙扉傍巖崿；皮日休小楹俯澄鮮。」張祜又清陰堂聯云：「風生北渚烟波闊；權德輿雨歇南樓積翠來。」李澄清陰堂之左爲曠觀樓，凡十二間，如弓字。聯云：「烟草青無際；周伯琦溪山畫不如。」杜牧又涵清閣聯云：「雲林頗重疊；賈島池館亦清閒。」白居易

西岸矮屋比櫛，名爲倉房。聯云：「廒庾千箱在；薛存誠芳華二月初。」趙冬曦其前爲報豐祠，聯云：「息饗報嘉瑞；顔延年膏澤多豐年。」曹植祠外戲臺聯云：「川原通靄色；皇甫冉簫鼓賽田神。」王維杏花村舍中有浴蠶房，聯云：「金屋瑶筐開寶勝；崔日用小橋流水接平沙。」劉兼其西爲分箔房，聯云：「樹影悠悠花悄悄；曹唐羅衫葉葉繡重重。」王建

蜀岡諸山之水，宣洩歸河，大起樓南，以池分之。千絲萬縷，五色陸離，皆從此出，謂之練池。池之東爲染色房，聯云：「染就江南春水色；白居易結成羅帳連心花。」青童池之西爲練絲房、經絲房，聯云：「輭穀疏羅共蕭屑；温庭筠霏紅沓翠晚氤氲。」孟浩然又聽機樓聯云：「繡户夜攢紅燭市；韋莊繅絲聲隔竹籬間。」項斯對岸有豔雪亭，聯云：「楊柳風來潮未落；趙嘏梧桐葉下鴈初飛。」杜牧

蜀岡下陂池爲得勝湖，程氏種荷處，築水樓三楹。額曰「芰荷深處」，聯云：「山翠萬重當檻出；許渾白蓮千朵照廊明。」薛逢又有遠帆亭，聯云：「稼收平野闊；杜甫風正一帆懸。」王灣亭旁有臺，集許渾句爲聯云：「朱閣簟涼疏雨過；遠山雲晚翠光來。」蜀岡中東兩峰之間，有瀑布，築聽泉樓。聯云：「風生碧澗魚龍躍；曹松月照青山松栢香。」盧綸環緑閣在石隙中，聯云：「碧樹鎖金谷；柳宗元遥天倚翠岑。」韋莊旁有露香亭，聯云：「澤蘭侵小徑；王勃流水響空山。」法振

余過廣陵，游蜀岡，甚草草。所有榜聯，皆未暇省記，祇從《畫舫録》中擇其尤雅者，按地編列。其《畫舫録》所未及載者，惟平山堂伊墨卿太守一聯云：「過江諸山，到此堂下；太守之宴，與衆賓歡。」語特壯偉，至今不忘。時墨卿正守揚州也。近閱《桃符綴語》，又載一聯云：「幾堆江上畫圖山，繁華自昔，試看奢如大業，令人訕笑，令人悲涼，應有些逸興雅懷，纔領得廿四橋頭，簫聲月色；一派竹西歌吹路，傳誦於今，必須才似廬陵，方可遨遊，方可嘯詠，切莫把穠花濁酒，便當六一翁後，餘韻流風。」稍覺詞費矣。

揚州有文選巷，其南爲文選樓，考古者以爲即曹憲之故宅。憲與魏模公孫羅等同注《文選》，樓即其故址也。今樓中但奉昭明栗主，實誤。昭明文選樓之不在揚州，觀唐人李頎《送皇甫曾游襄陽》詩云

「元凱春秋傳，昭明文選樓」之句可見。阮芸臺先生於文選巷之西建家廟，又別構樓以藏圖書。額曰「隋文選樓」，爲之記。伊墨卿題一聯云：「七録舊家宗塾；六朝古巷選樓。」

揚州永濟寺，有詩僧題聯云：「江水滔滔，洗盡千秋人物，看閒雲野鶴，萬念都空，説甚麼晉代衣冠，吴宫花草；天風浩浩，吹開大地塵氛，倚片石危欄，一關獨閉，更何須故人禄米，鄰舍園蔬。」

嚴秋槎《藥欄詩話》載揚州某氏園戲臺對聯云：「坐客爲誰，聽二分明月簫聲，依稀杜牧；主人休問，有一管春風詞筆，點綴揚州。」然則此賢主人也，惜不著其名。卞竹辰都轉云：「記得是江都貢生李澄所撰。」

海州之雲臺山，即山海經之郁洲。余以理蝗經山下，而未暇登陟。陶雲汀宫保按部朐陽，陟其巔，撰聯語極壯麗，云：「海甸湧名山，烟複雲回，位業真靈參五嶽；洞天開福地，陽舒陰霅，馨香瑞應啓三元。」又題山中關帝廟聯云：「義氣干霄，近指白雲開覺路；威聲走海，遥憑赤手挽洪流。」又題九龍將軍廟云：「倚樹論功名，爽籟流聲清澗壑；在田占利用，甘膏灑潤普桑麻。」按山中舊有常建極題聯云：「世外憑臨，一面峰巒三面海；雲中結構，二分人力八分天。」

陶宫保云：「其鄉資江南岸裴公亭，有郭頑石題聯云：『代裴公稱一日主人，風月江山，與此老平分千古；到石上問三生舊跡，宰官仙佛，想當年定許重來。』」

福州鼓山喝水崕之側，削壁深澗中有磨厓大字一聯云：「爵比郭令公，歷中書二十四考；壽同廣成子，住崆峒千三百年。」字勢雄偉，每字高寬將及二尺，余嘗搨得一紙，竟無懸挂之處。按吴炯《五總志》

云：「李義山嘗謂温飛卿曰：『近得一聯，「遠比邵公，三十六年宰輔」，未得偶句』。温應聲曰：『何不云「近同郭令，二十四考中書。」』」記得宋人亦以「二十四考中書令」對「萬八千户冠軍侯」爲巧，此則以神仙對富貴語，更闊大矣。

福州鼓山之湧泉寺，建自唐時，蔚然名刹，而楹聯多彼氏家言，兹録其稍雅者，如山門彌勒座聯云：「日日攜空布袋，少米無錢，却剩得大肚寬腸，不知衆檀越信心時，用何物供養；年年坐冷山門，接張待李，總見他歡天喜地，請問這頭陀得意處，是甚麽來由。」法堂聯云：「於一毫端，現寶王刹；坐微塵裏，轉大法輪。」齋堂聯云：「五夜工夫，鐵脊梁將勤補拙；一時粥飯，金剛屑易食難消。」

福州小西湖東偏開化寺，倚城臨水，擅湖壖之勝。黄莘田先生集句聯云：「桑柘幾家湖上社；芙蓉十里水邊城。」最爲雅切自然。

余嘗再游武夷山，偏歷寺觀，而未得一佳聯，惟天游峰前之一覽臺楹柱，有「遺世獨立，與天爲徒」一聯，頗與現景相稱。又小桃源徑口有石門，兩旁鑱一集句，聯云：「喜無樵子復看弈；怕有漁郎來問津。」皆忘却何人所撰。《隨園詩話》載：「一覽臺庭柱有毛大周聯云：『世間有石皆奴僕；天下無山可弟兄。』」則未之見也。

邵武郡城中詩話樓，祀嚴滄浪先生，嚴本邵産也。朱幼芝郡丞景英聯云：「千秋大雅扶輪手；一片寒泉薦菊心。」葉筠潭學使聯云：「百代詩材歸品藻；千秋傑閣傍溪山。」皆㮣貼，然不若朱竹君先生筠一聯云：「隱釣風分七里瀨；品詩意到六朝人。」雅切其姓，且老氣紛披也。

楹聯叢話卷之八

格言

章鉅少承庭訓，先資政公每作書，必爲章鉅講明其義。嘗自署書室曰「四勿齋」，謂「無益之念勿起，無益之事勿爲，無益之言勿説，無益之物勿食」也。每爲人書楹帖，必用格言。謂章鉅曰：「人來乞書而不以格言應之，即所謂無益之事也。」一日與先伯父奉直公爲人分書楹帖，先伯父書一聯云：「欲知世味須嘗膽；不識人情只看花。」公亦書一聯云：「非關因果方爲善；不計科名始讀書。」呼章鉅語之曰：「汝知此兩聯意義之深厚乎？汝伯父所書，乃涉世良方；我所書，乃自修要旨也。」終身用之不盡矣。

通行楹帖有云：「謙卦六爻皆吉；恕字終身可行。」先資政公最喜述之，謂章鉅曰：「此是經訓，非僅楹聯而已。」又集《四書》語示章鉅曰：「敏則有功公則説，淡而不厭簡而文。」此兩語學古服官，淑身涉世皆宜，亦可當座右銘也。

余髫齡即受業於孟瓶菴師超然之門。師由吏部郎乞養歸里，時年方四十，掌鰲峰講席十餘年，終老於家。宅後有亦園亭，爲讀書静坐之地，日以懲忿窒欲自課。製楹聯云：「談性命則先賢之説已多，何似求之踐履；學考訂則就衰之年無及，不如返諸身心。」

《七修類稿》云：「宏治間，吏部尚書三原王公恕署門曰：『仕於朝者，以饋遺及門爲恥；仕於外者，以苞苴入都爲羞。』嘉靖間，藩司參議揚州錢公嶸亦自撰一聯，使所屬衙門皆帖焉。句云：『寬一分民受一分，見祐鬼神；要一文不值一文，難欺吏卒。』王之冢宰，近世難及，而錢忤當道，不久去。余謂二對近人不知，前乃真西山奏疏，後亦古語也。惜忘之。」

楊文貞士奇有子爲横於鄉，有密友自楚中來者，每述其惡歎。文貞常戒之，一日書一聯示之曰：「不畏官司千狀紙；只怕鄉民三寸刀。」毫不知改，後卒以事伏法。人謂文貞此聯可爲巨族藥石。

吕新吾先生有銓署楹帖云：「直者無庸我力，枉者我無庸力，何敢貪天之功；恩則以奸爲賢，怨則以賢爲奸，豈能逃鬼之責。」又公署楹帖云：「青天下鑒此心，敢不光明正直；赤子來游吾腹，顧言豈弟慈祥。」附見《呻吟語·治道門》。

《茶餘客話》云：「申鳧盟涵光自見蘇門先生後，大書於門曰：『真理學從五倫做起；大文章自六經分來。』又題書室聯云：『學古之志未衰，每日必擁書早起；干世之心已絶，無夕不飲酒高歌。』觀此，則飲酒高歌，正非易易矣。」

桂林府之秀峰書院，爲嶺西人文萃集之區。乾隆間，武緣劉靈溪太史定逌聯云：「於三綱五常内，力盡一分，就算一分真事業；向六經四子中，尚論千古，纔識千古大文章。」吕月滄山長稱之。余謂此即從申鳧盟「真理學從五倫做起，大文章自六經分來」二語衍而暢之耳。

吾閩之鰲峰書院，有林青圃先生題聯云：「反己有真修，須留神檢到心身界上；加工無別法，務著力打開義利關頭。」雅似先儒語錄。

王少湖敬臣云：「有一先輩揭《千字文》爲齋室楹聯，而各加注焉。『罔談彼短』之下，注云：『我亦有短。』『靡恃己長』之下，注云：『人各有長。』此語吾人皆當服膺也。」

湯文正公答沈茝岸書云：「李文節嘗言翰林官能壞人，衙門冷則易苟，體面好則易傲，無政事則易懶，無風波則易放。署中堂聯云：『人重官非官重人；德勝才毋才勝德。』真座右銘也。」

魏敏果公象樞由左僉都御史洊升户部侍郎，一歲五遷，愈用警惕。自題一聯云：「欺人如欺天，毋自欺也；負民即負國，何忍負之。」載年譜中。

《柳南隨筆》云：「無錫杜紫綸太史詔由詞館假歸，二十年林居，游名山殆徧。乾隆丙辰，游西湖歸，作一絶句授其子曰：『此即我遺令也。』未半月，以微疾終。詩云：『半生空自逐浮華，放浪湖山亦大差。分付兒曹無別語，讀書爲善做人家。』卒之前三日，爲其七十誕辰，張宴廳事，大書一聯榜於柱。出句爲『教子課孫完我分』，對句即用所作詩結語云。」

《隨園詩話補遺》載：「或題書齋聯云：『無求便是安心法；不飽真爲却病方。』又過潤州時，見僧壁聯云：『要除煩惱須成佛；各有來因莫羨人。』又過九華寺見一聯云：『非名山不留仙住；是真佛只説家常。』亦彼法中之格言也。」

武進趙恭毅公申喬論學，以不欺爲本。官浙藩時，自署堂聯云：「君不可負，只是心難負，負心者不容於堯舜；天不可欺，誰言人易欺，欺人者如見其肺肝。」又湖南院署聯云：「但願民安若堵；何妨署冷如冰。」

姚雪門頤督學湖南時，自題使院云：「虧他人，便虧自己，須記朝虀暮鹽，我亦寒士；要公道，還要虛心，試看畹蘭畝蕙，楚故有材。」又聯云：「才要真愛，名要畧愛，總之己要自愛；天不可欺，君不敢欺，實於心不忍欺。」吳稷堂省蘭亦督學湖南，有聯云：「畏簡書，並畏人言，常以無欺盟夙夜；正文風，先正士習，惟將有恥勗膠庠。」吾閩沈心齋涵學使一聯云：「爾無文字當安命；我有兒孫要讀書。」簡而有味。翁覃溪師督學山左時，亦録此十四字懸於堂楹，並爲之跋云。

江南各州縣廳事，多同一楹聯。據王朗川《言行彙纂》，乃王玉池令金鄉時所作。句云：「眼前百姓即兒孫，莫言百姓可欺，當留下兒孫地步；堂上一官稱父母，漫説一官易做，還盡些父母恩情。」語質意真，妙在人人共曉。若《堅瓠集》所載：「胡可泉知蘇州，揭一聯于門外云：『相面者，算命者，打抽豐者，各請免見；撑廳者，鋪堂者，撞太歲者，俱聽訪拿。』」則未免村氣太甚矣。

余初歷外任，即守荆州。嘗於廳事漫題一聯云：「政惟求於民便；事皆可與人言。」石曉田郡丞煦逢人述之。未及一年，擢淮海監司，實筦河防，非所習也，因題廳事云：「到此真成以政學；相逢但願由中行。」萬廉山郡丞承紀亦亟稱之。

金德山中丞在粤西藩任時，作官廳對聯云：「坐此似同舟，宦情彼此關休戚；須臾參大府，公事何妨共酌商。」用意深厚，有名臣風味。余至粤西，訪其聯已不可得矣。中丞復誦其鄉人徐公士林作臬司題庭柱云：「看階前草緑苔青，無非生意；聽牆外鴉啼鵲噪，恐有寃魂。」亦仁人之言。若宋牧仲題豫章署齋云：「雲白峰青，煥發廬山真面目；蛟騰鳳起，扢揚滕閣舊風流。」詞雖美而意近夸矣。

李恭毅公湖任通永觀察時，題廳事一聯云：「人苦不自知，願諸君勤攻吾短；弊去其太甚，與爾輩率由舊章。」

聞廣州郡守署中一聯云：「不要錢原非異事；太要好亦是私心。」此所謂深人無淺語也，惜忘却何人所撰。

陳最峰景登牧晉州，自題廳事云：「頭上有青天，作事須循天理；眼前皆瘠地，存心不刮地皮。」蔣南莊守潁州，自題廳事云：「人原是俗非關吏；仕豈能優且讀書。」陳子瀾尹來賓，亦自題廳事云：「事出於公，諸君何妨至室；吏原非俗，我輩還要讀書。」皆真樸有味。

余小霞題佐雜官廳聯云：「此間只可談風月；相對何須問主賓。」渾成典切，於佐雜官廳尤有味。

甘肅藩署官廳有薩湘林集經語聯云：「有孚在道明功也；同寅協恭和衷哉。」

桂林撫署二堂有同年趙文恪公愼畛聯云：「爲政不在多言，須息息從省身克己而出；當官務持大體，思事事皆民生國計所關。」文恪由桂林擢督吾閩，兩地皆有遺愛，至今頌聲不衰。讀其楹聯，堪信其言行相顧也。

桂林撫署小廳中有百文敏公聯板云：「行所當行，不爲已甚；愼之又愼，未敢即安。」跋云：「此庚申歲集古人語以自勗者。余自京尹出膺外吏，所至不一載，必有遷除，以故湘南浙右，黔嶺滇池，次第轉徙，履任之暇，即手書榜諸楹間，以爲座右之銘。去冬，於五華薇署，甫刻此聯，翼日而拜粵西之命。涉歷愈深，策惕愈甚，請事斯語，殆將終身，以之爲封圻報稱也可，以之爲密勿陳謨也可。嘉慶甲子，重書於桂林節署之懷清堂。」

程梓庭祖洛撫吴時，於官齋中自書一聯云：「醴泉無源，芝草無根，人貴自立；流水不腐，户樞不蠹，民生在勤。」又一聯云：「無多事，無廢事，庶幾無事；不徇情，不矯情，乃能得情。」

桂林吕月滄璜郡丞，隨其父在戍所十五年，始赦歸。成進士後，觀政浙中。初知慶元縣，有大堂一聯云：「我也曾爲寃枉痛入心來，敢糊塗忘了當日；汝不必逞機謀爭個勝去，看終久害著自家。」任奉化縣有二堂聯云：「民心即在吾心，信不易孚，敬爾公，先慎爾獨；國事常如家事，力所能勉，持其平，還酌其通。」梁山舟先生贈聯云：「蒼生自是關吾分；儒者真宜做此官。」

聞前明王文成公行部所至，必令二人肩二高脚牌前導。大書云：「求通民情；願聞己過。」議者以爲客氣，不虚也。吾友林少穆爲江蘇廉訪時，嘗書此作大門楹聯是矣。

余小霞《乙庚筆記》云：「州縣每遇命盗案出，必有蠧役陰嗾所獲之犯，使供某某爲同盗，則皆素封且愚懦可魚肉者。被供者率以賄免，而役之橐充焉，謂之『開花』。四川某尉署中有自撰楹帖云：『若使子孫能結果；除非盗賊不開花。』可謂惠出一尉矣。」

吾鄉林青圃先生歷官中外，亮節高風，一宅數畝外，囊橐無餘。余黄巷之舊居，即先生故宅也。嘗自榜楹柱云：「庭餘嘉蔭，室有藏書，天下事隨處而安，即此是雕梁畫棟；卜得芳鄰，居成美境，黄巷又名新美境田舍翁問，心已足，漫言應列鼎鳴鐘。」

粵東黄翼堂紹統訓導石城，學者稱仰山先生，嘗自署楹帖云：「爲倫類中所當行之事；作天地間不可少之人。」

嘗見汪退谷先生書楹帖云：「汲水澆花，亦思於物有濟；掃窗設几，要在予心以安。」又梁山舟先生書楹帖云：「能受苦方爲志士；肯吃虧不是癡人。」

蔣心餘先生宅中大門聯云：「一代翰林風月手；六朝蘭錡謝王家。」聞是彭文勤公所贈句。其廳堂各聯，悉出先生所撰，皆格言也。大廳聯云：「至樂莫過讀書，至要莫如教子；寡智乃能習静，寡營乃可養生。」内堂聯云：「欣戚相同，爲人莫想歡娱，歡娱即是煩惱；福命不大，處世休辭勞苦，勞苦乃得安康。」饗堂聯云：「富貴無常，爾小子勿忘貧賤；聖賢可學，我清門但讀詩書。」又聯云：「垂訓一無欺，能安分者，即是敬宗尊祖；守身三自反，會喫虧者，便爲孝子賢孫。」

紀文達師曰：「門人耿守愚，喜與人爭禮數，常言『士不貧賤驕人，則崖岸不立，恐益爲人所賤。』余曰：『此田子方之言，朱子已駁之。即就其説而論，亦謂道德本重，不以貧賤而自屈；非毫無道德，但貧賤即可驕人也。』先師陳白崖先生嘗手題一聯於書室曰：『事能知足心常愜；人到無求品自高。』斯真探本之論，兩言可以千古矣。」

吴門故家廳堂有一聯云：「必孝友乃可傳家，兄弟式好無他，即外侮何由而入；惟詩書常能裕後，子孫見聞止此，雖中材不致爲非。」不知何人所撰。訓詞深厚，當家家揭於堂楣。余小霞自述其舊居廳事聯云：「兄弟睦，家之肥；子孫賢，族乃大。」義亦闊大。

廣州香山書院聯云：「諸君到此何爲，豈徒學問文章，擅一藝微長，便算讀書種子；在我所求亦恕，不過子臣弟友，盡五倫本分，共成名教中人。」

姚鐵松中丞守武昌時，撰廳事聯云：「筆下留有餘地步；胸中養無限天機。」蓋因舊句而改首二字也。

石天基《傳家寶》中有一聯云：「言易招尤，對朋友少説幾句；書能益智，勸兒孫多讀數行。」真傳家寶也。

相傳桂林陳文恭公自題其里第一聯云：「惜食惜衣，非爲惜財緣惜福；求名求利，但須求己莫求人。」或云是武進劉文定公綸所撰。然余嘗見梁山舟學士手書此對，又云是文衡山語也。

汪龍莊云：「余治刑名二十餘年，行將從宦。甥蘭啓將事讀律，請業於余，因就疇昔所究心者，書以代口，題曰《佐治藥言》，並撤寓齋中舊聯授之，曰：『苦心未必天終負；辣手須防人不堪。』可謂仁恕矣。」

彭文勤公少與蔣心餘同學，有題書房舊聯云：「何物動人，二月杏花八月桂；有誰催我，三更燈火五更雞。」今此聯熟於人口，而不知其爲文勤所製也。

丁自菴善慶督學粵西，誨人必先器識而後文藝，自撰一楹帖鏤板，頒之庠序。句云：「人生窮達豈能知，趁早，須立此可爲聖賢，可對帝天之志；客告是非且莫管，得閒，要讀我有益身心，有關世道之書。」亦可爲士林鍼砭矣。

嘗見那文毅師手書贈顧藹亭工部聯云：「鷹隼入雲睞所向；驊騮得路慎於平。」工部蓋以才自見者，故勗之如此。宦途中客皆當服膺也。

于文襄公敏中嘗治蔬圃，自題圃門聯云：「今日正宜知此味；當年曾自咬其根。」鄂文端公鄂爾泰亦有菜圃長聯云：「此味易知，但須綠野親身種；對他有愧，只恐蒼生面色多。」用意各別，皆格言也。

近人集《蘭亭序》字作楹帖，有極自然成格言者，如：「與世不言人所短；臨文期集古之長。」「人有不爲斯有品；己無所得可無言。」「盡日言文常不倦；與人同事若無能。」「一人知己亦已足；畢生自修無盡期。」「相知當不在形跡；修己豈可殊初終。」「清言每不及世事；靜坐可以修長生。」「知足是人生一樂；無爲得天地自然。」「每臨大事有靜氣；不信今時無古賢。」「與賢者游信足樂；集古人文亦大觀。」「信古不遷，也是昔賢知己；流陰若寄，無爲今世閒人。」又有集《聖教序》字者，如：「大本領人，當時不見有奇異處；敏學問者，終身無所爲滿足時。」又有集《爭坐位帖》字者，如：「修身豈爲名傳世；作事惟思利及人。」「大懼與衆人同數，須知保晚節尤難。」「名美尚欣聞過友；業高不廢等身書。」「業高乎衆意豈滿；澤及於人功不虛。」

閔鶴初曰：嘗見一楹聯云：『世間惟有讀書好；天下無如喫飯難。』語亦沈著，惜未知作者爲誰。又桑弢甫先生授徒，輒勸人加餐食，案側懸一聯云：『放開肚皮喫飯；抖起神氣讀書。』想見豪情。然不若徐連峰岱雲『立定腳根撐起脊；展開眼界放平心』爲倜儻有致也。記余嘗薄遊永嘉，謁陳觀樓先生昌齊於署齋，見自書一聯云：「豎起脊梁立行；放開眼孔觀書。」似更老氣無敵。

程月川中丞含章每莅一任，必以自書大字，墨搨一聯，懸挂廳事。蓋「讀書志在聖賢，爲官心存君國」十二字。欵云：「敬書朱紫陽夫子家訓語。」按此是我朝崐山朱栢廬先生用純所撰居家格言，自「黎明即起」至「庶乎近焉」，凡五百一十字，此其末段結語。通篇語皆切實，而此二句尤爲賅括，允堪懸作座右銘。今人誤以此篇爲朱子所作，中丞亦未加深考耳。中丞又嘗書「好鳥枝頭亦朋友，落花水面皆文章」兩語，爲書室楹聯。旁亦注云：「書朱紫陽夫子句。」不知此乃南宋翁森所作《四時讀書樂》詩，並非朱子，中丞亦沿訛而不知也。

楹聯叢話卷之九

佳話

《柳南隨筆》云：「嚴恪，字心萱，文靖公之父也。文靖公已晉尚書，而封翁猶康健，自書堂中一聯云：『有子萬事足，我子作尚書，足而又足；七十古來稀，我年近大耋，稀而又稀。』」

《松窗筆乘》云：「尤悔菴侗著「臨去秋波那一轉」制義，流傳禁中。世祖知其爲徐立齋業師，因取觀之，歎爲真才子。及官翰林，嘗偕諸儒臣進平蜀詩文。聖祖見其名曰：『此老名士。』悔菴以此二語刻堂柱，左曰『章皇天語』，右曰『今上玉音』。極文人之榮。」

王文成公之父海日先生華，官至南京吏部尚書，致政時，值文成公平宸濠。先生自題書室一聯云：「看兒曹整頓一作旋轉乾坤；任老子婆娑風月。」如此福分，如此襟期，自當隻千古而無對。我朝桐城張文端公及見子文和公晉揆席，自題門聯云：「綠水青山，任一作讓老夫消磨一作逍遥歲月；紫袍金帶，一作紫宸黄閣看吾兒燮理陰陽。」正襲海日語。按海日語又似從謝太傅對客語中化來，特不如其蘊藉，而張語則風味又減矣。

無錫嵇文敏公曾筠及文恭公，父子相繼爲宰相。門聯云：「主聖臣賢，兩朝宏碩輔；父先子後，一氣轉洪鈞。」桐城張文端文和，亦父子宰相。門聯云：「一堂五代，富貴神仙。」按我朝韋平濟美者，滿洲人爲多，惟尹文恪公尹泰、尹文端公尹繼善、慶文恪公慶桂三世蟬聯爲最盛。漢人則山左劉文正公統勳、文清公墉、及嵇氏張氏皆以父子相繼，此外無聞焉。記宋尤玘《萬柳溪邊舊話》載其家自文獻輝、文簡袤科名接武，嘗築圃西湖，度宗幸其堂，御筆題楹間一聯云：「五世三登宰輔；奕朝累掌絲綸。」朝紳榮之。知盛事亦自古所僅見矣。

殷彥來譽慶贈王漁洋一聯云：「天下文章，莫大乎是；一時賢士，皆從其游。」其時亦惟漁洋足以當之。聞錢名世初游京師，除夕以聯送漁洋云：「尚書天北斗；司寇魯東家。」由是知名。後送權貴句云：「分陝旌旗周太保；從天鐘鼓漢將軍。」因之謫官。

科第世家，以江南爲盛。我朝溧陽史氏、崐山徐氏，兩家祠堂長聯，熟在人口，不但今世所稀，蓋自古亦尠遇矣。按史氏聯云：「祖孫父子，兄弟叔姪，四世翰苑蟬聯，猶有舅甥翁壻；子午卯酉，辰戌丑未，八榜科名鼎盛，又逢己亥寅申。」攷溧陽史氏，自康熙丁未，史鶴齡始入翰林；至壬戌，其子史夔繼之；庚辰，其孫史貽直繼之；乾隆乙丑，其姪孫史貽謨繼之；己酉，其曾孫史奕簪繼之。此外則其壻金壇于小謝，其甥于敏中，丹徒任蘭枝，陽湖管幹珍，並前後爲翰林。世謂海內無第二家也。若次聯所云，則史鶴齡爲丁酉舉人，丁未進士；史夔爲辛酉舉人，壬戌進士；史夔之弟史普爲己卯舉人，庚辰進士；史隨爲戊子舉人，己丑進士；史貽直爲己卯舉人，庚辰進士；史貽謨爲甲子舉人，乙丑進士；其弟史貽簡爲癸卯舉人，甲辰進士；又史鶴齡之曾孫史奕簪爲己酉舉人，戊辰進士；史光啓爲壬申舉人；史應曜爲丙午舉人。八榜科名，彬彬可考。而合史光啓之壬申計之，實爲九榜。惟己亥寅三榜，尚闕有間。則末語「又逢己亥寅申」云云，亦尚須細考耳。

崐山徐氏祠堂聯云：「教子有遺經，詩書易春秋禮記；傳家無別業，解會狀榜眼探花。」按徐健菴尚書乾學係順治甲午拔貢，庚子舉人，康熙庚戌探花；徐果亭閣學秉義係康熙己酉舉人，癸丑會魁探花；徐立齋相國元文係順治甲午經魁，己亥狀元。並無解元會元榜眼。聯語亦不過渾括言之。然三兄弟並登鼎甲，並列崇班，不可謂非難能可貴耳。至上聯所云，語乃質實可風。健菴尚書，著有《讀禮通考》；果亭閣學，著有《經學識餘》；立齋相國，著有《含經堂集》。而傳是樓藏書之富，甲於寰區，教子遺經豈虛語哉！

徐健菴先生以大司寇謝病歸，御書「光燄萬丈」扁，以寵其行。時人贈聯云：「萬方玉帛朝東海；一點丹誠向北辰。」

紀文達師曰：「先師介野園先生嘗四主會試，四主鄉試，其他雜試，殆不可縷數。嘗有恩榮宴詩云：『鸚鵡新班宴御園，摧頹老鶴也乘軒。龍津橋上黃金榜，四見門生作狀元。』于文襄公贈以聯云：『天下文章同軌轍；門牆桃李半公卿。』可謂儒者之至榮矣。」

溧陽史文靖公貽直七十壽辰，獻聯者充門，惟許刺史佩璜云：「三朝元老裴中令；百歲詩篇衞武公。」及袁簡齋先生云：「南宮六一先生座；北面三千弟子行。」爲公所許可。

乾隆末，漳浦蔡文恭公予告歸里，小住福州，所主者爲余戚黨家。時余方齠稚，嘗從人於屏後竊覘之。記得先資政公言，有一客贈聯甚莊重切實，句云：「主恩前後三旋里；天語丁甯再入朝。」似是中朝達官所製。彼時但能述其語而已，不能舉其名矣。

乾隆六十年中，各直省奏報壽民壽婦，五世同堂，親見七代八代者，屢見邸抄，然未有如長洲蔣氏之盛者。乾隆丙申春，內閣中書應焻之祖文源，年九十，配張氏，年八十九。翰林院編修元益之祖文涵，年八十九，配顔氏，年八十八。俱五世同堂，親見八代。應焻元益同日給假回籍祝壽，海內榮之。時徐雨峰巡撫士林製聯稱祝云：「登甲登科，七代兒孫繞膝；難兄難弟，九旬夫婦齊眉。」洵盛事也。

嘗見劉文清公爲紀文達師書聯云：「兩登耆宴今猶健；五掌烏臺古所無。」蓋吾師自撰句也。梁山舟學士贈聯云：「萬卷編成羣玉府；一生修到大羅天。」

英煦齋師《恩福堂筆記》云：「先文莊公掌容臺者十二年，與達香圃、紀曉嵐、劉青垣三宗伯同事。余於嘉慶庚申追隨三先生，亦列春官。迨癸酉重任時，乃鐵冶亭、王春圃兩先生爲大宗伯，秀楚翹、胡西庚、汪瑟菴爲少宗伯。鐵出王門，胡、汪、秀三公及余前後皆出鐵門。其時有春官六座六師生之諺，因製聯留署，句云：『典禮奉寅清，粉署重來，愧説箕裘延世業；同堂聚師弟，薪傳遞衍，始知桃李屬春官。』」按是年適爲王春圃先生八十壽辰，合署稱觴，屬章鉅爲儷體序文，中有「官分兩座，座中以座主爲尊；賓列四門，門下之門生疊至」句。時春圃哲嗣蓮甫先生亦繼爲少宗伯，每對同官亟誦之。

《恩福堂筆記》又云：「曹文敏公文埴以右庶子視學江西，適曹文恪公家居，獻一聯曰：『韓愈官爲右庶子；莊周篇有大宗師。』彭文勤公視學浙江時，杭州守爲邵公齊熊，公贈聯曰：『杭州太守湖山美；康節先生安樂窩。』皆可云典切。前輩於應酬文字，不苟如此。」

梁文莊公詩正既相後，嵇文恭公贈聯云：「秋圃黃花韓相國；春風紅杏宋尚書。」臺閣頌揚語，又何其妍麗也。

山左劉文清公在相位，其太夫人九十壽辰，仁廟賜壽，備極恩榮，阮芸臺先生撰聯寄祝云：「帝祝期頤，卿士祝期頤，合三朝之門下，亦共祝期頤，海內九旬真壽母；夫爲宰相，哲嗣爲宰相，總百官之文孫，又將爲宰相，江南八座太夫人。」蓋其時文清以兩江總督遥執相權，而信芳先生已官太宰也。此與崐山徐氏、溧陽史氏家祠中聯，皆無第二家足以當之。

直隸真定府試院後樓五楹，合祀關帝文昌，乾隆中，吴白華先生省欽視學，適奉召回京，代者即令弟稷堂先生，在真定交替時，白華先生撰一聯云：「文武一龕如在上；弟兄同節此登高。」蓋恰值重九日，可云巧合。

慶蕉園宫保慶保爲廣東將軍時，王省厓尚書鼎贈聯云：「恩衍韋平，祖父子孫三宰相；家傳忠孝，弟兄叔伯四將軍。」巨製鴻題，足以稱其家乘。

揚州喬椿齡，字樗友，善易數，雖至友不輕爲卜。詩文之格，唐以下不屑仿也。其弟子阮芸臺先生已貴，未嘗通一札，及先生視學山左，禮請衡文，乃往，卒於青州。嘗榜其齋云：「四方名士皆知己；八座門生正少年。」

英煦齋師六十壽辰，適近七夕，有呈壽聯者，最著稱人口，而忘却何人所作。句云：「四海仰雙星，六秩衍大撓甲子；二難躋八座，九天錫嬀氏笙簧。」時公子奎耀、奎照，皆躋貳卿，内府錫樂部爲壽云。

阮芸臺先生五十歲時，在漕帥任。衍聖公孔治山先生贈以壽聯云：「鼎甲連科，皆屬公門桃李下；淮揚列郡，更開軍府梓桑間。」蓋先生揚州人，正漕帥轄下也。

阮芸臺先生於道光十八年以大學士引年予告，返居廣陵里第。瀕行，奉恩諭，有怡志林泉之語，舉朝羡之。潘芝軒相國贈聯云：「四海具瞻，尊爲山斗；同朝欽羡，望若神仙。」吴興沈㘭堂世楓由湖北方伯告歸，其子希人學士官内閣，亦請假歸省。有同人以聯贈行云：「鶴鳴在陰其子和；鴻飛遵渚我公歸。」

朱建三生於七月七日，所居之里名百花巷，李笠翁壽以聯云：「七夕是生辰，喜功名事業從心，處處帶來天上巧；百花爲壽域，羡玉樹芝蘭繞膝，人人占却眼前春。」

笠翁五十歲生男，自題楹聯志喜云：「一生好事無雙日；百歲閒身得半時。」

康熙間，有某相國家擅園林之勝，相國亦雅有文望。李笠翁贈之聯云：「朝罷獨行春，踏去不知三徑遠；公餘時讀史，坐來便覺五雲多。」

李笠翁贈李坦菴相國聯云：「名世天生五百年，爲福黎民，特使早居黄閣上；元老人稱二十載，宜增華髮，誰知正在黑頭時。」蓋相國年未及三旬，即登揆席也。

李笠翁有壽方太夫人七十聯，自爲之序云：「夫人爲何芝嶽相國之女，方坦菴宫詹之配，樓岡學士、邵村侍御與三孰四世五孝廉，暨謙六任子之母。茹齋奉佛，兼禮列仙。句云：『出宰相之門，入宮詹室，居學士侍御孝廉冑子之堂，足不履民家户閾者，七十年於此；繼麻姑之迹，追王母之蹤，證如來觀音文殊普賢之果，口偏食人間烟火者，八千歲猶然。』

又壽陳太夫人八十聯，自爲之序云：「此蕉鹿先生之母也，時晝錦歸來，專爲稱觴一事。太夫人七十時，令子猶爲外吏，今則內擢司農矣。句云：『踰古稀又十年，喜當時令子高遷，幾度錦衣歸閥閱；去期頤尚廿載，看後茲文孫繼起，滿堂牙笏頌岡陵。』」

梁文莊公乞假養親，賜「萊衣晝永」四字扁額，又賜詩云：「翻祝還朝晚，卿家慶更深。」天語肫摯如此，可謂備極恩榮。嵇文恭公贈聯云：「花宴瓊林，温仲舒由大魁秉政；堂開晝錦，王文獻以宰相養親。」亦莊麗得體。

無錫鄒小山宗伯一桂有門生某，弟兄皆詞林，二子並登甲科，而其母則以側室受封者也。七十誕辰，求公撰壽言，公令諸門生擬之，俱不稱意。蓋不難於頌揚，而難於得尊者之口氣也。公乃自撰聯句云：「有子有孫，都成名進士；多福多壽，是謂太夫人。」於是執筆者咸歎服。又張船山太守問陶爲吴穀人先生錫麒之太夫人撰壽聯云：「惟善人現壽者相；有令子爲天下師。」亦質樸有味。時先生方爲國子祭酒也。

《隨園詩話補遺》云：「乾隆庚寅，余在杭州，訪蔣苕生太史，聞寓湖州太守張公處，即具名紙往投。蔣未見，乃先有一峩冠者拱出，心知是太守，素無交，而其意甚親，未免愕然。太守笑曰：『先生不識我耶？我早識先生，並識先生之夫人貌作何狀，令姊貌作何狀。』歷歷如繪。余益驚問故，太守曰：『當年公作翰林，住前門外橫街。我年九歲，與公陸氏二甥同在蒙館讀書，每放學後，嬉游公家。公姊及夫人梳頭，常在旁，手進梳篦，公過，猶呼餅餌啖我。公竟忘耶？』余謝曰：『事實未忘，不料昔日聖童，今爲公祖也。惜二甥早亡矣。』相與唏歔者久之。從此遂別。更二十年，太守之子惠堂孝廉來權知溧水。又是余改官江南第一次捧檄之所，重重春夢，思之憮然。其前事迹，已作古詩一首贈蔣，梓入集中矣。今年衰不能再贅，乃作一聯留惠堂廳事，云：『後我卌年，同爲此地親民宰；通家兩代，曾見而翁上學時。』蓋實敍平生佳話，非敢挾長也。」

梁山舟學士，於嘉慶十六年冬患髮疽，危篤中見有人持楹帖入，其句云：「萬里烟雲開瘴户；一天風雨護神鑪。」病遂愈，因自號新吾長翁。後九十誕辰，夫婦齊眉清健。張岐山問萊贈壽聯云：「人近百年猶赤子；天留二老看元孫。」時人稱其工切。

梁山舟學士最工爲壽聯，得之者無不樂其雅切。如壽吳太夫人八十云：「八座起居，令子宮袍慈母綫；重闈燕喜，南陽仙菊北堂萱。」自注：「令子方開藩河南，故用南陽菊事。」又壽嵇文恭公八十云：「螭坳舊齒符天壽；鴈塔新題冠佛名。」時公以萬壽年生日，重宴瓊林也。又壽王述菴侍郎昶八十云：「盾鼻弓衣，行世文章皆事業；屏風團扇，還山官府即神仙。」又壽許小范六十云：「甲子從頭開上壽；神仙自古有曾孫。」時許已有曾孫也。又壽趙次乾云：「東方先生善諧謔；南極老人應壽昌。」又壽汪西灝沆云：「國門舊價千金重；鄉社新圖九老尊。」又壽博羅蘇明府云：「會翻李委南飛曲；曾領朱明大洞天。」

又壽博羅成明府云：「鼓琴自擅寰中手；飛舄來看海上山。」又壽姚宗伯是年與千叟宴者云：「履舄殿庭千叟上；台光角亢兩星間。」又壽陝西何中丞未及年而與千叟宴者云：「家傳玉節仍分陝；天賜瓊筵預杖期。」又壽袁簡齋先生云：「藏山事業三千牘；住世神明五百年。」又壽直隸梁制軍云：「旌麾畿甸尊宗衮；杖履耆英壽國楨。」又壽閔中丞奉使本籍讞獄者云：「玉節承天南斗静；錦衣行晝使星明。」又壽尹文端之子爲福州將軍者云：「龍門世澤華跗盛；鯨海威名草木知。」

廣東馮潛齋成修幼牧牛，夢有持扇爲障日者，扇上有「貴州學政」四字，因奮志讀書。年三十四，始遊庠；逾年登賢書，聯捷成進士，由庶常改部曹，典蜀試，又典閩試；嗣督學貴州，旋罷歸。好論文，有馮八股之目。年九十餘，始卒。乾隆壬寅八袠，與夫人同庚，康健無恙。屆結褵周甲之期，親友門生，駢集稱慶，重行花燭交拜之禮。自署門聯云：「子未必肖，孫未必賢，屢忝科名，只爲老年娱晚景；夫豈能剛，妻豈能順，重諧花燭，幸邀天眷錫遐齡。」至乾隆壬子，重赴鹿鳴，洵美談也。

趙甌北先生早賦歸田，不與外事，惟以著作自娱。劉石菴先生手書贈聯云：「務觀萬篇，半皆歸里作；啓期三樂，同是達生言。」趙得之甚喜。

顔魯輿伯燾巡撫滇南，署堂聯云：「彩雲見處，先後六十年中，三世建牙，宜何如効涓埃以肯堂構；湛露承來，縱横八千里外，百蠻稽首，所願與興禮讓而廣農桑。」王霞九觀察贈芳云：「出語公自紀實，殆黔國公後所僅見者。」

廬陵劉古菴上舍宗輝買舟滕王閣，爲舟子書聯云：「有客臨舟懷帝子；何人下榻學陳公。」時商丘陳望之爲江西巡撫，見之笑曰：「奇士也。」命延之入，且曰：「爲君下榻矣。」一聯之遇合亦奇。

陶雲汀宫保，開府大江南北者，十有餘年，名位兼隆，吏民翕服。潘功甫舍人有祝五旬壽聯云：「能文翰林，能言御史，能任封疆贊翊聖化，有真經濟才，公論出朝士口；爲國籌運，爲民興利，爲我鄉里表彰賢達，得大光明壽，妙法現宰官身。」又齊梅麓太守祝六旬聯云：「八州都督，五柳先生，經濟文章，千古心傳家學遠；六甲初周，一陽來復，富貴壽攷，百年身受國恩長。」蓋宫保誕辰在黄鐘之月也。又程春海侍郎寄贈一聯云：「海涵地負之才，文章博辨，議論雄偉；春温秋肅之政，動用縣解，静專直方。」合諸名流之語觀之，其人之生平可定矣。

歙縣曹文正公由户部侍郎晉工部尚書時，其門下士徐訪巖廉訪寶森贈聯云：「再世宫銜，太保少保；兩朝宸眷，司徒司空。」

楹聯叢話卷之十

挽詞

《秋雨菴隨筆》云："輓聯不知起於何時，古則但有輓詞，即或有膾炙人口二句者，亦其項腹聯耳。惟《石林燕語》載："韓康公得解過省殿試，皆第三人，後爲相四遷，皆在熙寧中。蘇子容輓之云："三登慶曆三人第，四入熙寧四輔中。"』此則的是輓聯之體耳。」

《恩福堂筆記》云："紀文達師輓朱笥河先生一聯云："學術各門庭，與子平生無唱和；交情同骨肉，俾予後死獨傷悲。"』二公所學，具見於此，而語尤真摯。且非笥河先生不能當斯語，非文達師亦不敢作斯語也。」

《恩福堂筆記》又云："乾隆戊戌，余隨侍先文莊公赴閩撫任，道出杭州。值先文莊公六十壽辰，中丞學使分日爲賀。此余得瞻彭文勤公之始也。迨余入詞垣，適公爲大教習，勗余曰："向讀之經書，不可抛荒；已讀之詩文，仍未足用。應將《文選》及《唐宋詩醇》《文醇》盡卷熟讀，可爲好翰林矣。"余因是加勵。迨嘉慶壬戌，遂與公同掌院事。一日，公告余曰："內子昨問「新院長爲誰？」答曰："乃曩在杭州汝亦見過甫八歲之英世兄也。"』二老同深嗟歎。故癸亥公捐館時，余哭之痛，獻聯云："榕嶠奉行輿，道出臨安，絳帳揊衣纔八歲；蓬山陪末座，職猶弟子，玉堂撰杖忽千秋』。蓋紀實也。」

紀文達師輓劉文正公統勳聯云：「岱色蒼茫衆山小；天容慘淡大星沈。」句奇語重，非文正公不足以當之。

成親王輓福文襄郡王福康安聯云：「大名諸葛身先死；異姓汾陽帝不疑」，我朝以異姓封王者，如定南王孔有德、義王孫可望、靖南王耿繼茂、襲義王孫徵淳、平南親王尚可喜、海澄公贈王爵黃芳度，皆在國初年間。雍正乾隆以來，惟福文襄一人而已。

福郡王薨於湖南軍營，時苗疆所在建祠。紀文達師撰聯云：「汾陽王名位相同，功業常新，萬里有將軍壁壘；忠武侯經綸未盡，英靈如在，百蠻拜丞相祠堂。」

彭春農曰：「先文勤公，出董文恪公邦達之門。嘉慶丁巳，文恭公誥丁太夫人憂，高廟遣官奠酒，加賞陀羅經被。文勤公輓聯云：『心愴老門生，執饋縫衣憐雪立；恩釀賢宰相，酘巵經被報春暉』。時紀文達師亦文恪門生，輓聯亦以『老門生』與『賢宰相』作對。歸語其孫薌林曰：『惟我兩人，所見畧同也』。」

董文恪公之夫人没於京師，時文恭公已登揆席。文達師作輓聯云：「富春江萬古青山，阡表長留慈訓能成賢宰相；聽雨堂九年絳帳，食單親檢，舊恩最感老門生。」《桃符綴語》載此聯，以爲陶太史撰，蓋誤。

紀文達師因誦某詩云：「浮沈宦海如鷗鳥，生死書叢似蠹魚。」戲謂此二句可作我他年輓聯。劉文清公云：「此惟陸耳山副憲足以當之。」未幾而陸訃至，蓋方被命赴瀋陽覆校四庫書，以天氣驟寒，裘衣未到，凍僵於旅寓中也。時以爲語讖。

紀文達師輓彭文勤公聯云：「包羅海嶽之才，久矣韓文能立制；繪畫乾坤之手，惜哉堯典未終篇。」蓋文勤方專司高廟實録藁本，未能竣事而薨也。

沈歸愚尚書德潛輓桑弢甫調元云：「文星酒星書星，在天不滅；金管銀管斑管，其人可傳。」

畢秋帆自營生壙於鄧尉山，並自作輓聯云：「讀書經世即真儒，遑問他一席名山，千秋竹簡；學佛成仙皆幻相，終輸我五湖明月，萬樹梅花。」

昌平陳紫瀾宮詹浩與錢唐陳句山太僕兆崙並負重名，時有南北二陳之目。宮詹有輓吴湛山中丞士功聯云：「使節轉閩疆，舊雨追思，鄂渚蘭言如昨夢；耆英推洛社，生芻遥奠，謝庭玉樹總層霄。」中丞爲香亭侍郎之父，曾撫吾閩，與宮詹爲摯好。此聯凄婉動人，寫作雙美。侍郎爲裁截成卷，徧徵同人題識，新建曹文恪公、仁和胡文恪公、富陽董文恭公，及吴白華、褚筠心廷璋、陸費丹叔墀、謝蘊山啓昆諸公，皆有跋。以一聯而集成巨觀，蔚爲墨寶，宜中丞之孫紅生舍人葆晉珍秘若球璧矣。

梁山舟學士所撰輓聯極多，兹擇其尤著者録之。輓梁文定公國治云：「天北掩台垣，聞説槐音中夜斷；江東失宗衮，心傷荆樹一時摧。」時其弟冲泉亦没也。輓其姑夫張藻川侍郎云：「朝無諫草，家有賜書，卅載清聲光簡册；公應騎箕，我悲陟岵，一時血淚灑葭莩。」輓藍素亭河督云：「帝畀以河，三策勤勞著淮北；臣心似水，四知風節媿關西。」輓錢竹汀宮詹云：「名在千秋，服鄭説經劉杜史；神歸一夕，仙人骨相宰官身。」

錢籜石先生載以上書房侍郎致仕，山舟學士輓以聯云：「青宮授几，洛社圖形，官府神仙皆慧業；達尊備三，絕藝擅四，儒林文苑並傳人。」自注云：「昔人以文與可『騷、書、詩、畫』爲四絕也。」

山舟學士之妹夫湯畫人，辛未庶常，未及散館而没，年僅四十。生母猶在堂。學士輓以聯云：「四十年生有自來，身到蓬瀛天遽召；三千里没而猶視，心傷桑梓母何依。」又輓其師莊對樵云：「孝思盡宦海家園，榮親養親，一笑生天證佛果；道望齊太山梁木，吾仰吾放，幾人入座哭春風。」又輓陶篔村云：「萬里兒啼，此日愁攀賢令轍；卅年老淚，隔江空盼少微星。」時篔村之子方宦黔中也。輓其兄春淙云：「一品承恩，魂魄長依華屋；九重念舊，馨香宜徹幽泉。」輓明中和尚云：「畫裏傳衣，夙契偶同永長老；山中獻蓋，前塵誰證衲禪師。」自注云：「余畫過去僧像，師爲補衲。又師與先人同入詩社。」輓佛裔和尚云：「竹萎蕉枯，此日是師真面目；焚香灑水，當年惟我舊朋儔。」自注：「次句指恒公寂時事。」

山舟學士輓孔谷園繼涑聯云：「臨去詩成，寫照髯仙，明月清風人已遠；平生墨妙，瓣香冰叟，虹樓瀛海世爭傳。」自注：「谷園没之前數日，有題蘇尺牘詩，『明月清風』即詩中語。天瓶居士張文敏公爲谷園婦翁。玉虹樓，谷園齋名。《瀛海仙班帖》，天瓶書也。」

邱南屏侍郎樹棠以事降調，未補官而卒，時辛卯上元日也。是日值月食，彭春農以聯輓之云：「大雲暫作閒雲，風規自在；元夜頓成長夜，月魄同虧。」

陳荔峰侍郎爲内閣學士，閱二十年，始擢少宗伯。旋攝少宰少農，駸駸乎大用矣。以病乞假調理，已就痊愈。是日，讌客至中夜，衆賓甫退，始就寢。不逾時，起坐，咯血數口而没。彭春農輓聯云：「撒手了無難，夜宴方闌歸碧落；傷心將大用，夕陽雖好近黃昏。」

平湖吳臺卿顯德，松圃協揆之猶子，山舟學士之甥也。幼聰敏，年十六受知於朱文正師，補博士弟子員，才藻冠時，謂取青紫如拾芥矣。乃十上鄉闈，未離席帽，鬱鬱不得志，遂遁而學仙，日從事乩鸞，叩長生之術。年未四十，以瘵卒。太夫人猶在堂也。學士輓聯云：「天道何知，不許阿孀留李賀；神仙安在，翻教老淚哭羊曇。」讀之令人酸鼻。

山舟學士與其德配汪恭人俱登大年。恭人長學士一歲，先學士二年卒。學士輓聯云：「一百年彈指光陰，天胡靳此；九十載齊眉夫婦，我獨何堪。」逾二年，學士始卒，年九十三。沒前數日，手書訃稿，遺命「不治喪，不刻行狀」。同里衆紳士輓聯云：「朶殿奉絲綸，四百紙述事記言，史館猶傳大手筆；明湖思俎豆，九十載清風儉德，邦人長想古衣冠。」

鮑覺生先生桂星才氣冠時，徒以傲兀凌人，爲世所嫉。臨終自撰輓聯云：「功名事業文章，他生未卜；嬉笑悲歌怒罵，到此皆休。」遺命懸於靈几之前。則仍是本色語也。

浙中蘇子齋鐸由翰林改官侍御，以公過鐫級，捐復刑部副郎，轉正郎，出守山西朔平，以憂歸。起復，守山東青州，卒於官。有素交官於廣東者，聞其訃痛之，寄聯輓之云：「譽美西清，望重西臺，又威肅西曹，出治懋勳猷，兩省春風思太守；耗傳東浙，心傷東魯，奈身羈東粵，招魂長歎息，一江秋水哭先生。」

徐秋崖孝廉廷烺於會試場中得病，十四日而沒於邸舍。時令嗣訪齋亦以會試隨侍京寓。封翁來若先生年八十，猶在堂也。梁小楚比部輓以聯云：「十四日病莫能興，幸喬梓相依，屬纊尚能親含玉；三千里没而猶視，痛桑榆垂暮，倚閭猶自盼泥金。」

道光乙酉，德清徐倪氏之案，自巡撫以至典史，一城之官，盡罣吏議。王小華廉訪惟詢以急欲平反此案，遂至自裁。蔡生甫學士之定輓以聯云：「剛毅木訥近仁，生原無忝；聰明正直而一，没則爲神。」頗肖其爲人。然以三品大員爲此無名之死，論者惜之。

許周生駕部宗彦病中語人云：「夜來曾作詩，記得二句，頗切近狀。句云：『厭聞家事常如客，愛看名山悔不僧』。今繙《鑑止水齋集》，無此二句。蓋偶得句而未成篇也。駕部没前三日自撰輓聯云：「月白風清其有意；斗量車載已無名。」可謂了然於去來者矣。

《秋坪新語》載：「紀文達公長子汝佶，中乾隆乙酉孝廉。卒時，公甚爲之神傷。語客曰：『今乃知因果之説，或亦有之』。」蓋孝廉病絶而蘇者屢矣。忽一日，聞其聲宛山西人也，問故，曰：『某來索逋，兹已償清，仍欠若干，可亟焚楮鏹如數，當去。』家人輩如言焚之，遂瞑。方環哭間，又蘇，張目曰：『所乘馬後足顛蹶，弗良於行，可易一匹，則乘之去矣。』衆茫然。公之三女哭告曰：『誠有之，兄氣絶時，所焚馬，吾見其後足紙損，或即其故歟？』因别製一具焚之，乃不復蘇。公於靈帷書一輓聯云：『生來富貴人家，却怪怪奇奇，祇落得終身貧賤；賴有聰明根器，願生生世世，莫造此各種因緣。』蓋孝廉素性揮霍，錢刀到手輒盡；又緣事被褫，公以其過不檢攝，禁弗使出。日給資用，無少溢。孝廉深苦其拘，罄所有付之質庫。卒之日蓋不餘一物云。」

紀文達師與龔匏伯先生禔身同校四庫書，最相契。後先生以軍機章京觀察滇南，終於位。師寄輓聯云：「地接西清，最難忘樞密院旁公餘茶話；恩深南徼，惜空留昆明池畔去後棠陰。」

彭文勤公輓鍾碧溪大令聯云：「匪特蔦蘿親，髫同筆研相將老；空懷松菊志，家少田園竟不歸。」

粵東張儀坡庶常翀恃才放蕩，未及三十，即以酒色殞其生。其師花曉亭方伯杰甚慟之，輓以聯云：「與人何尤，可憐白髮雙親，養子聰明成不幸；自古有死，太息青雲一瞬，如君摇落更堪悲。」

余撫桂林，延吕月滄郡丞主秀峰書院講席，士論翕服。余常就諮地方利弊，兼以政暇談藝，皆獲益良多。惜其驟歸道山。繼主講者爲黄春亭邑侯暄，亦佳士，有輓吕聯云：「德合荀君，久以範模孚梓里；文追白傅，豈惟政事在杭州。」爲時所稱。余既爲撰墓志，亦輓以聯云：「三管失斯人，癸水辰山都闇淡；千秋存定論，鄉賢名宦佇馨香。」蓋月滄品學俱優，曾官兩浙，有循聲，尤長治獄也。時合省之士大夫以請祀鄉賢祠環籲，余已爲擬定疏稿，適同官有違言，遂閣不行，亦可歎矣。

盧厚山宫師嘗總督兩廣、兩湖，巡撫江南、山西，觀察廣東、山東、湖南。又於丁憂伏處時，奉特旨起家，管西域軍需局，駐劄肅州。凱撤後遂巡撫陝西。其没也，由宫保晉宫師，加輕車都尉世職，謚敏肅。余甲寅同年中，勳名之盛，未有如公者也。裕魯山廉訪裕謙寄聯輓之云：「曠典邁千秋，帶礪台衡，天錫殊綸榮衛、霍；仁恩周十省，韜鈐黼黻，人從華屋仰皋、夔。」

劉星槎司馬台斗，寶應名進士也。由水部通守烏鎮，以督運終於官。舒白香哭以聯云：「學究天人，祇曾博文章一第；才堪公輔，僅試官丞倅三年。」

同年李服齋廉訪文耕，雲南人，由山左縣令起家，清節循聲，上達宸聰。不數年，遂秉臬齊魯，移官黔中，以老病引退，終於家。余壬戌同榜中，不乏俊異之才，而言坊行表，必推公爲巨擘。詢之滇人士，亦無間言。王孚遠方伯輓以聯云：「道學風高，望推南詔；循良績著，念切東人。」方伯山左人，故抒其去思如此。

四川李墨莊太史鼎元客死揚州，貧無以斂。吳山尊輓以聯云：「百金囊盡揚州死；萬里魂歸蜀道難。」

鄭雲軒孝廉天衢，與余同肄業鰲峰書院，復同舉甲寅恩榜，實余之妻叔外舅，鄭蘇年師之弟也。甫踰四十而没，時節母廖太孺人尚在堂。師哭以聯云：「緣盡先離，傷心卅載荆枝，漫説來生還有約；事多未了，回首七旬萱蔭，敢言已死便無知。」一字一淚，情深於文矣。

徐兩松中丞嗣曾撫閩，有惠政。其培植鼇峰書院士子，尤繫去思。聞其易簀前數日自撰輓聯云：「仗我佛慈悲指示，方悟得無我無人；做吾儒切實工夫，巴結到而今而後。」可謂來去分明矣。

薩檀河邑侯玉衡雄於文，尤工詩，皆不屑拾人牙慧。嘗爲一縣令之母輓聯云：「民是賈兒，甘棠歌衆母母；官真佛子，妙蓮現法身身。」可云别致。余嘗借以應一達官之求，遽遭齒冷而置之。

紀文達師於乾隆癸未甲申間督閩學，時余家自先大父及先嚴，暨諸伯父、叔父，皆及門受業。師訪知余家自前明以來，十五代秀才相繼不斷，特書「書香世業」一扁爲贈。先資政公因製堂聯云：「近承十五葉囊箱，闡發金書玉字；遥印千乘侯矩矱，優游聖域賢關。」千乘侯，爲聖門七十二賢叔魚公鱣封號，實吾家遠祖也。余於嘉慶壬戌成進士，適又出文達師之門。一門三代，皆爲門生，皆登詞館，師每對人舉爲美談。是秋聞先資政公之訃，設位於京邸，師親來拜奠，並手製輓聯云：「十五傳蘭玉相承，授硯三看入芸館；六千里泥金甫報，撫楹一笑返蓉城。」

道光乙未入都，以所撰《楹垣紀畧》質之長懋亭公相齡。公閱之甚喜，爲辨析疑滯數事，且爲述乾隆年間樞直舊聞，娓娓不倦。蓋是時軍機老輩，無有在公之前者。丙申再入都，見公益矍鑠，堅坐久談，有後生所不逮者。因叩公調攝之方，公笑曰：「十年前有星士相我，將來名位，可及阿文成，惟年壽少遜耳。文成年八十一，今我已七十九，雖矍鑠又可恃乎？」余以他語解之，而公果於次年元旦告終。聞除夕向家人查詢歙縣曹文正公終於何日，衆對曰：「正月二日。」公曰：「我不可居其後。」逾日遂逝。故徐星伯松輓聯云：「易簀預知時，一日期先曹太傅；蓋棺先定論，千秋名並阿文成。」時余在桂林，接公訃書，亦寄聯輓之云：「出將入相，垂五十年，功比汾陽，壽同潞國；掃穴犁庭，越三萬里，昔追定遠，今媲章佳。」亦紀實也。

彭春農曰：「曹文正公，自勝衣即受業於先文勤公。故與賓從談時，輒舉文勤公詩文言行，以示後進。諸君皆以爲聞所未聞。公之没也，賜謚之旨，專舉睢州湯公、大興朱公作配。予輓公聯句云：『帝眷老成人，直追溯昭代前賢，當之克配；師承先大父，從此問昔年遺事，知者其誰。』上聯舉國恩之大，下聯述私交之密也。」

彭文勤公有女，許字同里曹文恪公之子。曹氏子殤時，女年甫十齡，即矢志守貞。生平究心經傳，不似閨秀之僅以詩文表著者。文勤公病篤，曾刲股以進，故奉仁廟特旨旌奬，誠異數也。未幾遂没。劉金門先生輓聯云：「名父名翁名女士；大貞大孝大完人。」

余秋室學士集悼亡聯云：「濟艱辛，嘗險阻，貧家婦信難爲，痛今朝鏡破釵分，欲圖夢影重圓，除異世再同青玉案；習荊布，厭綺羅，半生儉應可法，奈塵海飈馳電掣，贏得褶痕如舊，到秋宵怕檢縷金箱。」哀怨纏綿，不愧才人之筆。

黄蕉卿巽，錢唐梁紹壬之室，隨梁入粤，間關度嶺，未及半年而没。梁輓以聯云：「四千里累爾遠來，父在家，母在殯，翁姑在堂，屬纊定知難瞑目；廿三年棄余永訣，拜無兒，哭無女，繼承無姪，蓋棺未免太傷心。」蕉卿有《聽月樓詩》，不減慧業文人，宜紹壬之有餘痛也。

靖安天香居士舒夢蘭，字白香，負才名，其配李湘絃亦婉慧，有才子佳人之目。李以中秋夜化去，白香悼傷甚至，所作《秋心集》中有《輓辭録》一篇，稱堂中輓聯，以龔西原太守爲最。句云：「仙去何之，燒鼎白雲棲斷壑；神傷已甚，著書黄葉冷空山。」真才子筆也。又載陳果堂聯云：「千佛禮鳩摩，名士案頭賡昧旦；五更驚蜕羽，天香館畔咽秋風。」胡果泉中丞聯云：「蟾鏡掩清輝，歎當年玉宇瓊樓，難覓靈丸延壽藥；鹿車隨大隱，知此後故奩遺掛，重哦寒夜悼亡詩。」劉星槎司馬聯云：「家有詩仙，惜到處名山，未能偕隱；身常禮佛，覺往生淨域，確有明徵。」吴蘭雪中翰聯云：「奔月訪姮娥，忍令天香虚舊館；持花歸淨土，徒煩松雪禮中峰。」汪巽泉學士聯云：「仙娥明月是前身，想歸真翠水丹林，桂蕊靈香同郁烈；名士秋風添別恨，漫寄意繩床經案，蟲絲落葉共淒清。」皆名筆也。

韓芸舫中丞克均巡撫吾閩，其夫人以四月八日卒於官廨。僚屬公輓多頌揚語，先生俱不愜意。惟孫平叔督部一聯云：「解脱拈花剛佛日；證明因果在仙霞。」韓見而歎曰：「畢竟名士，吐屬與衆不同。」

余由蘇藩引疾假歸，後一年，即遭亡室鄭夫人之痛。百事俱廢，不但悼亡詩不能成一字，並輓聯亦無之。惟手書「影徂心在」四字於靈帷而已。憶程春海侍郎寄聯云：「淑德稱女師，孝著鄭經，禮修梁案；令名相夫子，澤流三黨，絜被萬家。」語特矜重，足令泉壤生輝。又林少穆撫部寄聯云：「相夫垂四十載辛勤，出處同心，晝錦歸來猶並轡；濟世具萬千緡功德，熾昌啓後，夜臺化去合生天。」則隱括余行狀語也。又門人祝秋臺侍讀春熙長聯云：「千里蓴羹，方偕歸隱，三間茆屋，幸免賃舂，卅八載鴻案相莊，痛半世釵荊，彤史遽亡賢德曜；鑑鞶才思，葭末心欽，書帶家聲，蘭猷耳熟，廿六年鯉庭陪侍，對後堂絲竹，絳帷望斷老彭宣。」亦紀實之詞，尚非輓聯俗套。

陶雲汀宮保，由徽撫蘇撫晉督兩江，前後將二十年，以勞瘁終於金陵。賜謚「文毅」，入祀賢良祠。余壬戌同年中，勳名之盛，未有如公者也。卓海帆尚書秉恬哭以聯云：「天下大事公可屬；江南遺愛民不忘。」京中同人皆以爲切當。余亦寄聯輓之云：「尹文端厚澤深仁，重見江鄉説遺愛；陳恪勤精心果力，方知楚産信多才。」蓋宮保狀貌雄偉，方口豐髯，酷似其鄉陳恪勤公。余藩吳日，因修陳公祠，拜像而知之。曾紀以詩云：「省識鬚眉如有悟，始知從古楚才優。」宮保聞之，亦頗自喜。此聯猶前詩意也。

朱詠齋太宰士彥，亦余壬戌同年，一生以樸誠爲上所倚任。其直上書房時，尤以嚴氣正性自持，斷斷辨論之聲，達於中外。上在乾清宮時每遥識之。比年奉命讞獄，周歷各省，不敢告勞。甫還朝，未久即卒。賜謚「文定」，加宮保銜，可謂備極哀榮矣。余寄聯輓之云：「師範重三天，謦欬聲猶留殿陛；皇華周四國，樸誠望早式班聯。」無溢美也。

陳芝楣中丞鑾由鼎甲翰林，出爲江南郡守，初權江寧府，補授松江府，旋調蘇州府，取白香山詩句，鐫一小印曰「自出承明三領郡」。余藩吳時，芝楣適守蘇州，文采風華，傾其流輩。以於余有推薦之誼，執弟子禮甚恭。踰年，即擢監司都轉，陳臬開藩，遂被開府豫章之命。旋移吳中，權江督，兼河督。近科詞臣名場之快利，未有如公者也。聞其擢浙臬時，初覲京師，引對甚稱旨，有此後前程不可限量之褒，乃嚮用方殷，而修文遽召，年實限之，謂之何哉。余以聯寄輓之云：「儀表稱科名，帝許雲程難限量；文章兼政事，我慚風義託淵源。」

哀輓通用之聯，亦有佳者。如：悼亡云：「春江桃葉鶯啼濕；夜雨梅花蝶夢寒。」「寶瑟無聲絃柱絕；瑤臺有月鏡奩空。」「繐帷忍痛安仁句，椎髻難忘德曜風。」戚友云：「氣數不言仁者壽；性情猶見古之愚。」「誄文作自先生婦；遺稿歸於後死朋。」「蘭亭少長悲陳迹；玉局風光歎化身。」「素車有客奔元伯；絕調無人繼廣陵。」「雲深竹徑樽猶在；雪壓芝田夢不回。」「文章卓犖生無敵；風骨精靈沒有神。」白傅句「事業已歸前輩録；典型留與後人看。」坡公句「稱觴尚憶登堂事；挂劍難爲過墓情。」「十載名場成勁敵；九重泉路盡交期。」達官云：「峴山碑墮羊公淚；浚縣圖留陸子型。」處士云：「桃花流水杳然去，明月清風何處游。」「上界由來足官府；西風何處哭文章。」「墨雲香冷來禽館；薤露寒生賦鵩文。」「不作風波於世上；別有天地非人間。」又八字云：「未弭前思，頓作永別；追尋笑緒，皆爲悲端。」「一代傳人，鄭虔三絕；十年循吏，楊震四知。」又十二字云：「象應少微星，彩落蕭辰悲夜月；名傳耆舊傳，芳流梓里叔輓姪云：「別室具銅盤，期憶春風。」「小別遽招魂，始信憂勞能損壽；高堂久忘世，那堪遲暮轉摧心。」兄輓弟云：「同氣遽分途，原隰秋風魂不返；異時誰共爾從容光素業；中庭摧玉樹，愁余遲暮哭窮途。」兄輓妹云：「勁節勵冰霜，定卜瀧岡終有表；衰年鮮兄弟，可堪雷岸更無書。」甥輓舅云：「有淚灑州門，千古白眉增太息；無才成宅相，廿年青眼益酸辛。」婿輓翁云：「浮白自慚蘇子美；垂青空憶李文公。」弟輓師云：「問字感當年，重謁元亭空灑淚；傳經珍此地，載瞻絳帳暗摧心。」

曹薺原宮保文埴於乾隆末乞養里居，歿於嘉慶三年。彭文勤師輓聯云：「人爵貴，天爵更尊，解組學烏巢反哺；帝星升，臣星先隕，騎箕爲龍馭前驅。」

富陽董文恭公身爲太平宰相三十年，曾兩次畫像紫光閣，勳名之盛，一時罕有倫比；而身後清況乃似寒門。潘芸閣學士錫恩有輓聯云：「珠玉自天題，計兩番紫閣圖形，早有丹青傳相業；樓臺無地起，綜卅載黃扉翊化，惟將清白表臣心。」

楹聯叢話卷之十一

集句 集字附

漢碑句皆質重，蔚然古香。余齋所藏頗多，因偶集爲楹聯云：「蘭石之姿，清少之行；魯峻 珪璋其質，芳麗其華。」熹平殘碑 「蹈規履信，立德隆禮；范式 根道核藝，抱淑守真。」景君「佐時理物，天與厥福；夏承、韓勑 含和履仁，帝賴其勳。」夏承、孔宙「德惠旁流，芬芳遠布；劉熊 雅度宏綽，廣學甄微。」魯峻 「敦詩悦禮，藐然高厲，耿勳、魯峻琢質繡章，燿此聲香。」校官、衡方「紹聖作儒，貢登王室，孔寅 鈎河摘洛，象與天謨。」史晨「學爲儒宗，行爲士表；魯峻 冠乎羣彦，簡乎聖心。」鄭固「聲無細聞，雖遠猶近；張遷 勞而不伐，有實若虛。」孔彪「純龢之德，仁義之操；魯峻 孝弟於家，忠謇於朝。」衡方「含和履仁，天與厥福；見上 發號施憲，民説無疆。」孔彪、華山「含和履仁見上，永享年壽孔宙；應期作弼，入參文昌。」倉頡、韓勑「下民康濟，順如流水；尹宙、孔彪 羣公憲章，穆若清風。」衡方、魯峻「温然而恭，慨然而義；婁壽 忠以自勗，清以自修。」鄭固

近人集句楹帖，有可喜者。五言云：「山公惜美景，小謝有新詩。」獨孤及、李嘉祐 「即事已可悦，賞心還自怡。」杜甫、劉方平「脚著謝公屐，身披萊子衣。」李白、岑參 「名香播蘭蕙，妙墨揮巖泉。」岑參、張九齡 「江山助磅礴，文物照光輝。」陸堅、許景光「深情托瑶瑟，逸興横素襟。」賈至、李白「閲古宗文舉，臨風懷謝公。」盧綸、李白

「跌宕孔文舉；風流賀季真。」儲光義、李白「誰將佳句並；真與古人齊。」楊巨源、李白「雅琴飛白雪；逸翰懷青霄。」杜正倫、高適「智勇冠當代；卓犖觀羣書。」盧湛、左思「結交指松柏；述作凌江山。」孟浩然、李白「朗抱開曉月；高文激頹波。」孟郊、韋應物「學業醇儒富；文章大雅存。」杜甫、韓愈「積照涵德鏡；素懷寄清琴。」孟郊、權德輿「鵬鶚勵羽翼；龍鸞炳文章。」儲光羲、李白「草木含清色；巖廊挹大猶。」儲光羲、高適「知音在霄漢；高步躡華嵩。」郎士元、孟浩然「江山澄氣象；冰雪浄聰明。」高適、杜甫「汲古得修綆；開懷暢遠襟。」韓愈、褚亮「文章輝五色；心迹喜雙清。」李白、杜甫「端居喜良友；獨立佔古風。」韋應物、孟郊「披雲鍊瓊液；坐月觀寶書。」李羣玉、李白「聲華滿冰雪；節操方松筠。」高適、儲光羲「酒香留客住；詩好帶風吟。」白居易、姚合「名香播蘭蕙；雕藻邁瓊琚。」岑參、褚遂良「蘊真愜所遇；振藻若有神。」杜甫、儲光羲「溪静雲生石；窗虚日弄紗。」姚合、李商隱「心同孤鶴静；節效古松貞。」呂渭、沈佺期「名香泛窗户；逵岫對壺觴。」許渾、錢起「墨研清露月；琴響碧天秋。」李洞、許渾「地迥雲偏白；亭香草木凡。」高適、張祜「接垣分竹徑；微路入花源。」張説、儲光羲「美花多映竹；喬木自成林。」杜甫、孟浩然「丘壑趣如此；鸞鶴心悠然。」錢起、李白「柳深陶令宅；月静庾公樓。」李白、杜甫「苔石隨人古；山花拂面香。」張九齡、李白「長笑對高柳；貞心比古松。」李頎、李白「願持山作壽；常與鶴爲羣。」武三思、杜甫「荷鋤修藥圃；煮茗就花欄。」王維、喻鳧「澗松寒轉直；碧海闊逾澄。」王績、杜甫「誰知大隱者；乃是不羈人。」王維、韓愈「詩思竹間得；道心塵外逢。」元稹、岑參「暗水流花徑；清風滿竹林。」杜甫、崔尚「從來多古意；可以賦新詩。」杜甫「徑隱千重石；園開四季花。」杜甫、周繇「隔沼連香芰；緣巖覆緑蘿。」杜甫、李德裕「琴將天籟合；幔卷浪花浮。」趙冬曦、杜甫「野翠生松竹；潭香聞芰荷。」李亦、孟浩然「頗得湖山趣；不知城市喧。」劉長卿、吴筠「短歌能駐日；閒坐但聞香。」宋之問、王維「高松來好月；野竹上青霄。」李白、杜甫「松風清耳目；蕙氣襲衣襟。」孟郊、張九齡七言云：「川原繚繞浮雲外；臺樹參差積翠間。」盧綸、薛逢「松間明月長如此；身外浮雲何足論。」宋之問、白居易「窗含遠樹通書幌；風颭殘花落硯池。」李賀、高九萬「五野緑雲籠稼穡；一庭紅葉掩衡茅。」杜荀鶴、雍陶「常愛此中多勝事；更於何處學忘機。」劉長卿、周樸「松持節操溪澄性；山展屏風花夾籬。」李洞、李白「閒看春水心無事；靜聽天和興自濃。」皇甫冉、劉禹錫「陽羡春茶瑶草碧；蘭陵美酒鬱金香。」錢起、李白

楹帖中亦有所謂臺閣體者，五言集句云：「大賢秉高鑒；上德表鴻名。」孟郊、虞世南「天與三台坐；儒開百代宗。」張九齡、司空曙「謀猷歸哲匠；詞賦引文雄。」王維、唐玄宗「羽儀呈鸑鷟；藻思煥瓊琚。」劉禹錫、權德輿「麟筆删金篆；霓裳侍玉除。」盧綸、王維「一經傳舊德；八座起文昌。」張説、唐玄宗「雲山起翰墨；星斗煥文章。」王琚、杜甫「三光懸聖藻；一氣轉洪鈞。」沈佺期、杜甫「道爲詩書重；心緣啓沃留。」杜甫、高適七言云：「功名待寄凌烟閣；霄漢常懸捧日心。」杜牧、錢起「千秋籙紀朱鸞誥；五色光生綵鳳毛。」李義府、聶夷中「瑞氣迴浮青玉案；清名合在紫微天。」耿湋、白居易「仰賀斯文歸朗鑒；惟將直道歷崇班。」齊己、張籍「聖代科名酬志業；中朝品秩重文章。」方干、羅隱「勳業定應歸鼎鼐；文章誰得到罘罳。」徐寅、貫休「三千士裏文章伯；十二樓前侍從臣。」盧綸、許渾「彩筆祇宜天上用；五雲多繞日邊飛。」貫休、鮑溶「瑞草惟承天上露；繡衣却照禁中花。」王建、方干「萬卷圖書天禄上；四時雲物月華中。」李白、許渾「更傍紫微瞻北斗；還將綵服詠南陔。」薛逢、蘇頲「花迎綵服離鶯谷；閣倚晴天見鳳巢。」羅隱、劉禹錫「七德龍韜開玉帳；三千犀甲擁朱輪。」駱賓王、陳陶「身應山河分岳瀆；功銘鼎呂繪麒麟。」于尹耕、封益紳

梁山舟學士所書楹帖多係集句，有鈔輯成本者，今録其佳者如左。四言云：「斧藻其德；法言竹栢之懷。」水經注五言云：「名隨市人隱；心與古佛閒。」蘇句「竹石得幽秉；壺觴多雅游。」文同句六言云：「讀書不求甚解；陶靖節句鼓琴足以自娛。」莊子七言云：「我書意造本無法；蘇句此老胸中常有詩。」陸句「眉宇之間見風雅；笑談與世殊臼科。」山谷句「文章或論到閫奧；梅聖俞句笑談與世殊臼科。」見上「萬卷藏書宜子弟；山谷句三田聚寶真生涯。」蘇句「官如草木吾如土；東坡句舌有風雷筆有神。」見上「胸中已無少年事；門外猶多長者車。」山谷句「張顛草聖雄千古；焦遂高談驚四筵。」遺山句「名高北斗星辰上；王廷珪句詩在千山烟雨中。」張孝祥句「輕鷗白鷺定吾友；山谷句緑竹高松無俗塵。」劉公是句「繅成白雪三千丈；荆公句浄掃清風五百間。」蘇句「更築園林負城郭；荆公句先安筆研對溪山。」放翁句「蹙踏鮑謝跨徐庾；蘇句網羅秦漢近唐虞。」傅蘇句八言云：「行道有福，能勤有繼；居安思危，在約思純。」左傳「冰生於水，而寒於水；荀子雲出其山，復雨其山。」詩疏「如此風神，惟須飲酒；北史既佳光景，當是劇棋。」南史「小窗多明，使我久坐；入門有喜，與君笑言。」易林「德有潤身，禮不愆器；顔延年句玉韞庭照，蘭生室香。」庚子山句「平理若衡，照辭若鏡；動墨横錦，摇筆散珠。」文心雕龍「山水有靈，亦驚知己；水經注性情所得，未能忘言。」庚子山句「閉户自精，開卷有益；任彦昇句垂露在手，清風入懷。」柳子厚句「碧山人來，幽鳥相逐；金尊酒滿，奇花初胎。」詩品「脂粉簡編，冠纓圖史；李義山句糠粃禮義，錙銖功名。」王績句九言云：「如良金美玉，無施不可；張説傳非精墨佳筆，未嘗輒書。」裴行儉傳十言云：「無江海而閒，不導引而壽；莊子乃邦家之光，非閭里之榮。」歐文

吳青士郡丞廷榕，自吳中録寄集句八字聯，皆古雅可愛。今擇録其尤佳者如左云：「赤野生姿，青田

矯翰；唐婁師德契苾明碑「白雲怡意，清泉洗心。」李邕葉有道碑「蘊智成囊，含明作鏡；唐劉待價令狐仁政碑憑春灑翰，席月抽琴。」北魏高湛碑「如筠斯清，比蕙又暢；唐宋儋報友書逢岑愛曲，值石憐欹。」魏姜質亭山賦「器重南金，才横東箭；高后碑辨雕春囿，德瑩秋天。」唐太宗訪才能詔「綴響蘭深，緝言瓊秘；謝莊武帝册沈思泉湧，華藻雲浮。」魏卞蘭贊述太子賦「鳥囀歌來，花濃雪聚；庾信馬射賦雲隨竹動，月共水流。」陳後主夜庭度鴈賦「春水兩派，晴山數曲；大隱賦朱輪十乘，紫誥千篇。」幽居賦「薜引山茵，荷抽水蓋；王勃東屋山池賦琴號珠柱，書名玉杯。」庾信小園賦「激揚碩學，誘接後進；南史張融傳甄明政術，曉達公方。」唐太宗訪才能詔「經緯區宇，彌綸彝憲；文心雕龍抑揚人傑，雕繪士林。」契苾明碑「綴響蘭深，緝言瓊秘；謝莊武帝册秉仁嶽峻，動智淵明。」崔敬邕碑「修風曉逸，德星夕映；謝莊武帝册祥禽輩作，瑞木朋生。」鮑照河清頌「澤雨無偏，心田受潤；簡文上大法頌表慈雲既擁，智海亦深。」簡文與智炎書「抗心希古，任其所尚；含毫命素，動必依真。」隋姚察名畫記「溽露飛甘，舒雲結慶；謝莊武帝册貞筠抽箭，潤璧懷山。」王融贈叔詩「壯思風飛，逸情雲上；謝朓七夕賦朗姿玉暢，惠風蘭披。」宋孫康團扇賦

謝默卿邑侯元淮，自梁溪録寄集句各聯，皆工穩。附録於左云：「井竈有餘處，林園無俗情。」「揮茲一觴，未知明日事；遠之八表，正賴古人書。」以上集陶詩「精義測神奥，清機發妙理；遠想出宏域，高步超常倫。」集文選句「謳吟坰野，金石雲陛；棟梁文囿，冠冕詞林。」文心雕龍、庾開府集「芝洞秋房，檀林春乳；桂深冬燠，松疎夏寒。」庾開府句「舉頭望明月，盪胸生層雲。」集李、杜句「楓葉荻花秋瑟瑟，浴鳧飛鷺晚悠悠。」集白、杜句「家醖滿瓶書滿架，山花如繡草如茵。」集唐句「蜨銜花蕊蜂銜粉，犀辟塵埃玉辟寒。」集李義山句

「碧苔芳暉，如有佳語；綠杉野屋，良殫美襟。」集司空表聖詩品，下同「隔溪漁舟，幽鳥相逐；亂山喬木，奇花初胎。」「妙機其微，是有真宰；遠引莫至，忽逢幽人。」「娟娟羣松，上有飛瀑；蕭蕭落葉，人聞清鐘。」「紅杏在林，幽鳥相逐；碧桃滿樹，清露未晞。」「蓄素守中，所思不遠；返虚入渾，其聲愈希。」「神化攸同，控物自富；性情所至，著手成春。」「與古爲新，載瞻星氣；其曰可讀，如寫陽春。」

焦氏《易林》中，語多吉祥。有集句爲聯語云：「砥德礪才，爲國藩輔；布政施惠，生我福人。」「含和履中，駕福乘喜；年豐歲熟，政樂民仁。」「論仁議福，保我金玉；達性任情，樂其安閒。」「道德神仙，增榮益譽；福祿歡喜，長樂永康。」

余小霞有集句聯云：「隨遇而安，因樹爲屋；會心不遠，開門見山。」又云：「天半朱霞，雲中白鶴；山間明月，江上清風。」予曾集蘇句爲聯贈之云：「勸子勿爲官所腐；知君欲以詩相磨。」又一聯云：「筆老詩新疑有物；水清石瘦亦能奇。」

聞有集前人句題酒家樓者云：「勸君更盡一杯酒；與爾同消萬古愁。」可謂工絶。

黎湛溪河帥廳事，有桂未谷馥分書集句一聯云：「天根月窟閒來往；矗沙大石相磨治。」余每進謁，屢目之，河帥曰：「君賞其書乎？惜集句殊不倫不類也。」余曰：「桂作此時，初不爲公。自今觀之，則所集殊雅切。」河帥詰其説，余曰：「上語謂公治《易》，對語謂公治河耳。」同僚尚未喻，余曰：「上語謂作河上《易》注，對語謂辨碎石坦坡耳。」衆始讞然。

吴信辰集司空曙、李頎一聯云：「翠竹黄花皆佛性；清池皓月照禪心。」以題佛寺恰好。

李蘭卿守思恩時，於賓州建聽荷小閣，集句聯云：「眼明小閣浮烟翠；身在荷香水影中。」跋云：「道光丁亥六月，按試賓州，以是月二十四日作荷花生日。」時阮春畬刺史重葺是閣方成，而申漁溪、陳紫瀾、劉夢庭三明府皆不期而會，一時之盛，衆賓俱驩。余題扁榜曰「荷花世界」，並集東坡、誠齋詩句，懸於閣柱。

達誠齋達三榷稅粤關，喜談文字，頗通易學，有別業在署旁，名「淨芳園」。榷使自爲集句一聯云：「閒坐小窗讀《周易》；每依南斗望京華。」

相傳徽州城中有戲臺初成，徽之巨商撰聯，得一句云：「聲爲律呂身爲度。」久不能對，曰「有能集成語對者，當厚酬之」。時方朴山先生命其子德往對曰：「雲想衣裳花想容。」徽商酬以百金。先生笑曰：「七字百金，李太白惠我無疆也。」按：對句勝於出句。出句「呂」字添出，「身爲度」三字亦無著，適成其爲徽商本領也。

近人有集句楹帖云：「大兒孔文舉，小兒楊德祖；前身陶彭澤，後身韋蘇州。」以東坡詩對《禰衡傳》，天然比偶。惜無人能當此語耳。

石墨文字以《石鼓文》爲最古，近有集爲篆聯者云：「道藝工於寫華柳；秀靈時或載淵魚。」「不華不樸同所好；既安既寧樂迺時。」「寧樸毋華，以康我道；既安迺樂，共寫其天。」「道旨淵微，深於四子；詞華工秀，大如六朝。」

桂林城中巖洞以風洞山爲最，即疊綵山也。山中座落又以景風閣爲最。葉琴柯中丞紹楏集《褉帖》

字爲聯云：「林間虚室足觴詠；山外清流無古今。」余亦擬集韓句一聯云：「粉牆丹柱動光彩；高厓巨壁争開張。」

余編梓《聯話》將竣，適賀耦庚中丞郵信來，以集句兩聯索書。集《四書》云：「行不得則反求諸己；躬自厚而薄責於人。」又經語云：「視履考祥，其旋元吉；清明在躬，氣志如神。」因附識之。以下集字

《西嶽華山碑》前明已燬，今海内只有三拓本。余所藏者「華陰」，郭允伯舊物，曾歸朱笥河先生者也。碑爲蔡中郎所書。近人有集碑字爲楹帖者，如云：「漢璧秦璆千歲品；光風嘉月四時春。」「和平峻望中書令；典則高文太史公。」「歲星仙氣原方朔；璧月新詞是義山。」「玉堂修史文皆典；香案承書望若仙。」

陳曼生郡丞有集《三公山碑》字一聯云：「老屋三間，可蔽風雨；空山一士，獨注《離騷》。」

柳誠懸所書《元秘塔銘》，雄偉奇特，最宜於作楹聯。有集字成句者云：「山静日長仁者壽；荷香風善聖之清。」「窮經安有息肩日；學道方爲絶頂人。」「情詞超邁高常侍；書法清圓趙集賢。」

敬客所書《王居士塼塔銘》，乃褚派也。近人喜學之，姿態横生，惟以作大字，則規橅稍有不足。亦有集字爲楹帖者云：「天然文吐春雲潤；悟後心如秋月超。」「明月超然懷遠鑒；緒風和處覺春生。」「書求往迹得其化；文有真宗鑒乃神。」「風節爲貞金樂石；心神如秋月春雲。」

顔魯公《争坐位帖》字不及寸，而拓作大字，則有雄偉之觀，勝於臨摹他蹟。近有集帖字爲楹聯者，語亦岸異不羣。七言云：「身向尺天崇位業；人從香海望才名。」「恬然清行同南部；積有文才是左思。」

「一誠有定同葵向；百故皆恬若海容。」「校書長愛階前月；品畫微聞座右香。」「清時盛治人同仰；名世高文衆所師。」「其書莫廢文明道；不爵而尊禮衞身。」「畏友恨難終日對；異書喜有故人藏。」「月寮烟閣標清興；文府書城縱古今。」「書到右軍難品次；文如開府得縱橫。」「滿室古香人有會；當階清蔭月初中。」「立志須如三古盛；爲書自起一家言。」八言云：「立功德言，有三不朽；尚齒爵位，無一非尊。」「功冠凌烟，紀綱文武；才高晝日，損益古今。」「立德立功，居之以敬；友直友諒，尊其所聞。」有集顔魯公《多寶塔碑》字爲楹帖者，近刻成板聯，墨搨亦頗可觀。句云：「天然深秀檐前樹；自在流行檻外雲。」「脱俗書成一家法；寫生卷有四時春。」

顔魯公書《東方朔像讚》，字莊嚴合矩，在《多寶塔》之上。有集字成聯者云：「德星人是東方朔；雄辨文如石曼卿。」「作者多大方家數；望之如神仙中人。」「清而不矯心無滓；儉以爲節家之肥。」「學以精神通廣大；家從清儉足平安。」

《繹山碑》原石已不可考；今所傳本，乃五代鄭文寶重刻。而典型具在，殊可臨摹。近有集碑字爲聯云：「追古思今，道在作者；登高望遠，時復樂之。」「爲樂及時，令德無極；去古不遠，直道在斯。」「日有所思，經史如詔；久於其道，金石爲開。」「山澤高下理所著；金石刻作臣能爲。」

王右軍《蘭亭敘》字，執筆者無不奉爲矩型。近人有集字爲楹聯者，亦自巧思綺合。五言云：「暢懷年大有；極目世同春。」「室有山林樂；人同天地春。」「惠日朗虚室；清風懷古人。」「風竹引天樂；林亭集古春。」六言云：「今趣豈異於古；天聽可期諸人。」「文情生若春水；絃詠寄之天風。」七言云：「有足春隨惠風至；無懷人合盛時生。」「游春人若在天坐；聽曲情隨流水生。」「文生於情有春氣；與之所至無古人。」「情文俯仰懷遷固；述作風流契老彭。」「流水永無風浪作；春情時以管絃和。」「絲竹放懷春未暮；清和爲氣日初長。」「寄興在山亭水曲；懷人於日暮春初。」「遇事虛懷觀一是；與人和氣察羣言。」「與絃作契風生竹；列坐爲情水抱山。」「觀水期於無盡地；生天當是有情人。」「隨羣流觀極盛事；欣樂歲述古初言。」「得趣在形骸以外；娛懷於天地之初。」「流水情文曲有致；至人懷抱和無同。」「極清閒地是蘭若；觀自在春於竹林。」「追隨永日情殊暢；坐領春風氣不羣。」「坐隨蘭若幽懷暢；游及竹林躁氣清。」「靜坐不虛蘭室趣；清游自帶竹林風。」「隨所遇時將靜悟；老於文者不陳言。」「得山水樂寄懷抱；於古今文觀異同。」「放水流長觀其曲；爲文氣盛集於虛。」「虛懷視水人咸悟；和氣爲春天與游。」「將合萬類爲一己；每以內觀當外游。」「知足一生得自在；靜觀萬類無人爲。」「大文間世有述作；至樂在人無古今。」「山水之間有清契；林亭以外無世情。」「虛竹幽蘭生靜氣；和風朗月喻天懷。」「羣然和者幽蘭曲；快哉當之修竹風。」「古與爲懷稽作者；興隨所引契天然。」「風人所詠託於古；靜者之懷和若春。」「清風有信隨蘭得；激水爲湍抱竹流。」「室因抱水隨其曲；竹爲觀山不放長。」「亭間流水自今古；竹外春山時有無。」「山有此生未能至；竹爲一日不可無。」八言云：「畢生所長，豈在集古；閒情自託，亦不猶人。」「不次之遷，人同品峻；及時爲惠，情與春長。」「今古畢陳，趣生一室；人天興感，文可萬言。」「誕妄不生，虛無視事；幽閒自得，清靜爲修。」「林氣映天，竹陰在地；日長似歲，水靜於人。」「小有清閒，抱絃懷古；隨其時地，修己觀人。」「清氣若蘭，虛懷當竹；樂情在水，靜氣同山。」「春水初生，係懷左右；清風惠及，盛領情文。」九言云：「今文與古文，期其一是；無極爲太極，化可萬殊。」

近吾鄉鄭雲麓觀察開禧有《知足齋集禊序楹帖》一帙，刻於粵東，董琴南爲之序，亦集帖中字。所稱「既極自然，又有生趣」者，信不虛也。茲擇其尤佳者録之云：「生當稽古右文日；老作觀山樂水人。」「人品清於在山水；天懷暢若當風蘭。」「世間清品至蘭極；賢者虛懷與竹同。」「時契幽懷同静氣；因觀流水悟文情。」「有時自向竹間坐；無事一至蘭若游。」「爲人不外修齊事；所樂自在山水間。」「隨時静録古今事；盡日放懷天地間。」「修己可知有樂地；作文自合舍陳言。」「作文每期於古合；寄懷時或與天遊。」「萬類静觀咸自得；一春幽興少人知。」「世情豈盡能相合；賢者所爲固自殊。」「人品若山極崇峻；情懷與水同清幽。」「大賢自合爲九列；清風可以流萬年。」「信之爲言有諸己；文亦不外生於情。」「盡日山游得風趣；一生浪迹契天隨。」「老可情懷常作竹；少文樂事在游山。」「述古期同彭不作；臨風若遇惠之和。」「昔時嘗品惠山水；異日期爲少室游。」「自古在昔有述作；當今之世咸清賢。」

懷仁《聖教序》，本集右軍遺字而成。近復有集序中字作楹帖者，古雅可喜。五言云：「鹿門多大隱；花洞有長春。」「雲霞生異彩；山水有清音。」「波緑生春早；雲歸注雨遲。」「有雨雲生石；無風葉滿山。」七言云：「黄昏花影二分月；細雨春林一半烟。」「明月不離光宅寺；清風常渡出山鐘。」「清華詞作雲霞彩；典重文成金石聲。」「勝地花開香雪海；妙林經説大羅天。」「一藏梵聲濤在口；滿林花影月苞山。」「九萬里風斯在下；八千年木自爲春。」「天機清曠長生海；心地光明不夜燈。」「承恩湛露三春重；被體香羅九夏輕。」「機雲才學有天趣；王謝風流本性成。」「法雨慈雲窺色相；清池明月露禪心。」「萬里波濤歸海國；一山花木作香城。」「座攬清輝萬川月；胸涵和氣四時春。」「八體六書生奥妙；五山十水見精神。」「松濤在耳聲彌静；山月照人清不寒。」「紫薇華省承綸誥；金粟香風舞綵衣。」「書成花露朝分潔；悟對松風夜共幽。」「珠林墨妙三唐字；金匱文高二漢風。」「謝傅心情託山水；子瞻風骨是神仙。」「燈火夜深書有味；墨花晨湛字生光。」

歐陽率更書《醴泉銘》，字最方整，臨作楹帖尤宜。有集字成聯者，七言云：「月沼觀心清若鏡；雲房養氣潤於珠。」「德取延和謙則吉；功資養性壽而安。」「西清恩挹三霄露；東觀文成五色雲。」「一室圖書自清潔；百家文史足風流。」「巖前鍊石雲爲質；檻外流泉月有聲。」「爲學深知書有味；觀心澄覺寶生光。」「功深書味常流露；學盛謙光更吉祥。」八言云：「氣淑年和，羣生咸遂；冰凝鏡澈，百姓爲心。」「良玉潤珠，精神流照；吉金樂石，左右交輝。」「甘露卿雲，於斯爲瑞；珠輝玉照，蓋代之華。」「瓊質金相，當時之寶；頌經風緯，冠世而華。」近張瀨山方伯岳崧集字書聯見贈云：「鳳質龍文，光華相映；景風淑氣，仁壽同登。」

「室臨春水幽懷朗；坐對賢人躁氣無。」此姚姬傳先生鼐集《禊帖》字聯，以贈羅子信太史者。

楹聯叢話卷之十二

雜綴 諧語附

朱竹垞先生在京師，除夕署門聯云：「且將酩酊酬佳節；未有涓涘答聖朝。」脱盡名士習氣，而未嘗不傳誦於時，所謂言以人重也。又罷官後，集句爲門聯云：「聖朝無棄物；餘事作詩人。」其實「詩人」二字尚不足以盡先生耳。

彭文勤公自書京邸春聯云：「門心皆水；物我同春。」日下士大夫頗以出語爲話柄：「不過以『門心』二字强捏耳。」然古人此等句法甚多，唐賈島《題長江廳》詩有「言心俱好静」之句，意境正與相似，則用之楹帖，有何不可？況對句甚渾成乎。後汪鋭齋儀曹德鉞仿其意云：「臣心如水；王道猶龍。」則青出於藍，而不能青於藍矣。

京師宦宅所製春聯，每喜以本歲干支分冠於首。如「乙未」云：「乙近杏花袍曳紫；未匀柳色綬拖黄。」「丁酉」云：「丁歲觀光慙國士；酉山探秘識奇書。」皆有湊泊痕迹，莫如「戊寅」歲一聯云「吉日維戊；太歲在寅」爲自然也。

《畫舫録》云：「岳大將軍鍾琪以名將兼通文墨，嘗訪舊好蜀僧大嵒於揚州樂善庵，即席贈以聯句，云：『有月即登臺，無論春秋冬夏；是風皆入座，不分南北東西。』庵即譯經臺舊址也。」或以此聯爲李笠翁所撰。

英煦齋師曰：「余未諳習内典。臨摹古人所寫佛經，偶有會心，如『比丘尼』，豈非尊我孔子乎？居馬蘭峪工次，時工人於舊寺中添建三教聖人殿，求作聯語，遂書與之云：『西域談經，心仰尼山思竊比；東周問禮，語傳柱史戒深藏。』」

吾鄉林樾亭先生喬蔭湛深經史之學，復工駢儷之文，有壽其姊夫李志漢封翁一聯云：「寶樹蔚彤雲，知諸出有陽元，望他日成吾宅相；華堂盈紫氣，溯厥初於聃耳，喜長生本自家傳。」封翁爲李研雲鴻瑞之父，蘭卿都轉之祖，宅相信不虛矣。

王夢樓先生贈蔣心餘聯云：「前輩典型，秀才風味；華嵩品格，河海文章。」汪劍潭端光亦有贈聯云：「沽酒近交鄉父老；解衣平揖漢公卿。」

阮梅叔亨爲芸臺先生介弟，文采風流，不愧難弟之目。曾撰《瀛舟筆談》十二卷，皆雜紀先生撫浙時事也。洪稚存先生亮吉於嘉慶戊辰八月十三日游曲江亭，始與定交，用篆書楹帖贈之云：「第五之名齊票騎；十三此夜訂心交。」梅叔甚喜，即附記於《瀛舟筆談》中。

張南山《松軒隨筆》云：「高要莫善齋廣文元伯以學行聞於時，馮魚山先生敏昌贈以楹帖云：『奉母《孝經》看在手；教兒《文選》讀從頭。』」

吴興包果峰敬堂有著作才，阮芸臺先生最賞異之，嘗贈聯云：「吴興山水，古來清遠；包咸《論語》，今尚流傳。」

李松雲先生少年科第，後頗偃蹇。年六十時，猶官成都知府。自壽聯云：「三館六曹十七科，競稱前輩；一官萬里二千石，遂老斯人。」

《秋雨菴隨筆》云：「子建之才八斗，我得一斗，天下共分一斗。』以斗論才，奇矣。有曹姓人爲彭澤令，其友人贈一聯云：『二分山色三分水；五斗功名八斗才。』運典恰切。」

蘭州府城西火祖廟，元宵燈火最盛。余曾於公餘往觀，記得吳信辰一聯云：「鑽燧木先春，食德飲和，且自披星朝赤帝；觀燈天不夜，衢歌巷舞，何妨捧日待黄人。」

王孚遠方伯述：「爲滇臬時，每赴城外監視行刑，必就其地關廟行香。此廟僻在郊坰，且非有行刑事，直爲人跡所不到。寺僧乞製廟聯，因以意撰句云：『度一切衆生於夢幻後；存千秋大義在天壤間。』可謂不即不離。」又言：「浙江桃花嶺有關廟，縉雲程教諭文淦撰聯云：『當時諸葛大名，荒祠古栢，嗟回首萬牛，何如漢壽亭垂，徧開蘭若；此地洞天小有，絶壁修篁，肅臨風千騫，休比武陵源藐，空説桃花。』據云此聯在浙東頗膾炙於人口。然上聯無端壓倒諸葛公，已屬無謂；下聯祇敷衍得『桃花』二字，實非佳搆也。

西湖詩僧小顛，有《萬峰山房稿》。預爲涅槃塔院。嘗於所居榜一聯云：「老屋將傾，只管淹留何日去；新居未卜，不妨小住幾時來。」

張南山爲余述武后廟聯云：「六宮粉黛無顏色；萬國衣冠拜冕旒。」武后何以有廟，廟亦不知在何地，而聯語則亦莊亦諧，精切不易矣。

李笠翁云：「李申玉廣文家有聲樂，余贈之聯云：『門多桃李，案少簿書，別宦恐無此樂；前列生徒，後盈絲竹，今時復有其人。』又申玉之内子生於元旦，是日稱觴，即令家姬試演新劇。余亦有聯云：『元旦即稱觴，鶴算龜齡齊讓早；歲朝先試樂，鶯歌燕語盡翻新。』」

笠翁芥子園門前二柳，門内二桃。桃熟時，人多竊取，因戲書一聯於户云：「二柳當門，家計逐陶潛之半；雙桃鑰户，人謀慮方朔之三。」人以爲謔而不虐。又題歌臺云：「休縈俗事催霜鬢，且製新歌付雪兒。」又題大門云：「孫楚樓邊觴月地；孝侯臺畔讀書人。」孫楚酒樓爲白門古蹟，太白觴月於此；周處讀書臺，則與芥子園適相鄰也。

賈膠侯中丞有大園亭，棄而不居，改爲鄉館。凡山右名賢之客都門者，皆得寓焉。李笠翁贈之聯云：「未聞安石棄東山，公能不有斯園，賢於古人遠矣；漫説少陵開廣廈，彼僅空懷此願，較之今日何如。」

柯岸初居臺諫幾二十年，李笠翁贈聯云：「諫垣彌久望彌尊，看此際三公，都是當年等輩；封事愈多功愈懋，卜將來一擢，盡補往日淹留。」

笠翁有除夕贈程蕉鹿文宗一聯云：「世間桃李盡出公門，何須臘盡始芳菲，滿眼無非春色；天下魚龍都歸學海，不待時來方變化，啓口即是雷聲。」

嘗見劉文清公書楹帖云：「鏡裏有梅新晉馬；釜中無藥舊唐雞。」不知所謂。或云是錢東澗句。

《隨園詩話補遺》云：「對聯之佳者，或題禪堂云：『無法向人說；將心替汝安。』佛座云：『大護法，不見僧過；善知識，能調物情。』題虎丘畫春册店門云：『一陰一陽之謂道；此時此際難爲情。』題戲臺後云：『做戲何如看戲樂；下場更比上場難。』或見贈云：『天上何曾有山水；人間樂得做神仙。』」

秦澗泉學士請假南歸，卜居於武定橋畔，相傳爲前明何尚書汝寵故宅。取六一「瞻望玉堂如在天上」之意，名其園曰「瞻園」。園中有東山樓，自爲聯云：「辛勤有此廬，抽身歸矣，喜鳥啼花笑，三徑常開，好領取竹簟清風，茅檐暖日；蕭閒無箇事，閉户恬然，對茶熟香温，一編獨抱，最難忘别來舊雨，經過名山。」

江寧董觀橋制府教增督閩浙時，愛西湖山水之勝，買宅於杭城之三擺營，擬解組後作平泉之墅。榜其門云：「聖代即今多雨露；故鄉無此好湖山。」妙偶天然，人多誦之。後制府未及予告，而已歸道山矣。

京中宣武門外之方壺齋，本戲園，今改爲官宅。余叔父太常公首賃居之。公出視學廣西，余妹婿龔小峰豐穀居之，獻歲自題門聯云：「家傳渤海箕裘遠；春到方壺雨露新。」一切姓，一切地，李芝齡宗昉亟稱之。

費西墉京兆錫章以召試舉人，歷登清要，中年興高采烈，晚乃漸識夷塗。嘗於書室中自撰一聯云：「酒闌興倦，事往情遷，祇不忘遊過名山，别來舊雨；此與秦澗泉學士語相同，近吳山尊自撰聯句亦用之，或皆襲學士語耳。春去仍歸，人老難復，更休詫殿前起草，海外題詩。」蓋京兆久爲軍機章京，以才望著名，及居諫垣，又曾奉命，充册封琉球使者也。

《秋雨菴隨筆》云：「葛秋生慶曾齋中懸一聯云：『書似青山常亂疊；燈如紅豆最相思。』語極清新。『青山』句，秋生自擬；『紅豆』句，則許滇生太史乃普所對也。」

宣武門外上斜街趙象菴舍人家，菊花最盛，自號菊隱。花時過客如鯽。聞其初未著名時，來觀者率不通謁，亦不問主人爲誰。一日劉金門先生同京朝官借其園亭賞菊，酒闌，主人出素紙求先生楹帖，且乞新製。問主人有何好，答云：「無他好，惟愛菊如性命耳。」先生信手書云：「祇以菊花爲性命。」而未有對語，復問主人何姓，答云：「姓趙。」乃一揮而就云：「本來松雪是神仙。」一座歎其工敏。《秋雨菴隨筆》云：「伊犁有過復亭，蓋爲謫官而設，劉金門宮保過之，題一聯云：『過也如日月之食焉；復其見天地之心乎。』運用成語，天造地設。」

有以義園求劉金門先生撰聯者，先生集《四書》云：「逝者如斯夫；掩之誠是也。」確切不移。吾鄉福州會館屋後，有野地一區，自前明即立義園，每春秋兩祭，同鄉之在京師者咸集。聞鄉老言，舊有小亭，前明葉文忠公有聯云：「滿眼蓬蒿游子淚；一盂麥飯故鄉情。」悽婉動人。自余入京師，則亭久圮，聯亦不存矣。

余偶見一薙髮店中懸「整容堂」扁，旁有聯云：「雖然毫末技藝；却是頂上工夫。」雖巧而不傷纖。又《桃符綴語》中載一聯云：「不教白髮催人老；更喜春風滿面生。」又《秋雨菴隨筆》中載一聯云：「到來盡是彈冠客；此去應無搔首人。」皆頗自然。又牙行市肆通用聯云：「其交以道，其接以禮；同聲相應，同氣相求。」亦顛撲不破語也。

大路邊茶亭或題一聯於柱云：「四大皆空，坐片刻無分爾我；兩頭是路，喫一盞各自東西。」淺語頗有禪理。又杭州湧金門外藕香居茶室聯云：「欲把西湖比西子；從來佳茗似佳人。」集蘇句恰切，可入《西湖志餘》。

鄭板橋六十自壽聯句云：「常如作客，何問康甯，但使囊有餘錢，甕有餘釀，釜有餘糧，取數葉賞心舊紙，放浪吟哦，興要闊，皮要頑，五官靈動勝千官，過到六旬猶少；定欲成仙，空生煩惱，祇令耳無俗聲，眼無俗物，胸無俗事，將幾枝隨意新花，縱橫穿插，睡得遲，起得早，一日清閒似兩日，算來百歲已多。」

板橋解組歸田日，有李嘯村者，贈之以聯。板橋方宴客，曰：「嘯村韻士，必有佳語。」先觀其出聯云：「三絕詩書畫」，板橋曰：「此難對。昔契丹使者以『三才天地人』屬語，東坡對以『四詩風雅頌』，稱爲絕對。吾輩且共思之。」限對就而後食，久之不屬，啓視之，則「一官歸去來」也。咸歎其工妙。

厲樊榭先生鶚葬於杭州西溪王家塢，不久，遂爲榛莽。後四十餘年，何春渚琪游西溪，見草堆中有樊榭及姬人月上栗主在焉，因取歸，偕同人送至武林門外牙灣黃山谷祠中，掃灑一室以供之。按：月上姓朱氏，烏程人。王蘭泉先生題其楹云：「丈室花同天女散；園摩詩共老人參。」見《蒲褐山房詩話》。

有集四書語爲典肆聯云：「以其所有，易其所無，四境之內，萬物皆備於我；或曰取之，或曰無取，三年無改，一介不以與人。」亦自穩切。

吳山尊有題友人某別業云：「淥水漾丁簾，增我輩閒中風致；名園依丙舍，祝君家看到雲仍。」雖無深意，而情文斐亹，自足動人。

聞吳山尊嘗於歲暮向孫淵如先生貸金，先生方自製室内桃符，謂山尊曰：「君能代我成一佳聯，便當如所請。」山尊應聲曰：「上相教除名士氣；至尊親許讀書人。」蓋上句乃董文恭公勗淵如之言，對句乃先生出試差復命時所親承天語也。先生喜其雅切，即如所請金數與之。山尊之善於譽人，皆此類也。

趙雨樓光禄與余同直樞地，同膺察典，而後余八年始出守鎮江。謁余於吳門，索書楹帖。余戲拈宋人句贈之云：「醉中擲筆金鑾殿；睡起鳴笳鐵甕城。」雨樓甚壯其語，然出句有倨侮之嫌，雖成語亦不敢落筆也。

程春海侍郎最工作聯語，余守荆州之明年，即擢淮海監司，適侍郎奉使督學黔中，過荆時，手揮一聯見贈云：「南中喜得秦淮海；天下願識韓荆州。」人皆服其工敏。後余擢藩吳門，侍郎主白下講席，贈聯云：「名輩出樞垣，本社斷房謀，陶甄南國；鴻才領詞坫，有歐書韓句，濡染東吳。」乙未之秋，余奉召復出授甘藩。瀕行，侍郎贈聯云：「霖雨東輿，樞密上才開遠略；好風西笑，湖山秀句帶邊聲。」次年余擢撫桂林，入覲時，侍郎復贈聯云：「洪容齋隨筆成書，實著作之淵海；范致能驂鸞有録，比宦游於神仙。」適余方以《退菴隨筆》呈正，故出聯云爾。時同覲入京者，有賀耦庚中丞。侍郎亦贈聯云：「以孝去，以忠來，到處蒼生望霖雨；是賢臣，是學者，一編經世出名山。」蓋耦庚由江藩告養回籍，此次亦奉召復出，次聯謂所撰《皇朝經世文鈔》也。

春海贈林少穆督部聯云：「理事若作真書，緜密無間；愛民如保赤子，體會入微。」少穆最工作小楷，故出聯自然鬭合。次聯亦能酷肖其生平。

龔闇齋觀察麗正七十生辰，其子定菴儀部求壽聯於春海。春海信筆書與之云：「使君政比龔渤海；有子才如班孟堅。」余亦寄一聯云：「絫世紀羣交，憶蘭省樞垣，齊向後塵趨軌笵；傳家召杜譜，喜皖峰滬瀆，共聽兩地頌臺萊。」蓋觀察初由禮部入軍機，於余皆爲前輩。而余宦江南，又適值觀察由安慶守擢蘇松監司也。

余福州老屋在黄巷，唐校書郎黄德温先生璞故里，黄巢所稱儒者之宅，相戒勿犯者也。屋之對門爲酒壚。憶初入宅時，先叔父九山公手書杜句作門聯云：「座對賢人酒；門聽長者車。」後酒家酒漸不售，遂歸咎此聯，以爲「賢人」語含譏諷。公因復集杜句改署於門曰：「宅入先賢傳；門聽長者車。」乃不踰年而酒家歇業，有一傖父奄有其地，改換門庭；後四十年，余由蘇藩假歸，遂卜居焉。

黄巷新宅之西有小樓，余始葺而新之。黄巷中以此樓爲最古，因即榜爲「黄樓」，集同人作詩張之。近以詩稿示余小霞，爲寄題一聯云：「白傅早歸，一代福人居福地；蘇公再見，千秋黄巷重黄樓。」

余於五十八歲引疾歸里，有口號云：「擇里仍居黄巷宅，辭官恰及白公年。」李蘭卿以此十四字作分書楹聯相贈，時方得文衡山芝南山閣畫卷，余自書「芝南山館」扁於廳事，蓋寓知難而退之意。並自製一聯云：「歷中外廿年身，宦海扁舟，萬頃驚濤神尚悚；就高低數弓地，儒宮環堵，三竿曉日夢初醒。」嗣於東園中葺藤花吟館，又製一聯云：「有客醉，無客睡，福簡簡吁可愧；長歌粗，短歌疎，詩平平聊自娱。」此二聯頗聞於時，江南僚友有以爲妒者。又有百一峰閣，爲園中最高處，余所手建並題聯云：「平地起樓臺，恰雙塔雄標，三山秀拱；披襟坐霄漢，看中天霞起，大海瀾回。」客有誦此聯，決余必當復出者。

百一峰閣之左有樓三楹，余輯《全閩詩鈔》於此，因以爲樓額。其聯則集前人句云：「藏名詩酒閒，竹屋紙窗清不俗；養拙江湖外，風臺月榭悄無言。」樓之下爲寶蘭堂，因庋褚蘭亭石刻於此，即集《蘭亭》字云：「隨遇自生欣，暖日和風入懷抱；静觀可娱老，崇蘭幽竹有情文。」

桂林太守興静山，以四月四日周甲初度，余以聯壽之云：「宜民頌起延年後；壽世筵開浴佛先。」一切其官，一切其時，同人咸以爲工巧。蓋顏延年曾居此官，聊借用二字以寓壽意，尚不覺喫力也。

廣西節署之東南隅有銅鼓亭，庋大銅鼓一，壁上嵌謝藴山、錢裴山二先生銅鼓詩石刻。其上有樓，因呼爲銅鼓樓。地勢最高，宜於登眺。桂林千峰百嶂，盡在眼中。迄今七十餘年，樓漸剥陊，樓下榛莽塞徑，無過問者。余莅任之明年，始捐俸重修，並拂拭銅鼓。時幕府諸君皆能詩，因共和謝、錢韻張其事，僚寀亦以次繼聲，遂有《銅鼓聯吟集》之刻。樓既新，僉謂宜有聯，因憶前人有集山谷、東坡句，云：「全以山川爲眼界；故應賓主盡詩人。」若移作此中聯語，情景俱合矣。因書而懸之樓楹云。

桂林棲霞山中有寺。由寺後穿山腹，可達七星巖。上有碧虚亭，爲范石湖舊蹟。亭前兩石柱刻聯云：「先文穆風流宛在；家學士丘壑偶然。」款署范時崇。蓋康熙中曾爲粤西藩伯者。先文穆是石湖。「家學士」則不知所指，徧詢之都人士，並檢志乘中，皆不得其人，存以俟考。

《堅瓠集》云：「泉州府學某教授，南海人，頗立崖岸。一日設宴於明倫堂，演《西厢》雜劇，有無名子書一聯於學門云：『斯文不幸，明倫堂上，除來南海先生；學校無光，教授館中，搬出《西廂》雜劇。』某出見之，赧然自愧，故態頓除。」以下諧語

《堅瓠集》又云：「常熟桑民悦慓以才自負，居成均時，爲丘仲深所黜。後就教職，書對於明倫堂云：『文章高似翰林院；法度嚴於按察司。』」

又云：「天啓中一巡按，爲逆璫造生祠，題楹柱云：『至聖至神，中乾坤而立極；允文允武，並日月以常新。』有録其詞以獻魏忠賢者，忠賢讀之不解，問左右何事説到黄閣老。蓋黄立極者，同時宰相之名也，左右曰：『某御史與爺作對耳！』忠賢艴然變色曰：『多大御史，敢與我作對！』趣召緹帥拘之，左右爲之再三解晰，始喜。」

又云：「吴郡吴文之，初名濟，方九歲，即工屬文。嘗自書對聯云：『移門欲就山當榻；補屋常愁雨濕書。』與同里張濟同塾讀書，客聞其才，出對云：『張吴二濟聯床讀。』文之應云：『嚴霍同光間世生。』客善繪事，自撰句云：『畫草發生，頃刻工夫非爲雨。』文之應云：『筆花燦爛，須臾造化不關春。』客喜，即以爲畫室楹聯云。」

又云：「吴門有富翁鄉居者，求楊南峰書門對。此翁之祖曾爲人僕，南峰題云：『家居緑水青山畔；人在春風和氣中。』上列『家』『人』二字也，見者無不匿笑。」

董文恭公有族人某居京師者，廳事懸一舊人所書聯云：「賢者亦樂此；卓爾末由從。」其字甚雄偉，寶之二十餘年矣。一日紀文達師偶過之，詑曰：「此聯殆不可挂也。」某詰其故，師曰：「上聯首著『賢』字，

下聯首著『卓』字，非君家遥遥兩華胄耶！」某始爽然撤去。

京師戲園每演一劇，必分開數日，始了其緒。蓋勾留觀者，使不能中途而輟也。有集聯云：「把往事今朝重提起；破工夫明日早些來。」可稱工切。又鄉村戲臺聯云：「父老閒來消白晝；兒童歸去話黄昏。」又有集《四書》句云：「聞絃歌之聲，賢者亦樂此；見羽旄之美，鄉人皆好之。」上聯謂崐腔，下聯則亂彈武戲也。又一聯云：「或爲君子小人，或爲才子佳人，登場便見；有時歡天喜地，有時驚天動地，轉眼皆空。」語雖質俚，亦自隱括。近有集《禊帖》字云：「稽古昔，畢類其人，賢以生爲，趣由丑作；託清閒，咸臨此地，情隨事感，曲有文聽。」又吳立甫拔貢大本醉後爲人促作戲臺聯，因集句付之云：「古今人何遽不相及；天下事當作如是觀。」又有作戲臺後一聯云：「凡事莫當前，看戲何如聽戲好；爲人須顧後，上臺終有下臺時。」則幾於格言矣。

京師慶甯園戲臺聯云：「大千春色在眉頭，記當年翠暖珠香，曾游贍部；五萬鶯花如夢裏，念此日丁歌甲舞，重睡崐崘。」詞意在可解不可解間。或云是乩筆。大抵戲臺聯莊諧並宜，但忌俗耳。或集經語云：「治世之音安以樂；君子有酒旨且多。」則莊重不佻，用於官廨尤宜也。

余紫松提戎步雲曰：「記得圓明園有一戲臺聯云：『堯舜生，湯武浄，五霸七雄，丑末耳，伊尹太公，便算一隻耍手，其餘拜將封侯，不過摇旗吶喊稱奴婢；四書白，六經引，諸子百家，雜説也，杜甫李白，會唱幾句亂談，此外咬文嚼字，大都緣街乞食鬧蓮花。』似此大識力，大議論，斷非凡手所能爲。或以爲自大内傳出者，近之。

對聯有可解頤者。康熙時，廣東詩僧住海珠寺，交通公卿，寺塑金剛與彌勒環坐，對聯云：「莫怪和尚們這般大樣；請看護法者豈是小人。」又楊蘭坡題倒坐觀音像云：「問大士緣何倒坐；恨凡夫不肯回頭。」又江西某君題養濟院云：「看諸君腦滿腸肥，此日共餐常住飯；想一樣鐘鳴鼎食，前身都是宰官身。」

乾隆庚子歲，二藏活佛來朝，供帳極盛，住雍和宮，遠近僧徒參謁者，日以千計。活佛高坐跏趺，無少動也。未幾以出痘死。有好事者送一輓聯云：「渺渺三魂，活佛竟成死鬼；迢迢萬里，東來不見西歸。」時傳爲笑柄。

魏善伯徵士題范覲公中丞廁聯云：「成文自古稱三上；作賦於今過十年。」廁不必聯，然如此雅切大方，亦自可喜。若《一夕話》所載：「莫道輪回輸五穀；可儲筆札賦三都。」又：「但願生民無殿屎；不慚宰相受堂餐。」又：「官司不令多中飽；燕飲應知無後艱。」則又遜前語矣。

繆蓮仙《塗説》云：「安徽無爲州老諸生得欽賜舉人，自作一堂聯云：『並未出房，幸虧得白頭髮秀士；何嘗中式，倒做了黑耳朵舉人。』蓋俗以衙門中未上名而幫差者爲『黑耳朵』，故戲用之。又有一廩膳生，得欽賜副榜者，亦自書一堂聯云：『説甚功名，只免得三年一考；有何體面，倒少了四兩八錢。』末句蓋言廩禄也。」

袁簡齋先生云：「或傳程魚門編修晉芳《京中移居》詩云：『勢家歇馬評珍玩，冷客攤錢問故書。』予笑曰：『此必琉璃廠也。』詢之果然。因記商寶意移居，周蘭坡與萬晴初訪之，見門對云：『豈有文章驚海內；從無書札到公卿。』萬曰：『此必商君宅矣。』詢之亦果然。」

《續消夏録》云：「張明經晴嵐，除夕前自題門聯云：『三間東倒西歪屋；一個千鎚百鍊人。』適有鍛鐵者，求彭信甫書門聯，信甫戲書此二句與之。兩家望衡對宇，見者無不失笑。二人本辛酉拔貢同年，頗契厚，坐此竟成嫌隙。所謂凡戲無益，此亦一端也。」

魯亮儕觀察性粗豪，而所居屋狹，自署其門聯云：「兩間東倒西歪屋；一個南腔北調人。」見《茶餘客話》。

《堅瓠集》載：「漳浦趙從誼知獨山州，州城極荒涼，衙署尤陋，趙自題楹柱一聯云：『茅屋三間，坐由我，臥由我；里長一個，左是他，右是他。』」

《柳南隨筆》云：「崐山歸元恭先生，狂士也。家貧甚，扉破至不可闔，椅敗至不可移，則俱以緯蕭縛之。遂書一扁曰『結繩而治』。又除夕署其門楹云：『一鎗戳出窮鬼去；雙鈎搭進富神來。』其不經多此類，時人呼之爲『歸癡』云。」

陳文恭《續訓俗遺規》內載一事云：「常州一老布衣，平時奸狡，自號清客。書門對曰：『心中無半點事；眼前有十二孫。』有人續寫其下云：『心中無半點事，半生不曾完糧；眼前有十二孫，十個未經出痘。』見者絶倒。」

有一縣令自題其署外大門云：「愛民若子；執法如山。」實非良吏也。他日有無名子續寫其後，成一長聯云：「愛民若子，牛羊父母，倉廩父母，供爲子職而已矣；執法如山，寶藏興焉，貨財殖焉，是豈山之性也哉。」記得宋漫堂《筠廊偶筆》中載：「一年老令君大書縣治之前曰：『三不要。』下注：『一不要錢，二不要官，三不要命。』次日視之，則每行下各添二字：『不要錢』下曰『嫌少』，『不要官』下曰『嫌小』，『不要命』下曰『嫌老』。」蓋與此同一惡謔也。

有某太守，清苑人，曾令涇縣，以貪酷聞。一日晨起，見廳事貼一《四書》集句聯云：「彼哉彼哉，北方之學者，何足算也；戒之戒之，南人有言曰，其無後乎。」

前明袁擇菴于令以荆州守罷歸，流寓金陵，落魄不得意。大書門聯云：「佛言不可說，不可說；子曰如之何，如之何。」亦自謂以經對經也。

明末有海中渠魁，至普陀山設齋一月，手題楹柱云：「自在自觀觀自在；如來如見見如來。」其字至今猶存。

公牘中字義多不可解。嘉應湯滋圃游幕南陽時，戲作聯云：「勞形於詳驗關咨移檄牒；寓目在欽蒙奉准據爲承。」亦所謂以不解解之也。

嘉慶間，粤洋有巨盜郭，忘其名，乳名郭婆帶，雖剽掠爲生，而性頗好學。舟中書籍鱗次，無一不備。船頭一聯云：「道不行，乘桴浮於海；人之患，束帶立於朝。」在洋驛騷多年，官兵莫敢捕治。後爲百菊溪制軍招降。予以官，辭不受，於羊城買屋課子，以布衣終。

嘉慶間，周蓮塘大宗伯兆基薨，德州盧南石師代之。時費西墉爲京兆尹，與周至好，往弔曰，一哭而殂。京師戲爲周作輓聯云：「一品頭銜讓南石；三聲腸斷失西墉。」

李艾塘云：「揚州虹橋東岸，有靈土地廟。其前爲過街亭，凡喪殯出城，廟僧輒有路祭，禮拜誠敬之意，如所親瞻，以此爲終歲盂飯計。惟風雪苦寒不能出户時，但於枕上聞千百人履聲及笑語歌嘑，不絶於耳，每生寶山空回之感。廟中有集聯云：『到處雲山到處佛；當坊土地當坊靈。』上語爲金冬心農《登嵩雜述》詩句，對語爲鄭板橋題如臯土地廟聯，句云：『鄉里鼓兒鄉里打；當坊土地當坊靈。』」

「青春鸚鵡，楊柳樓臺」，司空表聖《詩品》句也。陳曼生郡丞集二句爲對云：「綠綺鳳凰；梧桐庭院。」注云：「張子野詞。」請梁山舟學士爲書楹帖，學士愛其工麗，欣然書之。後徧考子野詞，並無此二句。蓋竟屬郡丞杜撰也。

嘉靖末，宜興大疫，有二青衿俱死，同上閻王殿，一從東廊，一從西廊，各相眄以目。王察其籍，皆以無罪放回。從東者述所見柱上聯，語爲：「天道地道，人道鬼道，道道無窮。」恨不見西柱對。從西者述所見云：「胎生卵生，濕生化生，生生不已。」其餘所見皆同。

福州鄉俗，每逢端午節，既於朔日懸蒲插艾於門庭，而五日午時，又必用紅箋書對句，貼於楹柱，謂之午時書。蓋自前明已然，亦桃符之別調也。相傳徐振烈即徐五自作門前午時書云：「門幸無題午；人慚不識丁。」曹石倉先生以此賞異之。近日通行之語，如：「海國中天節；江城五月春。」及「保艾思君子；依蒲祝聖人。」語尚近雅。時人又有自出新製者，未免纖佻，其用「艾旗招百福，蒲劍斬千邪」及「蒲帶榮封一品，艾旗捷報三元」舊語者，蓋十家而九，則墮入惡道矣。

程春海侍郎在京邸續娶，黄左田先生贈聯云：「調羹定識威姑性；灑翰應增吕子書。」陳石士前輩用光亦贈聯云：「博議書成臨月按；合歡酒熟對花斟。」皆自謂雅切續娶，時亦頗傳誦之。按此沿用俗傳《東萊博議》成於新娶一月事，實未考也。本書自序，謂「屏處東陽之武川里，有從游者，談餘語隙，波及課試之文，乃取左氏書理亂得失之迹，疏其說於下。旬儲月積，浸就篇帙」云云。無一語涉及新娶者。又考呂公年譜，初娶韓元吉女，在紹興二十七年，時居信州，不居東陽。後乾道三年，持母喪，居明招山。學子有來講習者，四年已成《博議》。五年二月除服，乃繼娶韓氏女弟。則是書實成於喪制中，流俗所傳，不足辨矣。

楹聯續話

〔清〕梁章鉅撰

目録

序

《楹聯叢話》之輯，始於桂林節署。閱二年而稿成。時遠近知好以佳聯録示者猶紛至沓來，因前書已剞劂過半，無由羼入，姑存篋衍而已。辛丑仲春，防堵梧江，未遑從事鉛槧。夏初，奉量移蘇撫之命，由湘江放荆江，順流以達吳中。甫受事即提兵海上，勞勞軍事者四閲月。旋以病作，乞假解組，養痾邗上者又四閲月。復緣海氛孔棘，倉猝南奔，從干戈擾攘中飛渡錢江，甫得卸裝南浦。合計兩年來往返奔波不下八千里。流連勝地，邂逅名流，所見所聞，輒有埤益。因復條舉而件繫之，仍依前編分門之例，編成四卷，題爲《楹聯續話》，遂付梓人。憶在桂林時，每得一聯，輒與陳蓮史、余小霞、陳海霞、桂舫諸君子賞析之。付梓時，又得小霞專任校字之役，故成書不覺其難。撫今思昔，時異境遷，老病日增，徒形兀兀。盖不禁感慨繫之也。道光癸卯夏至節，福州梁章鉅撰於浦城池上草堂。

楹聯續話卷一

故事

余輯《楹聯叢話·前編》，「應制門」所録《野獲編》中袁文榮撰嘉靖齋醮對聯「洛水元龜」云云，實當改入「故事門」。今考鈕玉樵琇《觚賸》亦載此事，云：「崑崙山人初入都，客淮南李公春芳所。時世宗齋居西宮，建設醮壇，敕大臣製青詞一聯懸於壇門。春芳使山人爲之。山人走筆題曰：『洛水靈龜初獻瑞，陽數九，陰數九，九九八十一，數數通乎道，道合元始天尊，一誠有感；岐山威鳳兩呈祥，雄聲六，雌聲六，六六三十六，聲聲聞於天，天生嘉靖皇帝，萬壽無疆。』李以進呈，深加獎賞。由是公卿互相延譽。其本傳謂『大臣應制青詞多假手山人』者以此。乃他人移之别氏，則以雕蟲爲山人諱也。」按：此與《野獲編》所載互異。《前編》所録「元龜丹鳳」，此作「靈龜威鳳」，尚可兩存。而《前編》作「雄鳴雌鳴」，則係傳寫之誤，自應從此作「雄聲雌聲」，以與「三十六聲」相應也。

周櫟園《書影》云：「坡公嘗言：『奉使西邸時，見書此數句，愛而録之，云：「人間有漏仙，兀兀三杯醉。世上無眼禪，昏昏一枕睡。雖然没交涉，其奈畧相似。相似尚如此，何況真個是。」』汴人劉酒者，無名字，人即以『酒』呼之，己亦以自名。能畫人物。賣畫得錢，則與酒家。余見之七年，無夕不醉。醉中作畫，酒氣拂拂從十指間出。嘗乞余顔其草堂，余取坡公語題曰『署似菴』，以『人間有漏仙，三杯兀兀；世上無眼禪，一枕昏昏』爲楹聯。酒得之殊自喜。」

施愚山《蠖齋詩話》云：「龍濟寺在吉水城東南，踞東山勝處。蘇長公初到嶺外，曾過此寺，題聯云：『天上樓臺山上寺；雲邊鐘鼓月邊僧。』手書刻於柱，明末猶存。或曰：『此坡老詩中一聯也。』惜未見其全篇。」

先資政公曰：「凡著述一書，無論大部小種，皆須有益於世，有益於人，使讀者有所感發而興起，乃爲可貴。記得先四代祖司訓公諱珪《雪園雜紀》中有一條，真齊家寶訓也。其言云：『前明南京禮部尚書餘姚孫忠烈公燧殉宸濠之難。其子文恪公陞續娶楊夫人，花燭日，前妻三子鑨、鍾、鋌。匿不出拜。文恪甚怒，曰：「我家一門忠孝。今無禮若此，非吾子也。」使家人覘之，則皆在書塾中相持而哭。楊夫人親往塾中見諸子，喜曰：「他日皆大器也。」文恪怒爲之解。文恪訓子嚴，尋常不得出書塾。每晨至門首，加鑰而去。一日，楊夫人偶至其處，自窗隙潛窺，三子皆不在其中，而門扃如故。乃開門入視。最後見壁上懸一畫，畫後一門通焉。察之，則並未外出，乃各與其妻聚談耳。楊夫人亦不語，惟手書一聯懸於壁云：「愛惜精神，留此身擔當宇宙；蹉跎歲月，將何日報答君親？」諸子見之，皆發憤。後皆顯達。其季子鑛，楊夫人所出，世所稱月峯先生者，官尚書。亦母教也。』」

周櫟園《閩小紀》云：「侯官林太守春澤，正德甲戌進士，爲户部主事。疏諫南巡，遷員外郎。以司藏失盜鐫秩。復歷南京刑部郎中，出知松番府，免歸。公生於成化庚子，至萬曆己卯，年百歲。有司建『人瑞坊』。子應亮，以户部侍郎侍養，亦年七十矣。起拜矍鑠如壯年。應亮子如楚，工部侍郎。公嘗率少司農、少司空田中觀耘，鄉人立碑紀之，一時以爲盛事。其大門有自撰楹聯云：『四十登科，甲戌還登甲戌榜；五旬生子，長孫又抱長孫兒。』至癸未十月卒，年百有四歲。其百歲時猶生一女，適雲南督學鄧原岳。三代進士，五代同堂，一時有『東西林』之稱。東林居林浦，即『三代五尚書』之家；西林居南嶼，即『人瑞』翁宅也。」

《雪園雜紀》云：「林浦林家有『七科八進士，三代五尚書』之稱。林文安公瀚爲第一代尚書；子二：康懿公廷棉文僖公廷機，文僖子文恪公爀及其弟烴亦俱接武爲尚書。祠堂中有一聯云：『國師三祭酒；宮保五尚書。』」

羅景綸大經《鶴林玉露》云：「杜成己爲相，以日見賓客疲神妨務，無益於事，乃不復見客。但設青櫃於門，有欲言利害者投之。越旬日，並櫃撤去。有題一聯於府門者曰：『杜光範之門，人將望而去矣；撤暗投之櫃，我且卷而懷之。』夫題門者薄矣，而成己此舉亦未之思也。」

《陳白沙先生行狀》載：「有李某，裹糧自嘉魚數千里從學白沙，凡二年，先生服食行纏待之如子弟。後築『楚雲臺』以居之。臺榜一聯云：『有月嚴光瀨；無金郭隗臺。』其欲來天下之善蓋如此。」

施愚山《矩齋雜記》云：「董思白、陳眉公以詞翰相推重。董年八十五，臨終，索婦人紅衫絳襦爲服。陳年八十三，將逝之前，辟穀數日，盛爲詩歌，以書別親友，仍自題一聯云：『啓予足，啓予手，八十年臨深履薄；不怨天，不尤人，三千界魚躍鳶飛。』擲筆而逝。亦可謂了然於去來者矣。」

又《家風輯畧》云：「天啓丁卯閒，余季父砥園公受知於督學使者賈侍御，補邑諸生。先考述明公贈之楹聯云：『誦鼎上辭，長願景行正考父；任天下事，可能遥揖范希文。』其相勗之意深矣。」

陳眉公繼儒《見聞録》云：「翟公欒嘗自製對聯云：『静亦静，動亦静，五臟剋消夫慾火；榮亦忍，辱亦忍，平生不履於危機。』常熟嚴公訥輔政時，封公尚在，其門聯云：『堂上雙親壽；朝中一品家。』申公時行解相印歸，其堂聯云：『無毁無譽，三代直道而行；知止知足，四時成功者退。』陸文裕公在京邸中，則榜世廟御撰一聯云：『抑人是自抑；揚人其自揚。』都城鄭宫保敬庵諱紳者，以工部尚書告老，其堂聯云：『世多君子扶皇極；天放閒人養太和。』翟中丞諱鵬者，其堂聯云：『徒有寸丹懸帝闕；竟無尺素達權門。』王中丞璣，更號六陽山人，嘗榜其堂曰：『偶爾謝上天富貴；歸來作平地神仙。』又有『天上有人扶日月；山中安我老漁樵。』吾鄉包公節與弟孝，以兄弟進士爲南北兩臺。其門聯云：『兄進士，弟進士，一天雨露；南御史，北御史，兩地風霜。』湯東谷廳事春聯云：『東坡居士休題杖；南郭先生且濫竽。』後廳曰：『片言曾折獄；一飯不忘君。』蓋東谷嘗從興濟伯楊忠定公奉迎鑾輿，故云。其東偏曰：『暫拄西山笏；閒開北海尊。』其西偏曰：『長身唯食粟；老眼漸生花。』豪俠之氣可以想見。」

前輯《楹聯叢話》中已採入周暉《金陵瑣事》。兹覆閲之，尚有三條可補入者。如云：「太祖賜駙馬梅殷府門春聯云：『人閒塵俗不到處；闕下恩榮第一家。』」又云：「成祖殺方孝孺於聚寶門外。有門人廖鏞、廖銘檢其骨葬之，不封不樹，莫可認識。今諸搢紳立方祠於永甯寺後山，又聚土爲墳。上海徐鯨刻一聯於華表云：『十族遺骸埋聚寶；千年孤塚表長干。』」又云：「有士人因病出神，入閻羅殿，記得殿中楹柱一聯云：『是是非非地；明明白白天。』」

《興化府志》云：「正統間，東鄉王常字大經，以御史言事，左遷知莆田縣事。政務嚴明。嘗書聯署楹云：『牧民猶帶舊風霜。』見者咸以爲佳。其妻黎氏通書史，語常曰：『風霜，御史職也。君今出牧，奈何專尚嚴乎？請易「猶帶」二字曰「無事」，何如？』常欣然，遂改之。」

《甯德縣志》云：「主簿丁大全，因旱，令人以銀瓶乞水於百丈龍潭。取之，得瓦瓶歸。大全疑之，復造銀瓶，躬往投之，又得瓦瓶。大全祝曰：『龍神有靈，若吾後當顯貴，幸示靈異。』潭中果露龍爪。大全後登宰府，奏封龍王。架石爲亭，題聯云：『龍從百丈潭中起；雨向九重天上來。』今亭址猶存。」

相傳明末倪鴻寶詣呂晚邨，呂揭一聯於堂楣，云：「囊無半卷書，惟有虞廷十六字；目空天下士，只讓尼山一箇人。」後呂詣倪，倪亦揭一聯於堂，云：「孝若曾子參，纔足當一字可；才如周公旦，容不得半點驕。」兩人之優劣見矣。

孫柳君孝廉衍慶《辛廬隨筆》云：「前明嘉靖間，湖州潘時良司空季馴最敬關帝。督南河時，有二蛟爲患。公夢帝許助以神力，遂斬之。今蛟首一在高家堰關帝廟中，一藏公家。每歲於昆山麓祀帝時必陳之。當昆山廟落成日，衆擬撰楹聯未就。忽一素不識字之田夫入座提筆，大書『漢壽亭侯廟』五字扁。又署楹聯云『悠悠乾坤共老；昭昭日月争光』十二字，不署欵而去。人或追問之，則自云『不知所爲』也。書體絶似虞永興，今猶存廟中云。」

王漁洋《隴蜀餘聞》云：「劉以平字近塘，猗氏人。爲諸生時，夢入宮殿中，有王者命坐對弈。又至一所，石門懸聯句云：『鷃鵲能回千載夢；麒麟空臥萬年秋。』不解所謂。既登進士，爲潞王府官，王敬禮如賓師。遷陝西行太僕卿，過武后墓，墓上石刻一聯，即夢中所見也。」

又《香祖筆記》云：「廣州城南長壽庵有大池，水通珠江，潮汐日至。池南有高閣甚麗，可以望海。其下曰離六宫。主僧某乞余製爲楹聯，余題句云：『紅橋映海三更月；石濶通江兩度潮。』紀實景也。」

又云：「康熙時，上駐蹕杭州。時山陰耆民王錫元同胞兄弟五人見於行宫。長、次係雙生，皆年八十歲；三者七十八歲；四者七十六歲；五者七十五歲。率子姪凡十七人，孫十八人。賜宴賜緞，又賜扁額云『一門人瑞』。皇太子賜聯云：『五枝錦樹榮今代；百秩仙籌萃一門。』」

鈕玉樵曰：「苕中吴磐家饒於貲，工書博學。甲申後，絶意進取。學使者張安茂題其居爲『才人節士之廬』。然負氣甚高，未能韜晦。順治中，官方山備兵吴興，與之友善。因重修逸老堂，乞其長句一聯，鐫懸堂柱。吴走筆書云：『山川無恙，歎前輩風流何處，但古道斜陽，冷煙衰碣，儘悲涼人物，止剩寒鴉；臺閣重新，問蒼穹英雄誰是，有補天巨手，回日琱戈，待整頓乾坤，再來杯酒。』詞既悲壯，書復蔚跂。有怨家潛録其語，以吴『陰蓄異謀』首之帥府，禍幾不測。方山知之，乘夜撤去，力爲回斡。費千餘金，事乃已。」

《秋燈叢話》云：「夏太史力恕，孝感人。康熙庚子，夢謁關帝廟，帝諭之曰：『廟聯多不愜余意。如『三分忠義』等字，適足增余痛。好另爲作對，將元爾矣。』授以巨筆，夏書云：『英雄幾見稱夫子；豪傑如斯乃聖人。』帝稱善。醒而識之，遂謹鐫板而懸於廟。是科鄉試果第一。」按，「英雄」十四字熟在人口，而不知其出於夏也。

《茶餘客話》云：「孫藩使含中太翁爾周，宰浙時，獨行杭州城外蔬村中，一望土冢纍纍。見粉牆，即往索茶。一小婢舉竹椅出令坐，捧苦茶一盞飲之。須臾去，呼之不出。見門上一聯云：『兩口居山水之間，妻忒聰明夫忒怪；四面皆陰燐所聚，人何寥落鬼何多。』嚴問樵曰：『此歸元恭所自署聯，云：「兩口寄安樂之窩，妻太聰明夫太怪；四隣接幽冥之地，人何寥落鬼何多。」』」

鈕玉樵曰：「故友王師石嘗言：『嘉靖丁清惠公爲南畿操江時，巡視郭外。偶過刻字店，頤指左右「呼其人來」，而肩輿已行。閱三日，中軍押一人，投之階下，曰：「刻字店主到。」公已忘之，熟視良久，曰：「汝店所刻扁字筆畫有訛，呼汝令改耳，無他也。」其人自公呼，隨被鋃鐺鎖至軍府。迨三日後還家，中人之產已費其半矣。是知愼爾出話，爲民上者尤所宜愼。子他日學成而仕，尚其念之。』故余宰白水，題一聯於後堂云：『丹毫一點，乃吾民利害攸關，須念悖出必將悖入；白日三竿，即爾室公私畢照，莫謂知顯不在知微。』念故友之箴言也。」

紀文達師《閱微草堂筆記》云：「明永樂二年，遷江南大姓實畿輔。始祖椒坡公自上元徙獻縣之景城，子孫繁衍，析居崔莊，在景城東三里。今土人以『仕宦科第多在崔莊紀』，不過舉其盛耳。而余族則自稱『景城紀』，不忘本也。椒坡公故宅在景城崔莊閒，兵燹久圮。其址屬族叔楘庵家。楘庵從余受經，以乾隆丙子舉鄉試，擬築室移居於是。先姚安公爲預題一聯云：『當年始祖初遷地；此日雲孫再造家。』後室不果築，而姚安公以甲申八月棄諸孤。卜地惟是處吉，因割他田易諸楘庵而葬焉。前聯如公自識也。」又云：『劉念臺先生官總憲時，題御史臺一聯云：『無欲常教心似水；有言自覺氣如霜。』」

蔡佛田鴻逵《紫荆樹館雜著》云：「康熙閒，蔡屏山王楨由內閣中書改四川仁壽縣令。當謁選之初，夢至一所，左右皆遭火燬。復歷荒草頹垣中，則關聖帝像在焉。肅拜畢，仰覩楹閒有聯云：『打開義利關，具見英雄過人氣概；參透天人路，便是聖賢行己工夫。』此壬辰春事。迨乙未莅縣事，一一如所歷。適士民修廟工竣，因書前聯以獻云。」

袁簡齋曰：「吴江徐布衣靈胎有權奇倜儻之名。余嘗訪之於吴下。年近八旬，語猶風生泉湧。所居隣太湖七十二峯，招之可到。署其門云：『一生那有真閑日；百歲仍多未了緣。』又預營生壙，自題其墓門云：『滿山靈草仙人藥；一徑松風處士墳。』」

祖舫齋師曰：「前明葛屺瞻寅亮督學吾閩，士林頌之。官至少司農。甲申後，樂浦城山水之美，避居於此。四方耆宿日來造訪。自署其門云：『豈有文章驚海內；漫勞車馬駐江干。』州府屢勸之入都，遂閉門不出。」

李劍溪太僕光雲曰：「吾鄉京宦前輩有延師課子者，於本宅近處另闢精室一區，聽館師出入自便。乃其師好嬉游，無日不到城外戲園中聽劇。同鄉知好有訪之者，十有八九不得晤。因新歲換寫桃符，何念修少宰逢僖適知其事，因戲書一聯懸於門云：『園日涉而成趣；門雖設以常關。』次日，館師見之，即襆被而去。」

應制

繆蓮仙艮《塗説》云：「乾隆四十五年，七旬萬壽時，聖製有『七旬天子古六帝；五代孫曾予一人』之聯。其時臣工之撰燈聯者，皆敬本此意以爲闡繹，誠千載一時也。謹按：漢世宗孝武皇帝在位五十四年，壽七十一歲。梁高祖武皇帝在位四十八年，壽八十六歲。唐高祖神堯皇帝在位九年，壽七十一歲。唐元宗明皇帝在位四十四年，壽七十七歲。六帝皆年踰七十。若五世同堂，則曠古帝王所未有矣。豈不盛哉。」

朱緘三孝廉秉銘曰：「聞乾隆五旬萬壽時，京師經壇有聯云：『四萬里皇圖，伊古以來，從無一朝一統四萬里；五十年聖壽，自茲以往，尚有九千九百五十年。』氣象高闊，設想奇創，對仗亦新而穩，與尋常楹聯蹊徑迥乎不同。相傳爲紀文達公所撰，否則必屬彭文勤公，他人無此手筆也。」

黄霽青太守安濤曰：「乾隆甲辰，高宗南巡至浙江。杭城人家有懸桃符者，句云：『一歲雙春三月閏；六巡兩浙萬民歡。』又，五十五年，恭遇八旬萬壽，民閒有頌聯云：『自古罕聞聖天子八旬萬壽；於今方見大皇帝五代一堂。』兩聯語意雖質，卻極自然穩貼，可以見草野芹曝之忱。」

程春廬曰：「乾隆五十五年，恭值八旬萬壽。京中有一經壇燈聯極典麗，又極渾成，竟如天造地設者。句云：『八千爲春，八千爲秋，八方向化八風和，慶聖壽八旬逢八月；五數合天，五數合地，五世同堂五福備，正昌期五十有五年。』相傳是河閒紀文達公手筆。」蓋信非吾師不能也。

鄭仁圃大守瑞麟曰：「嘉慶己巳，恭祝五旬萬壽，福州經壇設在鰲峯書院。余曾擬一聯云：『沙數恒河合十，佛稱無量壽；潮音大海呼三，聲協不周風。』又擬戲臺聯云：『曲譜四詩，天保九如篇第一；舞分兩向，太平萬歲字當中。』時院課即以此命題。余此兩聯曾爲游彤卣師録用。至己卯，恭祝六旬萬壽，經壇亦設鰲峯書院。所有燈聯俱周蒼士廣文嘉璧擬作。如云：『屆二十四年，初週斗極；祝萬八千歲，遠紹天靈。』又云：『如大海潮音，衢歌祝聖；比恒河沙數，壽寓添籌。』又云：『呼萬歲者三，康疆逢吉；等百王而上，福禄來崇。』又云：『帝命式九圍，俾緝熙于純嘏；皇斂時五福，用敷錫厥庶民。』又云：『功既成矣，世既貞矣，參天貳地；鼚乎鼓之，軒乎舞之，蹈德詠仁。』」按：乾隆年閒兩次慶典，經壇燈聯，聞俱係陳秋坪登龍、黄耦賓世發、張燮軒經邦及吾師鄭蘇年光策、林暢園茂春諸先生所擬。余少時尚見先大夫手録成本，極其壯麗矞皇。今此本不知何時失去。屢向他處訪覓副本，杳不可得。惜哉！

道光辛丑八月，吴郡紳士於元妙觀恭設經壇，祝六旬萬壽。時朱蘭坡侍講珔方爲紫陽書院山長，撰次燈聯數副，具見精思。如云：「六位仰時成，六龍御世，六鳳儀廷，聖德備膺九五福；十華徵券錫，十賚孚恩，十全繼續，慈闈懽溥萬千觴。」此於每句分嵌「六、十」兩字也。又云：「元符根太極，五百歲爲春，五百歲爲秋，春秋筭協福籌，八葉椿開無量壽；妙果證長生，三千年一花，三千年一實，花實數周星紀，九重桃獻大羅天。」此於首句分用「玄、妙」兩字也。又云：「大地歡臚殷庶，道統際重熙，六葉升恒，萬國萬年長拱極；清時盛譜和聲，光天歌復旦，十華糺縵，壽星壽寓徧騰輝。」此每句首一字合成

「大清道光六十萬壽」也。又云：「八音節，八風和，月輪正滿；十瑞臻，十章獻，日馭方中。」此兩聯中分用「八月十日」字也。

廟祀

蘇州泰伯廟中無佳楹帖，惟齊梅麓彥槐有題泰伯墓柱一聯云：「志異征誅，三讓兩家天下；功同開闢，一抔萬古江南。」語殊壯闊。曾見近人筆記亦載此聯，脱卻「志異功同」八字，又以爲齊眉樓所撰，殊可笑也。

安溪李文貞公爲直隸巡撫，祈雨於關廟，有應，謝以聯云：「我意祈麥秋，澤隨地徧；公靈震華夏，日在天中。」按，此切事成文，而「麥秋」「華夏」對仗自然工穩，語亦正大相稱。

常州荆溪縣有關帝廟，楹帖皆不佳。齊梅麓作宰時，易以新聯云：「威鎮雄州，野樹尚含荆浦緑；神游故國，夕陽偏照蜀山紅。」荆浦、蜀山皆縣中地，關合亦尚渾成。又撰一聯云：「志在《春秋》，孔聖人未見剛者；氣塞天地，孟夫子所謂浩然。」頗得意。然余終嫌「志在《春秋》」語非正史所有也。

黄右原比部奭曰：「記得關廟聯尚有兩家可録者，忘爲何人所撰。一云：『王業不偏安，拒操和權，諸葛猶非知己；《春秋》大一統，帝蜀寇魏，紫陽乃許同心。』一云：『生蒲州，輔豫州，保荆州，鼎峙西南，掌底江山歸統馭；主玄德，友翼德，仇孟德，威鎮華夏，眼中漢賊最分明。』」按：原本作「兄玄德，弟翼德」，近於演義。陳壽《志》雖有「義同兄弟」之語，並無孰兄孰弟主名。改本較爲妥協。

趙甌北有關廟聯云：「乃聖乃神乃武乃文，扶四百載承堯之運；自西自東自南自北，如七十子服孔之心。」余於《聯話前編》偶遺之。

浦城西陽嶺上有關廟，邑人朱鍼三孝廉有一聯云：「至誠之動，孚及豚魚，雖阿瞞莫敢不服；大義所歸，堅如金石，惟使君乃得而臣。」孝廉之子春門茂才𥫗亦獻聯云：「前杜氏而好《春秋》，仗義宣威，此老原非徒左癖；後岑侯而鎮荆楚，奉詞伐罪，彼蒼何忍聽彭亡。」詞氣並岸異不凡。

朱蘭坡曰：「關廟聯多用生前事，遂成俗套。余曾擬製一聯，但言尊崇顯赫之意。云：『帝爽有昭明，當朝謚號增崇，奉戴儀同文廟肅；神功無代謝，亘古河山作鎮，靈長運過蔣侯奇。』」按：此與吾鄉龔海峯先生所撰命意正同，可謂異曲同工，不落窠臼者矣。

蘇鰲石廷尉廷玉曰：「涿州張桓侯廟聯，多狀其雄糾語，究屬莽夫氣象，於尊崇之義未合。惟方葆巖維甸作直藩時有聯云：『使君乃天下英雄，誼同骨肉；壽侯爲人中神聖，美並勳名。』以先主、關帝兩人夾出，恰稱身分。」按：帝曾封漢壽亭侯，「壽侯」二字似未協，尚應酌易也。

四川成都城外有丞相祠堂，楹聯林立。鄂潤泉督部鄂山聯云：「望重南陽，想當年羽扇綸巾，忠貞扶季漢；澤周西蜀，愛此地浣花濯錦，香火擁靈祠。」又蔣礪堂節相攸銛聯云：「曰宫，曰殿，曰幸，且曰奔，詩史留題，千古猶存正統；書吴，書魏，書漢，不書蜀，儒臣特筆，三分豈是偏安。」

四川寧遠府有丞相祠。戴羡門督部三錫聯云：「籌筆在攻心，當年化洽賨幪，冠帶百蠻歸典屬；安邊曾叱馭，此日風清甌脱，雲霄萬古仰宗臣。」聞是湖南湘鄉令嚴麗生學淦代撰。嚴本才士，摇筆故自不同。又聞嚴麗生作湘鄉縣龍王廟聯云：「春耕夏耘，秋收冬藏，萬物育焉，鬼神之爲德；雷出地奮，雲行雨施，百室盈止，膏澤下於民。」亦可謂「取鎔經義，自鑄偉詞」者矣。

蘇郡文昌宮之旁有太陽宮，向不入祀典，亦不在朔望行香之列。道光十一年，霖雨數十日，郡人士始請余詣禱。升香之日，旋即暢晴。後即定爲常祀。齊梅麓爲之聯云：「光天開糺縵之祥，雨非恒雨，暘非恒暘，二十四氣成四時，羣生並茂；化國衍舒長之祚，朝不廢朝，夕不廢夕，三百六旬有六日，庶績咸熙。」又撰風神廟聯云：「龍虎忌爭行，廿四番花信吹餘，致雨興雲，勿張旗鼓；豚魚占利涉，七二候箕神簸後，飛芻輓粟，好送帆檣。」時以狂風匝旬，礙漕運，率屬虔禱，有應，故以此爲報云。又撰龍神廟聯云：「九土足農田，但期膏不下屯，霖雨偏敷天下望；三吴稱澤國，更願流無旁溢，江河長向地中行。」

鄭仁圃喜爲楹聯，時見意匠。有題天后宮聯云：「補天媧神，行地母神，大哉乾，至哉坤，千古兩般神女；治水禹聖，濟川后聖，河之清，海之晏，九州一樣聖功。」想見精心結撰，思與神通也。

楊飛泉郡丞鶴書曾知雲南師宗縣。後由浙省委辦銅差，復至滇中。題天后宮一聯云：「三十年宦海平安，旦夕焚香，惟求利濟；一萬里慈雲庇蔭，閒關行役，重許瞻依。」

四川灌縣城隍廟有蔡佛田手題聯云：「聰明正直之謂神，清夜焚香，惟願斯民敦孝弟；雨暘寒燠以成歲，豐年報享，長期列部頌昇平。」又成都府城隍廟戲臺聯云：「善惡報施，莫道竟無前世事；利名爭競，須知總有下場時。」恰是城隍廟戲臺，不能移易他處。

蔡佛田曰：「佛寺聯語極多，記得有二聯語極雋永。句云：『願將佛手雙垂下，摩得人心一樣平。』又云：『彈指聲中千偈了；拈花笑處一言無。』」

明邛州人余昂有題海會寺聯云：「終日解其頤，笑世事紛紜，曾無了局；經年坦乃腹，看胸懷灑落，卻是上乘。」按：此聯詞旨超脫，似比吾閩鼓山寺一聯較爲雅馴。

福州有慶城寺，中有鐵佛一尊，極其雄偉，係僞閩時所鑄。廟中有前明曾弗人異撰一聯云：「古佛由來皆鐵漢；凡夫但說是金身。」雋永有味。陳畏民《筆談》、徐价人《閩游詩話》並載其語。惜余未得見其聯。

蘇州光福有觀音大士廟，祈晴禱雨最靈。林少穆巡撫三吳時，題聯云：「大慈悲能布福田，曰雨而雨，曰暘而暘，祝率土豐穰，長使衆生蒙樂利；諸善信願登覺岸，說法非法，說相非相，學普門功德，祇憑片念起修行。」又因督濬劉河，小憩劉河鎮之天后宮，題聯云：「八百年震海昭靈，溯湄嶼飛昇，九牧宗風榮廟祀；四萬頃具區分派，喜婁江新濬，三吳水利沐神庥。」又題上元縣署中程明道先生祠云：「愛物爲心，一命於人亦有濟；得民以道，千秋斯統不虛傳。」又題福州文藻山朱文公祠云：「道統閩薪傳，洙泗真源今未墜；儒型垂梓社，滄洲精舍此重開。」又題嘉定縣歸震川先生祠云：「儒術豈虛談，水利書成，功在三江宜血食；經師偏晚達，篇家論定，狂如七子也心降。」

桂林城外有臨水文昌閣，極明瑟之致。朱勳楣觀察棨題聯云：「水月盡文章，會心時原不在遠；星雲燦魁斗，鍾靈處定非偶然。」

朱子生於延平之尤溪，故小字沈郎。沈，水名，即尤溪，縣亦因此得名也。後人皆誤以朱子字「沈」

郎耳。其地有公山、文山，朱子誕生之日，兩山俱發火光，現出「文公」二字。今就其地建文公祠。周力堂學使學健撰聯云：「前公山，後文山，一氣蜿蜒，知天地精華所萃；始小學，終大學，真源脈絡，統聖賢體用之全。」

《塗說》云：「江南侯竹愚先生在粤時，嘗題韓文公祠楹帖云：『蘇學士前傳謫宦；孟夫子後拜先生。』殊工切。」

漢口有桃花夫人廟，一聯云：「列女傳從劉向定；夫人心祇息侯知。」議論自在言外。惜不知何人所作。

虞山有白、蘇二公祠。齊梅麓即集白、蘇語爲楹聯，云：「中有仙龕虛一室；更邀明月作三人。」上聯香山句，下聯東坡句也。跋云：「香山詩：『近有人從海上來，海山深處見樓臺。』此海虞立白公祠之公案也。虛一室，固待公也。自公言之，即謂待坡公也可。又坡公題樂天《身心問答》三詩後云：『而今月下三人，他日當成幾佛。』以『更邀明月』句移奉白、蘇二公祠，頗有根據，非同泛語也。」按：常熟縣之白、蘇二公祠，建於道光丁酉年，在昭明讀書臺之側，董其成者蔣伯生因培楊芸士文蓀也。芸士爲之記。

齊楳麓宰宜興時，撰周孝侯廟聯云：「朝有奸黨，豈能成將帥之功，若教仗鉞專征，蛟虎猶非對手敵；世無聖人，不當在弟子之列，誰信讀書折節，機、雲曾作抗顔師。」詞意激昂，可當一首周處傳論。

甘露寺中有三賢祠，不知建於何時，祀唐李文饒、宋蘇東坡、米海嶽三公也。李蘭卿撰聯云：「溯後先三百載游蹤，異代同堂，能結有情香火；冠今古第一流人物，文章事業，也如無盡江山。」

謝默卿曰：「無錫惠山之麓有張睢陽廟，額曰『顯忠』。余莅任時，適邑人修建落成，請爲楹帖，因撰句付之。云：『抗節濟時艱，論當年守禦聲威，實先郭汾陽、李臨淮，功存廟社；顯忠關世教，考茲土烝嘗舊典，當與伍子胥、陳武烈，氣壯湖山。』按：張睢陽、伍子胥及隋司徒陳杲仁，其事皆不在錫山，而縣中皆有祠廟，香火甚盛。亦可見忠烈祀典出於秉彝攸好之同矣。

江西九江府有五顯廟，中有一集句聯。云：「九江孔殷，以享以祀；五人爲伍，乃聖乃神。」詞義俱極穩愜。不知何人所撰，俟晤鄭仁圃時詢之。

蟂磯廟聯：「思親淚落吳江冷；望帝魂歸蜀道難。」人皆知爲徐文長所撰。惟繆蓮仙《塗說》謂此與采石磯李太白祠聯云：「我輩此來惟飲酒；先生在上莫吟詩」並傳爲徐文長手筆。而余經過二地，得見二聯，皆無文長題欵，惟署谷口鄭簠書。後聞蟂磯聯爲方茶山先生體感夢而作，仍疑莫能明也。按：方茶山年代甚近，而此聯熟在人口，實出茶山之前。後說恐仍是因文長事而誤演耳。

金龍四大王爲北方河道尊神，廟中楹聯鮮有傳者。惟齊梅麓一聯尚壯麗。句云：「志節慕睢陽，憂國讀書，尚記金龍山在；英靈同伍相，飛芻輓粟，正須白馬潮來。」

錢梅溪曰：「唐張旭曾爲常熟縣尉，故縣城南有草聖祠。今爲文廟土地之神，新立一祠於大成門之右。廣文屬余書一聯一額，余曰：『聯句尚易，額甚難也。』再四思之，總未題就。偶憶韓文公『優入聖域』四字，因書付之。並撰一聯云：『書道入神明，落紙雲煙，今古競傳八法；酒狂稱聖草，滿堂風雨，歲時宜奠三杯。』或嫌『三杯』字太涉廟祀套語，余應之曰：『杜詩「張旭三杯草聖傳」，豈忘之耶？』

海州板浦爲濱海斥鹵地。自道光年閒，陶雲汀宮保改行票鹽，民販趨之如市。蕃昌殷賑，儼然一都會焉。宮保按部海州，兩駐其地。登雲臺山，並於山中建陶靖節祠。今商販居民又合詞籲建陶文毅公祠。謝默卿撰長句楹聯云：「改鹺法，近悅遠來，試觀淮浦連年，浩浩穰穰，豈惟追齊相夷吾，府海功施稱再造；薦馨，春祈秋報，況對郁洲勝境，熙熙皞皞，真可繼晉賢靖節，名山祀典配三元。」

成都北門外歡喜庵，奉德將軍楞泰像，係乾隆金川凱旋時爲士民所建。楹聯云：「萬里版開圖，雲棧星郵，往來下拜功臣像；百蠻碑在口，渝歌賨舞，歡喜常存故老思。」又：「冠履肅丹楹，似丞相祠堂，栢鬱森森承雨露；聲威通紫塞，憶將軍幕府，旌揚熠熠壯風雲。」旁爲得勝庵，即阿公祠，同時所建。聯云：「纏井絡以界坤維，天府奧區，皇極會歸雄帶礪；控荆蠻而引秦隴，巖疆重任，臣心寅畏凛冰淵。」

朱蘭坡曰：「宛陵城内有東平王廟，祀唐張睢陽。余少年應試時至其處，見一楹帖云：『祿山、慶緒悍然其無君父，當年即破孤城，効忠亂賊，曾邀富貴之幾時？令狐、尹奇不幸而有子孫，今日試登雙廟，下拜先生，將置祖宗於何地？』余最喜其詞氣激昂，今約五十餘年，猶識不忘，但不記爲何人所作耳。」

涇縣會館中奉朱文公木主。朱蘭坡爲題一聯云：「删定贊修，直千古同功，較漢唐訓詁諸儒，仰高山而倍切；德性問學，原兩端並舉，任陸、王紛紜異説，撼大樹以何能。」朱文公聯語亦多，無如此之沈着穩括者。

閩浙分疆之處爲楓嶺，俗呼爲五顯嶺，實即梨嶺，古稱梨嶽。祀唐太守李頻。李蘭卿題聯云：「地是名山宜廟食；民思賢守本詩人。」五顯廟中楹帖極多，皆遜此之雅切也。

黄右原曰：「相傳藥王廟戲臺聯語，一切戲，一切藥，頗有慨乎其言。上聯云：『名場利場，無非戲場，做得出潑天富貴；冷藥熱藥，總是妙藥，醫不盡徧地炎涼。』」按：「潑天富貴」，仍是從藥王廟生情，非泛泛戲臺語也。

吕月滄郡丞璜曰：「宋梅生觀察鳴珂撰桂林城隍廟聯云：『地獄即在眼前，莫到犯了罪時方纔省悟；業鏡雖懸臺上，只要過得意去也肯慈悲。』又，齊梅麓撰宜興城隍廟聯云：『時雨時暘，玉女銅官皆有慶；好人好事，橋蛟山虎總無驚。』宋作係仁人之言，齊作爲才人之筆。」

吾閩有石佛嶺，佛像係就大石琢成。陳望坡尚書未第時，將棄舉業，過此嶺求籤，詞意許其必遇。三過三問，皆一籤。貴後乃獻一聯於寺云：「心到虔時佛有眼；運當亨處石能言。」信乎佛之能前知也。

嚴問樵保庸曰：「吾鄉出痘謂之出果，種痘謂之種苗。余嘗撰痘神廟楹聯云：『一點心苗，汝那裡好生培養；十分善果，我者邊總肯周全。』」

柳州柳侯祠聯句，《前集》已載數家，而愜心者殊少。近聞伍實生撫部長華觀察右江時，曾集柳文成句爲聯云：「潔廉爲心，忠信爲仗；文章在册，功德在民。」十六字頗典重，而至今尚未懸挂，不知何故。

楹聯續話卷二

廨宇

徐州府爲古彭城，今爲河漕重地，專設監司筦之，蓋兵備道而兼筦河防者也。宛平張觀察鼎自撰道署楹聯云：「地當黃運之中，水欲治，漕欲通，千里河流，涓滴皆從心上過；官作軍民之主，寬以恩，嚴以法，一方士庶，笑啼都到眼前來。」又武威孫太守治自作府署楹聯云：「官有典常，任一日則盡一日之心，況兼地廣事繁，敢不夙興夜寐；民供正課，寬幾分則受幾分之惠，縱使時豐歲稔，常如怨暑咨寒。」皆不失仁人之言，勝於挾張形勝者矣。

揚州厲氏，舊族也。其宗祠柱聯云：「二百載青氈，蟬聯八世；兩三間白屋，鶴隱千秋。」聯係史望之尚書所書，其句則未詳孰撰也。

戴菔塘璐《藤陰雜記》云：「護國寺西先爲桐城張文和公第，後改西華門內，此第遂以賜溧陽史文靖公。余癸未出錢塘王文莊公門下，曾於此第謁見，有『江山勝地皆行部；臺閣崇班半屬僚』之聯。」

京師正黃旂官學中有楹聯云：「業精於勤，修其孝弟忠信；學優則仕，以爲黼黻文章。」

蔡研田本俊曰：「安溪李文貞公宅有小園，自集句爲聯云：『有水園亭活，無風草木閒。』」

彭芝庭啓豐自訂年譜云：「余曾三任浙省學政，因在貢院題聯云：『蓉鏡重開，漫向湖山尋舊迹；桂枝擢秀，相期月旦識真才。』」

浙江學署面對吳山，右鄰郡庠，西出湧金門即西湖也。劉金門先生題大堂聯云：「使節壯湖山，東南壇坫；文光拱奎壁，咫尺宮牆。」

黄右原曰：「有潤州太守新修廳事，執贄於吳山尊學士，求作楹帖。學士不假思索，即對客揮毫。上聯用『金山銀山』組織成文，云：『山色壯金銀，惟以不貪爲寶；』以譽太守廉能。觀者歎呼，亟請其下聯。學士率爾操觚，實未有以對也。適幕賓郭香生明經曰：『想是「江流環鐵石，居然衆志成城。」』蓋以鐵甕城爲金陵石頭城門户，竟成強對。遂書以應。學士既服其敏，且有解圍之功，因以所得潤筆分贈之。」

揚州羅茗香士琳曰：「各省育嬰堂中有舊傳聯句云：『子不子，亦各言其子，委而棄之，是可忍也，孰不可忍也，先王斯有不忍人之政；幼吾幼，以及人之幼，比而同之，有以異乎，曰無以異也，大人不失其赤子之心。』集語頗能渾成貫串。惜不傳作者何人也。」

謝默卿曰：「清節堂始於吳下，由紳士捐建，以居嫠婦之貧苦無依者。經費漸充，規制盡善，各府州皆仿而行之。誠善舉也。曹艮甫比部楙堅主講泰州時，撰堂聯云：『任卹重周官，集一方秉穗餘資，門題行義；帡幪同夏屋，完幾輩冰霜苦節，臺築懷清。』」

齊梅麓，婺源人。嘗作婺源考棚聯云：「漬種必苗，藝蘭必香，千家茆屋書聲，定有幾枝大手筆；登高自下，陟遐自邇，萬里蓬山雲路，先從一邑小文場。」

嘉慶末，福州大修貢院，規製恢宏。適林少穆督部奉諱里居，所有楹聯悉出其手，亦極一時壯觀精思。吾鄉人多能口誦之。如云：「皇路許馳驅，舉孝興廉，海嶠人文羅福地；天門同詄蕩，蜚聲騰實，蓬瀛才望奮清時。」又云：「達四門四目四聰，我有嘉賓，莫負文章華國選；書六德六行六藝，烝哉髦士，要兼孝弟力田科。」又云：「初日照三神山，看碧海珊瑚，盡收鐵網；長風破萬里浪，喜丹霄銀牓，早兆珠宮。」又集杜句一聯云：「鄉賦念嘉賓，彩筆昔曾干氣象；持衡留藻鑑，文昌新入有光輝。」

王輔銘《練音集》云：「嘉定王丹思敬銘於康熙丁酉典試江西，以公慎自矢。嘗題試院協一堂柱云：『三條宮燭，棘闈辛苦廿年，苟以溫飽負平生，斯誓有如江水；一介儒冠，玉署光榮兩世，能取文章報恩遇，此行方識廬山。』」

道光戊寅恩科時鄧嶰筠督部方爲西安太守，值貢院鼎新，曾撰楹聯數十對，皆極結撰之工。陝中爲之紙貴。如察院門云：「恩湛鸞坡，環海臚歡歌曼壽；名標雁塔，曲江高會洽羣仙。」又云：「地是周京，廣進吉人歌引翼；制循漢室，特頒明詔選賢良。」大門云：「門對南山，看太乙峯高，華國雄文爭氣象；恩迎北闕，值長庚星朗，作人雅化頌龐淇。」東大門云：「左席羅珍，羣仰星槎來左掖；東門籲俊，試看奎曜麗東垣。」西大門云：「運際右文，鳳起蛟騰連右輔；門迎西極，星輝雲爛照西京。」大觀門云：「科重西京，盛世作人徵壽考；臚逢南極，祥暉絢采接文昌。」連三門云：「地接龍門，多士須聯魚貫隊；恩開虎榜，嘉賓同拜鹿鳴歌。」明遠樓云：「地重棘闈，看雲裡翬飛，四面軒窗增壯氣；輪圓桂殿，聽月中舞羽，一番鼓吹接仙音。」又云：「樓起層霄，是明目達聰之地；星輝文曲，看筆歌墨舞而來。」至公堂云：「戊茂協菁莪，璧月圓時同壽寓；寅清收杞梓，璚雲多處朗文星。」又云：「恩被賢良，聽天語鸞銜，朶殿絲綸承北極；科聯甲乙，喜人文鵲起，辟雍鐘鼓振西京。」此以「戊寅恩科」四字冠首也。精白堂云：「函關東，玉關西，萃兩省人文，手提珊網；使星内，台星外，合一時宗匠，心澈冰壺。」又云：「精白一心，入手恍聽蠶食葉；丹黄萬卷，到頭佇看鹿銜苹。」衡鑒堂云：「典重求賢，簜節分持宜漢詔；堂開籲俊，輶軒親到採秦風。」監臨堂云：「地鎮中權，看露冕宣風，玉鑑冰壺同朗照；才登上選，聽霓裳咏月，祥麟威鳳共騰輝。」内簾云：「岌業龍門，雷浪可容輕躍過；分明蟾窟，霓裳未許竊聽來。」又云：「擔弛戴星，且共岑苔吟夜月；文披垂露，便看玉筍坐春風。」收卷所云：「稱心好句欣先覩；入手奇文豈漫藏。」彌封所云：「姓氏不妨偕豹隱；光芒終許看龍騰。」謄録所云：「絢采文疑堆錦繡；研朱筆合架珊瑚。」對讀所云：「顧誤辨訛須守黑；分章析句合塗黄。」按：此外尚有兩主考及提調監試各聯，皆各切其人之官階科分里貫言之，移地移時俱不適用，兹不俱録云。

林少穆督部總制兩廣時，海禁方嚴。督部於城外新建一演武廳，精選督撫兩標勁卒數百人，親往督操。自題廳柱一聯云：「小隊出郊坰，願七萃功成，净洗銀河長不用；偏師成壁壘，看百蠻氣懾，煙消珠海有餘清。」

鄂城臬署有鄧嶰筠督部一聯云：「官要虚心，總能發伏釐奸，須識我得情勿喜；民宜守分，若到違條犯法，可憐汝無路求生。」仁人之言，出乎肺腑矣。

英觀察煥堂守登州時，搆小園，既成，屬嚴問樵代撰楹聯。云：「願他十邑諸公清風扇野；容我一年四季明月鋤花。」

杭州北新關較各關尤爲嚴切，商民多裹足不前。阮芸臺師撫浙，兼管關務，自製一聯懸於關署大門云：「上古關無徵，後世不得已而榷關，慎勿失其初意；本朝稅有額，小民如其分以納稅，何可使有怨言。」

四川成都將軍署中有阿文成公題聯云：「拱北星辰兼上將；征西部屬半通侯。」

四川彭水縣有摩雲書院，在山半。陶文毅公任川東觀察時道經其地，書聯贈山長，云：「化雨無私，憶往歲踏雪來過，曾話春風一席；摩雲有志，願諸生凌霄直上，勿忘燈火三更。」蓋公先曾以典試過此也。

蔡佛田撰各憲署官廳聯云：「片刻聚談，此地無分賓主；一時摳謁，其間原有後先。」又撰巡捕官廳聯云：「得月快爭先，共仰樓臺近水；望風齊向上，欣看冠佩如雲。」

齊梅麓居婺源之沖麓，有敦彝堂大祠，自題聯云：「得氏砦丘，溯李唐同朝二相，在野三公，下迄宋、元、明，代有文人光海國；卜居沖麓，看梅里排闥四山，環村一水，甲於皖、歙、婺，天開圖畫賽瀛洲。」又一聯云：「大夫不敢祖諸侯，表海雄風，莫問遥遥華胄；途人其初本一體，敬宗收族，當思密密連枝。」

朱蘭坡曰：「余曾爲同邑江氏祠堂撰聯，文云：『梁貴胄，唐遺忠，易姓前徽崇一本；歙僑居，涇奠宅，敦宗後嗣敍三支。』蓋江本蕭也，昭明太子之裔。復顯於唐末，以避難改姓居歙之黄墩。南宋徙涇。總稱黄泥灘江氏。稽其派，則有三焉。婺源江氏慎修先生實與同宗。人皆不知先生爲蕭姓，余聞諸江石生大令。又代製同邑王氏宗祠聯云：『孝友著華宗，遠追竹港遷居，十三枝共聯閥閱；牲盛隆歲祀，新仰松楹旅設，千百世長聚簪纓。』我涇曩有『十三王』之稱。竹港者，其始居地名。先世曾以孝友聞。」又曰：「余先世本在蘇，唐末遷歙，復遷婺源。宋代始遷涇。嘗爲宗祠聯云：『遷移自吳、歙、婺而來，氏族清嘉，斯地奠安稱梓里；裔嗣踰宋、元、明以後，詩書啓佑，幾人騰翥詠梧岡。』又云：『茶院溯遥宗，傳三十世有奇，閭巷相聯，敦仁敦讓；李村鄰舊宅，閱百千年無替，歲時竝集，奉醴奉盛。』茶院公乃與文公同出之始祖也。初遷涇，居李村，其舊宅已六七百年，尚存。宗祠地正相近。又爲支祠聯云：『追古寮六世遷居，中越十傳，森出喬支綿緒久；歷昭代兩朝構宇，後垂千祺，蔚成盛族綰綸多。』案：古寮，即茶院公也。六世爲遷涇之祖拙翁府君，蓋文公之伯曾祖。復十世則支祠分祖用鑑府君子姓獨多，科名仕宦亦較盛。祠宇在本朝由順治至康熙間始建。數聯雖常語，然非他姓可以移置也。又云：『春有心于露，秋有心于霜，遵戴記遺規，欽崇典祀；父之貴者慈，子之貴者孝，式文公懿訓，篤念倫常。』此出聯尚可通用，對語本文公家訓，固仍切合矣。」

吾鄉林青圃先生德性嚴重，所作楹帖亦不肯作尋常語。主鼇峯講席時，曾手書講堂一聯云：「坐里門內，夕而朝教不忘就爾事；習君子言，尊以偏學莫便近乎人。」此聯已載《前編》。後陳恭甫編修壽祺亦撰一長聯，意欲媲美前修，而兩小股墨卷時腔，徒成話柄而已。今明倫堂頭門聯云：「方千里育賢之地；第一重入聖之門。」亦青圃先生所撰也。

有集《文選》句爲祠堂聯者云：「蹈德泳仁，發祥流慶；興廉舉孝，署行議年。」又一聯云：「秩元祀，禮莫愆，繼禰繼祖繼高曾，孝思不匱；屢豐年，歲其有，奉牲奉盛奉酒醴，明德惟馨。」皆可爲家祠通用之楹帖。

朱蘭坡家有小園甚隘，僅栽桂一株。洪稚存題扁曰「金粟山房」。蘭坡自爲聯云：「曲彔三弓，庾信有園難拓地；連蜷一本，劉安之樹可留人。」

劉松嵐大觀爲州牧時，自題署齋一聯云：「袍笏呼來先拜石；管絃麾去獨聽松。」爲翁覃溪師書。或云：「即翁撰句以贈者。」新警遒削，使事無痕，殆非吾師不辦也。

蘭溪縣城中邑令署頭門聯云：「明月雙溪水；春風滿縣花。」雅切蘭溪而有餘味。惜未詳何人所題。

余於五十八歲請假歸田，在福州黄巷新宅所撰楹帖已載入《叢話前編》。兹於壬寅秋復引疾得請，僑居浦城。因購得荒地數弓，縛茅架屋，暫爲受廛之寄。時異事遷，因就舊詞稍更新意，以存一時情事云爾。中堂聯云：「歷宦海兩朝身，萬頃驚濤仗忠信；借他鄉一廛地，卅年此屋亦辛勤。」韓詩：「辛勤三十年，以有此屋廬。」又云：「安土而能敦，因寄所託；擇鄰焉得智，且住爲佳。」宅左有園，額爲「北東園」，以福州舊宅有「東園」也。園中有池有樓，池上草堂聯云：「客來醉，客去睡，老無所事吁可愧；論學粗，論政疎，詩不成家聊自娱。」又一聯云：「地價不妨多，明月清風本無價；物情何足校，近水遥山皆有情。」此聯紀近事，而借歐陽文忠及蘇子美詩語以解嘲也。又書室中一聯云：「平地起樓臺，流寓依然吾土美；著書多歲月，退思未報主恩深。」

勝蹟

閔鶴瞿叙《粤述》云：「桂林七星巖下有壽佛洞，僅容旋馬。内有古壽佛石像。云：土人有見老僧者，跡之至此洞，得遺像，遂剏爲菴。楚僧本符號渾融者建爲棲霞寺，起藏經閣，其下爲静慧堂，旁爲聽月亭。余有『慰賢』二字題石，而集唐句爲聯云：『白雲回望合；青靄入看無。』」按：今棲霞寺座落與此所述互異。舊阯緲不可尋，志乘中亦未採此書，而題名與亭聯更無有能指其處者矣。

無錫北門外有皇甫墩，在芙蓉湖中，四面皆水，飛樓縹緲，極似西湖之湖心亭。窗户軒檻皆九龍山翠所涵演，登覽勝概甲於通邑。樓中聯榜尚多，惟孫平叔宫保聯云：「燈火春星浮北郭；雲霞朝景攬西神。」秀整雅切，邑人盛稱之。西神，即九龍山也。

山陰石屋在香爐峯之半山，有楹聯云：「花雨欲隨巖翠落；松風遥傍洞雲寒。」錢唐于謙題，見《小倉山房詩集》。

或傳梅關一聯云：「不必定有梅花，聊以志將軍姓氏；從此可通粤海，願無忘宰相風流。」按：梅關即梅嶺，又名庾嶺。《史記索隱》謂「相傳以梅將軍名」，而《南康記》又云：「前漢南越不賓，遣監軍庾姓者討之，築城於此，因之爲名。」則兩説皆可通。《南康記》又云：「庾嶺多梅，亦曰梅嶺。高一千三百五十丈。唐張九齡奉詔開鑿。」按：張有《開嶺路序》，又有詩，故嶺巔有曲江祠。此聯穩括大意，面面俱到矣。

林少穆觀察杭州時，曾修孤山林處士祠。又葺梅亭，題亭柱一聯云：「世無遺草真能隱；山有名花轉不孤。」

林少穆有集句題京師陶然亭聯云：「似聞陶令開三徑；來與彌陀共一龕。」亭中楹帖當推此爲第一。

貴陽城外有圖雲關，不知誰氏一聯云：「兩脚不離大道，喫緊關頭須要認清岔路；一亭俯看羣山，占高地步自然趕上前人。」亦見道語也。

徐修梅茂才汝壎曾游黔中，録憶數聯。有飛雲洞聯云：「洞闢幾時，問孤松而不語；雲飛何處，輸老鶴以長閑。」爲天門龔學海所題。又鎮遠大王灘亭聯云：「到岸猛回頭，聽潕陽第一灘聲，浪與篙爭，好仗神威資利濟；順流須努力，看黔國萬重山水，峯隨舵轉，全憑忠信涉波濤。」

聞福州永福縣之方廣巖奇景天開，余屢欲往遊而不果。友人江心葵景陽爲述一聯云：「石室天開，見大地山河三千世界；水簾風捲，露半天樓閣十二闌干。」心葵所居距巖甚近，余四十年前即有同游之約，每爲之神往云。

九江府庾樓爲一郡大觀，屹立郡署之後，前襟大江，後枕匡廬。樓額爲蘇齋師所書，江心即望見之。樓中聯語多不稱。郡守張子畏寅聯云：「如此江山，何幸不才來領郡；亦談風月，每逢嘉興即登樓。」語稍穩貼。尚不如洪稚存先生亮吉一聯云：「半壁江山，六朝雄鎮；一樓風月，幾輩傳人。」足與斯樓相稱。鄭瑩圃太守以爲名下無虛，是也。

余初游平山堂在嘉慶元年，草草一過而已。後讀《曝書亭集》，中有《鄭谷口隸書平山堂扁長歌》，悔彼時不及留心賞玩。問之曾游平山堂者，亦俱若無覩。道光壬寅初夏，寄居邗上，重登此堂，則前後相距已四十餘年。堂中扁字係歐陽文忠公之欵。疑欵字甚劣，非歐公所爲，而鄭谷口所題亦渺不可得，不知何故。偏繙郡志，則不但無歐陽題扁事，並鄭谷口之扁亦未載。豈竹垞先生之詩欺人哉！頃與錢梅溪泳談及，梅溪乃言曾親見谷口原扁，後爲吴中徐友竹堅者易以歐欵。記得是乾隆年間第六次南巡時所爲。梅溪今年八十有四，多見舊事，所言當不虚也。平山堂並無他扁，谷口所題又易爲歐欵，可謂兩失，而伊墨卿隸書聯句遂獨出冠時矣。余《前編》所録墨卿句，誤「隔江」爲「過江」，兹特正之。余亦親製一聯云：「高視兩三州，何論二分月色；曠觀八百載，難忘六一風流。」質之阮芸臺師，甚壯其語。朱蘭坡同年亦曰：「平山堂詩，以王荆公『一堂高視兩三州』首爲最；平山堂聯，以伊墨卿『隔江諸山』十六字爲最。今君此聯出，真可鼎立而三矣。」因亦用隸體書就，送懸堂楹。王荆公遠矣，未知墨卿空中笑人否耳。

張伯冶曰：「揚州大儒坊董祠之左近有集賢樓，下臨城河，形勝絶佳。記得有一集句舊聯云：『桃花潭水深千尺；明月揚州第一樓。』不知《畫舫録》何以遺之？」

《前編》所載揚州楹帖，多據《畫舫録》。比來寄居邗上，新有聞見，亦佳聯也。如陳曼生鴻壽題康山云：「春水緑波揚子渡；梅花明月狀元山。」洪桐生梧題東門城樓云：「風月天高，樓臺地迥；雲霞海曙，梅柳江春。」又題南門城樓云：「東閣聯吟，有客憶千秋詞賦；南樓縱目，此間對六代江山。」

相傳河南南陽府城樓舊有楹聯云：「真人白水生文叔；名士青山卧武侯。」對仗渾成，允稱傑構。或疑諸葛應稱忠武侯，但曰武侯，恐未盡善。然古人二字三字謚，後人止稱其一字者甚多。如衛之叡聖武公，只稱武公；貞惠文子，只稱公叔文子；楚之頃襄王，只稱襄王；秦之昭襄王，只稱昭王。諸葛之稱武侯，亦其例耳。

北固山甘露寺之左，舊爲多景樓。俯挹全江，最稱雄勝。樓址久荒，李蘭卿觀察曾捐貲重建。工甫竣，旋圮。觀察撰聯云：「天與雄區，欲游目騁懷，一層更上；地因多景，喜山光水色，四望皆通。」後曾文嵌邑侯承顯就北固山之後麓建「江東勝概樓」，重書觀察聯語懸諸前楹，而於後楹自撰一聯云：「形勢拓南徐，對秣陵樹色，瓜步江光，何處平分吴楚；畫圖開北固，有米老菴存，衛公塔在，依然映帶金焦。」樓之右又有小樓，正對金山。有南昌彭文勤師聯云：「兩點金焦，到山者不如望；一菴海嶽，懷古者見其人。」蓋寶晉書院正當其前也。

九江府之南即廬山，其城南正對廬山之雙劍峯，歷朝皆於府治前建三層高樓以鎮之，名爲匣劍樓。樓前開二池，直丈餘，横數尺，名爲匣劍池。鄭仁圃太守初莅任，修濬一新。自製樓聯云：「排闥兩峯青，欣輪奐齊雲，環雉堞更上一層，盡見匡廬真面目；干霄千丈紫，恐鋒鋩過露，斂龍光深藏什襲，如羅星宿壯心胸。」

蘇州滸墅關北望亭，即入金匱縣境。河中舊有豐樂橋。齊梅麓宰金匱時，鳩工重修，蔚爲勝地。因題橋門一聯云：「水遠天長，萬古川原連泰瀆；年豐人樂，四時風景勝滁陽。」又，杭州城外之半山，桃花最盛。花時游船麕集，秋後紅葉亦極可觀。旁有小橋，橋門一聯云：「欲泛仙槎向何處；偶傳紅葉到人間。」皆橋門聯之極超脱者。

清江浦勝蹟以河帥署中爲最。有方池甚寬，上爲荷芳書屋，擅水木之勝。時張芥航河帥得董思白大字挂屏十二幅，錢梅溪爲集屏中字作一聯，云：「大隱寄淮壖，十畝芳塘涵德水；高懷擬緑野，滿園花木繡春風。」

成都府城外有諸葛丞相祠。旁有臺榭，爲大僚飲餞公所。蘇鼇石廷玉集杜句爲楹帖，云：「諸葛大名垂宇宙；元戎小隊出郊坰。」按：此前明黄才伯所集，見朱竹垞《静志居詩話》。

唐陶山仲冕有集唐句題陶隱居祠，云：「門前學種先生柳；嶺上長留處士墳。」

滕王閣中有裘可亭郡丞行恕聯云：「隔岸眺仙蹤，問樓頭黄鶴，天際白雲，可被大江留住；繞闌尋勝蹟，看樹外煙波，洲邊芳草，都憑傑閣收來。」

采石太白樓中有齊梅麓集句一聯甚偉。出語云：「紫微九重，碧山萬里；」即太白集中句。對語云：「流水今日，明月前身。」則司空表聖《詩品》中句耳。

黄右原曰：「揚州三賢祠，舊以王漁洋繼歐、蘇後，已不甚稱。後更奉伊墨卿太守長生禄位於旁，而議者益起。自裁撤鹽政後，湖上園林歲修無主，頽廢不堪。李蘭卿榷使獨能捐廉，重修江山文選樓桃花菴各處，而别建載酒堂於祠側，以祀漁洋。於是香火始正。榷使並爲之聯云：『晝了公事，夜接詩人，得句皆堪作圖畫；修禊虹橋，訪碑禪智，此才真不負江山。』」

自浙入閩，第一重嶺爲蘇嶺。嶺頂有關廟。殿後一亭，境極幽靚。有朱笥河先生手書一聯云：「雲石江將疑字浙；風篁嶺若誤髯蘇。」跋云：「過蘇嶺留句。乾隆庚子十二月廿日，笥河居士朱筠。」余每過此，必熟賞此聯。寺僧亦知寶之。寺中又藏有朱文正師詩卷，即爲此聯而作。和題者有譚蘭楣光祥及吾鄉林樾亭先生、王蘭陔紹蘭中丞。中丞復作長跋紀之，謂「此聯句奇而筆遒，若有靈氣光怪，足以永鎮山門者。」洵不虛也。

黄州赤壁，以坡公二賦傳耳。其實周郎用火攻處在今嘉魚也。人皆議坡公之誤。朱蘭坡題聯云：「勝蹟別嘉魚，何須訂異箴譌，但借江山攄感慨；豪情傳夢鶴，偶爾吟風嘯月，毋將賦詠概生平。」

雲南附郭之大觀樓，中有孫髯所製長聯，懸掛已久。道光初，阮芸臺師總制滇黔時，爲酌易數字，另製聯板懸之。滇人嘖有煩言。余曾於《前編》述之。昨接吾師來函云：「孫髯原聯，以正統之漢、唐、宋、元偉烈豐功總歸一空爲主，豈不駸駸乎説到我朝。故改爲爨長蒙酋，遞到吴三桂等人身上。所以扶正而消逆也。嘖有煩言者，蒙酋未達耳。」按：原聯及改本，《前編》已並全録。今必須重録改本，以質觀者，使知吾師所以須改之故，以釋滇人之疑而已。改本云：「五百里滇池奔來眼底，憑欄向遠，喜茫茫波浪無邊，原本作「披襟岸幘，喜茫茫空闊無邊」。看東驤金馬，西翥碧雞，北倚盤龍，南馴寶象，原本「金馬」作「神駿」，「碧雞」作「靈儀」，「倚盤龍」作「走蜿蜒」，「馴寶象」作「翔縞素」。高人韻士，惜拋流水光陰，原本作「何妨選勝登臨」。趁蠏嶼螺洲，將起蒼厓翠壁，原本作「梳裹就風鬟霧鬢」。更蘋天葦地，早收回薄霧殘霞，原本作「點綴些翠羽丹霞」。莫辜負四圍香稻，萬頃鷗沙，原本作「晴沙」。九夏芙蓉，三春楊柳；數千年往事注到心頭，把酒凌虛，歎滾滾英雄誰在，想漢習樓船，唐標鐵柱，宋揮玉斧，元跨革囊，爨長蒙酋，原本作「偉烈豐功」。費盡移山氣力，儘珠簾畫棟，捲不及暮雨朝雲，便蘚碣苔碑，原本作「斷碣殘碑」。都付與荒煙落照，原本「荒」作「蒼」。祇贏得幾杵疎鐘，半江漁火，兩行秋雁，一枕清霜。原本作「兩行鴻雁，一片滄桑」。

廣西宜山縣爲黃山谷先生謫居地。城中有山谷祠堂。查儉堂撫部守慶遠時重新之，並製聯云：「忠孝振綱常，黨籍編名，氣節宛如東漢；文章垂宇宙，詩家衍派，門庭別啓西江。」公誕辰在六月十二日。李蘭卿權守時，率諸生爲公設祭，如坡公生日故事。祠內舊有寶華亭、墨池諸勝，今已湮廢。蘭卿亦製聯云：「載酒爲公來，率儒服儒冠，仍似舊開詩屋宴；僦居無地住，占宜山宜水，卻教長祭墨池田。」

福州城外由江達海之路，以羅星塔爲關鍵。塔據山巔，四面皆波濤洶湧。其由閩縣達長樂，則必以羅星塔山下爲暫泊候潮之所。蓋海潮由此而分也。塔上舊有七字聯，不知何人所撰。其句云：「朝朝朝朝朝朝夕；長長長長長長消。」過客皆不知所謂。康熙中有一道人到此，讀而喜之。衆請其說。道人笑曰：「此山爲海潮來往之區。此聯出語第一第二『朝』字上平聲，第三『朝』字下平聲，通作『潮』字。第四『朝』字亦下平聲，第五『朝』字上平聲，第六『朝』字又下平聲。對語第一第二『長』字平聲，第三『長』字上聲，第四『長』字是平聲，第五『長』字是上聲，第六『長』字又是平聲。如此讀之，自不煩言而解，不過是言潮汐長消而已。」言訖道人遂不見。或以爲純陽祖師現身也。

河南輝縣城外有古百泉，發源蘇門山中，匯爲巨池。詩所謂「泉源在左」是也。歷代名人多隱居其上。左有孫夏峯先生祠。程梓庭中丞題聯云：「勝地集名儒，軼姚、許、趙、竇以抗宗傳，羣仰夏峯作喬岳；熙朝開理學，繼濂、洛、關、閩而昌後裔，從教睢水得淵源。」謂姚雪齋、許魯齋、趙復、竇默及我朝湯文正公也。

格言

道光癸巳，引疾里居。日向街巷舊書攤中搜求故紙，忽得孫寄圃閣老楹帖一對。閣老手蹟，余所認識，非他手所爲。而筆法腴潤，是作翰林時書，不如後此之蒼勁也。句云：「甘守清貧，力行克己；厭觀流俗，奮勉修身。」欵云：「天池年伯大人製句命書，濟甯愚姪孫玉庭。」乃知此聯係爲先大父天池公所作。閣老與先叔父九山公爲乙未同年，此必係九山公同居館職時爲先大父索書者。因急購歸，重加裝褫。先代訓言藉兹不墜，當拳拳服膺，如日侍先大人嚴正之容，非僅作墨寶珍庋也。

《香祖筆記》云：「余家自高曾祖父以來，文房正廳皆置兩素屏，一書心相三十六善，一書陽宅三十六祥，所以垂家訓、示子孫也。又各房正廳一聯云：『繼祖宗一脈真傳，克勤克儉；教子孫兩行正路，惟讀惟耕。』」

余前編《聯話》，敬載先資政公常書楹帖云：「非關因果方爲善；不計科名始讀書。」此吾鄉習傳之語，不知撰自何人，言極切近可守，渾然無弊。後閱亡友顧南雅蒓《思無邪齋遺集》一條云：「嘗見陳句山先生所書楹聯，作『不關果報方行善；豈爲功名始讀書』二語，殊未了。古今果報之爽者十有八九，若此念未忘，其阻善機者多矣。至於『功名』二字，在三不朽之列，正讀書人所當念念不忘者，以爲立功立名之地，此殆誤以科名當之耳。兹爲人書楹帖，特改六字，云：『必忘果報能爲善；欲立功名在讀書。』其義乃圓。」云云。其實「科名」「功名」義各有當，未見句山之必誤也。

謝默卿曰：「虎邱山後女墳湖北，風景幽絶。岸旁一古刹，懸一聯於客堂云：『乾浄地常來坐坐；太平時早去修修。』語極冷雋。畫舫往來，笙歌鼎沸之外，忽聽此禪窟機鋒，真如暮鼓晨鐘，發人深省。」

桂林吕月滄掌秀峯書院，嘗擬題講堂一聯云：「先有本而後有文，讀三代兩漢之書，養其根，竢其實；舍希賢莫由希聖，守先正大儒之説，尊所聞，行所知。」甫欲製板懸掛，而驟歸道山。其門弟子尚有能述之者。

唐陶山家有果克堂，自題聯云：「克己最嚴，須從難處去克；爲善必果，勿以小而不爲。」

彭文勤公有集句堂聯云：「立身行道，揚名於後世；夙興夜寐，無忝爾所生。」

齊梅麓集《詩經》語作宗祠聯，云：「凡今之人，不如我同姓；聿修厥德，無忝爾所生。」又敬思堂聯云：「《曲禮》敝於無不敬；逸詩删以未之思。」又一長聯云：「士恒士，農恒農，工恒工，商恒商，族少閒民，便有興隆景象；父是父，子是子，兄是兄，弟是弟，門無乖氣，方爲孝友人家。」

丹徒張伯冶巡檢騏偕其嘉耦錢蓮因女史守璞並以詩畫擅名。論畫則伯冶爲精，論詩則蓮因尤健。粤西邊瘠之區，蓮因間關隨宦，能相其夫。甘於末秩，不以富貴利達薰其心，不愧女士之目。嘗因伯冶豪飲健談，爲手書楹帖於座右云：「人生惟酒色機關，須百鍊此身成鐵漢；世上有是非門户，要三緘其口學金人。」以閨媛能爲此格言，真不愧女士也。

揚州馬氏小玲瓏山館中有鄭板橋所撰楹帖，云：「齩定幾句有用書，可忘飲食；養成數竿新生竹，直似兒孫。」以八分書之，極奇偉。後歸淮商黄姓，始擬撤去，復有愛其文義者，乃力勸留存。

黔中巡撫署齋有顏惺甫檢手題一聯，云：「兩袖入清風，静憶此生宦況；一庭來好月，朗同吾輩心期。」殊有理趣，而措詞藴藉，不涉腐氣，故佳。

漢口有同善堂，所以施惠。新立規制，冀垂久遠。邑人乞朱蘭坡聯句，題云：「同德即同心，從教救病噓枯，體天意好生而布惠；善終如善始，願得提綱挈領，遵聖言思永以圖功。」又，銅陵大通鎮設救生船，亦爲其局中製聯云：「博愛之謂仁，當知拯難扶顛，愷惻常同施補救；見險而能止，但願風帆浪舶，倉皇轉得報平安。」

太傅朱文正師視學浙中時，因原籍紹興，特榜其門楹曰：「鐵面無私，凡涉科場，親戚年家須諒我；鏡心普照，但憑文字，平奇濃淡不冤渠。」

姚文僖公文田督學時，每試院輒題一聯云：「科場舞弊皆有常刑，告小人毋攖法網；平生關節不通一字，誡諸生勿聽浮言。」又自撰堂聯云：「世上幾百年舊家，無非積德；天下第一件好事，還是讀書。」語皆近質而實，足以訓俗。

張蘭渚先生喜書格言爲楹帖。爲閩撫時，嘗屬余書一長聯，云：「戒之在鬬，戒之在色，戒之在得；職思其居，職思其外，職思其憂。」或疑「先生此時何以尚須戒鬬？」余曰：「聖賢言語徹上徹下，可以自警，可以警人。且聖人所謂鬬，豈必在角膂力，逞戈矛，凡口給禦人，文字抵觸，皆與鬬無異。居高位者尤宜慎之，庶不招尤不僨事耳。」

張仲甫中翰應昌，蘭渚先生哲嗣也。最恪謹，守家法。近手録先生所集經語楹聯見寄，如云：「有忍乃有濟；無愛即無憂。」上句出《尚書》，下句則《四十二章經》中語也。又一聯云：「洗心曰齋，防患曰戒；循法無過，修禮無邪。」上句出《易繫辭注》，下句則《戰國策》中語也。

張仲甫齋中亦有自撰聯句云：「貪、嗔、癡即君子三戒；戒、定、慧通聖經五言。」自注：即定、静、安、慮、得。此以釋語爲儒書注腳也。又一聯云：「陰陽風雨晦明，受之以節；夢幻露電泡影，作如是觀。」此湊合《左氏傳》《周易》語以對佛經也。蓋仍是蘭渚先生家法。又有一聯云：「掃地焚香，清福已具；粗衣淡飯，樂天不憂。」則純是儒家語也。

萬廉山郡丞承紀嘗製大篆一聯見贈，云：「仁仁義宜，以制其行；經經緯史，乃成斯文。」見者皆以爲寫作俱工。余嘗入其書室，讀其自集子部語篆聯云：「凡避嫌者内不足；有爭氣者無與辨。」是極好格言。賀耦庚盛喜之。惜其字句未能匀稱，平仄亦尚未諧耳。

黎湛溪河帥喜拈「要辦事，莫生事，要任怨，莫斂怨」四語。嘗請節相孫季圃公作對語。公應之曰：「可興利，毋近利，可急功，毋喜功。」藥石之言，正河帥所宜省勉也。河帥即屬陳曼生郡丞分書爲聯，懸之署齋客位云。

黄右原曰：「有客贈聯云：『每思於物有濟；常愧爲人所容。』又云：『久病始知求藥誤；衰年方悔讀書遲。』又云：『過如新竹芟難盡；學似春潮長不高。』皆格言中雋語。」

花曉亭曰：「有贈宣刺史瑛一聯云：『辦事人多能事少；愛民心易治民難。』下七字獨沈著有味，真格言也。今人但從事其易者，已爲好官耳。又一聯云：『凡事總求過得去；此心先要放平來。』亦言淺意深，可銘座右。」

朱蘭坡家塾中有培風閣，自題聯云：「仿君子懋修，志無怠，功無荒，篋游觀所其無逸；求古人陳迹，經有程，史有課，譬稼穡乃亦有秋。」又有志勤堂聯云：「士所尚在志，行遠登高，萬里鵬程關學問；業必精於勤，博聞强識，三餘蛾術惜光陰。」字字沈實，足以型家矣。

林少穆自題廳事一聯云：「海納百川，有容乃大；壁立千仞，無欲則剛。」名臣風矩，惟其有之，是以似之。按：近見一廳事有書此十六字爲聯，而兩句乃上下互乙，遂以對語爲出語。其意則同，但不應掩其名而用其句耳。

少穆卸兩廣督篆後，有引疾歸田之意。嘗豫撰書樓一聯云：「坐臥一樓間，因病得閒，如此散材天或恕；結交千載上，過時爲學，庶幾炳燭老猶明。」寄書囑余爲作隸字。余謂此願未易酬，且俟他日把臂入山時再了此案可矣。

孫寄圃節相玉庭由湖北布政使入覲，睿廟有「爲守兼優」之諭。公於大堂敬題楹聯云：「領三楚雄藩，來旬來宣，問何以推心赤子；承九重懿訓，有爲有守，要無慚對面青山。」

余陳臬山左，薦泰安令徐樹人宗幹爲卓異。聞其所至有政聲。其宰武城時，遇歲歉頻年緩征。又以病乞假，手製一聯懸之廳事云：「惟貧病相兼，乃稱寒士；並錢漕不取，纔算清官。」復聞其宰任城楹聯云：「老吏何能，有訟不如無訟好；小民易化，善人終比惡人多。」皆可以勸。

陳家相明府桂齡爲河南襄城令時，建汜川書院。費耕亭太守庚吉聯云：「聞使君講院新開，說禮敦詩，名相風流推後起；願諸生賢關早闢，讀書論道，大儒理學有真傳。」蓋明府爲桂林陳文恭公後裔也。

嚴問樵曰：「余宰棲霞，每奉家君子手諭，諄諄以立身居官爲勗。蒙賜一聯云：『職在地方，但無忘該管地方，即爲盡職；民呼父母，倘難對自家父母，何以臨民。』庸受而謹書之，懸之廳事，朝夕自勉。因復推廣其意，撰聯書於堂楹云：『暗室中自有鬼神，倘鑒余少昧天良，甘爲一錢誓死；公堂上誰非父母，最憐爾難寬國法，苦從三木求生。』」又曰：「有一縣令自題其訟堂云：『有一日閑，且種汝地；無十分屈，莫入吾門。』亦書一聯懸之。」

楹聯續話卷三

佳話

臨海王芝圃廣文世芳生於順治己亥，年一百十歲時入都慶祝，賜侍講銜。都人呼爲王壽星。扶侍者爲其第三子。白髮飄蕭，背轉傴僂。問其長子，曰：「不幸夭亡矣。」問夭亡之年，曰：「八十五歲。」當年屆七旬時，孫曾已盛；百齡外，孫曾復舉曾孫。壽星大喜，自題楹聯云：「身歷四朝沾浩蕩；眼看七代衍孫曾。」

《槐廳載筆》云：「崑山徐太翁，當明末，土寇竊發，擄婦女數十人，藏於徐氏。賊將他出，屬太翁善守之，『歸若少一，當取汝命！』賊甫去，太翁即各詢其夫家、母家，親送還之。婦女皆叩頭流血去，太翁亦自焚其屋而逃矣。國初定鼎後，土寇削平。太翁三子，長乾學，次秉義，三元文，皆鼎甲八座。其門對一聯云：『侍郎尚書都察院；狀元榜眼探花郎。』皆太翁陰德之報云。」

沈椒園廷芳贈董文恭公聯云：「著書臺逈名《繁露》；入畫山多學富春。」一切姓，一切地，又切其善畫也。

李雨村調元《制義科瑣記》云：「章孟端爲御史，多所彈劾，中貴忌之，罷歸。諸子連中進士，爲京官，同處一邸。書聯於壁云：『四壁金花春宴罷；滿床牙笏早朝歸。』人多羨之。」

桐城張文端公，父子端揆。文和公自撰堂聯云：「兩世三公，太平宰相；一堂五代，富貴神仙。」或謂十六字中惟「神仙」二字落空，不知公家詞臣接武，神仙之福，較富貴之稱，尤爲可艷耳。

王楷堂比部廷紹，北直人，屢與春秋闈，分校所得，多南省佳士。陳蓮史三元，即出其門。林少穆督部贈以聯云：「南士淵源承北學；秋曹門館坐春風。」又，張雲巢鹽政青選罷官後，就杭州買宅而居，適得其喆嗣館選之信。少穆贈以聯云：「清門甲第傳兒輩；舊部湖山屬寓公。」蓋雲巢曾久令於浙中也。

歙縣曹文正公贈吴崧圃參知聯云：「白髮盈簪，凡內外將相公卿，咸識三朝元老；黄河如帶，偏東南兒童父老，共欽六筦宣防。」公曾三任東河，三任南河，本朝河臣中所未有也。龔季思尚書守正亦有聯云：「節制兩河，德水廿年瞻福曜；耆英七袠，恩綸初吉賁中樞。」蓋公官大司馬時，曾於二月初一日蒙賜壽云。

嘉慶乙亥二月三日，上命王蓮府少宗伯宗誠爲其父文僖公懿修豫稱八旬之觴。黄左田尚書鉞贈聯云：「謝恩孫代趨朝杖；上壽兒歸聽講筵。」蓋是日上御經筵，蓮府時以禮部侍郎職司典禮，而文僖公至景運門謝恩日，上先諭令率孫扶掖也。

戴羨門督部三錫七十賜壽，花曉亭時爲蜀臬，獻聯云：「帝壽股肱，九霄賜額；民歌父母，八座齊眉。」

陳望坡尚書七十賜壽，京邸知交祝聯甚多。惟曹文正公振鏞一聯云：「帝命汝作士，惟明克久；天錫公純嘏，俾壽而康。」最爲人所稱。又鄭仁圃太守一聯云：「望重達尊，北斗尚書南極老；恩承敬典，天朝耆舊地行仙。」

陶雲汀督部駐節金陵，六十賜壽，齊梅麓獻聯云：「八州都督，五柳先生，經濟文章，百代心傳家學遠；六甲初周，一陽來復，富貴壽考，兩朝身受國恩長。」蓋稱觴之辰，值黃鍾之月也。

諸城劉文清公之太夫人九十壽辰，阮芸臺師所製壽聯膾炙人口，已載前編。近晤黃右原，知吴山尊學士曾爲朱文正師代製一聯云：「夫作宰相，子作宰相，佇見文孫成宰相，古今一品太夫人，能有幾個；天許長生，帝許長生，更聞多士祝長生，富貴百年曰壽考，請增十齡。」與芸臺師句意相仿，似流麗有餘，而莊雅稍遜也。

鮑覺生侍郎桂星爲富陽董文恭公七十壽聯云：「聽履承家，秉鈞杖國；卷阿頌奭，嵩嶽生申。」莊嚴典麗，蓋非文恭不足以當之。

浙江德清徐氏六世翰林，曹地山宗伯秀先有贈徐西灣楹聯云：「前生慧業摩麟角；六世清聲冠鳳池。」

吴玉松太守雲早歲辭官，逍遥里社，所受業女弟子多至數十人。年屆八十，其子蘤人學士已乞養在家，顧南雅通政蒓寄聯壽之云：「泉石衍箕裘，名心早凈雲封岫；翠鈿圍杖履，笑口常開雪避髭。」

錢梅溪《履園叢話》云：「莊本培學士培因少時自負才華，不作第二人想。乾隆己丑，其兄方耕少宗伯存與榜眼及第時，學士猶未捷南宮。作詩調之云：『他年小宋魁天下，始信人間有弟兄。』後果中甲戌狀元。潘芝軒尚書未第時，與其兄樹庭中翰，咸爲名諸生。其封翁雲浦先生索余楹帖，云：『老蘇文學能傳子；小宋才名不讓兄。」後芝軒中乾隆癸丑狀元。樹庭頗惡此聯，爲易去之。亦詩兆也。」

桂林陳蓮史方伯繼昌，爲文恭公玄孫，登嘉慶庚辰科三元。時繼蓮龕方伯繼昌適維藩粤西，手贈楹帖云：「高祖當朝一品；文孫及第三元。」語雖渾成，終覺太質而鮮味。後蓮史歷官中外，洊至直隸藩伯。潘芝軒閣老贈聯云：「幾輔爲屏，越五百里；科名蓋代，第十三人。」則傳誦於人口。按歷代至今，登三元者，唐有張又新、崔元翰，宋有王曾、宋庠、馮京、王巖叟、孫何、楊寘，金有孟宗獻，元有王宗哲，明有商輅，我朝則已有錢棨、陳繼昌兩人。趙甌北《賀錢湘舲三元》詩云：「累朝如君十一个。」是繼以錢、陳共十三人也。然其閒如張又新，在當時實稱爲張三頭。謂進士狀頭、宏詞敕頭、京兆解頭。見《摭言》。崔元翰爲京兆解頭、禮部狀頭、宏詞敕頭，制科三等敕頭，則是四元。見《說儲》。王巖叟以明經科，鄉舉、省試、廷對皆第一，則是明經，非進士科。見《宋史》本傳。《金史·楊伯仁傳》謂孟宗獻發解第一，伯仁讀其程文，謂當成大名。是歲宗獻府試、省試、廷試皆第一，則當時稱爲孟四元。蓋金時尚多一府試耳。又見《歸潛志》及《中州集》。是三元故事，又各微有不同也。又按《雞窗剩言》記：黃觀，洪武甲子，南京解元，辛未會試第一，廷對禦戎策，太祖擢置狀元。後殉建文之難。亦見傅維麟《明書·忠節傳》。似洪武中已有一三元，不獨商文毅一人。然《明史·黃觀傳》但云以貢入太學，洪武二十四年會試、廷試皆第一。而《選舉志》亦謂三試第一者，明代惟商輅一人。則黃觀之三元，似又未確實，故趙甌北止云十一人。

程春海贈朱蘭坡聯云：「東壁仰儒風，正色卻邪蒿之饗；南天培士氣，高文扶大雅之輪。」蓋蘭坡曾侍學三天，又方爲吴中掌教也。

洛陽令鄒堯廷之太夫人九十壽辰，秦苓溪太守伯度屬陳東橋孝廉應元代撰一壽聯云：「愛日佇期頤，蘭階早釀十年酒；慈雲周海嶽，萊綵猶栽一縣花。」蓋令之尊人石泉太守貽詩，曾官閩中三十年，至今去思未艾，當時太夫人皆隨任也。

吳中有令長之母以三月三日六十壽者，嚴問樵製聯云：「衆母奉壽母，江南大母；三春祝千春，上巳長春。」

孟瓶菴師德配何太恭人七十壽辰，余伯兄虛白公際昌獻聯云：「人間賢母曾推孟；天上仙姑本姓何。」恭人素通詩禮，得之甚喜。

程梓庭總督閩浙時，其封翁九十壽辰，程春海侍郎以聯寄祝云：「六秩翁侍九重親，況伉儷偕老子孫賢，問內外貴僚，誰同大福；七閩歌兼兩浙舞，合兗豫去思吳楚頌，願東南吉曜，直麗中台。」蓋梓庭曾旬宣山左，巡撫中州。楚南、吳下，封翁皆就養云。

道光辛卯，江南大水，文闈改期九月。時梓庭中丞爲監臨。中丞本徽產，即前此戊午年魁江南榜者，因於首場題一聯於至公堂柱云：「矮屋策高文，九天升，九淵沈，九轉丹凝，多士出身，在此九月九日；秋闈醒春夢，三藝競，三場竟，三條燭燼，一官回首，於今三十三年。」

周石芳侍郎系英視學江南，自榜一聯於堂上云：「縣考難，府考難，院考尤難，四十八年纔入泮；鄉試易，會試易，殿試更易，二十五月已登瀛。」蓋自道其名場甘苦之味。然吾鄉陳望波尚書，以七月入泮，九月登鄉薦，次年四月成進士，得館選，前後不過十閱月登瀛，尤爲得意也。

程定甫同年贊清於道光乙未重游泮宮。時龔季思爲江蘇學政，贈以聯云：「二分月下真耆宿；六十年前舊茂才。」是年余適過揚州，定甫招飲，遂即席書一聯贈之云：「想當年發跡雞窗有餘味；是他日重歌鹿野之先聲。」此皆羌無故實也。定甫得之甚喜。

鎮江有某鹺商，欲求阮芸臺師書楹帖，師未許也，而某商愈欲得之。師令人語之曰：「我有兩部舊書，應歸鎮江人刊行。如肯成此美事，必書楹帖以報之。」某商首肯。師即日以七字聯句奬之云：「古籍待刊三十載；舊聞新見一千年。」跋云：「嘉慶間，余得宋嘉定、元至順《鎮江府志》兩部，皆《四庫》未收之書。曾經進呈，得蒙恩鑒，因以底本貯之焦山書藏。三十餘年，無過而問者。歲辛丑，丹徒包怡莊學兄請付棗梨。鎮江之書，歸鎮江人珍護，甚善。不意歸田老眼，尚見此書之成，乃知書之行世，及刊書之人，遲早皆有福命焉。因喜而記之。節性齋老人阮元撰，並書，時年七十有八。」聞此書近已刻成一部，其一部亦已開雕矣。

陳仲雲藩伯嘉樹，道光壬寅年正月初十日六十歲，膝下有八子，是年正月十三日立春，羅茗香祝以聯云：「有才子八人，綵獻萊衣，林壬大備；先立春三日，釐延柑酒，花甲初周。」巧思濬發，可謂獨出冠時矣。

葉小庚申薌守洛陽，自署儀門聯云：「郡望舊京畿，金谷豪奢函谷險；物華真秀麗，伊川山水洛川花。」又客坐聯云：「芸館忝題名，三紀聲華留日下；莎庭閒坐嘯，六年宦績在天中。」又一聯云：「宦品宜適中，居職忝爲二千石；壯齡方筮仕，服官瞬過三十年。」

潘榕皋奕雋以八十六歲赴瓊林重宴。萬浣雲邑侯臺贈聯云：「泮藻重游，苹笙重聽，瓊林重宴；老子壽星，哲嗣德星，賢孫文星。」語質而確。時其子理齋農部世璜已請終養廿年餘，理齋之子新入泮宮云。

嚴問樵官山左時，寅好中聯對多出其手。如石耀卿大令尊甫官山右司馬，七十壽聯云：「西人慈母，東人大父；北極湛露，南極壽星。」又侯理庭太守之母夫人，九月初十日九十壽聯云：「開上壽初筵，九十曰耄；後重陽一日，八千爲秋。」又理庭之公子新婚曹氏，賀聯云：「雀屏妙選今公子；鴻案清芬古大家。」又蔡仰齋州判夫婦五十雙壽，其門下士以七夕稱祝，聯云：「屈指三秋，天上又逢七夕；齊眉百歲，人間自有雙星。」

百文敏公百齡總制兩廣，平定海氛，有世襲輕車都尉之賞。其時公子尚未育也。蔣伯生獻聯云：「天子知從無事日；郎君貴在未生時。」文敏逢人輒誦之。

王惕甫芑孫將赴華亭教官之任，吴穀人先生以聯贈之云：「儒以道得民，此官不賤；學而優則仕，如日之升。」又鄭六亭兼才自題學署云：「天子命之教；人才繫此官。」皆可爲司鐸閒曹吐氣也。

相傳有學署舊聯云：「漫道官閒，二十一史，繁難頻判案；誰云署冷，三五六經，鼓吹自排衙。」亦自新穎可喜。

挽詞

洪桐生掌教揚州之梅花書院，終於講席。時城內安定掌教吴穀人先生輓以聯云：「十載共皋比，舊夢荒涼梅嶺樹；諸兒蒙教澤，春風慚愧杏林花。」蓋先生諸兒皆肄業梅花書院，而西穀清鵬正探花及第也。

吴穀人先生亦終於安定講席，吴山尊輓以聯云：「仕隱追隨，頽景相憐如一日；師生骨肉，名山可許附千秋。」劉金門侍郎時寓居揚州，亦輓以聯云：「正味在文章，凡識字人同一哭；清風論出處，擬私謚者定何辭。」蓋先生詩文集名《有正味齋》也。

畢秋帆先生總制兩湖時，值剿捕流寇，未蔵功而薨。趙甌北挽以聯云：「羊祜惠猶留峴首；馬援功未竟壺頭。」此不但「峴首」「壺頭」用典精切，而「羊祜」「馬援」亦成佳對。且切合時事，開合俯仰，尤見情餘於文也。按：此聯甌北亦自得意，後衍成挽詩，編入全集内矣。

浙中錢東生學士林，文筆敏贍，而古貌古心，毫無時俗態度。人皆知其能到陰司判事，而口絶不談。余嘗同扈從盤山者數日，行帳相接，每退直，必相晤語。微叩其端，皆笑而不答也。未及中壽而化去。戚蓉臺太史人鏡挽以聯云：「福慧並清華，能静自兼仙佛意；死生都了徹，不談終是聖賢心。」足以傳學士矣。

游彤卣侍御光繹輓陳質齋侍郎云：「對宇望衡，回首燕臺真似夢；素帷丹旐，傷心吴苑不成春。」蓋游與陳在京邸久爲鄰，陳奔喪歸，没於蘇州也。

詹鱗飛應甲輓石曉田煦之兄云：「老淚我無多，數落落晨星，從此驊騮空冀北；雄才君未盡，歎茫茫泉路，相隨鴻雁到荆南。」時曉田官荆州郡丞也。

陶雲汀宮保丁父憂，其座主陸平泉尚書以莊寄輓以聯云：「能仕教之忠，有子詩書將食報；欲養親不待，類余風樹早銜悲。」

姚亮甫中丞輓章文簡公煦聯云：「箕尾黯星躔，詔語天嗟遺老一；衣冠崇洛社，典型人失達尊三。」又輓張蘭渚侍郎聯云：「奏賦共螭坳，譜誼同敦，感西湖四十七年爪印；寫經皈鹿苑，禪心早定，付南屏一百八下鐘聲。」出句謂乾隆甲辰同召試於西湖事；次句謂侍郎素躭禪悅，易簀時尚有南屏僧數十人環繞榻前，代宣佛號也。

有某公輓陳雪田聯云：「志在名山，不作公卿緣好學；文能壽世，非求仙佛自長生。」此蓋襲用袁簡齋先生句而稍變其意者也。

翰林張某者，新婚甫兩月而病没，太夫人猶在堂也。其婦翁輓以聯云：「逝矣修文郎，縱玉堂傳舍，金粟空花，回首能忘垂老母；傷哉薄命女，僅三日同牢，六旬嘗藥，斷腸永作未亡人。」語極沈痛。

常熟令某之父，與蔣伯生因培山左同官舊好，後就養常熟，卒於官舍。伯生輓聯云：「治譜付佳兒，感頻年惠愛吾鄉，白叟黃童都淚下；頹齡逢舊雨，歎此日招尋勝蹟，青山紅樹也魂銷。」

道光間，吳中耆舊以潘榕皐先生爲冠冕，曾重宴鹿鳴，重宴瓊林，受其姪芝軒尚書一品封誥，年登九秩始卒。龔季思輓以聯云：「九十年魯殿巍然，記曾同世父春闈，先公秋賦；甲乙榜鼎科籍甚，已重沐桂林燕賚，杏苑恩榮。」齊梅麓亦有聯云：「爲學爲修，爲恂慄，爲威儀，有斐爲文，九十年華，盡衛武一生之事；曰壽曰富，曰康寧，曰攸好，考終曰命，三千世界，集箕疇五福而歸。」

林少穆督部工爲楹帖，而於挽詞尤能曲折如意，各肖其人。如挽蔣礪堂節相攸銛云：「合兩朝宰輔封圻，第一流人終不忝；培四海賢才俊乂，在三師事有同悲。」蓋嘉道兩朝諸巨公好汲引人才宏獎善類者，惟公一人。斯聯洵能舉其大也。又挽孫文靖督部爾準云：「海徼樹豐功，水利邊防，廿載宏宣經世畧；宮銜隆晉錫，易名延賞，九原還切報恩心。」又挽盧敏肅督部坤云：「十年三建戎功，帝賴重臣，回紇蠻猺皆懾魄；九省七膺節鎮，人懷遺愛，山河嶺海總銘恩。」又挽陶文毅督部澍云：「大度領江淮，寵辱胥忘，美謚終憑公論定；前型重山斗，步趨靡及，遺章慙負替人期。」自注云：「公遺疏有『林則徐才識十倍於臣』之語，讀之汗下。」又挽韓桂舲尚書葑云：「西曹法律，南紀封圻，溯三朝中外勳猷，范、富、歐陽同著望；閩嶠襜帷，吴趨杖履，憶卌載因緣香火，李、張、皇甫愧知名。」自注云：「公嘗提刑閩中，某爲諸生時，即以國士相待。又某官吴門，值公里居，尤欣親炙云。」又挽陳石士侍郎用光云：「德性秉中和，兩入瓊林，稽古榮躋卿貳貴；文章崇軌範，七持玉尺，愛才羣仰老成型。」又挽張蘭渚侍郎云：「感恩知己兩兼之，擬今春重謁門庭，誰知一紙音書，竟成絶筆；盡忠補過今已矣，憶平昔雙修儒佛，但計卌年宦績，也合生天。」又挽顧南雅通政云：「風節樹朝端，鳴鳳聲高，爲感恩慈酬再造；文章驚海內，登龍望峻，更餘書畫重千秋。」又挽郭蘭石廷尉尚先云：「三十年人海才名，帝簡方隆天已召；六千里家山歸夢，親心難慰子誰依。」又挽陸心蘭藩伯言云：「臺館式前型，溯中外回翔，直節清嚴猶在望；藩屏聯宦轍，悵老成徂謝，名賢言行未終編。」自注云：「時公方輯名賢言行録也。」又挽俞陶泉都轉德淵云：「拯溺舊同心，才德兼資，如此循良曾有幾；籌鹺今盡瘁，設施未竟，畢生懷抱向誰開。」又挽李蘭卿都轉彥章云：「卌三年，才不虚生，帝簡方隆，誰料謫仙歸紫府；重五節，縷難續命，名心未瞑，應教詞客祀紅橋。」又挽廖竹臣郡丞鴻苞云：「卅年來，同譜同舟，忽魂歸縹緲峯前，轉悔量移空借箸；一門内，難兄難弟，竟望斷逍遥堂後，不教舊約踐連床。」蓋郡丞爲儀卿觀察鈺夫尚書之兄，適調任太湖同知，即終於官廨云。又挽游春樊中翰興詩云：「薇省早抽簪，憶卅年鍵户獨居，清品咸推無玷玉；枌鄉常設帳，悵五集編詩未就，蕭辰忽折後凋松。」又挽吴和庭邑侯觀樂云：「遺愛遥傳三竺外；吟魂應在二梅閒。」蓋和庭令浙中有善政；歸里時，卜居謝古梅學士之二梅亭也。又挽江石生邑侯之紀云：「去思何武留遺愛；死孝王戎本至情。」石生居母喪，以毁終云。

岳小瀛宗伯起以江蘇撫部引疾，旋晉少宗伯，嘉慶己巳薨于位。宗伯居官公正清廉，有伯道之感，爲睿廟所知，特命公之夫人擇族人之子爲嗣。先是宗伯因族人寥寥無當意者，具遺摺以聞。至是夫人亦不願，睿廟亦不之强，乃命大宛兩縣于春秋致祭以爲例，洵曠典矣。紀文達師以聯輓之云：「剛峯原不隨流俗；孝肅何須有後人。」非此大手筆，不能相稱也。

孫寄圃相國輓黎襄勤河帥世序聯云：「隻手障狂瀾，立德立功，水土平成君不朽；八年聯舊雨，如兄如弟，芝蘭凋謝我何堪。」相國不以書名，而手寫此聯，大字如斗，莊嚴合矩，儼如其人。時余官袁浦，曾親見之。

史望之尚書與康蘭皋中丞紹鏞，同年相好。中丞卒，尚書寄聯輓之云：「同譜最相親，憶白髮青燈，昨歲尚陪連夜話；名山期共往，歎太行盤谷，此生無復並驂游。」

謝默卿曰：「陶文毅公之薨也，獻輓聯者以數百計，佳者不可悉數。最後聞人傳述一聯，獨能舉其大，徵其實，惜忘卻撰者姓名也。句云：『答眷恩，智勇忠勤，凡如籌海運、策河防、改鹽政諸大端，皆我公力瘁封疆，事業稱三江柱石；持政體，和平寬厚，尤以培士氣、察民隱、勵官方爲先務，聽此日哀闐衢市，英靈仰萬古雲霄。』」按：齊梅麓輓陶文毅公聯云：「以寬厚孚民望，以忠誠結主知，敬賓朋，體僚屬，教育英才，二十年節鉞尊嚴，未改書生面目；爲畿輔急糧儲，爲東南興水利，拯災黎，化梟徒，恤孤幼，數千里帡幪蔭庇，何殊菩薩心腸。」亦傑構也。

陶雲汀、陳芝楣先後没於江南任所。龔季思輓陶聯云：「節署久宣勞，公爾忘私，盡瘁遽聞歌薤露；草廬留賜翰，賞延于世，印心好爲嗣芸香。」蓋公所居印心石屋，曾奉御筆親題也。又輓陳聯云：「廿載報君恩，真不負日下探花，江南秉節；卅年敦友誼，最難忘吴中分袂，漢上題襟。」陳爲季思典試湖北所得士；又季思視學江南時，陳維藩吴下，曾連日侍從游山云。

揚州羅茗香由大江溯流而上，訪陳仲雲藩伯於江西行省，而藩伯已先期歸道山。茗香哭以聯云：「追思患難相依，感適館授餐，談經講學，薪傳已閱廿年，詎者番頻阻風帆，致我遲來，空展遺容成没世；可惜封圻未轉，筭巡方煮海，陳臬維藩，棠陰僅留三省，慟此際纔停露冕，值君小極，誤投蠲庳喪斯文。」蓋藩伯患臂痛，醫家誤用蠲痺湯十劑，遂不起。故末語云然。

王文簡公引之丁其父懷祖先生憂去位，服闋還朝，署工部尚書，未幾即薨。英煦齋師輓以聯云：「下筆已千秋，稽古共知尊漢學；還朝能幾日，《考工》惜未補《周官》。」

劉芙初同年嗣綰之夫人卒於七夕，適値立秋。齊梅麓輓以聯云：「河漢隔雙星，可是仙家好離別；梧桐飄一葉，若爲詞客助詩懷。」

屠琴隖倬以儀徵令引疾家居，忽奉旨特授九江府，未赴，即客死揚州。齊梅麓輓以聯云：「一病負殊恩，九派清江懷太守；十年成大覺，二分明月弔詩人。」

陳雲伯邑侯文述之母終於吳中。齊梅麓輓以聯云：「丸熊助苦，封鮓資廉，有是母，乃有是子；隔幔傳經，居樓授史，聞其語，今見其人。」

王竹嶼都轉鳳生，爲葑亭給諫之子，長於吏治，由丞倅驟晉監司，未竟其施，旋登鬼籙。齊梅麓輓以聯云：「受寵轉愁顏，歷官河北淮南，濟世經綸殊未展；訂交從總角，重過三山二水，賞心詩句與誰論。」

萬小廉啓畇，廉山郡丞之子，甫由部郎擢御史，遽卒。遲一月而廉山亦逝。齊梅麓輓以聯云：「三尺好頭銜，執簡無緣，報國空懷萬言疏；一家大手筆，修文有命，奉親先赴九重泉。」

郭韻泉文匯薨於粵西臬任，先十日，已擢方伯，韻泉不及見也。其易簀日時，悉與誕辰相合。余初囑余小霞代製一聯，云：「寅誼託苔岑，持平遠比于公獄；漢郭宏治獄平允，人比東海于公。法星沈桂管，遺愛應刊有道碑。」下二語皆切其姓也。後數日而部行新命始至，復令改製一聯，云：「來去有前因，遺範難忘聯襼日；寬嚴能並濟，新恩惜在蓋棺時。」則面面皆到矣。陳蓮史方伯聯云：「知醫卻老，執法忘劬，看塵牘丹爐，晷影苦無清暇候；優許養痾，殊榮晉秩，緬匡廬庾嶺，星文竟墮碧雲間。」亦旁皇周浹之作也。

朱蘭坡輓顧南雅聯云：「魏闕鑒誠衷，建議詞臣追汲黯；滇池施善教，酬恩祀典泣侯芭。」一言其在翰林，屢上封事；一言其督滇學時，教士如親子弟，滇人感之，爲力請入名宦祠也。又，周敬修督部天爵爲蘭坡所得士。其母封一品夫人，年踰九秩。督部緣事讁戍，將出塞，旋發往粵東軍營効力，在途聞訃，奉旨，准回家穿孝百日然後行。蘭坡寄輓以聯云：「珈服寵榮多，上壽始教歸蕊府；墨縗軍旅亟，中途猶許泣蘐幃。」

何玉田孝廉輓方茂才壯猷聯云：「傷心酒國流光短；回首名場恨事多。」方好飲，人有抄其文登第者，故云。

齊梅麓有自題生壙詩，蔣伯生極爲歎賞，謂可抵梅花萬樹。近二人同建白蘇祠，屬梅麓爲聯云：「中有仙龕虛一室；更邀明月作三人。」甫書寄而伯生已逝矣。梅麓寄輓以聯云：「丹青徧鄧尉羅浮，繞墓植梅花，來去原從衆香國；俎豆傍白公坡老，作祠倚修竹，海天還有一仙龕。」蓋仙龕一室，遂成讖語，亦奇矣哉。

近人孔孝廉傳金爲其庶母持三年服，集經語爲輓帖云：「慈母如母，貴父之命也；顧我復我，鬻子之閔斯。」字字如生鐵鑄成，可謂不刊之作。

鄭仁圃曰：「里黨中有林姓婦，素通文理，中年遽卒。相傳其自輓一聯，出語告夫，對語教子，悱惻動人，亦可傳也。其詞云：『我別君去，君何患無妻，倘異時再叶鸞占，莫謂生妻不如死婦；兒隨父悲，兒終當有母，願他日得酬烏哺，須知養母即是親娘。』又，饒心耕有輓其妻聯云：『本八字安排，以致累卿貧到老；作一番打筭，自然先我死爲佳。』此合前一聯讀之，皆堪酸鼻也。」

鄭仁圃素工楹帖，里居福州時，凡親朋輓聯多其手製。知余欲續編《聯話》，因録其舊作相寄。中有曲折盡意者，如挽何玉田孝廉云：「君乃長於情者，爲戚友關心，終歲勞人草草；文固無如命也，以孝廉没世，當今天道茫茫。」又云：「閱歷名場，終竟才人無福命；消磨心力，祇緣文債與親情。」又云：「人情欲贈方干第；天意原慳李賀年。」又輓許畫山邑侯作屏云：「披叔重舊文，馴雉歸來經笥富；溯旌陽遺愛，化鳧仙去口碑傳。」又輓林鈍村孝廉一桂云：「三千卷勤抄，耄學宛如沈麟士；八二齡老宿，典型頓失魯靈光。」又輓張洲山明經登瀛云：「吟成三影清詞，怛化竟同蝴蝶夢；謝卻九秋芳信，催歸忍聽鷓鴣聲。」明經時客光澤，因赴秋試，抱病歸，至家一日而卒。又挽言可樵邑侯朝標云：「千里銜哀，奉靈輿言邁，驚説《莪》詩初罷誦；廿年遺愛，悵絃歌遽息，慘教棠樹不成陰。」時邑侯正丁憂，將扶柩歸里也。邑侯常熟人，言子賢裔。又輓許子密茂才作樞云：「庚宿掩霜晨，黄菊叢中添淚雨；卯橋嗟月夕，紫藤庵畔景光風。」茂才家有紫藤花菴，即許甌香先生友舊蹟也。又挽廖封翁云：「卿靄煥朱門，石奮郎君皆貴仕；仙風飄絳節，劉綱夫婦並歸真。」封翁夫婦，一月中相繼而逝，即鈺夫、儀卿二太史之父母也。又輓林母云：「教成諸子盡揚眉，咸使備賓興德藝；看入三場纔瞑目，不教遲哲嗣科名。」時有子四人皆應舉，母没於八月十四夜，則諸子皆入闈矣。

何仙槎尚書淩漢終於位，賜謚文安。謹考我朝謚「文安」前此僅有兩人，一爲孟津王尚書鐸，一爲掖縣張閣老端。蓋百十年來易名之典所僅見也。汪少海仲洋輓以聯云：「踐道一身，兼貫乎言功者德；易名當代，少止於義理曰安。」又錢心壺給諫儀吉聯云：「淵雲大文，趙張爲政，奮建家風，時望兼漢廷數子；

省臺故事，都邑謳思，門牆述訓，令名傳荆國家風。」贈尚書輓聯者甚多，皆二三十字巨製，惟此兩聯更爲沈著耳。

潘雲浦封翁，芝軒相國之父也。相國以尚書乞養十年，而封翁始歸道山。張蘭渚中丞挽以聯云：「一品荷崇封，北斗尚書徵燕翼；八旬尊上壽，西方生佛想螺容。」

朱蘭坡曰：「余嗣母貞節汪太宜人棄養，同宗同年寶應文定公寄輓聯云：『在女而貞，何異西山采薇，未仕抱爲臣之節；誨子能似，空令《南陔》萩黍，曰歸與失母之悲。』又同年李芝齡總憲輓本生母趙太宜人云：『記事圖成，百日孤兒綳雪夜；陳情疏達，三年兩母痛泉臺。』此聯一謂余三月餘而孤，本生母鞠育之苦，嘗作《雪夜綳兒圖》以記其事；一謂在上書房遞摺告養，竝言兩母，仰蒙恩准。未至家，已聞貞母之訃。踰二載而本生母又逝也。切當不易，讀之猶涔涔淚下。」

吴門陳竹士之室金纖纖，才女也。聲震一時，著有《瘦吟樓稿》，早卒。汪宜秋女士輓以聯云：「入夢想從君，鶴背恐嫌凡骨重；遺真添畫我，飛仙可要侍兒扶。」人争誦之。其繼室王梅卿亦工詩，合巹之夕，詩僧懶雲戲製一聯云：「幾生修得到；一日不可無。」可稱雅謔。

嚴問樵有一妹，適余生。次年三月産一女，隨以四月八日亡。問樵哭以聯云：「佛不慈悲，失乳忍聽遺女哭；兄兼貧病，傷心更恐二人知。」

嚴問樵有姬人没於清江，問樵哭以聯云：「不合時宜，惟有朝雲能識我；獨彈古調，每逢暮雨倍思卿。」

楹聯續話卷四

集句 集字附

羅茗香曰：「朱竹垞先生舊有集句楹帖云：『人道君如雲裏鶴；自稱臣是酒中仙。』」惜未詳所贈何人。

劉金門先生自出塞至賜環，凡閱三載。歸後集杜句作聯云：「三年奔走空皮骨；萬古雲霄一羽毛。」所至皆懸於壁，見者無不稱其工妙。然次句究嫌其誇也。

萬廉山郡丞喜蓄奇石，大有米海岳之癖。嘗以「峩眉積雪」石自鐫此四字，贈唐陶山方伯。方伯集句爲聯以謝之云：「何當報之青玉案；可以横絶峩眉巔。」

謝椒石曰：「真州察院，舊爲鹽政按部時掣鹽公所，内有戲臺。曾賓谷中丞燠有集句聯云：『粉澤大猷，元黄禆説；雲霞萬影，絲竹千聲。』」戲臺聯之莊麗，無踰此者。

阮芸臺師有别墅在邵伯湖之北，湖壖植柳三萬株，自額所居曰「南萬柳堂」，以别於京師之「萬柳堂」也。沿湖魚利，甲於江北，師嘗集句自題堂聯云：「君子來斿貫及柳；牧人乃夢衆惟魚。」以《石鼓文》對《毛詩》，自然名貴。

黄右原比部索余撰句贈聯。比部博學好文，在淮商家爲別調。余集《韓詩外傳》及《漢書·河間獻王傳》語與之云：「虛己受人，彼其之子，殊異乎族；實事求是，夫惟大雅，卓爾不羣。」邘上人多不知所謂，惟芸臺師以爲無虛譽也。

余前編《叢話》有輯漢碑句十餘聯，黄右原比部見之，以爲未盡，因手録一帙示余。蓋余前據敝齋現藏搨本爲之，右原則從《隸釋》《隸續》中推廣得之。今亦擇録如左，彌覺古香襲人也。其四字云：「令儀令色；允武允文。」逢盛碑、魯峻碑「爲國楨幹；配曜岳嵩。」范鎮碑、郭仲奇碑「敦詩悦禮；含謨吐忠。」西狹頌、孔靈碑「剛毅多畧；文雅少疇。」丁魴碑、郭仲奇碑「種德收福；幹國棟家。」張公神碑、州輔碑「廣祈多福；博覽羣書。」孟郁碑、魯峻碑「姿兼申甫；德侔産奇。」張納碑、劉熊碑「智含淵藪；絜如珪璋。」度尚碑、唐扶頌「比蹤豹産；膺姿管蘇。」魯峻碑、范鎮碑「爲國楨榦；作主股肱。」郭仲奇碑、樊安碑「行義高劭；體性温仁。」費鳳碑、孟郁碑「文艷彬彧；風曜穆清。」趙圉令碑、祝睦碑「翔風膏雨；左書右琴。」孟郁碑、馬江碑「躭樂術藝；挈斂吉祥。」丁魴碑、華山碑「剖演奥藝；恬忽世榮。」校官碑、侯成碑「鈎河擿雒；奉魁承杓。」史晨碑、石門頌「應運挺度；通神達明。」郭究碑、祝睦後碑「篤禮崇義；抱淑守真。」高彪碑、景君碑「天與厥福；世有令名。」禮器碑、耿勳碑八字云：「躬潔冰雪，夷然清皓；性發蘭石，生自馥芬。」祝睦後碑、帝堯廟碑「學爲儒宗，行爲士表；愛若慈父，畏若神明。」魯峻碑、劉熊碑「内懷温洞，外攝强虐；功綿日月，名勒管絃。」魯峻碑、帝堯碑「以義抑彊，以仁恤弱；乃台吐曜，乃嶽降精。」唐扶頌、楊震碑「威隆秋霜，恩踰冬日；言合雅謨，慮中聖權。」樊毅碑、譙敏碑十字云：「言不失典術，行不越矩度；威以懷殊俗，德以化圻民。」楊統碑、費鳳碑黄右原又録其集句集字楹帖見示，因復擇其尤佳者如左。如云：「鵲笑鳩舞，大喜在後；麟子鳳雛，和氣所居。」「桂栢棟梁，麟鳳堂室；雍涼朱草，文山紫芝。」「達性任情，得其歡樂；布政施惠，拜爲公卿。」以上焦氏易林「金石九莖，木禾六秀；明珠一寸，白玉四環。」鮑照河清頌、庾信謝賜布啓「瑞林朋生，祥禽輩作；卿雲似蓋，甘露如珠。」鮑照河清頌、徐陵勸進表「珠角擅奇，山庭表德；天球並價，日觀同光。」庾信齊王憲神道碑、李商隱獻集賢相公啓「論史可聽，談元愈默；幽居少事，野性多閒。」宋之問稧飲序、王勃游蓮池序「璣鏡照臨，山河容納；風質洞遠，儀止祥華。」庾信齊王憲碑、沈約齊司空行狀「立行可模，置言成範；徽猷克著，聲績聿宣。」沈約齊昭王碑文、駱賓王上崔長史啓「組織仁義，琢磨道德；棟梁華夏，舟楫江河。」劉峻廣絶交論、庾信齊王憲碑「鏡文虹於綺疏，浸蘭泉於玉砌；握珠胎而冠月，振瓊樹而韜霞。」王融曲水詩序、王勃上司馬書「玉樹以珊瑚作枝，珠簾以玳瑁爲押；赤雁與斑麟俱下，醴泉與甘露同飛。」徐陵玉臺新詠序、庾信賀新樂表又集唐人句云：「四時最好是三月；萬里誰能訪十洲。」韓偓、李商隱「金鈴玉佩相磋切；珠蕊瓊花鬥剪裁。」李紳、王初「黄金盒裏盛紅雪；碧玉盤中弄水晶。」王建、郭震又集《蘭亭序》字云：「將相風和天地静；修齊事大古今同。」「契古風流春不老；懷人天氣日初長。」「今居古稽極樂事；外和内峻大賢風。」「流水長亭，春風静宇；幽蘭一室，修竹萬山。」「修竹抱山，春亭映水；幽蘭得地，虚室當風。」「遷固同文，惠列殊抱；管樂佐世，老彭引年。」「臨類咸和，取諸無妄；隨時觀感，咸與同人。」「合室能文，自是盛事；放生爲樂，可得大年。」「虚能引和，静能生悟；仰以察古，俯以觀今。」

鄭仁圃寄余集句聯數紙，中有可録者。如云：「左酒右漿，喜疊其室；伯歌季舞，福爲我根。」「合匏同牢，宴樂有緒；駕福乘喜，昏悦宜家。」以上焦氏易林「小園新展西南角；和氣先熏草木心。」放翁、半山「平生獨以文字樂；此日翛然水竹居。」宛陵、朱子「煙樹遠浮春縹緲；風船解與月徘徊。」文潛、朱子「深林閒數新添筍；殘燭貪看未見書。」放翁、山谷「五畝自栽池上竹；一尊徑醉溪中雲。」東坡、誠齋

道光改元，詔開孝廉方正科，吳江縣以翁君海村應舉，羣稱公允。有以集句聯贈之云：「聖代即今多雨露；先生有道出羲皇。」

鄭仁圃嘗擬作軍機直房春聯集句云：「春爲一歲首；月傍九霄多。」同人皆以爲工，惜未懸掛。又嘗集句作閩浙分水嶺交界處聯云：「半嶺通佳氣；他鄉有勝緣。」亦擬而未挂。又於九江府天后宮牆外集句一聯云：「潮平兩岸闊；花滿九江春。」蓋牆外臨大江，牆陰則花圃也。

姚亮甫中丞由豫藩量移山右，時汪碧山方伯如淵集《詩經》句贈之，聯云：「既儆既戒，惠此中國；來旬來宣，至於太原。」中丞極稱其工切。

京師和春部戲館門外有集句聯云：「和聲鳴盛世；春色滿皇州。」天然莊麗，云是張船山太守問陶所撰。

孫柳君録寄所集古樂府五七言聯，古雅可喜。如：「晤言紛在矚；惠心清且閒。」巫山高、日出東南隅行「端景緣直表；茂實偶英聲。」上邪篇、永明樂「恪勤在朝夕；俯仰愧古今。」蒲生行、猛虎行「金石響高宇；桂松比真風。」遠期篇、白頭吟「智理周萬物；遠懷柔九州。」伯益、鰕䱇篇「清川含藻景；丹華耀陽林。」日出東南隅、子夜四時歌「春秋補小月；山水有清音。」折楊柳閏月歌、子夜四時歌「語默寄前哲；邂逅承清塵。」折楊柳行、定情篇「仁聲被八表；

妙花開六塵。」朱鷺篇、永明樂「含情結芳樹；捻香散名花。」芳樹篇、折楊柳行「平生懷直道；大化揚仁風。」白頭吟、上邪篇「沙棠作舟桂爲楫；浮雲似帳月如鉤。」梁元帝烏棲曲、簡文帝烏棲曲「凝華結藻久延立；彈琴鼓瑟聊自娛。」白紵歌、白鳩篇「繁絃急調切流徵；迎歌度舞遏歸風。」趙瑟、秦箏

余在桂林，習見陳蓮史所作楹帖，語多古異，閒詢之，始知其暇中輯有五七言舊句三百餘聯。手寫一帙見贈，茲擇其尤佳者録之如左。五言云：「容光無不照；懷古亦何深。」張曲江、陶靖節「衛門羅戟棨；遂性各琴尊。」韓退之、蘇東坡「榮華肖天秀；談笑安邊隅。」韓、蘇「天材任操倚；經訓乃菑畬。」蘇、韓「文章自娛戲；忠義老研磨。」韓、蘇「文章開窔奧；節制收英髦。」杜「避人焚諫草；彈劍拂秋蓮。」杜、李「遠意發孤鶴；恩波起涸鱗。」蘇、杜「傳家有衣鉢；聽履上星辰。」蘇杜「經綸皆新語；鸞鳳本高翔。」杜、韓「上客能論道；虛懷只愛才。」右丞、杜「奇書窺鳥跡；賜茗出龍團。」放翁、蘇「高文有風雅；新渥照乾坤。」右丞、杜「肝膽不楚越；眉宇真天人。」李、杜「塵襟諒昭洗；賢路不崎嶇。」朱子、杜「雲霞成伴侶；冰雪净聰明。」右丞、杜「頃來樹佳政；時還讀我書。」東野、陶「銘心對欹器；含笑看吳鉤。」「萬化如大路；一字皆華星。」遺山、杜「丹青不獨任；心跡喜雙清。」袁暉、杜「風騷共推激；華實相芬敷。」杜、權載之「荆州愛山簡；刺史似寇恂。」杜「颯爽動秋骨；廉折配春温。」杜、蘇「心在水精域；直如朱絲繩。」杜、鮑昭「高才食舊德；流藻垂華芬。」蘇、子建「桑竹垂餘蔭；珪璋滿清班。」陶、蘇「計濶道愈密；實大華亦榮。」蘇、韓「曠懷掃氛翳；公論懸日星。」杜、遺山「春夏各有實；魚鳥亦相親。」杜、蘇「朗鑒諒不遠；清言得未嘗。」韓、蘇「時節不可翫；風期誰復賡。」韓「文章有定價；邂逅得初心。」陸、韓「即事已可悅；賦詩何必多。」杜「所得静而簡；其人勇且英。」陸、蘇「放意弄晴快；叩奇獨冥

搜。」蘇、東野「唱妍酬亦麗；我適物自閑。」韓、蘇「草聖秘難得；詩人思無邪。」杜、蘇「得盡所歷妙；應緣不耐閑。」杜、蘇「永路當自勗；清光應更多。」李、杜「得句忍不吐；好古意所躭。」蘇「量力守故轍；盪胸生層雲。」陶、杜「守道不封己；擇交如求師。」杜、韓「且從性所翫；庶以善自名。」惠連、陶「佳句喧衆口；古人惜寸陰。」韓、陶「春耕庶秋穫，茶興復詩心。」曲江、薛能「殊姿各獨立；素志庶可求。」杜、蘇「發興自我輩；賞心惟良知。」杜、康樂「達生幸可託；得句不妨清。」康樂、蘇「蘊真愜所遇；澄慮觀此身。」杜、李「與道本無隔；將詩莫浪傳。」李、杜「自得高蹇嵯；永言銘佩紳。」韓、李「始得觀覽富；特以風期親。」韓、李「各勉日新志；能爲歲寒姿。」康樂、蘇「力守非有黨；心清得奇聞。」陸、蘇「爲學日務益；將詩待物華。」蘇、杜「好語時見廣；此身良自如。」蘇、李「未曾一日悶；猶有五湖期。」香山、義山「或製閒居賦；新編雜體詩。」右丞、義山「試吟青玉案；如登黃金臺。」杜、李「士生要宏毅；情在强詩篇。」陸、杜「堅姿聊自傲；素履期不渝。」蘇、權「虛白道所集；靜專神自歸。」蘇雲笈七籤「黃卷真如律；素琴本無絃。」杜、李「騫騰坐可致；灑掃今其初。」杜、遺山「幽人常坦步；稚子總能文。」康樂、杜「掬水皆花氣；讀書此雲房。」方元英、朱子「縈情無餘滓；揚論展寸心。」文通、杜「逸氣感清識；良辰入奇懷。」杜、陶「服理辨昭昧；秉心識本源。」遺山、杜「興來每獨往；道集由中虛。」右丞、蘇「新詩如洗出；好鳥不妄飛。」蘇、杜「即事須嘗膽；論詩一解顏。」杜、韓「大哉霜雪幹；得之煙山春。」右丞、浪仙「偶值棲遁跡；何異清涼山。」杜、李「兼入竹三昧；時有燕雙高。」蘇、義山「餘心無采繢；對書不簪纓。」牧之、右丞「鳥鳴時一再；家住水東西。」陸、右丞「飛鳥逐前侶；好峯隱半規。」右丞、康樂「石壁開精舍；瑤華振雅音。」曲江、盈川「長歌白石澗；高臥香山雲。」蘇、遺山「葦管書柿葉；瓦瓶擔石泉。」蘇、浪仙「虛舟任所適；飛鳥相與還。」襄陽、靖節「荷鋤覘泉脉；移石動雲根。」右丞、左司「海石分棋子；江波近酒壺。」義山、少陵「彈琴復長嘯；讀書仍隱居。」右丞「逢人覓詩句；留客聽山泉。」遺山、右丞「翰墨三餘隙；陂塘五月秋。」盈川、少陵「踈峯抗高館；穩字入新聯。」康樂、放翁「雲岫不知遠；花房未肯開。」東坡、義山「詩眼自增損；德容自清温。」東坡、朱子「曬書因閲畫；閒坐但焚香。」司空圖、右丞七言云：「光芒六合無泥滓；濡染大筆何淋漓。」少陵、義山「別裁僞體親風雅；徧謁名山適性靈。」少陵、夢得「官職聲名俱入手；風崖水穴舊聞名。」白、蘇「回看屈、宋猶年輩；遠追甫、白感至誠。」義山、退之「詩筆離騷亦時用；文章爾雅稱吾宗。」蘇「鐘鼎山林各天性；風流儒雅亦吾師。」杜「詩情逸似陶彭澤；勳業終歸馬伏波。」夢得、少陵「文學縱横乃如此；金石刻畫臣能爲。」山谷、義山「守道還如周柱史；著書曾學鄭司農。」牧之、夢得「憶事懷人兼得句；引杯看劍坐生風。」義山、東坡「曲江山水聞來久；庾信文章老更成。」韓、杜「數問舟船留製作；更無書札到公卿。」少陵、方元英「亦能畫馬窮殊相；欲遣吟人對好山。」少陵、山谷「自把新詩教鸚鵡；戲拈禿筆掃驊騮。」陸、杜「但酌此泉勝酌酒；勸栽黄竹莫栽桑。」放翁、義山「千首新詩一竿竹；牆西明月水東亭。」陸、白「詩翁愛酒常如渴；草堂少花今欲栽。」蘇、杜「重之不減錦繡緞；邀我共作滄浪篇。」少陵、永叔「作詩賀我得石友；曲肱聽君寫松風。」石湖、山谷「萬卷藏書宜子弟；一日過海收風帆。」山谷、少陵「春工遇物初不擇；酒聖于吾亦庶幾。」放翁、牧之「一家喜氣如春釀；小築幽棲與拙宜。」蘇、陸「酒令雖嚴莫嗔虐；草書非學聊自娱。」山谷、東坡「每聞佳士輒心許；不辨仙源何處尋。」放翁、右丞「前身應是梁江總；百歲須齊衛武公。」義山、牧之

楊芸士亦録寄所集古樂府楹聯，與孫柳君所録寄者，十有八九相同，殆皆有所本，故不複登。其集

易林八字聯云：「大福久興，主母喜舞；長樂受庇，使君延年。」「歡喜堅固，保我金玉；福禄祺祉，樂以笑歌。」「千歡萬悦，貴壽無極；五福四利，喜慶大來。」皆吉語也。又集古詩句五言云：「典墳探奧旨；詩禮挹餘波。」錢起、盧綸「知音在霄漢；時分占風煙。」郎士元、白居易「聽琴知道性；避酒怕狂名。」姚合、李德裕「李杜文章在；荀陳地望清。」「鳳棲常近日；鶴夢不離雲。」錢起、盧綸「文章負奇色；事業富清機。」陳子昂、杜少陵「翰墨緣情製；山林引興長。」孟浩然、杜少陵七言云：「合沓聲名動寥廓；縱橫逸氣走風雷。」杜、李「功業須當垂永久；行藏爭不要分明。」牟融、李咸用「花房露透紅珠落；桂樹風吹玉簡寒。」温廷筠、曹唐「雲生硐户衣裳潤；窗近花陰筆研香。」香山、曹庚

張仲甫中翰應昌聞余續輯聯話，亦以舊時集句十餘聯録寄。如：「静坐觀衆妙；端居味天和。」太白、朱子「松栢有本性；林園無俗情。」公幹、靖節「結念屬霄漢；委懷在琴書。」康樂、靖節「萬事已華髮；一身爲輕舟。」常建、東坡「江湖萬里水雲闊；草木一溪文字香。」林景熙、汪元量「入妙文章本平淡；逸羣翰墨爭傳誇。」戴復古、僧惠洪「玉琴瑶瑟倚天半；白波青嶂非人間。」誠齋、東波「文章清逸世少比；智次廣博天所開。」潁濱、半山「園中草木春無數；湖上山林畫不如。」東坡、和靖「詩墨淋漓不負酒；江山雄麗洵宜人。」林景書、潁濱「春能蘊藉如相識；風入襟懷只自知。」方岳「寒香嚼得成詩句；新月邀將入酒杯。」方岳、張耒 又集得一聯云：「陰陽風雨晦明，受之以節；夢幻露電泡影，作如是觀。」亦以經對經，渾成可喜。

鄭仁圃曰：「曾見黄莘田先生有集句數聯，極工整。如：『平生能着幾兩屐；長日惟消一局棋。』『數點雨聲風約住；一枝花影月移來。』『柳搖臺榭東風軟；花壓闌干春晝長。』『勸君更盡一杯酒；與爾同

消萬古愁。』」

蔡佛田工作楹帖，亦喜集成語爲之。今從《紫荊樹館雜著》中録其佳者。如集《詩品》云：「水流花開，晴雪滿竹；柳陰路曲，過雨采蘋。」「紅杏在林，如有佳語；碧桃滿樹，良殫美襟。」「落花無言，幽鳥相逐；可人如玉，清風與歸。」「明月雪時，金尊酒滿；風日水濱，碧山人來。」「紅杏在林，踈雨相遇；碧桃滿樹，清露未晞。」「脱帽看書，生氣遠出；杖藜行歌，妙造自然。」「流鶯比鄰，如有佳語；晴雪滿竹，泠然希音。」「如氣之秋，窈窕深谷；猶春于緑，荏苒在衣。」「畫橋碧陰，觀化匪禁；緑杉野屋，幽行爲遲。」「夜渚月明，所思不遠；柳陰路曲，妙造自然。」集元遺山句云：「且從少傅論中隱；擬問靈君乞上池。」寄楊弟正卿、鵲山神應王廟「白雪任教春事晚；貞松惟有歲寒知。」寄答飛卿、謝常君卿「空谷自能生地籟；吟毫端合染溪光。」空山「七重寶樹圍金界；千里名山入酒船。」應州寶宮寺、太白獨酌圖「世外原無衆香國；花陰真是小華胥。」雲巖醉貓圖「摇筆尚堪凌浩蕩；題詩端爲發幽妍。」明日作、野菊「撑腸文字五千卷；試手清涼第一篇。」寶章小集、臺山雜詠「玉樹瑶林照春色；物華天寶借餘光。」送仲梁出山、別幕府諸君又集宋人句云：「藏書萬卷可教子；買地十畝皆種松。」山谷、堯臣「萬壑松風和澗水；十分煙雨簇漁鄉。」誠齋、和靖「日消殘醉閒吟裡；夢入青藤古木間。」朱子「盡捲簾旌延竹色；想銜杯酒問花期。」石湖、半山「傍花行酒發新唱；解帶量松長舊圍。」君謨、放翁「養氣不動真豪傑；居心無物轉光明。」放翁、朱子「酌酒賦詩相料理；種花移石自殷勤。」韋齋、半山「謨議軒昂開日月；文章浩渺足波瀾。」藥圃 半山「吾山自信雲舒卷；片心高與月徘徊。」放翁、希文「幾多怪石全勝畫；無限好山都上心。」詹中正、余紫芝「林花經雨香猶在；芳草留人意自閒。」萊公、永叔「林罅忽明知月上；竹梢微響覺風來。」放翁、真山民「能招過客飲文字；亦把湍流替管絃。」半山、後村「是處登臨有風月；晷無蹤跡到波瀾。」放翁、賈牧「樓臺近水涵明鑑；琴酒和雲入舊山。」簡齋、半山「已辦青鞋爲老圃；細傾白墮賦新詩。」朱子、簡齋「舊書不厭百回讀；佳客時來一座傾。」東坡、道潛「山泉釀酒香仍冽；芳草留人意自閑。」誠齋、永叔「除卻讀書無所好；恍如造物與同游。」放翁、復古「要知作詩如作畫；但願對竹兼對花。」復古、宛陵「供家米少因添鶴；送酒人多不典衣。」放翁

《紫荆樹館雜著》中又有集句一聯云：「積善云有報；在涅貴不緇。」上句陶淵明《飲酒詩》，下句崔子玉《座右銘》。最爲名貴。按此十字，余曾於紀文達師廳事見之，忘其署欵何名，似不始於佛田。

何子貞太史紹基工書，無帖不摹寫，尤喜臨《爭坐位》帖。每集帖字作楹聯至百十副，兹擇其尤工穩者録之如左。云：「心同佛定香煙直；目極天高海月升。」「美富文才傳左國；清微畫品數南宗。」「直諒喜來三徑友；縱橫富有百城書。」「未須百事必如意；且喜六時長見書。」「真輔相才葵向日；大光明地月當門。」「聖業須參齊魯論；尚書並挍古今文。」「挍書得理目如電；直節能光心比金。」「今既見心即見佛；子安知我不知魚。」「知人其難九德貴；聞過則喜百世師。」「家藏古史存疑是；天與高文割愛難。」「畫本紛披來野意；文辭古怪亦天真。」「指麾文府才思盛；冠冕人倫道德尊。」「金臺名士高前席；紫府真人校異書。」「同心不隔一片月；時論惟高尺五天。」「兩京六朝富文史；三高八及挺才名。」「俛仰情文今與昔；縱橫論列直而和。」「心光明定得初月；畫本依微來晚煙。」「情文欲共尊彝古；志節應爭日月光。」「人傳三異真名吏；古者九能可大夫。」「正言須比魯宗道；高士爭如張志和。」「長官且喜

傳三異；宰相還同論十思。」「人品比南極出地；此心如大月當天。」「無端開合電明野；不事安排月到天。」「月寮煙閣標清興；文府書城縱道心。」「身修天爵貴無比；心有菩提香益清。」「特立獨行有如此；進德修業須及時。」「悦心未厭無名畫；積行唯收有用書。」「友來輒入論文座；書就還思作跋人。」「入世須才更須節；傳家積德還積書。」「子瞻卻喜文與可；魯直深知李伯時。」「當如曾子日三省；更爲張公加半思。」「煙清忽見一勾月；人定微聞百和香。」「猒心悦目情文極；入地參天理數明。」「習勤不置能損欲；聞過則喜真得師。」「居安思危介節見；積疑得悟清光來。」「前席爭傳宣室對；等身唯守魯堂書。」「五香佛海真無地；百尺書城半倚天。」「愛道天開文府貴；無心月到畫堂深。」「聞道何時常恐暮；置身有地未辭高。」「事到從容能合度；路當偪側敢依人。」「深堂有月同參佛；清晝無人自檢書。」「聞道真人在姑射；願從古佛入菩提。」「謹其常而權自足；深於情者才始真。」「名書古畫不易得；月閣煙寮相與清。」「卻爲今疑思苦悟；須從異論見同心。」「書有魚傳人咫尺；門唯爵到地清高。」「到從月地參真佛；且據書城作寓公。」「清香滿堂佛應喜；明月出海天爲高。」「才名挺出如東野；佛理清深是子瞻。」「率意不知行徑晚；遂心時得異書藏。」「尚論情深容竊比；清修道合悟真如。」「九品論存中正意；六書理悟史皇初。」「高士還如戴安道；鄉侯合置王無功。」「功名蓋世不矜伐；道德積身惟敬誠。」「誠存修省取諸震；德積高大貴能升。」「置身古人敢不勉；美利天下終無言。」「開尊忽見前身月；用世猶存半部書。」「兩世勳名郭僕射；一家書畫李將軍。」「才名震溢李供奉；畫理清深王右丞。」「道心尚見今猶古；辭令能無抗與卑。」「挍理異文天禄閣；從容清績蓋公堂。」「古文獨祖衛東海；八分特數師宜官。」「高位尙須聞過友；美名不廢等身書。」

姜小枚明經臯有集蘇數聯，亦尙渾成。如：「高懷尙友漆園叟；後學過呼韓退之。」「仙心欲捉左元放；大草閒臨張伯英。」「前身自是盧行者；伴直難呼孟浩然。」「小詩試擬孟東野；欸段曾陪馬少游。」「且與揚雄說奇字；要令安世誦亡書。」「書似西臺差少肉；詩如東野不言寒。」「成佛莫教靈運後；作詩猶是建安初。」「行樂及時惟有酒；無言對客本非禪。」「元亮本無適俗韻；東坡也是可憐人。」「沽酒獨教陶令醉；狂言屢發次公酲。」「萬事會須咨伯始；一班我亦愧眞長。」「高會日陪山簡醉；題詩誰似皎公淸。」

魏春松侍御成憲欲集一齋聯，先有杜句云：「古來才大難爲用。」而難得對句，其姪滋伯廣文謙升用放翁「老去詩名不厭低」句，足成之。

雜綴 諧語附

《柳南隨筆》云：「馮定遠班嗜酒，適學使者歲試，扶醉以往，學使以後至詰之，蓋猶在酒所，不知所云也。學使大書一『醉』字於卷面以授之。隸人扶入號中，據几酣睡，至放牌，聞砲聲，然後驚醒。《四書》題爲『今夫奕之爲數，小數也。』定遠因作《奕賦》一篇，經文五篇，伸紙疾書而出。案發，名列六等。定遠大書一聯榜於中堂云：『五經博士，六等生員。』」

鈕玉樵曰：「康熙中，顏方伯敏裁缺家居，久不得調。嘗語人曰：『吾向在西秦，元旦假寐，夢乘官舫，舫中白榜青書，有「月臨波作案；雲倚樹爲屏」之聯。出觀兩岸，紳士稠雜，皆云迎方伯公者，行已至廣西界矣。十年前曾有此兆，異時當補粤藩，他非所望也。』未幾果然。」

蘇州府屬之崑山、新陽，兩縣同城，而新陽本由崑山分出者。適有蘇邑侯於城隍廟内搆舒嘯堂新成，曹地山先生爲題楹帖云：「縣析崑山，此地可名瑶圃；人來子美，有亭重問滄浪。」人皆稱其工切。

黄右原曰：「《楹聯叢話前編》載：『吴山尊題友人别業楹帖云：「淥水漾丁簾，增我輩閒中風致；名園依丙舍，祝君家看到雲仍。」』按：别業即巴園，本與塋地相近，故對語有『丙舍』云云。園中牡丹最盛，原作『花節過丁香，喜我至剛逢穀雨；名園依丙舍，願君家看到仍雲。』蓋語語關照牡丹，而『丙丁』『雲雨』，屬對尤爲工緻也。」

鄭仁圃曰：「吴緒五邑侯久權九江府參軍，與余寅好最篤。復兩權德化令，遂實授。余贈以聯云：『十年庚亮樓頭，曾許登牀同玩月；兩度陶潛徑畔，未能愛菊且栽花。』緒五得之，甚喜其雅切。」

宋悦研侍郎鎔觀察皖中時，嘗書一聯贈某上人，云：「看梅子熟時，箇中人酸甜自得；聞木樨香否，門外漢坐臥由他。」侍郎素奉佛，精通梵筴，用彼法語絶工。

黄右原曰：「從來聯語，紙書居多，或刻以竹木，或用漆加雲母石，且有嵌牙玉者。至吴山尊學士，始出意製玻璃聯子，一片光明，雅可賞玩。惟字畫不能無反正之嫌。學士又運其巧思，使之表裡如一。其句云：『金簡玉册自上古；青山白雲同素心。』上製一横額，題『幽蘭小室』四篆字，又請孫淵如觀察以雙欵篆書『山尊先生孫星衍』七字，正面反面，並是一樣，其巧不可階如此。」

羅茗香精於算學，粵東黎見山應南贈以楹聯云：「紹仁卿漢卿絶詣；兼曉菴勿菴苦心。」蓋中法之勝於西法，以天元四元爲最，其術始於宋、元時李仁卿冶《測圓海鏡》，朱漢卿世傑《四元玉鑑》。自明季算事寖失，國初吴江王曉菴錫闡、宣城梅勿菴文鼎，鑿幾探賾，絶學復昌。今惟茗香能治其書，故黎見山據實稱之。見山乃李四香高弟，皆數學名家也。阮儀徵師相亦贈茗香楹句云：「推步大圜，立元以四；理董小篆，建一爲耑。」茗香近有《春秋朔閏異同考》，余曾讀而叙之。

彭春農學士邦疇六十壽聯，少當其意者，學士意欲切彭姓，並欲切江西。黄右原比部適在其門，因考彭姓之非其先族者，惟前明彭先生公望最著，非但如本朝蘇州彭氏，僅以科名起家也。乃獻一聯云：「詩集擅千秋，宰相祖風開八百；易堂宗九子，翰林鄉望邁尋常。」學士以杜詩「尋常」對「七十」，此聯寓望七之兆，得之甚喜。

謝椒石曰：「『金瓶芍藥三千朶；玉軸琵琶四百弦。』此宋教坊大使袁裪句，見於《浩然齋雅談》。乾隆間，揚州游客有書作柱聯以謁某商者，商喜，遂厚贈之。想見彼時商家窮泰極侈，故於此等語獨有當也。若今時，則不然矣。」

有爲關帝廟戲臺聯云：「顧曲小聰明，當日可憐公瑾；檛鼓大豪傑，至今猶駡曹瞞。」此的是關廟戲臺，若移向他廟戲臺，則不知所指矣。

楊蓉裳芳燦爲隨園老人弟子，最工倚聲。錢梅溪贈之聯云：「百首新詞填白石；一枝妙筆補倉山。」兩淮都轉署中戲臺聯云：「新聲譜出《揚州慢》；明月聽來《水調歌》。」最爲雅切。移向他處，便無謂矣。

鄭板橋有贈焦山長老聯云：「花開花落僧貧富；雲去雲來客往還。」今此聯墨蹟猶存山中。

陶文毅公贈錢次軒先生栻聯云：「人言此老古開士；我生之初新翰林。」蓋錢爲戊戌翰林，而公適生於戊戌也。

蔡佛田當四十九歲時，集宋句爲聯云：「四十九年窮不死；三百六日醉如泥。」語意曠達。其實佛田家不甚貧，飲酒亦未嘗及亂也。

英煦齋師集蘇句，贈廖儀卿鈺夫昆弟，聯云：「高才何必論勳閥；壽骨遥知是弟兄。」殊工切。

吴門滄浪亭畔有大雲菴，六舟上人主之。六舟名達受，海寧人，精於金石篆刻之學，收藏甚富。雲臺相國以「金石僧」呼之。兼工書畫。陳芝楣中丞延主斯席，齊梅麓太守贈以聯云：「中丞教作滄浪主；相國呼爲金石僧。」嚴問樵邑侯亦爲撰一聯云：「商彝周鼎，漢印唐碑，上下三千年，公自有情天得度；酒膽詩腸，文心畫手，縱横一萬里，我於無佛處稱尊。」

長洲沈玉生基庶上舍齋中懸一聯云：「願與不解周旋客飲酒；難爲不識姓名人作書。」乃壽光李寉生所書。錢唐江柜香跋云：「此桂未谷集史書中語也。」

元和黄穀原貳尹均工書畫。嘉慶間，供奉内廷有年。後出官湖北，淡於進取，引疾歸里。小有園林，日以筆墨自給，有「辭官賣畫」小印。嚴問樵嘗製一聯爲贈云：「關心夜雨踈簾，費半盞寒鐙，爲來日謀朝齏夕韭；回首春風上苑，賸一枝秃管，與諸君寫近水遥山。」穀原大喜曰：「此即余賣畫招牌也。」

涇縣包順伯邑侯世臣擅美才而有狂名。余在江南數年，獨闕延攬，僅讀其所撰《中衢一勺》，皆治河之崇論宏議也。近聞其齋中自題一聯云：『喜有兩眼明，多交益友；恨無十年暇，盡讀奇書。』其胸次可想。

朱朵山殿撰昌頤未第時，見其叔父虹舫閣學侍兒名多多者，心悅之，未敢請也。適此婢索書楹帖，因信筆製一聯云：「一心祇念波羅蜜；三祝難忘福壽男。」爲閣學所見，欲以婢賜之，婢謂：「九郎若中狀元，吾當歸焉。」明年朵山果大魁，閣學爲成其事。當時傳爲佳話云。

貴陽譚太守光祜有詩名，又善吹鐵簫。程春海學使贈聯云：「赤手拔鯨牙，卅載詩名傾海內；深心托鳳口，九天簫響落人間。」又鄭夢白祖琛由兩淮都轉擢江西廉使，春海贈聯云：「玉敦主詩盟，正東閣梅開，墨花全溼；篠驂迎使節，適西山雲起，甘雨重來。」蓋夢白方輯錄乾嘉詩，又曾任江西守令也。

石曉田煦官楚北，有循聲，適喪其兄，悲戚形於色。皖江卓振清贈聯云：「至性至情，得天者厚；實心實政，感人也深。」後俞陶泉德淵在蘇奉諱歸，軍民攀戀不忍舍，平樾峯翰錄此聯以贈。賀耦耕中丞曰：「此兩人皆不愧斯語也。」

張伯治曰：「記得從前移居，得一楹聯云：『到門莫問姓名，花草一庭欣有主；入室自分雅俗，圖書四壁可留人。』」又曰：「陳曼生嘗書一聯見贈云：『冷澹古梅如老衲；護持新笋似嬰兒。』蓮因絕愛之，即仿其意擬得一聯云：『古梅蓋屋多盤錯；新笋出林自展舒。』余和之云：『佳卉移栽如選色；異書借錄抵徵歌。』又云：『奇書貪錄如增產；佳卉分培當樹人。』意皆相類。」

嚴問樵曰：『嘗習見書春聯者云：『槐爲奕世承恩樹；杏是春風及第花。』』不知此乃王夢樓先生自署門聯也。原句作「槐爲王氏傳家樹；杏是唐人及第花。」先生又搆一樓，題曰「夢樓」，爲演家樂之所。集句聯云：「人世難逢開口笑；老夫聊發少年狂。」前輩風流，發人遐想。

花曉亭方伯有贈人一聯云：「騎驢尋梅，一天風雪；對竹思鶴，萬古雲霄。」後語可喜。

蔡鴻遵選官桂林，挈妻赴任，道出湘江。其伯岳嚴麗生邑侯手書一聯贈之云：「我所思兮雙引鳳；君之出矣小驂鸞。」自然雅合，不愧才人之筆。

蔡鴻遵本莆陽人，宋忠惠公後裔，明末遷吴中。自署門聯云：「家藏東漢傳經字；世守西山講學編。」又云：「字體琴聲，中郎世業；茶箋荔譜，學士家風。」

齊梅麓有女弟子張雲裳襄，張麗坡參戎之女也。歸湯价人觀察之子，才貌雙優。事梅麓如父，梅麓贈以聯云：「幾生修到梅花骨；一代爭傳柳絮才。」又一聯云：「前身來自衆香國；佳句朗如羣玉山。」雲裳屢爲余題畫册、畫卷，余亦爲雲裳題其鄧尉探梅玉照，並報以聯云：「清才足敵黄崇嘏；生世都疑萼緑華。」

徽商以木植生意爲最盛，故各省皆別建木商會館。大抵皆傍長江大河爲之，以便於發運也。館中有一聯，頗雅切，句云：「桑梓同敬恭，伐木歌詩求我友；波濤仗忠信，涉川占卦利同人。」

季時菴廣文恩沛文筆瀟灑。教授蘇州時，自撰大堂一聯云：「掃雪呼僮，莫認今朝點卯；轟雷請客，都知昨日逢丁。」凡司鐸者，皆當爲發一笑粲。

孫柳君言：其鄉有一縣令，王姓，其名寅，性極貪鄙。有夜題其門一聯者，句云：「王好貨，不論金銀銅鐵；寅屬虎，全需雞犬牛羊。」見者無不囅然。

董文恪公未第時，游京師，甚困，偶於薙髮店中書一聯云：「相逢盡是彈冠客；此去應無搔首人。」一日，某親王過而見之，大加歎賞，延之入邸，遂以書畫聞京師。又相傳有一薙髮店，乞聯於狂士者，大書云：「磨厲以須，問天下頭顱幾許；及鋒而試，看老夫手段如何。」數日間，客皆裹足不前，其店頓閉。

余里居，聞人述王莘華都轉耀辰客座中自題一聯云：「君子之交淡如水；大夫無故不殺羊。」初不之信。時余方引疾，不入州府，亦無由與都轉周旋。嗣因奉召復出，都轉餞余於官廨，則此聯實在楹間。詰其命意，笑而不答。

嚴問樵曰：「道光初元，江南有嘲舉孝廉方正者，大書於其門云：『曾是以爲孝，惡能廉；可欺以其方，奚其正。』」雖涉輕薄，實工切也。

廣陵有鄭醫者云：「居杭州時，嘗由瓶窰入山，三十里許，至一觀，榜云『清真殿』，供老氏像，門楔有一聯云：『⿱⿰雲雲⿰雲雲䨺雲内神仙府；⿱屾屾⿱山屾山中道者家。』不識上四字，見一羽士，年近百齡，詢之，云：『出句上二字，音「沽」、「都」，雲厚貌；下句上二字，音「吃」、「磖」，山多貌。』」按字典：「䨺，徒罪切，音憝。⿱山屾，所急切，音接，又音都。磖，音異。」餘二字亦無考，姑録之，以俟博雅君子。

道光辛卯，歷下城中新建江南會館落成。鄉人公觴於此，乞戲臺對語於嚴問樵，援筆立書云：「東土徵歌，問表海雄風，今樂何如古樂；南宮奏曲，聽遏雲高響，雅音原是鄉音。」大爲劉眉生方伯所賞。

王楷堂老於曹郎，家計甚窘。宅邊馬棚，門臨大道，自撰一聯懸於門柱云：「馬骨崚嶒，喫豆喫麩兼喫草；車聲歷碌，拉人拉馬不拉錢。」過而見者，無不輾然。

吴江仲子湘秀才爲壽板舖春聯云：「夢且得官原瑞物；呼之爲壽亦佳名。」温雅可誦。

嚴問樵曰：「道光癸未甲申間，余以會試留都，暇日輒製新曲，付梨園歌之，傾動一時，彼中人多有以師事者。余嘗有句云：『偶緣我作逢場戲；竟累人爲舉國狂。』紀實也。一日逢余初度，羣優畢集，同人戲以『桃李門牆』四字書扁爲祝。余笑曰：『既有扁，可無對乎？』因大書一長聯云：『儒爲戲，生旦凈丑外副末，呼十門脚色，同拜一堂，重道尊師大排場，看破世情都是戲；學而優，五六工尺上四合，添兩字凡乙，平共成七調，唱余和汝小伎倆，即論文行已兼優。』同人争賞之，歡讌竟日。後爲長懋亭協揆所糾，何戡雖在，不敢復唱渭城矣。」又曰：「余所製《紅樓雜劇》中有《巾緣》一折，敘花襲人嫁蔣玉函事。詰旦，將登場矣，曲師來請云：『場上鋪設新房。尚少一扁對。』乞書之。余即書『玉軟花嬌』四字爲額。對語屢思不屬，正躊躇間，忽見雛伶二人翩然而至者，則其徒也。一名天壽，字眉生；一名仙壽，字月生。即同習此劇者。意有所觸，即成一聯云：『好兒女天仙雙壽；小團欒眉月三生。』」昔歲余初編《聯話》時，吾鄉某生有録寄其師某明經聯句者，余嫌其詞太俚，未之録也。兹復有《續話》之輯，某生知之，復丐人來探，似以前聯爲必應採入者。蓋某明經本一村學究，乾隆末，頗有文名，授徒甚衆。某生尤篤信其説，其表章師門之意亦甚勤。兹不忍重違其意，姑附於《諧語》中，俾覽者如見其人，且資談助也。其自題齋室兩聯，一云：「架一把茅，不過些些風月；闢半弓地，也成小小軒窗。」一云：「不成農，不成工，不成商，並不成士；未能琴，未能棋，未能畫，亦未能書。」憶余爲諸生時，曾與明經同肄業鼇峯書院，日接其言論風采。又嘗同應經古之試，明經居然冠軍，遂餼於庠。是秋復報舉優行，佹得而復失。一日忽揚言於衆曰：「我近於齋室新製一聯云：『何以廩，何以優，自問不知所謂；也無愆，也無孽，還須再看將來。』諸君以爲何如？」旁有爲之擊節稱工者。然匿笑者，亦不知凡幾輩矣。此則某生所未及録寄者。因並存其語，而特隱其名云。

京師有某主事，家中失竊，鳴官控追。後經訊出，乃其家丁從内作弊。有其同鄉好事者，特製一聯贈之云：「主事何堪爲事主；人家切莫信家人。」

紀文達師府中屢爲庸醫所誤，恨之次骨。適有爲醫家求題扁者，公立書「明遠堂」三字與之。或私詰其説，公曰：「不行焉，可謂明也已矣；不行焉，可謂遠也已矣。此醫只當祝其不行，便是無量功德耳。」或曰：「萬一彼復來求題聯，又將何以應之？」公曰：「我有撰成五七言兩聯。一係乙轉孟襄陽詩字云：『不明才（借作財字）主棄；多故病人踈。』一係集唐人詩句云：『新鬼煩冤舊鬼哭；他生未卜此生休。』」

鄭仁圃曰：「閩縣義嶼鄉，正月燈聯最盛，每以諺語相嘲戲。有户族某，調停某事，衆疑其受私，某力辨其無。適賽神作燈聯，某即以吾鄉諺語解嘲焉。其聯曰：『燭問燈云，靠汝遮光作門面；鼓對鑼曰，虧儂空腹受拳頭。』」

嚴問樵曰：「金德輝工度曲。向曾供奉景山，以老病乞退。粗通翰墨，喜從文人遊。一日，請於余曰：『某老矣，業又賤，他無所願，願從公乞一言，繼柳敬亭、蘇崑生後。』余感其意，爲書一聯云：『我亦戲場人，世味直同雞棄肋；卿將狎客老，名心還想豹留皮。』」又曰：「邗上徽商某，荒於色。嘗製一床，備極華麗。牀柱上懸一小聯，摘『卿須憐我我憐卿』之句。榜諸其門，曰：『有能屬者予千金。』或以『色即是空空即是色』對之，立攫其金以去。」按：此語不但工切，兼寓箴規之義，千金非倖獲也。又曰：「嘗過揚州一妓館，見小室中懸一聯云：『雪月梅花三白夜；酒燈人面一紅時。』歎其天然雋妙，亟詢姓名不得，至今耿耿。又於某處見一集句云：『明月自來還自去；暫時相賞莫相違。』亦致爲雅切。」

吴青士曰：「秦淮河房中有一才士，集句爲聯云：『千種相思向誰說；一生愛好是天然。』上句用《西廂記》，下句用《牡丹亭》，銖兩恰稱，側艷無比。」

《塗説》云：「有項某自署其門聯云：『一門三學士；四代五尚書。』過客見之，疑近代顯宦中無此姓，意其先世或居是官，因造門而問焉。項對曰：『吾家父子三人，並弟子員，各占杭州、仁和、錢唐一學，且祖若父生前曾舉明經，合四代皆習《尚書》，故曰一門三學之士，四代有五人習《尚上聲書》耳。君無讀破句別字也。』問者大笑而退。」

楹聯三話

〔清〕梁章鉅撰

目録

序

余前撰《楹聯叢話》十二卷，授梓於桂林。旋成《續話》四卷，授梓於浦城。年來各省皆有翻刻本，客有從余索取者，或向書坊轉購以應之。去歲至揚州，同人又有録示若干條。鉛槧之餘，燕談之頃，亦閒有新得，皆隨時條舉而件繫之。本擬附諸《浪跡叢談》之末。今夏至杭州，以示張仲甫中翰，則勸余仍别爲書，並力任搜訪之勤以附益之。今冬就養東甌，應酬稀簡，遂以暇晷緝成卷。雖不能如前此之部居井井，然述舊事於篇端，次之以祠廟，又次之以廨宇，又次之以名勝，又次之以贈答，又次之以壽聯、輓聯、集句、集字，而以雜記、諧謔終焉，則依然前刻之例也。既覆視之，往跡新聞，逸言瑣記，亦復斐然可觀。遂題爲《楹聯三話》。先以稿寄杭州，俾仲甫快讀之。仲甫喜網羅舊聞，勤勤懇懇，或更有所裨益擴充之，又何必不爲《四話》之嚆矢乎！道光丁未嘉平，福州七十三叟梁章鉅撰於東甌郡署之戲綵亭。

楹聯三話卷上

揚州舊聯

《隱居通議》云：「賈似道鎮維揚日，上元張燈，客有摘古句作燈門聯者，曰：『天下三分明月夜；揚州十里小紅樓。』衆稱其切。余嘗以爲，此必藥洲廖瑩中手筆。唐人詩曰：『天下三分明月夜，二分無賴是揚州。』又唐人登第詞曰：『揚州十里小紅樓，盡捲上珠簾一半。』皆本郡事也。」

逸老堂柱聯

鈕玉樵《觚賸》載：「苕中吳磐家雄於貲，博學工書。前明甲申後，絶意進取。學使者張安茂題其居爲『才人節士之廬。』順治初，官方山觀察吳興，與之友善。因重修逸老堂，乞其長句一聯鎸懸堂柱。吳走筆書曰：『山川無恙，歎前輩風流何處，見冷煙衰碣，古道斜陽，儘悲涼人物，止剩寒鴉；臺閣重新，問蒼穹英雄誰是，有補天巨手，迴日瑚戈，待整頓乾坤，再來杯酒。』詞既悲壯，書復蔚跂。有怨家潛録其語，以吳『陰蓄異謀』首之帥府，禍幾不測。觀察乘夜撤去此聯，力爲斡旋，費千餘金，事乃已。」

江陰綵聯

《江陰縣志》載：「明宏治八年乙卯科中式十五人，知縣黄傅製綵聯云：『入國朝一百廿年，未有此科之盛；總直省九十七學，誰争吾邑之先。』」

廬山道院聯

江右胡梅心廣文元鼎告余曰：「吾鄉廬山道院，勝處皆被富僧佔爲佛寺，只留正中老君殿一所，爲李道士住持。郡僧尚百計謀逐，賄囑官司判毁，道士幾無以自存。適安溪李文貞公舟過湖口，道士爲公族叔，急奔告求援。公許以到山謁廟，因大書舊聯留山中云：『天下名山僧佔多，也須留一二奇峰，供吾道友；世間好語書説盡，曾記得五千妙諦，出我宗傳。』語既恢奇，書復壯麗，不一日而傳徧九江城中。適各官皆來參謁，公曰：『此間道士，吾叔也。供奉此山已久，希君等照拂。』於是僧計阻而殿得存。」

竹垞先生聯

余在邗江，得朱竹垞先生大書隸字一聯云：「愛畫入骨髓；吐詞合風騷。」筆致奇偉可寶。嚴問樵見之云：「此是竹垞先生集句贈程友聲鳴者，見王漁洋《帶經堂詩話》。」

戲樓舊聯

京中慶和園戲樓舊有聯云：「大千春色在眉頭，尋偏翠煖珠香，重遊瞻部；五萬鶯花如夢裏，記得丁歌甲舞，曾醉崑崙。」豪情逸致，飄飄若仙。相傳爲乩筆者近之，或以爲吴梅村祭酒所作。

夢中聯兆

吴中蔣古愚學博，琴南觀察之父也。觀察與弟學萃俱成進士，惟長子學文尚困諸生。乾隆甲申元旦，古愚忽夢家中新换廳聯，云：「長子克家，居易俟命」；下聯云：「二人同心，誦詩讀書。」欵署「鍾離子彭鑯書」。覺而異之。次年乙酉，學文果舉京兆《書經》房南元。從弟禹邁同榜，以《詩經》房。次題「君子居易以俟命」一節，主考則彭芝亭大司馬及滿洲鍾公名音也。夢兆之奇驗如此。

武聯佳話

提督楊愷，儀徵武進士也。康熙間，奉召入南書房，與何義門、蔣南沙諸公同校書史館。後出爲兩湖提督，晚年歸老。許登瀛觀察贈一聯云：「天禄校書名進士；岳陽持節老將軍。」亦武職中佳話也。

滄洲黄鶴樓聯

《棻堂節録》云：「滄洲之滄酒，得名久矣。相傳吕祖來飲於此。城外亦有黄鶴樓，祀吕祖像。樓柱有聯云：『黄鶴偶乘滄海月；白雲常帶楚江秋。』運用崔顥詩語，亦頗自然。相傳是吕祖乩筆。」

樗園所録佳聯

《樗園消夏録》載楹帖之佳者，如歸元恭贈某公云：「居東海之濱；如南山之壽。」汪次舟題山陽學署云：「昌黎起八代之衰，想當年苜蓿齋中，不過尋常博士；文正以天下爲任，問今日齏鹽隊裏，可有此等秀才！」有客集杜句題隨園云：「中天懸明月；絶代有佳人。」蔣伯生書齋自署云：「熟讀《離騷》，便可稱名士；涉獵傳記，不能爲醇儒。」郭頻伽自題海棠花研齋云：「瓦屋只三間，士龍住東，士衡住西；端溪藏片石，真手不壞，真研不損。」皆余《前話》所未及也。

筠亭所仿舊聯

徐筠亭《閒居偶録》云：「同年趙米垣曾誦隱士山居聯云：『一二畝瘦田，雨笠烟簑朝起早；兩三間破屋，青燈黄卷夜眠遲。』余館東楚張氏，書屋仿其意作一聯云：『寄跡此山中，數畝芳田，日看犂雲耕雨；忘機斯世外，三間古屋，時欣弄月吟風。』見者謂較之原聯意境更别。」

隨園所録佳聯

《隨園詩話》云：「對聯之佳者，龍雨蒼見贈云：『羲皇以上懷陶令；山水之間樂醉翁。』余自題云：『讀書已過五千卷；此墨足支三十年。』」按：此亦余《前話》所未及者。

沭陽縣人瑞聯

相傳王某爲沭陽令時，因公事赴鄉，忽見一家有門對一聯云：「一妻十七妾；百子半千孫。」心異其語，乃停輿，遣人入問其家姓氏，並詢「此聯語必非無因」。少頃，還報云：「其家姓吕氏，世爲鄉農。聯句乃實事。此翁現在，尚可相見。」令因降輿入，與之接談，年八十餘，精神矍鑠，藹然可親。問其「百子五百孫均在膝前否？」翁答曰：「五百孫者，中有曾孫、玄孫在内也。人丁既旺，食指愈衆，故家居者少，出外謀食者多。士、農、工、商，四民俱備。念我老，皆不忍遠遊，相距不過二三百里。」令復詢：「一年中，當以何時會集？」答曰：「會集甚難。此往彼來，斷不能一時並到。如果同時回家，不但屋少難容，即備一堂餐，已形竭蹶。」令曰：「我願分廉俸爲爾作東道主。以□百金相贈，每□百□十千錢，每人約有□百文矣。請即訂期將子孫之在外者悉數唤回，使我一見，可乎？」翁欣然許之。不數日而子孫畢集，所差者幼小十餘人耳。乃稟知縣令，請次日來鄉。是晚分二十竈，各具雞黍，祖孫五代席地而坐，開懷暢飲。至半酣，老翁樂甚，謂諸子孫曰：「今日一家團聚，此生恐不能再。得非賢宰之德不至此。宜彼此痛飲。」於是撫掌歡呼，一笑而逝。次晨令至，有人迎報，請還輿。令仍登堂行弔。果見兒孫挨擠跪泣，竟不能指數。厚賻而去。此乾隆年間事。山陽學博雷存齋爲廖菊屏守備述之如此。

城隍廟聯

王凝齋《秋燈叢話》云：「吴縣王某，初任寧夏邑倅。夢本邑城隍謂曰：『適奉蘇郡檄，有事須質，當速行。』王以路遠辭。神曰：『有馬可乘。』俄一卒控馬立階下，促王乘之，疾如電，瞬息抵蘇。至城隍廟，見大門懸雕金聯句，光輝奪目，書：『處世但能無死法；入門猶可望生還。』殿上楹柱又書：『地獄空留點鬼簿；人心自有上天梯。』神謂曰：『爾伯没後，爾叔不撫諸孤，利其田產。爾曾出不平之語，其信然乎？』王以『年遠不能記憶』對。神曰：『即事而論，曲在誰？』王曰：『曲自在叔。』神曰：『若然，則案定矣。』悟後，差人抵家探問，其叔已故，即夜夢之次日也。王乃親書聯句，送懸廟中。」

南浦橋聯

《浦城縣志》：「潘賜，字錫文，號容庵。永樂二年進士，授行人，奉使日本。假歸故里，適南浦橋成，作爲楹帖，分題橋柱，流連往跡，憑弔古人。其警句云：『上相名邦，百族自知朝北闕；真儒繼統，千秋誰復並西山。』『喬木參天，半點雲香生大石；懸崖籠霧，千尋瀑布出高泉。』『皁蓋朱幡，遠指羣侯元鶴壠；金章紫綬，近傳相輔白羊墳。』『仙境微茫，安得玉爐丹九轉；客途高曠，尚懷寶匣鏡重磨。』『緑水橋邊，金石足齊交友渡；白雲鄉畔，山川猶護睦親亭。』『畫角聲中，彩帳題詩思夢筆；青燈影畔，玉壺攜酒想觀瀾。』『古洞聯翩，畢嶺舊存仙杵妙；清溪浩蕩，總章新過客帆多。』『四野無虞，詩禮競推長樂里；庶民有慶，謳歌争出太平坊。』『書院沉沉，緑水半灣連渡口；仙樓翼翼，白雲一抹護山腰。』『載酒攀花，月夜乘舟過水北；囊琴採藥，霜天被褐過郊陽。』『我衍名儒，壽月遠涵蓮葉渡；傳成烈女，清風高拂桂林橋。』橋柱凡八百四十有八，懸聯俱徧。相傳以爲一夕所作，人咸歎其敏捷云。」

林少穆督部所撰廟聯

林少穆督部最工作聯語，余於《續話》中所採獨多。兹復從友人齋頭録出若干條，愛莫能舍也。因分別附載於後云。題蘇州吕祖祠，時爲開河祈晴酬謝云：「仙蹤曾現宰官身，濟世度人，水利農田蒙惠澤；道力能廻元始劫，通靈贊化，和風甘雨錫康年。」丹徒横閘金龍大王廟云：「南宋溯忠門，香火傳來，猶似錢塘江上；東吴恬德水，帆檣駛過，免經鐵甕城頭。」時糧船回空，悉由横閘逺過府城也。余在蘇州修韓蘄王碑、塋，督部繼余爲建饗堂，題聯云：「祠廟肅滄浪，更尋來一萬字穹碑，新焕巖阿榱桷；威靈震吳越，還認取七百年華表，遥傳江上旌旗。」

武廟戲臺聯

相傳每朝之興，必有尊神爲之護國。前明爲岳忠武，我大清則奉關帝爲護國。二百年來，武功之盛，震疊古今。神亦隨地顯靈，威震華夏。故朝廷尊崇封祀，洋溢寰區。浙中吳山頂廟爲道光壬寅重建，見有集唐句題戲臺一聯云：「聖代止戈資廟略；衆仙同日詠霓裳。」武廟隨處皆有，亦隨處皆有戲臺，而楹柱之聯未有壯麗工切如此者。惜忘卻何人所撰。出語係李羣玉句，對語係李義山句也。

于蓮亭觀察所述廟聯

于蓮亭克襄曰：「張桓侯廟有聯云：『春雨樓桑，無限落花悲帝子；秋風劍閣，有人灑淚弔將軍。』妙在不即不離。惜未攷何人所撰。又相傳：豫章樵子廟據土人云：『光武避難時有樵子代死，故立廟祀之。』廟中聯云：『漢家樵子亦英雄，漫説雲臺列將；莽世簪纓真草芥，可憐禄閣書生。』子雲真堪愧死矣。」又言：「淮陰墓在山右霍山縣，嶺高十餘里，土人名爲韓侯嶺。嶺上有冢巍然，所葬乃其元也。墓前即祠，有聯云：『生死一知己；存亡兩婦人。』頗能隱括淮陰生平。」

褚河南祠聯

嚴問樵云：「杭之褚塘有褚河南祠，土人以『助聖廟』呼之。案：公謚文忠，見《唐會要》。又《唐彦謙集》言：『褚河南之柩，至咸通中始得蒙恩歸葬陽翟。其時以平徐肆赦，賜其孫八品官，扶護以歸。』蓋文忠賜謚亦在此時，而新舊《唐書》不載，故後人莫攷。余作楹帖書之，俾易名大典昭示來兹，云：『廟食褚塘，大節一生垂史册；魂歸陽翟，易名千古表文忠。』」

東甌王廟聯

温州祠祀以東甌王廟爲最先。王名騶摇，越王句踐七世孫，與閩王無諸分理東南濱海地，而雄才大略殆有過之。嗣與無諸俱爲秦所併，王獨率其民從衆諸侯滅秦，又從漢滅項籍，至惠帝三年復封東海王。没葬甌浦山。國人羣稱爲東甌王。《史記·封禪書》亦言「東甌王壽至一百六十歲」。蓋秦漢之際一異人也。余初至温州，即訪王廟。值郡人庀工修飾，輪奂一新，荷平成者思明德，享粒食者頌思文，王之得兹美報，宜矣！顧自漢迄今千有餘年，鮮有歌詠其事者。惟國初朱竹垞先生五排一首云：「九牧維揚外，三江霸越餘。入關從漢約，遵海裂秦墟。豪俊宜如此，艱難氣不除。策功夷項籍，分壤接無諸。萬古開王會，孤城拱帝車。靈旗存髣髴，過客盡欷歔。側想風雲會，乘時草昧初。遠途今日暮，下拜獨躊躇。」足以存王之英概。余拜瞻之餘，怵於崔顥在前，不能成句。謹獻一聯云：「嘗膽臥薪，早有雄心繩祖武；芟嬴夷項，獨膺奇壽奠王基。」

張雎陽廟碑

徐笏亭《棻堂節録》云：「張雎陽廟，余邑處處皆有之。所見柱聯，切當者殊少。豈王之忠勇難以名言乎？惟前明進士李春熙一聯云：『孤忠百戰江山血；一死千秋天地魂。』庶幾盡之。」按：余過京口日，聞都天廟會甚盛，廟即祀雎陽，因停櫂兩日縱觀，並入廟瞻仰。至邗上，爲雲臺師述及。師言：「甲辰年新修廟時，鄉人請製楹聯，因手書付之，曰：『顏、許同名，唐代人倫維氣類；李、韓論定，熙朝廟貌屹江淮。』」當時奸臣曾勸睢陽以天道，公罵曰：『不識人倫，焉知天道！』此「人倫」二字所本。語頗沉著，且「人倫」「廟貌」皆雙聲字也。

史閣部祠聯

余在揚州，拜史閣部祠。同人多請予題楹柱。余因閱嚴問樵一聯，爲之閣筆。按：史閣部母夢文信國而生閣部，見《明史》本傳。我高宗皇帝亦謂「史可法即比之文天祥實無不可」，故嚴問樵聯云：「生有自來文信國；死而後已武鄉侯。」自是天造地設語。他有作者，不能出其範圍矣。按：祠中舊有聯云：「佩鄂國至言，不愛錢，不惜死；與文山比烈，曰取義，曰成仁。」又云：「梅花下有衣冠葬；席帽時知社稷臣。」

睢陽張許二公祠聯

魯山令鄭子研鑾撰睢陽張、許二公祠楹聯云：「儘孤城四百餘戰，功艱李、郭，力障江淮，慟當時妾醢僮烹，列帳呦呦聞鬼哭；同畢命三十六人，祠號協忠，史稱雙廟，問何時鬚張眥裂，登堂凜凜見神威！」鄭爲揚州興化人，由魯山令請養親歸，服闋不出。聞其著述甚富云。

牛總管祠聯

鄭子研將去魯山時，建宋牛總管皋祠於泰山宮側，因題楹聯云：「小朝廷難與圖功，看戰壘千層，遇毒含冤，知魂魄不忘故土；舊令尹行將歸去，借泰山片壤，題楹志別，願威靈長衛吾民。」

何恭惠祠聯

山陰何恭惠公煟由淮陽監司洊歷河南巡撫、東河總河，有名臣風概。其身後祠聯云：「所謂大臣，行己也恭，養民也惠；厥有成績，荆河惟豫，淮海惟揚。」一分切其謚，一隱括其官，可稱傑作。惜忘卻何人所題。

江陰典史祠聯

《江陰野史》云：「有明之季，士林無羞惡之心，居高官，享重名，以蒙面乞憐爲得意。而封疆大帥無不反戈內向者。獨江陰陳明遇、閻應元新舊二典史，乃於一城死義。向使守京口者皆如是，則江南何至拱手獻人乎？時爲之語曰：『八十日戴髮效忠，表太祖十七朝人物；六萬人同心死義，存大明三百里江山。』今陳、閻二典史祠即以此爲楹帖。」按：此聯已見前編，而不言陳明遇。

西湖帥公祠聯

西湖平湖秋月之左，有帥仙舟師生祠。蓋師撫浙有遺愛，士大夫感不能忘，故立祠以報之。姚亮甫中丞題楹柱云：「報國有同心，兩地風波皆夢幻；還鄉傳舊德，千秋涕淚滿湖山。」自注云：「感舊書懷。緣道光二年與余同遭誣陷也。」按：仙舟師爲道光間名巡撫，時京中有輿評云：「今天下需才孔急，而有兩好巡撫，一聾一瞽，皆投閒置散，甚爲可惜。」一指吾師，一指亮翁也。宜兩人相契之深矣。又按：同人中有微議亮翁所撰楹聯語太近樸者，余曾見其贈周刺史檀蓀一聯云：「望君似歲窮黎隱；與物胥春豈弟懷。」以「豈弟」對「窮黎」，得不謂之新穎乎？

英濟廟楹聯

温州瑞安門俗呼大南門，出城半里許有英濟廟，俗呼白馬廟。相傳神爲昭明太子。既無舊碑可考，里人亦無能詳其原委者。廟中有潘宗耀楹帖云：「白馬溯光儀，綵仗霓旌，尚振英風昭肸蠁；黄麋談故事，仁漿義粟，長傳闓澤濟嗷鴻。」跋云：「英濟廟神靈最著。里俗相傳『梁昭明太子拯飢來此，時乘白馬，故又稱白馬廟』云云。」按：郡志未載此事，前史亦無可徵證。昭明何以來温拯飢，事屬茫昧。惟此聯尚非俗筆，因附録之。

永嘉忠義節孝祠楹聯

永嘉縣學之東偏舊有忠義節孝祠，嘉慶初爲颶風所圮。嘉慶末始重建。朱滄湄觀察文翰爲碑記其事，又各爲之楹聯。忠義祠云：「近聖人之居，容光必照；遵海濱而處，明德惟馨。」節孝祠云：「兒女盡能之，一點熱腸，三分血性；家庭常事耳，察乎天地，通乎神明。」皆佳構也。

甘露寺聯

北固山甘露寺爲古來勝蹟，而殊少佳聯。惟正殿中間聯云：「紫極煥璇題，瑞露凝甘留淨域；丹輪開寶相，香巖擁翠俯晴江。」欵署「長白高晉題。」又有一聯云：「露降何年，藿徑石門開法界；寺臨無地，海雲江月擁祥輪。」欵署「葉河薩載題」。皆乾隆三十九年所作，頗能壯麗稱題。然總不如甘露寺頂上大殿聖製一聯云：「地窄天寬，江山雄楚越；漚浮浪卷，棟宇自孫吳。」涵蓋一切，足與北固山並壽矣。

建隆寺李公祠龕聯

建隆寺本後周李招討重進舊宅。宋師入城，招討力不能支，合室自焚，因勅建爲寺，即以建隆年號爲名。近僧小支手輯《建隆寺志》，並欲於寺中西偏募建李招討祠龕，徵余楹柱之語。余集唐劉兼、陸龜蒙詩句應之，云：「萬疊雲山供遠恨；一家煙雨是元功。」近但雲湖都轉亦題一聯云：「《宋史》何妨稱叛宋；周親畢竟欲存周。」亦有味也。

桃花庵三賢祠聯

揚州名勝，以平山堂爲最著；平山堂詩，以王荆公「一堂高視兩三州」一律爲最佳；平山堂楹聯，以伊墨卿太守「隔江、諸山」十字爲最壯。余於壬寅夏初來游，曾撰一聯，録在前編。謝椒石同年見而嘲之曰：「聯句實佳，然二十二字中用數目字多至七八，非古人所譏『卜算子』乎？」余笑置之。丙午年，重至邗上，遊桃花庵，登三賢祠堂，與黄右原比部、羅茗香茂才商撰楹聯。右原乃雜舉《東坡志林》《墨莊漫録》《避暑録》事，爲合擬一聯云：「四朶兆金甌，是二千石美談，不因五色書雲，誰識名流皆五馬；萬花停玉局，惟六一堂如舊，若溯三賢謚典，合將祠額署三忠。」時羅茗香亦擬一聯云：「勝地景芳徽，卅載三賢俱典郡；同龕昭祀典，兩文一獻共稱忠。」按：韓忠獻之守揚，在慶曆六年；歐陽文忠則在慶曆八年；距蘇文忠之元豐守揚，時恰三十餘年。此前後兩聯俱見典雅，非不學人所能辦，當不讓李蘭卿獨步於前矣。李蘭卿舊聯有「謚並稱忠」語，故即其意而衍之。因用前聯署余名，以後聯署恭兒名，懸之壁間，而疏其緣起如此。越日茗香又擬一聯云：「楊柳拂隄塍，追溯前徽，於宋歷仁宗兩世；桃花徧祠宇，傳來美謚，至今合文獻三忠。」亦佳製也。

南鎮廟聯

南鎮廟坊上書「天南第一鎮」，廟前匾曰「表甸南疆」。大殿有南鎮神像，後殿有南鎮夫人像。上首側殿有神像，旁聯曰：「姬、孔情思，説、丁物色，即幻即真，作千古神聖明良之合；一雙蝴蝶，頃刻邯鄲，何君何牧，狗人世窮通得喪之占。」下首側殿有二郎神、勾元帥像，前有匾曰「幻其所真」，旁聯曰：「李母占星驚太白；謝公臥月上西堂。」按：此是據《一斑録》所載，似爲占夢神祠而撰。俟更訪之。

招寶山聯

《一斑録》又曰：「招寶山大小可比崑山玉峯而稍高。孤注鎮海城外東北角，江海之交，三面皆水，與東岸對峙，隔海面約一里餘，名『蛟門』，爲鎮海一邑險要，即爲寧波一郡外障。拾級而上，至半山，有碑曰『第一山』。有亭，懸聯云：『仙緣到此無多路；福地原來別有天。』登其巔，有小方城，城門上題曰『威遠』，城旁聯云：『踞三江而扼吭，看遠近層巒秀聳，碧浪瀠洄，永固浙東之鎖鑰；俯六國以當關，任往來寶藏雲屯，牙檣林立，會同海嶴之共球。』入城即寺，門上題曰『寶陀寺』，內有『大觀樓』，聯云：『天與水無涯，萬舶遠循鰲柱麓；地隨山共盡，十洲環向海陀峯。』」

普陀山聯

普陀一山，周四十餘里，在大海中。山中地全屬於廟，並無糧賦，無乞丐，亦無婦女居住。其佃種僧田與開小店生理者，皆不携妻室。全山廟宇不下數十，而惟佛頂山、前寺、後寺三處爲大廟。前寺有聯云：「即心即佛，但從彼岸問迷津，渡頭寶筏開時，慈航有路；是色是空，誠向兹山瞻法相，洞口祥雲護處，變化無方。」欵署「葉赫實誠沐手敬題」。按：此據《一斑録》所載。録中僅載此一聯。此外如紫竹林、法華洞、朝陽洞、佛頂山、法雨寺、梵音洞等處，亦必各有佳聯，容更訪之。

淨慈寺大殿楹聯

杭州西湖淨慈寺大殿歲久損壞。道光庚子，烏敬齋中丞籌欵重修，於乙巳年工竣。是年恭逢皇太后七旬聖壽，紳商於此寺虔設經壇祝釐。時梁楚香中丞撰殿聯云：「依淨土以印淨心，回峯現億萬化身，覺悟羣迷成淨果；引慈航而宏慈量，慧日照三千法界，莊嚴重耀證慈緣。」即用「淨、慈」二字，分疏經言，關合聖壽，莊雅工切，羣相讚誦。尤妙在「回峯」即雷峯，「慧日」即寺後峯名，本地風光，靈妙無比矣。

送子觀音殿聯

杭州天竺山中送子觀音殿有查聲山先生舊聯云：「天上錫麟兒，此是世尊親抱送；山中聞梵唄，原從靈鷲早飛來。」近人章次白黼有一聯云：「湖山本毓秀之區，看桃華開落，燕子西東，蠢爾未銷情欲障；天地有好生之德，願嘉門善祥，明神祐助，螽斯無妬子孫多。」

靈衛廟聯

錢塘有朱金祝土穀神祠，入於祀典。志稱「靈衛廟」。南宋咸淳《臨安志》有「封顯忠侯」，即此神也。魏滋伯聯云：「南宋三忠，古社枌榆隆報賽；西湖半壁，《大招》風雨降神靈。」

花神月老聯

西湖有花神月老祠。魏滋伯聯云：「廿四風吹開紅萼，悟蜂媒蝶使總是因緣，香國無邊花有主；一百年繫定赤繩，願穠李夭桃都成眷屬，情天不老月長圓。」麗語柔詞，與題相稱矣。

三清殿聯

吳山元妙觀三清殿聯，亦魏滋伯所撰。句云：「廣殿啟通明，高捧五雲香案；層霄仰宗動，來朝羣帝珠琉。」此題合作此縹緲之語，所謂言各有當矣。

出海觀音龕聯

接待寺毗盧閣上出海觀音神龕，魏滋伯聯云：「香象奉金仙，傑閣凌雲，日麗中天通上界；煙霄騫鐵鳳，華鐘度水，風回大海引慈航。」

厲樊榭神龕聯

西溪交蘆菴內有厲樊榭先生神龕，聯云：「香火因緣，彌勒同龕如是住；溪山幽勝，吟魂此地盍歸來。」情文相生，亦此題合作也。

蘇公祠聯

西湖蘇公祠橫翠閣中有一聯云：「圖畫香山，風流玉局；荷花世界，楊柳樓臺。」閣在白、蘇二公祠之間，前對柳堤，俯矙荷花，此聯情景甚爲穩切。

林處士祠聯

西湖孤山林處士祠，林少穆督部於杭嘉湖道任內曾經修葺。迄今二十餘年，又當重修矣。督部有題祠一聯云：「我憶家風負梅鶴；天教居士領湖山。」可稱雅切。督部又曾於放鶴亭前補種梅花百十本，手題楹柱云：「世無遺草真能隱；山有名花轉不孤。」

徐中山王樓聯

金陵莫愁湖上有勝棋樓，相傳明太祖與徐中山王賭棋於此樓，以湖輸與徐氏，聽其收租。樓中懸中山王畫像一軸，楹有聯云：「先世著勳猷，憶當年龍虎風雲，楸枰一局；熙朝隆享祀，忻此日蘋蘩澗沼，湯沐千秋。」

潘功甫三聯跋

余與潘功甫舍人曾沂別踰十年矣，今夏在東甌郡齋忽接其手函，如同晤對，喜不自勝。並承封寄楹聯三副，索余題跋。不遠千里之遥，而汲汲爲此迂緩之事，自非相契有素，斯焉取斯耶？三聯者，一爲蘇州滄浪亭放生碑而作，余宜有辭；一係西谿護生菴聯，一係石梁雨來亭聯，則皆余所未經之地。余爲揮汗一一應之。此翰墨良緣，亦楹聯佳話也。滄浪亭放生碑聯云：「大德曰生；仁心爲質。」字極壯偉。下截款云：「長樂梁茝林方伯重修滄浪亭之次年，戊子孟夏廿又七日，吴門諸君子有放生之舉，大會於斯亭。適余過吴，偶訪潘功甫舍人，因悉其事。舍人出楹帖，書此二語爲紀云。德清蔡之定並識。」余加跋云：「道光戊子孟夏，潘功甫舍人大會吴中諸君子於滄浪亭，屬余爲放生會碑，顧南雅書之，刻石藏於茲亭。今歲戊申，舍人復摹刻此聯，懸之柱閒，爲放生之券。因記始末於旁。前撫吳使者長樂梁章鉅識。」西谿護生菴聯云：「須知天地常生育；總要人家善護持。」八分書，欵「阮元」，無年月。余加跋云：「西谿護生菴爲慕鶴鳴先生令錢塘時所建。道光戊戌，潘功甫舍人重葺。同陳碩甫、趙雪門、項梅侶、邵魚竹諸君復千金池，放生於此。梅侶爲之記。茲功甫復以儀徵太傅師護生菴柱聯屬爲旁跋，因紀始末於後。時戊申長夏，長樂梁章鉅識。」石梁雨來亭聯云：「甘雨時零，亭成志喜；嘉禾善養，歲慶占豐。」大楷書，款云「道光戊申仲春芝軒潘世恩。」余加跋云：「道光戊戌，石梁曇華亭被燬。適潘功甫舍人過此，始議集貲興修。有紀事一絶句云：『平章事業江河大，有漏涓涓自不知。七十二蓬參徧了，曇華亭上雨來時。』蓋此亭創於南宋賈似道，僧因請易名曰『雨來亭』。天台山田多旱，名此以志喜也。尊公太傅爲書寄雨來亭柱聯，余因記始末於旁。時戊申長夏，長樂梁章鉅識。」按：蔡生甫學士書放生碑聯時，在道光戊子之夏，時年已近八十。潘芝軒太傅書雨來亭聯，即今年仲春所作，則年正八十。阮太傅分書護生菴聯，雖未署年月，以字勢度之，亦必在八十前後。三公皆以高年老筆撐拄寰中，洵與勝區並傳不朽，而功甫所以必索余跋者，殆以余亦年踰七十以外，尚能握管，肩隨諸老之後，是可合爲希世美談也。因並記之。

福州貢院柱聯

道光初，福州新修貢院，各聯多出少穆督部之手。有四聯已入《續話》，茲更記得一聯云：「攀桂天高，憶八百孤寒，到此莫忘修士苦；煎茶地勝，看五千文字，箇中誰是謫仙才。」此聯尤爲傑作。

四川全省試院柱聯

錢塘蔡麟洲太守振武督學四川時，曾手撰全省試院楹帖，付梓成書。其小序云：「蜀中試院，歷任皆有楹帖。然率就省署一聯分布各棚，無專指其地者。惟前學使周石芳前輩於重慶，俞苕琴前輩於敍州，有專聯。酉陽試院落成，吾師吴梅梁少空亦撰一聯。而全省未備，殊缺憾也。使者不揣固陋，於各棚校士之暇，採取志乘大略，參以管窺，綴成此編。非敢與前人争能，亦以見此邦山川人物各有所長，俾生斯地者聞風興起也。駤征倥偬，琢句未工。弇鄙之譏，知所不免。彙而存之，冀留他年鴻爪云爾。道光丙午仲秋，督學使者浙西蔡振武記。」成都府云：「江漢鍾靈，二千年天府廓名都，看大雅扶輪，淵雲嗣響；峨岷擢秀，廿四屬人文循正軌，詔諸生鼓篋，鄒魯同風。」重慶府云：「誦左思《蜀都賦》，江漢炳靈，文物媲西京，郡合有茂才異等；讀王勃《益州碑》，賨渝變俗，儒風被東魯，客休歌下里巴人。」保寧府云：「秦棧連雲，看砥路同遵，劍閣塵清，不用青天歌蜀道；巴山話雨，喜故人出守，玉堂墨妙，乞將粉本繪嘉陵。」時同年徐新齋太史出守巴西，提調試事。欣而題此。順慶府云：「史筆晉稱良，何事《陽秋》尊魏統；儒林宋有傳，欲將剽鋭化賓人。」敍州府云：「到此間三水通流，激濁揚清，試向岷江分上下；念當日諸戎即敍，詠仁蹈德，至今僰道被文章。」夔州府云：「倒峽瀉詞源，孰障東川，惟有韓文凌八代；乘槎來使節，每依南斗，莫吟杜句悵三秋。」龍安府云：「居廉讓之閒，莫教風俗移人，盛名難副；綜歲科而試，敢曰權衡在我，僻地無才？」寧遠府云：「聲教訖南天，滇海通波，玉斧畫河嗤往代；文章溯西漢，邛都按部，錦衣諭蜀豔當年。」雅州府云：「名蹟問邛崍，爲孝爲忠，與爾輩沈吟出處；邊謡採黎雅，恆風恆雨，願斯文感召和甘。」嘉定府云：「萬壑秋雲，看挹翠浮藍；露冕風前迎九頂；一江春水，願紆青拖紫，霓裳天際會羣仙。」潼川府云：「移孝即爲忠，在昔颺言嘉學士；讀書先識字，莫將干禄笑平原。」綏定府云：「州升爲府，增二邑於隣，舊治號通川，多士顧名，嚴辨夫聞也達也；歲兼以科，新知培藝圃，諸生勤業，慎戒乎暴之寒之。」眉州云：「千載詩書域，坐修竹林中，盡饒佳士；四賢桑梓地，問《斜川集》後，誰嗣高文？」邛州云：「地接蓉城，前哲仰遺型，有講學名臣，尚留書院；帖傳竹杖，此邦挺高節，笑尋源使者，不貢人才。」瀘州云：「雁塔表鴻題，千佛蟬聯，試數涇南文盛；馬山欣驥附，一時驂靳，行看冀北空羣。」敍永廳屬附試於此。忠州云：「桃李種新陰，佳士如林，異日期爲華國選；梓桑懷讜節，前賢在望，諸生莫負大州名。」唐陸宣公，吾鄉嘉興人，以疏論裴延齡貶忠州別駕。酉陽州云：「絶磴躡天梯，鳥道窮幽，惜此地未來靈運屐；名山留洞府，龍威探祕，問諸生誰是茂先緣？」按四川全省二十四屬，除松潘、理番兩廳，資、綿、茂三州附成都考棚，敍永廳附瀘州考棚，石砫廳附忠州考棚外，實按試者共十七棚。每棚皆係新撰楹帖，典切工雅，足以軼後空前。時余方輯《楹聯三話》，與太守相晤於杭州，承以此册惠讀。因思各直省擁絳帷持玉尺者不乏其人，使皆有好事之人，生花之筆，豈不蔚成巨觀，大爲此編生色乎！跂余望之。

無錫縣署楹聯

《錫金識小録》云:「武公承謨始赴無錫任,於受篆前一日懸聯,四鄉人皆聚觀。其照壁聯云:『罔違道,罔咈民,真正公平,心斯無怍; 不容情,不受賄, 招摇撞騙, 法所必嚴。』頭門聯云:『視民如傷,錫邑蒼生皆我子; 修己以敬,東林前輩是吾師。』儀門聯云:『工堪比官,斧斤利刃,隨手攜來,因材而用; 醫可喻政,硝磺猛劑,有時投下,看病何如!』大堂聯云:『人人論功名,功有實功, 名有實名, 存一點掩耳盜鈴之私心,終爲無益; 官官稱父母,父必真父,母必真母,做幾件懸羊賣狗的假事, 總不相干。』時先聲所奪,平日紳衿之出入縣庭者皆悚息危懼,有避至他省者。又, 張公燦在任時, 有一聯云:『陽奉陰違,天有難遮之眼; 民窮財盡,地無可剥之皮。』語雖粗而特爲警確。又, 王公喬林任金匱時, 嘗有一聯,忘其兩起句,其下句云:『半點糢糊,已耗民財於暗地; 一毫偏陂,即推赤子入危途。』尤臨民者所不可不知。」

廬州郡署楹聯

仁和孫笠帆豫元官廬州太守,自製大堂一聯云:「法堂下無非士,無非農,無非商賈,敢任性縱情,漫道我惟行我法; 廬州境也有山,也有水,也有田園,試探風問俗,斯來吾亦愛吾廬。」頗爲時所稱。

温處道署楹聯

温州分巡道署東偏有園，康熙間，三韓高公其佩所築。高公本號且園，故即以爲園名。乾隆間，三韓徐公綿擴而充之，分爲十景。曰冠緑軒，曰銜遠山亭，曰筠廊，曰藤花徑，曰亦舫，曰養竹山房，曰小春草池，曰蓮勺，曰梅花書屋，曰松化石齋。今惟冠緑軒扁尚存。嘉慶間，歙縣朱滄湄先生繼任此間，撰聯云：「妙作畫圖看，五色目迷高鐵嶺；恩叨江海住，三年心醉白香山。」則聯已無存。惟冠緑軒中尚懸一長聯云：「與古相於，緬當年謝草王池，共仰風流獨步；從吾所好，占此地荷亭竹樹，還期心跡雙清。」則南豐劉方伯斌所題也。

温州郡署楹聯

温州府署本宋高宗駐蹕之區，規制崇宏，爲兩浙十一府署之冠。惟自外堂以至内廨，無一佳聯留題者。豈以前官斯土者皆不屑爲此耶？考昔賢守此郡者，以王右軍、謝康樂爲最著，故縣中有王、謝祠之建。惟此間山海要區，今昔情形頓異，有未可以王、謝之卧理概之者。余以就養來此，令恭兒隱據此意爲之。越日，恭兒即擬句呈云：「要地寄一麾，須常念海山深阻；舊堂共千載，敢但希王、謝風流。」雖亦係常語，而尚質實不浮。因即令其揭諸堂楹，以諗觀者。

寧波郡署楹聯

寧波府郡署規模宏壯，與蘇州郡署相仿，真海疆名郡也。署中楹聯云：「念厥職匪輕，休戚與六邑相關，曰慎，曰清，曰勤敏；求斯心可問，是非惟羣言是度，不寬，不猛，不因循。」又一聯云：「名郡冠東南，山連奉、象，海環鎮、定，江抱鄞、慈，赫赫巖疆雄浙水；循聲稽史册，唐有黄、羊，宋稱吴、趙，明紹張、蔡，巍巍芳躅想前賢。」

河東道署楹聯

山東河東道專理鹽政，道署面中條山薰風洞，每歲南風至則池鹽旺産。署大門有一聯云：「薰弦一曲留天地；山色中條閲古今。」可稱雅切。

熊氏堂聯

吾師熊謙山尚書公本南昌舊族，自其祖始遷鉛山。祖卒時遺五孤皆幼，而家極貧，有諷其祖妣章氏改適者。章誓之曰：「吾非不能潔身以殉，顧念五子如椒，豈無一辣者。惟當煢煢撫孤耳。」其族衆遂以「五椒」名其堂。至公以進士出身，官至大司寇。公之子或由諫垣典郡，或由詞垣開藩，至今門材鼎盛。公嘗承召對，詢家世，以務農答。上稱爲「耕讀人家」。祖塋在河口鎮之衢，有九山環拱如獅形，堪輿家以爲吉壤。所居在鵝湖山，嚴問樵爲撰堂聯云：「獅嶺播椒馨，節生孝，孝生忠，豈獨簪纓誇世胄；鵝湖炊稻熟，子承父，父承祖，但憑耕讀作人家。」熊竹村指揮常銑謙山師之孫也。僑寓邗江，善治房屋。問樵亦爲撰堂聯云：「辭家祇爲稻粱謀，憶老屋湖邊，耕讀敢忘祖德；作客劇饒詩酒興，過平山堂下，典型如見鄉賢。」

勤教堂聯

張仲甫曰：「先倉侍公遺命以菰城老屋勤教堂改爲支祠，手撰楹聯云：『士勤於讀，農勤於耕，工勤於藝，商賈勤於執業，一事可資生，族少遊閒，便是興隆氣象；祖教其孫，父教其兒，兄教其弟，伯叔教其猶子，百年思式穀，堂瞻名義，勉爲孝友人家。』」按：此聯亦本前人，而以「勤、教」二字强對，工力悉敵，似較通用舊句爲佳。

相府新舊門聯

雲臺師舊宅在舊城之公道巷，自回籙後，始遷居新城南河下康山草堂之右。余於數年前初到揚州，即謁師於舊宅。巷口有石碑樓，大書「福壽庭」三字。大門口貼八字大聯云：「三朝閣老；一代偉人。」時觀者多以爲疑，謂師之枚卜在道光年間，何以有三朝閣老之稱？不知師於乾隆六十年九月已授内閣學士兼禮部侍郎，則閣老之稱由來已久。或又疑「一代偉人」四字頗嫌自誇，余初亦無以應之。後讀《雷塘菴主弟子記》，乃知師於嘉慶五年在浙江巡撫任内奏陳籌海捕盜等因，曾奉有「顯親揚名，爲國宣力，成一代偉人」之諭。此是敬録天語，並非自誇也。後吾師亦微聞人言，遂於新宅大門改書云：「三朝閣老；九省疆臣。」則更不招擬議矣。按：王蘭泉先生《湖海詩傳》中吾師詩下小傳，有「年華正盛，嚮用方殷。加之以開物成務之功，進之以誠意正心之學，洵一代偉人」云云。似亦敬本褒嘉之語。而吾師究以爲涉於自炫，故改書之。老臣謙抑之盛心，可以風矣。

節孝總坊聯

陶文毅公撫吴時，翋爲節孝總坊之事，余與賀耦庚方伯極力襄成之。大江南北數百十年來殆無不闡發之幽光矣。揚州節孝祠前總坊有阮芸臺師撰聯云：「稽揚州千百人，合成節孝崇坊，質聖賢以彰風化；逢大清億萬載，恩許春秋典祀，感天地而動鬼神。」莊重不佻，與題相稱。時桂丹盟太守超萬亦有聯云：「共話慰窮愁，耐過冰霜逢雨露；相觀勵名節，免教巾幗笑鬚眉。」亦情文深至語也。

水倉門聯

揚州城内街巷多設水倉，以備鬱攸之驚。他處所宜仿行者也。孫春洲爲作門聯云：「事有備而無患；門雖設而常關。」羅茗香云：此聯原本，出句係「井用汲以受福」，後始改「事有備以無患」，余又改爲「事前定則不給」。近又别擬一聯云：「玉瓚何煩裨竈禳；金蓮永免祝融災。」

紅船門聯

今大江來往之船，以芸臺師巡撫江西時所製紅船爲最穩且最速。嘉慶十八九年間，始創爲於滕王閣下。後各處皆仿造，人以爲利。今湖北、安徽以迄大江南北，吾師所製之船隨在而有。船中小扁多師所手題，有「滄江船」「木蘭身」「曲江舫」「宗舫」諸號。數十年來，利濟行人，快如奔馬，開物成務之功偉矣。吾師嘗爲余述：在江右時，偶以事遣家丁回揚州。恰值風水順利，朝發南昌，暮抵瓜州。若非紅船，斷不能如此快速也。因製一聯，懸於舟中云：「揚子江頭萬里浪；滕王閣下一帆風。」

焦山陳恪勤聯

焦山水晶菴中有長沙陳恪勤公手書一聯，云：「山月不隨江水去；天風時送海濤來。」跋云：「此山中舊聯，不知爲何人所作，今久無存。山僧數爲吟誦，余甚愛之，以屬對不甚工，或亦傳述之譌，因以『江月』易作『山月』，『流水』易爲『江水』」云云。而自然菴中林少穆尚書亦書此聯，作：「江月不隨流水去；天風直送海濤來。」跋云：「此朱文公句，陳恪勤不審所出，易『江月』爲『山月』，『流水』爲『江水』，又誤以『直』作『時』。今重書以正之。」按：陳恪勤固以意輕改舊句，而少穆亦偶未審也。此宋趙忠定公汝愚同林擇之、姚宏甫游吾鄉鼓山詩句，朱子喜之，爲「天風海濤」四字，大書磨厓於岃崱峯頂後。後人又建天風海濤亭，今亭久圮，而摩厓字猶存。此句亦長在人口，不知者遂誤以爲朱子詩。今趙詩載

《鼓山志》，厲樊榭《宋詩紀事》亦録之。此聯以題鼓山固佳，今若移題焦山，則情景尤真切，故樂爲辨之。記得水晶菴壁又有「入室果同水晶域；開門正對石公山」一聯，殊工雅，忘卻何人所題。石公山即象山，正與焦山相對也。又記得乙未夏余游焦山時，借菴詩僧猶健在。前一年是其八十誕辰，借菴索余補贈聯句。時從遊者已停橈相待，乃手揮十四字與之，云：「山中鶴壽不知紀；世上詩聲早似雷。」句雖未工而意頗切。借菴稱謝不絶口，而余則久忘之。今此聯尚懸海西菴壁，閲之如同隔世矣。

望湖樓聯

望湖樓以坡公一詩著名，即論景亦擅一湖之勝。余屢欲題一楹聯而不能成句。魏滋伯廣文一聯甚佳，恐同人皆當閣筆也。句云：「三十里湖鏡峯屏，擪笛可無人坐月；廿八字雨珠雲墨，凭闌依舊水如天。」滋伯又有藏經閣一聯云：「芬誦旃檀，深入華嚴文字海；函尊榆欓，兼賅菩薩聖賢心。」亦工麗可喜。

第一樓聯

陳琴齋廣文偕徐鐵孫司馬過孤山第一樓旁酒肆，見洪稚存先生題篆聯云：「第一樓邊浮大白；初三月上盪空青。」一老媼曰：「此三十年前酒客留題。」司馬即購得之，今鈎摹懸第一樓中。又第一樓中有錢小謝廷炤題聯云：「即景親風月；隨時篤詩書。」蓋集《尹宙碑》字也。

橫翠閣聯

張仲甫曰：「孤山蘇公祠門側近歲起一閣，適當吴山橫處。汪少海大令取蘇詩内『橫翠』二字額之。又集句爲聯云：『今日重來問鷗鷺；故鄉無此好湖山。』對句係蘇詩，人所熟知；出句則何巖叟《潛齋集》中句也。」

理安寺聯

余來往西湖踰五十年，熟聞理安之勝，而游蹤迄未能到。今年中秋，始與趙蓉舫學使、固蓮溪將軍爲看桂花同涉理安之頂。踰旬餘日，又挈恭兒、英兒、蕙婦、儔孫再往游。前數十年所欲一到而不能者，今兼旬而再至其地，不可謂非勝緣。曾賦詩紀之，末聯云：「果否真靈關位業，清涼亭畔一盱衡。」自注云：「相傳覺羅桂文敏公、歙縣曹文正公皆由理安寺僧度世，實未詳其事也。第二游始登松顛閣，讀桂杏農觀察一聯並跋語，方悉其原由。聯云：『薄宦寄明湖，有夢難尋荆樹影；前因迷法雨，招魂空叩木犀禪。』跋云：『甲戌春，先宫保文敏公鞫獄粵西，道卒於武昌行館。太傅曹儷笙師忽夢兒曰：「我與公皆理安寺僧，今當歸矣。」愕然而覺。越日，楚督奏函適至，遂以上聞。辛卯，余分巡浙西，携真菴弟同詣理安。修篁疊嶂，夢又成空。爰題楹誌鴒原之感。覺羅桂菖識並書。』」按：曹文正師騎箕之前數日，相傳亦有夢徵。則「真靈位業」殆非虛妄。惜無好事者合塑二像於閣中以張其事，使無觀察此聯，則何人更能理其説乎。

見山閣聯

張仲甫舍人杭州老屋書齋額曰「彝壽東軒」，歲久傾圮。近重加葺治，增一樓。樓旁更增一小閣，面西，得見南北兩高峯及北山一抹。樓牆罅處並見保俶塔。題曰「見山閣」。魏滋伯贈一聯，乃汪孟文女史玢所書十字，曰：「一塔遠出樹；衆山青到門。」汪爲陳扶雅孝廉善佳耦，大小行楷皆工，中年遽殞。此聯乃滋伯收藏舊蹟，恰合此閣之景。滋伯又自書集句一聯云：「喜無多屋宇；幸不礙雲山。」仲甫皆甚珍之。

辛峯一角樓聯

《履園叢話》云：長白斌侍郎良爲前兩江總督玉公德第八子，曾官蘇松糧道，駐劄常熟。署後即虞山也。有小樓可以望遠，題曰『辛峯一角樓』。與吴中諸名士讀畫論詩，殆無虚日。自題一聯云：『羣彦集東南，有温、李詩才，荃、熙繪事；高樓占西北，對石梅香月，辛嶺晴雲。』

小礫山莊聯

《隨園詩話》云：「陳豹章有別業在廬江，曰『小礫山莊』，依山結屋，吟嘯其中。自題聯云：『王伯輿終當爲情死；孟東野始以其詩鳴。』」

江心寺樓聯

江心寺樓上楹帖甚多，余同年李芝齡尚書一聯最爲時所傳誦。句云：「青山横郭，白水繞城，孤嶼大江雙塔院；初日芙蓉，晚風楊柳，一樓千古兩詩人。」此外朱滄湄觀察亦有句云：「長與流芳，一片當年乾淨土；宛然浮玉，千秋此處妙高臺。」亦頗超脱。又樓外小柱上有沈茂才步雲集唐人一聯云：「潮平兩岸闊；江上數峯青。」亦尚自然。此則聞之孫雨人學博，余兩度登樓，實皆未見此聯也。按：芝齡尚書「初日晚風」八字，是合謝康樂、孟襄陽言之。二公皆與孤嶼有關，可稱巧合。而徐鐵孫權守榮一聯云：「衆山遥對酒；孤嶼共題詩。」則直書孟襄陽之句，且跋云：「以實孟樓之名。」是爲小峴先生揚其波，殊可不必矣。余前游有詩而無聯，近始補製一聯云：「風景不殊，四十餘年舊鴻雪；江山如許，二千里外小金焦。」

尺五莊柱聯

京師城南之尺五莊，風景頗似南中。地主爲恆心農太守，亦頗風雅。興化鄭子研有聯贈之云：「何處無明月清風，半郭半村裴緑野；此地有茂林修竹，宜詩宜畫謝青山。」主人得之甚喜。

錦屏山亭聯

鄭子研曾任河南令，於錦屏山建亭，題柱一聯云：「樹栽棠作舍；山製錦爲屏。」蓋宜陽本召伯甘棠舊治，此雖僅十字，而自然工切，即可不磨。

黄鶴樓楹聯

余前録黄鶴樓楹帖，獨遺卻吾師翁覃溪先生一聯。近讀吾師年譜，急補録之。吾師於乾隆壬子科充湖北鄉試正考官，有《黄鶴樓圖記》云：「榜發後，重九日，開讌於黄鶴樓。樓前設屏，插菊花數千萬枝以侑酒。酒罷，題一聯於樓柱曰：『千古題詩到崔、李；本朝制義在熊、劉。』」余官湖北時，嘗三度登黄鶴樓，而皆未見此聯。豈當時並未鏤板，而墨跡遽爲人所匿耶？使不讀吾師年譜，竟無人知有此聯矣。名流手蹟，其湮没如此者蓋不尠哉。

琵琶亭聯

董雲巖題琵琶亭聯云：「一彈流水一彈月；半入江風半入雲。」張仲甫爲余述之。自然可喜如此。

江心寺門聯

孫雨人學博《永嘉聞見録》云：「江心寺外門舊有聯云：『雲朝朝朝朝朝朝朝散；潮長長長長長長長消。』旁題宋狀元梅溪王十朋書題。余謂此等似巧實拙，斷非梅溪手筆。即如聯意，亦止須『雲朝朝散；潮長長消。』何煩重疊至八字耶？並引蔡葵圃之言曰：『題曰宋狀元，本人斷無此款式。其爲好事者假託無疑。』憶四十三年前到寺，亦曾目擊此聯，以其費解，笑置之。旋里後，乃知烏龍江之東山上羅星塔，舊有七字聯，不知何人所撰，其句云：『朝朝朝朝朝朝夕；長長長長長長消。』過客皆不知所謂。相傳康熙中有一道人到此，讀而喜之，衆請其説。道人笑曰：『此山爲海潮來往之區。此聯出語，第一、第二朝字上平聲；第三朝字下平聲，通作潮字；第四朝字下平聲，第五朝字上平聲，第六潮字下平聲，凡此平聲者，皆應作潮字讀。對語第一、第二長字平聲，第三長字上聲，第四長字平聲，第五長字上聲，第六長字又是上聲。如此讀之，自不煩言而解。不過此言潮汐長消而已。』言訖，道人遂不見。或以爲純陽現身也。按：此塔聯與寺聯字句互異，其爲仙筆與否不可知，而塔聯似較簡明有意趣，故余曾録入《楹聯續話》中。學博言：「道光壬辰，颶風大作，此聯已吹在江中，不知飄流何處。」而余今冬重游，則寺門仍有此聯，卻非舊款，後題章安蔡朝珂重録，因複記之。

熙春山聯

吾鄉邵武熙春山爲一邑勝地。邑人龔正謙題聯頗可喜，遠近稱之，而山名益著。聯云：「放開眼界看，朝日纔上，夜月正圓，山雨欲來，溪雲初起；洗淨耳根聽：林鳥争鳴，寺鐘響答，漁謌遠唱，牛笛横吹。」

但雲湖都轉聯句

張仲甫曰：「維揚城内保赤堂，收育嬰孩，養而兼教，法良意美。髫幼概令識字讀書。稍長，量其資稟，能讀書則讀書，不能則即改業，就其質性材器，所願學能學者，分别各執一藝。故堂中有課蒙者，有授經者，有教詩文者，有教算法者，有教紡織者，有教九流雜技者。各師與徒分坐分等，書聲、機聲、算子等聲錯雜相應。但雲湖都轉題聯云：『隨地遘艱危，藐是諸孤，更何望長我育我，顧我復我；回天敷惠澤，誰非人子，敢或忘飲之食之，教之誨之。』」仲甫並言：「數年前，小住邗城數日，偶過門外，忽忽入堂一觀。僅記此聯，惜未暇考其章程，并未知何年何人所建立也。」

丙塘居士輯載數聯

《東望望閣隨筆》，題丙塘居士輯，不著姓名。云：「四月初八，乃南宋謝太后壽崇節。初九日，乃度宗乾會節。賈似道命黃蛻作牋云：『聖母神子，萬壽無疆，復萬壽無疆；昨日今朝，一佛出世，又一佛出世。』又題佛寺山門内金剛對聯云：『莫怪和尚們這般大樣；請看護法者豈是小人。』又題養濟院云：『看諸君腦滿腸肥，此日共餐常住飲；想一樣鐘鳴鼎食，生前都是宰官身。』可當晨鐘一擊。」又云：「乾隆五十五年，純廟八旬萬壽。竇少宰東皋先生進楹帖一聯，最合聖意。句云：『天數五，地數五，五十五年，五世一堂，共仰一人有慶；春八十，秋八十，八旬八月，八方萬國，咸呼萬壽無疆。』」按：予《叢話》卷二所載彭文勤之聯與此大同小異，而此所載似更簡老，所述撰人亦不同，可重録也。

金沙港聯

金沙港延青水榭富海帆中丞一聯云：「新水漲三篙，繞檻波光平似鏡；好山環四面，開窗嵐翠拱如屏。」又張柳泉太守允垂聯云：「鏡面湖光，蘇堤一綫横窗碧；雲端梵唱，竺嶺千盤壓閣青。」兩聯皆雅飭可採。

楹聯三話卷下

賀雲臺師加銜聯

雲臺師以今年丙午鄉試重宴鹿鳴。大吏奏入，得優旨，晉加太傅銜，並有「三赴鹿鳴」之望。榮寵極矣。按吾師本以太子太保原銜越加七級而至太傅，如斯曠典，前此所未聞也。謹考：本朝滿漢大臣，生前以太傅加銜者，如金文通之俊、洪文襄承疇、范文肅文程、鄂文端爾泰、曹文正振鏞、長文襄齡，不過六人。餘如馬文穆齊、佟端純國維、佟忠勇國綱、奉文勤寬、謝清義陞、楊敏壯捷、顧文端八代、王文恭頊齡、張文端英、朱文端軾、錢文端陳羣、蔡文恭新、董文恭誥，皆由身後贈太傅銜。其由太子太保越贈太傅者，則惟劉文正統勳一人。若吾師之躬逢其盛，真稽古之殊榮，科名之曠遇。宜邗江士大夫歡欣鼓舞，嘖嘖以爲美談矣。余客居無以爲賀，獻一聯云：「異數超七階，帝眷東山謝太傅；嘉賓佇三肄，天留南國魯靈光。」但求切不求工也。是年江南副考官黃徵三通副贊湯爲吾師門下士，由金陵闈中寄聯相賀云：「鸞詔親褒，歷相三朝賢太傅；鹿鳴重宴，同年一榜小門生。」亦工不足而切有餘也。又山西平定州張石洲穆以集杜句賀雲臺師重宴鹿鳴加太傅銜楹帖云：「從來謝太傅；祗似魯諸生。」師甚賞其巧切，而外人多不以爲工。按杜詩《奉觀嚴鄭公廳事岷山沲江畫圖》詩末聯云：「從來謝太傅，邱壑道難忘。」又《奉送郭中丞兼太僕卿充隴右節度使》詩中一聯云：「恥爲齊説客，祇似魯諸生。」不稽其出典，不知其渾成也。

鄂文端贈法淵若聯

聯云：「除卻詩書何所癖；獨於山水不能廉。」可想法公之爲人矣。

孫觀察贈孫頤谷侍御聯

孫淵如先生曰：「漢以來傳儒林者以通經詁守家法，至晉稍衰焉。有王肅起而亂之，至改易制度。故肅者，經學之罪人也。後世祀之黌舍，旋悟而黜之。星衍嘗作《六天辨》《五廟二祧辨》，又擬集焉昭叔然難王申鄭之説爲一編，而未竟。得見頤谷先生《家語疏證》，爲之心折。因爲題柱云：『中鄭難王，叔然所學；先羣後紀，北海之交。』星衍爲先生年家子也。」按：今永嘉學博孫雨人同元爲頤谷侍御哲嗣，余至永嘉，訪學博於學署。先生以墨蹟篆聯，尚懸壁間云。

阮雲臺師贈汪中翰聯

杭州汪小米中翰遠孫嗜古能文，雲臺師贈以聯云：「異書遠購《吾妻鏡》；好古常携己子彝。」《吾妻鏡》者，東洋人所撰書名也。

姚中丞贈范今雨聯

姚亮甫中丞贈范今雨謝聯云：「不少雄謀吞海若；祇憑餘事作詩人。」自注云：「道光庚子秋，今雨五兄來武林話舊，出篋中諸作見示，並索余撰楹帖相贈。時濱海有警，相與論議數四，故及之。」范蓋負經世才者，故中丞最器重之。

吳茂才贈趙雲松

袁簡齋曰：「『生面果能開一代，古人原不佔千秋。』此余贈趙雲松詩也。『作宦不曾逾十載，及身早自定千秋。』此雲松見贈詩也。近至揚州書院，見壁上有秀才吳楷集余第一句，配趙之第二句，作對聯贈掌教雲松，天然雅切。」

林少穆督部贈聯

三兒恭辰六上公車，依然故我。近緣福州舊宅不能安居，奉余出遊，並奉捐輸令，因作郡大夫。指省浙江，以便迎養。非得已也。時少穆尚書由陝西馳書相賀，中有「哲嗣以二千石洊登通顯，台端以八十翁就養湖山」云云。余謝不敢當，而心韙其語，囑少穆就此演成長聯，將懸掛於武林寓齋，以爲光寵。甫踰月，少穆果手製二十八字長聯見寄，並綴以長跋。書詞翰雙美，感愧交幷。時方集録《楹聯三話》，得此又增一美談，不禁眉飛色舞也。句云：「曾從二千石起家，衣鉢新傳賢子弟；難得八十翁就養，湖山舊識老詩人。」跋云：「莅林中丞老前輩大人，自出守至開府，常往來吳越間。今喆嗣敬叔太守又以一麾莅浙，迎養公於西泠。公游興仍豪，吟情更健。此行真與湖山重締夙緣矣。昨書來索楹帖，以則徐前書有『二千石、八十翁』對語，囑廣其意爲長聯，並欲識其緣起。公昔歷封圻，距守郡時才一紀耳。今懸車數載後，復以兒郎作郡，就養於六橋、三竺間，此福幾生修得！若他日再見封圻之歷承，此衣鉢之傳，豈不更爲盛事。敬叔勉乎哉！道光丁未人日，同里館侍生林則徐識於青門節署，時年六十有三。」

少穆由西域賜環後，先權陝甘總制，旋撫關中。綏輯番民，筦理捐務，公私具舉，歡頌載途。而不知其三年塞上，開墾屯田，厥功尤偉。以逐臣而猶爲民爲國，豈復是尋常報稱之情！近雖因病陳情，行將感激復出。且聞已飭喆嗣鏡帆編修還朝供職，其爲心存君國，實遠邇所同欽。適承公以長聯寄贈，余不揣固陋，亦勉成數語報之。雖不足以揄揚盛美，而「情往似贈，興來如答」，亦聊紀一時翰墨緣也。句云：「麟閣待勞臣，最難西域生還，萬頃開荒成偉績；鳳池詔令子，喜聽東山復起，一門濟美報清時。」

按：此聯書就，緘寄關中。適公已擢移滇黔總制，未知得達與否。而公所惠寄之聯，則早已裝治完美，懸諸杭州三橋址新宅中。衆目快瞻，且膾炙人口矣。少穆督部本工爲贈答之語，得者往往矜爲家寶。蓋於稱揚中更能雅切其人，非泛泛作諛詞者也。如吳中贈石琢堂前輩云：「陶鎔梓里三千士；領袖蓬山二十科。」時石掌教蘇州之紫陽書院，已十餘年也。關中贈楊宗峯中丞名颺云：「點蒼南去鍾英地；太白西來建節天。」楊以滇人開府陝西也。恩縣贈陶訪雲同年鎔云：「河清想見官如水；宦久真知縣是恩。」贈巡捕官吳青士廷榕云：「久許匡劉成國器；肯將屈宋例衙官。」贈張雲巢鹽使云：「清門甲第傳兒輩，舊部湖山屬寓公。」時卜宅武林，適得次君館選之喜也。送葉小庚申薌之官雲南富民縣云：「人自玉堂來，吏亦稱仙宜不俗；神從金馬見，民能使富莫憂貧。」贈王楷堂比部廷紹云：「南士淵源承北學；秋曹門館坐春風。」比部屢與分校，所得多南省佳士，一時無與爲匹者。

楊時齋制府壽聯

鄭子研有賀楊時齋制府遇春壽聯云：「紫氣滿關中，合李晭同期而至；青城臨蜀道，先王旦一日以生。」

松湘圃相國壽聯

姚亮甫中丞祝松湘圃相國筠壽聯云：「仕宦閱六十年，駸駸未已；馳驅逾十萬里，蹇蹇匪躬。」上聯固是雅切，下聯尤非公不足以當之。又有手贈一聯云：「三德知仁勇；一官清愼勤。」以之頌公，亦無愧色也。

張仲虞郡丞壽聯

湖州張仲虞通守學韶，少奉其尊甫前河帥蓮舫公戍邊。嗣奉公命，回籍省母；又奉母命，出關侍父。

未幾，公終於戍所，復扶櫬入關。計奔走十年餘，所歷不下十萬里。中外皆以「孝子」稱之。繪有《凌山策騎》《龍沙罔極》兩畫卷，自爲之記。復廣徵名流，題詠殆遍。近來筮仕南河，時同懷兄雨琴大令學襄亦官儀徵，母太夫人年已七十餘，猶健勝，每往來就養。同人以爲美談。值仲虞四十初度，嚴問樵撰聯美之云：「歷沙磧，兩度凌山，有志竟成，父子各完忠孝節；奉板輿，一條淮水，曰强而仕，弟兄同現宰官身。」

雲臺師壽聯

㖆夷之不犯揚州，京師士大夫以雲臺閣老之居邗江，比漢鄭康成之居高密，而以㖆夷比黃巾之保鄭公鄉也。踰年，值八十壽辰，恭蒙賜壽。彭春農學士以楹聯寄賀云：「新恩又見臨裴野；近事争傳保鄭鄉。」即指此事。

但都轉壽聯

㖆夷初犯京江，揚郡人家已紛紛逃竄。賴但雲湖都轉竭力防堵，加意撫循，不一月即各安其居。揚人甚德之。值都轉九月誕辰，各製楹帖，以致其頌禱之忱。然語或過當，甚有以郭汾陽、李西平爲比者，則擬不於倫矣。惟雲臺師撰七字聯云：「菊花潭裏人同壽；揚子江頭海不波。」落落大方，恰如身分，不能不推爲大手筆也。

劉恭人壽聯

雲臺師有老妾劉恭人，即嫡配江夫人之媵也。師兩次斷絃，得其内助力爲多。生子祐，登道光癸卯鄉薦，現官刑部山西司郎中。劉得四品恭人封典。女適吳刺史公謹，崧圃閣老子婦也。今歲七十壽辰，師許同人爲之製錦稱觴。余亦製一聯往祝云：「鹿宴沐恩濃，正及臣門膺曠典；翟衣襄政久，更看子舍策清名。」翼日，師親來謝步，並曰：「此番同人所贈聯軸頗多，惟閣下及右原所贈句最佳。」右原句云：「温温恭人，母以子貴；潭潭相府，日引春長。」先是右原以酒筵獻，吾師以手簡謝云：「此席恰爲煖壽而來。煖者，温也。所謂『温温恭人』是矣。」右原即因此製成聯句，莊重渾成，真可入余聯話也。

雲臺師贈聯

余因覲入京，旋即拜巡撫廣西之命。雲臺師以分書十四字賜之云：「江鄉仁惠傳荒政；嶺表恩威播外夷。」余曰：「粤西接壤交趾，撫御爲難。余方不知所措，吾師何以預獎之如此。抑以頌爲規，正所以進之歟！」師曰：「以吾子當此任，我必其勝任愉快也。而上聯則實我由中之言，亦衆口如一者也。」

姚亮甫中丞所撰輓聯

姚亮甫先生好作楹聯，尤工爲輓對，能曲折盡意，各肖其爲人。余前録其輓張蘭渚師一聯，載入

《續話》中，而張仲甫家中實未奉到，後閱余《續話》始知之。今年小住武林，與仲甫晤談及此，仲甫始從其後人索得一稿，皆亮翁所手録，前聯即在其中。而前所寄聯，尚不知浮沉於何人之手。然則余之編輯此書，亦不爲無裨於人也。亮翁在樞直最久，與程春廬爲至交。春廬由奉天少京兆請假歸，没於京師旅邸。亮翁爲之經理其喪，甚周至。輓聯云：「感舊琴亡，一慟空餘呼子敬；酬知劍在，九原何處覓徐公。」語雖平近，而情極有餘。滿洲景勤圃中丞敏，亦樞直老輩，與亮翁最稱莫逆，終於黔中撫任。亮翁寄輓之云：「二十年禁苑聯鑣，感交合苔岑，長懷古處；七千里巖疆秉節，歎身騎箕尾，未竟嘉猷。」鮑雙五先生桂星與亮翁同年至好。其卒也，亮翁輓聯云：「雲路仰鴻儀，不少丹忱懸日月；烟霄驚鶴化，空留奇氣鬱詩篇。」此恰肖先生之爲人，足以傳先生矣。錢裴山中丞之卒，其太夫人尚在堂。亮翁輓聯云：「譽望始簪毫，歷廿年金馬蜚聲，果見鴻猷傾海内；恩勤歸畫荻，痛一夕慈烏失哺，長留遺恨徹泉臺。」輓蔣礪堂節相云：「黄閣仰殊勳，使相聲名傾遠近；青雲叨夙契，故交情誼黯平生。」稿本中自注云：「語有微詞，蓋惜其末路之顛躓也。」輓潘小坡郡丞云：「偉績盛河渠，報國真資舟楫任；貽謀焕堂構，承家都具棟梁才。」郡丞從公淮浦最久。歷年河員之後人，鮮登科甲者。今長公紅㯃方伯、次公梧亭觀察皆由進士出身，河上人豔稱之。輓汪竺君樞部鳴爵云：「温室盛才名，五夜星辰輝彩筆；玉樓驚早世，一江風雪慘銘旌。」輓錢次軒觀察栻云：「宿望冠蓬瀛，八秩看花傳洛社；遺型式桑梓，千秋騎鶴歎蕪城。」觀察殁於揚州，故云。輓錢古槎觀察廷熊云：「華國掞高才，丹禁百篇餘制草；宣風痛邊徼，素車千里愧生芻。」古槎即次軒之喆嗣，由樞曹觀察蘭州，甫一年而逝，在次軒之前兩年也。輓陳香谷中丞桂生云：「節鉞盛才名，廿載鄉邦遺老一；衣冠凄畫像，百年人望達尊三。」輓宋湘帆方伯其沅云：「柏署仰寅恭，允矣直聲聞殿陛；梓邦資保障，凛然生氣壯河山。」時英夷正犯浙東，湘帆行巡撫事，承烏敬齋之後，以勞卒於官。亮翁輓額云「匪躬盡瘁」，亦紀實也。輓陸森如太守楷云：「宦海靖波瀾，同荷生成歸大造；寒江空涕泗，難申契闊向重泉。」英夷初就撫也。輓朱雲麓觀察鴻云：「光霽德輝承，京邸從容懷古處；斗山人望失，寢門悲涕感師資。」雲麓爲余老同年，品學兼優，而時流多迂之。得亮翁此詞，推崇之至，雲麓可不死矣。輓楊梅梁中丞母田太夫人云：「錫命荷三朝，翟茀夫榮，節旄子貴；陳情纔隔歲，煙霄鶴化，風樹烏啼。」太夫人即忠武公之夫人。忠武甫乞歸，偕夫人銜恩旋里，不逾歲而夫妻雙逝矣。輓朱詠齋尚書云：「報國勵丹忱，謇謇公忠聞海内；生天還絳闕，堂堂正氣在台垣。」頗肖詠齋之生平。寄題三子婦錢孺人繐帷云：「宗黨仰賢名，歎畢生辛苦持家，無愧相夫教子；關河悽老淚，論初地慈祥證果，定知成佛昇天。」輓徐小巖孫壻云：「噩夢忽驚魂，痛絶高堂，環視孤煢還待撫；微痾真霧露，傷哉旅邸，是何醫藥漫相攻。」小巖爲訪巖方伯之冢嗣，卒於客邸，蓋爲庸醫所誤耳。輓方葆巖制軍母吴太夫人云：「錫命兩朝隆，曰順曰慈，内壼行堪符史筆；陳情三載允，惟忠惟孝，倚廬哀莫忘王言。」「順慈」爲封誥中玉音，「忠孝」則允陳情時諭旨也。輓孫季圃閣老元配張夫人云：「八座晉崇封，業焕綸扉資内助；三遷垂懿則，經傳紗帳溯遺型。」時其喆嗣篔谷侍御善寶、荇卿太史瑞珍皆國器也。輓鮑太守步墀云：「廉善廉能，山左早聞循績著；成忠成孝，楚南終古令名揚。」太守爲樹堂副憲勳茂第二子，曾官山左、楚南，所莅皆有循聲云。輓錢竹西太守清履云：「竹馬共嬉娱，六十年燈火揚州，長憶兒童笑語；

銅符宣化澤，廿八載棠陰漢上，試聽父老謳歌。」竹西爲余甲寅同年，又同官楚北。其没也，余亦有聯輓之。今不復能舉其詞矣。輓鮑樹堂副憲云：「獻賦共簪毫，紫禁追陪，萬事都曾咨伯始；酬知空掛劍，蕪城憑眺，九原何處覓徐君。」輓景福泉方伯謙云：「屏翰重周原，黍膏棠甘留政績；衣冠尊洛社，梅消石瘦見丰神。」方伯素工六法，尤擅長爲水墨梅石也。輓徐晴圃中丞炘云：「瑣闥憶肩隨，宦跡東西，投老剛欣聯舊雨；黄壚驚腹痛，朋歡零落，愴懷何處數晨星。」

林少穆督部所作輓聯

少穆督部工作輓聯，余於《前話》中所載已夥。兹復有所得，因復録之。輓吴槐江督部云：「楚粤盛勛猷，更饒廿載山林，重賡鳴鹿；皖吴尊齒德，何意三春風雨，遽痛驂鸞。」輓吴玉松太守云：「加數年公即百齡，才筆依然，胡不憖遺嗟一老；傳三世孫纔五尺，書香長在，好教一髮引千鈞。」輓朱虚舟撫部云：「生爲西土福星，卻許湖山娱晚景；没與東坡同日，應與仙佛締前緣。」輓熊聲谷方伯常錞云：「清祕昔忘形，況經兩地同舟，逾艾年華頻話舊；旬宣今盡瘁，空説五絲續命，懸蒲時節正傷神。」自注：「方伯與余爲清祕堂舊侶，以庚子端午日終於粤東也。」輓王紫瀾廉訪瑞徵云：「恩命方新，悵籍甚聲華，身後還除空撒手；官逋未了，歎蕭然環堵，庭前俯仰劇傷心。」廉訪於没後始奉擢臬貴州之命也。輓屠琴隖太守云：「病榻恩來，歎息膏肓難再起；潛園人去，流傳詩畫定千秋。」時病中已受九江守也。輓陸萊藏郡丞我嵩云：「澤被十閩深，溯頻年砥節奉公，薦鶚名留金筴重；靈歸三泖遠，悵暑月殫精校士，驂鸞人赴玉樓寒。」輓江清渠學博有本云：「澹泊任天真，憶掉頭苜蓿闌干，八十翁自耕鐵硯；老成悲電謝，試屈指枌榆甲第，廿三科誰共瓊林。」輓麟見亭河帥母惲太夫人云：「紗幔仰傳經，八座起居，彤管頻題《香茗集》；板輿隆養志，三春報答，碧幢忽廢《蓼莪》篇。」惲曾選《閨秀正始集》梓行，且歷任皆就養也。輓周稚圭中丞母陳太夫人云：「五省奉安輿，一品封崇，況見孫曾繇甲第；卅年隆禄養，百齡算近，忽悲仙佛渺旛幢。」輓顧杏樓比部母蔣太恭人云：「晝錦迓潘輿，忽感鄰春驚罷社；春暉違宋幔，恰當佛誕證生天。」時比部回籍迎奉，而恭人適於二月十九日在籍棄養。是日爲社日。輓江芝亭司馬室顔宜人云：「煒管擅清詞，紅藥階前，曾伴郎君吟彩筆；繩床驚噩夢，緑莎廳上，忍教司馬濕青衫。」顔有詩草已梓行也。輓吴巢松太史室盛恭人云：「荻閣含飴，正喜有孫傳祖硯；蘭陵返櫂，遽隨佛母渺仙幢。」恭人無子有孫，適遭其母盛太恭人之喪，赴常州哭奠，歸蘇即逝也。

盧學士輓聯

盧抱經學士終於常州之龍城書院，有輓聯云：「當代經師，鄭東海、馬扶風，抗前賢爲伍；此間旅殯，荀蘭陵、蘇玉局，得夫子而三。」對仗精切。惜不知何人所作。

朱侍郎輓聯

朱虹舫侍郎方增平生體氣清羸，而好服大黃。後染寒疾，亦日日服之，以至不起。没後逾月，生遺腹一子。彭春農學士以聯輓之云：「上蒼有靈，遺腹定應昌厥後；大黃爲厲，回頭始悔自知醫。」

玉文恭師輓聯

玉研農師由伊犁將軍内召，甫入關，薨於旅次。九重震悼，勑繪像紫光閣。飾終之典，備極哀榮。嚴問樵撰一輓聯云：「百部風清，攬銅柱高標，定有英魂棲大樹；九重雨泣，痛玉關乍入，不留生面畫凌煙。」

俞都轉輓聯

閒與兩淮鹺商談，歷任都轉之賢，以李秬軒爲第一。鄒公眉觀察曰：「秬軒之清標亮節，誠不可階。然有守而兼有爲者，終推平羅俞陶泉德淵一人而已。」憶陶文毅公整理淮鹺之始，都轉屢不得其人，手書令予切實舉薦。余即以陶泉應。蓋陶泉令長洲，守蘇州，實心實政，皆予所目擊心儀者也。時陶泉方守金陵，聞信力辭。文毅以余手書示之，陶泉語塞。聞陶泉初到揚時，運庫並無餘積。次年遂有三百萬之儲。此席擁東南財賦之雄，冠蓋往來，每多觖望，謗議叢興。自陶泉涖任後，改絃更張，洗手奉職，而裒多益寡，稱物平施，亦無不各得分願者。惜其用心太苦，精力驟衰，位不稱才，年不副德。論者傷之。余在蘭州藩署，忽接陶泉之訃，爲之涕如綆縻。適其孤以急信懇余轉遞平羅，余手揮一聯寄輓之云：「殫心力以報所知，一代長才出甘隴；處脂膏而不自潤，千秋遺愛滿邗江。」素聞賀耦庚督部言：「陶泉無所不知，無所不能。不謂邊陲乃有此人物。又若陶泉，若長莞淮鹺，可稱得人。惜地方上少一好手耳！」此聯正隱括其意。今年在揚州，聞公眉觀察亦有一聯云：「敬以持己，恕以接物，一息尚存，此志不容少懈；生不交利，死不屬子，九京可作，舍公其誰與歸！」出語本朱子，對語本《檀弓》，則真足以傳陶泉矣。

胡學士輓聯

胡書農學士敬，乙丑會元，詞林老宿，略司文枋，即投紱歸來。久主西湖講席，士論翕然。今其子弟皆聯翩科甲，克嗣家風，蔚成武林巨族矣。魏滋伯廣文輓聯云：「三百輩杏林弁冕，三萬籤芸署編摩，衡鑒識冰心，文苑有人同涕淚；廿一科東觀楷模，廿二載西湖師表，簪纓聯寶樹，新宮無憾作神仙。」組織工麗，無一賸語，足以傳學士矣。今西湖講席即其喆嗣工部公接充，亦佳話也。又高伯蒓孝廉學沅亦撰一聯云：「京兆衡才，由豫而皖而鄉邦，濟濟擢英賢，門下迭爲多士冠；承明珥筆，有史與文與典册，莪莪掄摮雅，浙中欲得替人難。」

百文敏輓聯

張蘭渚師輓百文敏公齡云：「五等列崇班，勳爵亞桓信躬穀；三營鍾閒氣，威名留楚粵江淮。」出句切其男爵，對句謂公生於張三營也。可稱確切不移。按我朝無五等之封，祇有公侯伯三名與古相合。

「精奇尼哈番」即子爵，「阿思哈尼哈番」即男爵，合之即古之五等也。

戴簡恪輓聯

程春海侍郎輓戴簡恪公敦元云：「貴爲尚書，儉若寒士，歘歷四十年，其趨公忘寢食，忠矣；幼稱神童，老推名宿，横覽八千卷，獨精筭通天人，偉哉！」此聯簡而賅，真而樸，非春海不能作此語，非簡恪亦不足以當之。

曹文正師輓聯

英煦齋師輓曹文正師云：「從先大夫於九原，五典春闈，首證當年衣鉢；考中書令者廿載，三朝元老，遂成曠代哀榮。」蓋文正出德文莊公門下，故出聯言之親切也。

姚亮甫中丞輓聯

翁二銘學士心存輓姚亮甫中丞云：「烏臺執憲，龍節宣風，百城解綬避威稜，正色讜言，婦孺亦知包孝肅；燕翼多謀，鳳池繩武，十載抽簪娱晚景，清心學道，耆英羣仰富文忠。」又杭城同人公輓云：「執法總朝綱，溯當年節鉞宣猷，聲望比富、歐、韓、范；歸田娱暮景，看後起芝蘭挺秀，科名媲軾、轍、郊、祁。」又張仲甫輓聯云：「臣謨望重范、韓，有孝有德，有守有爲，朝野共欽嚴正性；父執交深管、鮑，同榜同庚，同官同社，後先並失老成型。」自注云：「公與先倉侍同甲辰應召試榜，同壬午歲生，同官中外，居又同里。又按：公每假旋必廬墓，歸田後亦廬墓。廬墓之日爲多，而世鮮有稱其孝者，故特表出之。」

許封翁輓聯

張仲甫有輓許修門封翁聯云：「五十年父執深交，申以盟誓，重以婚姻，憶歲在庚寅，猶扶疾哭吾翁館舍；三四代家聲濟美，子爲詞臣，孫爲貢士，數榜開甲乙，曾及身見兩世科名。」

張仲甫哭子聯

仲甫有哭其長子某聯云：「嗟吾多病愛閒，何堪垂老零丁，又折此剛强一臂；念爾母衰婦弱，未得抱孫慰藉，忍聽他慘戚雙啼。」可謂一字一淚矣。

汪少海邑侯輓聯

汪少海仲洋以詩人爲循吏，而所遇多窮：在錢塘任内，緣事奪職，鬱鬱不得志；從軍甬東，艱難始復一官，又回避至江蘇，已老病矣，遽没於吴門。同人輓聯，多可傳者。如云：「通才百里難留，纔别杭州，鷲嶺魂依詩是讖；宦迹一生早定，終歸吴會，鯨圖神授夢何靈。」蓋少海《留别杭州》詩末章有云：

「劇愛飛來峯，魂魄飛不去。」又聞少海大挑前一夕，夢神授以海圖。莅浙後，首捧檄至海鹽，治海塘；又調錢塘；奪官後，又以甬東軍功復職；至姑蘇，又以前在濱海軍功著績，責其防海。終其身不離海彊也。又一聯云：「與子瞻生同里、官同方，吏治詩材稱伯仲；伴和靖寓相鄰、殯相近，湖波山色樂神仙。」又一聯云：「文章驚海內，詩酒滿天涯，二十年湖上勾留，身去名存，除却歐、蘇無此福；薄宦感焦桐，佳人悲錦瑟，七千里蜀中悵望，才豐命嗇，劇憐李、杜亦終窮。」皆才人之筆，惜不得撰者主名。少海有姬人某，得於秦淮，色藝無雙，先逝。故「佳人」句云然。少海從軍甬東，未補官而得藍翎。有書「三年奔走空皮骨，萬古雲霄一羽毛」爲楹帖贈之者，殊爲工切。較劉金門先生自道之語爲佳。劉語已見《續話》。

林少穆督部室鄭夫人輓聯

林少穆督部之元配鄭夫人卒於雲南官署。夫人一生福壽兼全，惟中年以後即爲疾疢所纏。然由甘隴移滇南，猶間關萬里也。余未得其訃音，乃預製一聯寄少穆。憶余失偶時，曾以先室行狀寄少穆，少穆即隱括狀中語，撰一長聯相寄。今余未得讀夫人行狀，道遠不能相待，乃以意質實言之云：「相夫歷八州督，教子擅八磚才，誰知八座起居，病與一生相伴住；老屋憶文筆坊，新居望文藻宅，都是文星照耀，魂兮萬里定歸來。」

梁楚香母李太夫人輓聯

浙江撫部梁楚香寶常官庶常，於余爲同館；令山左，於余爲同官。而恭兒觀政之江，又託其宇下。其太夫人壽登八十有七，迎養在署。前歲承九重賜壽，有「節署承歡」之扁，備極寵榮。今歲撫部亦年登周甲，僚好各製錦稱觴。時余就養東甌，寄祝一聯云：「東省憶同官，旋聽臺萊頌南國；北堂依壽母，長看旗翼照西湖。」觀者稱其典重。撫部之壽辰在六月十七，而太夫人於前一日以微疾棄養。余復寄輓一聯云：「錫命兼錫壽從天，節署普慶承歡，喜堂北萱榮，周甲剛娱萊子舞；同宗復同官自昔，弱息又叨慈蔭，悵甌東萍繫，生芻遥奠潁封羹。」

張仲甫代杭州紳士公輓梁楚香太夫人聯

「錫齡膺異數殊恩，憶昨歲蜺旌，捧詔還轅，節省臚歡傳盛事；詒穀播清芬宏澤，念吾鄉鯨浦，歌豐擊壤，蒙庥有自頌徽音。」

羅茗香所作輓聯

甘泉趙蓮溆茂才於本年七月作古。茂才年甫强仕，上有八十七歲之所後母，下有少妾弱女，祚薄無承祧之子。茗香輓以聯云：「慟生不逢辰，母在堂，妾在帷，弱女在閨，更嗣續猶虚，劇憐朝露先零，定卜此時難瞑目；嘆我無知己，家多故，身多病，命途多舛，信友朋最篤，豈料晨星又落，相期後至共論心。」時茗香方遭母喪，繼又殤孫，雖乍離苦塊，而愁病交加，憤不欲生，故末及之。江蘇張鑄臺孝廉以道光辛巳恩科舉人大挑二等，不能補缺，並不能委署，致盼一苜蓿盤而不可得。茗香輓以聯云：「命也何如，無禄竟難沾薄禄；天乎欲問，廣文可許作修文。」張松崖郡丞丁内艱，其太夫人厲氏既爲茗香之妻嫂，又爲茗香姨母之女。茗香輓以聯云：「羡姊三遷訓子，四行勖夫，計平生婦職無虧，仉氏、班姬堪並擬；慟我十年炊臼，九月廢《莪》，想此後泉臺有伴，小姑從母定相親。」又代叔公輓姪媳一聯云：「七族盡同聲，讚從舅從姑，相吾家賢阮；一朝成永逝，對此日佳兒佳婦，憶衛國莊姜。」

袁簡齋輓蔣愚谷

《隨園詩話》云：「洞庭山人蔣愚谷喜吟詩，致貧其家，以瘵疾亡。余輓之以聯云：『生爲誰忙，學業未成家已破；死虧君忍，高堂垂老子初啼。』」

袁簡齋輓徐爽亭

《隨園詩話》又云：「江寧徐爽亭善小兒醫，能詩，年九十餘，有句云：『船底水鳴風力大，蘆中雁語月光高。』簡齋有小女，病危，爽亭活之，因來往甚歡。其卒也，輓以聯云：『過九秩以考終，從古名醫，都登上壽；痛三號而未已，傷吾老友，更失詩人。』」

庶母庶妻輓聯

近人有爲庶母三年服者，製一輓聯云：「慈母如母，貴父之命也；顧我復我，育子之惘斯。」以經對經，莊重而工切。又聞舊一貴官以媵婢爲妾，生一子，子亦貴顯。其正妻没後數年，妾始卒，見諸親友輓句，多不愜意，自作一聯云：「媵隨妻來，轉令我思妹子；母以子貴，居然婢作夫人。」頗爲情文交至，而此聯尤難著語也。按：「我思妹子」是李后主祭周后文中語，見馬令《南唐書》。

梁山舟先生集句

梁山舟先生贈人楹帖，聞皆隨手集句爲之。如送陳蘭隣作宰云：「神仙官職雙鳧舄；才子文章五鳳樓。」又贈廬陵宰云：「百里棠陰鄰畫舫，一江峯影落琴牀。」又贈姜少司寇云：「君家舊事傳青史；公望中朝仰白雲。」又送某副憲使閩粤云：「手搴海國珊瑚樹；節擁天星赤繡衣。」又送粤東某官假回云：「煙雲得路駒千里；炎海收身鶴九臯。」又贈湖州某廣文云：「門前問字烏程酒；春暮吟風碧浪湖。」又贈某糧道云：「經濟只今劉計相；詞華自昔謝中書。」又贈某星使本省讞獄云：「玉節承天南斗静；繡衣行晝使星明。」又贈某山長云：「文章東觀仙曹舊；杖履南湖講席尊。」又送某司馬之任云：「麾符地喜鄰臣地；姓氏天教上御屏。」又贈某學使云：「南國人才歸玉尺；中朝門望重冰壺。」又贈某將軍云：「龍門世澤常華盛；鯨海威名草木知。」以上皆張仲甫所録示。

張蘭渚師集句

張仲甫所居堂中有林少穆督部手書一聯云：「應視國事如家事；能盡人心即佛心。」跋云：「一西老夫子大人撫閩中，座右懸此對語。則徐昕夕隨侍，知夫子立心行事，皆實踐斯言之義。兹命書楹帖，即録此二語，誌銘佩之忱云。」按：余在蘭渚師幕中，却未獲覩此聯；師又號一西，亦余所未聞。仲甫曰：「此先倉侍公所自集楹帖。上句乃仁廟面諭之語，下句則嘉慶丙寅年所奉乩詞也。」按：余有奉懷吾師句云：「儒無名士氣，佛是老臣心。」刻入《師友集》中。仲甫見之，以爲穩切之至，亦可作楹帖也。蘭渚師又喜集古語爲楹帖。如云：「爲仁猶曰行仁，服膺弗失；於止知其所止，常目在之。」又云：「自新新民，止於至善；先覺覺後，求其放心。」又集五經句壽蔣礪堂閣老云：「壽考不忘，以頌申伯；德音是茂，有若泰巔。」蓋每句皆備平上去入四聲，因難見巧。張仲甫曰：「先倉侍公所集四聲皆備聯句，不止一聯。今所記憶僅此耳。」又張仲甫嘗述其祖蓮海公有集句楹帖留示孫曹云：「聽聽祖考彝訓；深知稼穡艱難。」又蘭渚師曾手集經語，命章鉅以漢隸作楹聯，懸於廳事以自警。句云：「戒之在色，戒之在鬬，戒之在得；職思其居，職思其内，職思其憂。」章鉅書竟，乘閒請曰：「三戒中，惟『在鬬』二字，似與我輩身分不甚親切。」師曰：「『鬬』之一字，不必定指血氣之勇也。我輩既入名場，大凡奔競之心、傾軋之途，皆鬬象也。足下此時屏居州里，自然心平氣和。將來一登宦途，切須戒之。而使酒罵座，猶其小焉者矣。」余謹識之。

陳方伯集句

陳蓮史方伯有集句五七言楹帖，嘗手録一副本贈余。其爲余書楹帖，亦多用集句。道光己亥、庚子間，余次子丁辰、三子恭辰均隨侍桂林節署，值方伯在里中養痾，兩兒最承其青眼，屢以書畫往復質證。方伯手集聯語贈之云：「虛其心，實其腹；驥之子，鳳之雛。」義兼褒勗，余及兒輩甚感佩之。

羅茗香集句

羅茗香最善集句。嘗有賀人完姻集句聯三副，其一云：「聞鳳窺丹穴顏延年；乘鴻駕紫煙郭景純。」其二云：「鳳鳥于飛，賓親以禮《太元經》；金玉爲寶，婚悦宜家《易林》。」其三則專指十月吉期者，句云：「十月維陽，嘉耦曰配；三星在户，吉事有祥。」

嚴問樵集句

上海育嬰堂門柱有集四書聯句者，不甚佳。嚴問樵易之，云：「非要譽，非内交，此謂民父母；無伐善，無施勞，以保我子孫。」亦集《四書》語，較爲工穩。又製天后宫聯云：「受天地之中，以生一曰水；有功德于民，則祀謂之神。」亦頗渾成。問樵又云：「今人門帖，多有取『平爲福；居之安』作對者。下句出《孟子》，人人知之；上句出《莊子·盜跖》篇，云：『平爲福，有餘爲害，物莫不然，而財其甚者也。』今習爲口頭語，而不知所出。」

張仲甫集句

仲甫喜爲集句楹帖，嘗手鈔一本見示。自言與少穆先生所集彙鈔一册，今不能分辨某聯實出何手也。如云：「舉盃邀明月；焚香看道書太白、右丞。」「讀書破萬卷；落筆超羣英少陵、太白。」「百歲真過客；一身爲輕舟東坡、常建。」「忘身學草木；委懷在琴書元次山、陶靖節。」「江山助磅礴；烟月資清真陸堅、劉昚虛。」「朗抱開曉月；高情屬天雲東野、康樂。」「一生如土梗；萬事皆波瀾權德輿、太白。」「自有琴書增道氣；只將詩句答年華孔平仲、陳簡齋。」「子固精神老坡氣；茶山衣鉢放翁詩惠洪、復古。」「千古風流有詩在；一生懷抱與山開山谷、簡齋。」「閒看《秋水》心無事；久住西湖夢亦佳皇甫冉、方岳。」「方丈蓬萊多伴侶，木公金母相東西半山、東坡。」「至人無心亦無法；古者養民如養兒子由、放翁。」「筆下江山轉葱倩；雲中樓閣自陰晴朱子、文□。」「大隱本來無境界；勝遊都爲好山川東坡、洪朋。」「惜花意欲春常在；落筆乃與天同功劉屏山、黄山谷。」「天下蒼生待霖雨；此間風物屬詩人復古、東坡。」「瓣香急試博山火；好句真傳雪竇風誠齋、東坡。」「詩名官職稱雙好；丹桂靈椿並一時誠齋、后村。」「絶須絲竹娱安石；能使江山似永嘉陳慥、東坡。」「經行東坡眠食地；會訪拾遺花柳村山谷、周益公。」「偶陪上閣鵷鸞會；新管江南山水來梅聖俞、張耒。」「好作新詩寄桑苧；想當逸氣吞江湖米元章、王廷珪。」仲甫又見舊人集句兩聯甚佳，可作座右銘。一云：「善言莫離口，善樂莫離手；獨立不愧影，獨寢不愧衾。」出句爲唐孟詵語，下句爲劉勰語也。一云：「靜以修身，儉以養性；入則篤行，出則友賢。」出句爲《南史》陸慧曉語，下句則《家語》也。

陳郭集句

張仲甫爲余述陳曼生、郭頻伽合作集句楹聯贈杭州高惺泉日濬曰：「爲文須略識字；終身不復鼓琴。」上句昌黎文，下句《史記》語也。余不識高惺泉，味此集句，似尚有言外意。擬俟晤仲甫時詳詢之。

集《曹全碑》字

仁和高菉仲大使頌禾有集《曹全碑》字爲楹帖者，甚工雅。五言如：「和風君子德；時雨聖人懷。」又：「仁孝本諸性；禮義根於心。」又：「月下三升酒；風前萬里山。」又：「幽懷在泉石；好景足風雲。」又：「二分明月户；萬里白雲鄉。」又：「泉流雲際月；風動雨中山。」又：「涼意水雲際；高懷山谷閒。」又：「不止泉明酒；閒臨米老山。」又：「雲白風清際；廉泉讓水閒。」七言如：「清風明月有其樂；嘉辰美景置諸懷。」又：「殘陽遠水南朝寺；月白風清北郭山。」又：「讓水廉泉高士屋；禮門仁里聖人居。」又：「雲階月地幽人室；水遠高山隱士居。」八言云：「與禮同節，與樂同和；以義爲根，以仁爲本。」又：「敦仁秉德，並受其福；修禮陳義，乃獲有年。」又：「列紀陳綱，是王者政；安仁布義，與聖人居。」又：「子孝孫賢，至樂無極；時和歲有，百穀乃登。」又：「仁孝齊家，廉明報國；和平處世，禮義立身。」又：「勳蓋南陽，文綜西蜀；辭雄子建，經擬相如。」又：「典重商、周，鼎追秦、漢；賢齊廣、受，屋並機、雲。」

舊人集句

張仲甫嘗雜録舊人集句見示，中有可書楹帖者。如：「好學爲福；惟道集虛。」出《莊子》。「在家常起早；偶地即安居。」山舟先生所集。「無事此静坐；有情且賦詩。」同前。「花竹有和氣；風泉無俗情。」黄山谷、孟東野句。「欲共幽人洗筆墨；但驚妙語雜風煙。」東坡、放翁句。「餘子風流追魏晉；太平胸次到唐虞。」杜範、劉過句。「彩毫閒試金壺墨；花□重尋貝葉書。」李維、劉升贛句。「青竹閒垂任子釣；牙籤喜校鄴侯書。」劉過、張耒句。「墨妙已窺王令帖；良材還斲蔡翁琴。」趙孟頫、楊公遠句。「風騷意度卑唐體；人物依稀似晉時。」劉克莊、薛嵎句。「交情淡似秋江水；贈句清於夜月波。」郭祥正、楊誠齋句。「詩酒淋漓出狂怪；虹霓吐暖忘寒饑。」又：「千首放懷風月裏；一尊時對畫圖開。」又：「囊簡久藏蝌蚪字；詩壇欲效鸛鵝軍。」皆東坡句。「政用疏通合典則；地分清切任才賢。」少陵句。「都將筆下文章潤；散作人間雨露濃。」歐陽元句。「胸蟠杜甫千間廈；氣壓陳登百尺樓。」曹伯隆句。「拔薤已觀賢守政；壽親還慰魯侯心。」東坡、安石句。「已發政聲□召、杜；不惟詩句似陰、何。」沈與求、王半山句。「南斗日躔韓吏部；西湖風氣白香山。」張耒句。「常棣並爲天下士；先生真是地行仙。」東坡句。

孫淵如先生童語

孫淵如先生之父爲某邑廣文，有老友某過訪之，留飲齋中。時先生甫九歲，往來行酒，走風雨中不輟。其友笑曰：「稚子無知走風雨；」先生應聲曰：「先生有道出羲皇。」某友大嘆賞，即書作聯句，懸學齋中。此陳曼生郡丞所述。

賀牛姓喜聯

天津牛稔文太守爲子娶婦，吾師紀文達公於太守爲中表兄弟，送喜對一聯云：「繡閣團圞同望月；香閨静好對彈琴。」初不覺也。次日文達公來賀，乃謂太守曰：「我昨所製聯乃用君家典故，何如？」

隱士門聯

有隱士署一聯於門云：「風不出，雨不出；歌於斯，哭於斯。」想見高雅之致。按《堅瓠集》云：「孔侍郎極朝回遇雨，避於一叟廡下。叟延入廳事，逢迎甚恭。孔借油衣，叟曰：『某寒不出，暑不出，風不出，雨不出，不知所謂油衣也。』孔不覺宦興頓消。」此上聯所從出乎？

祈雨壇聯

明末辛巳、壬午間，蘇州亢旱，祈禱無驗。有滑稽子爲聯語，懸之齋壇云：「妖道惡僧，三令牌擊退風雲雷雨；貪官污吏，九叩首拜出日月星辰。」一時傳以爲笑。

某明府題武廟聯

張丹村廣文作楠《梅簃隨筆》云：「錢貢《麗水縣迎賓館記》云：『賓入門而左，額曰「見賓」，取「出見大賓」之義也。將入館，顏某堂曰「澹臺公至」，取「非公事不見邑宰」之義也。』讀之不覺噴飯。又謁武廟，見某明府題聯云：『兄玄德，弟翼德，水擒龐德；生蒲州，會涿州，坐鎮荊州。』同官多哂之。余謂：近人集撰《周易緯史》，於『屯六二』稱曹操待壽亭侯；『需上六』稱劉備桃園結義。如明府輩，更不必與之證陳壽之史、裴松之注矣。」

彭甘亭長聯

客有以《彭甘亭尺牘》求題識者，册後有一長聯，出句云：「那畔消息，見半點兒，有甚把鼻，若非是千了萬了，説不盡百樣郎當，因此上雪山中，忙到釋迦喫麻喫麥，受苦擔饑，生怕放逸魔，花費眼前日子」；對句云：「這邊事情，到十分處，還未稱心，霎時間七句八句，却原來一場扯淡，只落得漆園裏，笑煞莊周應牛應馬，逍遥散慮，都將順逆境，交付頭上天心。」按：此多彼法奥妙語，甘亭沈酣内典，必能別有會心。附録之，以待懸解。

某相國堂聯

舊有某相國堂聯云：「放開肚皮喫飯；立定脚跟做人。」或譏其上句不雅。徐野客曰：「彼長戚戚之小人，震雷常在匕箸間，那能放開肚皮喫飯乎？」

陳見三聯

陳見三，蘇州人，賣藥邗上，以此起家。開有青芝堂藥鋪，爲揚州第一家。買鄧侍郎休園爲別業。捐同知銜。每遇喜慶宴會，輒著天青褂五品補服，居然以搢紳自命。有輕薄子製一聯贈之云：「五品天青褂，六味地黃丸。」按休園今已易主，余曾飲讌其中。

江山船聯

浙水江山船最爲著名。船之後艙皆有漁婦，率以豔粧對客。客必稱之爲「同年嫂」。相傳爲前明陳友諒之族戚，爲明祖貶落於此，凡九姓，限其自爲婚姻，不得通至他鄉，故至今未能振拔。而傅粉施朱，淺斟低倡，舟中客鮮不被其蠱惑者。往往南北倒行，以拖延其時日。舟中客每晝夜酣歌而不知也。此九姓者，皆桐廬、嚴州人，故相呼爲「桐嚴嫂」，外人乃訛「桐嚴」爲「同年」耳。船製頗精美，兩岸風景亦絕佳。吾閩人由建溪傴仄而來，到此忽心開目朗，坐臥甚便，且客中忽入靡曼之鄉，驟得偎倚之樂，故尤心醉焉。有客題船窗一聯云：「游目騁懷，此地有崇山峻嶺，茂林修竹；賞心樂事，則爲你如花美眷，似水流年。」以《蘭亭序》對《玉茗詞》，頗有風趣。此聯相傳已久，至今往來吴越江鄉者能道之。又有才士題江山船聯云：「泛宅便爲家，有紅粉青蛾，長新風月；他鄉忘作客，看千巖萬壑，如此江山。」亦工切。

周冰持自署門聯

《松江詩話》云：「華亭周垂綸鷹，宿來太守子也。有子名稚廉，字冰持，負才不偶，迹類清狂。嘗署門一聯云：『論家世，如閣帖古窰，可謂舊矣；問文章，似談箋顧繡，换得錢無！』」

酒肆聯

錢梅溪曰：「途中遇沽酒者，或賣花者，其香撲鼻可愛，擬將採入詩中，而未得也。偶見市中酒肆挂一聯帖云：『沽酒客來風亦醉；賣花人去路還香。』不知何人所作，可謂先得我心者矣。」又曰：「酒肆聯有絶可笑者，如『劉伶借問誰家好；李白還言此處佳』。每處皆有，不知起於何時。又河南永城、睢州一帶酒店聯云：『入座三杯醉者也；出門一拱歪之乎。』則更堪噴飯矣！」按：吾閩亦有酒肆通行聯云：「鐵漢三杯軟脚；金剛一盞摇頭」。蓋自誇其酒之佳，又别一意也。梅溪又曰：「南陽夏鎮各處人家，門外俱有一聯云：『五湖天馬將；四海地龍軍。』則竟不知作何語。」

女校書朱玉聯

秦淮女校書朱玉敏慧能識人。嘉慶庚午，趙甌北先生重赴鹿鳴宴，常主其家。朱玉乞先生贈楹聯。時玉有徵蘭之信，先生手揮一聯應之云：「憐卿新種宜男草；愧我重看及第花。」一時傳爲佳話。

王扶九聯

宋小茗《耐冷談》云：「同里王扶九年老，就幕粵西，爲某縣延徵比一席。除夕戲書楹帖云：『白髮蕭然，看他人兒女夫妻，千般恩愛；黄金盡矣，數此日油鹽醬醋，百計安排。』詰朝主人入館賀歲，見之惻然，贈以千金並舟車之費，送其歸里，壽終於其家。」

陳小雲自題聯

陳小雲裴之寓居漢陽，於小樓上自題一聯云：「情殷報國，臣之壯也不如人，仗藥爐經卷了却三生，更休提如花美眷；志在養親，富可求乎聊復爾，幸楚尾吳頭剛通一水，定能容若葉浮萍。」詞旨凄宛，未幾即客死鄂城。「了却三生」，真成語讖矣。

楹聯四話

〔清〕梁恭辰撰

目録

楹聯四話卷一

廳宇　酬贈

《石林詩話》：「張先郎中字子野，能詩及樂府，居錢塘。坡公作倅時，先年已八十餘，耳目尚精詳，家猶蓄聲妓。坡公嘗贈以聯云：『詩人老去鶯鶯在；公子歸來燕燕忙。』蓋全用張氏故事戲之。先亦有一聯云：『愁似鰥魚知夜永；懶同蝴蝶爲春忙。』極爲坡公所賞。」

明江陰徐霞客宏祖《游記》敍生平游歷之處，亦能詩。自題小香山梅花堂聯云：「春隨香草千年豔；人與梅花一樣清。」流利可諷。

明郭天民，湖南益陽人，崇禎間江西巡撫，致仕。入國朝，隱居益陽桃花江。披緇後，徵之不出。題江樓聯云：「洗菜莫教流去葉；見桃猶記舊曾花。」饒有深致。又題園聯云：「此間無這座橋梁，辜負園林一勝；對岸借他人田畝，凑成邱壑雙奇。」蓋大門臨水，路甚迫窄，無橋則無路可通；園內結構甚精，而無遠景，必資遠處始開曠眼界也。

徐瘦生茂才照工書，喜爲詩。家貧，授徒自給。中年後絶意進取。課讀之暇，兀坐高吟，怡然自得。題聯齋壁云：「志不求榮，滿架圖書成小隱；身難近俗，一庭風月伴孤吟。」詩稿甚富，歿後皆散佚無存。

烏程淩忠清公義渠字駿甫，仕明至大理卿。甲申國變，自經死。公壻茅曦蔚爲之紀述，末有聯云：「爲國忘家，無地可投湘水；舍生取義，有天應照燕山。」

鄭漁帆太守心一以名幕起家，由佐貳官至袁州太守，因病乞歸，卜居蘇州，時有故鄉之思。題書室聯云：「無可奈何新白髮；不如歸去舊青山。」

陸敬安云：「本生曾祖愚汀公炘歷官興化、清遠知縣，愷悌真誠，民皆愛戴，而操守清廉，不通苞苴。郡守嫉之，譏於大府，入計典，罷歸。時年六十有六。宦橐蕭然，仍事筆耕。問字者麇至。公因材訓迪，孜孜不倦。嘗謂『農人自食其力，余則自食其心矣』。室聯云：『登堂盡是論文客；入篋從無造孽錢。』又仿晏元獻法，字紙之廢棄者，必翦取空隙處，置篋中以備用。謂子弟曰：『此雖細事，亦惜福之一端也。』因題聯於篋云：『用勿棄餘，常爲此生留後福；類無嫌雜，須知斯世少全材。』」

郝仲輿敬，湖廣京山人。幼工偶句。萬曆己丑成進士，令永嘉，以治行擢給諫。疏論輔臣、內官，謫江陰令。題聯於庭云：「座上有嘉賓，談笑風流吳季札；江干逢逐客，交遊意氣楚春申。」後致仕還鄉，預營西山生壙，卒年八十二。是日乘侯鯖車至西山，下輿索筆題柱云：「升沈難定，但深壑藏舟，人世誰憑著力；來去自繇，如驚風飄瓦，天工於我何心。」少頃屬纊而絕。

直隸棗强縣署一對，不知何人所作，句云：「苦心未必天終負；辣手須防人不堪。」真仁人之言。此等居心，不可及也。姚古芬贈秋生一聯句云：「名士青山千日酒；故人紅豆兩家鐙。」上句豪宕，下句情摯。

浙江巡撫署中有桐城方恪敏公觀承聯云：「湖上劇清吟，吏亦稱仙，始信昔人才大；海邊銷霸氣，民還喻水，願看此日潮平。」其後公之姪受疇來督閩浙，復題聯於署云：「兩浙再停驂，有守無偏，敬奉丹豪遵寶訓；一門三秉節，新猷舊政，勉期素志紹家聲。」跋云：「乾隆戊辰，先伯父恪敏公由直隸藩司撫浙。余昔爲此邦守，今繼伯公之後，亦由直隸藩司擢任。余弟維甸又曾以總督權撫事。六十年三持使節，洵殊遇也。敬誦御賜詩中『新猷舊政，有守無偏』之句，謹録成聯，以誌國恩世德云。時嘉慶癸酉六月上浣。」

明德化萬方伯衣官福建參政，時倭犯興化，懸金募敢死士乘城守，更伏奇兵待賊。賊薄城，守者矢石雨下。奇兵出邀擊，衆遁走。未幾，賊又來攻，乃賞健兒十餘人攜火藥夜縋城下，分投縱火。賊處處火，無暇攻城，城上人得縱射火箭。賊死衆。火愈熾，城上守者益堅。燃炬鼓噪，擊柝達旦，賊乃遁。遷按察使。倭再寇閩，至北嶺，將圖福州。以五百人覆嶺下，三千人分左右翼登嶺上，度賊過，合而擊賊，賊大潰，斬獲無算。後官河南布政使，爲巡撫所齕，乞病歸。築北山草堂，題其楹曰：「心懸魏闕三千里；身在匡廬第一峰。」

漢代玉堂乃天子所居，又爲嬖倖之舍。文翁立石室曰「玉堂」，則又爲講舍。宋學士院有「玉堂」，太宗曾親幸，又飛白書「玉堂之署」以賜。蘇易簡、歐陽公聯句云：「金馬並游年最少，玉堂初直夜猶寒。」自是「玉堂」遂專屬之翰林。

上虞許齋生教授正綬司鐸湖州，選國朝兩浙校官之詩古文辭，編集付梓。作徵刻啟，分貽同志，有聯句云：「二百年文獻，不薄冷官；十一郡典型，無輕前輩。」

杭城義塾立法甚善。仁和費辛橋方伯丙章題聯云：「莫謂孤寒，多是讀書真種子；欲求富貴，須從伏案下工夫。」激勵寒畯，辭意肫切。又許齋生教授題嚴州義塾聯云：「雖非千萬間，居然廣廈；爲語二三子，愼厥初基。」語亦簡貴。

湖北武昌府城内劉園，乃明故藩遺址，在將臺驛之東北，因山而構，建於乾隆癸丑歲。吳白華學使題曰「靄園」。通州劉純齋太守錫嘏爲作記，並題聯云：「挹朝爽西來，杯底嵐光飛隔岸；望大江東去，簷前帆影度遥空。」

漳州書院爲湘陰左相國督閩時所建，並撰聯懸之。句云：「五百年逃墨歸儒，天使番王納土；四十日修文偃武，我從漳海班師。」其地本梵宇，其時適漳州解圍也。又題福建省城正誼書院聯云：「中原士氣揚旗鼓；左海文章射斗牛。」旗、鼓，二山名，爲省會著名勝蹟。

通州學宮明倫堂聯，遂寧張文端公鵬翮所題，最爲堂皇博大。句云：「先聖道並乾坤，博也厚也，高也明也，悠也久也；今皇教同堯舜，勞之來之，匡之直之，輔之翼之。」

青浦何書田茂才其偉居北簳山下，工詩，家世能醫，書田益精其業，名滿大江南北。侯官林文忠公撫吳時，得軟脚病，何治之獲痊。贈以聯云：「菊井活人真壽客；簳山編集老詩豪。」由是投分甚密，而何介節自持，未嘗干以私。人皆重之。

南昌彭文勤公元端天資絶人，督學浙江時，試卷皆自閲。几置卷數百，二僕侍側，左展卷，右收卷，循環不息。侍者告疲，公優游自若也。按試告示，有「大場則萬卷全披，小試則無一字不閲」語。乾隆丁酉典試浙江，得人最盛。所取文不限一格，而議論、識力、詞采、氣局色色皆妙。試卷萬餘，徧加評隲，著語不多，切中作者之病。至有奉落卷而感泣者。歸安某先達薦而不售，卷評一字曰「庸」，因是發憤揣摩，盡變其習，即於次科獲雋。是科副主試茅耕亭閣學元銘出闈後贈公聯云：「聞士頌之，自吳於越；讀公文者，如韓、歐陽。」

戴鼇峰咸弼以名孝廉任東甌教授。時其太母年近九旬，甚健，迎養學署。鼇峰績學有名，老而彌篤，在學署猶手不離案。予正校刊先集，常任讎校之役，亦學官之翹楚者耳。嘗索予書聯，因以分書撰句云：「二千里外冷官，潘輿迎養百齡母；六十年來宿學，邊笥真藏萬卷書。」又錢塘丁氏竹舟、松生昆仲依竹起屋，藏書其中，又得竹垞檢討竹書額揭之，因取唐陸處士羽《竹山堂連句》，以隸書贈之。句云：「萬卷皆成帙；千竿不作行。」

偶出西郊，見墟墓間有人預營佳城者。其自題墓柱聯云：「預營焉，皆大歡喜；來拜者，爲賢子孫。」至姓名則忘之矣。曰「預營」，可見臨時作者即爲悲哀也；曰「來拜」，可見防有不肖子孫竟不來拜矣。語有深味。

「無求生以害仁，死且不朽；爲厲鬼而殺賊，魂兮來歸。」此湘陰左相國所撰忠義塚聯也。

《金壺戲墨》中有贈妓聯語頗多，今僅記其二。如周沐潤解元贈如意妓聯云：「都道我不如歸去；

試問卿於意云何?」又贈富金聯云:「我富文章君富艷;兼金身價斷金情。」按首聯,周已去官,人有勸其歸者,而不能捨去。二聯則未免自誇矣。

又有人贈張少卿女校書聯云:「少不如人,祇自知酒祓清愁,花銷英氣;卿須憐我,且莫唱《陽關三疊》、《河滿》一聲。」贈我卿校書聯云:「卿本紅袖佳人,自憐命薄;我亦青衫司馬,也爲魂銷。」則未免嫌冠頂二字倒置矣。

陸敬安云:「臨海許秀山布衣保喜種花,尤愛蘭、菊。菊種多至百餘。每至花時,五色繽紛。先君子恒從乞種,因書聯以贈云:『啖淡飯,著粗衣,眷屬團圓終歲樂;伴幽蘭,對佳菊,花枝爛漫滿庭芳。』」

葛壯節公以水師起家,擒斬海盗不遺餘力。嘗僞作商舟以誘賊,屢獲巨寇。道光戊戌年,公官瑞安副將時,會稽宗滌樓侍御稷辰贈聯云:「武穆兩言,不愛不怕;文成一訣,即知即行。」公嘗手書一聯,揭於治事之堂,曰:「持躬以正,接人以誠;任事惟忠,決機惟勇。」並自作擘窠大字顔其堂,曰「威惠」。論者謂能不負所言。

仁和宋學博成勳有聯云:「宦海風波,不到藻芹池上;聖朝雨露,微沾苜蓿盤中。」又孫學博學垣聯云:「冷署當春暖;閒官對酒忙。」是均能道寒氊趣味者。又福清林譯之句云:「俸薄儉常足,官卑廉自尊。」林官海寧教諭,國初人。辭質旨深,直可作官箴讀矣。

嘉慶、道光以來,仁和許氏科第最盛。駕部謹身闈墨房評云:「數來族望,寰中能有幾家;問到科名,榜上視爲故物。」稱許允當。人云:「此可爲凡科甲鼎盛家之楹聯。」

湖州北柵外分水書院爲沈青齋觀察所創。地有三元閣，觀察手題聯云：「天錫名山儲二酉；人登傑閣兆三元。」

咸豐癸丑年二月十一日，金陵被陷。將軍祥厚力戰殉難。時武進湯雨生將軍貽汾寓居金陵，於城陷之次日，賦《絶命詩》，投城北李氏園池死。年七十有六。遺命以蘆席捲埋竹園内。所藏手卷百餘軸，殉後爲賊抛棄殆盡。詩文稿亦散失。惟《絶命詩》爲僕攜出得傳。先是將軍之祖大奎官福建鳳山知縣，父荀業隨任，乾隆時林爽文之亂，父子同殉。邑人呈請敕建父忠子孝祠。將軍以難蔭，世襲雲騎尉，官至樂清協副將。工詩愛士，有古名將風。服官三十年，以病告歸，居金陵二十年。將軍嘗題聯於金陵所居之堂，爲藝林傳述：「醉翁之醉，狂夫之狂，四十年舊雨無多，屈指誰爲三徑客；南嶺以南，北海以北，千萬里閒雲自在，到頭還愛六朝山。」至是殉節，洵克繩先烈而不負國矣。

仁和關雲巖侍郎槐官中書時，以善畫供奉内廷。入詞林後，直南書房，充《四庫全書》提調官兼武英殿提調。寓齋前植雙松，中羅羣籍，爲退息之所。適賜詩有「松下敞書寮」之句，因恭篆「松下書寮」四字爲齋額。儀親王贈聯云：「柳邊歸院金蓮燭；松下仙寮玉局書。」

楊至堂河督與林文忠公同官有年。文忠以「學有經法，通知時務；行無瑕尤，直到古人」書楹帖贈之。

對聯有以複字見長者。歸安徐阮鄰保字題甘肅鹽茶同知署云：「回民漢民，多是子民，我最愛民無異視；禮法刑法，無非國法，爾須畏法莫重來。」

蔡東軒學博司訓江山，歲饑，各大姓輸粟平糶，題聯句於堂云：「盡力盡心，未能十分盡職；任勞任怨，不敢半點任功。」

杭州貢院至公堂有高宗純皇帝御題聯云：「立政待英才，愼乃攸司，知人則哲；興賢共天位，勗哉多士，覲國之光。」

嘉慶初，錢塘魏春松觀察成憲出守揚州。正值阮文達公撫浙時，贈之以聯句云：「兩袖清風廉太守；二分明月古揚州。」

沈鹿坪官台州教授時，督修文廟，題堂聯云：「事可問心寧任怨；功難藉手敢辭勞。」

香山黄壽廷先生增慶生於乾隆庚午，至道光庚戌錢塘許信臣祭酒乃釗督學粤東，始補博士弟子員。咸豐辛亥紀元，欽賜舉人。壬子，授國子監司業。時已百三歲矣。某贈以楹帖云：「四朝身歷昇平日；百歲人呼矍鑠翁。」憶道光年，藍翁名祥者，年一百四十四歲，恩賜六品頂戴。與先生皆熙朝人瑞也。

崑山徐朗齋大令鑅慶爲健菴司寇裔孫，嘗赴鄉試，因宿妓家，三場誤點未入。主司以其文爲元，求策不得，乃刊其文於解元之前，不刊名而刊坐號曰「麗六」。徐有句云：「虚名麗六流傳徧，下第江南第一人。」後雖復中，已非元矣。楊拙園明經知新贈以聯句：「代稱輦下無雙士；我羨江南第一人。」謂此。

漢軍朱經畬大令霦宦楚十餘載，不名一錢，卒以貧死，賴同僚佽助，始得返柩。其齋自署一聯云：「才能濟變何須位；學不宜民枉有官。」

戴遠山送桐峰官滇南，贈以聯云：「詩堪入畫方稱妙；官到能貧乃是清。」五言聯云：「果能承父志；亦足報君恩。」蓋其先曾爲曲靖別駕。立言如此，忠孝之風可見矣。

兩浙運署將盈庫聯云：「勝景近西泠，願將來寶藏豐盈，有此一湖春水；家山念東魯，看列郡竈烟環繞，亦似九點齊州。」庫大使于錫祉，魯人，故云。

張南山先生宦情素淡，年逾五十，即引疾歸田。令嗣小蓬司馬就烟雨寺築聽松園，爲先生著書之所。先生嘗自書楹聯云：「爲詞客，爲宰官，爲老漁，卅載風塵，歷幾多人海波濤，纔得小園成退步；愛詩書，愛花木，愛絲竹，四圍溪水，喜就近佛門烟雨，且營閒地養餘年。」

虔州黄穉坪學博一桂耽奇嗜古，挾青烏之術以游粤東。阮文達公督兩廣時，重修省志，黄與讐校之役，稍出其著述以示人，大抵皆漢、宋騎牆之説，有意迴護五子者也。晚年學業大進，深悔昔時之非，大書楹聯以自警，云：「讀史漸知心學誤；蒞官益覺理儒疎。」江鄭堂學博極稱賞是聯，謂非閱歷世事，不能作此切實語。

宜興任息齋茂才元祥殁後，詩文稿貧不能刻。其妻黄氏蠶績刺繡，積十餘年，傾資爲梓以行。集名《鳴鶴堂》。某贈聯云：「一卷刻成名士集；十年費盡美人心。」蓋如黄氏者可謂賢矣。

粤東海山仙館在荔支灣，番禺潘得畬方伯仕成別墅也。大門有楹帖云：「海上神山；仙人舊館。」集句極自然，並無款識，或謂孟蒲生孝廉所撰。按：予於丁卯再游羊城，爲方伯招往荔支灣，目覩園內楹帖之多。今聞易主，爲之慨然。

吴采五參軍華補授兩浙鹽經歷，題其署聯句云：「正笑媿無能，試觀兩浙殷繁，喜有名區藏我拙；

編籬聊復爾，博得一官閒冷，何妨静處看人忙。」

醉僧依山，不知其何許人，恆挂褡羊城之薩阿寺。高談雄辨，清論時聞。精風鑒之術，於寒儒中識桂星垣官可觀察；於偏裨内知張翰生位可都督。價重一時，以故户外屨常滿。吴門顧仁舫贈以聯句云：「野言山貌豪門客；秘計陰謀退院僧。」説者謂上句畫出依山之狀，下句指出依山之心。文士用筆，深刻如是。

畫師朱野雲者，遨游京國，出其翰藻，傾倒一時。然高裾大屐，絶不作幕賓態。與龔定菴舍人稱莫逆。龔以清狂著名，朱贈以聯句云：「田蚡駡座非關酒；江斅移牀那算狂。」龔不以爲迕，懸諸廳事。徐垣生太史語人曰：「入門觀聯，便知是定菴之家。」

蒙古柏雨田中丞貴由知縣累官至巡撫。嘗自撰一聯，懸於廣東撫署，云：「牧令計十年，坐斯堂，始願何嘗及此；絲綸蒙兩代，奉厥職，立心惟矢無欺。」

番禺沙灣司坑頭鄉有老松一株，古榦參天，濃陰蔽日。相傳爲六朝時陳玄德將軍手植。歙縣許小琴少尹文琛嘗往拜之。好事者爲建「拜松亭」，四向清虚臨水，中有楹帖云：「四角亭開臨止水；六朝人去賸孤松。」

蓮衣僧量雲楚人，少習儒業，晚投空門。愛西湖之勝，棲止湧金門外之靈芝寺，緊傍雉堞，署所居曰「未筳室。」音玉泉司馬德布爲題聯云：「結屋古松下；洗鉢清溪傍。」蓮衣工書，亦能詩，嘗自題其像，有「快意事教來日少，故人墳比遠山多」之句。按：蓮衣，予於咸豐初年猶見之，與六舟同一高雅也。

李碧舲孝廉僑居佛山。咸豐初年，土寇毁其居。事平，重葺之。落成之日，署一聯於門曰：「修我牆屋；反其耄倪。」集句可謂天然。

倪雲癯曰：「正月十七日，余例爲家雲林先生祝生日。咸豐丁巳，卜地於太平烟滸之深柳堂，大集名流，懸像焚香拜祝。酒間，新城喻少白參軍福基展紙大書楹聯相贈云：『家傳清閟雲林閣；社集太平烟滸堂。』余得，裝池端好，什襲藏之。」

杭州桑弢甫水部調元遍遊五嶽而歸，自題聯於廳事云：「六經讀徹方持筆；五嶽歸來不看山。」

豫章傅鳳笙侍御大章在吏部時，住保安寺街豐城會館。門對云：「龍光斗射；鳳闕書升。」一切地，一切官。

隴中吳柳堂侍御可讀由刑曹升選詮部，時值八月，聯云：「舊宅拜新恩，桂子宫中明月滿；一官兼兩地，藤花廳外白雲深。」「藤花廳」係吏部堂司辦事之所，「白雲深處」乃刑部秋審處匾額。

維揚苻氏園亭有對聯云：「劍客酒客慷慨至；梨花梅花參差開。」最爲工妙。

杭州徐文穆公本任鄂藩時，二堂聯云：「飲建業水，食武昌魚，千里馳驅，到處聚觀香案吏；對紫薇花，撤金蓮炬，九霄瞻仰，何年却向帝城飛。」集句典麗自然，見《蔗餘偶筆》。

粵西鄭受山先生紹謙以翰林出守滇南。歸田後，與里中耆德諸人倣洛陽耆英故事，迭爲賓主，詩酒宴樂。一日，衆賓咸集，先生忽中風不語；越一日重陽，遽捐館舍。朱伯韓觀察琦輓以聯云：「賢守例能詩，憶昔笑言陪九老；詰朝期相見，惱人風雨是重陽。」

教官衙署之聯最難出色。蕭潤宇駕部庭滋爲余述一聯云：「但願人爲宰相器；莫忘我做秀才時。」用之學校，最屬相宜。

宋蜀人魏野隱居不仕，以詩著名。所居頗瀟灑，寇忠愍尤愛之。嘗有贈忠愍聯云：「好向上天辭富貴；却來平地作神仙。」後忠愍鎮北都，召野置門下。

國初乙酉，江南解元張湘曉九徵視學河南，乞歸。康熙十年，舉博學鴻儒，冢宰郝恭定惟訥薦之。《贈友人》詩云：「少不如人何況老，身將終隱又焉文？」以是知公不出矣。後仍有勸駕者，因以此十四字懸之廳事。

《秋雨盦隨筆》云：「先大父好讀《左傳》。山舟學士集句手書以贈云：『行道有福，能勤有繼；居安思危，在約思純。』」

頻羅老人嘗集蘇句，屢喜書以爲聯。句云：「獨攜天上小團月茶也；自撥床頭一甕雲酒也。」

吾鄉蔡文勤公世遠，名臣也。康熙己丑進士，出安溪李文貞之門。是時文貞以程朱之學教後進，公故習宋儒書，既見文貞，毅然以聖賢自勵。顔其所居曰「二希堂」，並有聯云：「學問豈敢望朱紫陽，真希元不多讓；事業何必追諸葛武，范希文其庶幾。」可以見其志矣。

周司空清源肄業太學時，詩名藉甚。有《詠白丁香》句云：「月明有水皆爲影，風靜無塵别遞香」。一時傳誦殆遍，上徹宸聰。比官翰林，召見時，猶云：「聯句甚好。」頗獎之。或云：「其家有丁香書屋，此偶句即以爲聯也。」

温州城中有三園，皆足供士大夫遊讌之所。在西爲陳園，曲徑通幽，臺榭錯出，聊堪小憩。陳園之南爲曾園，則水木明瑟，亭館鮮妍，遠出陳園之右。其所編掛屏，所築水檻，尤具匠心，爲他園林所未見。思以兩詩紀其勝，尚未成章也。在東爲張園，緊貼積穀山下。按：《太平寰宇記》言：「謝公池在積穀山之東。」積穀山即今東山，則謝池舊址似即在此山之左。近故張鑑湖觀察亦就此地闢園起樓，以存其意，而屬蔡生甫學士書「池上樓」三字以爲樓匾。樓之左爲鶴舫，並水依山，最爲幽勝。余屢游讌其中。山即東山之麓，水即城下之濠，實爲城中第一勝區。因撰一柱聯云：「面壁拓幽居，一角永嘉好山水；築樓存古意，千秋康樂舊池塘。」

温州郡齋廨眷屬於三堂，庭院極寬敞。相宅者皆嫌其不聚氣，必於前廊構一亭子以收束之，且可藉爲歲時演劇之所。余題亭匾曰「戲綵」，跋云：「宋温州通判趙岍迎養其父清獻公於倅廳，構『戲綵堂』，當時傳爲盛事。東坡、潁濱皆有詩。今資政公亦就養郡齋，而兹亭適成，因以名之，並請爲撰楹聯。」句云：「舞綵又成亭，故事遠慚清獻德；逢場憑作戲，正聲合補廣微詩。」時仲兄平仲由內閣請假，南來省視，亦於亭角附題一聯云：「勝地許循陔，成兹樂事；齊心歌舞綵，讓爾先聲。」跋云：「敬叔弟屬撰亭聯，因答其意付之。」亦可謂一時佳話矣。

秀水王什瞿孝廉曇倜儻負奇氣，文辭敏贍，下筆千言立就。家貧，依其外舅以居。賦詩有「娘子軍中分半壁，丈人峰下寄全家」之句。舉乾隆甲寅鄉試，闈作沈博絶麗，膾炙一時。與舒鐵雲孝廉交最深，贈以聯云：「菩薩心腸，英雄歲月；神仙眷屬，名士文章。」

丁濂甫學使紹周由四川典試督學浙江，過揚州平山堂。適鏡妙大和尚索聯，書以應之，句云：「曾從山水窟中來，秋色可人，征袂尚留巫峽雨；欲向海雲深處住，郵程催我，扁舟又問浙江潮。」語極工雅。

閩中邱鏡泉景湘以詞林散館銓部，因案遣戍出關。過陝時，陝督爲林文忠公，厚贈川資，並製聯以送。後鏡泉因顯廟登極賜環，又官廣東惠潮嘉道。句云：「無端風雨驚花落；更起樓臺待月明。」

徐壽蘅侍郎樹銘贈余少貞典史植亨句云：「有暇便須親典籍；得官何異到蓬萊。」蓋少貞爲侍郎取進之門下士，故出句似抑而下句實揚也。

白季生觀察讓卿，小山尚書之子也。贈余七言聯云：「蘭綺名門承建節；棣華舊雨重齊年。」

同治甲子、乙丑間，予以遭劫後合家戒殺，並建放生池，而於親友量力資助，人咸諒之。適新葺池館落成，葉季韶外翰儀昌製聯以贈，句云：「春從天上至；人在鏡中行。」句自超脫。

同治丁卯，余長孫授室。江西楊卧雲中翰希閔贈聯爲賀，句云：「祖硯流芬，束髮已肩千乘業；孫枝啓秀，齊眉又踵一家風。」

徐樹人中丞宗幹嘗製「詠炭」一聯，銘諸座右，可見其居官之概。句云：「一味黑時猶有骨；十分紅處便成灰。」自警即以警人也。

浙江西湖崇文書院主講爲全椒薛慰農觀察時雨。講堂長聯句云：「講藝重名山，與諸君夏屋同居，豈徒月夕風晨，煮酒湖濱開社會；抽帆離宦海，笑太守春婆一夢，贏得棕鞋芒韉，扶笻花外聽書聲。」

楹聯四話卷二

名勝　廟祀

台州城八仙巖，奇石布列，境絶幽勝。巖前呂祖殿中對聯數十，惟臨海嚴孝廉乘潮作最佳，句云：「看下方擾擾紅塵，富貴幾時，衹抵五更炊黍夢；溯上界茫茫浩劫，神仙不老，全憑一點度人心。」

贈僧聯用佛家語，數見不鮮。錢塘吳薇客太史敬義贈虎跑寺平山和尚聯云：「爐火紅深，與我煨芋；窗樹緑滿，煩公寫蕉。」具有雅人深致。

蜀諸葛丞相祠聯云：「日月同懸出師表；風雲常護定軍山。」又云：「興亡天定三分局；今古人思五丈原。」又云：「已知天定三分鼎；猶竭人謀六出師。」語皆可傳。

杭州錢武肅王祠在湧金門外，規製宏敞，有王文成公題扁云「順天者存」。楹聯則有諸城劉文清公墉題云：「啟匣尚存歸國詔；解弢時拂射潮弓。」又孫文靖公題云：「衣錦還鄉，保萬民於安樂；上疏歸國，啓百世之蒸嘗。」又裔孫嘉定伯瑜中丞寶琛題云：「功在生民，惜傳聞異辭，信史尚留曲筆；德垂奕禩，悵播遷中葉，支流莫溯淵源。」

潮州有西湖，爲一郡名勝。昔人有一聯云：「湖名合杭、潁而三，水木清華，惜不令大蘇學士到此；

山勢分郵郭之半，樓臺金碧，還須倩小李將軍畫來。」語殊切，見《樵隱詩話》，未詳撰者姓名。

台州巾子山張睢陽廟屢著靈應，郡人奉祀甚虔。楹聯云：「慷慨誓師，守睢陽蕞爾之區，孤城中人皆樂死；從容盡節，振河北英雄之氣，千載後貌尚如生。」運意精湛。又云：「保障在江淮，業肇中興，正史論功先郭、李；輝光齊日月，心明大義，孤城著節邁顏、盧。」語亦圓穩。

祠宇楹聯往往工拙互雜，獨西湖巢居閣聯語皆可傳誦。「祠傍水仙王，北宋尚留高士躅；樹成香雪海，西湖重見古時春。」陳若霖。「梅鶴寄高閒，遺稿千秋笑司馬；湖山寫清冷，寒泉一掬拜坡仙。」朱上林。「華表千年，遺蛻可聞元鶴語；孤山一角，暗香先返玉梅魂。」吴廷琛。「山冷好教梅似續；巢新應有鶴歸來。」方應綸。

台郡士子祀文昌神甚虔。城中自府縣兩庠外，又有祠十餘處。二月初三之期，先一日各醵錢會於祠中，笙歌徹夜，三日而後罷。城東北隅白雪山麓正學書院亦有是會。臨學宋心芝學博經畬題聯云：「二月二日迓神麻，祈天上星君，文皆奪命；一甲一名承舊學，願海濱士子，試輒掄元。」一甲一名，蓋指臨海秦尚書鳴雷於嘉靖甲辰年登第。所居舊址即在書院側。

羊城白雲山半山寺高出雲霄，具仙山樓閣之勝。聯云：「上方月出初生白；下界塵飛不染紅。」

塗山禹王廟據淮南之勝。方蓮舫先生士淦常曰：「『萬國衣冠拜冕旒』，用之此地最切。」宮庶侯刺史思晉以杜詩「二儀清濁分上下」屬對，真名帖也。見《蔗餘偶筆》。

莫愁湖爲金陵名勝。曾文正公薨後，士庶繪像以祀之。全椒薛慰農觀察時雨撰聯懸於廳事，云：

「出西州城迤邐而來，看桑麻遍野，花柳成蹊，十萬户重覩昇平，遺愛難忘，白叟黃童齊墮淚；與中山王後先相望，幸湖海波平，石城浪静，五百載允符運會，威名並峙，衮衣赤舄更圖形。」

快風閣在廣州北門外，四面虚敞，所見無非邱隴。上有楹帖云：「引我舒懷山遠近；催人行樂塚高低。」句頗超妙，景象恰合，乃揚州石天基成金所撰也。

番禺許賓衢觀察祥光築樓於珠江之濱，顔曰「袖海」，取東坡「袖中有東海」意。複室重楹，極其壯麗，一時莫能伉焉。自撰楹帖云：「石角東南花月夜；潮頭上下海天秋。」又云：「四面清風三面水；二分明月一分花。」

青田縣鹽關在城樓上，俯視溪流，最爲得地。有聯云：「水色清於金谷酒；瀑聲聽到石門山。」蓋此地去石門洞僅七十里。

西湖茶舍，徐星北鹺令福辰題聯句云：「十載許勾留，與西湖有緣，乃嘗此水；千秋同俯仰，惟青山不老，如見故人。」

桂林棲霞寺舊有渾融和尚，已見《續話》，相傳爲勝朝遺老，隱於僧者也。曾自製一聯懸之佛堂，云：「靠著這個山，看你脚根那裏放；望見那灣水，知他源頭何處來。」匪擾時，廟燬而聯亦燬，今無有知者矣。書此可存其舊。

江心寺爲東甌第一名勝。寺東有樓曰「浩然」，蓋寓意孟子「浩然之氣」耳。登臨一眺，無不在望。南有山與此山兩兩相峙，或曰：「此乃小金焦也。」戴澗隣觀察槃守温時重加修葺，並懸以聯云：「憶故鄉兩點金焦，同斯勝境；到此地一樓風月，助我清談。」觀察鎮江人，故云。

温郡華蓋山資福寺在山内東南隅。山有「左宜」「右有」二山房，亦澗鄰觀察所建。黄黼堂太守維誥懸一聯云：「洗硯池荒，夢草堂圮，媿我三載棲遲，何處尋墨客詩人，追維芳躅；鹿城眼底，雁蕩望中，羨君一麾出守，最好攜雙柑斗酒，步武前賢。」

杭州西湖孤山林少岩縣尉墓楹聯甚多，不勝枚舉。余特愛全椒薛慰農觀察一聯，因録之：「大節匹閻公，取義成仁，青史從今尊縣尉；忠魂依處士，補梅招鶴，孤山終古屬君家。」少岩，閩人也。庚申之變，全家殉難。大吏爲之入告，上憫之，飭建專祠於孤山，春秋致祀。其墓即在祠後，與和靖墓爲鄰。然以縣尉而膺此榮施，且得與前賢並峙，少岩不朽矣。

虎阜白公祠，何子貞太史紹基以公詩句爲聯云：「袖中吴郡新詩本；襟上杭州舊酒痕。」

淮陰釣臺在淮安府城外，上有漂母祠。座前一聯云：「進食拯英雄，詎知鹿逐秦郊，開炎漢四百年基業；辭金明義利，又見鳩工淮浦，報賢母千萬祀馨香。」款署「甘泉七十七老人李昺撰。」祠旁有蒹葭亭，張子青河帥之萬重建。中有集明人題漂母祠句一聯云：「古渡臨祠廟；行人説故侯。」款署王琛。

虎阜山景園爲張船山太守問陶舊園故址，近人有一聯云：「七里舊池塘，共幾輩交游，連宵詩酒；三更好明月，況萬家燈火，一片笙歌。」

延平府明翠閣在山之絶頂，琳宮梵宇，金碧輝煌，遠望之真仙境也。其半山亭一聯云：「大觀在上；小住爲佳。」

台州府城外東湖湖心亭，俞蔭甫太史樾曾撰一聯云：「好水好山，出東郭不半里而至；宜晴宜雨，比西湖第一樓何如？」太史在杭，主講詁經精舍，寓於湖上之第一樓，故云。此聯王玉堂茂才維翰爲余述。

揚州重修平山堂，吳晉壬太守唐林集唐、宋人詞句云：「金戈鐵馬，芳草都迷，遇春風策杖尋幽，重省淮左名都，杜郎俊賞；舞榭歌臺，圖畫難足，倚危亭登臨送目，依舊二分流水，千古江山。」又江西湖口鎮石鐘山樓聯句云：「砥柱突橫流，看楚尾吳頭，巨鎮中分襟帶鞏；鈞天張廣樂，聽山鳴谷應，大江東去鼓鐘來。」

湖南祁陽縣對岸四五里，地名浯溪，有石如鏡，拭之可以照見對岸。刻有顏魯公所書元次山《中興頌》。楊海琴太守瀚集頌字作聯句云：「地闢天開，斯文獨立；山高水大，此石不磨。」

光緒乙亥紀元，江蘇漕運在黑水洋死事之員，奉旨就天津建立專祠。去歲祠宇落成，顏曰「特建忠愍祠」。正座係贈太僕寺卿銜知府用江蘇補用同知蒯公光烈，其餘計贈冏卿銜者二，贈道府銜者不一而足，而皆以雲騎尉世襲云。祠內楹聯甚多，茲擇其尤者録後。如：「大海吸波濤，遺恨難填精衛石；聖朝多雨露，褒忠常傍水仙祠。」此乃合肥李爵相所撰。「一死亦何常奇，諸君浩劫同淪，最難堪碧海驚濤，寥天慘霧；千秋均不朽業，異日英靈如在，願常護帆檣風轉，芻粟雲飛。」海昌陳炳泰撰。「同大阨於重洋，憶生死須臾，誰料至今留我輩；慰忠魂以廟祀，縱春秋憑弔，不堪痛哭悼諸君。」合肥王世藻、侯官江錫珪、龍泉蔡世廉——此係同辦漕運，在洋獲救諸公——所撰也。

乙亥之秋余奉檄攝温處觀察，即方子穎觀察鼎銳之缺。道經桃花嶺，蓋入處要道也。嶺上祀關聖，廟貌巍然。且有泉，甘而冽。來往行人咸於斯憩息焉。廟中對聯甚多，余匆匆而去，未能遍録。惟子穎所題一聯尚能記憶，因録於左，句云：「日麗重宵，天上萬家城闕；雲開半嶺，眼中武帝旌旗。」

歸安淩厚堂堃，道光辛卯舉人，大挑選授金華教諭。性怪僻，敢爲大言。初到官，即於明倫堂自署一聯云：「金匱萬千言，孔子曰，孟子曰；華衮百廿作，帝者師，王者師。」見者無不吐舌。

陳子莊曰：「雍正六年，家文勤相國奉命督開吴淞江。時松江守周公中鋐勤其官而水死，優旨贈太僕寺。鄉民感甚，私祀之，屢著靈爽。道光七年，巡撫陶文毅公重濬此江，以公陰佑奏，奉特旨立廟江干。梁茝林中丞時任蘇藩，實主其事。迨同治十年，合松江九廳之民以赴役。余攝上海，受工最多。是非余以公與先相國當日有共事之雅，虔禱公祠。半年之中，聚民夫數萬人於河上，工程尅期竣事。是非神助而何？後上一聯於神祠曰：「百四十年舊蹟重開，念先人誼切同舟，數典敢忘其祖；萬一千丈鉅工告蕆，慶此日江流順軌，惟公所存者神。」以志神貺云。

天竺白衣送子觀音殿楹聯甚多，皆庸淺不足道。惟錢塘魏春松侍御成憲所題，裁對自然，不失讀書人吐屬。句云：「白衣仙人，瓶中水楊柳；朱芾男子，天上石麒麟。」

湖北黄鶴樓聯甚多，録其最著者：「一上高樓，緬當年江漢風流，多少千秋人物；雙持使節，喜此日荆衡形勢，縱横萬里金湯。」史貽直「我去太匆匆，騎鶴仙人還送客；兹遊殊戀戀，落梅時節且登樓。」錢楷「恨我到遲鶴已去；怪人來早詩先傳。」「何時黄鶴重來，且共把金尊，看洲渚千年芳草；今日白雲尚在，問誰吹玉笛，落江城五月梅花。」「一樓萃三楚精神，雲鶴皆空殘笛在；二水滙百川支派，古今無盡大江流。」「欄杆外滚滚波濤，任千古英雄，挽不住大江東去；窗户間堂堂日月，儘四時憑眺，幾曾見黄鶴西來。」

鳳臺余菊農觀察士璟題送子觀音祠云：「大德曰生，願衆生生生不已；至誠無息，求嗣息息相通。」

西湖長生祠極多，楹聯佳者，莫寶齊侍郎題諸城竇東皐總憲光鼐長生位云：「憐才心事無雙，教澤深長留學校；知己生平第一，師恩高厚並君親。」山陽李芝齡師宗昉題汪文端公長生位云：「政並白、蘇遺澤遠；文成《雅》《頌》繼聲難。」杭郡紳士題帥仙舟中丞長生位云：「兩浙人來，歲祝選湖山勝境；雙隄門外，風流繼唐宋名臣。」又題劉金門侍郎長生位云：「歸與託蓴鱸，一代文章留北闕；清芬接梅鶴，百年風教在西湖。」

《前編》：「西湖和靖墓有林文忠一聯：『世無遺草真能隱；山有名花轉不孤。』爲世所誦。」亂後此聯失去，有人又爲之補者，自是盛事。聽孫觀察頗以爲惱。蓋首聯訛「世」爲「士」，對句訛「名」爲「梅」。和靖本處士也，「士」字不露則有意味；梅爲和靖專屬，誰不知者，露出「梅」字，未免滯相。又一聯云：「我憶家風負梅鶴；天教處士領湖山。」「憶」字又訛作「已」字。「憶」字有思致，作「已」字則輕飄矣。

仁和吴小宋大令章祁以名孝廉宰蜀之蓬溪縣，視民事如家事，尤以振文風端士習爲先。嘗曰：「邑宰於民最親，於士爲尤近。接以禮，聯以情，未有不樂於爲善者。」以故終於任，士無干文網者。在官三年，以勞瘁卒。邑人感其惠，建祠奉祀，紀以聯曰：「脩其孝弟忠信，可使制梃，故曰仁者無敵；保我子孫黎庶，尚亦有利，此以没世不忘。」

金岱峰教授司鐸温州，奉祀許、鄭二儒於倉聖祠，並題聯扁云「聖德天生」。聯云：「作黄帝史官，記動記言，鼻祖神靈明四目；開元公《爾雅》，釋詁釋訓，耳孫著述衍三蒼。」許公叔重龕扁云「學祖」。聯云：「家傳十四篇，書合三蒼爲一；律諷九千字，學通五經無雙。」鄭公康成龕扁云「經神」。聯云：「微言守遺，當奉大師爲表幟；實事求是，敢從二氏問傳薪。」

客有述華陀廟聯云：「未劈曹顱千古恨；曾醫關臂一軍驚。」又云：「岐黄以外無仁術；漢晉之間有異書。」時稱前聯尤佳。余謂「曹顱、關臂」事皆不見正史，不若後聯之大方也。平望平波臺元真子祠有聯云：「泛鏡水千塍，歸來餐菰飯蓴羹，地真仙境；聽棹歌一曲，隨處有荻花楓葉，我亦漁人。」筆意瀟灑可喜。

泰州城西南隅水木幽秀，人稱爲小西湖。登眺遠江，歷歷可數。上有廟，祀岳武穆。相傳武穆曾駐軍於此。伊墨卿太守擘窠大字一聯云：「天留宋朝土；人説岳家軍。」又一聯云：「湖光穿户入；山色渡江來。」亦極其雄偉。擬暇時遣人拓之。

泰州城西有小園，依山負郭，頗饒野趣。富室尤氏之别墅也。廳事一聯云：「十畝地無多，只宜春酒留賓，秋燈課子；半生天已定，惟向西園學圃，東郭催耕。」

湖北武昌府城内劉園有祠，祀花神。題聯云：「五百年爲園主人，高臺曲池，點綴江城如畫裏；十二月催花使者，和風甘雨，氤氳香國得春多。」

錢塘魏春松觀察成憲題吴山吕祖殿澄心閣云：「仙佛緣中，湖山勝處；樓臺影裏，雲水閒時。」是真能吐棄凡艷，天然入妙者。西湖大佛寺有沁雪泉，其題聯云：「沁雪貯寒泉，一片清虚，照徹大千世界；開山成寶相，十分圓滿，想見丈六金身。」語特雅切。

陸敬安曰：「沈鹿坪師作對聯，警鍊自然，人争傳誦。恐日久散佚，備録於此。太均神祠云：『德並高禖，猶衆之母；慈同大士，則百斯男。』烏程城隍神祠云：『一城捍天下兵，丹心貫日；片語留身後誓，鐵面凌霜。』神爲張睢陽，像臉色黑，以有「爲厲鬼殺賊」語也。

五里李臨川先生祠云：「德仰儒宗，次立功，次立言，歿而可祭於社；名垂史册，古遺直，古遺愛，過者猶式其閭。」湖州楊氏祠堂聯云：「祠開苕左新門第；村紀關西舊世家。」

岳王祠聯云：「百戰妙一心運用；兩言決千古太平。」又云：「子孝臣忠，決戰早成三字獄；君猜相忌，偏安還賴十年功。」又錢伯瑜中丞聯云：「萬里壞長城，歎息北征將士；中原撑半壁，傷心南渡君臣。」又王之裔孫鎮南爲浙江運使時，修葺祠宇，題聯云：「天章褒臣節，想當年竭力致身，忠孝兼全，萬古精誠光日月；祖訓衍家傳，願奕葉承先啓後，蒸嘗勿替，千秋俎豆炳湖山。」

孔宥函司馬繼鑅於咸豐四年秋來游武林，偏探西湖諸勝。所作楹聯，挺拔可誦。題武肅王祠云：「吴越之間，至今樂土；漢唐以後，無此賢王。」

廣州九曜坊華陀廟，其楹帖云：「愧當代以醫名，未能與姦雄破腹穿胸，把他心腸易换；慨沈疴非藥治，願各從平日修身積善，默邀神鬼扶持。」相傳爲元化乩筆。

露筋祠詩，余最愛會稽許幼文茂才尚質「荷花開自落，秋水淨無泥」。順德蔡春帆太史錦泉製以聯，懸之祠，云：「白水至今猶一色；綠楊到此不三眠。」皆爲貞女寫照，在離即間，可與阮亭詩爭勝。

嘗聞有贈周公瑾以聯者，雖不及武廟之多，亦儘有致佳者。如鮑覺生侍郎桂星云：「小喬得壻稱爲快；名將爲郎古孰爭。」梁鞠泉孝廉云：「姻婭君臣專閫外；夫妻人物冠江東。」張南山云：「青春南國喬初嫁；赤壁東風亮助成。」三聯堪稱鼎足。

永勝寺在廣州東門外，地極幽雅。每荷香荔熟時，文人集此作消夏會。寺僧穎勤既工吟咏，尤精篆法，頗似夢英和尚。嘗見其自篆書門聯云：「永和風日宜吾輩；勝地園林得□□。」首二字可云工巧。

蔡春帆太史罷官歸里。道光己酉正月三日，招集里中舊游，文酒竟日。客去登樓，無疾而逝。說者謂其前年題呂仙祠楹聯云：「因果證殊難，看殘棋局光陰，試問轉瞬重來，幾見種桃道士；黃粱炊漸熟，閱遍枕頭世界，樂得飽餐一頓，做成食飯神仙。」竟成語讖。

京師陶然亭水邊有網燕者，游人爭買放之，一隻數錢，謂之燕子錢。錢塘沈峙公上舍塽陶然亭聯句云：「破除鄉思鵝兒酒；妝點新聞燕子錢。」

海幢寺內有觀音像，其像有鬚。祈嗣者往往應驗。德文莊公撫粵時，嘗往求子，遂生英煦齋相國和。後相國弟某司馬官粵東同知，相國寄題楹聯云：「佳氣海天遥，憶當年兆協桑弧，早沐神慈垂默佑；政聲山斗在，念此日蔭承蘭綺，敢忘忠藎紹清芬。」至今此聯猶懸殿壁。

吴山月老祠聯云：「莫專問婚姻，憑他萬事隨緣，都是前生註定；亦兼司禄命，笑我一官需次，也當此處邀靈。」

湖南郭天民中丞致仕後，足不出户。有題真武廟聯云：「中國有聖人，是祖是師，咄咄西來東土；名山藏帝子，亦仙亦佛，元元北鎮南天。」爲時所誦。洪經略撫湘沅時，知公不可屈，假公事要之。逡巡至署，洪出迎賓，公即曰：「兩朝元老！」洪應曰：「千古罪人。」是此八字可爲洪門對矣。

惠州元妙觀爲羽士大道場，古樾拏空，奇石挺立，洵爲東州福地。其大門有楹聯云：「玉局仙人留帶日；趙州和尚喫茶時。」宋芷灣太史手筆。現成語一經拈出，恰是本地風光。《清異録》：「《龍興寺檀越捨幡蓋文》中一聯云：『僧旃交舞，丁當起自風鈴；佛傘高張，焜燿生於日鏡。』其造語迥出尋常軌轍。」

西路天山有關帝廟，據山之勝。徐星伯太史松聯云：「赫濯震天山，通萬里車書，何處是張營岳壘？陰靈森祕殿，飽千秋冰雪，此中有漢石唐碑。」見《蔗餘偶筆》。

岳武穆王廟佳對美不勝收，大都從「莫須有」三字用意居多。過湯陰縣，瞻仰岳王家廟，見龕上一聯云：「凜凜生氣；悠悠蒼天。」此八字可以包掃一切。

湖州荻港吕祖道院，阮太傅撫浙時奏加封號。朱文正公有「七千壇所飛天籙；九百年來宰玉清」聯句。方蓮舫先生士淦製聯云：「靈夢記邯鄲，仙蹟曾瞻風雪裏；宸章焕苕霅，我來重謁水雲鄉。」見《蔗餘偶筆》。自注云：「荻港道場仿邯鄲規制，曾雪夜經過。」

福州井樓門外□□□頹圮過半，有舊額，書「高鳳先生祠」。初疑《北史》高鳳何以祀閩，或爲同姓名者歟？偶入視楹聯，一聯句云：「牲薦後代崇明祀；卜筮當年著正宗。」因記《聞見卮言》載：「閩省閩縣高鳳善卜，遇物輒以意推，不專用《易》。宏治己酉，福州傳用養占功名，鳳曰：『必中解元。』問其故，則曰：『吾適剖椰子，其象解圓，故知必中解元。』已而果然。」又《卜易窺微》載：「正德戊午秋試，福建鎮守内臣書「只」字，占本省解元在何處。曰：『尊書或在興化，然既俗書作「只」，一人在中而八府居下，恐仍福州人。』榜發，爲侯官林克仁。」此所祀者即其人無疑，即以對語七字斷之也。

桂林省城學政衙署之右有元平章廟，神像奇偉。相傳元時某平章修城有功，人思其德，建廟於此。近歸學政衙門奉祀。俗人又稱爲「黑神廟」。滇南池籥庭生春視學時，懸一聯云：「世人稱爲黑神，其誣甚矣；古來有奇男子，於兹見之。」

靳迪臣觀察邦慶云：「山東各府皆有考棚，惟兗州府屬之曲阜縣，因有四氏學，另設試院，在聖廟之旁。咸豐四年重修。時吾師馮展雲夫子督學是邦，撰一聯懸之廳事，云：『數仞牆高，聖人居近；萬間廈廣，寒士顔懽。』後二十餘年，余守衢州，見正誼書院亦懸此聯，乃馮鐵華觀察譽驄所書。觀察，展師胞弟。衢州有孔氏家廟，與書院相近，用來亦恰切。」

迪臣又云：「石將軍廟在衢州府署樂豐亭之左，祈禱甚靈。廟前有一石筍，或云即其神也。志乘未載。另有二碑，亦未詳將軍之名何自昉。迪臣撰一聯懸之廟中，云：『靈神不爲地乘没；將軍疑是天上來。』」

浙寧府城隍廟戲臺聯，忘爲何人所撰，姑録之，云：「千萬場秋月春風，彈指間蝴蝶夢來，琵琶絃上；三百副金尊檀板，關情處桃花扇底，燕子燈前。」

塘栖岸上有一危亭，柱間懸一聯，云：「雁將來候蘆先白；露到濃時月有烟。」秀雋可喜。

宋牧仲犖撫吴時，爲唐六如修墓。韓文懿公題云：「在昔唐衢常慟哭；祇今宋玉與招魂。」眼前之語，信手拈來，便成絶對。

南昌滕王閣毁於金聲恆之亂。順治中，蔡尚書士英開府江右，重新之。海内名流賦詩甚多。惟海鹽彭羨門孫遹造句爲最警切，句云：「依然極浦生秋水，終古寒潮送夕陽。」

先君子過蘇州時，有客約同游靈巖山館。以前游未暢，且欲考悉其顛末，因欣然挐舟前往，歷覽久之。蓋不過相隔十餘年，而門庭已大非昔比矣。按：山館即在靈巖山之陽，西施洞下。乾隆四十八九年間，畢秋帆先生所購築。營造之工，亭臺之侈，凡四五年而始竣。計購值及工費不下十萬金。至五十四年三月，始將扁額懸掛。其頭門曰「靈巖山館」，聯云：「花草舊香溪，卜兆千年如待我；湖山新畫障，卧游終古定何年。」皆先生自書，而語意悽惋，識者已慮其不能歌哭於斯矣。二門扁曰「鍾秀靈峰」，乃阿文成公書。聯云：「蓮嶂千重，此日已成雲出岫；松風十里，他年應待鶴歸巢。」自此蟠曲而上，至御書樓，皆長松夾路。有一門甚宏敞，上題「麗燭層霄」四大字，是嵇文恭公書。憶昔時是處樓上有楠木橱一具，中奉御筆扁額「福」字及所賜書籍、字畫、法帖諸件，今俱無之。樓下刻《紀恩》詩及謝恩各疏稿，凡八石。由樓後折而東，有九曲廊，爲張太夫人祠。由祠而上，有小亭曰「澄懷觀道」。左有三楹，曰「畫船雲壑」，三面石壁，一削千仞，其上即「西施洞」也。前有一池，水甚清冽，游魚出没可數。中一聯云：「香水濯雲根，奇石慣延採硯客；畫廊垂月地，幽花曾照浣紗人。」池上有精舍曰「硯石山房」，則劉文清公書也。嘉慶四年九月，忽有旨查抄，以營兆地例不入官，故此園至今無恙。至二十一年，始爲虞山蔣相國後人所得，而先生自鎮撫陝西、河南、山東，總制兩湖，計二十餘年，平泉草木終未一見。余前游詩云：「靈巖亭館出煙霞，占盡中吴景物嘉。聞說主人不曾到，邱山華屋可勝嗟。」蓋紀實也。《楹聯叢話》前數聯均未及採，謹録之。

先君子撫吴時，有以《繡谷送春》圖卷來售者，恐是仿本，且其值過昂，因置之。按：繡谷，園名，在蘇州閶門内。嘉慶中，爲吾鄉葉曉厓河帥所得，後歸謝椒石觀察，又後歸王竹嶼都轉。葉、謝、王皆余家至好，往來最熟，今則不知何姓所居矣。按此宅在國初爲蔣氏舊業，偶於土中掘得「繡谷」二大字，作八分書，遂以名其園。園中亭榭無多，而位置有法，相傳爲王石谷所修。康熙三十八年己卯，尤西堂、朱竹垞、張匠門、惠天牧、徐徵齋、蔣仙根諸名流曾於此作送春會，王石谷、楊子鶴爲之圖。時沈歸愚尚書年纔二十七，居末座。乾隆二十四年，又有作後己卯送春會者，則以尚書爲首座矣。先是蔣氏將售是宅，猶豫未決，卜於乩筆，判一聯云：「無可奈何花落去，似曾相識燕歸來。」而不解其義。迨歸葉氏而上語應，葉氏轉售於謝氏，謝又轉售於王氏，而對語亦應。一宅之遷流，悉有定數，亦奇矣哉。

温州江心寺有文公祠，祠壁有石刻信國公像，爲前巡道秦小峴先生所摹，有讚有詩，並繫以跋。跋云：「《温州府志》及《永嘉縣志》俱稱：『德祐元年，公與陸秀夫、張世傑在江心寺同立益王。』非也。《宋史》：『益王昰、信王昺以德祐二年春同走温州，陸秀夫追及於道，張世傑自定海至，奉益王爲兵馬都元帥，昺副之。』是此時公並未在温，無同立益王之事。迨益王入閩，公始自高郵泛海來温，上表益王勸進，召至福州，拜右丞相。改封信王爲衛王。皆德祐二年事。縣志稱德祐元年，亦誤。」案此跋似未深考。今府縣兩志並無文天祥同立益王之文，且俱明標德祐二年，不知小峴先生何所據而云然也。小峴先生有一聯云：「杜宇聲寒，柴市一腔留熱血；梅花夢斷，甌江千載泣忠魂。」頗工麗。然尚不如彭清典聯云：「孤嶼有鄰，喜得卓公稱後死；嚴陵在望，直呼臯羽哭先生。」尤爲警切矣。又有一長聯云：「久要不忘平生之言，古誼若龜鑑，忠肝若鐵石；敢問何謂浩然之氣，在地爲河嶽，經天爲日星。」初聞此聯語，極爲歎賞，而不知何人所製。今乃知爲李石農先生所題。蓋信國大魁日，出王伯厚之門，「古誼」二句即其卷中評語，不獨忠肝鐵石，信國果踐斯言，而伯厚之巨眼知人，亦爲龜鑑矣。此先生所謂「久要不忘」也。若非稽此故實，鮮不疑上聯所作爲何語耳。

永嘉縣治文公祠之旁爲卓公祠，祀前明户部侍郎卓忠毅公敬。從前紀載各書率稱卓忠貞祠，實沿誤也。公舊有祠，前明中葉奉詔建在郡城南隅。萬曆間，郡守衛承芳始移建於江心寺文公祠之右。歲久傾圮。我朝康熙中，郡人陳孝廉振麟倡捐重修。乾隆丙子，督學使者吾閩雷翠庭先生鋐復率永嘉崔邑侯錫重修。甲午，曾邑侯唯亦從事焉。顧規制稍狹，祠中名流牓聯及過客題詠少所概見。視文公祠，喧寂迥異。爲之愍然。按：史傳載，建文初，忠毅嘗密疏言「燕王雄才大略，酷類高帝；北平形勝地，金元所由興。今宜徙封南昌，萬一有變，亦易控制。」疏入，召問，叩首曰：「臣所言，天下至計，願陛下察之。」帝默然，事竟寢。燕王即位，責以「建議徙封，離間骨肉」。然猶憐其才，命繫獄。姚廣孝故與有隙，進曰：「敬之言誠見用，上詎有今日乎？」成祖不得已，斬之，且夷三族，慨然曰：「國家養士三十年，惟得一卓敬耳。」焦弱侯竑作祠記，敍述獨詳備，所當鐫之祠壁者也。祠中有舊聯二，頗沈著。一云：「祠接謝亭，亦有文章驚海內；忠符信國，並懸肝膽照江心。」係雷翠庭先生所題。一云：「瀝悃陳謨拒不庸，遂使奸邪誤國；捐軀赴難同一死，却教溝瀆無顔。」係諸城竇東皋先生光鼐所題。

《永嘉縣志·經籍門》載：「潘檉《轉菴集》一卷，文苑門有傳。」按《梅磵詩話》云：「永嘉潘檉字德久，號轉菴，水心先生序其詩集。言德久年十五六，詩律已就。永嘉言詩，皆本德久。讀書評文，得古文深處。舉進士不第，用父賞授右職，爲閤門舍人。《題釣臺》一聯云：『但得諸公依日月，不妨老子卧林邱。』爲人傳誦。」

楹聯四話卷三

佳話

桐城張文和公年已七十，精神猶健，上甚倚重之。常自面奏：「誠恐有昏瞶處」，意欲求退。故其七旬壽辰高宗賜聯云：「潞國晚年猶矍鑠；呂端大事不糊塗。」同人榮之。

江蘇吴晉任太守唐林精於六朝書法，製聯尤工。嘗代梅小巖中丞壽李爵相太夫人八秩，句云：「皇帝賜壽，羣公上壽，中外大小百寮頌期頤壽，廣輪千由旬，歐洲十四國，更梯山航海，玉帛偕來，福德亞重光，算自古迄今，奉母尊榮，盛會可入無雙譜；」對云：「巡撫七省，總督九省，宰相尚書兩官同政事省，東西二陝伯，勳衛五等封，看拖紫紆青，羽儀親導，起居榮八座，願惟申及甫，作朋永祚，純嘏共享於萬年。」又代任筱沅方伯句云：「天帝錫九齡，數肇箕疇，設帨光華期十日，溯公卿將相岳牧監司，富貴萃一門，羨絲綸几杖同頒，福壽多男雙晉國；文昌輝八座，對開幕府，稱觴來牙笏滿床，合燕趙滇黔江淮閩越，謳歌傾四鎮，祝帶礪河山永固，功勳蓋代兩汾陽。」又代同鄉壽任筱沅方伯太夫人八秩句云：「義方教子喜成名，制科拔萃，三十年馴致顯揚，溯治譜垂聲，超階不次，豎校官碑，留使君舄，擁專城節，繡直指衣，洎秉臬烏臺，開藩紅篠，甘棠普澤，胥由畫荻傳芬，機杼勵葱珩，宜其八秩康强，八座起居承愛日；彩服娱親傳色養，介觥躋堂，九五福備陳壽考，况板輿樂志，勝地頻探，飼華亭鶴，食武昌魚，攬恆嶽圖，拜嵩高闕，更西江飲水，東浙觀潮，烟月怡情，益令岡陵篤慶，階庭燦蘭玉，行見萬熹闐駢，萬家生佛祝慈雲。」

同治辛未袁筱隝宫詹集漢碑贈翁文端夫人壽對——時玉甫開府關中，叔平晉階閣學矣——句云：「堯舜出宫闈，宜閨梱名賢，世以王佐帝師，相夫教子；期頤垂福蔭，願康强壽母，長看狀頭節度，報國承家。」

吴平齋封翁雲箴仕吴中，以賢嗣成立，奉身而退。博雅好古，書畫精通。講究金石，一室尊彝多三代上物。嘗得兩罍，以名其軒。俞蔭甫學使樾時亦卜居吴下，與之近隣，常相過從。賀其七十聯云：「合千古之壽壽公，永保用，永保昌，左鼎右彝，坐兩罍軒，居然三代上；以十年之長長我，六十者，七十老，望衡對宇，隔一條巷，有此二閒人。」

應敏齋方伯寶時周甲大慶，其太母年近九旬。俞蔭甫爲其甲辰鄉榜同年，又與同庚，賀以聯云：「長於我一月有餘，憶卅六載前同列賢書，欒榜並題年廿四；親在堂九旬將届，合百五十歲三週大衍，蘭陔兼祝母千秋。」

臨海王芝圃先生世芬生于順治己亥九月九日寅時。康熙丙辰，從貝子征耿逆，血戰，斬寇數十。貝子遽卒，未及奏功。年四十九，補博士弟子員。繼而貢成均，官遂昌司訓。乾隆辛巳，授國子監司業。庚寅，加翰林侍講。時已百十二歲矣。當七旬時，孫、曾已盛。逮百齡外，孫、曾復舉曾孫。自爲聯云：「大小孫眼看七代；内外翰身歷四朝。」蓋紀實也。

敏齋方伯由蘇藩任内告養，時年已五十，尚未得子。奉母家居後，廣行善事，連茁佳兒。予瀕年與同辦西北賑務，時值六十慶壽，盡以親友賀貲歸賑。又代其母建坊，天語褒加，榮及閭里。雖去官而仍心殷民瘼，李傅相器之，亦可謂知己也。今周甲大慶，已得四男。予壽以聯云：「作忠仍作孝，羨六旬猶舞斑衣，善則歸親，天使壽翁娱老母；忘世不忘民，代三省廣籌粒食，福求自己，人誇晚歲慶多男。」

陳子莊曰：「伯祖朝珍公廷獻，乾隆辛卯舉人。弱冠登科，意氣豪邁，在都中遇翰苑諸君，必以論文數典困之。洪稚存、張船山太史均畏其鋒。常自嘲曰：『吾來會試，狀元總在吾袋中。無奈輒遇翦綹也。』官教諭三十餘年，不問家人生産，惟以飲酒賦詩爲事。年躋八秩，奉部推升國子監典籍，門下生集資爲祝生辰。同官仁和沈秋河爲撰壽序，用一百箇『死』字，文極奇詭。復撰一聯贈之曰：『不病故不勒休，仙家亦稱上等；又升官又添壽，教官無此下台。』道光辛卯，重赴鹿鳴。姪九皋是科亦登鄉薦，爲吾宗盛事。」

杭城中正巷外華光庵有賣卜翁，望之若五十許人。忽傳有人醵錢在宗陽宫壽百歲老人者，至即賣卜翁也。問其所養，曰：「不參禪，不學道。五十前奔走四方。五十後無所營求，惟安心賣卜而已，不省何以百歲也。」時送壽聯甚夥，琴塢先生一聯云：「身行萬里半天下；眼見四朝全盛時。」老人蓋歷雍、乾、嘉、道四朝矣。江右黄仲鸞觀察彬曰：「八言壽聯，每作四字對。兩句句法板重，多不貫氣。曾記一「嘉平月八十男壽」聯云：『嶰竹十二，第調律吕；大椿八千，歲爲春秋。』語極自然，不落窠臼。」

仲鸞又曰：「集句有極渾成者。曾見賀十月新婚一聯云：『夫昏禮以著代也；是良月就盈數焉。』以《戴記》對《左傳》，自然工切。」

劉金門侍郎鳳誥才思縱横，涉筆成趣。有人以佳紙乞壽聯，值其據案作書，遂問：「生在何時？」答以「十一月十一日」。即書此六字於紙。其人怒甚，不敢言。侍郎復問：「若干歲？」答曰：「八十正壽。」遂復書曰：「八千春八千秋。」其人乃大喜，稱謝而去。

楊笙友進士和鳴善爲時文，太夫人某以側室受封，七十壽辰，其族人同壽以聯云：「天生賢子孫，繞膝盡芝蘭玉樹；人皆大歡喜，同聲祝耄耋期頤。」此聯蓋脱化《叢話》中鄒小山宗伯所作「有子有孫」一聯語意，頌揚得體，可謂食古而化矣。

張南山先生九月三十日生辰。咸豐丁巳，年七十八，值重游泮水之年，同僚輩爲之稱觴。李紫輔學博獻聯云：「詩稱三子，學績三餘，望重三城，福懋三多，壽祝三秋，願松柯益健，菊節彌堅，文囿詞場陪杖履；身歷四朝，名高四海，官尊四品，科連四世，堂開四代，况夫婦齊眉，兒孫晉爵，國恩家慶樂林泉。」

南海馮潛齋太史成修乾隆乙卯重宴鹿鳴，年九十四歲。曾自製一聯云：「年方弱冠便登科，有何難哉，亦是逢場作戲；壽寓百齡重宴爾，自云幸矣，便教舞彩爲歡。」

相國穆鶴舫彰阿與宣廟同庚。除夕生日，僚屬獻聯者充門，語多頌揚，俱不愜意。惟鮑覺生先生桂星一聯云：「一德贊襄，帝庇元臣同壽考；四時調燮，天生上相在春前。」公見而喜曰：「畢竟才人吐屬，與衆不同。」

嚴比玉太守之母蔡太恭人四十生辰聯云：「長日綵衣孫抱戲；盛年紗幔子傳經。」

德清陸號菴先生震東七十壽聯云：「地本仙居，鳩杖親攜尋藥餌；官真吏隱，鶴觴小酌詠梅花。」時官仙居教諭。

漢軍慶蕉園將軍保誕辰在中秋日。鎮廣州，值七旬壽辰，屏幛盈座。頌禱諛詞備極精好。嚴厚民杰時居羊城，與將軍有舊，是日以赫蹏牋用宋體書一聯以獻云：「上古大椿長不老；小山叢桂最宜秋。」將軍大喜，懸之上清，語賓朋曰：「厚民，經師也。以莊語勗予。」

有七十翁以獨眠不能溫而藉口納妾者，或賀之以聯句云：「古禮堪徵，特爲非人不暖；浮生若夢，要知爲歡幾何！」又一聯云：「露電觀心，無遮無礙；雲烟過眼，即色即空。」真可做箴銘矣。

陽春譚康侯部曹敬昭十二歲時應郡縣試，凡十四冠軍。某撰一聯賀云：「萬千卷裏無雙士；十四場推第一人。」可謂絶無僅有。

祝桐君先生鳳喈爲安伯太守慶年之本生祖，攜安伯回閩迎娶，吉期之日，賀聯盈庭。陳弼夫方伯景亮一聯句云：「鼓瑟鼓琴，宜家宜室；佳兒佳婦，多福多男。」金保三夫人陸蘭生書贈其新房一聯云：「紅燭夜深觀《博議》；綠窗風靜咏《周南》。」頗得閨閣大體。

中丞王某多蓄姬妾，有浦氏者一舉兩男，中丞喜極。學使某撰有聯云：「三槐舊種自王；雙珠新出於浦。」中丞自題浦氏房聯云：「色即是空空是色；卿須憐我我憐卿。」按：此十四字，每有同者。

博晰齋明滿洲人，壬申編修，外任府道，改兵部郎中。博聞强識，於京圻掌故、氏族源流尤能殫洽。老年頹放，布衫草笠，徙倚城東，醉輒題詩於僧舍酒樓，洒如也。人有叩其姓氏者，則答云：「我有一聯。」又問何句，則云：「八千里外曾觀察；三十年前是翰林。」

賀雙壽有子孫者聯云：「舉案齊眉，俱無量壽；奉觴繞膝，皆不羈才。」或云林穎叔方伯所撰，或云係成語。語雖近泛，亦自典雅不俗。

同治癸酉，爲余六十初度，同懷弟姪合製一聯句云：「花萼集，竹林游，他日歸田應有約；廉察精，功過録，此身修福合長生。」越二年爲余室楊夫人六十壽，又製一聯云：「中壽世所榮，祝嫂嫂千秋，永佐阿哥持豸節；高歌吾已老，願年年二月，長偕猶子進麋觴。」

南海桂星垣太史文耀，筮陔司馬尊甫也。釋褐歸娶時，牓其門云：「秋進士聯春進士；大登科後小登科。」人豔稱之。

南海陳鹿苹孝廉廷輔館於羊城，生徒甚衆。有登賢書者，命植桂一株；有補博士弟子員者，命種梅一樹。故齋中桂梅二花特甚。嘗自書楹帖懸於齋中，云：「鵬鶚薦餘栽桂樹；藻芹掇罷種梅花。」洵屬佳話。

南海勞莪野孝廉潼素工時文。乾隆乙酉科出闈後，自負不肯作第二人想。及揭曉，泥金到門，乃報中亞魁也。勞曰：「吾文當第一，何以第二！然則解元爲誰？」對曰：「順德梁泉也。」勞始不語。至簪花日，其門署一聯云：「險些兒做了五經魁首；好漢子讓他一箇頭名。」

粤東科甲，二百年來狀元、探花各得二人，惟無榜眼。俗謂「廣東不曾開眼」。道光庚戌，番禺許叔文其光以第二人及第，泥金到門，其家署一聯云：「蕊榜開新眼；金鼇亞狀頭。」語雖無奇，亦足以應謠諺也。

松郡陸文裕公爲司業，爲祭酒，爲丁丑會試主考，又爲山西浙江提學，門生滿天下。徵入爲詹事，學士堂中對聯云：「步玉登金，十八人中唐學士；升堂入室，三千門下魯諸生。」蓋實録也。

熊大司馬廷弼先中萬曆某科湖廣武鄉試第一名，後棄武就文，中萬曆湖廣鄉試第一名。因題其堂柱曰：「三元天下有；兩解世間無。」

戴菔塘《籐陰雜記》云：「護國寺西先爲張文和公廷玉第，後改西華門内，賜史文靖公。余癸未出錢塘王文莊公門下，曾於此第謁見，有『江山勝地皆行部；臺閣崇班半屬僚』之聯。後文靖薨，又以賜文莊，師生接住，亦是佳話。文莊内直二十四年，以除夕所賜『福』字二十四懸掛，曰『二十四福堂』，外無餘地，公子請曰：『此後拜賜，何以置之？』公曰：『别置一軒，名曰「餘福」。』」

《耆舊續聞》：「東坡自海外歸，謝表云：『七年遠謫，不意自全；萬里生還，適爲天幸。』蓋用班史之全句而不覺也。或云：後即以爲聯，懸之室。」

餘姚鄭耕餘贈人句云：「人皆欲殺今之白，我醉須埋背有伶。」倔强盤曲，句法新而用意别也。

《秋雨盦》云：「閩有三蘇祠，其聯云：『一門父子三詞客；千古文章八大家。』長泰戴方伯㷿手撰，見周櫟園先生《閩小紀》。」按：此聯已見《叢話》，「八大家」爲「四大家」，撰聯者爲張鵬翔，云在眉山。小有歧異，不妨兩存之。

福建莆田縣黄桐石曾著《戰古堂詩》。闢一「小桃源」，其大門聯云：「草木自生無税地；子孫長讀未燒書。」句極新穎。

方恪敏公觀承本名家子，能文，以族人累徙居塞外。弱冠歸金陵，借居清涼山寺。寺僧決其後有大運，厚遇之。雍正壬子，平郡王征準噶爾，愛公才，奏帶爲記室。世宗命以布衣召見，賜内閣中書，偕往。凱旋，以軍功實授。累官至直隸總督。年六十有一，以八月十四日始生一子。公喜甚，自撰偶句十字云：「與吾同甲子；添汝作中秋。」高宗聞其生子，代爲之喜，命抱至，解所佩金絲荷囊賜之而出。

世宗嘗諭朱綱曰：「朕曾蒙聖祖慈訓『戒急用忍』，故殿中匾額即用此四字，仍敬書『上諭』二字於上。東暖閣匾額取『惟仁』二字，對聯云：『諸惡不忍作；衆善必樂爲。』西暖閣匾額取『爲君難』三字，對聯云：『原以一人治天下；不以天下奉一人。』」可見列聖相承，心傳有自。事載《熙朝新語》。

《熙朝新語》：「沈宗伯德潛以名諸生久困場屋。乾隆元年，薦舉鴻博，召試不售，歸。戊午、己未聯捷，入詞垣，年已六十餘矣。壬戌，散館，試殿上。日未映，黄門捲簾，上出，問諸臣：『誰是沈德潛？』奏曰：『臣是也。』上曰：『文成乎？』對曰：『未也。』上曰：『汝江南老名士，而遲遲乎？』翌日，授編修。和《消夏十詠》於内閣，分給筆札，賜飲及餅餌瓜果。自午至未，成詩六章。有旨嘉獎。歷遷禮部侍郎，乞假省墓。詔贈先人如其官，並賜偶句褒之云：『清朝舊名士；吴下老詩翁。』聞其家以此十字揭諸楣。」

吾鄉李文貞公光地，一代名臣也。未達時，祈夢於神，問己終身富貴。神示以十大字一聯云：「富貴無心想；科名總不成。」覺而惡之。後中康熙庚戌進士，猶不以爲意。及官至相國，方知「戌」字是「成」而非「成」；「想」字無「心」恰是「相」也。

楹聯四話卷四

輓　聯

《春渚紀聞》：「蘧一日謁冰華，又於其所居烟雨堂偶誦人祭坡公輓聯句云：『降鄒陽於十三世，天豈偶然；繼孟軻於五百年，吾無間也。』冰華笑曰：『此老夫所爲者。』因請『降鄒陽』事。冰華云：『元祐初，劉貢父夢至一官府，案間文軸甚多，偶取一軸展視，云：在宋爲蘇某；逆數而上十三世，在西漢爲鄒陽。蓋如黄帝時爲火師，周朝爲柱下史，只一老明也。』」

常州程文恭公，純廟甚倚重。薨於京。上輓以十四字云：「執笏無慚真宰相；蓋棺還是老書生。」可謂備極哀榮矣。

湖北青墨卿中丞伏法，張文毅輓以聯云：「雷霆雨露總天恩，早知秉節孤忠，久拼一死；成敗功名皆幻境，即此蓋棺定論，已足千秋。」

陳忠愍軍門死節吴淞，士民贈以聯云：「昔時未讀五車書，雅量清心，温如玉，冷如冰，是大將實是大儒，使天下講道論文人愧死；此日竟成千秋業，忠肝義膽，重於山，堅於石，忘吾身不忘吾主，任世間寡廉鮮恥輩偷生。」按：「昔時未讀書」五字，軍門在時屢自言也。

光澤何氏婦自輓一聯，已見《續話》。惟係鄭仁圃所轉述，爲林氏婦代作者。似前録語意尚遜此聯之親切有味，故更録此句云：「奴別良人去矣，大丈夫何患無妻，願後日重訂婚姻，莫向生妻談死婦；兒依嚴父艱哉，小孩子定仍有母，倘常時得蒙撫養，須知繼母即親娘。」上聯別其夫，下聯囑其子。語淺情真，宜爲後人傳誦不置。

山左不第士子客死自輓云：「五千里北轍南轅，看人富貴受人憐，落拓窮途，何處洒狂生涕淚；十一次東塗西抹，嘔我心肝摧我命，倉皇歧路，再休提名士風流。」

李都轉映棻輓胡文忠句云：「公是武侯一流，鞠躬盡瘁，死而後已；我侍文忠五載，感恩知己，生不能忘。」

有輓父母俱存聯云：「君竟忘父母哀孱，忍割塵緣騎鶴去；我但覺友朋寥落，怕從天上認鴻歸。」

山陰萬仲桓運判輓關中呂曼叔觀察儁孫句云：「念名城攖堞，結交與共死生，曾幾何時，華嶽秋高成獨往；憶蕭寺銜盃，相約再聯觴詠，言猶在耳，樊川山好不從來。」

袁筱塢宮詹輓楊霖川太守光澍句云：「兩屆星周，循譽久推賢太守；九秋霜隕，後凋又謝老成人。」又平湖沈吉田觀察應奎句云：「方欣一顧空羣，燕市臺高，神駿逍遥誰買骨；賸有四齡弱息，漢江波冷，悲啼辛苦歎將雛。」

江右楊慶伯廉訪輓汪柳門學使鳴鑾太夫人聯句云：「經幔授官箴，使節剛從同鳳去；仙軿翔客路，家書愁絶伯鸞看。」

道光辛丑，侯官林文忠公奉命至鎮海軍營。比遣戍新疆，居恆常講「苟利國家生死以，豈因禍福避趨之」二語不置云。此可製以爲聯，不知是公自作抑古人成句也。然忠義之忱可想見矣。後公以雲貴總督引疾家居。咸豐初元，奉詔起討粵賊。海内欣望，而公薨於途中。文宗震悼，御製輓聯以賜云：「答主恩清慎忠勤，數十年盡瘁不遑；解組歸來，猶自心存君國；殫臣力崎嶇險阻，六千里出師未捷，騎箕化去，空教淚灑英雄。」非常知遇，天下臣民讀之，皆代爲感泣也。

嘉定瞿經孳輓吕曼叔觀察聯云：「要地正需賢，十五年擁節秉麾，可法可師，文章經濟，憶春風送別青門，返旆似嫌君太速；微疴能奪命，廿二日遺函發篋，斯人斯疾，鄉邦氣數，對秋雨飄零黄葉，撫棺已痛我來遲。」

又輓邠州韓寶臣太守聯云：「廉吏不可爲，劇憐終老一州，翠羽頒雲仍未覩；故人欣有後，料得傳書雙雁，麻衣如雪正初歸。」

又輓徐蘭江明府云：「一榻舊曾懸，掛劍又將悲宿草；七符曾遞綰，蓋棺誰信共清風。」

又輓汪柳門學使太夫人云：「老鳳健丹山，忽驚養輟宣文，望十丈龍門，闕輔孤寒齊一慟；封魚睽素願，正值悲深奉倩，歎半年驛路，皇華歸去挈雙棺。」

又輓陳同叔比部夫人聯云：「百藥竟無靈，劇憐夫子未歸，錦瑟華年傷客路；五花曾被寵，乍覩佳兒有婦，瑤臺明月列仙班。」

又二聯：代友輓高梁臣軍門云：「百戰久垂名，掃遍欃槍，那堪華頂招魂，驚覩歸元怒先軫；一夫今倡亂，變生肘腋，卒使壺頭賫恨，慘教裹革痛文淵。」「大樹頓飄零，緬半生績楙旂常，知北闕褒忠，曠典特頒鷄鹿塞；高堂盡垂暮，慘前代禍同藩鎮，值南轅返櫬，英靈遺憾鸛鵝軍。」

又代友輓胞妹聯云：「弟妹盡飄零，嘆班超未遂生還，恰爲大家撫膺一慟；門楣好夫壻，幸阿士能垂文譽，新諧佳婦且慰九原。」

路潤生太史輓妹聯云：「汝性最聰明，曾伴阿兄吟柳絮；甥行皆幼弱，忍看若輩著蘆花。」

山左何汝真都轉輓蔣璞山中丞聯云：「白水久盟心，難忘東閣官梅，數點衝寒同入詠；紅塵今撒手，悵望西江雲樹，萬家舉火待何人。」

楊榮緒太守爲浙省最清廉之官，而不得於上官，後以撤任抑鬱而死。歿之前一夕，大書自輓聯句云：「一死便成大自在；他生須略減聰明。」命其子筆諸書。

黃仲鸞觀察述：一學究某困於場屋，其妻以抑鬱而亡。其夫輓之云：「苦我半生，可憐舉案荆妻，先歸天上；祝卿再世，不遇登科夫壻，莫到人間。」詞意甚佳，膾炙人口。吾鄉喻采臣庶常爲湯敦甫相國壻，夫人賢淑知書。庶常新納一姬，頗有怨言。傳誦此聯時，夫人從而論之曰：「聯語固佳，若改『登科』二字爲『多情』，則更勝。」庶常啞然曰：「恐閨中人又怨不登科也。」夫人面頳語塞。

吴竹莊中丞善製楹聯，名重一時。其輓吴鶴山封翁云：「本是同族弟兄，當年論事論心，每到難時憐故我；試問吾鄉父老，此後任勞任怨，更從何處覓斯人。」封翁居鄉，見義必爲，中丞微時亦受其惠，故云。

倭文端公仁丁酉典福建鄉試，予出其門下。薨於位，門人公輓一聯云：「匡道統於聖學絕續交，誠意正心，講席敢參他説進；奪我主於國事紛紜日，排和議戰，明朝無復諫書來。」

沈雲軒晉，蕭山之名孝廉也。工詩善酒，以大挑分發吾閩，洊擢司馬，歷署永春、龍巖各州，並權福鼎。政聲卓著，閩人德之。己未科分校秋闈，林錫三學士即出其門下。以名翰林爲毅廟師。雲軒喆嗣兆桂，克承父志，筮仕閩疆，以司馬亦權福邑。後先輝映，一時稱之。雲軒卒於家，其門人公輓以聯云：「作帝師師，公之桃李遍天下；爲民父父，膏以黍苗及後人。」

徐樹人中丞宗幹，即先君在齊臬時所薦士也。以大令起家，來撫吾閩，歷有年所。慈祥忠厚，士屬咸愛戴之。同治初年，薨於任。楊雪滄浚舍人輓以聯云：「是人間父母神明，大被萬家，遺愛長留鉅鹿笏；遍海内門生知己，心香一瓣，失聲同哭峴山碑。」又廖執齋廣文驤聯云：「五度閩嶠宣風，厚澤深仁，德政長留功不朽；三載程門立雪，感恩知己，淵源授受誼難忘。」中丞蓋嘗五至閩，爲執齋叔祖儀卿觀察門下士，執齋又出其門下，故云。

林軒如外翰鴻翔與姪傳年爲文字知交，互相切磋蓋有年矣。姪以浦城教諭庚午送闈，病歿於家。外翰輓以聯云：「文章千古事；肝膽十年交。」蓋姪雄於文，久困始售，故首句云云。

紀文達公性喜詼諧，嘗作《京官》詩數十首，一時傳誦焉。有某京卿，記名專以道員用，文達甚喜之，每事必咨詢，至不能捨，而終老於京卿，貧病以死。文達甚悔之。戲輓以聯云：「道不遠人人遠道；卿須憐我我憐卿。」

吴縣陶太守慶增以翰林起家。道光乙亥，爲浙江副考，所取多知名士。己酉歲，於濟南府任所丁母憂，哀毁過甚，肝氣疾劇而卒，年僅四旬。其父猶在。歿時自輓云：「死而有知，應喜慈親仍聚首；生何所戀，長離老父獨傷心。」聞者悲之。

沈士生孝廉乙輝好學能文，尤精楹帖。其輓林錫三學士句云：「以身許國不及私，力疾而衡文，從容而坐化，豈真仙乎非死，死固樂矣生奈何，妻也子也弗在側；惟我相從爲有素，因緣則翰墨，恩誼則弟兄，可憐病望其來，來未幾時君又逝，醫耶藥耶咎伊誰。」又代其内弟陳澍農廣文春霖云：「以文字結主知，卅年歇歷清華，軺車銜命，講幄宣勤，僕僕半生，遂以勤勞嬰宿疾；惟仁人宜壽相，半百光陰荏苒，一椽僅蔽，二頃難謀，蕭蕭清況，博將遺澤付諸甥。」又代友人句云：「兩世契交情，溯從事丹鉛，諸昆親炙多年，獲教豈徒身受益；一朝悲永訣，看公歸素旐，伯兄宦羈斯地，臨風不獨我傷神。」

陸敬安云：「九言輓聯，難得佳者。嘗於仁和陳子箴茂才世敬家，見其尊人座聯云：『蒙二爻以子克家爲吉；箕五福得考終命而全。』用經語，妙造自然。」

唐明府炳由庶席改官桃源令，歿後有輓之者，句云：「天上謫仙，此去依然參桂署；人間隱吏，今來何處問桃源。」人皆稱其雅切。

李鶴杉學博日爔之尊人秋霞先生允楓輓聯云：「慚未因羣隨謁紀；慘於見紹輙思康。」

陸敬安云：「先君子薌畇公諱元錞，生於先大父秋畦公臨海學署。時乾隆辛丑年也。道光己亥，余司鐸台郡，迎養署中。先君子精八分書法，求者坌集，應之不倦。性嗜花，栽植盈庭，四時燦爛不絕。

興至則縱遊巖壑，或與二三朋友瀹茗銜杯，優游永日。與人仁恕誠恪，周急惟恐不及。甲辰九月，以中風疾棄養。台人士弔者皆哭失聲。投贈輓聯，録其尤者於左：山陽郭太守恆辰句云：『鱣舍怡情，看三徑香多，省識人如菊淡；鯉庭侍養，悵六年吏隱，遽聞詩詠《莪》哀。』長白雙協鎮德句云：『七十載德望常尊，子舍銜鱣，濟美克成名進士；萬八峯吟踪重到，仙區化鶴，歸真定列上清班。』武進馮明府翊句云：『鶴俸慰桑榆，台嶽重游，六十年前來處去；鯉庭茂桃李，楹書可讀，五千言在歿猶存。』蕭山張學博錫戊句云：『名成鯉對，誥錫鸞封，最愜心鏡水辭官，霞城就養；閒即栽花，病還作草，忍撇手金英正放，墨瀋猶濃。』臨海傅學博兆蘭句云：『閲歷遍名區，玩水登山，七秩精神欣矍鑠；笑談聆講幄，栽花賭酒，五年杖履憶追陪。』臨海洪明府瞻陛句云：『隨宦海爲汗漫之遊，樽酒常攜，中聖中賢，無非樂趣；就禄養於降生之地，名山久住，是仙是佛，合有前因。』

陸敬安又曰：「余從姊葆，伯父彡石公之長女。適同里歸安丁學博仁咸，賢明淑慎，三黨交稱。其歿也，年僅中壽。彡石公哭以聯云：『墮地而半齡失恃，提攜保抱，端賴重闈，想當年教養恩深，倘泉下相逢，應亦怪爾來太早；宜家而衆口稱賢，黽勉勤劬，克襄内政，悲此日死生路隔，縱命中有定，獨何如我老難堪。』」

陸敬安云：「蕭山繆磐谷上舍安邦幕游臨海，有姊卒於家而甥已遠出，七年不通音問。其友代作輓聯，不當意，質之先君子，乃爲題云：『七載思兒，望斷雙魚空墮淚；三秋夢豎，影拋隻鴈最傷心。』繆爲歎絶。又，仙居王某治痘有名，其戚撰聯贈之，屢改未就。先君子援筆書云：『身居仙境成丹易；手補天功保赤多。』一時咸歎爲工切。」

道州何文安公凌漢幼失怙恃，家貧，刻志勵學。通籍後，疊掌文衡。道光辛卯，典浙試。後即督浙學。待士外嚴而内和，校閲公明，士論翕服。庚子，薨於位。海内之贈祭文輓聯者，嗣君編録成集刊之。今摘其尤於左：英相國和句云：「再世獲傳衣，最喜緣深堪歷久；三台期接席，那知望切竟成空。」毛伯雨式郇云：「累世簪毫，方期啓沃酬恩，尚克同心作霖雨；數旬騑牡，豈意春明話别，不堪回首望停雲。」曾京卿望顔云：「朝露洒遺箋，問幾人東閣重窺，有子才如蘇右相；春明陪末座，憶兩載南車親奉，前賢悵失鄭司農。」錢給諫儀吉云：「淵、雲大文，趙、張爲政，奮、建家風，時望兼漢廷數子；省臺故事，都邑謳思，門牆述訓，令名傳荊國先賢。」鄂太史恆云：「一品荷殊榮，文望官聲，端謹咸欽臣節粹；千秋逢異數，崇銜美謚，幽冥應感聖恩深。」汪明府仲洋云：「踐道一身修，貴乎言功者德；易名當代少，止於義理曰安。」

康熙辛丑，新進士看驗。馬墨麟維翰人本矮小，挺立不跪。提督隆科多呵之，曰：「不料渺小丈夫，風骨如許！」對曰：「區區不跪，此奚足見風骨也。」後以給事轉建昌道，忤總督直揭部科，被逮。復官常鎮道而没。與盧見曾同年至好，並具詩名，有「南馬北盧」之目。盧輓以聯云：「前輩典型亡北斗；中原旗鼓失南軍。」

某記室隨玉尚書麟塞外數年，甚見推重。玉卒，某乞人代爲輓聯，鮮當意者。時平湖張海門太史金鏞以計偕入都，爲撰句云：「短後記裁衣，歷雪窖冰天，萬里追隨班定遠；長安仍索米，賸鳶肩火色，九衢慟哭馬賓王。」蒲城相國王文恪公見之，極口褒賞。

某太守初以縣令居憂，甫服闋，特旨授袁州知府。不一月，調九江。越七載病没。蓋居憂時已病，寓居維揚，竟不能之官。嘗有句云：「頭銜已署五湖長，遥領匡廬又一年。」比殁，齊大令彦槐輓以聯云：「一病負殊恩，九派滄江懷太守；十年成大覺，三分明月弔詩人。」

臨安明經葉馨陔先生綬祖學識淵通，兼達世故。里有争競者，以數語解紛，皆屈服。嗜酒喜交遊，每當良辰令節，招集朋好，酣飲忘疲。恆出新意，爲觴政以娱賓。入其座，輒流連不能去。家素封，以是中落。晚歲授徒自給，心緒鬱抑，年未六十而卒。其自輓云：「半生豪氣銷杯酒；垂老愁懷託硯田。」蓋紀實也。

蔡太夫人輓聯云：「禮重延賓，七載倍欽陶母誼；訓垂翼子，一家齊凛敬姜箴。」

吴穀人祭酒論岳忠武，有一聯最工整，句爲：「人間鐵案無私，請質東南山行者；天半神旗高卓，試看大小眼將軍。」警絶。可懸諸楔。

孔宥函司馬輓涇縣包慎伯明府世臣句云：「衰白際時艱，孤恨荒愁，蹈東海而死；文章憎命達，片言隻字，與北斗長垂。」

嘉慶時，董冠橋巡撫粤東。廣州有洋商某，素不謹。殁後，其子賂其所親，爲之呈請從祀鄉賢。董遽以入告，輿論譁然。劉三山孝廉刊刻《草茅坐論》，遍告同人，起而攻之。劉訟卒申，而吏議褫。劉没之日，王笠舫大令輓以聯云：「《草茅坐論》成千古；文采風流少一人。」不作一激揚語，恰肖劉之爲人。

濰縣陳刺史某官全州知州。咸豐丙辰，土寇破城，陳死之。事平，靈車旋里，道出韶州。時其弟覺民太守（應聘）方守茲郡，設祭於城西光孝寺。汪芙生代郡中僚屬撰輓聯云：「先軫此歸元，料晉絳英靈，颯爽弓刀能殺賊；常山悲喋血，仗平原家祭，蒼涼旌翣與招魂。」語意悲壯激昂，足吐忠義之氣。

咸豐己卯，徐鐵孫觀察拒賊嚴州。六月，戰於漁亭，官軍潰，觀察殉烈焉。訃聞，樊昆吾上舍哭而贊之曰：「嗟汝鐵，何烈烈！提孤軍，捍全浙。師可潰，鼓不絕。援可亡，戰不輟。手斫三酋寶刀折，漁亭痛洒精血。壯哉先生真是鐵！」聞者無弗破涕爲慰。復製一聯輓之云：「自傷白首亡知己；我爲蒼生哭此人。」覽者知兩公之交道深也。

翠琴者，京師伶人也。色藝冠絕一時。咸豐丁巳三月病死。其生也在花朝前一日，故某公輓以聯云：「生在百花先，萬紫千紅齊俯首；春歸三月暮，人間天上總消魂。」

常熟蔣伯生大令（因培）語喜詼諧，罷官後就蔣礪堂相國之聘。相國偶語蔣氏宗派，答曰：「蓬蓽安敢妄附華胄。相公乃《水滸傳》中蔣門神之苗裔；若鯫生者，實《金瓶梅》內蔣竹山之後嗣也。」相國大笑，不以爲迕。後相國總制三吴，以遣責歿於秣陵。客散賓逃，喪輀致無人奠唁。大令內不能平，爲聯以弔之云：「門前但有青蠅弔；冢上行看大鳥來。」論者以爲語雖太激，然實典切也。

番禺黄壽山上舍（廷獻）嘗清明獨遊郊外，於榛莽中見一碑，文曰「愛姬蠟梅之墓」，旁有八九字，苔紋斑駁，不可明辨。度其情狀，似非世遠年湮，而宿草纍纍，諒已無人上冢者矣。感而誌之。越日，復攜酒脯往弔，並製聯輓之。句云：「六字碑文，誰是多情公子；一抔黃土，可憐薄命佳人。」又云：「僕本陌路蕭郎，從來好事；卿果章臺柳妾，何處招魂。」云云。夜夢一美人來謝。

蘇州顧蘅芷少尹遠成其配沈氏卒，傷痛弗勝，作《悼亡》詩十首，哀艷動人。徐鐵孫觀察輓以聯云：「美玉褫顏，明珠晦色；寶瑟永謝，瑶臺頓傾。」蓋集《選》句也。周仲墀太史見之，謂徐曰：「聯語誠佳，惜碩腹龐顏者不相稱耳。」蓋沈偉軀巨趾，才與貌違故也。

湖南譚鑫振家極貧，工舉業，善書法。光緒庚辰，以第三人及第。次歲春，乞假來浙籌措。中丞固其相識，都轉亦其舊東，將集貲以助，乃抱病未半月而亡。其眷口在家，盼歸綦切。去歲臚唱爲念四日，今年去世亦即是日，亦可哀也。有同鄉輓以聯云：「去年臚唱正今朝，開殘閬院名花，空回首玉堂天上；半月湖山成一夢，望斷衡陽歸鴈，最傷心錦字機中。」

葉杏堤茂才文照篤志好學，家貧，授徒爲生。晝督館，夜乃自課，恒達旦不寐。每應試被放，輒哭泣數日。常云：「若得登科録中題名，雖死何憾！」竟以力學得疾卒，年未三旬。其友徐瘦生茂才照挽之云：「一生祇爲名心死，六極惟將惡字除。」語極沈痛。

青田端木鶴田天才穎異，高介絕俗。其所作聯語可誦者，如輓温州林石笥句云：「氣絕淩雲，他日豈遺司馬稿；淚傾流水，此時先碎伯牙琴。」輓朱雨亭云：「愁寄天邊，子始成名身易簀；哀傳日下，父終遺命世傳經。」

吴柳堂侍御可讀殉節惠陵。設奠日，都中士大夫多有哀輓。祝安伯太守慶年句云：「遺疏表孤忠，惟一片血誠，可格鬼神，可質天地；幾人擬私謚，待千秋論定，傳之史册，報之馨香。」

梅小巖中丞每遇期功之喪，必自製聯輓之，所以親親也。其輓季叔云：「期服聽去官，猶子比兒，嗟我未能行古禮；畢生惟好道，言坊行表，如公端合祀鄉賢。」又輓長兄云：「地下見爹娘，爲言季子非人，不孝不弟；雲間逢父老，共説宰官愛我，廉善廉能。」中丞昆仲四人，行居季。其長兄曾令吴中，中丞時已屏藩白下。

胡文忠公勘定東南，功在垂成。時文宗龍馭上賓，公於軍中積疾聞耗，疾劇而卒。厥後羣醜殄滅，曾文正公推以首功。輓聯云：「吴會未平，是先帝與藎臣臨終遺恨；楚材方盛，願後人繼我公不世勛名。」可謂誠服矣。

凡語皆有讖，吉凶晦吝，如揲蓍灼龜然。《嘯亭雜録》云：「都中得簡齋老人手函，有『從此雁杳鴻飛，望長安如在天上』之語。方訝其不祥，未幾而訃音至。蓋衰氣相乘，有流露於不及覺者。曾文正相國薨，吴竹莊輓聯云：『二十年患難相從，深知備極勤勞，允矣中興元老；五百里倉皇奔命，未獲親承色笑，傷哉垂暮門生。』語氣頽喪，不數月間而中丞繼卒矣。」

陸敬安曰：「伯父彡石公歷官郡守，清而不刻。捐館後，知交輓章極多。同邑孔梧卿學博廣覃題聯云：『典郡矢清廉，歸裝片石；論詩重忠孝，大集千秋。』語最警切。」

杭州吴布衣彭年遊幕中州，才名藉甚。天津邵烈婦爲志盧茂才之室，結褵一載，茂才卒，烈婦於七七之期自經於茂才死所。一時文人俱賦詩哀之。吴輓以聯云：「蝴蝶有情同入夢；鴛鴦到死不分飛。」

見者推爲絶唱。

陸憩雲比部奭棠爲余述輓聯二則，語極悽切，未詳何人所撰。一係姪婿挽叔岳云：「自丈人峰頹，難弟難兄，棣萼一庭悲夜雨；看羊公碑在，斯民斯土，棠陰百里泣秋風。」一幕友挽居停主人一聯云：「我來陳榻猶懸，可憐宦況蕭然，那有餘貲歸旅櫬；公在崇祠已建，但得官聲如此，應無遺憾到泉臺。」

刑友楊鏡颿，浙江名幕。靳迪臣守衢，延致幕中，相處懽洽。每談公事，輒至中夜。一夕夢楊君歸里，作一聯以寄之云：「硯草猶存，空憶芙蓉秋水度；琴音忽渺，難忘風雨對床時。」醒而大驚，以爲不祥。未幾而楊君捐館，即以此作挽。

林氏胞姊去世，兄弟諸姪合撰一聯以挽之，句云：「姊妹中爾最多才，祇自因女嫁男婚，百感攢心成一病；弟兄輩近無善狀，莫慘説生離死別，九原忍淚慰雙親。」

楹聯四話卷五

雜綴

咸豐癸丑，金田逆匪竄擾江右，鄱陽沈槐卿大令嬰城固守，誓以身殉。死之日，於衣帶間得一聯云：「二十年讀書，二十年作宦，取義成仁，擔得起綱常兩字；進無以助援，退無以固守，孤忠效死，羞對此章貢雙流。」從容就義，大節凜然，人以之方文天祥云。

「武侯讀書，大意略觀，是講求經濟；淵明鼓琴，不求甚解，乃涵養性情。」不但字句好，對亦好。

西湖詩僧小顛預治槥具，署一小扁曰「呵呀」。又於床際揭一聯曰：「老屋將傾，只管淹留何日去；新居未卜，不妨小住幾時來。」其風趣如此。因憶予有所親於壁懸一扁曰「待死室」，其行蹤正相類也。

京都廟市，惟東城隆福、西城護國二寺百貨具陳，目迷五色。王公巾幗亦復往遊。昔鮑西岡有一聯云：「三市金銀器；五侯車馬塵。」足括廟市之勝。

京都后孫公園相傳爲孫退谷別業，前爲安州陳尚書第，後有晚紅堂。吳白華司空官翰林時賃居，公讌座師王文莊公。戲臺聯最佳，句云：「地近春明，憶當年甥館清娛，幾聽後堂絲竹；」對云：「序先秋禊，慶此日師門暇豫，共陪高閣襜帷。」蓋宅本爲茶陵彭大司馬維新舊第。公乙丑及第，於此贅姻。宅後一園，有林木亭榭，沈雲椒侍郎寓焉。有簡韻堂聯云：「匝地清陰三伏候；參天老樹百年餘。」

戴菔塘《籐陰雜記》云：「座師王文莊公初寓韓家潭，七月廿五日生辰，每於中秋前後張樂邸第，燕乙丑同年及門生。其戲臺聯最爲精切。憶己丑歲則云：『十七夕彩滿蟾宮，賡隔夜霓裳舊曲；』對云：『念五載班聯鵷序，萃當年蓉鏡羣仙。』庚寅歲則云：『壽宇覃禧，借緱山鶴舞餘籌，更譜瑤笙諧鳳侶；』對云：『晚香勵節，集蓬島鵷班舊侶，重翻霓羽侑鸞觴。』」

黃仲鸞觀察曰：「余以同知從事江寧釐務，兩載矢公矢慎，卒以絲捐兩歧撤差。蓋爲人所搆，予不受過也。卸差日，曾撰一聯以志感。有詢顛末者，即以此聯報之。句云：『傷心三字莫須有；回首一官歸去來。』」

又曰：「余通籍垂二十年，回首西清，如在天上。改官入浙，春日製桃符痚於壁，句云：『北闕詞曹多後輩；西江文節是先臣。』誇詡之詞，吾知過矣。」

戴文節云：「梁子恭，名敬事，杭州人。道光乙巳，余候補翰林學士。伊方爲編修，充禮闈房考。語余曰：『少年屢作一夢：夢過杭城仙林橋，至白蓮寺殿旁，有一小門。入門，則滿院皆花，而花未開。中一屋，其左若臥房者，上有牀榻。近窗一案，余必於案上覓朱色物，覓得即醒。夢夢皆同，朱色物各異。有時夢見空案無物，案乃朱漆。最後見滿院花俱開，不欲入舊屋，入旁一屋，闃寂無人，懸一額曰「夕照室」。楹帖曰：「水定原無影；山空不住雲。」嗣後遂不復夢。』」

吳縣石琢堂先生去官家居，以耄歲雋才提倡風雅。家大人藩吳時，常與文字往返。每讌集，呼余輩出見。時余方十四歲，頗蒙噢咻獎勸，亦時以聯箋請書，彼時早知「獨學廬」之名也。哲嗣同福官浙江太守，雖兩代外宦，固無餘貲。當道光初年時，築祖墓方湖邊。對向有陶冶者，適與正衝，陰陽以不利議去之。先生曰：「損人利己，吾不忍爲。況吾亦未必不利。」欲聽之。時太守公亦動於術家言，頗不自安。迨墓成，先生以一聯書於墓牌云：「有地在心，不求風水好；無田亦祭，只要子孫賢。」義兼勸戒，合族安之。其盛德爲一時所推重云。

甘肅某令饒有資財，性情愚詐，雖粗識之無，而好與文人交。凡公車北行者，必厚贈之。故登鄉榜者利其財，紛紛投刺稱門人焉。一日，有客謁而問云：「見門前泥金滿壁，悚然起敬。君家桃李何其盛耶？」某沈思良久，答云：「賤園惟梅花多株，並無處可種桃李樹。殆君誤記耶？」又一日邀客作樗蒲戲，客有叔姪二人，素與莫逆，因事不至。友人代函達云：「某某竹林，家適有事。」後某晤其姪，竟以「竹林」呼之，意其號爲「竹林」也。有人嘲以聯云：「自慚無地栽桃李；到處逢人說竹林。」某出示同僚，無不噴飯。

校官爲冷宦，自撰楹聯，或嘲或諷，多有可發一噱者。傅芝堂學博句云：「百無一事可言教；十有九分不像官。」此聯早膾炙人口矣。屠筱園教授所書聯語，則云：「教無所教偏稱教；官不成官卻是官。」自嘲中卻有身分。陸定圃教授則云：「近聖人居大門徑；享閒居福小神仙。」亦有味。沈秋河司訓門聯云：「讀書人惟這重牆門可以無妨出入；做官的當此種職分也要有些作爲。」則稜稜風骨，讀之令人肅然起敬。

仁和姚平泉光晋道光乙酉舉人，以勾股算術受知阮文達相國。八試禮部不第，選上虞教諭。訓諸生以經義。每歲科試，他廣文於新進諸生斷斷如也，惟先生獨否。故虞人雖婦人孺子無不知先生之賢者。每言及，不稱其官，輒曰「姚菩薩」云。先生嘗夢至一處，四山若立壁，上有瀑布。有老僧出迎，醒而異之。因繪一《夢遊圖》，賦詩志之。及到上虞，聞仙姑洞有瀑布，往遊焉，則依然夢境也。乃自謂前生爲此山老衲，復繪一《獨立圖》，自題聯句云：「了他過去因緣，偶然游戲；還我本來面目，自在逍遥。」年八十一卒。卒之前一日，忽有兩鐙自中門入，家人咸見之。詰問「誰何」，則無人焉。鐙亦遂不見。去來有自，菩薩之名不虛得矣。

沈鹿坪題某道士居云：「受籙開宗，千秋香火人間世；棲真卜築，一室煙霞物外身。」

陸敬安曰：「桐鄉徐瘦生茂才終身不娶。自署其棺曰『獨室』，並題聯云：『埋憂待荷劉伶鍤；行樂先題表聖詩。』先君子於台州購得嘉木，製爲棺，題曰『止止居』。書聯云：『一生悠忽少壯老；萬事脫離歸去來。』」

汪龍莊大令輝祖先爲刑幕，書聯座右云：「苦心未必天終負；辣手須防人不堪。」近有人贈幕賓聯云：「求其生不得則無憾，勿以善之小而弗爲。」語亦警迫。

歙縣鮑菉飲先生曾刻《知不足齋叢書》。乾隆開四庫館，獻書七百種，蒙賜舉人，可謂極稽古之榮矣。所刻叢書，校訂精審，風行海內，藝林寶之。自撰聯句云：「與其私千萬卷在己，或不守之子孫；孰若公一二册於人，能永傳諸奕禩。」今其孫曾輩以書爲業，奇編寶笈，價重連城。子孫蓋猶食其報云。

歸孝儀宮詹允肅授順天主考官時，守正不阿，一秉至公。榜發，下第者譁然肆詆，冀興大獄。時蔚州魏敏果公象樞以國端重望，至宮詹邸第門外行四拜禮，曰：「我爲國家慶得人。」復賦詩以紀事，謗者乃息。見其大門聯句有云：「絶夤緣奔競階，務專求實學；杜浮言誇張習，要不採虛聲。」

世傳史文靖公相府親迎者有牌一對，一曰「身經四萬日」，一曰「眼見三百孫」。或曰：「即其聯也。」未知確否，姑録存之，以助美談。曩歲客遊五羊城，見城隍廟對過有南昌茶館，一對句云：「半榻夢剛回，活火初煎新澗水；一簾春欲暮，茶煙細颺落花風。」

二月十六日爲明張麗人誕辰。增城何一山桂林嘗於是日冒雨招同輩往百花冢，以清酒酹其墓，並書以聯云：「一抔香土花仍放；二月芳辰雨未晴。」

漢軍王兆鸞者，慕養生之術，於粤秀山下自墾場圃，畜魚蒔蔬以爲食，不出柴關者近二十年。偶記其門聯云：「曉烟貼地魚盈浦；空水沿籬韭出畦。」陶然自得之概溢諸言表。

香山鄒蔭泉中翰大林闢「杏林莊」於珠江之南，實未嘗有杏也。道光乙巳，何靈生孝廉自京師歸，貽杏一本，種閲五載，花始發。遂治酒，招同人賞之。番禺陳棠溪儀部其錕於花前製一聯懸之，句云：「種來香國當三月；聘得金臺第一花。」數千百年來未聞有杏花，今始見之，誠盛事也。按：吾閩亦無杏花，想同一地氣太暖之故。擬他時添植此種於敝園。

山陰張陶庵茂才岱，豪士也。家蓄梨園數部。上元日，於演武場結巨臺場，大演徽崑各戲，凡三書夜。所有百戲檔子無不登臺搬演，所費不下萬金。其叔蘊生大書一聯於棚柱云：「果證幽明，看善善惡惡，隨形答響，到底來那箇能逃；道通晝夜，任生生死死，換姓移名，下場去此人還在。」又一聯云：「裝神扮鬼，愚蠢的心下驚慌，怕當真也是如此；成佛作祖，聰明人眼底忽略，臨了時還待怎生。」蓋當日所演者係《目連救母記》及《西遊》諸鬧戲，故其聯語如此。

廣州諸妓妝閣中，其楹聯頗多。佳句皆貼切其名。如「小姑」，云：「小喬夫壻英雄裔；姑射仙人綽約姿。」「秀雲」，云：「南部烟花誰夕秀；東坡侍妾是朝雲。」「轉好」，云：「對月轉思殘醉後；看花好待晚妝時。」「琴仙」，云：「琴心未許調司馬；仙骨何緣肖媚豬。」「連彩」，云：「連環唐苑綢繆印；彩縷齊宮續命絲。」「愛玉」，云：「愛我品題誇絕代；玉人聲價重連城。」「小凌」，云：「小海歌喉珠一串；凌波微步玉雙鉤。」「月香」，云：「月借眉痕秋淡處；香銷心字夜深時。」「憐采」，云：「憐他楊柳春深後；采得蘋花露下時。」「小鶯」，云：「小小名猶傳樂府；鶯鶯生本屬詩人。」拆字巧不可階。又有以意貼切者，如「柳笙」，云：「鶯邊煙重春無力；鶴背雲寒月有聲。」「亞妹」，云：「闌干碧玉都成字；樂府青溪舊有名。」「閏桂」，云：「桐葉喜添花下影；木樨羞竊月中香。」「阿二」，云：「顧影只輪花第一；問名未到月初三。」「阿女」，云：「如意不勞多著口；媚人須要放開眉。」「金桂」，云：「願爾常依金粟佛；有人來證木樨禪。」「鈴卿」，云：「但願瑟琴調子細；再休風雨聽郎當。」「十五」，云：「蟾光却愛團圞夜；鸞韻分拈上下平。」「小姑」，云：「彭郎磯畔人無兩；蔣帝祠邊妹第三。」俱見匠心。更有亞三者，呂、周二人先後狎之。或戲爲聯語云：「亞欄柳䩞鶯調呂；三徑花嬌蝶夢周。」尤妙，不可思議。

隱士萬斛泉，湖北興國州人。生平以朱子小學暨《近思録》爲宗，尤精研《大學衍義》。與其徒宋鼎、鄒金粟結茅山中，讀書講道，不求仕進。會賊大至，猶正襟端坐，歌誦不輟。賊皆引退。中丞胡公林翼特爲薦擧，奉旨賞七品頂帶。宋、鄒兩人賞八品頂帶。此咸豐丁巳年事。大吏贈以聯云：「絳帳一時培後輩；黄巾三舍避先生。」此誠難副之盛名，亦國家非常之曠典也。

道光癸巳，越南國王差官阮焕乎文章、李鄰芝文馥、黄健齋炯、黎受益文謙、汝元立伯仕等護送失風兵船回粤東。錢塘繆蓮仙茂才艮因招五人集珠江，作中外羣英會。把酒論文，極歡而散。黄有聯十四字句云：「也知文士以文會；不意此生來此州。」

康五者，都門買估衣家也。詼諧善謔。以廉値買得一古聯，紙色黑暗而無題識姓名，其句云：「青環花輕重；銀橋柳萬千。」廉玉泉秋曹過而愛之，斷其爲文衡山之筆。適銘東屏大令乘款段出宣武門，廉呼而示之曰：「此待詔墨寶也。」銘大哂曰：「此廊房戴本義之作僞，以藥水染紙，遂似數百年物耳。實不值百錢也。」廉不能平，大相詬詈，一市粲然。康和解之。廉卒以三千買歸。

嘉應李秋田明經光昭，其德配某氏號紅蘭館主，工集古。嘗取禊帖集楹聯數十，爲一時傳誦。余記其尤雅者，如：「萬年觴有清和氣；一品集無時世文。」「老竹當風生古趣；幽蘭臨水抱閒情。」「品齊日觀雲亭峻；氣與風蘭水竹清。」皆流麗可喜。

武進湯緯堂大令大奎，雨生都督之祖也。乾隆癸卯，宰鳳山縣。值林爽文之亂，與長子荀業同日遇害。咸豐癸丑，洪秀全竄入金陵，雨生都督適居城中，又闔門殉難。今已入祀昭忠祠。有以「三世黄封；一家碧血」爲聯者，真古今罕有之奇烈矣。

嘗見某家牓其門曰：「老驥伏櫪；流鶯比鄰。」蓋左爲馬房，右爲妓院，故云。集句之工，真天造地設。

仁和馬慶孫者，秋藥太常之猶子也。襆被來粵，舟出豫章，夜泊生米潭，遂爲盜劫，行李一空。時劉蘭簃方建臬南昌，馬趨控之，所呈失單，不過書畫玩物。劉嗤之，馬作色曰：「失單中有鄭板橋楹聯，先人性命寶也。務乞追償。他則惟命是聽。」劉憫其愚，檄縣嚴緝。未三日，果於貨擔間得之。其聯曰：「飄風作態來梳柳；細雨瞞人去潤花。」劉流連觀之，笑曰：「無怪此老之齗齗也。」

道光中廣州僧某常與鄰婦通，事覺，勒令還俗。有贈以聯云：「既已摩頂庵中，宜守空王戒律；何故畫眉窗下，偏學京兆風流。」或謂和尚不妨好色，蓋多情乃佛心也；道士不宜好色，蓋太上忘情也。

沙三者，蘇州人，嘗於端陽觀競渡，一日之內，手散萬金。人因呼爲「沙三標子」。家遂中落，僅餘五百金，復於中元廣招僧道爲盂蘭盆，大施口食。糝米爲團，雜以胡麻，筐承車載，堆塞道路。四方乞丐聞風奔赴，以數萬計。高結香龕，顏曰「麻團勝會」。自撰楹帖云：「三標子現身説法；大老官及早回頭。」事畢，五百金告罄，以衣質青蚨一串爲生計資。日持歌板，市麻團於里巷，有向其購者，歌一曲以侑食焉。未幾死。此亦宇宙間畸人也。

廣州素無戲園。道光中，有江南人史某始創慶春園，署門聯云：「東山絲竹；南海衣冠。」其後怡園、錦園、慶豐、聽春諸園相繼而起，一時裙屐笙歌皆以華靡相尚，蓋亦昇平樂事也。

董文恭相國誥、曹文正相國振鏞嘉、道兩朝名臣也。文恭盛德偉望，朝野欽仰。嘉慶十八年，天津教匪林清遣賊入禁城爲亂。時上幸熱河，聞變，近臣有以暫行駐蹕之説進者。文恭隨行，力請迴鑾，繼以涕泣。而文正在京師，於亂後一味鎮静，時以庸碌短之。有無名子撰一聯嘲之云：「庸庸碌碌曹丞相；哭哭啼啼董太師。」二公聞之，笑相謂曰：「此時之庸庸碌碌，頗不容易。」文恭初加太子太師銜；文正公初入閣，有尊以「太師丞相」之稱者。兩公笑辭曰：「賤姓均不佳。」後二公皆加太傅銜，而皆爲丞相。

繆蓮仙、湯春生集四子書爲對，自二言至十餘言，固云美備矣。近復見一集對云：「身修而後家齊，家齊而后國治；天時不如地利，地利不如人和。」亦殊穩稱。

《明良記》云：「胡明善附張羅峰。羅峰以彗見獲罪去任，而明善亦以石碑事謫戍。時有以春聯揭明善門者，云：『白石出西山，胡明善災從地起；彗星見東井，張孚敬禍自天來。』」

錢塘張太史曰衡學優品懋，通籍後不與當道往還，樵蘇不繼，蕭然自得。題聯於堂曰：「相對半床書，冀漸臻聖域；但啜一甌粥，誓不入公門。」

太倉王相國掞之督學浙江，取士公明，人有「窮通翁」之謡言，所取皆寒士宿學而能文者也。後湖北李某來督浙學，不喜典重文字，好取短篇。士之美秀者，拔置前列；貌不揚者，雖已入彀，必摘其文中疵累黜之。有私張一聯於大門云：「文宜淺淡乾枯短；人忌鬍麻黑胖長。」雖即時撤去，而已不脛而走矣。

靳迪臣觀察云：「衢州正誼書院在府署前，與郡廟並峙，堂宇久荒。履任後，籌款興修，並爲生童加增膏火，課期親往扃試。撰一聯懸之講堂，云：『隔院警晨鐘，願諸生日就月將，名下不虛華國選；望衡瞻夏屋，幸五邑刑清政簡，公餘來聽讀書聲。』」

明太祖優任陶安，賜門帖子曰：「國朝謀略無雙士；翰苑文章第一家。」此惟劉基、宋濂乃足以當之。安嘗自謂謀略不如基，學問不如濂，語非謙也。劉、宋晚歲帝眷寖衰，而安獨以禮遇終。余按：基卒於洪武八年，濂卒於洪武十四年，而安卒於洪武元年。然則安亦幸而早亡，得以保全恩寵耳。

倪烈婦，仁和王通甫女也。年十七，嫁東里倪德昌。三月而寡。謹事舅姑不衰。閱八年，舅姑以家貧欲嫁之，陰納聘，行有期矣。先一日乃告之，婦佯諾，即晚檢半臂一、耳環一以與姑曰：「是猶足爲數日養。」夜半投於河。遲明父至，述夫婦同夢女歸，以死告，且謂：「上帝命爲河神，無苦也。」方共駭愕。里中譁傳太平橋河有屍，被髮蒙面，上下衣密縫，視之則婦也。凡溺者男覆女仰，而婦屍獨覆，人莫不異之。此道光八年四月事也。九年，詔旌其門。里人爲葬於棲霞山下。趙茂才之琛題聯句於華表云：「碧水冷銀瓶，祠近岳家追孝媛；青山標石碣，墓臨孫氏聚貞魂。」

桐鄉馮柯堂中丞鈐歷官楚、皖，有惠政。撫皖時，於後圃蒔梅及蔬果，顏曰「菜根香」。題聯云：「爲恤民艱看菜色；欲知宦況問梅花。」誦之可想其志趣。

烏程閔公鶚元巡撫江蘇日，值奉命議李昭信相國之罪，公探知上意，以「議功議貴」爲言，李得末減。公後坐弟累，降三品頂帶。吳人爲之聯云：「議貴議功，一言活昭信中堂，難逃青史；僞仁僞義，三品留江蘇巡撫，無補蒼生。」蓋公初撫皖時，矯情飾詐，袁簡齋譏爲「荆公緒餘，貽害蒼生」。或有謂其過當者。

及撫吴，則一派作僞，始服其先見焉。

婺源王葑亭通政友亮謝人惠玉如意聯云：「人生幾事如意者，舉世憂其名；君子於玉比德焉，良工琢爲器。」語頗雋妙。

陸敬安曰：「凡上官所到之處，僚屬無不先往伺候。其出入名曰『跕班』。故需次會垣者，奔走僕僕，幾無暇日。余在楚北時，同僚靈寶許明府虎拜嘗改翰林口號『一年事業惟公會，半世功名只早朝』二句云：『終朝事業惟跑路，畢世功名只跕班。』又戲作聯語云：『寒城跑路，滿面尖風；古廟跕班，一身明月。』蓋紀實也。

會稽王笠舫大令衍梅工詩，嘗謁掌教奉賢陳古華太守廷慶，適有饋江瑶柱者，太守曰：「子能爲我用『饞』字韻賦此，當烹以酌子。」因押全韻成詩，其警句云：「升沈一柱觀，闔闢兩當衫。」太守歎賞之，遂命歌者奉觴以酬之。大令豪於酒，飲至夜月已升，而興未已。自撰聯句云：「與月樂天花樂地；將詩驚鬼酒驚人。」意特奇崛。

州縣署舊有聯云：「最防官折兒孫福；難得人稱父母名。」語意警切。嘉慶間，秀水邑令某初至，頗有仁聲，士民贈以扁云：「民之父母。」未幾改操，廣通賄賂。或於其扁側題一聯云：「漫道此之謂；誰知惡在其。」後被劾去。

黄九煙周星崇禎庚辰進士，性情簡傲。嘗游嘉善，遇一人負薪過市，口作吟哦聲。揖入，詢其姓名，曰：「崔姓，名金友。」因誦其詩。五言云：「花落無人徑，雲飛到處山。」七言云：「因風去住憐黄蝶，與世浮沈笑白鷗。」室聯即此。又「吟思白墮傾家釀；坐對青山讀異書。」此則揭諸堂宇。自號「樵隱」。黄鶯異，因與定交。

周南卿茂才幼以神童名，嫻吟事，家貧客游，足跡半天下。所至名公卿争迎之。著有《抱玉堂詩集》。其聯句亦雋秀，如三十初度聯云：「家累催人兒女大；名場責我友朋多。」挽吴縠人祭酒聯云：「湖山氣併文章秀；天地恩容出處寬。」語皆俊拔。

京師滑稽者好以聯語肆其譏評，如咸豐初，庚申之際有聯云：「爲小相，予欲無言，則將焉用彼相；有世臣，是可忍也，今之所謂良臣。」其時又有一聯云：「五日内三相淪亡，真假革殊途，一老一病一冤枉；兩月間四夷賓服，戰守和異議，半推半就半含糊。」三相者，一爲裕相國泰，老薨於位。一爲杜公諤文正相國，父以子貴，假相也。疾卒。一被同人陷害罪無名目之相國：耆英。下聯則斥言時事而已。

唐子畏寅一字伯虎，號六如，謂取佛氏之説。乃蘇門公嘯有六如：一如深溪虎，一如大海龍，一如高柳蟬，一如巫峽猿，一如華邱鶴，一如瀟湘雁。子畏既廢棄，聯云：「一失脚成千古笑；再回頭是百年人。」又絶句云：「五陵鞍馬少年鮮，三策經綸聖主前。零落而今轉蕭索，月明胥口一簑烟。」所用大門聯曰：「龍虎榜中人第一；烟花隊裏醉千場。」

靳迪臣云：「京都粤西會館在鸞慶胡同，爲會試公車棲息之所。同鄉公讌亦在此。近因擴充規模，建設戲臺。落成時撰一聯云：『漸展鴻規，覩竹苞松茂之才蔚起巖阿，尤冀廈廣千間，顔歡寒士；式歌燕喜，盼五嶺三江之彦偕來日下，同聽陽春一曲，酒飲鄉人。』」

靳迪臣藏有《泉州府萬安橋碑》，殘缺多字，不能成幅，因集作楹聯。八言云：「王道扶翼，萬年有紀；皇圖廣大，四海不波。」五言云：「太守二千石；道宗五百年。」客來觀者，不知爲何帖。惟予一望則知爲蔡端明之《萬安橋碑》，蓋固習見者也。又予同懷兄平仲嘗集字八言一聯云：「守始圖成，以翼其善；造義繇道，不求諸人。」

崑山歸元恭，狂士也。家貧甚，扉破至不可闔，椅敗至不可坐，則俱以緯蕭縛之。遂書其匾曰：「結繩而治。」又除夕嘗署其門云：「一鎗戳出窮鬼去；雙鈎搭進富神來。」其不經多此類。時人號歸癡三。

楊大年年十一，太宗召對便殿——秘書省正字——且謂：「卿離鄉里，得無念父母乎？」對曰：「臣見陛下，一如見臣父母。」上歎賞久之。初入館時，年甚少。故事：初授館職，必以啓謝執政。時公啟內有曰：「朝無絳、灌，不妨賈誼之少年；坐有鄒、枚，未害相公之末至。」執政曰：「此可爲楹帖。」

明姑蘇鄢天澤好摘人詩文句字供姍笑。偶讀瞿文懿《王立於沼上》文，訝曰：「沼固惠王地也，彼何得言所立非其地？」誦詩至「流鶯啼到無聲處」，即曰：「啼則有聲，何得謂無聲？」諸所戲侮，類皆如此。一日獨坐，有青衣二人捽之去。至一所殿宇，天澤跽階下，遥見柱帖云：「日月閻羅殿；風霜業鏡臺。」始知已死。王問天澤曰：「汝知過否？」因引業鏡照之，俱得其罪狀，瞭如指掌。王復命青衣人引天澤還陽世，道其事。比出門，天澤又謂青衣人曰：「屬見柱帖，政自不佳。何獨閻羅殿有日月乎？」青衣怒曰：「汝尚敢爾爾！」抶之去，俄蘧然醒。

偶句有多用虛字者，亦自生動可喜。如：「翁之樂者山林也，客亦知夫水月乎？」「不可以風霜後葉，何復子月雨餘雲。」「何草不黄秋以後，伊人宛在水之湄。」皆巧售，別爲一格。

有一筆客自誇其製工精實，必由一手，且不以他毫雜入混充。一日生子，豐碩肥胖，或戲之曰：「尊店筆誠好，選料加功，無雜毫穎。此言的可信，安得不佳乎？」時有書賈負書至，以一子自隨，酷似其父。衆熟視之曰：「原板初印，不走丰神，其非翻刻贋本可知也！」一人大笑曰：「各有八字可爲對也。」

宋人荐陣亡將士疏，其工者可作聯語。如云：「馬革裹尸，深負公等；虎頭食肉，彼何人斯？」又云：「戰河南，戰河北，毋忘此日精忠；出山東，出山西，再作明時將相。」造語真摯，九原應有感激涕零者。

南畿福藩當國，穢德彰聞。有書聯於東西長安門柱云：「福人沈醉未醒，全憑馬上胡謅；幕府凱歌已休，猶聽曲中阮變。」又云：「福業告終，只看盧前馬後；崇基已毀，何勞東捷西沾。」又書馬士英堂中云：「闖賊無門，匹馬横行天下；元凶有耳，一兀直搗中原。」福人指福王。阮大鋮喜倚聲，時爲兵部報捷，故「幕府」云云。盧前，盧九德也；馬後，馬士英也。東捷，張捷也。西沾，李沾也。闖，士英也。元凶有耳，阮也

秦檜在相位，建「一德格天閣」。有朝士賀以偶句云：「我聞在昔，惟伊尹格於皇上；民到於今，微管仲吾其左衽。」後偉高華，自是佳文字，而其人大不稱也。

長白祥□圃，乾隆丙辰進士，由工部主事累官至布政使。嘗作酒聯詩云：「送客船停楓葉岸；尋春人指杏花樓。」人盛傳之。後酒家即以此聯榜諸門，而生意愈鬧矣。

余仲兄平仲公咸豐庚申在蘇屢遭賊寇。旋里，家已中落，日惟以酒自解窮愁，絶不問生人產。廳事聯句云：「隨遇而安，素患難行乎患難；與人無忤，呼馬牛應以馬牛。」遷居洗銀瞥，又名梯雲里，年來雖處貧，而子姪登科不一而足。自榜大門聯云：「銀無可洗，雲尚能梯。」

閩中酒館有聯云：「有同嗜焉，從吾所好；不多食也，點爾何如？」

楹聯四話卷六

詼諧

阮文達公平蔡牽，得其兵器，悉鎔鑄秦檜夫婦。二人追悔口吻：其一繫秦檜頸上曰：「咳，僕本喪心，有賢妻何至若是？」其一繫王氏頸上曰：「啐，婦雖長舌，非老賊不到今朝！」公謁廟時見之，不覺失笑。

黄仲鸞觀察曰：『文章本天成，妙手偶得之。』信然。相傳鄉里有一富翁，豐於財而盲於目，平日性氣不和，每齮齕於人。長媳生子，以産亡。思以一聯悼之。擬作甚多，僉不如翁意，並云：『我不喜許多拗折也。』衆恚甚，乞翁自製，方謂必得笑柄，以博一粲耳。翁乃曰：『我不知文，俗語可乎？』皆應曰：『可。』遂從容誦曰：『冢婦歸天，都道汝兒孫滿目；長男喪耦，不如我夫婦齊眉。』四座爲之憮然。以不識字老翁道得箇語，蓋天籟也。」

福建船政局在南門外之馬尾地方新造衙署，沈幼丹中丞主其事。頭門聯云：「以一簣爲始基，從古天下無難事；致九譯之新法，於今中國有聖人。」其二門聯云：「且漫道見所未見，聞所未聞，即此格致關頭，認真下手處；何以能精益求精，密益求密，須從鬼神屋漏，子細捫心來。」當始事時，幼丹頗以爲難，深慮事之多掣肘。故於初辦時，尋其小故，於馬尾擅殺二人，實有過當之處。而當道大吏猶不以爲然，於吳仲宣制軍尤爲齟齬。制軍由粵東差旋過漳，始知幼丹與之不睦，自云：「福省紳衿，若馬尾公者，難共事也。」其同行幕友拈七字云：「『福省紳衿一馬尾』，請諸公對來！」久之莫屬。忽聞汀漳龍道朱稟見，一友曰：「得之矣！『漳州道府兩牛頭。』」蓋郡守亦朱姓，浙人也。

曩聞潘、何二姓結婚，潘爲男家，何爲女家。女家曰：「吾女無所望，但願到彼家有飯啖足矣。」男家曰：「我亦何望，但願媳婦進門以爲抱孫之地。」某賀以對聯云：「有水有田方有米；添人添口便添丁。」又呂、徐二姓結婚，呂女有不貞名，徐兒好結交匪類，不務正業。某嘲以對聯云：「呂氏姑娘，下口大於上口；徐家子弟，邪人多過正人。」

蔣伯生大令罷官歸，築一園。落成之日，其弟某頗不善於其兄，題一聯於門云：「造成東倒西歪屋；用盡貪贓枉法錢。」蔣見之，乾笑而已。

近有韓某，屢試不售，援例爲巡檢司。自署其門曰：「說什麼無雙國士；不過是從九官兒。」有才而隱於末僚，天下人類此者當不少，是可慨也。

鎮平黃香鐵釗以大挑知縣改教職，官潮州教諭。後復升翰林院待詔。著有《讀白華草堂》初集、二集、三集。某撰一聯贈云：「七品八品九品，品愈趨而愈下；一集二集三集，集日積而日多。」語頗風趣。

馮定遠班嗜酒，每飲輒酩酊無所知。當學使考試，定遠扶醉以往，以號中據席酣睡。至放牌，聞炮聲然後驚醒。是日《四書》次題爲「今夫弈之爲數」一節，因作《弈賦》一篇榜於室，曰：「五經博士；六等生員。」

南海某太史口多土音，見賓客輒曰「係係」。土音言「是」曰「係」。或戲題以楹帖云：「江淮河漢；日月星辰。」某大喜，而不知其歇後語也。按粤東多用齒音，不獨太史然也。

梨園所供奉之神名曰「老郎」，不詳其所緣起。或云：「後唐莊宗即神也。」吴江郭頻伽茂才麐詩云：「院本流傳已莫詳，云誰主者總荒唐。奇兒死入伶官傳，才子生裁協律郎。自注：長吉官協律郎。世事百年同勾隊，文章一代遞登場。老夫合遣羣公笑，只識臨川玉茗湯。」近今所供之老郎小神龕，即以「世事、百年」十四字爲聯。

《隨園詩話》載：「江寧徐爽亭者，能詩，有句云：『造物與閒還與健，鄉人知老不知年。』按此聯乃陸放翁《村居》詩也，而徐攘爲己有。今則老人院多有此聯。」

憶某店鋪懸一聯云：「門前買賣，有如飛蚊，隊進隊出；櫃内銀錢，好比匿虱，越捉越多。」殊堪噴飯。

有於字紙爐懸一聯云：「偶來付丙者；便是識丁人。」頗切。

嘗見某寺彌勒佛殿一對云：「年年扯空布袋，少米無柴，只賸得大肚寬腸，爲告衆檀越，信心時，將何物佈施；日日坐冷山門，接張待李，但見他歡天喜地，試問這頭陀，得意處，有甚麽來由。」禪機活潑。

楹聯新話

〔清〕朱應鎬撰

目録

序

昔博陵崔斯立爲藍田丞，噤不得施，則日哦松下，以爲「余不負丞，而丞負余」，傷長材之短用，無所行其意也。南臺主簿，今之藍田丞也。滋書往來福州，輒下榻其間。見其門不容旋馬，聽事几案間塵簌簌常積寸許。其屬有胥一人，徒四三人，晨夕以借書轉寫爲事。蓋余執友藾青先生官是職十二年矣。先生以不羈才浮沈於此，既無所效，則萃其力於著述。所爲書蓋甚富。《楹聯新話》者，其見聞之餘，隨時劄記，久而成帙者也。先是梁茝鄰中丞集古今楹帖爲一書，畧加評論，命曰《楹聯叢話》。中多鉅公佳製，以故不脛而走。海内繼是作者益夥，而湘鄉曾文正公、德清俞蔭甫太史以殊勳碩學咸精此體。蓋斯事雖細，至其比事屬辭，得心注手，巧力並絶，非淹博閎深之士弗能也。是烏可無述哉！先生是書可繼梁氏。然梁氏以高科顯宦順風而呼，收羅爲易。先生羈於閒散，友朋寥落，而裒集之多幾與之埒，尤能出餘力以參互考訂，糾其舛誤，正其事實，亦可見物以好聚而精力之絶人也。若其列格言於篇首，尤得古人「几箴牖銘，無一非學」之微意焉。先生素精攷核，顧謙下不欲示人。獨此書之成也久，滋書慫恿而刊之。雖隨時劄記，不足以見先生之長，然中如據《晉書》紀傳以證周孝侯不師陸機，據《新語》及《漢書》以證神農不著《本草》之類，精當確鑿，皆足以匡謬正俗。然以先生言之，則亦崔公日哦松下之意也。抑《莊子》有言：「用志不紛，乃疑於神。」先生惟官於此，爲無爲，事無事，故得以收羅放失而浸淫於古。他日盡出所爲，裒然鉅集，是書蓋不足多。然則先生不負主簿，主簿亦何嘗負先生哉！光緒十年冬十月，政和宋滋蓍敘。

楹聯新話卷一

格言

余家自五世祖積山公以下分爲六房，至今猶同居一宅。大廳中上懸長匾，鐫九世祖五序公遺訓三百餘言，所以使子孫常目在之也。柱有兩聯，一云：「學以居敬，窮理爲本；道在事親，從兄之間。」爲五序公屬其壻石子昂太史所書。一云：「返己有真修，所求乎子臣弟友；傳家無別業，惟守此禮樂詩書。」爲積山公屬梁山舟學士所書。按《後漢書·蔡邕傳》：「六世祖勳。父棱。」註引邕祖攜碑云：「攜字叔業。長子棱。」自邕至勳，連身逆數凡六世，故謂之六世祖。葢祖鄭、馬釋《堯典》九族之例也。然《禮記·大傳》曰：「四世而緦，服之窮也；五世祖免，殺同姓也；六世親屬竭矣。」鄭註：「四世，共高祖；五世，高祖昆弟；六世以外，親盡無屬名。」是以高祖爲四世，高祖之父爲五世，高祖之祖爲六世。數從禰起，不從身起，與九族之例不同。故《晉書·賀循傳》《毁廟議》云：「七廟之義，出於王氏。從禰以上至於高祖親廟四世。高祖以上，復有五世、六世無服之祖。故爲三昭三穆，幷太祖之廟而七。」其説正如《大傳》。葢九族上溯祖宗下及子孫而已。在其中，故可連身。五世、六世則專溯祖宗而不及己，而無連身之理也。後世史文碑誌皆遵其例。其序人世系者，如《舊唐書·高紀》：「高祖，涼武王暠七代孫也。暠生歆，歆生重耳，重耳生熙，熙生天錫，天錫生虎，虎生昞，昞生高祖。」《北齊書·神武紀》稱「六世祖隱士慶，慶生泰，泰生湖，湖生謐，謐生皇考樹。」顔魯公《歐陽使君神道碑》稱「六代祖僧寶，五代祖頠，高祖紇，曾祖胤，祖諶，父機。」《高君墓碣》稱「五世祖不害，高祖英童，曾祖開禮。」唐杜淹撰《文中子世家》：「九代祖寓生罕，罕生秀，秀生元則，即文中子六代祖也。元則生焕，焕生虬，虬生彦，彦生一，一生隆，文中子之父。」皆離身逆溯也。其自序世系者，如沈約《宋書·自序》稱「七世祖延，延子賀，賀子警，警子穆夫，穆夫子林子，林子子璞，璞子約。」陳子昂撰父墓誌稱「五世祖太樂生高祖方慶，方慶生曾祖湯，湯生祖通，通生皇考辯。」柳子厚撰父神道表稱「六代祖慶，五代祖旦，高祖楷」。穆員、蘇子美諸家亦莫不然。惟韓退之獨從范書，未免失之好奇。黄梨洲《金石要例》不取其見，卓矣。積山公爲應鎬高祖之父，故不稱六世祖而稱五世祖云。

先高祖歸愚公乾隆間以學行重於時，著有《家誡》四卷。其論學以「不欺不滿」爲主。嘗書集句一聯懸於齋壁，云：「自長非所增，自短非所損；獨立不慚影，獨寢不慚魂。」跋云：「上聯出《列子·力命》篇，下聯出《晏子·外篇》。劉勰《新論》引之，改『魂』爲『衾』，後儒相承習用。然實不如『魂』之精妙。故仍書原文以自勵云。」筆法酷肖姜西溟。年久邊幅稍損，先大父重加裝潢，儲以檀匣，題跋其上，謂「祖宗緒言，手澤所存，不啻寶田故笏，我子孫當世世保守勿失焉。」

《隨軺日記》載成親王集句聯云：「今人與居，古人與稽，念終始典於學；敬以直内，義以方外，於緝熙單厥心。」《萍龜掌録》載熊文端相國賜履集句聯云：「老吾老以及人老，幼吾幼以及人幼，老幼在宥；

先天下之憂而憂，後天下之樂而樂，憂樂與同。」上足以徵乾惕之功，下足以見胞與之量。

湘鄉曾文正公國藩官京師時，與湯文端金釗唐確慎鑑以聖學相砥礪，嘗有鐫木聯云：「不怨不尤，但反身爭箇一壁静；勿忘勿助，看平地長得萬丈高。」又云：「丈夫當死中圖生，禍中求福；古人有窮而修德，困而著書。」上可括《孟子》「養氣」章，下可括《孟子》「天降大任」章。又集句云：「敬勝欲，義勝怠；知其雄，守其雌。」爲左恪靖篆書。畢生學力於此可見。此其督師討賊，所以備歷艱險，不一動其心而卒成大功與？

甌甯鄭荔薌先生方坤有同邑友二人。其一講幹濟而躁於官，其一厭世緣而怠於學。先生撰一聯以箴之云：「惟豪傑能有爲，從來豪傑偏安命；做神仙便無事，未必神仙不讀書。」見者歎爲名言。今建甯人家廳事莫不榜之。

將樂梁月山先生彣永福余濳士先生時纘並精理學。梁設教於家塾，有聯云：「動中有静底意思；閒時作忙裏功夫。」余設教於福州魏氏家廟，有聯云：「道無閒精麤，領悟得鷄雛有仁，蟻子有義；學莫泥章句，體認著風雷皆《易》，草木皆《詩》。」兩先生學術即此可見。

曾南豐《四忌銘》：「著書忌早，處事忌擾，立朝忌巧，居室忌好。」林衡甫縣尉慶銓取《甌西日記》語爲對云：「制行欲方，行事欲圓，存心欲拙，作文欲華。」

沔陽王裕泉太守冕南言其先德九香先生樹芬於宋儒最推服劉公是。嘗集其《弟子記》中語榜廳柱云：「智不求隱，辨不求給，名不求難，行不求異；進莫若讓，勇莫若義，貴莫若仁，富莫若廉。」

番禺梁少亭儀部肇晉集《文中子》語爲聯云：「其名彌清，其德彌長；自知者英，自勝者雄。」《止齋遺書》云：「謝退谷師曾言：某有楹帖云：『張而復張，天地且無力量；歛之又歛，昆蟲亦有生機。』語甚有味，惜未記其人姓名。」

錫山朱熙芝茂才蔭培有贈平笏士聯云：「事要成功須定力；學無止境在虛心。」周子曰：「公生明，廉生威。士大夫若愛一文，不值一文。」陳簡齋曰：「從來有名士，不用無名錢。」舅氏陶順甫先生嘗集爲楹帖云：「莫對失意人談得意之事，處得意日當思失意之時。」傅一風曰：「對失意人莫談得意事；從來有名士不取無名錢。」

閩縣林薌谿孝廉昌彝嘗集宋人句爲堂聯云：「願將餘巧還天地；學積陰功遺子孫。」

閩縣葉季韶舍人儀昌太倉孫少彭太守壽銘俱喜集格言作對。葉所集，如云：「玩人喪德，玩物喪志；多見闕殆，多聞闕疑。」以《論語》對《尚書》。又云：「色即是空，空即是色；恩生於害，害生於恩。」以《陰符》對佛經。又云：「美言不信，信言不美；疑人莫用，用人莫疑。」則以陸宣公奏疏語對《道德經》也。孫所集，如云：「口莫多言，情莫多妄；名可强立，功可强成。」以《文子·纘義》語對《傅子·口銘》。又云：「易樂必多哀，輕施必好奪；正誼不謀利，明道不計功。」以《董子》語對《中說·王道》篇語。又云：「好學近智，力行近仁，知恥近勇；在官惟明，涖事惟平，立身惟清。」則以《忠經·守宰》篇語對《中庸》也。孫又有一聯云：「霸國戰智，王國戰義，帝國戰德；上士閉心，中士閉口，下士閉門。」上出《中說·問易》篇，下出龔氏鼎臣《中說》註引古諺，天造地設，但不可揭於居宅耳。

亡友馬賓侯燦言：「近人門帖多用『欲高門第須爲善；要好兒孫必讀書』。視《聯話》所載『非關因果方爲善；不計科名始讀書』一聯雖落第二義，然爲中人以下説法，要自切近可守。往讀傅一風先生《聞知集》，有云：『讀書縱未成名，究竟人高品雅；行善不期獲報，自然夢穩心安。』正可作此聯轉語。」余按：「非關因果，不計科名」陳義雖高，未免猶有因果科名之見，不若「爲善最樂，讀書便佳」八字渾然而無弊也。

《楹聯叢話》載桑弢甫先生書室聯：「放開肚皮喫飯；抖起精神讀書。」陳觀樓先生聯：「豎起脊梁立行；放開眼孔觀書。」嚴問樵大令訟堂聯：「有一日閒，且耕汝地；無十分屈，莫入吾門。」汪龍莊先生《病榻夢痕録》載其罷官後題樹滋堂聯：「用百倍功，行成名立；退一步想，心平氣和。」固皆名言可佩，然傅一風先生《聞知集》有云：「大著肚皮容物；立定脚跟做人。」又云：「無十分冤，莫與人訟；有一日閒，且勤爾業。」又云：「修德用十分功，自然神安夢妥；作事退一步想，無不心平氣和。」乃知諸聯實本於此，特小變其文耳。而桑、陳書室兩聯，則又不如先生之「容物做人」，陳義尤爲闊大也。

陳恭甫太史壽祺嘗言徐氏崇本堂有聯云：「但堪磨墨何非硯；畧可燒香便是罏。」雷翠亭先生見之，謂有至理包括無窮。凡人生隨遇而安，無求過美，何在不可作如是觀耶？古聯云：「要足何時足，知足便足；求閒不得閒，偷閒即閒。」即是此意。若杜靜臺先生書室聯云：「無求勝在三公上；知足常如萬斛餘。」則尤見道有得之言也。

侯官連梅耦明經攀桂學行醇篤。其所撰楹帖，如云：「暗室中須問心得過；平地處亦失足堪虞。」

「幼不學，壯無成，傷今老大；過愈多，功又少，請自乘除。」「始念佳而轉念不佳，見義無勇；一事錯而凡事皆錯，擇術未精。」「四十二年碌碌無奇，安得出人頭地；三百六日孳孳爲利，何堪昧我性天。」「顯揚之謂何，筋力就衰，歎行藏無據；教誨不可已，心思既竭，望子弟能賢。」亦可謂能自訟矣。

湘鄉曾文正公國藩督兩江時題廳事聯云：「雖賢哲不免過差，願諸君讜論忠言，常攻吾短；凡堂屬畧同師弟，使寮友行修名立，方盡我心。」又云：「於漢宋閒折衷一是；以江海量翕受羣言。」盛德虛衷，具見名臣風距。非公不能爲是言，亦非公不能副是言也。

廣東撫署二堂有新建程晴峯撫部矞采聯云：「充無欲害人心，不憂不惑不懼；行可以告天事，曰清曰慎曰勤。」按王隱《晉書》載李秉《家誡》云：「昔侍坐於先帝。時有三長吏俱見，臨辭出，上曰：『爲官長當清當慎當勤。修此三者，何患不治。』」秉所稱先帝者，司馬昭也。昭雖篡弑之賊，其言不可以人廢。今人謂「清慎勤」三字出於吕氏《官箴》，由未見裴松之《三國志·李通傳》注也。

桂陽陳雋丞撫部士杰爲閩藩時，大府有欲裁糧價、汰冗員以要名譽者，公持不可，並撰一聯以規之云：「治賦有常經，勿市小恩忘大體；馭官無別法，但存公道去私情。」真救時之藥石。

浙江臬署有高廉使卿培聯云：「刑期無刑，判來筆下常防縱；痛定思痛，跪到階前已悔遲。」

錢塘來子庚觀察錫蕃以邑丞起家，夙負廉幹聲。守泉州日，葉季詔舍人儀昌贈以聯云：「清廉便算七分人，公生明，要到十分地步；練達能申三尺法，寬濟猛，毋欺五尺兒童。」觀察揖而謝之曰：「微君不聞斯言。」遂懸諸座右。又李遠泉司馬言：「鄭邑侯佐成令侯官。其前任以廉著，同時閩縣以能著。邑侯題一聯於堂柱云：『有守尤貴有爲，徒博清名，何補民生國計；善政不如善教，但誇濟幹，猶慚製錦烹鮮。』亦洞見治道之言也。」今之矜操守尚才能而不恤閭閻疾苦者，盍亦聞斯言而深長思歟。

保安楊介堂福五觀察守漳州時題大堂聯云：「第一嚴自己關防，其餘則門內家丁，堂前胥吏；凡百爲斯民打算，即此是告天心事，報國經綸。」全椒薛慰農觀察時雨守杭州時題大堂聯云：「爲政戒貪，貪利貪，貪名亦貪，勿務聲華忘政本；養廉宜儉，儉己儉，儉人非儉，還崇寬大葆廉隅。」楊以誡屬官，薛以諷大吏，探源握要，足以垂爲官箴矣。

施望雲山曰：「國家設官，所以理事也。喜事則事多，畏事則事亦多。惟無事時不妄擾，有事時不遷延，斯爲得之。」余常歎爲知言。因憶寶坻李郡伯光庭守黄州，嘗題署聯云：「清心以盡心，意外升沉皆定數；辨事勿多事，箇中界限無分明。」成都謝邑侯翊南宰福安，亦有聯云：「無事莫生事，有事莫畏事，此之謂解事；在官勿曠官，去官勿戀官，乃可以服官。」亦可謂深明此義者矣。

新會曾慶垣少尉廷獻言其邑署大堂有聯云：「法合理與情，倘能三字兼收，庶無冤獄；清須勤且慎，莫謂一錢不要，便是好官。」甯德楊劍波通守錫通言方菊人太守任漢陽有聯云：「事以當爲歸，祇恐忙時我錯；吏非廉可了，要令去後人思。」兩意畧同，而方語尤周匝，非墨吏所能藉口也。

吾紹嵊縣署大堂有聯云：「視曰民視，聽曰民聽，頭上青天可畏；溺猶己溺，饑猶己饑，眼前赤子如傷。」仁人之言藹如。惜不詳何人所題。

陳小橋先生泰來以名孝廉出令江南，潘文恭公世恩贈以聯云：「宦況非甘，休忘卻書生面目；民生甚苦，要存些菩薩心腸。」

馬大令桂芳曰：「招遠孫仙植先生夢桃以名孝廉觀政浙江，宰仁和。時有江北富豪强占江南貧婦田，訟諸守令，不得直。先生下車，婦復愬之。原問官及監司咸庇豪，先生弗顧，卒判還貧婦，而論豪如律。先生因題訟堂一聯以見志云：『世鮮有告民，休將有告欺無告；官多無心過，莫把無心轉有心。』今州縣冤獄，始無心而終有心者衆矣。安得遍以先生之言告之。

福安縣署大堂有聯云：「什麽叫做好官，能免士民咒罵，足矣；有何稱爲善政，祇求訟獄公平，難哉！」西安學署有聯云：「讀書人惟者重衙門，纔準無妨出入；做官底即此閒公事，也要有些作爲。」可謂切中時病，不得以其俚而忽之。

諸暨蔡東軒學博英司訓江山縣。歲饑，勸大姓輸粟賑濟，設局於明倫堂。題聯云：「盡力盡心，未能盡職；任勞任怨，不敢任功。」

官場口語，以得憲眷者爲「紅」，否爲「黑」。同治初元，徐清惠公宗幹撫閩時，前撫滿洲仲文中丞瑞璸總督正軒制府慶端以事被劾去位，一時私人廢黜殆盡。公詠炭有句云：「一半黑時猶有骨；十分紅處便成灰。」謂此。程桐軒太守榮春爲書其語，加跋，鋟本，印成楹帖，分貽寅好。今多有懸掛者。附要津者可鑒矣。

《歸田瑣記》載：「貴州一驛館有聯云：『滿眼盡窮黎，奚忍多用一夫，誤他舉家生活；兩頭皆險路，何不緩行幾步，積君無限陰功。』」仁人之言，可爲虐使夫役者勸。

從叔稷園太守紹穀宰直隸交河縣，遣使迎養其母沈太宜人。先大父約齋公寄以聯云：「事母幾人同大吏；養民有道視嬰兒。」時應鎬侍側，先大父呼而諭之曰：「昔邢延慶云：『居家者每留心恤下，而不知事上；居官者每留心事上，而不知恤下。真顛倒相。』可謂至言。吾此聯實竊取其意而出以蘊蓄。人能勉力於斯，便可爲孝子循吏矣。小子識之，毋作尋常投贈觀也。」

《冷廬雜識》載：「有人贈刑幕聯云：『求其生不得則無憾；勿以善之小而勿爲。』」語亦警切。

錢塘張太史曰衡通籍後不與當道往還，樵蘇不繼，讀書自得。題聯於堂云：「相對半床書，冀漸臻聖域；但啜一甌粥，誓不入公門。」

蕭山汪龍莊先生輝祖題寢室聯云：「身如未正家難教；晝有所爲夜更思。」見所著《病榻夢痕録》。

吾友王茂才福昌言在浦城鄉中人家見一堂聯云：「讀書好，耕田好，要好便好；創業難，守成難，知難不難。」言淺旨深，耐人尋味。鄭茂才錫祺言在餘杭山中人家見一堂聯云：「無狂放氣，無道學氣，無名士風流氣，方稱儒者；有誦讀聲，有紡織聲，有小兒啼哭聲，纔算人家。」按：次聯對句見《陸象山先生語録》；出句記亦古語，惜忘之。

閩縣何青芝先生玉田有題廳事聯云：「常省事，多讓人，過後思量有趣；學喫虧，能守分，到頭受用無窮。」又云：「讀書即未到聖賢，但蹈矩循規，也是吾儒宗派；居室且休論完善，可遮風蔽日，便爲我輩匡廬。」

許紫笙孝廉有題書齋聯云：「真擔當不由好事襲去；大便宜都從喫虧得來。」

閩縣鄭冠卿學博自題書室聯云：「安居即是小神仙，淨几明窗，不容易享者清福；努力便成佳子弟，青燈黃卷，莫等閒錯過時光。」

父子之恩汩於妻，姑婦之情閒於女，而家以不和，此世人通病也。南海徐佩韋大令臺英爲子授室，自榜一聯於堂柱云：「女無不愛，媳無不憎，願世上翁姑推三分愛女之情以愛媳；妻易於順，親易於逆，望汝曹人子減半點順妻之心以順親。」語極痛切。又按《爾疋·釋親》：「子之妻曰婦。」後世謂之子婦，亦謂之新婦。今則由新娘而轉爲息婦。攷「息」有「子」義。《戰國策》：「老臣賤息舒祺最少。」《東觀漢記》：「此蓋我子息也。」《尸子》：「棄黎老之言，用姑息之語。」注：「姑，婦也；息，小兒也。」然則息婦即子婦，義固可通也。惟加女作「媳」則誤矣。「媳」乃俗字，始見於梅氏《字彙》，他字書皆不收。宋劉跂《學易集·穆府君墓志銘》云：「女嫁唐誦，我姑之媳。」乃用以入文，殊爲失檢。大令亦沿其譌而不察耳。

董琴涵觀察國華嘗因家事語人曰：「骨肉之閒以不平爲平，必求其平，則愈不得平矣。」斯真善處骨肉之愛者。家大人嘗取《禮記·內則》語爲對，以勗子弟云：「承堂上勸，所愛亦愛；處門內事，不平爲平。」讀之使人油然生孝悌之心。

南海羅文心昌基《楹帖採腴》載一家廟聯云：「莫云遺澤不靈長，但大家饑有食，寒有衣，朝夕從容，便當思舊德；豈必煩言多責備，亦祇要孝於親，悌於長，倫常敦敘，即可謂亢宗。」訓詞深厚，惜不著撰者姓名。

閩人謂殯屋曰權厝。孟瓶菴攷功超然集《四書》爲聯云：「可與權，不過供爲子職；及至葬，然後盡於人心。」攷功常病世人惑於風水，不葬其親，録唐以來諸家論説以怵惕之，名《誠是録》。復揭此聯於殯室，使見者觸目警心。意良深矣。

《燕下鄉脞録》云：「徐文穆相國本予告歸杭州。適里中社事正盛，晝夜相競。立戲場數處，各以臺上燈聯求書，卻之不可。乃大書曰：『防賊防奸防火燭；費錢費力費工夫。』復書一匾曰：『戲無益。』衆喻其意，遂止。」是真士大夫居鄉之軌範也。

詩不貴作理語，故集詩楹聯格言頗鮮。然如集左思、陶潛句云：「努力崇明德；隨時愛景光。」崔瑗、阮籍句云：「愼言節飲食；信道守詩書。」白居易、鄭谷句云：「身閒乃當貴；道在不嫌貧。」陸魯望、杜荀鶴句云：「須知日富皆神授；不可家貧與善疏。」徐璣、陸游句云：「養成心性方能靜；夢亦齊莊始有功。」又集陸游句云：「文章切忌隨人後；温飽從來與道違。」戴復古句云：「著脚怕從流俗轉；留心學到古人難。」亦可作宋儒語録讀。

近人集帖字爲聯，多有格言法語可作箴銘者。如集《蘭亭序》六言云：「言或自生天趣；事當曲順人情。」「静坐自然有得；虚懷初若無能。」「少言不生閒氣；静坐可致大年。」「畢生無不快事；隨地作自在觀。」七言云：「無事在懷爲極樂；有長可取不虚生。」此吴平齋恕句也。又七言云：「相喻以天無所事；有爲於世不虚生。」「以清虚化其迹相；得幽静永此歲年。」八言云：「樂此幽閒，與年無盡；化其躁妄，得氣之和。」「品當齊於賢能之列；事不可以虚妄相將。」「伐異爲同，修之在己；以舍得取，聽諸自天。」「不以異時殊其趣向；當於臨事觀其修爲。」「於古人所爲知其大；不異己相視故可羣。」「少得清閒，攬古自樂；隨其時地，修己內觀。」此丁心齋守存句也。亦皆可誦。

政和宋伯瑜縣博言通行格言楹聯有不可磨滅者。如「傳家有道惟存厚；處世無奇但率真。」「有關世教書宜讀；難對人言事莫爲。」「此心少忍便無事；吾道力行方有功。」「樂於不樂方爲樂；閒到忘閒始是閒。」「收天下春，歸之肺腑；與萬物共，祗此性情。」「愛山水游，其人多壽；得詩書氣，生子必賢。」「無以古人終不可及；當此少年猶大有爲。」「心術不可得罪於天地；言行務留好樣與兒孫。」按：此乃傅一風先生《聞知集》中語。「對失意人莫談得意事；處有錢日當思無錢時。」「讀聖賢書，當思其中有我；任天下事，先須此內無他。」「身世多險途，急須尋求安宅；光陰同過客，切莫汩沒主翁。」「一生在君父恩中，問何報稱；萬事看兒孫分上，行且從容。」「孝莫辭勞，轉眼便爲人父母；善毋望報，回頭但看爾兒孫。」「世事無窮，做到老時學到老；人生有幾，得寬懷處且寬懷。」「物力艱難，須知喫飯穿衣談何容易；光陰迅速，即使讀書行善能有幾多。」其語雖皆習見，而範世勵俗，深切著明，發人猛省。此其所以家傳戶誦，歷久而如新歟。

湖州楊芝春鹺尹著有《楹帖新裁》，孫大令福清爲之序。未及梓行而沒。其格言類中五言如：「士品直方大；官箴清慎勤。」「靜虛懷若谷；恭儉德之輿。」「盟心何礙直；用智必須圓。」「學古斯有獲；脩詞立其誠。」「愛作近情事；弗存過分心。」六言如：「喜且得半日坐；憾不讀十年書。」「記事先提其要；問途必於已經。」「居易自安本分；畏難不算奇才。」「作事兼權情理；持身恪守墨繩。」「立之監，佐之史；友其賢，事其仁。」七言如：「範心雅擇韋絃佩；規過須披藥石言。」「近德梯航惟遜志；論交管鑰在知人。」「言效緘金宜守默；學如攻玉在觀摩。」「立品須知敦本重；論交最是識人難。」「善在隨時勤力積；事於難處見神通。」「學問以倫常爲首；文章得風氣之先。」「學似爲山勤積累；理於觀水悟循環。」「人無求備持平論；事好争先有用才。」「舍五倫别無德行；即一善亦是師資。」「愛讀書宜先養氣；思補過乃克有功。」八言如：「業精於勤，寸陰宜惜；交得其益，一字堪師。」「讀書便佳，開卷有益；爲善最樂，著手成春。」「五福源頭，端由積德；六經註脚，惟重躬行。」皆可傳誦。

楹聯新話卷二

祠廟

杭州吳山新建倉頡祠。前臨浙江，後枕西湖，形勢殊勝。俞蔭甫太史撰聯云：「上溯羲皇畫八卦時，文字權輿，秦而篆，漢而隸，任後來緐素流傳，不外六書體例；高踞吳山第一峯頂，川原環抱，江爲襟，湖爲帶，看從此菁華大啟，振興兩浙人材。」彭雪岑宮保玉麟亦撰聯云：「一畫本天開，破萬古洪荒，草昧無須繩更結；六書隨世換，供後人摹寫，英雄未免筆難投。」

吾紹南鎮禹廟有聯云：「江淮河漢思明德；精一危微見道心。」

棲霞馬山五大令桂芳言其鄉老子祠有聯云：「先孔孟而生，以道術闡儒風，治國治民，與鄒嶧尼山同歸一轍；造神仙之極，顯化身開覺路，爲谿爲谷，較赤松黃石獨有千秋。」

先大父約齋公代人題留侯祠聯云：「爲帝者師，佐漢功原高將相；棄人間事，報韓心已了英雄。」又云：「輔漢復韓仇，運策特饒儒者氣；學仙全主德，閉門誰識老臣心。」櫽括本傳而有餘味。次聯對句尤未經人道。

福州南臺山有漢閩粵王廟，規制宏敞。享殿塑王專像。柱有聯云：「犄漢角秦，逐鹿當年餘舊國；

枕吴帶粤，釣龍今日有高臺。」又云：「率旅從行，功並蕭曹扶漢室；分茅胙土，身先忠懿拓閩疆。」不題姓名。後爲寢殿，像遵漢制，王右妃左。徐松龕中丞繼畬鍥柱聯云：「龍池春草合；燕寢雨花香。」

長沙賈太傅祠有上谷楊翰集句聯云：「長沙不久留才子；宣室求賢訪逐臣。」

梁曦初太守景先爲余述成都諸葛祠聯云：「日月同懸出師表；風雲常護定軍山。」又云：「興亡天定三分局；今古人思五丈原。」又集句一聯云：「隱居以求，行義以達；臨事而懼，好謀而成。」亦恰稱身分。惜忘卻撰者姓名。

江甯治西有駐馬坡，相傳諸葛武侯曾駐馬山麓，故以爲名。山半有武侯祠，毀於兵火。薛慰農觀察主講惜陰書院，爲鳩資重建，遂煥然一新。劉制府坤一題聯云：「許先帝馳驅，東連吳會；有儒者氣象，上繼伊周。」陳幼蓮宗濂云：「風景依然，名士曾杭衣帶冰；雲霄如在，寓公爲集草堂資。」馮編修煦云：「駐馬此重經，莫問渠天發殘碑，臨硎斷闕；卧龍如可作，願爲我翦除他族，開濟清時。」頗有寄託。

關帝廟佳聯，自《聯話》所載而外，吾見亦罕。韓鄂不茂材韡尺牘載一聯云：「德自能名，陳壽小儒，立傳難揚美盛；義不可屈，曹瞞奸賊，拜官徒效解推。」意高而句未挺拔。惟咸豐丙辰過仙霞嶺關廟，見集句兩聯，一云：「江漢以濯之，秋陽以暴之，磨而不磷，涅而不淄，是則同聖人復起；爵禄可辭也，白刃可蹈也，見利思義，見危授命，此之謂君子時中。」一云：「天地合其德，日月合其明，四時合其序，智者勇者聖者歟，縱之將聖；富貴不能淫，貧賤不能移，威武不能屈，忠矣清矣仁矣夫，何事於仁。」聯合渾成，推崇得體，可稱合作。

范次典鴻謨題彰德府關廟聯云：「鼎立定中原，惜漢祚天移，未與生平完事業；馨香崇古鄴，問曹瞞地下，更從何處避英靈。」《蜀志》本傳稱公降于禁，斬龐悳，威震華夏，操議徙許都以避之。故下聯云然。家質民先生元潤題嚴州關廟聯云：「恨中原事業未盡西川，遂令三千載宏綱，龍德蛙聲，正閏不明司馬鑑；緬故老衣冠猶存東浙，好把數百年往事，黄巾赤伏，與衰共話釣魚臺。」以羊裘翁關合嚴州，與范作異曲同工。若世傳河南許州八里橋廟一聯云：「灞橋自古有行人，問誰策馬而馳，傳名不朽；曹魏於今無寸土，賴此綈袍之贈，遺像猶存。」讀陳《志》紀傳並無酌餞贈袍之事，小説游談豈可據爲典要，而《楹聯述録》猶取之，何耶？

武昌城外卓刀泉關帝廟瞰長江而立。李雨蒼先生雲麟題聯云：「息馬仰真容，憶當年泰岱同瞻，衮冕常新，儼與嶽宗南面；卓刀留聖蹟，看此地長江環抱，淵泉時出，不隨浩瀆東流。」蓋山東兖州有息馬地，相傳帝嘗駐馬其處。廟像乃示夢於衆所塑，與世間畫者不同，神座後可望泰山。先生昔曾到此故也。

新安汪村水口有關廟，并祀張睢陽。上有文昌閣。俞蔭甫太史題聯云：「威名滿華夏，真義士，真忠臣，若論千載神交，合與睢陽同俎豆；戎服讀春秋，亦英雄，亦儒雅，試認九霄正氣，常隨奎壁煥光芒。」

高唐州武廟爲山西鄉祠。徐清惠公宗幹題聯云：「鄉人到處皆祠祝；先主當年此宦游。」昭烈帝曾令高唐，故云。

杭州吴山新建關忠義廟，有聯云：「忠義冠三分，想西湖玉篆重摹，終古侯封尊漢鼎；威靈躋伍相，看東浙銀濤疾捲，迄今廟貌並吴山。」按：西湖照膽臺舊藏漢壽亭侯碧玉方印，毁於賊。杭人購玉摹刻補之。山有伍子胥祠，故云然。惟玩其語意，則猶誤沿俗説，以漢爲代名，壽亭爲地名也。攷《蜀志》本傳，建安五年曹操表封某爲漢壽亭侯。裴松之無注。熊方《後漢書年表》，異姓侯有漢壽亭侯關某，其下格註云：「武陵。」原書傳寫脱去「漢」字。《續漢郡國志》荆州刺史部武陵郡屬縣有漢壽故索，陽嘉三年更名刺史治。忠義當時殆封於此。若郭璞《爾雅註》有「漢水從漢中沔陽南至梓潼漢壽」。此漢壽即後漢廣漢郡葭明縣，在益州刺史部。蜀先主改名漢壽，晉又改晉壽。不但與武陵漢壽非一地，且當操封忠義時，先主尚未入蜀，蜀地未有此名也。亭侯，侯之卑者。漢封爵有國侯、郡侯、縣侯、鄉侯、亭侯。亭即「十里有亭」之亭。《後漢·百官志》所謂「功大者食縣，小者食鄉、亭」是也。然則漢壽亭侯之「漢」，非漢魏之「漢」，明矣。自羅貫中作《三國演義》，有「降漢不降曹」之説，妄謂刻印無「漢」字忠義不受，加「漢」字乃受之。此無稽之甚者。試思是時關、曹同爲漢臣，忠義何由逆知其日後之爲魏公、魏王，而遽自別以漢乎？洪容齋、米元成、趙甌北、錢竹汀諸公攷證已詳，而今人猶有貿貿不知者，故復絫録之。

《聯話》載四川姜伯約祠聯云：「九伐竟無成，心師武侯，能繼祁山六出志；三分不可恃，計誅鄧艾，已復平陰一敗仇。」按：六出祁山，九伐曹魏，語出《三國演義》。今人皆沿用之。攷《蜀志》諸葛亮、姜維兩傳及《通鑑綱目》，殊不核。亮傳云：「建興五年，亮率諸軍北駐漢中。六年春，率諸軍攻祁山。馬謖違亮節度，爲張郃所破，乃拔西縣千餘家還。」此一出也。是年冬，復出散關，圍陳倉，曹真拒之，糧盡而還。此二出也。七年，亮遣陳武攻武都、陰平，自出至建威，遂平二郡，此三出也。九年，亮復出祁山，殺張郃，以糧盡退軍。此四出也。十二年春，亮悉大衆由斜谷出，據武功五丈原。其年八月，亮疾病，卒於軍。此五出也。《通鑑綱目》所書與傳合。維傳云：「延熙十年，維出隴西南安、金城界，與魏大將軍郭淮等戰於洮西。」此一伐也。十二年，復出西平，不克而還。此二伐也。十六年，維率數萬人出石營，圍南安，糧盡退還。此三伐也。十七年，復出隴西，圍襄武，魏軍敗退，拔河閒、狄道、臨洮三縣民還。此四伐也。十八年，與夏侯霸俱出狄道，大破魏雍州刺史王經於洮西。此五伐也。十九年，與鎮西大將軍胡濟期會上邽，濟失期不至，維爲魏大將鄧艾敗於段谷。此六伐也。二十年，魏征東大將軍諸葛誕反於淮南。維復率數萬人出駱谷徑至沈嶺，魏大將軍馬望等拒之。維聞誕敗乃還。此七伐也。景耀五年，維率衆出侯和，爲鄧艾所破，還住沓中。其後未嘗復出師。此八伐也。《通鑑綱目》所書亦合。然則維之伐魏祇八次。亮之伐魏祇五次，且惟第一次、第四次至祁山。而謂之六出、九伐，非事實矣。世人習聞《演義》虛誕之説，未嘗一覈正史，遂誤，至今不改。《聯話》采此聯，亦未之辨。故詳攷而正之。

《聯話》引《桃符綴語》載周公瑾祠聯云：「大帝君臣同骨肉；小喬夫婿是英雄。」按：此聯乃方扶南《題周瑜墓》詩，見《隨園詩話》。又按：小喬，《三國志·周瑜傳》本作「小橋」。杜牧之詩：「銅雀春深鎖二喬。」通作「喬」。攷《廣韻》：「喬，虜姓。」《前代録》云：「匈奴貴姓喬氏，代爲輔相。」又，「橋姓，出梁國後，漢有太尉橋元。」則「喬」乃別自一姓，不得通「橋」。扶南蓋沿牧之之譌。

吾邑沈港有神醫廟，祀華元化。舊有聯云：「岐黄以外無仁術；漢晉之間有異書。」相傳爲家貞木先生手筆。道光季年，里人葺而新之。先大父約齋公題一長聯云：「醫能刳腹，實别開岐聖門庭，誰知獄吏庸才，致使遺書歸一炬；士貴潔身，豈屑侍奸雄左右，獨憾史臣曲筆，反將厭事謗千秋。」議論警闢，爲時所稱。

齊梅麓太守宰宜興，撰周孝侯廟聯云：「朝有奸黨，豈能成將帥之功，若教仗鉞專征，蛟、虎猶非對手敵；世無聖人，不當在弟子之列，誰信讀書折節，機、雲曾作抗顔師。」《聯話》載之，以爲辭氣激昂，可當一篇《周處傳論》。然處少無賴，爲鄉里患。及弱冠，感父老「三害」之言，乃殺虎斬蛟，入吴尋二陸，勵志好學。事出宋臨川王義慶《世説》。《晉書》雖采入本傳，其實妄也。攷處殁於惠帝元康七年，處碑作九年，誤。此依本紀。年六十二。則其生在吴大帝赤烏元年。陸機殁於惠帝太安二年，年四十三。則其生在吴景帝永安五年。赤烏距永安二十餘載。是處年弱冠，機尚未生。處固無由尋也。載攷《陸機傳》：「年二十而吴滅，退居舊里。」是吴未亡之前，機未嘗還吴，處又無可尋也。或謂處尋二陸當在吴亡之後。攷吴亡時處年已四十三，筮仕已久。據本傳，處仕吴爲東觀左丞、無難督。故王渾登建鄴宫，處有對渾之言。如使處於此時方勵志好學，則爲東觀左丞、無難督者果何人乎？以此推之，知《世説》所云，盡屬謬妄。《晉書》不加攷核，據以入傳，殊爲無識。又按：世傳陸機所撰處墓碑，亦有「來吴事余厥弟」之語。此碑係唐陳從諫所重樹，竄改舊文，事蹟錯互，不可據以爲信。説具仁和勞季言格《讀書雜識》中，足洗孝侯千古之誣。附録於此，以爲世之讀晉史者告焉。

烏程城隍神相傳爲唐張睢陽。沈鹿坪題云：「一城捍天下兵，丹心貫日；片語留身後誓，鐵面凌霜。」蓋像面色黑，因公有「爲厲鬼殺賊」語也。又台州巾子山睢陽廟聯云：「保障在江淮，業肇中興，正史論功先郭、李；光輝齊日月，心明大義，孤城著節邁顔、盧。」語亦穩帖。但次聯上兩句並不運用本事，尚嫌蹈空耳。惟吾邑莫寶齋侍郎晉任倉場時，修張睢陽廟，並集句爲聯云：「鬚髯輒張，凜凜有生氣；顔色不亂，陽陽如平時。」以本傳對韓文，天然巧合。

惠山張睢陽廟有丁植卿聯云：「天地風塵，古廟丹青經幾刼；江淮俎豆，空山鼠雀亦千秋。」

《餘墨偶談》云：「潯州西山有唐時李御史明遠祠。傳爲御史昆季吏隱此山，得道同時飛舉。同治初年，張潤農觀察（榮組）游此，書聯云：『人偕皎日秋霜，撑持南斗；天與清風明月，管領西山。』」

《冷廬雜識》云：「杭州錢武肅王祠在湧金門外，規制宏敞。有王文成公題額云：『順天者存。』楹聯則孫文靖公（爾準）云：『衣錦還鄉，保萬民於樂土；上疏歸國，啟百世之蒸嘗。』又裔孫嘉定伯瑜中丞（寶琛）云：『功在生民，惜傳聞異辭，信史尚留曲筆；德垂奕禩，悵播遷中葉，支流莫溯真源。』」按：下聯，梁氏《叢話》謂出錢梅溪手，殆梅溪撰書而欵題中丞也。又按：《通鑑》載：「吴越王宏佐知國有十年之蓄，乃復其境内税三年。」歐公《五代史》則言：「錢氏自武肅王鏐世嘗重斂其民，以事奢僭。下至鵝豚魚卵，家至日取，按簿責負，人不堪其苦。」與《通鑑》不同。楊用修《丹鉛録》引宋代別記，謂「公爲推官時狎一伎，爲錢惟演所持，故憾而誣其祖。」周少霞《十國春秋備攷》録之，以爲吴越辨案。是聯出語殆即指此。愚攷之則大不然。按：《江表志》云：「吴越時，民多赤體，以竹篾繫腰，其貧至此。而胥吏雖貧亦家累千金。」《江南餘載》云：「徐鉉嘗奉使吳越，夜若有麃鹿叫者，乃縣令催科也。」《順存録》云：「錢氏欠租一斗便定徒罪，以故江景防入宋，沉圖籍於河，以蘇民困。總緣自武肅王來三世竭十州之力以事大國故也。」由此觀之，則錢氏取民之苛酷可知。復稅特宏佐一人一時之事，烏得以此而遂定其累世無重斂耶？錢氏子孫仕宋多貴顯，故《通鑑》不無隱惡。歐公獨執《春秋》之義，據事直書，不相假借，猶有古良史之遺，而謂之曲筆，可乎？至用修說出錢世昭《錢氏私志》，用修忘其名，故但云宋代別記。是書以《五代史》貶抑錢氏之嫌，其詆誣歐公不遺餘力。末云「皆報東門之役」，則挾怨造謗，已不自諱。用修援以爲證，已失之不考。少霞又從而惑之，何歟？

岳鄂王祠聯，如「百戰妙一心運用；兩言決千古太平。」「子孝臣忠，決戰早成三字獄；君猜相忌，偏安還賴十年功。」非不穩愜，但取材太熟耳。高老茶言近西湖廟中亦惟蔣果敏益澧、王文勤凱泰兩作可采。蔣云：「遺烈鎮棲霞，釃酒來述録誤酬酒重。瞻新廟貌；大旗懸落日，撼山願學古軍容。」王云：「萬里壞長城，南渡朝廷從此小；一抔留古墓，西湖烟水到今香。」

《聯話》載吳樵雲侍郎撰湯陰岳廟聯云：「千秋冤獄莫須有；百戰忠魂歸去來。」固自雅切。然其句實從尤西堂題《韓蘄王廟》詩「英雄氣短莫須有，明哲保身歸去來」脫胎。

《停雲閣詩話》云：「侯官林文忠公自蘇藩奉諱歸里，倡濬西湖。湖上有李忠定公祠，公葺而新之，并題聯云：『進退一身關廟社；英靈千古鎮湖山。』殆自倣也。及粵逆之亂，公奉詔督師討賊，薨於潮州。鄉人奉公像於祠後桂齋，以配忠定。楹帖甚多，惟葉季韶舍人一聯云：『郊原雨足雲歸岫；臺閣風清月在天。』語妙雙關，不落窠臼。」

興化木蘭陂一拂祠，明郡守甯波張白齊琦聯云：「天有遺情，長送月波明俎豆；代無長物，日收山翠與兒孫。」

福州南臺有水部尚書廟，祀宋陳忠肅公文龍。公以大魁官參政，出守興化，爲元兵所執，不食死。事蹟具《宋史》本傳。後成海神。明永樂間封今號。國朝册封琉球，例迎公像供使舟，賜御書匾額。柱鐫林文忠手書聯云：「節鎮守鄉邦，縱景炎殘局難支，一代忠貞垂史傳；英靈昭海澨，與信國隆名並峙，十洲清宴仗神庥。」又林勿村中丞鴻年聯云：「移孝作忠，季世獨持氣運；成仁取義，斯人不負科名。」按：歷代職官，惟魏、晉、宋、齊、梁、陳、隋有水部郎，北魏、北齊、唐、宋有水部郎中。其官，晉統於屯田尚書；宋、齊、梁、陳、北齊、北魏統於起部尚書；唐、宋統於工部尚書。並無水部尚書之名。且公生時已參知政事，身後降封尚書，亦未協事理。後之册使，宜疏請釐正焉。

《餘墨偶談》云：「楹聯有天然工巧無斧鑿痕者，如題建文帝廟云：『僧爲帝，帝亦爲僧，一再傳衣鉢相沿，回頭可證；叔負姪，姪不負叔，三百載江山如舊，到眼皆空。』」

西湖于忠肅祠有集句聯云：「守經達權，是社稷之臣也；知來藏往，以神明其德夫。」下聯蓋謂公祠祈夢最驗云。

京師宣武門外楊忠愍公祠，相傳即公故第。柱有桂雩門隸書聯云：「燕市宅依然，兩疏共傳公有膽；鈐山堂在否，十年不出彼何心。」

《叢話》載黄星齋宅中述山西河津縣薛文清瑄祠聯云：「開絶學於胡叔心、陳公甫、王陽明之前，享祀方堪從廟廡；集大成於西河氏、太史公、文中子之後，誕靈應不愧河津。」不著撰人姓氏。愚觀洪洞范彪西進士鄗鼎《廣理學備考·薛先生集附記》，知此聯乃先生所作。惟對語是其出語。又「方」作「乃」，「廟廡」作「孔孟」，「河津」作「唐虞」，五字不同。不知是星齋傳誤，抑梁氏因其未工而改之歟。

梁少亭儀部撰新會江門陳白沙先生祠聯云：「良知心學，主静心學，并爲理學真傳，悵今兹逝水悠悠，不見古人來者；富春釣臺，江門釣臺，都道樓臺勝處，想當日斯竿籊籊，依然霽月光風。」

杭州金少參九陛祠舊在北新關，亂後移祀於仁和漕倉。全椒薛慰農觀察守杭州時題聯云：「樹東林幟，蜚西臺聲，公爲椒邑名賢，考獻徵文，戚里稔知清惠澤；植南國棠，掌北門管，我亦杭州守土，酌泉薦醴，瓣香莫罄溯洄情。」蓋公與觀察同里，家有「清惠堂」，故云。

桐鄉李臨川先生祠有沈鹿坪聯云：「德仰儒宗，次立功，次立言，殁而可祭乎社；名垂史册，古遺直，古遺愛，過者猶式其閭。」

揚州梅花嶺史忠正公祠舊有嚴問樵大令朝標聯云：「生有自來文信國；死而後已武鄉侯。」膾炙人口。《聯話》采大令他作甚多，而獨遺此，殆偶未見歟。

《歐波漁話》云：「徐俟齋先生澗上草堂在天平山南之上沙，即潘稼堂爲其寡媳孤孫贖歸使居，併奉先生栗主爲祠堂者。門外有小澗，其地至今稱澗上。吴江徐山民待詔丈達源，其裔孫也。嘉慶初，嘗爲修葺。洪穉存太史小篆題額曰：『高風亮節。』陳仲漁徵君隸書楹帖曰：『遯世克承文靖志；窮居不愧孝廉名。』余少時初謁先生祠，即見此額此聯，分明寫記。乃待詔後刻《草堂紀畧》，此額作『高風清節』，款易阮元。仲漁聯話并不録。豈祠祀重脩，額聯俱失，不復記憶耶。」

又云：「余游海虞，見致道觀側瞿忠宣公祠有聯云：『聖代即今多雨露；宗臣遺像肅清高。』集句天然湊泊，措詞尤爲得體。不知出何人手。」

臺灣府城舊有延平王廟，私祀明臣鄭成功。邑令吴廷華集句爲聯云：「鍾河嶽之靈，爲勝朝緜正朔；遵海濱而處，知中國有聖人。」立言最爲得體。同治甲戌，侯官沈文肅公葆楨奉命渡臺，防倭撫番，拓而大之。并請於朝，賜謚忠節，列入祀典。題聯云：「開萬古得未曾有之奇，洪荒留此山川，作遺民世界；極一生無可如何之遇，缺憾還諸天地，是創格完人。」乙亥，閩撫王文勤公凱泰代公，復聯於柱云：「忠節感蒼穹，大海忽將孤島現；經綸關運會，全山留與後人開。」

章申甫丈爲余誦安溪蔣侯祠聯云：「從無仙宰不風流，想當年春雨泥融，吏散定栽千箇竹；誰道清溪忘雅化，看此日夕陽苔護，我來猶讀百年碑。」惜忘何人所題。

《零金碎玉》載上海陳忠愍公化成祠有熊一本聯云：「昔年未讀五車書，雅量清心，温如玉，冷如冰，是大將亦是大儒，使天下講道論文人愧死；此日竟成千載業，忠肝義膽，重於山，堅於石，忘吾身不忘吾主，任世間寡廉鮮恥輩偷生。」慷慨激昂，可當公一篇傳贊。

天津有謝忠愍公祠。公諱子澄，成都人。咸豐三年，令天津。賊由懷慶乘虚北犯，公率兵團力戰卻之，有捍衛畿輔功。後殉難於津衛口。祠有公門下士謝小梅寶璐聯云：「破敵扶危，淝水舊勛同一轍；

鞠躬盡瘁，錦宫崇祀並千秋。」又華葵生長忠一聯云：「赤手挫鯨鯤，痛閭閻頓失瞻依，沽水生寒凝血淚；丹心光俎豆，知靈爽不忘捍衛，蜀山含憤返忠魂。」

上海淘沙場有袁公祖悳祠。公爲隨園太史之孫，咸豐三年署上海縣。會匪劉麗川難作，命其弟奉母出避，而自坐堂皇，罵賊死之。其祠聯皆公平日知交所製，最稱精切。如惠安陳念庭主政金城云：「明德自有達人後；忠臣必求孝子門。」嘉善金眉生都轉清安云：「力竭股肱，繼之以死；心存民社，没則爲神。」邑人曹樹珊等云：「攝事值艱難，問外患誰招，内憂獨任；臨危徵氣節，幸臣忠不朽，子孝兼全。」又王慶謨等云：「循吏即詩人，最難慷慨捐軀，特爲倉山新壁壘；忠臣原孝子，想見從容别母，長教滬瀆憤風雲。」秀水汪虎溪守愚云：「像設儼如生，憶當年黄浦從軍，恍睹靈旂昏黑夜；交情長不死，倘他日倉山懷舊，重尋詩夢蔚藍天。」嘉定張東墅修府云：「世澤衍隨園，記此邦茇舍長留，報最循良，能以仁風追産柏；戎機生滬瀆，痛當日皐比誰主，臨危慷慨，獨將忠節媲山松。」

歸安徐莊愍公有壬官江蘇巡撫。庚申城陷，死之。其妾施氏、子震翼及一女皆死。幕友、僕、妾從死者五人。同治十三年，建祠蘇州。其鄉人屬俞蔭甫太史撰聯云：「仗節鎮危疆，當軍事土崩瓦解不可收拾之時，視城中無固志，視城外無援兵，縻頂踵以報君恩，婦豎輿臺同授命；結纓完大義，與謚法履正志和使民悲傷有合，在吴會爲名臣，在吴興爲先達，節春秋而修祀典，日星河嶽其招垂。」按：謚法「履正志和曰莊」，「使民悲傷曰愍」，對語用之。

杭州省城有羅壯節、王貞介合祠。壯節名遵殿，乙未進士，浙江巡撫。貞介名友端，丁未進士，署浙江布政使。同死庚申之難者也。高滋園都轉聯云:「由名進士起家爲名臣,一開府,一開藩,浙東西崇德報功,人與白、蘇共千古;是大丈夫出身臨大節,以戰死,以守死,城内外矢窮援絶,天教巡、遠作雙忠。」

湖州趙忠節公景賢以鄉紳率兵團守湖州三載,三解重圍。及浙江郡縣盡陷於賊,猶死守六閱月。城破被執,幽繫累年,卒駡賊死。論者謂軍興以來死事者不勝數,若公之奇烈,誠創見也。俞蔭甫太史題其祠聯云:「在朝忠臣,在鄉義士,百戰艱難,至死不二;有唐睢陽,有宋信國,千秋俎豆,得公而三。」可謂臨文無愧辭矣。

蕪湖有曾靖毅公祠。公即文正公弟,殉三河鎮之難者也。文正公題聯云:「英名百戰總成空,淚眼看山河,憐予季保此人民,保此疆土;慧業三生磨不盡,癡心説因果,願來世再爲哲弟,再爲純臣。」

閩省烏石山王壯愍公有齡祠有郭遠堂撫部聯云:「一門忠孝人皆仰;兩字功名此最難。」

肇慶府城張忠武公國樑祠聯云:「百戰子龍身是膽;千秋袁粲死猶生。」

薛慰農觀察撰江甯向、張二公祠聯云:「百戰建殊勳,身歷多艱,非巡、遠誰作汾、淮障蔽;雙忠崇大節,功成諸將,惟宗、李實開韓、岳先聲。」

漢陽黄鵠磯有滿洲文恭公官文、益陽胡文忠公林翼合祠。蓋咸豐間文忠撫湖北,文恭督兩湖,推賢讓能,和衷共濟,肅清湘、鄂,遂復東南。諸行省士民思其功德而祀之者也。彭公毓崧題聯云:「藺、廉是社稷臣,善相讓,過相忘,風義足爲天下式;陶、庾秉節鎮日,離則傷,合則美,功名留與後人思。」最能抉出兩賢心事。李伯相鴻章亦有聯云：「力争武漢上游，運會佐中興，宋相邊關姚相守；奠定東南半壁，馨香隆美報，羊公碑石杜公祠。」語亦警鍊。至姚公紹崇聯云：「功業本忠勤，昔陶公，今胡公，此地此人，要使山河萬古；風雲無改變，仙出世，儒入世，倏來倏往，笑看江漢雙清。」湯觀察聘珍聯云：「名樓高處有公存，江水羣飛，到此東流皆北折；幕府舊人惟我在，秋風萬里，來從南海更西征。」則歸美益陽，又各抒其所見矣。

許雪門觀察瑶光題諸暨包村義民包立身祠聯云：「普天莫非王臣，已爲同仇悲子弟；百戰欲存寸土，休將俠義認神仙。」按：立身少有膂力，曾遇異人，授以飛行占驗之法。咸豐十一年十月，賊陷諸暨。立身倡義集團，遠近附之，挈家來投者甚衆。賊屢以大隊攻之，輒敗。誘之降，不從。同治元年正月，僞侍王約湖州賊僞梯王由富陽進攻，環數十里爲營。立身善以少擊衆，相持六閱月，先後殺賊十餘萬人。會大旱，水竭，糧亦垂盡。賊乃遏其汲運，日以西洋火器轟擊，廬舍悉燬，死亡山積。七月朔，村遂陷。立身率親軍潰圍出，至馬面山，中礮死。得脱者祗二百餘人，餘皆殲焉。賊平，江孝廉葆榮收瘞遺骸，凡得顱骨一十七萬一千二百六十具，此外殘碎不全者不計其數。同治三年，浙藩蔣果敏公益澧護理巡撫，以其事聞。詔從優議卹。當立身之初起也，人傳其有異術，能布香灰爲城，飛竹刀斷賊頭，以故戰無不勝，衆咸稱爲神仙。今《墨餘録》《恤緯録》猶侈述其事。其實多附會，不足信。亡友包友山楷《包村義團記》辨之最詳。觀察此聯獨徵其實，足以信今而傳後矣。

蒯士香廉訪賀蓀題西湖林公汝霖祠聯云：「荷聖代褒榮，祭有祠，葬有墓，史亦有書，十里湖光，傍蘇、白堤前，魂歸有所；爲吾曹冠冕，夫死忠，妻死節，婢復死義，一門血淚，繼岳、于廟後，神對無慚。」

曾文正公專祠遍東南，而在江甯清涼山者尤宏麗。薛慰農觀察時雨題聯云：「維嶽降神，建補天浴日元勳，俎豆蒸嘗，曠典邁雞鳴十廟；以勞定國，增鍾阜石城名勝，香花尸祝，斯人比龍卧千秋。」又城内有公遺愛坊，當始建時，觀察爲撰兩聯。一云：「偃武遽騎箕，繫億萬家父老謳思，墮淚碑宜留峴首；削平等開創，挽十二載干戈刼運，大功坊合比中山。」一云：「使節三持，遭際如文端，幹濟如文毅；仁恩再造，鍾阜同其高，江流同其深。」及上石，匠人祇鐫前一聯，兩面雷同。又憎其長，削去上句，致不成文理。此亦大事，而司事者乃一聽無知匠人之所爲，何耶？

吴雲帆太守均守潮州，政聲卓著。有「三不要」之名，謂「不要官，不要錢，不要性命」也。歿後，郡人建祠塑像祀之。同治乙丑，蔣叔起廉訪知府事，屬華守庭司馬代撰楹聯云：「精爽猶存，舉國争傳三不要；後塵難步，鯫生自愧百無能。」

西湖鳳林寺側有蔣果敏公祠。公諱益澧，湘鄉人。歷官廣西、浙江布政使，擢巡撫，調廣東，鐫級歸。甫召用而没。公夙以戎功著，而吾浙之復尤賴其力。故士民至今思之。其祠聯云：「百戰中興年，未治民，先治兵，溯建旄湘渚，飛艦漢皋，洗甲潼門，揚旌桂嶺，以至浙江底定，粤海遄征，五六省灌燧銷鋒，獨擔南嶽風雲，跌蕩功名題册府；千秋遺愛地，夷大難，布大惠，看負篋生徒，荷鉏農女，載塗賓旅，歸市工商，即如吏亦行冰，軍猶挾纊，十二郡銘碑誄社，來就西湖山水，攜扶童叟拜神旂。」

吾邑雷神殿有集句聯云：「穆穆在下，明明在上；赫赫厥聲，濯濯厥靈。」或謂上聯不及下聯之切，葢分雷電爲二故耳。不知電乃雷火，凡雷之起，如爆竹然，必先發火光而後出聲。則雷電本是一物，「明明」句正指雷火，不爲泛設也。

番禺陳蘭甫學録題火神廟聯云：「緬思上古聖神，四時鑽燧；請看太平氣象，萬户吹烟。」又風神廟聯云：「太平之時，以不鳴條而瑞應；君子之德，在乎偃草而令行。」

金醴香觀察菁茅題華光廟聯云：「朱鳥流光，功參赤帝；黄離叶吉，福被蒼生。」

江甯治東有泉曰八功德水，出鐘山靈谷寺。舊有龍神廟。洎兵興燬，壇宇蕩然無存。同治六年，曾文正公督兩江。會天旱，率屬禱於靈谷之神。四祈四效，歲仍有秋。乃相與重建廟貌以報。公自有記，存文集。并題聯云：「萬里神通，度海遥分功德水；六朝都會，環山長護吉祥雲。」

《庸閑齋筆記》云：雍正間，先文勤相國督濬吴淞江。松江府周公中鉉勤其官而水死。郡人感德，私祀之，疊著靈應。道光初，巡撫陶文毅公奏，奉特旨，立廟江干，有司歲祀。同治十年冬，予權上海縣事。大吏疏請重濬吴淞，起青浦，迄上海，計一萬一千餘丈，而在上海者十之七。余虔禱公祠。半年中集民夫數萬於河上，風塵不驚，疾疫不作。工竣，謝以聯云：「百四十年舊蹟重開，念先人誾切同舟，數典敢忘其祖；萬一千丈鉅工告蕆，慶此日江流順軌，惟公所存者神。」

城隍之名，見《易》：「城復於隍。」《禮記》：「天子大蜡八。」水庸居七。「水，隍也；庸，城也。」唐李陽冰《縉雲城隍記》謂「祀典無之」，「惟吾越有之」，如言廟祀之始耳。然成都城隍祠，李德裕所建。張説有《祭荆州城隍文》，杜牧有《祭洪州城隍文》，則不獨吴越爲然。又蕪湖城隍廟建於赤烏二年，高齊慕容儁、梁武陵王祀城隍，皆書於史，又不獨唐而已。宋以來其祠遍天下，或錫廟額，或加封爵，至或遷就傅會，各指一人以爲神之姓名。且相傳神亦有代謝，如世上之遷更者。其果然歟？明洪武二年，命加封爵：京都爲「昇福明靈王」。開封、臨濠、太平、和州、滁州皆爲王。其餘，府爲「威靈公」，州爲「靈祐侯」，縣爲「顯祐伯」。趙兵備翼《陔餘叢攷》謂「京師封帝，開封、臨濠、東平、和、滁以王，府曰公，縣曰侯」，誤也。三年，詔去封號，止稱某府、州、縣城隍之神。迄今因之。事具《明史·禮志》《大清會典·通禮》。廟聯最多，亦最雜。惟舊傳集句一聯云：「善報惡報，遲報速報，終須有報；天知神知，我知子知，何爲無知？」此《後漢書·楊震傳》本文。《東觀漢記》無「我知子知」四字。不知何人改爲「天知地知爾知我知」。以佛經對《楊震傳》，落落大方。又范縣城隍廟聯云：「天之陰騭有權，毋謂爲善或不昌，爲惡或不滅；神所憑依在德，須知降禍皆自取，降福皆自求。」正可爲前聯轉語，而梁氏俱不録，何歟？

吾紹城隍廟有聯云：「任憑爾無法無天，到此孽鏡懸時，還有膽否；須知我亦嚴亦恕，且把屠刀放下，回轉頭來。」

閩縣林奎五茂才題城隍廟六齋司聯云：「錫爵豈徒稱五等；報功端合祀三牲。」

財神廟聯，集經語者，如金蘭浦學録句云：「以義爲利，則財恆足；既富方穀，而邦其昌。」俞蔭甫太史句云：「無以爲寶，惟善以爲寶，則財恆足矣；義然後取，人不厭其取，又從而招之。」又云：「生財有大道，則拳拳服膺，仁是也，義是也，富哉言乎至足矣；君子無所爭，故源源而來，孰與之，天與之，神之格思如是夫。」俱極渾成，且寓勸懲之旨。太史又有自撰西湖孤山財神廟一聯云：「梅鶴洗寒酸，好教逋老揚眉，葛仙吐氣；鶯花添富麗，恰稱金牛湖上，寶石山邊。」巧思濬發，尤傳誦於時。

杭州西湖藥王廟聯云：「傳家歷帝鼇八朝，姜水烈山，珍圖鴻鬯；讀史殿禪通一紀，醴泉嘉穀，靈祉蟬聯。」按世傳神農嘗百藥作《本草》，其說本於陸賈《新語·道基》篇。然《新語》但稱：「神農以行蟲走獸難以養民，乃求可食之物，嘗百草之實，察酸苦之味，教人食五穀。」是神農但嘗百草，教人穀食，未嘗嘗藥治病。《漢書·藝文志》載神農書甚多，獨無《本草》，惟有《神農黃帝食禁》七卷。《食禁》，蓋即教人食五穀時禁其不可食者，與《本草》不同。據《周禮》「疾醫」疏引《中經簿》《本草》，劉向說「乃六國時人扁鵲弟子子儀所作」，不出神農。俞蔭甫太史辨證極詳。且神農爲三皇之一，即有嘗藥之事，亦不當稱藥王。宋韓元旦《桐陰舊話》稱：「忠獻公年六七歲，病甚，忽曰：『有道士牽犬，以藥飼我。』俄汗而愈。」按：《列仙傳》：「韋善俊，唐武后朝京兆人。長齋奉道法。嘗攜烏犬名烏龍，世俗謂爲藥王」云云。據此，則宋時所謂藥王乃是仙人韋善俊，不知何時誤爲神農。此聯雖不及神農嘗藥，而用之於藥王，猶不免爲俗說所囿也。惟前閱高江村《扈從西巡日録》：「鄭州城東北有藥王莊，爲扁鵲故里。藥王廟專祀扁鵲，香火最盛。明萬曆間，慈聖太后出内帑，增建神農軒轅三皇之殿，以古名醫配食。自是藥王之會彌加輻輳。」

正陽關金龍四大王廟爲督銷鹽局供奉。薛慰農觀察題聯云：「以書生作河瀆尊神，慶雪浪常恬，與伍相國威靈共著；惟鹺政擅江淮美利，願風帆助順，並八公山草木無驚。」按：神姓謝名緒，南宋會稽諸生，爲謝太后之姪。父生四子，神最少。元兵方盛，神以戚畹憤不樂仕，隱錢塘之金龍山。宋亡，神赴水死。明太祖起兵。呂梁之捷，神顯靈助焉。勅封「金龍四大王」，立廟黄河上。國朝因之。朱國楨《湧幢小品》、邵遠平《戒山文存》、施愚山《矱齋雜記》所記畧同。然則金龍其所隱山名，四其行弟也。而呂叔清湛恩乃引陳棟《淮安鎮海金神記》，稱「龍於五行屬木，木畏金，從其畏厭之，可無患。於是創鎮海金神廟」云云。以爲「地四生金」，所謂金龍四大王者，亦即以金鎮海之義，不必實有其人。此與全謝山、趙甌北謂「海神天后，取以水配天，不關林氏女」之説正同。務高論而不顧事實，竊所不取。觀察此聯不從呂説，可謂實獲我心矣。

《水牕春囈》云：「左季高侯相少時，計偕過洞庭君廟，題聯云：『迢遥旅路三千，我原過客；管領重湖八百，君亦書生。』意態雄傑，即此可見。」

文昌爲斗魁六星，與梓潼神本不相涉。自元初以輔元開化文昌司禄帝君封其神，明景泰間以文昌宫額其廟，遂合而爲一。昔人攷之詳矣。福州林春圃秀才步青集句聯云：「主善爲師，學者必以規矩；在天成象，焕乎其有文章。」廣州陳少伯秀才景伊撰句聯云：「一十七世前修，爲汝等現身説法；二百餘年中祀，助我朝應運生材。」人稱其佳。然本朝文昌之入祀典始於嘉慶六年，實無二百餘年也。

林子萊孝廉仰東題文筆書院奎星樓聯云：「有星炯然如夜月；兹樓高處接三台。」

蔣果敏公益澧爲浙藩時重脩吴山文昌廟，並題聯云：「本孝友以化人文，看卓筆峯高，勝地自來多俊傑；列星辰而司禄命，占聯珠氣耀，銷兵全在重科名。」

臨海嚴孝廉乘潮題台州八仙巖呂祖祠聯云：「看下方擾擾紅塵，富貴幾時，祗抵五更炊黍夢；湖上界茫茫浩劫，神仙不老，全憑一點度人心。」順德蔡太史錦泉題邯鄲呂祖祠聯云：「因果證殊難，看殘棋局光陰，試問轉瞬重來，幾見種桃道士；黃粱炊漸熟，閱遍枕頭世界，樂得飽餐一頓，做成食飯神仙。」嚴是醒世之言，蔡是達人之見。

福州冶山有贊化宮，祀呂純陽。嘗降乩與人談玄治病，刻有《葫頭集》。其祠聯多清麗。如張榮題云：「曾作宰官身，檢唐苑名經，春色曲江歸進士；獨醒塵世夢，話岳州詩事，月華冶麓拜飛仙。」柯玉棟聯云：「四圍紫氣捧心香，結成勝地蓬壺，正屏麓雲開，劍池月上；萬丈白毫懸肘篆，分與神山藥石，早葫頭日駐，枕底春回。」張秉銓題云：「萬劫挽蓬萊，荃宰無名，不徒大醉行吟，劍外光橫滄海月；一官驅桂管，瓣香在抱，正值落成合樂，枕頭夢引故山雲。」王孝思題云：「五十年夢醒華胥，酒懷黃鵠，劍氣青蛇，獨抱法輪迴世劫；七二篇肩承柱史，鐵笛吹雲，金丹浴露，幸依寶筏證關元。」按：呂洞賓爲唐德宗朝禮部尚書呂渭之孫。咸通中舉進士，不第。值黃巢亂，隱居終南山，學老子法。葉石林《巖下放言》、吳曾《能改齋漫録》、趙與時《賓退録》所記畧同。宋時《陳摶傳》言「其年百餘歲，數至摶齋中。」是洞賓固唐末人，歷五代至宋初猶存也。《述異記》載「盧生遇呂翁於邯鄲旅店，授枕入夢」事，在開元間，下距咸通百有餘年。其爲別一呂翁可知。而今人皆以爲洞賓，蓋沿襲《傳道録》及《神仙通鑑》之誤耳。

山陰孫太守廷璋題呂祖廟聯云：「點石果能成，未必黃金猶是貴；炊粱容易熟，倦教好夢也須闌。」

泉州呂祖祠塐像仗劍跨鶴，庭有碧桃一樹。梁堯辰集《詩品》爲聯云：「壯士拂劍，高人惠巾，生氣遠出；白雲初晴，碧桃滿樹，獨鶴與飛。」

福州城南有元天上帝廟。鄭直士部郎植題聯云：「玄之又玄，與天合德；上於無上，惟帝居尊。」

侯官林穎叔方伯壽圖集句題九仙山王靈官廟聯云：「神無常依，惟德是輔；山不在高，有仙則靈。」

曾文正公有題江甯痘神廟聯云：「善果證前因，願斯世無災無害；拈花參妙諦，惟神功能發能收。」

倪雲癯大令鴻言廣州海幢寺觀音男像有鬚，祈嗣輒驗。滿洲文莊公德保撫粤時嘗往禱之，遂生煦齋相國英和。後其弟官粤東，相國寄題楹聯云：「佳氣海天遥，憶當年兆協桑弧，早沐神慈垂默佑；政聲山斗在，念此日蔭承蘭錡，敢忘忠藎紹清芬。」至今猶存。按佛經，觀世音菩薩乃轉輪王第一子，名不眴，亦名寶意。及見天人，請受佛法。因觀一切衆生，欲斷諸苦。寶藏佛字之曰「觀世音」，爲「普光功德山王如來」。嘗白佛言：「如有女人出家，見種種女人身而説法。」是觀世音出世本男子，而其爲婦人者，乃化身也。説參《悲華經》《觀音得大勢受記經》《普賢陀羅尼經》《楞嚴經》至其塑像男女，明胡應麟《筆叢》、王世貞《觀音本紀》引唐釋道世《法苑珠林》載：「宋王球在獄念『觀世音』，夢一沙門與以一卷經，彌增專志，遂被宥。」《太平廣記》載《辨正論》：「晉郭宣文處茂因其友楊收敬有罪，同繫獄。念『觀世音』，夢一菩薩慰以『大命無憂』，少日俱免。」《述異記》：「晉沙門法義病積，歸誠觀世音。夢一道人爲治，覺而豁然。」《冥祥記》：「宋張興妻繫念觀世音，夢一沙門導之使逸」。「符秦畢覽隨慕容垂北征，入山失道，念『觀世音』，夜見一道人示以途徑，遂至家。」謂古時觀音無婦人像。而趙翼《陔餘叢攷》、俞燮《癸巳類稿》則謂「觀音之爲女像，自六朝以來已然」。《陳書·后妃傳》：「後主沈皇后國亡後入隋。隋亡，至毗陵天静寺爲尼，名觀音。」《隋書·王劭傳》：「文皇獨孤后秘記言是妙善菩薩。」妙善，即世傳妙莊王女觀音也。」蜀孫光憲《北夢瑣言》：「唐懿宗喪同昌公主，見左軍觀音象陷地四五尺。左右言：『陛下是中國之天子，菩薩是邊土之道人。』帝悦。」蓋指公主爲觀音示身。所言觀世音皆女身。《北齊書·徐之才傳》：「武成病，初見空中有五色物；稍近，變成一美婦人；食頃，變爲觀世音。」《法苑珠林》：「齊彭子喬繫獄，誦《觀世音經》。有鶴下至子喬邊，時復覺如美麗人，子喬雙械自脱。」宋洪邁《夷堅志》：「董性之母素持經，忽病死，其魂呼『救苦觀世音』。恍若有婦人挈之偕行，遂瘳。」「許洄妻難産，默禱觀世音。恍惚見白氅婦人抱一木龍與之，遂生男。」「徐熙載母虔奉觀音。熙載舟行將覆，呼菩薩名得免。既歸，母笑曰：『夜夢一婦人抱汝歸，果不妄。』」所見觀世音皆女身。南宋甄龍友《題觀音像》云：「巧笑倩兮，美目盼兮，彼美人兮，西方之人兮。」壽涯禪師《詠魚籃觀音詞》：「窈窕丰姿都没賽，提魚賣，堪笑馬郎來納敗。」所詠觀世音，亦無非女身。則觀世音之無男像可知。胡、王所引數事，其見爲沙門道人，不須觀世音親見也。説甚博辨。然余觀唐段成式《酉陽雜俎》、《太平廣記》釋證三引云：「長安雲花寺有觀音堂。大中末，百姓屈巖患瘡且死，夢一菩薩摩其瘡曰：『我在雲花寺。』巖驚覺汗流而愈。因詣寺尋檢，至聖畫堂，見菩薩一如其睹，遂立社建堂移之。」《儒林公議》：「謝絳雅秀有詞藻，然輕黠利唇吻，人罕測其心，時謂之『玉面觀音』。」孫光憲《北夢瑣言》：「蔣凝侍郎有人物，每到朝士家，人以爲祥瑞，號『水月觀音』。」夏文彦《圖繪寶鑑》：「賀六待詔家世專畫觀音，至其身於藝尤工。忽觀音化爲丐者求畫，遂得真相。」宋吴曾《能改齋漫録》云：「吴侍郎待問，其父，人以其長厚，呼爲『吴觀音』。」《夷堅志》又載：「淳熙五年，信、饒二州都巡檢羅生寓王秀才宅。一婢曰『大喜』，目障交蔽，久不見物。一日，夢一僧授以甌飲之，便覺目瞳瞭然。羅以告王秀才曰：『此我家觀音也。』」王漁洋《居易録》載滄州張漢儒在普陀見觀音現身事云：「跪禱久之，果睹大士自石壁中出。惟見側面。又禱曰：『願睹正面。』大士即又背洞面海，去人咫尺。紺髮卷鬆，高顴隆準，衣緑色，半身在雲氣中不可見。倏入石壁去。」夫菩薩非女人像也，呼男子爲「觀音」，聞夢僧而知爲「我家觀音」，且以「卷鬆隆準」示形，其非女人像尤可概見。然則六朝以來觀世音固有男像矣。蓋觀世音極幻人之術，其見示之身，男女初無一定。當時之塑像亦然。以爲皆男者固失之，以爲皆女者亦未爲得也。惟今寺觀塑像盡易女身，祇海幢寺一男像僅存，世不經見，遂滋聚訟。故爲平之如此。

大竺法喜寺觀音殿兵後重修，滿洲冠九廉訪如山題聯云：「救百千萬劫，具大慈悲，湖山無恙；現三十二身，説妙功德，物我同春。」湘鄉李世顔題聯云：「立馬吳山，憶昔年轉戰沙場，履險如夷，實筏自天援苦海；還轅湘水，願今日皈依竺國，指迷徹悟，瓣香異地拜慈雲。」

江甯莫愁湖上華嚴菴觀音座前有聯云：「湖山舊屬女兒家，稽首慈雲，願佳麗盡生西土；圖畫今留元老像，翻身苦海，歎功名都付東流。」蓋菴奉曾文正公小像也。又周紹斌聯云：「滿湖水月空中相；半夜霜鐘悟後禪。」

福州城南于山觀音殿有朱海谷觀察桓聯云：「五虎階前聽法去；雙虹水面度人來。」蓋殿面五虎山，旁夾洪山、萬壽兩橋也。陳望坡尚書若霖亦有聯云：「城郭擁慈雲，楊柳青分三竺國；海天開法界，蓮花長護九仙山。」

何青芝先生題觀音廟聯云：「放大光明，真聳人觀聽；空諸色相，勿求我聲聞。」

湘陰左文襄公宗棠同治甲子督閩浙。至光緒甲申，復以大學士督師入閩，游鼓山湧泉寺。適觀音殿修竣，主僧丐題楹帖，乃書一聯付之云：「結來香火因緣，先後廿年，持節重游閩越地；同是大千世界，海天一覽，置身如在普陀山。」

黄山慈光寺韋陀殿有聯云：「惟大英雄能覺悟；爲諸菩薩振綱維。」見黄秋宜《游記》。

廣州華林寺金鋼殿有陳棠溪儀部其錕集《華嚴經》聯云：「永離葢纏，放無量色光明網；常服善鎧，出不思議變化雲。」

京師龍樹寺佛殿有蕭山湯文端公金釗聯云：「何處菩提，莫錯認庭前槐樹；無邊法藏，且笑拈閣外蘆花。」

吾紹戒珠寺佛堂有聯云：「不生，不滅，不垢凈，不增減，度十方苦，是名諸佛；無我，無人，無衆生，無壽者，離一切相，方見如來。」

閩縣葉季韶舍人儀昌嘗自營生壙于邑之玳石山，泐「鳳栖」二字其上。旁有社公祠，製聯榜之云：「香火有緣，及我歸真共晨夕；溪山無恙，在官常調足烟霞。」

德清烏巾山之陽有土穀祠，父老相傳曰「堯皇土地」，不知何義。然長興有堯市山，《一統志》云：「堯時洪水，民避難於此成市。」則德清之有堯時迹，亦無怪也。癸酉歲，廟重脩落成，俞蔭甫太史題一聯云：「耕而食，鑿而飲，相傳中古遺風尚留村社；春有祈，秋有報，願與故鄉父老同拜神旗。」

淮安漂母祠扉鐫聯云：「姓氏隱同黄石遠；英雄識在酇侯先。」見雷松舟《燕游日記》。

高州府文明門外有冼夫人廟。文樹臣觀察撰聯云：「誅歐陽紇，佐陳霸先，功烈著旂常，民奉馨香緜百世；前南越王，後東莞伯，英雄昭史册，天生巾幗共三人。」

高郵露筋祠，據米南宫碑文，神蓋唐宋間人，姓蕭名荷花，與嫂過此，不肯投宿田舍，被蚊齧露筋而死者。陶文毅公澍以御史巡漕，禱水有應，疏請賜額「貞應」。自是靈異益著。其楹聯有云：「白水至今猶一色；緑楊到此不三眠。」又云：「誰與共三秋，有江上曹娥，溪邊蔣妹；我來游此地，正湖心月白，門外風清。」不即不離，而貞潔自見。若周素生大令云：「千古死應無此法；斯人奇在不知名。」則刻意出奇，反成滯相，非徒攷據之疏也。又有集漁洋詩者云：「湖邊孤寺半烟篠；門外野風開白蓮。」按：梁氏《聯話》嘗以楊升菴句「庭前夜雨弄孤篠」對漁洋句，而自嫌非露筋本事。今則以王配王，意境恰稱，殆勝之矣。

福州馬江船政局中祀天后，其殿材俱來自外洋。沈文肅公葆楨題聯云：「惟神天亶聰明，願千秋靈爽式憑，俾倕巧班工同成寶筏；此地海疆門户，看萬頃滄波不動，有冰夷洛女虔拜雲旂。」林孝廉憲曾亦題聯云：「巖岫發靈光，喜頻年荒裔輸材，大選棟梁崇廟貌；海天留聖蹟，忝先世長林分葉，得依俎豆頌宗功。」語俱壯闊。又汪應辰一聯云：「秋社薦黄花，正簫鼓重陽，證果三生天竺夢；故鄉思荔子，記湖山招隱，先芬一卷《邵州》詩。」神生時，母夢觀音抱送神女。宋雍熙四年九月初九日昇化。高祖蘊，爲唐邵州刺史，著有《邵州集》。絶不鋪張功德，而獨從神之家世生没著筆，脱盡尋常窠臼。可謂掃陳言而標新穎矣。

烏石山天后宫爲鹾商公所。風景最勝。某歲重九，諸名士登高於此。適屏南王教諭家駒自臺灣歸，舟遇順風，一夕而達，亦與會焉。紀以聯云：「萬頃泛滄溟，感履險如夷，幾度穩凌鼇背浪；一官憐苜蓿，愧登高能賦，片帆如助馬當風。」

侯官梁禮堂觀察鳴謙題天后廟聯云：「是述録誤作「自」。神禹後一人，盛德在水；由大宋來千古，崇祀配天。」

梁氏《聯話》載張南山爲述武后廟聯云：「六宫粉黛無顔色；萬國衣冠拜冕旒。」謂「武后不知何處有廟」。今按：宋周去非《嶺外代答》云：「廣右有人言：武后母，欽州人。今皆祀武后。冠帔巍然，巫者稱曰『武太后孃孃』，俗曰『武婆婆』。」據此，則嶺外固有武后廟矣。

有人撰關忠義夫人廟聯云：「生何氏，殁何年，蓋弗可攷矣；夫盡忠，子盡孝，可不謂賢乎！」梁氏《聯話》採之，而引宋牧仲《筠廊偶筆》載馮山公景改撰王朱旦《解州關侯祖墓斷碑記》，稱：「侯祖石槃公，諱審，字聞之。和帝永元二年庚寅生，居解州常平村寶池里。卒於桓帝永壽二年丁酉，享年六十八。子毅，字道遠。桓帝延熹三年庚子六月二十四日生。侯長，娶妻胡氏，靈帝光和元年戊午五月十三日生子平」云云。謂夫人固自有姓，作者亦未見馮記爾。愚按：趙甌北《陔餘叢考》云：「東漢人尚無別號。」「今既名審，字聞之，則槃石乃別號，一可疑也。名審，字聞之；名毅，字道遠；皆取《中庸》《論語》之文。其時《中庸》雜於《禮記》中，何以兩代名字恰用《中庸》《論語》，二可疑也。忠義尚有子曰興，碑既載其兄，何不載其弟，三可疑也。忠義殁後，子孫在蜀。按裴松之本傳註：「《蜀記》：『龐德子會隨鍾、鄧入蜀。蜀破，盡滅關氏家。』」解州故鄉尚屬魏、晉，此碑何時何人所立，並不附見，四可疑也。」趙氏之言卓矣。然猶第論馮記，而未核王碑也。今按雲間徐學棟傳刻王碑，載「康熙戊午，解州常平士人于昌讀書塔廟，晝夢忠義授以『易碑』二字，驚寤。見濬井者得巨磚，已斷且碎，合而讀之，知爲忠義父奉祀厥考主，中紀生歿甲子并兩世字諱，因往尋墓道，與碑悉合，乃告州守王朱旦爲碑。」是此碑立自忠義之父，與馮記不言所立者不同。但其所謂「奉祀厥考主」者，其爲祀主於寢與？固不須碑。其爲遷主於廟歟？亦不須碑。且即須碑，則第載其考之生卒事蹟及子若孫之名足矣，何以必書子若孫之生日？且忠義生日史傳無攷，元郝經作《順天廟記》，始有「夏五月十三日、秋九月十三日大爲祈賽」之說。明太祖建廟金陵，因定制以五月十三日爲生日。國朝因之。此不過從民俗，隆肸蠁，非謂忠義實生於是日也。至《東京夢華録》謂「六月六日」，《關王事蹟》謂「六月二十二日」，郵書《玉匣記》謂「六月二十三日」，紛紜傅會，不可究詰。而道書以六月二十四爲生日，五月十三爲得道之日，尤爲謬妄。今獨隱取道書之説，而以明祖定期移之關平，豈非防人知所自來，思有以滅其迹，而故爲是舛迕哉！馮記雖削去「奉祀厥考」之語，曲爲彌縫，而不知罅漏固甚多也。然則此碑之僞託灼然可知，而梁氏乃取以證關夫人之姓，陋矣。

又按：《訂僞雜録》：「錢唐、崇明、武鄉縣志，季漢五志，皆爲此碑所悞。」

馬平馬質夫文濬言，其鄉文昌、關帝合祠，有聯云：「欲知前世因，祇完得孝友一生，便成陰騭；寄語後來者，若認定君臣二字，許讀《春秋》。」按：帝好《春秋》，《蜀志》本傳無明文，惟裴松之引《江表傳》，云「公好《左氏傳》，畧皆上口」而已。故茝鄰中丞每嫌聯中用此二字。然《左傳》本名《左氏春秋》，有傳即有經，尚非全無根據者比。至「陰騭」出《書·洪範》「天惟陰騭下民」。古祇兩解。一訓「陰定」。《史記·宋微子世家》載此經，作「天維陰定下民」。僞《孔傳》取之，云：「騭，定也。言天下言而默定下民。」疏云：「傳以騭即質也。質訓爲成，成亦定義。」此以「騭」爲「質」之假字爲訓。一訓「陰升」。《呂氏春秋·君守》篇引此經而申之曰：「陰之者，所以發之也。」高誘註云：「陰陽升陟也。」此疑「陰覆陟升也」之誤。陟，騭之假字。言天覆生下民，覆訓陰，生訓騭。王者助天舉發，句。「舉發」即經文「騭」字之義。「助天」云云，謂經下文「相協厥居」。明之以仁義。《釋文》引馬融註：「取之云陰，覆也；騭，升也。升猶舉，舉猶生也。」應劭《漢書·五行志註》亦同。後儒皆引《爾雅》「騭」本詁「陟」以證此，以「升」爲「騭」之本義爲訓，説雖不同，要無釋「騭」爲「德」者。世傳之「陰騭」爲「隱德」，顯背經義。此則不可不知也。然洪州倅頤煊《讀書叢録》：「《爾雅·釋詁》：『騭，陞也。』」此正高注所本。「陰騭」又通作「陰德」，《史記·田完世家》：『行陰德於民』。《淮南·人間訓》：『夫有陰德者必有陽報。』《新序·雜事》篇：『吾聞有陰德天報以福。』《説文》：『德，升也。』音義並同。」

長樂柯鏡巖郡博壽亨言江蘇廣東會館祀關帝、天后，柱鐫聯云：「帝天同德；吴粤一家。」可謂簡括。

蘇州滄浪亭右有五百名賢祠，創自道光戊子。陶文毅公兵後重脩。薛慰農觀察有聯云：「千百年名世同堂，俎豆馨香，因果不從羅漢證；廿四史先賢合傳，文章事業，英靈端自讓王開。」

金岱峯郡博教授台州，祀鄭康成、許叔重於倉聖祠，手題聯額。其倉聖祠聯云：「作黄帝史官，記動記言，鼻祖神靈明四目；開元公《爾雅》，釋詁釋訓，耳孫著述衍《三蒼》。」許叔重龕聯云：「家傳十四篇，書合《三蒼》爲一；律諷九千字，學通《五經》無雙。」鄭康成龕聯云：「微言守遺，當奉大師爲表幟；實事求是，敢從二氏問傳薪。」

畿輔先哲祠在宣化門外斜街。享殿有沈經笙相國桂芬聯云：「《三輔黃圖》，先民有作；千秋金鑑，何代無賢。」桑伯儕尚書春榮聯云：「學焉各得性之所近；賢者亦將有感於斯。」李蘭孫尚書鴻藻聯云：「周、召王化所基，考獻徵文，不獨纂成耆舊傳；燕、趙古稱多士，希風採韻，相期同翊聖明時。」張香濤撫部之洞聯云：「軒轅臺，伯夷廟，吉甫墓碑，觀聖賢風教所遺，請稽經典；碣石館，日華宫，首善書院，數幽冀人才之盛，直到皇朝。」又云：「其山恆，其水滹，其浸淶，其藪昭餘祁，會大一統車書，淵嶽鍾靈皇建極；鄙夫寬，薄夫敦，頑夫廉，懦夫有立志，萃三千年人物，廟堂觀禮士希賢。」後殿左室附祀忠義，聯云：「薰膏馨烈光惇史；巴舞騷音奏國殤。」右室附祀列女，聯云：「遠比《華陽》編士女；豈無劉向傳賢明。」旁有緑勝盦，爲讌息所。聯云：「河朔人才葛禄記；斜街花事竹垞詩。」並撫部所題。

無錫惠山新建五中丞祠，祀海忠介瑞、周文襄忱、周懷魯孔教、湯文正斌、李文恭星沅。應敏齋方伯書聯云：「自勝國至熙朝，歌詠不忘，四百年來五開府；以事功兼學術，馨香無愧，九龍山下一崇祠。」

光緒五年春，杭人於孤山重建數峯閣，以祀明抗璫殉國諸賢。無錫秦廉訪緗業題聯云：「抗璫就義，殉國成仁，大節本無殊，積血尚埋燕市碧；竹閣閒登，柏堂小憩，忠魂應未遠，數峯遥見越山青。」

光緒丙子，江蘇漕運赴天津，覆舟於黑水洋。解員蒯司馬光烈等死焉。勅建愍忠祠於天津馬家口。

直督李爵相鴻章製聯云：「大海咽波濤，遺恨難填精衛石；聖朝多雨露，褒忠常傍水仙祠。」又陳大令炳泰聯云：「一死亦何奇，諸公浩劫同淪，最難堪碧海驚濤，寥天慘霧；千秋均不朽，異日英靈如在，願常護颿檣風轉，芻粟雲飛。」

同治甲子，金陵大功告成。曾文正公奏建楚軍水師昭忠祠於雞鳴山，自爲碑記，並題聯云：「賤子幸餘生，記曾明月大江，橫槊追隨酣戰夜；諸君原不死，似有金戈鐵馬，乘風閃爍夕陽時。」或作左侯相撰，恐誤。彭雪岑宮保亦題聯云：「江淮河漢，浪湧濤驚，三千里掃蕩縱橫，君等能當天下事；矢石戈矛，血飛肉薄，十六載精忠義烈，國殤惟有楚人多。」

左季高侯相督師漳州，嘗造大塚，聚瘞陣亡將士。製聯表之云：「能取義而舍生，死且不朽；爲厲鬼以殺賊，魂兮歸來。」又杭州昭忠祠有聯云：「荷二百年厚澤深仁，之死靡他，聽東海怒潮，同懷悲憤；合十四縣忠魂義魄，昭兹來許，酌西湖明水，共薦馨香。」會甯昭忠祠有聯云：「百戰樹功名，躍馬橫戈，豺虎叢中爭效命；千秋懷義烈，刑牲擊鼓，麒麟塚畔與招魂。」相傳皆侯相所題。

廣州越王山下昭忠祠有文樹臣觀察聯云：「大節炳南天，想當年折戟沉沙，兵氣已隨塵劫盡；崇祠依北郭，望空際雲車風馬，英魂都自戰場來。」

鄒翰飛秀才言惠山昭忠祠楹帖極多，惟合肥李公鶴章一聯最佳。句云：「死事念諸君，尚落得一席名山，千秋俎豆；封侯嗤我輩，倒不如杖游南嶽，釣隱西湖。」

湘鄉昭忠祠有曾文正公聯云：「綸綍褒崇邁古今，生而旂常，没而俎豆；忠誠浩氣塞天地，下爲河嶽，上爲日星。」

曾文正公題李伯相家廟聯云：「庭訓差同太邱長，子孝孫賢，已邁元方、季方而上；碑文雖遜魯國公，功高德厚，實在顏廟、郭廟之間。」蓋公嘗爲撰廟碑，故云。又題劉霞仙中丞家廟云：「孔氏絃歌，魯國新聲聞壁內；漢家簫鼓，祖庭餘韻在人間。」

石門高氏出齊公族，由穀熟遷姑蘇。晉興元時，又由蘇遷杭州。其地在九華山西南。曰魁峯，曰石門，曰桃塢，皆其地也。高滋園都轉嘗屬俞蔭甫太史代撰祠堂楹聯云：「卜宅晉興元，石門秋色，桃塢春風，聚九華秀氣，緜延累代簪纓，後裔至今懷祖德；溯源齊公族，穀熟分支，姑蘇別派，守百禩清芬，崇奉不祧俎豆，先祠終古傍魁峯。」

合肥劉氏宗祠有薛慰農觀察聯云：「自受封得氏以來，唐社分支，夏廷疏爵，周家食采，漢室稱藩，世祿相承，華胄遙遙光史乘；有文德武功可溯，閣中藜焰，帳外笳聲，堂上蒲鞭，軍中旗幟，宗風遞衍，同枝密密盛淮、肥。」

閩縣曾伯厚孝廉福謙言其家廟有聯云：「道統紹一貫之傳，師孔友顏，來者直開思、孟；文章擅八家之譽，接韓步柳，同時並駕歐、蘇。」

侯官林筱民孝廉從趙又銘宮贊、于慎卿中翰冊封琉球，歸爲余言二君題其國祠廟聯甚多。如龍神廟云：「合長江大河而注諸海；能興雲致雨是謂之神。」蔡端明祠云：「傳家茶荔都成譜；遺愛枌榆尚有橋。」中山先王廟云：「明德維馨，克昌厥後；保世滋大，載錫之光。」又云：「迪維前光，是彝是訓；昭哉嗣服，宜君宜王。」善興寺云：「孤磬發清響；濃雲生夕涼。」又寺中不動僊云：「四大皆空，從何處坐；獨立不懼，作如是觀。」東禪寺云：「頑石有禪意；古木生晝陰。」龍渡寺云：「得句佛亦善；安禪龍自馴。」臨海寺云：「是詩境佛境；有鐘聲潮聲。」又云：「此身恍入水精域；與佛曾結歡喜緣。」三光院云：「奇字偶模天竺帖；大觀不羨廣陵濤。」餘不盡記。且忘其孰爲趙作，孰爲于作也。

杭州西湖大佛寺有沁雪泉，其聯云：「沁雪貯寒泉，一片清虛，照徹大千世界；開山成寶相，十分圓滿，想見丈六金身。」語頗雅切，不知何人所作。

山陰平水顯聖寺佛堂有聯云：「果然性地皆空，無色無聲無臭味；定有佛堂普照，自南自北自西東。」

陸敬安曰：「西湖多長生祠。楹聯佳者，莫寶齋侍郎題竇東皋總憲光鼐長生位云：『憐才心事無雙，教澤深長留學校；知己平生第一，師恩高厚並君親。』李芝齡師宗昉題汪文端公長生位云：『政並白、蘇遺澤遠；文成《雅》《頌》繼聲難。』」

仁和吴小宋大令章祁以名孝廉宰蜀之蓬溪縣，政績卓著。在官三年，以勞瘁卒。邑人感其惠，立祠祀之，紀以聯云：「修其孝弟忠信，可使制挺，故曰仁者無敵；保我子孫黎民，尚亦有利，以此没齒不忘。」

金谿胡爲高題三官廟聯云：「極定道宗，太極原從無極；元爲善長，三元統會一元。」

楹聯新話卷三

廨宇

潘四梅《卧園詩話》云：「予官校書時，見武英殿門所懸春聯云：『四庫藏書，寶笈牙籤天禄上；三長選俊，瓊樓玉宇月華西。』武英殿後爲敬思殿，即余輩校書之所。香山黄香石明經培芳書聯云：『萬卷開時，書窺中秘；五雲深處，簪盍同人。』」按：武英門聯已載梁氏《聯話》應制門，惟「瓊樓玉宇」作「縹囊翠軸」，與上聯「寶笈牙籤」意複，當從《詩話》爲直。爰並録之。

總理各國事務衙門大堂有聯云：「帝澤如春，正寰海波澄，瀛洲日麗；太平有象，喜靈臺伯偃，王會圖成。」

河南道御史署在都察院南。梁曦初侍御嘗題聯云：「一徑問誰開，近接烏臺分曙色；三年曾我住，好留鴻爪識巢痕。」

兩江督署煦園對聯俱薛桑根先生題。其退思堂句云：「賦江南春，六代鶯花歸眼底；後天下樂，十年休養在心頭。」拜石山房句云：「分獅林一角，鷲峯一拳，邱壑自然，佳興到；梅苔鋪作席；種芙蓉成城，楊柳成郭，林陰深處，望客來，冠珮粲如雲。」

浙江撫署舊有桐城方恪敏公觀承聯云：「湖上劇清吟，吏亦稱仙，始信昔人才大；海邊銷霸氣，民還喻水，願看此日潮平。」其後公姪受疇來爲浙撫，復題聯於署云：「兩浙再停驂，有守無偏，敬奉丹毫遵寶訓；一門三秉節，新猷舊政，勉循素志紹家聲。」自跋云：「乾隆戊辰，先伯父恪敏公由直隸藩司撫浙。余昔爲此邦守令，今繼伯父之後，亦由直藩擢任。余弟維甸又曾以總督攝撫事。六十年來三持使節，洵殊遇也。敬誦御賜詩中『新猷舊政，有守無偏』之句，謹録成聯，以志國恩世德云。爾時嘉慶癸酉六月上浣也。」

桐鄉馮柯亭中丞鈐撫皖時，於後圃蒔梅及蔬果，題聯云：「爲恤民艱看菜色；欲知官況種梅花。」

福建巡撫署在福星坊嵩山麓，地多古榕。寶應王文勤公凱泰由粵藩擢任，聯於大門云：「舟行瀛海上頭，正三島風清，十洲雲朗；人在嵩山頂上，看庭前草色，門外榕陰。」

閩縣郭遠堂撫部柏蔭由翰林觀察廣東，以憂歸，掌教鰲峯書院。同治初，起爲江蘇臬使，遷巡撫。時值兵燹之後，題聯於大堂云：「十九年晦遯自安，爲感君恩投筆起；三千里瘡痍未復，每懷民瘼汗顏多。」又題署中後樂園云：「從田間來，願問吾民疾苦；後天下樂，試觀曩哲襟懷。」

滿洲禹門先生福申典試江右，尋奉督學之命。題一聯於署云：「簡滿洲視學西江，自今以始；願多士希風東魯，與古爲徒。」蓋前此無滿人督江學也。

福建學使署西偏舊有友清軒，庭植松梅竹。乾隆間，督學朱竹君學士復於其地建三百三十三士亭。亭前列三百三十三石，皆當時諸生所獻也。學士報滿，適其弟文正公來代。學士聯於亭云：「偶爲選石看山計；若慰連床話雨情。」至今樹石猶林立無恙。徐壽蘅侍郎視學時，其封翁俞臣先生復題柱聯云：「亭伴松竹梅，好鳥枝頭亦朋友；石分瘦縐透，諸峯羅列如兒孫。」侍郎亦題一聯云：「海右此亭，石氣盪爲天下雨；樓頭一笛，梅花吹破萬重雲。」

李鐵梅中丞嘉端督閩學，風裁峻厲，一時庠序肅然。臨去，榜一聯於大堂云：「愛之能勿勞，要如父兄之於子弟；學焉得所近，蘄本忠孝發爲文章。」

順天定州試院有攬勝樓。餘姚汪學使元方題聯云：「下筆千言，擷滹水沱山之勝；停軺一望，載清風明月而歸。」州有明月、清風兩鎮，故云。

琉球天使館在那霸城，仿中朝官廨規制。有旗竿、照牆、轅門、鼓亭。大門署曰「天使館」，儀門署曰「天澤門」，大堂屏門署曰「敷命堂」。康熙間，册使汪舟次方伯楫、林石來叅議麟焻題。方伯復聯於屏門云：「帝德著懷柔，正朔萬年頒上國；臣心表忠信，南風三日到中山。」嘉慶四年，正使趙介山脩撰文楷題堂柱云：「牛女拱三垣，看奎壁光分，丹詔有時臨渤澥；樓船經萬里，笑神仙事渺，青山何處是蓬萊。」副使李和叔中翰鼎元亦題柱云：「丹鳳銜書，天威咫尺；蒼龍弭節，地險尋常。」同治五年，正使趙又銘宮贊新題柱云：「天語表恭藩，秉禮合稱今魯國；海濱崇樸俗，采詩宜入古唐風。」副使于愼卿中翰光甲亦題柱云：「滄海曾經，看初日朝升，長虹夕霽；蓬山不遠，喜好風帆引，甘雨車隨。」堂後有穿堂，直達二堂。中爲正副使會食之所。乾隆二十一年，册使周文恭公煌額曰：「聲教東漸」，並書聯云：「聖化洽扶桑，萬里而遥瞻日近；皇華臨辨嶽，九州之外仰天高。」左右即寢室，各有一樓。左居正使，汪方伯額曰：「長風閣。」右居副使，林杀議額曰：「停雲樓。」道光二十四年，册使高螺舟太守人鑑復題堂聯云：「入簾山曉，捲幔海秋，客館東西雙傑閣；持節龍蟠，銜書鳳翥，使槎閩浙兩詞臣。」又長風閣聯云：「雲樹萬家新雨後；海天一色暮潮秋。」爲趙宮贊所題。停雲樓聯云：「檻外月明臨玉宇；枕邊潮響憶錢唐。」爲高太守所題。

琉球姑米島公館，爲册使避風而設。乾隆二十一年，周文恭公奉命册封，遇颶登岸居此。額其堂曰：「寶典流輝」，并系聯云：「鰲首駕山來，擁衛不違天咫尺；蜑民迎節拜，驩呼創見漢威儀。」

林潁叔方伯壽圖任陝藩時，題儀門聯云：「門對終南，莫向此中尋捷徑；地隣太乙，須知在上有仙都。」終南、太乙，皆其地山名也。又花廳聯云：「室有澹臺，與商公事；人非安石，莫尚清談。」

桂林陳文恭公宏謨有題福建臬署大堂聯云：「庭草不須除，常覺胸中生意滿；罏香頻自祝，但求世上好人多。」藹然仁者之言。

江蘇臬署大堂有聯云：「讀律即讀書，願凡事從天理講求，勿以聰明矜獨見；在官如在客，念平日所私心嚮往，肯將温飽負初衷。」應敏齋廉訪屬俞曲園先生題。

江都蔣叔起廉訪爲粵臬時，題署聯云：「如得其情，則矜而勿喜；有條不紊，若網之在綱。」寶應王文勤公凱泰爲浙臬時，題署聯云：「堂前草木新栽，春色自留生意在；門外湖山不遠，清光先照我心來。」

番禺許寶衢廉訪祥光陳臬粵西，脩署園，工竣，各紀以聯。其挹秀亭句云：「酷暑此中消，但期林下清風，常盈我袖；涼雲隨處蔭，安得人間喜雨，徧記吾亭。」因樹爲屋句云：「庭前草色，檻外山光，須知我輩能豪，不在雕樑畫棟；牆及半肩，窗開四面，願與吾民相見，常如白日青天。」唾綠亭句云：「亭前古井長留，激濁揚清，澹泊要明廉使志；窗外孤峯特立，居高臨下，傴僂須識老人心。」蓋其地有老人峯也。又集李、杜句云：「空山欲聽《水仙操》；日暮聊爲《梁父吟》。」其襟抱可以想見。

長沙吳桐雲觀察大廷任福建鹽道，改商運爲票運，并提陋規入官，歲溢課銀十餘萬。當創議時，僚屬嘖有煩言。公題二堂一聯以見志云：「除積弊以挽頹風，並世幾人能特識；挈私囊而歸國帑，九重萬里鑒臣心。」又嘗命客代撰花廳楹帖，多不愜意。湖州劉蘊山學博其清獻句云：「風月助清談，入座人才皆竹箭；冰霜堅素志，和羹心事問梅花。」公喜，即延之入幕。其愛才如此。

方子嚴觀察由内閣中書官廣東嶺西道，自題大堂聯云：「曾踏軟紅塵，祇不忘藥砌薇堦，十載文章綸閣靜；勉爲清白吏，好記取韶山端水，兩番兄弟繡衣來。」蓋其兄子箴都轉亦嘗居是職也。又西齋聯云：「不惜簿領賢勞，十步以内必有芳草；且得琴書樂趣，數弓之地兼種名花。」爲觀察屬林薌谿孝廉題。

湖北武昌府署有周太守廷綬聯云：「十城表率，九郡先驅，億萬姓屬目相看，刑賞惟求孚衆志；廿載司曹，一麾出守，二千石仔肩恐鉅，清勤不敢負家聲。」按：「一麾出守」，出顔延年《詠阮始平》詩：「屢薦不入官，一麾乃出守。」沈括《夢溪筆談》、張表臣《珊瑚鉤詩話》謂「山濤薦阮咸爲吏部郎。三上，武帝不用。後爲荀勗一擠，遂出始平。」延年所謂「麾」，乃「指麾」之「麾」，非「旌麾」也。自杜牧之《登樂游原》詩「擬把一麾江海去」謬爲旌麾，遂成故事。今攷崔豹《古今注》曰：「麾者，所以指麾也。武王執白旄以麾，是也。乘輿以黄，諸公以朱，刺史二千石以𤓰。」據此，則刺史二千石乃得建麾。牧之將乞郡，故有「擬把一麾」之語，未可爲誤。沈、張所論，亦衹知其一，不知其二耳。乃今人猶祖其説，有謂守郡不可用「一麾」者，何歟？

臨安駱蓮浦太守鍾麟題常州府署聯云：「念東南民力幾何，敢以繭絲忘保障；問上下考成安屬，願將撫字寓催科。」侯官李蘭卿都轉彦章題思恩府署聯云：「政必實，心必虚，每逢牧長師儒，要問千旄何以告；民吾胞，物吾與，雖及猺狼獞獠，莫言痛癢不相關。」仁愛之情，溢於言表。然不若全椒薛慰農觀察時雨題杭州府署聯云：「太傅佛，内翰仙，功德在民，官蹟相承私嚮往；道州詩，監門畫，瘡痍滿地，虚堂危坐獨徬徨。」尤醖藉而有味也。

興化府署有王子勤觀察廣業題聯云：「荔子甲天下；梅妃是部民。」語巧而新。延平府署有趙善溪太守人同題聯云：「雙劍化雙龍，謬領延平名勝地；一琴兼一鶴，仰承清獻舊家風。」見者亦稱其工切。

張午橋太守知廉州，重脩署亭。文樹臣觀察爲撰聯云：「治行繼前賢，何殊野吏清操，醉翁高致；登臨還我輩，試看天涯明月，海角孤雲。」按：野吏亭在惠州府署，宋陳文惠公堯佐建。海角亭在廉州，天涯亭在欽州。故援以爲比云。

歸安徐阮鄰司馬保爲甘肅茶鹽同知，題大堂聯云：「回民漢民，多是子民，我最愛民無異視；禮法刑法，無非國法，爾須畏法莫輕來。」

趙古農《臨池草》載南海縣署聯云：「自秦漢以來，於都會獨稱首領；通山澤之氣，與編氓共振衣冠。」番禺縣署聯云：「莫入吾門，事後省多煩惱；各勤爾業，眼前儘彀便宜。」不知何人所題。

羅田潘四梅先生煥龍宰洧川。歲暮，自製春聯。大門云：「化日光天，偕爾民共登仁壽；和風甘雨，願彼蒼永錫豐亨。」花廳云：「喜園中鳥語花香，十分煦嫗；想郊外雉馴麥秀，一樣融和。」內廳云：「課士復課民，曉起放衙勤吏治；讀書兼讀律，公餘退食惜春光。」

貴池桂丹盟廉訪超萬、歸安楊蕉雨刺史炳堃並著清操。桂宰欒城，題大堂云：「我如賣法腦塗地；爾敢欺心頭有天。」楊宰息縣，題大堂：「每施鞭撲心常惻；不事苞苴夢亦清。」可謂無愧其言。

崔松如司馬蓬瀛曾四任長樂縣。其再涖時，前任爲劉雲樵觀察翊宸，能吏也。司馬題一聯於二堂云：「草草兩年過，一笑賦閒居潘令；花花千樹滿，再來認前度劉郎。」語妙雙關。

長汀縣署花廳後有蓬萊閣，在大池上。池水自臥龍山曲折而下，清澈見底。中皆植蓮，花時香聞遠近。黃曼君司馬國培署縣事時，題聯云：「入夏荷花偏不熱；出山泉水尚能清。」蓋自況也。

直隸深澤縣大堂有剡城吳大令步韓長聯云：「邦畿五百里內，依山帶水，誰言地褊長沙，看東距鹿城，西鄰鼓國，南縈滹渡，北瞰恆陽，官此土者，如閭師，如比長，如古子男，引養引恬，要有實心敷治，漫流連高臺柳月，小院荷風，古井泉香，危樓塔影；烟火一萬家餘，就日瞻雲，何幸躬逢盛世，想士食舊德，農服先疇，工用矩規，商循氏族，我所思兮，爲良吏，爲神君，爲慈父母，濟寬濟猛，可無善政宜民，須記取楊震四知，中牟三異，趙公雙硯，劉守一錢。」

會稽縣署宅門前有橫河，通以小橋。其門聯云：「流水帶鳴琴，官舍宛如江上宅；小橋通曲徑，吏曹亦是鏡中人。」

山陰汪禹九司馬鼎令順德。題署門聯云：「平臨百里花封，處處桑麻雞犬；誰繪一城春色，家家烟雨樓臺。」

懷集縣署齋西偏有蓮塘榕林，爲署人納涼地。鮑雲韶先生璈游幕時，建亭其間。額曰：「綠雲水榭。」瀕行，留聯云：「蓮社初開，把酒且邀今日醉；萍蹤靡定，種花留待後人看。」

廣東南海學署有集句聯云：「近聖人之居，脩其孝弟；守先王之道，發爲文章。」

錢塘袁又村太守祖德嘗攝寶山縣丞，所治爲上海吳淞江東隅地。書聯於廳事云：「翦取吳淞半江水；即是河陽一縣花。」爲人所稱。

歸化典史署客廳有劉二尹似春集句聯云：「人生有酒須當醉；我輩無錢不算貧。」

粵東撫署佐貳官廳中有集句聯云：「不卑小官，嘗爲委吏；既得天爵，莫非王臣。」

慈溪盛蓮水通守在淥言其邑學宮明倫堂舊有姜西溟先生集句聯云：「輔世長民莫如德；經天緯地謂之文。」今不存。

漳州學宮，舊在郡治東南隅。自宋迄國朝，屢經修葺，未之有改。同治三年秋，毁於粵逆。明年城復，制府今侯相左公宗棠始移建於開元寺廢址。掘土得石柱二，上鐫朱文公聯云：「十二峯送青排闥，自天寶以飛來；五百年逃墨歸儒，跨開元之頂上。」按：此聯坿載公《大全集》後，《楹聯叢話》録之，謂「公構書舍，對天寶山，俯臨開元寺」而作。攷《志》：開元寺建於唐嗣聖間，至宋紹熙初，公守是邦，適五百七十餘年。故公語云然。乃竟若預爲今日改寺爲學之讖,亦一奇也。工竣,左公撰句紀之云:「創始問何年,果然逃墨歸儒,天遣梵王納土;籌邊經此地,正值修文偃武,我從漳海班師。」

福建貢院楹帖,《聯話》所載諸作多不存。新製佳者,惟明遠樓有云:「燭燼三條,試聽長空仙樂舉;頭高百尺,曾看滄海夜珠來。」三鑑樓有云:「十六年三度霞關,喜者番鳳咮堂前,新詠同敲秋夜月;八千卷一時雲集,問誰躡鼇峯頂上,雄文高壓海門潮。」爲鄭夢白中丞祖琛題。又三鑑堂聯云:「鵠立八千人,誰灑金壺堪蘸墨;蟾圓三五夜,我懷玉局亦煎茶。」爲韓芸舫中丞克均題。

廣西思恩府試院大堂有李蘭卿都轉聯云:「於人何所不容,告牧長師儒,多備輶軒三歲選;有本是之取爾,先詩書禮樂,須知根柢六經來。」

何地山侍郎廷謙督粤學,按試陽江廳。適試院落成,侍郎揭聯於大堂云:「萬里下征軺,從羚峽南來,見此邦民物山川,可躋列郡;千間開廣廈,對鼇峯西峙,願多士文章事業,勝似前賢。」又廉州試院餘園欣賞樓聯云:「闢地無多,卻分廣厦數椽,門逕不容人迹到;論文有暇,試上層梯一望,海山勝向畫圖看。」亦侍郎題。

四川成都試院有江右揚慶伯學使聯云:「我生與永叔同鄉,衡鑑無私,得士亟求如軾、轍;此地是升菴故里,儀型不遠,論文何必溯淵源。」

桂林府秀峯書院尊經閣有聯云:「一柱峥嶸,百粤風雲從地起;六經璀璨,萬年星日自天垂。」「一柱」,用唐張固《獨秀峯》詩「擎天一柱在南州」語也。

善化陶文毅公澍少時主講澧州書院。題聯云：「臺接囊螢，車武子方稱學者；池臨洗墨，范希文何等秀才。」超脱可喜。

杭州崇文書院在西湖北山麓。舊有聯云：「儒脩南渡承東漢；名勝西湖在北山。」後遭亂毁。同治四年重建。會全椒薛慰農先生時雨以杭守引退，巡撫馬端敏公新貽聘主講席。先生撰聯榜之講堂云：「講藝重名山，與諸君夏屋同棲，豈徒月夕風晨，掃榻湖濱開社會；抽帆離宦海，笑太守春婆一夢，贏得樓鞵桐帽，扶筇花外聽書聲。」明年，寶應王文勤公凱泰由浙臬擢廣東布政使。亦留聯云：「雲路及時登，盼諸君同詠霓裳，傳來南海；風帆隨處轉，好他日重攜文酒，泛到西湖。」

綏遠城長白書院爲駐防諸生肄業之所。聯云：「盛世本同文，合左雲右玉封疆，息馬投戈，朔漠寖成鄒魯澤；將軍不好武，萃黑水白山俊彦，敦詩説禮，邊關長此誦絃聲。」某將軍屬薛桑根先生題。

何地山侍郎廷謙題龍川通衢司景韓書院聯云：「此鄉爲閩嶠通衢，前朝戰壘猶存，宜以詩書回獷俗；其地有昌黎遺廟，多士講堂新立，固應山斗奉名賢。」

左季高侯相督閩浙，在福州創建正誼院，爲舉人肄業地。聘林勿村中丞主講席。中丞題聯云：「中原士氣揚旍鼓；左海文光射斗牛。」侯相亦聯云：「青眼高歌，他日應多天下士；華陰回首，當年曾讀古人書。」華陰，長沙書院名也。

順德黎方流孝廉如瑋題其邑觀瀾書院云：「翻水成文，須知蘇海韓潮，不外淵源洙泗；觀瀾有術，安得乘風破浪，直教洄溯瀛洲。」按：李耆卿《文章精義》云：「韓如海，柳如泉，歐如瀾，蘇如潮。」今不知何以訛爲「韓潮蘇海」也。

黄式權《鋤經書舍零墨》云：「南海馮小芸觀察樹勳宰南匯時，創建芸香草堂，專課經解詩賦。録諸生十八人爲弟子，令各植梅花一株。築室其間，額曰：『吟梅。』系以聯云：『看一樹花開，可似放翁，繪得幾家團扇；動十分詩興，還如何遜，吟成東閣官梅。』」

汀州歸化縣峨嵋書院有邑人羅竹溆孝廉聯云：「一帶城垣排雁齒；半天山翠擁峨眉。」蓋院在城北小峨眉山上也。

湘鄉東皋書院有曾文正公聯云：「到此湖山俱有靈，其秀氣必鍾英哲；古來豪傑都無種，在儒生自識指歸。」

朱竹垞《静志居詩話》云：「顧亭林先生遷居山西，營書院一區，盡取家藏經史暨明累朝《實録》，插籤於架。余分書題其柱云：『入則孝，出則弟，守先王之道，以待後學；誦其詩，讀其書，友天下之士，尚論古人。』」按：此聯梁氏《聯話》謂竹垞題西湖之敷文書院，殆誤。

廣州有海味臺，當珠江之中，水軍形勝地也。咸豐己未，臺毁於火。同治庚午，搆屋數楹，爲巡船緝捕公所。文樹臣觀察爲撰楹聯。大門云：「環海波澄，犀甲軍排金鼓肅；層霄月上，驪珠光射斗牛寒。」大廳云：「砥柱奠中流，萬古風濤横地軸；樓船屯勁旅，五更鼓角壯江聲。」船廳云：「樓閣俯中央，最難忘曲榭迴廊，良宵風月；江天雄一覽，猶想見伏波横海，往日勳名。」

福州大廟山山川壇左有廳事三楹，爲官吏歲祀憩息之所。閩縣謝篤人孝廉錫光設帳其中。嘗題一聯於廳柱云：「撫心亦念蒼生，奈平生積學未優，聊復在山培小草；當道自徵素履，到此地報功誠重，好先入舍樹甘棠。」

杭州義學有集四書聯云：「謹庠序之教，孰先傳焉，孰後倦焉；聞絃歌之聲，有成德者，有達材者。」相傳爲莫寶齋侍郎手筆。

張棠村先生題廣州義學聯云：「三千士獨對大廷，莫道無關窗下事；五百年間生名世，安知不是座中人。」激勵寒畯，辭旨宏深。許齋先先生題嚴州義學聯云：「雖非千萬間，居然廣厦；爲語二三子，愼厥初基。」語亦簡貴。

曾文正公題瓜州鹽棧聯云：「兩點金、焦，劫後山容申舊好；萬家食貨，舟中《水調》似承平。」

都門番禺試館有聯云：「雲路九秋高，驅轂振纓，桂子香時來日下；客懷三月遠，停杯翦燭，木棉紅處話波羅。」

薛桑根先生題宿松段氏試館云：「灊嶽韞瑰琦，筆挾風濤，隨千里大江東下；于門興駟馬，曲賡霓羽，看一輪明月秋高。」

杭州安徽會館薛慰農觀察有聯云：「美擅湖山，留此地萍踪，好共一觴一詠；歡聯桑梓，問故鄉梅信，無忘江北江南。」又金陵歙縣會館聯云：「冠佩集羣賢，從丹山白嶽而來，詩伯文雄，望氣浩如雲海；鶯花鄰豔蹟，覽桃葉青溪之勝，古歡新契，豪吟稱此江山。」

都門江安會館有王文勤公凱泰聯云：「聯襼集羣賢，都看五色雲中，恩迎日下；停驂逢盛會，猶憶百花洲上，春到江南。」

江西江安會館有何地山侍郎廷謙聯云：「俱是宦游人，從大江南北來，追憶昔賢，猶

存鹿洞學規，蠡湖政績；曾爲持節使，登匡廬左望，瞻言故里，如見白門烟雨，黃海雲濤。」

保定浙紹會館戲臺聯云：「別館接蓮池，譜來楊柳雙聲，古樂府翻新樂府；故鄉憶梅市，聽到鷓鴣

一曲，燕王臺作越王臺。」山陰駱照題。

金陵湖南會館戲臺有曾文正公聯云：「荊楚《九歌》，客中聊作枌榆社；江山六代，劫後重聞《雅》

《頌》聲。」

福州南臺廣東會館番禺曹太史秉濬督閩學時題聯云：「客至共欣然，別來珠海烟波，故里關情頻問

訊；人生如寄耳，話到榕江風月，他鄉聚首亦前緣。」又區覺生觀察天民題云：「作客幾時閑，趁此間茶熟

香温，正宜結侶三山，本地風光評荔子；思家千里遠，喜今日蘭言竹笑，爲報人來五嶺，故鄉心事問梅

花。」又戲樓聯云：「月榭坐飛觴，三雅三升，記來桑柘影斜，社酒昔同鄉飲醉；風亭聽弄笛，一聲一曲，

唱到荔支香近，里歌原合土音操。」

楊劍波通守言漢口昭忠祠戲樓有聯云：「且按戰場文，試將玉笛梅花，譜出承平《雅》《頌》；要知前

代事，如對晴川芳草，演來優孟衣冠。」

《餘墨偶談》云：「貴州東門外九華宮，江南會館也。其中楹帖極多。如『遊子春來折楊柳；故鄉人

到問梅花』，孫心筠觀察題也。樓中又懸鮑華潭先生一聯云：『秋來黃葉成村，打槳忽生歸櫂想；雨後

青山滿郭，登樓常作故鄉看。』先生和州人，語尤清切。至翁祖庚先生題船舫集句云：『詩夢不離桃葉

渡；騷人未駐木蘭舟。』則又綺麗之作矣。」

吳江王氏義莊有薛慰農觀察聯云：「大義惟敬宗，收族最先，割千百畝膏腴，其川三江，其浸五湖，荷鍤決渠同食福；達孝以繼志，述事爲善，經一再傳封殖，我倉既盈，我庾維億，瓜緜椒衍永承庥。」又震澤縣積穀倉云：「其穀宜稻，既堅既好；自天降康，乃積乃倉。」盛澤鎮積穀倉云：「婁南應主藏天星，斯萬斯千，多多益善；吳下擅具區水利，餘三餘九，陳陳相因。」亦觀察題。

廣州施醫局壽世堂，創自梁少亭儀部、蔡和甫司馬。門有聯云：「願衆生皆成壽者相；學菩薩普濟世間人。」嵌字自然。

《歐陂漁話》云：「沈歸愚尚書未達時，曾居木瀆鎮。自題門帖曰：『漁艇到門青漲滿；書堂歸路晚山晴。』二語極肖鄉村清遠之景。後來居者知爲尚書手墨，即鐫諸門間。余少時過之，見老屋破扉，猶存字蹟，因常口誦不忘。五十年來，詢之瀆川人，無復知者，而余亦迷其處矣。」

閩縣王植庭觀察有樹由進士官四川夔州府。中歲告歸，卜築於亭頭鄉。室宇樸雅。自署堂柱云：「未艾早懸車，鳩拙自藏，莫更出山爲小草；于茅聊結屋，蝸居雖陋，卻宜鋤月種梅花。」

歸化李星齋《客牕隨筆》云：「吾邑小峩眉山人謝齡友家有園林之勝，所題楹帖多可誦。如『春草池通棋墅外；筆花山露女牆西。』『芙蓉徑曲時延月；牡蠣牆低不障山。』『梧桐葉上聽秋雨；楊柳絲中見遠山。』『春巢鳥夢花間月；秋水魚遊鏡裏天。』『燭影夜闌花睡去；簾波風午燕歸來。』又長句云：『三生脈望舊編殘，問誰染翰軒前，一鏡方塘朝洗硯；十載元駒今夢覺，苦記讀書聲裏，隔溪古碓夜春雲。』」

全椒薛慰農觀察解組後築藤香館，落成，自題楹聯。大門云：「自探典籍忘名利；未有涓埃答聖朝。」廳事云：「杜陵廣厦搆胸中，白首無成，空自許身稷契；庾信小園營亂後，青山依舊，聊堪匿蹟巢壺。」書舍云：「不著衣冠，門前久謝乘軒客；只談農圃，月下欣聞打稻聲。」

閩縣曾亦廬大令元澄由進士宰浙江樂清、黄巖等縣，引疾歸。卜居安民巷，即其師陳恭甫大史故宅也。自榜聯於廳事云：「薄宦匆匆，攜得温、台風滿袖；舊游歷歷，憶隨時、酢雪當門。」

番禺許賓衢觀察祥光築樓於珠江之濱，顔曰「袖海」，蓋取東坡「袖中有東海」意。自撰楹帖曰：「石角東西花月夜；潮頭上下海天秋。」又曰：「四面清風三面水；二分明月一分花。」

番禺張南山太守維屏引疾歸里，築聽松園於煙雨寺旁，爲著書之所。自題聯云：「爲詞客，爲宰官，爲老漁，卅載風塵，閱幾多人海波濤，纔得小園成退步；愛詩書，愛花木，愛絲竹，四圍溪水，喜就近佛門煙雨，且營閒地養餘年。」

山陰宋華庭司馬澤元所築且園，中有亭，環植梅花，額曰「索笑」。系以聯云：「著意爲尋春，居然管領梅花，猶是吾家風味；及時好行樂，試問當前明月，不知今夕何年。」蓋亭後有圓門，上書「月窟」二字也。

潮州丁禹生撫部日昌家，園中有高樓可望遠，爲撫部宴客之所。題聯云：「如此江山，對海碧天青，萬里煙雲歸咫尺；莫辭樽酒，值蕉黄荔紫，一樓風雨話生平。」

閩縣龔靄人藩伯易圖家舊有雙驂園，其高祖榕溪都轉所闢，後捐爲正誼書院。藩伯別建園於烏石山麓，仍循舊名，示不忘祖德也。其地荔子最甘。藩伯集句題一聯云：「平生最愛説東坡，日啖荔子三百顆；天下幾人學杜甫，安得廣厦千萬間。」

上海胡青竻式鈺《竇存》云：「昔瘤圃中草堂落成，自題楹聯，丐湯雨生先生書之。句云：『花鳥無多，能領自足；神仙非易，得閒便佳。』」

番禺石星巢《籐陰雜録》載其外叔祖史蓮徵明經溶有題俞氏樓聯云：「簾捲蝦鬚，喚奚童灑掃，甌雪藕，椀調冰，何妨嘯傲煙霞，揮麈頓遺塵鞅事；香燒龍腦，有嘉客過從，畫雲林，書海嶽，更好平章風月，倚闌剛攬夜珠來。」主人得之甚喜。

羅文心《楹帖採腴》載一水閣聯云：「猛聽一聲秋，涼意欲來先到水；貪看深夜月，清光纔上便登樓。」

常州劉雲樵觀察告退後，於府城造一園。入門有一亭，懸一聯云：「一步一花景；無時無鳥聲。」今此園已屬惲氏。

江陰何廉昉太守栻以名進士官吉安守，罷歸，僑寓揚州。擅禺筴之富，搆壺園，以詩酒自豪。曾於聽事製聯云：「種三頃秋，擁百城書，此生足矣；製千丈裘，造萬間厦，何日能之。」曾文正公題其寓宅聯云：「千頃太湖，鷗與朱陶同泛宅；二分明月，鶴隨何遜共移家。」

楹聯新話卷四

名勝

泰山孔子崖有徐清惠公宗幹集句石刻云：「仰之彌高，鑽之彌堅，可以語上也；出乎其類，拔乎其萃，宜若登天然。」見梁茝隣中丞《歸田瑣記》。

李香苹家瑞《停雲閣詩話》云：「岱麓關帝廟旁廳事三楹，甚軒敞。徐清惠公宗幹宰泰安時題聯云：『日出時，月上初，雨後雪中，得無限好詩好畫；書數卷，棋半局，鑪香琴韻，到此間成佛成仙。』神味悠然，得未曾有。」

黄山奇勝聞天下，名人摩崖詩字甚多，而佳聯不概見。黄秋宜肇敏遊記所載，如慈光寺，歙縣曹文正公振鏞句云：「談經雲海花飛雨；說法天都石點頭。」吳退旃先生句云：「洗鉢乍分蕉上雨；彈琴時引竹間風。」文殊院，蕭山高小樓觀察枚句云：「蓬飛九品爲黄海；獅吼一聲下玉屏。」皆彼教中語也。惟紫雲菴有趙子良一聯云：「紫石雲煙作屏障；青天風雨走蛟龍。」普賢菴有不署名一聯云：「奇妙脫凡蹊，果到峯頭始信；光明凌絶頂，直從天外飛來。」又錢塘汪夔石室一聯云：「石詭松奇，自是有仙骨；僧閒雲嬾，到來生隱心。」狀境自能相稱。

壽佛寺即梁家園故址。樓榭之外，鑿池引水，可以行舟，故王漁洋、宋荔裳諸公有「泛櫂梁園」之什。乾隆初，李雨村觀察寓其地，顏其樓曰「看雲」，並撰聯云：「窗外小邱如岫列；樓前積水當湖看。」今則已谷而陸矣。按：此聯載《雨村詩話》中，而《詩話》易其出句爲「檻外遠山排闥繞」，何歟？

徐紫珊逢吉《清波小志》引《浄慈寺志》云：「西湖十景，南屏有其二。一曰南屏晚鐘，一曰雷峯夕照。鄭郡丞燁讀書蓮花洞下，自號蓮石散人。書一聯於殿柱云：『松韻鼓笙簧，和南屏之晚鐘，清如雅奏；禪心開定慧，對雷峯之夕照，湛若明生。』」非久住山者不能領畧到此。

歸安吴又蕉昭基《游夢倦談》云：「西湖湖心亭，道光間傾圮已久，遊人裹足。兵燹後首先修葺，反勝於前。中懸一聯云：『中央宛在；一半句留。』書法雄厚，爲蔣薌泉中丞益澧所題。」

左季高爵相撫浙，重脩西湖冷泉亭，題聯云：「在山本清，泉自源頭冷起；入世皆幻，峯從天外飛來。」與董思白舊聯「泉自幾時冷起；峯從何處飛來」一問一答，各臻其妙。

西湖孤山以林和靖而傳。咸豐辛酉，仁和典史上杭林公兆霖與其母妻姊女六人同殉粤逆之難。杭人感其忠烈，爲營塚於和靖墓側，立祠塚前。勁節高風，先後競爽，亦近時一名蹟也。祠中楹聯林立，論者以全椒薛慰農觀察時雨、長白明克菴司馬明德爲最。薛云：「大節媿閻公，取義成仁，青史從今尊縣尉；忠魂依處士，補梅招鶴，孤山終古屬林家。」明云：「上下五百年，處士忠臣各今古；迴環三十里，于祠鄂廟共湖山。」渾樸典雅，各擅其長。宜爲人膾炙不置矣。他如瀨江姚季眉司馬光宇云：「封墓結仙隣，雪滿空山來鶴弔；覆巢悲死節，風淒古木泣鵑魂。」仁和董敬甫工部慎行云：「勁節抗冰霜，千樹梅花皆玉照；叢祠倚林麓，四山鶴唳即神絃。」秀水沈夢粟廣文景脩云：「泉冷古梅花，可與盟心惟白水；亭空孤鶴影，居然埋骨共青山。」烏程朱蘭江廣文礪金云：「一命重朝官，勁草疾風終樹節；千秋依處士，寒梅孤鶴與招魂。」視前作少遜。然清新拔俗，要非率爾操觚者可同年語也。

西湖蘇小小墓去岳墳不遠。先大父約齋公嘗題聯云：「小字偶相同，考古休憑《吳地記》；香魂真有託，結鄰長傍鄂王墳。」按：蘇小小錢唐名倡，南齊人。《武林舊事》、《咸淳臨安志》載其墓在西湖，而唐陸廣微《吳地記》載在嘉興縣側。徐凝《嘉興寒食》詩：「惟有縣前蘇小墓，無人送與紙錢灰。」王禹偁亦有「縣前蘇小舊荒墳」之句。故朱竹垞斷爲家在錢唐而墓在嘉興。後人多主其說。然《吳地志》云是晉妓，與南齊之蘇小時代不同，則是明有兩人。古今同姓名者甚衆，安得謂嘉興有蘇小墓而錢唐必不可別有蘇小墓耶？此聯表而出之，足以破攷據家之惑矣。近見《零金碎玉》載程柯亭曾洛一聯云：「湖山此地曾埋玉；花月其人可鑄金。」亦以爲葬於西湖也。

莫愁湖在江甯水西門外。湖上舊有華嚴菴、勝棋樓、鬱金堂諸勝，自爲粤逆所據，蕩焉無存。同治甲子城復，曾文正公率屬脩葺，盡復舊觀。仍祀中山王勝棋樓，下供盧莫愁。新製楹帖甚多。如魁時若魁玉云：「山色湖光，都爲一覽；英雄兒女，並豔千秋。」黃慎之思永云：「六代湖山，幾人詩酒；簇新花鳥，依舊樓臺。」郭麟伯樹勳云：「天子愛英雄，登金碧重樓，想見雲龍萬里；美人隔秋水，望芙蓉十頃，疑來海燕雙棲。」彭雪岑宮保玉麟云：「王者五百年，湖山具有英雄氣；春光二三月，鶯花合是美人魂。」語俱壯麗。然不若程蘭生文炳一聯云：「六代鶯花，併作王侯清淨地；一湖烟水，盪開兒女古今愁。」辭旨尤爲超脱也。後壬申二月，文正公薨於位，江南士民奉公像以配中山。薛慰農觀察時雨撰長聯云：「出西州門迤邐而來，見桑麻遍野，花柳成蹊，十萬户重睹昇平，遺愛難忘，白叟黄童齊下淚；與中山王後先相望，幸湖水波恬，石城烽静，五百載允符運會，大名並峙，衮衣赤舄更圖形。」莊嚴典麗，則又非諸作之所及矣。

金陵太平門外元武湖，周圍三十里遍植荷花，三面皆水，非舟不達。曾文正公督兩江時，築長隄約三里許，中造數橋以通水，人比之杭州蘇、白兩隄。公薨，里人于堤處建樓三楹，奉公小像。山翠波光，近在牕几。薛慰農觀察題聯云：「人間宰相，天上神仙，果然蓬島歸真，想圓嶠、方壺相連一水；小隊曾來，大名不朽，留得湖山遺愛，比謝安、王導别擅千秋。」

秦淮風月千古豔稱。兵燹以來，舊院遺址無可尋覓。即從前利涉橋、文德坊一帶，所謂桃葉渡、丁字簾、落日放船好諸名勝，亦皆鞠爲茂草矣。自甲子克復，兩岸河房先後興修，依然繁盛。餘尚未能盡復。嬾雲山人潘卯橋恩游覽所及，各撰聯紀之。録其題楊氏停艇聽笛水閣云：「尋江令宅，訪段侯家，流水聲中六朝如夢；賭太傅棋，弄野王笛，夕陽檻外雙槳徐停。」又題林氏水閣云：「六朝金粉，十里笙歌，裙屐昔年游，最難忘北海豪情，西園雅集；九曲晴波，三生夢影，樓臺依舊好，且消受東山絲竹，南部烟花。」又題懷素閣水榭云：「看一水西流，畫舫清樽，且喜金吾不禁；唱大江東去，銅琶鐵板，須邀玉局同來。」又題停雲水榭云：「一曲《後庭花》，夜泊銷魂，誰是三生杜牧；東邊舊時月，女牆懷古，我如前度劉郎。」又題夢緑軒水榭云：「璧月夜夜，瓊樹朝朝，緑水紅橋舟似織；詩老鶯鶯，公子燕燕，清歌妙舞酒如淮。」

袁子才先生隨園中楹帖，《聯話》已據《續同人集》采入矣。比見先生文孫翔甫大令《隨園瑣記》，知尚有佳句可取。如張船山云：「大名還在杜；時論又推袁。」王集云：「中天懸明月，絶代有佳人。」魯沂云：「此地在城如在野；其人非佛亦非仙。」龍雨蒼云：「羲皇以上懷陶令；山水之間樂醉翁。」汪度云：「日對十頃琅玕，如封萬户；坐擁百城圖史，何假兼圻。」先生自題云：「讀書已過五千卷；此墨足支三十年。」皆傳作也。又一聯云：「林木翳然，便有濠濮閒想；清風颯至，自謂羲皇上人。」此則係宋淵子似道上梁文忠語，以《世説》對淵明《傳》，見《困學紀聞》。不知是人所贈，抑先生自書之以聯句歟。

袁翔甫祖志曰：「往歲余與姪輩讀書，因樹爲屋。忽聞門外剥啄聲，啟視，則羣從人肩丈許木刻長聯，稱奉主命送懸園中。其句云：『衹一座樓臺，占斷六朝煙景；問幾人詩酒，能争絶代風流。』欵署桐城黄文炳敬題。字大於斗，亦復古樸可愛。」

揚州名勝首數蜀岡。蜀岡有東西中三峯，而中峯諸景尤著稱海内，亂後盡毁。同治辛未，定遠方夢園方伯濬頤轉運兩淮，籌欵興復。園林樓觀，焕然一新。方伯各爲詩文紀之。其楹帖則載所著《叢説》中。如題平山堂云：「大明寺裏拓坤輿，望重廬陵，賴刁周鄭趙史吴踵事增華，遂全江上浮嵐，長留真賞；豐樂區邊推壯觀，雄吞邗水，有毛魏金汪宗尹鴻篇鉅製，敢道刼餘畚築，足抗前賢。」蓋山堂創自歐陽文忠，遞經宋刁約、周淙、趙子濛、鄭興裔，明吴平山修葺。本朝康熙初，改爲寺。後郡守金長真、舍人汪蛟門捐資重建，時毛西河、魏叔子、宗觀尹某及長真蛟門皆有記。至是，方伯復繼其後，故聯中歷敍其顛末也。谷林堂句云：「遺址在棲靈，稚竹老槐，風景模糊今異昔；開軒借直賞，焚香酬酒，仙蹤戾止弟從師。」谷雲舊在栖靈寺，今移建於真賞樓，故云。洛春堂云：「品題金帶銀盤，畢竟楊花難比洛；消受淡雲微雨，果然秋禊不如春。」平遠樓句云：「三級纍增高，兩點金、焦，助起杯中吟興；雙峯今聳秀，萬株松栝，湧來檻外濤聲。」晴空閣句云：「亦一清流，更有何人繼高躅；二分明月，卻於此處照當頭。」第五泉云：「兩井竝稱，攷古當憑《墨莊録》；五泉新得，即今可寶殿司磚。」按：第五泉起於唐劉伯芻論次茶水：「揚州大明寺井居第五。」張又新《煎茶水記》云：「無可攷。」宋張邦基《墨莊漫録》載：「東坡嘗故塘院西廊井與下院蜀井，二水相較，以塔院爲勝。」以塔院井即第五泉，後二井亦湮。明釋滄溟掘地得泉井《大明寺碑》，疑即塔院井故址。徐九皋書「第五泉」，勒石井旁。迨本朝康熙間，汪應庚建西園，鑿池得古井，有唐景福錢數十，古磚上刻「殿司」二字，乃知塔院真蹟實在於是。滄溟所得者，蓋下院蜀井也。李艾塘《揚州畫舫録》謂「蜀岡本以泉勝，隨地皆得甘泉，其真僞不必過分。」似非定論。此方伯所以有當憑《墨莊》之語歟。

鎮江府石公山在郡城東北，大江南岸，與焦山對峙。巖壑奇秀，爲洞庭七十二峯之冠。山有石公菴，菴有翠屏軒，介歸雲洞、明月灣之間。其楹帖云：「歸雲洞口雲千疊；明月灣頭月一輪。」又云：「眼豁湖山真面目；氣吞吴越最精神。」軒後有亭，署曰：「斷山。」聯云：「岫引天風波上下；亭飛海月翠空明。」下有浮玉北堂，飛閣臨湖，煙波浩然，一目千里。其堂聯云：「秋壑春巖，百變雲煙蒼莽外；漁帆雁陣，四圍風景畫圖中。」俱不知何人所題。

昆山縣馬鞍山廣袤三里，高七十丈，上下樓臺層疊。山半有亭。道光甲午，侯官林文忠公則徐登此，集石湖、放翁先生句爲聯云：「有情碧嶂圍圖繞；得意孤亭縹緲閒。」庚申之劫，勝蹟盡廢，亭亦頹圮，惟存石柱四条而已。

雷松舟國楫《燕游日記》云：「常州城外皇華亭近挹慧、錫二山。有聯云：『津路控吴趨，君子至斯欣得見；郵亭剩惠水，好山相對欲忘疲。』爲金匱令青田韓錫胙所題。書用隸體，亦韓作。句既典切，字亦古雅。」

鄭錫祺《零金碎玉》云：「吴下貝孝廉信三不求仕進，高士也。嘗營别墅於虎邱，築亭曰『歸鶴』，環植梅花。自書聯云：『無子無孫，家祭年年供麥飯；有風有月，吟魂夜夜伴梅花。』」

上海城隍廟中之西園，即明豫園。池沼樓臺，極曲折玲瓏之致。自赭寇之亂，半成廢礫。今雖重葺，而規模結構迥不如前矣。舊有僧寄塵楹帖云：「鶯鶯燕燕，翠翠紅紅，處處融融活活；風風雨雨，花花草草，年年暮暮朝朝。」頗著於人口。然此聯實襲西湖花神廟、吴中網師園聯語，非其創格也。

安慶府中江第一亭負城臨江，爲郡城勝景。太湖李尚書振鈞登而樂焉，製聯榜前楹云：「秋色滿東南，笑赤壁以還，與客泛舟無此樂；大江流日夜，問青蓮而後，舉杯邀月更何人。」

肥上小輞川爲王育泉先生别墅，極水木明瑟之致。方夢園方伯題聯云：「地鄰飛騎橋邊，問當年一船箏笛，萬隊旌旂，彈指話滄桑，只安排水國逍遥，已是昆池莊叟境；春到聽鶯時節，看此夕對月歌詩，臨風把酒，散懷忘泛梗，且領畧畫圖結構，儼然鹿砦右丞居。」亂後墅廢，其聯亦不知存否矣。

河南許州府展江亭在府城西小西湖中，宋韓維建。舊書宋文憲句爲聯云：「鑿開魚鳥忘情地；展盡江湖極目天。」情景恰好。

杏花村黃公罏有陳省齋太守聯云：「至今村釀黃公酒；依舊花開杜牧詩。」見《隨園詩話》。

《靜志居詩話》云：「浮遠堂在君山，宋紹興中建。湻熙間，李鶴田珏爲江陰司法，題柱聯云：『此水自當兵十萬；昔人曾有客三千。』按：此聯已載《聯話》，而不言在浮遠堂，且無撰人姓氏，故補之。

江西吳城縣望湖亭相傳爲吳周瑜練水軍處，亂後盡圮。彭雪岑尚書玉麟脩復之。題聯云：「戰艦列千軍，想當年小喬夫壻，破浪乘風，多少雄姿英發，今我戈船來寄續，弔古憑欄，歎幾許事業興亡，祇贏得殘灰劫火；湖天開一碧，看此日大地山河，落霞孤鶩，無復活潑生機，誰家鐵笛暗飛聲，悲歌擊筑，把那些滄桑感慨，暫付與芳草斜陽。」

《兩般秋雨盦隨筆》載黃鶴樓聯云：「樓未起時原有鶴；筆從擱後更無詩。」飄忽有致，不知《聯話》何以遺之。

張詩舲方伯任粵西時題風洞山聯云：「灕江水綠招涼去；常侍風清賞雨來。」又題獨秀峯五詠堂云：「雄藩勝覽曾開囿；太守風流尚讀書。」

《歸田瑣記》云：「余小霞州判應松罷官，舟經籐縣。溫心山明府鵬翀初建訪蘇亭落成，代姚若虛撰聯云：『萬里赴瓊儋，夜起江心弄明月；一亭撫笠屐，我從畫裏拜先生。』自識：『心山以茝林中丞師所遺《蘇公笠屐圖》勒石。』又自題一聯云：『公是孤臣，明月扁舟留句去；我爲過客，空江一曲向誰彈。』蓋隱括文忠公《篠江》五古詩意也。」

王德甫昶《滇行日録》云：「嵩明州海潮寺在濱瀟湘江上，擅水木之勝。方丈中懸鄂剛烈公容安書唐人句云：『海暗雲無葉；山寒雪有花。』筆力雄勁，想見其致命遂志之概。又一聯云：『雲連樹色微分岸；船載波光直到門。』爲昆明陸潄亭孝廉蓺所題。王孟樓太守亟賞之。」

嵩明州蓮光寺中有放生池。阮文達公元題一聯云：「子產舍魚，溯放生之始；莊周知樂，聞轉偈之機。」

陳子重鼎《滇黔紀游》云：「普安縣出南門外有山，名鸜哥嘴嘴嶺，甚峻。上有鸜鵒寺，聯額皆王繼文先生書。大殿，制府蔡公一聯云：『一峯天半聞鸜語；萬籟松間祇鳥啼。』語佳絶。」

朱彦珊美鏐曰：「四川長水縣有朝雲廟。徐文長題聯云：『朝雲朝朝朝朝朝朝朝退；長水長長長長長長長流。』上聯第四、五、七『朝』字讀如『朝覲』之『朝』，下聯第四、五、七『長』字讀如『消長』之『長』。就題起義，奇巧天成，洵非渭不能作也。」按：此聯今載施可齋《閩雜記》，并謂：「《聯話》及《浪跡叢談》所記福州羅星塔、温州江心寺聯云云，皆襲其語，而牽强不切。」誠破的之論。惟攷文長平生未嘗至蜀，不知何以有此題句。豈蜀人丐其撰書而懸掛歟。

潘四梅焕龍《卧園詩話》云：「山西聞喜縣紅鶴樓峙於涑水之旁。其地當衝，往來者踵相接也。劉竹笑太守爲宰時題聯云：『樓中幾閲古今秋，想當年丹翼飛來，放眼都成仙世界；橋上許多名利客，到此地緑陰深處，回頭即是小蓬瀛。』」

福州南臺山有漢閩粵王廟，故俗稱大廟山。道光庚戌，郡人醵資重修，於其旁餘地建臺山第一亭，亭右復搆榕陰山館，遠挹羣山，俯瞰大江，爲城南勝概。其楹帖多集古句成之。如陳雪樵心葇云：「林氣映天，竹陰在地；月明如晝，江流有聲。」吴梅臣冠春云：「牕中列遠岫；天際識歸舟。」語頗穩愜。咸豐間，潞河白讓卿觀察遊閩，假居於此，復集一長聯云：「銜遠山，吞長江，西南諸峯林壑尤美；送夕陽，迎素月，風雨之際枕簟生涼。」此則全神俱到，非體會入微者不能道矣。

閩粵王廟後有瓜蓮精舍，蓋閩人於六月爲瓜蓮會以祀王，此其讌憩所也。前有小池，旁即釣龍井。花石掩映，頗具幽趣。舊有聯云：「瓜雨蓮風池上社；柳烟梅月井邊臺。」又長樂陳某題句云：「池塘得月開新鑑；樓閣如春改舊觀。」書法秀勁，非凡手所及。惟其跋稱「脩廟時夢廟額書『開閩第一正神之廟』，後廡楹帖即此句，因書以志神靈」云云，則貽笑於識者矣。無論漢時但有柏梁體，七言律句始於唐人，非王所尚；且其舊額「漢閩粵王廟」五字，循當日封爵，最合典禮。今改爲「第一正神」，尤屬杜撰。殆陳曾持此議，而慮人不從，故託以神其事，而不知適形其淺陋也。

福州繪春園在水部門外，相傳其初爲耿藩莊房，故俗稱耿王莊。後爲鹺賈陳氏世業。陳家中落，以其地抵逋於洋商。同治己巳，官贖歸之，設桑棉局于此。其地廣不二十畝，而有溪有田，有花果，周以繚垣，本類人家園圃。自歸官後，增置假山、樓臺、庭榭，蔚成大觀，因改今名。中有種石山房、菡香小榭、緑陰深處、裁雲織月軒、十三本梅花精舍諸勝。大吏暇日常遊晏焉。區覺生觀察天民有聯云：「楊柳池塘桑柘月；芙蓉簾幙荔枝風。」孫萊山侍郎毓汶亦有聯云：「美景畫難成，對雨後羅紈，一曲滿浮桑落酒；仁風揚不盡，借江東簫管，同聲歡唱木棉裘。」又云：「喧全寂，倦都醒，一片碧玲瓏，高樹涼風人倚檻；夏如秋，晴亦雨，三分寒料峭，疏簾清簟客敲棋。」風景可以想見。

福州小西湖上有宛在堂，比杭之湖心亭。林文忠公集《洛陽橋碑》字爲聯云：「長空有月明兩岸；秋水不波行一舟。」

閩縣劉子忱忱孝廉集句題烏石山社學聯云：「朋輩於此飲文字；林壑之美鍾東南。」

閩縣丁戊山房在嵩山。傅處士汝舟所居。後移桂枝坊，即宋陳忠肅文龍芙蓉園。鄭善夫爲題門帖云：「巷小過顏，老去無心金紫；園名自宋，秋來有意芙蓉。」

陳孫鵬雲程《閩中摭聞》云：「永福方廣巖下有石室，可庇千人。五代時建寺，供賓頭盧尊者。元王翰鐫『飛珮』二字于石。天門林泉生有聯云：『石室雲開，見大地山河，三千世界；水簾風捲，露半天樓閣，十二闌干。』名人題詠甚多。」按：此聯已載《楹聯續話》，而不著何人所撰，且「雲開」誤作「天開」，因録而正之。

吾邑馬肖巖大令百慶宰邵武，曾修熙春臺，題聯云：「熙皡遺風留郡邑；春秋佳日好登臨。」拆字妙無痕迹。

長汀東門外蒼玉洞前有臺可眺遠，旁即演武場，官吏多迎送於此。毘陵劉禹門上舍偁題聯云：「幾樹垂楊堪繫馬；一聲長笛送歸鴻。」

福安列岫亭在縣東天馬山脊，俯視城邑。旁有隙地，可以習射。雍正間，知縣方士模重建。題偶句云：「卜築踞層顛，看浪影茫然，一曲漁歌山月白；栽培思舊德，顧桑陰沃若，千家蠶織夜燈紅。」

漳浦閃園在於陵別墅東，國初張山人士楷讀書於此，因崖架屋，石壁上猶存對句：「盤迴丹嶺頑仙洞；峭立青天大隱屏」十餘字，今俗名閃園寨。

琉球那霸有龜山，一峯獨出，距前附小峯二丈許。那人駕石爲洞，連二山，高十餘丈。其巔有樓，可攬中山全勢。册使李和叔中翰顔曰「蜀樓」。聯云：「左瞰青疇，右扶蒼石；後臨大海，前揖中山。」見所著《使琉球日記》。

福州鼓山白雲寺客堂有聯云：「松際窺人孤嶂月；山中留客半牀雲。」

倪雲癯鴻《桐陰清話》云：「白雲山爲羊城第一勝地。半山新搆小亭，爲游人停憩所。中有聯云：『上方月出初生白；下界塵飛不染紅。』見者歎其工切。」又云：「番禺沙灣司杭頭鄉有老松一株，古幹參天，濃陰蔽日，相傳爲六朝時陳將軍元德手植。歙縣許小琴少尹文琛常往拜之，好事者爲建拜松亭。中有聯云：『四角亭開臨止水；六朝人去賸孤松。』今不知其亭猶存否。」又云：「惠州元妙觀爲羽士大道場。古樾拏空，奇石挺立。其門聯云：『玉局仙人留帶日；趙州和尚喫茶時。』係宋芷灣太史所題。」又云：「快風閣在廣州北門外，四面虛敞，所見無非邱壠。上書揚州石天基成金成句云：『引我舒懷山遠近；催人行樂塚高低。』景色恰合。」又云：「道光壬辰，程春海侍郎恩澤典試粵東，度庾嶺，遇雨，憩張曲江祠。遍觀楹帖，無當意者。偶得『相公風度想梅花』句，初無下聯。及抵紅梅驛，忽笑曰：『何不以本地風光對之。』遂迴車赴寺，索筆大書云：『王道蕩平通嶺表；相公風度想梅花。』寺僧因勒於祠壁，見者皆歎其工。」

臺灣彰化縣水社有珠子山，山傍有亭。波白嶂青，風景絶勝。彭和菴司馬鏊題聯云：「往結羡魚情，兩岸荷花雙槳艇；相期招鶴影，半潭烟水一亭山。」

四川成都府桂湖池荷、桂爲會城勝景。其地本楊升菴先生故宅，今附祀謝忠愍公子澄。梁曦初侍御有聯云：「六月荷花八月桂；楊公故宅謝公祠。」

《水牕春囈》云：「小孤山在大江中。單椒壁立，鋭下豐上，如置石盤盎中。碧蘿紅葉，秋暑尤麗。余兩過之，書聯云：『有美一人，中夜聞五銖環珮；遺世獨立，下游俯兩點金、焦。』時人詫爲此山之絶唱。」又云：「九江琵琶亭余亦有聯曰：『燈影幢幢，悽斷晴風吹雨夜；荻花瑟瑟，魂銷明月繞船時。』皆組織元、白本事也。」又云：「蘇州新修滄浪亭成，應敏齋廉訪囑擬一聯曰：『小子聽之，濯足濯纓皆自取；先生醉矣，一邱一壑亦陶然。』」又云：「黄鶴樓、岳陽樓爲太湖南北巨觀，而聯話無甚動人者。余過鄂渚，集古句題曰：『大江流日夜；西北有高樓。』後至岳州，亦題曰：『對此茫茫百端集；此老惓惓天下心。』又題『三醉』曰：『一月二十九日醉；百年三萬六千場。』一時傳誦，以爲合作。」按：首聯不對，次聯複「此」字，雖曰渾切，究非楹帖中正軌也。

《海山詩話》云：「高州金蓮菴爲芾南先生重脩。高要彭春洲明經宗題一聯云：『卧蓮瓣讀書，是天人福慧；見桃花悟道，須來者聰明。』」

何悔餘舍人題揚州題襟館長聯云：「當年多士登龍，追陪雅集，溯漁洋脩禊，賓谷題襟，招來濟濟英髦，翰墨壯江山之色，翳玉鈎芳草，緑醮歌衫，金帶名葩，香霏硯席，揚華摛藻，至今傳宏獎風流，賢使君提唱騷壇，誰堪梅閣聯吟，蕪城續賦；此日有人騎鶴，爛漫閒游，悵文選樓空，蕃釐觀圮，閲盡茫茫浩劫，園林賸瓦礫之場，祇橋畔吹簫，二分月古，灣頭打槳，十里春深，補柳栽桑，漸次復承平景象，大都會搜尋勝概，我欲雷塘泛酒，蜀井評茶。」

西湖南屏寺方丈有聯云：「細翦山雲縫破衲；閒撈溪月作蒲團。」又金陵僧月潭題昭忠寺也園聯云：「與石訂交奇不厭；有梅同處冷何妨。」俱新穎可喜。

西湖詁經精舍有湖樓，《志》所謂「第一樓」也。德清俞蔭甫先生自戊辰歲主講精舍，每春秋一至以爲常。丁丑有先生宴及門諸子於第一樓，其門下士繪《俞樓秋集圖》，并篆「俞樓」二字，將榜於其上。先生寓書止之，且曰：「藉諸君翰墨流傳，異時有好事者補作小樓，則諸君之榜名實斯稱。然須在五百年後矣。」於是其門下士醵金度地，於六一泉側築樓三楹，而顔之曰「俞樓」。面湖枕岡，極幽秀之趣。彭雪岑宫保巡江東，病其卑隘，乃拓而大之。後鑿曲池，前疊假山。山上復補建西爽亭。由是俞樓之名溢湖上。徐君琪、汪君行恭俱爲之記。先生自書三十八字懸之前楹，曰：「合名臣名士爲我築樓，不待五百年後，此樓成矣；傍山北山南沿堤選勝，恰在六一泉側，其勝何如。」此非特爲西湖增一名蹟，亦爲西湖增一佳話矣。

金陵元武湖在太平門外，周圍三十餘里，盡植荷芰。三面皆水，非舟不達。曾文正公督兩江時，築一長隄以通往來，人甚便之，以比杭州之蘇、白兩隄。隄傍湖神廟面湖而建，小樓三楹，足攬全湖之勝。

薛慰農觀察題聯云：「三百年方策猶存，賸鳧渚鷗汀，時有雲烟入圖畫；四十里昆明依舊，聽菱歌漁唱，不須鼓角演樓船。」

蘇州漱玉山莊有俞蔭甫太史聯云：「邱壑在胸中，看疊石疏泉，有天然畫意；園林甲吴下，願攜琴載酒，作人外清游。」

薛慰農觀察嘗偕劉省三爵帥、周海舲軍門、韻珊、織雲兩女史同游焦山自然菴，題聯云：「鶴去難迴，留片石孤雲，共參因果；我來何幸，有英雄兒女，同看江山。」

星河林象鼎鈞《樵隱詩話》云：「潮州有西湖，爲一郡名勝處。昔人有一聯云：『湖名合杭、潁而三，水木清華，惜不令大蘇學士到此；山勢分村郭之半，樓臺金碧，還須遣小李將軍畫來。』語殊工切。」

《鷗陵漁話》云：「仲雍墓在虞山之麓，與言子墓毗連。墓門石柱鐫聯句云：『一時遜國難爲弟；千古名山尚屬虞。』聞昔年兩賢後裔以爭墓旁隙地搆訟累年，官累訊不決。後常熟令某公題此聯於墓門，言氏後人見之，遂讓地而息訟焉。蓋諷諭之所感深矣。惜不詳爲何人。又致道觀側瞿忠宣公祠堂內有楹帖云：『聖代即今多雨露；宗臣遺像肅清高。』集句天然湊泊，措詞尤爲得體。亦不知出何人手。皆余昔游海虞時所見。」

王華齋通守旦暎以舊抄武昌黃鶴樓楹聯一帙相示，中多《聯話》未收之作。如史文靖公貽直云：「一上高樓，緬當年江漢風流，多少千秋人物；雙持使節，喜此日荆衡形勝，縱橫萬里金湯。」劉顯賡云：「身在九霄，看月印長江，千斛明珠湧出；眼空萬里，望浮雲孤嶽，半天玉尺平來。」氣象雄闊，足與斯樓相稱。陳文恭公云：「樓外白雲停，殊覺天際真人，至今未遠；江邊黃鶴返，縱有卷中佳句，到此皆空。」吳白華侍郎省欽云：「城郭依然，只趁扁舟盤鶴影；江山如此，試攜短笛落梅花。」陳大綸云：「崔唱李酬，雙絶二詩傳世上；雲空鶴去，一樓千載峙江邊。」湯世鏞云：「浩劫定三千，最難忘樹繞晴川，草淒芳渚；壯懷吞八九，看不盡大江東去，爽氣西來。」周雩云：「恨我來遲鶴已去；怪他早到詩先題。」亦俱清新拔俗。而任天寶一聯云：「騎鶴翔空，一瞬元黃新甲子；神龍混跡，旁求忠孝作神仙。」題外使事，尤能脱尋常窠臼。然攷崔顥《黃鶴樓》題下自註云：「黃鶴乃人名也。」其詩云：「昔人已乘白雲去，此地空餘黃鶴樓。」云乘「白雲」，則非「乘鶴」矣。《圖經》載「費文禕登仙，駕鶴於此。」《齊諧志》載「仙人子安乘黃鶴過此」。皆因黃鶴而爲之説者。當以顥之自註爲正。張南軒辨費文禕事，謂「黃鶴以山得名」，或者山因人而名歟。李邕《岳麓寺碑》，題「江夏黃仙鶴刻」。邕書好自刻之，此固寓名，然亦可見相傳之舊矣。而題者多謬説，何歟？

《聯話》載岱廟中有「帝出乎震；人生於寅」八字聯語，而不著撰人姓氏。余閲全謝山《鮚埼亭集》《皇輿圖賦》自註：「出震生寅，御製東嶽廟對句。」可知此聯爲聖祖宸翰也。

楹聯新話卷五

慶賀

同治十二年十月初十日，恭逢慈禧端佑康頤昭豫莊誠皇太后四十聖壽。福州經壇設於正誼書院。其燈聯俱莊嚴閎麗。聞山長林勿村中丞命院中諸名士擬撰擇用者。記其八言云：「胎炎孕黄，尊於四海；符天媲昊，綏極萬邦。」「姒宫妊室爲女中師；堯酒舜琴以天下養。」「篤生武王，四方來賀；亦有文母，萬壽無疆。」「是女中師，必得其壽；爲天下母，無疆惟休。」十一言云：「啟電樞虹渚之祥，一人首出；凝姒室嬀臺之祉，萬福攸同。」十九言云：「佛國日熙長，看衆生展禮祝釐，祇爲一人娱愛日；天家春浩蕩，願大孝推恩錫類，更教六合普同春。」「笙歌合天半韶鈞，看高捧慈雲，遥向帝閶開壽寓；功德爲女中堯舜，願永綿愛日，長教海國沐恩波。」二十言云：「大孝光三，率王公臣庶禮重尊親，蘭殿椒闈綿愛日；洪疇開四，暨南朔東西歡深歌頌，珠囊玉鏡洽昌期。」二十二言云：「練衣示範，金鑑求書，億萬年綏履攸宜，似幄娥臺隆式鵠；簾陛宣勤，宫庭篤孝，千百國祝釐咸集，堯天舜日永延鴻。」二十三言云：「十三年孝養宫闈，慶萱輝永祐，樛蔭同仁，丹鳳聯軿頒璽詔；六千里瞻依魏闕，喜榕樹圍香，梅枝向暖，蒼龍啣籙獻經壇。」

《楹聯續話》載：「明侯官林太守春澤，正德甲戌進士。至萬曆己卯，年百歲。有司爲建人瑞坊。嘗自撰門聯云：『四十登科，甲戌還登甲戌榜；五旬生子，長孫又抱長孫兒。』」按：上聯下句「登」字複出，且於理未協，殆是「逢」字之訛。又按：古人以十日爲旬，故旬字从日。漢魏六朝人文字從無稱十年爲旬者。唯白樂天《偶吟自慰兼呈夢得》詩有「且喜同年滿七旬」之句。注：「予與夢得甲子同辰，俱得七十。」則其誤始於唐中葉也。

李星齋《客牕隨筆》云：「乾隆間，吾閩壽民沈起龍夫婦百歲，子孫五世，四十餘口同居。巡撫請旌於朝，蒙賜詩褒美，載高宗《御製集》中。洵盛事也。其家猶藏大吏贈聯云：『孫子生孫，五代幸逢全盛世；老人偕老，百年共樂太平春。』」按：此事《重纂福建通志》失載。其聯，他書亦有作「江南縣令贈壽民傅忠」者，未知孰是，録以俟攷。

幼聞先大父約齋公言：「某觀察由進士授部郎，擢御史，出爲興泉永道，調江南河庫道，告歸。有子六人，長次同登會榜，一守閩，一守陝。孫八人。五月朔，其七十生日也。有聯云：『五月誕長庚，名屬春官，郎分畫省，入諫院，出監司，羨當年政事餘閒，更管領梅妃，保釐洛女；旬先吉午子，重薛鳳孫，育荀龍舉，同科守名郡，想此日壽筵開處，有瀛洲羽客，函谷仙翁。』組織工緻。」惜今已忘其姓名。

滿洲鶴舲相國穆彰阿與宣廟同庚，生於除夕。六十時，僚屬壽言俱不愜意，惟桂星垣觀察一聯云：「一德贊襄，帝庇元臣同壽考；四時調燮，天生上相在春前。」公見而喜曰：「畢竟才人吐屬，與衆不同。」

長樂梁茝鄰中丞章鉅著作甚富。解組後，其同年謝萊石贈聯云：「乾隆末舉秀才，嘉慶初歷翰苑，道光閒掌封圻，回首功名成百順；經史部有旁證，藝文家喜博稽，政事門備掌故，等身著述自千秋。」及七十生日，王叔蘭以聯寄祝云：「二十舉鄉，三十登第，四十還朝，五十出守，六十開府，七十歸田，須知此後逍遥，一代福人多暇日；簡如《格言》，詳如《隨筆》，博如《旁證》，精如《選》學，巧如《聯話》，富如《詩集》，畧數平生著述，千秋大業擅名山。」本謝意而語更俊朗。中丞喜，載之《歸田瑣記》中。

倪雲癯鴻《桐陰清話》載：「香山黄壽廷先生增慶生於乾隆庚午，至道光庚戌，許信臣祭酒乃釗督粤學，始補博士弟子員。咸豐辛亥，欽賜舉人。壬子，授國子監司業。時已百二歲矣。或贈以聯云：『四朝身歷昇平日；百歲人呼矍鑠翁。』」

滿洲蕉園將軍慶保生於中秋日。鎮廣州時，慶七十壽。嚴厚民先生杰與將軍雅故，以赫蹏箋用宋體書一聯以獻云：「上古大椿長不老；小山叢桂最宜秋。」將軍懸之上座，語賓朋曰：「厚民，經師也。故以莊語勗予。」

吾邑居筱園先生湘之五十歲時，爲太孺人慶七十。其母子生辰在二八兩月望。陶補雲封翁辰壽以聯云：「美景良辰，春半好花秋半月；洞天福地，七旬壽母五旬兒。」按：會稽山爲第十洞天，若耶溪爲第十四福地，見唐杜光庭《記》。此蓋切其所居之地云。先生亦有壽某六月廿三日七十聯云：「莫道古來稀，年齒已堪告杜老；若論一日長，風流直欲喚蓮兄。」又壽歐陽某十月七十云：「三千歲月春猶小；六一風神古所稀。」亦巧而新。

歸安沈鹿坪進士焯壽陸虩蕣先生震七十聯云：「地本仙居，鳩杖親攜尋藥餌；官真吏隱，鶴觴小酌詠梅花。」蓋先生時官仙居教授也。

先大父約齊公壽蕭遠村縣尉重五十聯云：「三絶擅奇才，何必買臣同富貴；百齡徵上壽，須知蕭史本神仙。」

侯官沈文肅公爲船政大臣時，爲封翁慶七十壽。王子希徵君景賢製聯云：「帝賴長君作舟楫；天留大老看湖山。」

吴縣潘玉泉方伯爲相國文恭公季子，早歲通籍，聲譽藉甚。咸豐庚申、辛酉間，東南淪陷，創議迎皖師由海道至滬。又創會防局，聯絡中外。及蘇城既復，而洋將戈登挾殺降爲名，幾欲倒戈。方伯以口舌折衝之，卒使帖然而去。其有造於三吴非細也。戊辰十一月，爲方伯五十生日。俞曲園先生壽以聯云：「以名父子，生宰相家，有德業事功，文章氣節；當中興年，祝無量壽，是英雄儒雅，富貴神仙。」丁禹生中丞極賞之。然方伯謙不敢當，未久即撤去。

閩縣王子希徵君景賢爲麗丹觀察葆宸之父。其七十時，劉子諶太守忱壽以聯云：「立心如古大儒，本道德以至壽考；有子爲名進士，知文章出於淵源。」

侯官林薌谿先生昌彝經術湛深，尤精三《禮》。沈文肅公少時嘗受業其門。先生七十生日，公祝以聯云：「壽世文章，一代斗山韓吏部；等身述作，六經淵海鄭司農。」

沈文肅公葆楨督兩江。六十壽日，梁孝熊獻聯云：「袞衣一品拜元戎，大江南，大江北；燈火萬家祝生佛，八千春，八千秋。」

番禺陳蘭甫先生澧壽方柳橋太守功惠五十聯云：「性嗜多藏書，嚼其精華，自得壽考；年方服官政，加以歲月，當至公卿。」

侯官沈丹孫孝廉壽其外舅林劭甫先生七十聯云：「品學世儒宗，洛社衣冠，耆德更推康節老；湖山仙眷屬，幔亭風月，曾孫羅拜武彝君。」

侯官周蒼士學博嘉璧有壽王少尉聯云：「治獄有陰功，東海于公真厚德；長生留妙訣，南昌梅尉是仙班。」又壽林希賢云：「飲且盡碧筒杯，介壽恰鄰天貺節；游何必赤松子，閒身便是地行仙。」蓋林生於六月初也。何芝生先生玉田亦有壽蒼士聯云：「名山梅鶴饒清福；陸地神仙占大春。」

閩縣張薇三孝廉拱辰正月十七五十生日。陳迪齋部郎贊圖製聯云：「錦瑟編年，袖有畫眉京兆筆；金錢買夜，案多侑酒穀城書。」語極雅切。然宋時上元放燈增十七、十八兩夜，爲建隆五年詔書，以時和年豐之故，見《太祖實録》《三朝國典》諸書。《侯鯖録》謂「錢氏納土進錢，增兩夜」，殊屬妄傳。朱翊《倚覺寮雜記》辨之甚詳，亦不可不知也。

閩縣郭遠堂中丞柏蔭以湖北巡撫引疾歸里。時長子穀齋太守已官吾浙，孫亦館選。有年少子及姪並舉於鄉。次年七十壽日，羅少耕司馬嘉杰寄聯祝之云：「四朝恩遇，瓌頌繼宣猷，維吳維楚維粵，聲望翕然，治譜爭誇牙笏美；七秩龐齡，鴻光同舉案，有子有姪有孫，科名踵起，稱觴笑看錦袍新。」陳伯初孝廉書聯云：「耆英洛社萬家佛；草木平泉一品詩。」楊子恂太史仲愈聯云：「謝家玉樹烏衣巷；魏國黄花晝錦堂。」按：此聯，《楹聯述録》誤爲太史賀其孫入泮作。又按：「謝家玉樹」出《晉書·謝元傳》：「與從兄朗爲叔父安所器，因曰：『子弟亦何預人事，而正欲使其佳？』元答曰：『譬如芝蘭玉樹，欲使其生於庭階耳。』」初不知「玉樹」爲何物，讀《山海經》：「開明北有玉樹，一樹有五彩。」然亦非階除間所植之木。或據《後漢書·揚雄傳》，《甘泉賦》云：「翠玉樹之青葱。」顔師古註：「玉樹者，武帝所作。集衆寶爲之，用供神也。」謂元語指此。然疑玉飾之木不能生於庭階。及觀宋張淏《雲谷雜記》云：「《三輔黄圖》曰：『甘泉谷北岸有槐樹，今謂之玉樹。根幹盤峙，二三百年木也。』楊震《關輔古記》云：『耆老相傳，咸以此樹即揚雄《甘泉賦》所謂「玉樹青葱」也。』」劉餗《隋唐嘉話録》曰：「雲陽縣多漢離宫故地，有樹似槐而葉細，土人謂之玉樹。揚子雲《甘泉賦》云『玉樹青葱』，後左思以雄假稱珍怪，按此《三都賦序》語蓋不詳也。」與顔師古註不同。乃知謝元所謂「芝蘭玉樹」，即此物也。至《甘泉賦》之「玉樹」，當從顔説。李善《文選註》引《漢武故事》云：「上起神屋，前庭植玉樹：珊瑚爲枝，碧玉爲葉。」雲谷謂「《黄圖》《嘉話》所言者，乃甘泉所産之木。此則飾玉以象其木，用以供神。」其説是也。觀賦云：「翠玉樹之青葱兮，璧馬犀之璘㻞；金人仡仡承其鐘虡兮，嵌巖巖之龍鱗。」同爲寶飾供神之物，灼然可知。若果爲種植之木，則子雲不當與「馬犀鐘虡」並舉矣。《野客叢書》據《黄圖》《嘉話》，以師古爲謬，而譏左思之未審，豈非止知其一，不知其二耶。因録太史聯，坿識之。

俞蔭甫太史樾善爲楹聯，其祝嘏之詞格老意新，矯然拔俗。如直督李少荃伯相正月五日五十壽云：「以歲之正，以月之令，春酒一杯，爲相公壽；治內用文，治外用武，長城萬里，殿天子邦。」蘇藩竹樵方伯恩錫六月十一日五十有四壽云：「白香山五十四官蘇州，早見詩篇滿吴郡；范純仁六月中賜生日，行看草制出坡公。」沈仲復觀察九月十日五十壽云：「以玉堂客作金山主人，旌節將移，且爲第一泉小住；歌鶴南飛和大江東去，茱萸未老，好補重九日清游。」時觀察方從常鎭道調蘇松太道，未蒞新任也。汪蓮府駕部十月二十日六十壽云：「北闕賦歸田，翛然作東魯靈光，際一陽始升，逢六旬初度；西湖勞望遠，安得跨南飛瑞鶴，來桃花潭上，拜柏葉仙人。」杜筱舫觀察六十壽云：「從名法入手，由鹽官起家，而陳臬，而開藩，意思蕭閒，共識東坡是五戒轉世；紀近代戰功，輯古來謠諺，又工詩，又能書，精神淵著，請歌《南山》之六章壽公。」觀察歷署藩臬，著《古謠諺》及《平定粵匪紀畧》《江南北大營紀事本末》《萬紅友〈詞律〉校勘記》。始生時，其大父夢一老僧擔簦入室，葢有夙根云。高滋園都轉九月二十四日六十壽云：「官兩浙近廿年，以二品歸田，仍在白、蘇舊治；過重陽剛半月，爲六旬介壽，恰當黃菊新花。」都轉以浙江運使引疾，仍居杭州。浙撫楊石泉中丞九月九日五十壽云：「鍾三湘秀氣，爲兩浙福星，奮武揆文，恰值賓興大典；借九日秋光，獻五旬春酒，翔禨集嘏，恭逢御極初元。」是歲爲光緒元年恩科。鄉試，中丞充監臨官。又爲武闈主試也。許雪門太守正月七日六十壽云：「先立春三日作生辰，千萬户柏酒桃湯，敬爲使君壽；合大集一編即年譜，六十歲先憂後樂，又到上元初。」太守自編其詩爲《悠游集》《蒿目集》《上元初集》。是歲正月初十日立春。蒯士香廉訪七十壽云：「溯轉戰申息閒，軍前曲部萬里封侯，白髮坡仙，猶坐冷泉判公牘；憶同登甲辰榜，都下讌游卅年成世，黃花魏國，長從老圃看秋容。」廉訪牧光州時戰功甚著。張朗齋軍門爲其帳下健兒，今已官至提督，立功塞外矣。張少渠別駕五十壽云：「不福星，真福星，即此一言可爲君壽；已五十，又五十，請至百歲再徵余文。」別駕去年奉檄預江蘇海運之役，將附福星輪船以行，忽舍之而就他船。福星船竟沉於海，别駕幸而免。張仲甫中翰八十壽云：「萬卷擁書城，精神滿腹，著作等身，積卅年雪案螢窗，尤於《麟經》有得；兩回游泮水，淨土潛脩，名場倦踏，看明載蒼顏鶴髮，重歌《鹿鳴》而來。」中翰通内典，著書甚多，而《春秋屬詞辨例》一書尤爲鉅製。金眉生廉訪六十壽云：「推倒一世豪傑，拓開萬古心胸，陳同甫一流人物，如是如是；醉吟舊詩幾篇，間嘗新酒數盞，白香山六十歲時，仙乎仙乎。」上聯用陳同甫語，下聯則白太傅《耳順吟》中語。

范春泉大令生於二月十六日。其五十時，適與天津海運之役。薛慰農觀察贈聯云：「大衍添籌，一百六日春光好；長才奉檄，七十二沽游興濃。」又壽徐某六十云：「櫻筍開筵，娱君以葉子戲；芝蘭繞膝，先我周花甲年。」徐好手談，長觀察一歲，故云。有壽可曾禪師云：「參最上乘，得無量壽；分九華脈，爲六朝僧。」

閩縣楊子恂太史仲愈壽言以典麗勝。如曾亦廬大令元澄六十云：「天壽老詩人，大集編年，栗里琴樽繇甲子；民懷賢令尹，小春愛日，棠陰歌祝偏湖山。」大令生於十月十四日，曾任浙江樂清、黄巖縣，著有《養拙齋詩草》，故云。向静菴太守燾封翁七十云：「樂事古真稀，壽寓雙星，千里板輿來福地；良辰天不夜，春城元夕，萬家燈火拜神仙。」蓋封翁生於上元日，就養在閩也。又壽李某長聯云：「文章是太白後身，五花馬，千金裘，年少已豪情蓋世，溯畫船采石，樺燭笙歌，代鮮奇人，久矣紅塵無此樂；出處本鄴侯心法，一品衣，九仙骨，功成則高揖歸田，想玉簡嵩衡，羽書幢節，天留清福，綽然餘事學長生。」

自註：「失名。」或謂似李芋仙刺史士棻，俟攷。

孫詩樵孝廉㰖言其尊人有壽路蕙圃學博聯云：「恆山維高多壽者；泮水思樂見文人。」

衡山彭寶臣先生浚以嘉慶乙丑大魁，仕至奉天府尹。解組歸，道出直隸。有鄉人爲其父祝百齡者，捧箋乞言。先生立書一聯贈之云：「人生不滿君今滿；世上難逢我竟逢。」脱口如生，語尤得體。見者莫不歎賞。

齊玉谿學裘《見聞隨筆》記其曾祖母曹太恭人以側室正位，親見其子雨峯大令、孫梅麓太守登詞垣、宰大邑，年登八十。鄒相國炳泰贈聯云：「有子有孫，皆成名進士；多福多壽，是爲太夫人。」按：此聯，《聯話》採《兩般秋雨盦隨筆》，謂是鄒宗伯一桂壽其門生之母作，殊屬譌傳，因録而正之。

梁吉甫太史逢辰撰林岵瞻比部祖太夫人壽聯云：「致歡久協曹全諺；介福長酬令伯情。」上用《曹全碑》「重親致歡」，下用《易經》「受茲介福於其王母」語。

晏彤甫總憲端書太夫人八十賜壽，有聯云：「一品太夫人，備三從四德，五世同堂，更荷兩宮齊賜杖；《蕉牕見聞録》誤「更荷」爲「恭執」，「賜杖」爲「介福」。六旬都御史，統七賓八師，九籌獻壽，欣逢十月好稱觴。」

同治己巳，合肥李太夫人七十生辰。時長公筱泉制府方撫吾浙，次公少荃相國以大學士肅毅伯督兩湖。獻壽言者充門，惟俞蔭甫太史樾一聯獨出冠時。其句云：「花下板輿來，自皖而兩浙，而三吳，而瀟湘洞庭，數千里瞻拜慈雲，鳳鳥舞，鸞鳥歌，頌無量壽佛；牀頭牙笏滿，有子爲宰相，爲節度，爲觀察轉運，五百年特鍾間氣，玉策賢，金策聖，作中興名臣。」

袁篤臣觀察官江甯鹽法道。三月，爲太夫人慶七十壽。薛桑根先生製聯云：「堂北奉尊嫜，中壽常陪上壽；江南歌衆母，三春同祝千春。」蓋其時觀察祖母郭太夫人年登百歲，猶在堂也。

張友山方伯之母太夫人嘗從方伯由部曹歷官陝西、四川、廣東、安徽，及方伯開藩吳下，太夫人行年八十矣。正月望，其生日也。俞曲園先生祝以聯云：「京國奉慈輿，而秦而蜀而皖粤諸邦，又見三吳開壽寓；元宵張夜宴，有子有孫有曾玄繼起，行看五代共華堂。」又祝朱竹石司馬之母趙太淑人六十壽云：「三珠樹環侍一金萱，添箇比肩人，來助綵衣舞；周甲年剛逢建寅月，留將婪尾酒，敬祝錦堂春。」蓋太淑人有三子，生於正月二十四日，前三日爲其幼子梅石娶婦也。又祝應敏齋廉訪之母朱太夫人二月十七日七十有八壽云：「距花朝五日，開萱壽八旬，吳下剛翻新菊部；酌春酒三盃，披仙衣一品，懷中行抱小蘭孫。」

韓軍門殿甲之母王太夫人生五子。長即軍門，次官總兵，三官副將，四官縣令，五官州牧。二月二日爲太夫人五十壽辰，杜小舫觀察撰聯祝之云：「膝前種五樹桂，天上拜五花封，正仲春梟降鵷鳴，共祝五旬壽母；報國提一旅師，傳家羅一牀笏，看諸子文通武達，同披一品仙衣。」

福州五子登科者，前有曾霽峯封翁，後有郭階三封翁。若六子科甲，則惟葉敷恭太史之母邱太夫人一人。太夫人生於正月十三日，其六十時，有獻聯者云：「六子宮袍慈母線；萬家燈火錦堂春。」

郭遠堂撫部有壽李少荃伯相六十聯云：「爲四海蒼生，祝南極壽星不老；有六旬萊子，知北堂愛日方長。」

明代三元惟商文毅公輅一人。其七十時，李文正東陽贈聯云：「自古年華稀七秩；本朝才望重三元。」見王笠舫《瑯嬛集》。

徐君義應秋《談薈》云：「鄞縣楊守陳、守阯兄弟各發本省解。其後對掌南北成均，並爲尚書。其家堂聯有『金榜題名，四世十科進士；玉階聽履，一門三部尚書』。可謂極盛矣。」

梁氏《聯話》引《槐廳載筆》：「崑山徐太翁開法明季兵亂曾救難婦數十人，有隱德。國初定鼎後，生三子：長乾學，次秉義，三元文。皆鼎甲八座。其門聯云：『侍郎尚書都察院；狀元榜眼探花郎。』」按：徐氏三昆季並登鼎甲，列崇班，固自難能可貴。然健菴司寇乾學以康熙庚戌探花歷官左都御史，終刑部尚書。果亭侍郎秉義康熙己酉探花，歷官國子監祭酒，終吏部侍郎。立齋相國以順治己亥狀元歷官左都御史，終文華殿大學士。此聯於科名則增榜眼，於官位則遺宰相，殊未爲核實也。

閩縣曾霽峯太史暉春爲亦盧大令元澄之父，曉滄觀察兆鼇之祖，曾親見五子登科，子孫三世進士。其廳事有聯云：「魯國簪纓三葉茂；燕山門第五枝芳。」今觀察之子幼滄太史宗彥，光緒癸未復與館選。杏宴恩榮，蟬聯四葉，談者尤豔稱之。

《楹聯述録》云：「吾閩自國初迄今，探花及第者，自晉江黄濟川太史貽楫始。太史著有《三善合編》，弱冠從先君游，其及第時，先君撰聯贈之云：『自興朝二百年，吾里探花君第一；記結交十四省，斯人善果世無雙。』蓋紀實也。」

順德黎召民方伯領咸豐壬子鄉薦，以《書》藝進呈。先是其從兄方流孝廉癸卯獲雋，以《春秋》藝進呈。方伯謁祠之日，孝廉撰聯云：「九重乙覽荷恩私，《詩》《書》《禮》《樂》《春秋》，昔進《麟經》，今進《壁經》，十載文章雙奏御；廿六丁年承蔭遠，父子祖孫兄弟，兩登南榜，三登北榜，一堂親戚五掄魁。」按：「親戚」，林氏《述録》作「親眷」。攷字書：「眷，親屬也。字亦作婘。」《史記·樊噲傳》：「大臣誅諸呂。呂須婘屬，因誅伉。」伉乃噲子，呂須所自出也。《五代史·裴皞傳》：「裴氏世爲名族。居燕者號東眷，居西涼者號西眷，居河東者號中眷。」是親屬固可稱「眷」。然無連文稱「親眷」者。惟「親戚」則爲古親屬之通稱。《史記·宋世家》：「箕子者，紂親戚也。」此謂其諸父。《韓詩外傳》：「曾子曰：『親戚既没，雖欲孝，誰爲孝？』」此謂其父母。《戰國策》：「蘇秦曰：『富貴則親戚畏懼。』」此謂其妻、嫂。《左傳·僖二十四年》：「封建親戚，以屏藩周室。」此謂其子弟。《昭二十年》：「棠君尚謂其弟員曰：『親戚爲戮，不可以莫之報也。』」《三國志》：「張昭謂孫權曰：『況今姦宄競逐，豺狼當道，乃欲哀親戚，顧禮制？』」此謂其父兄。詳見顧亭林《日知録》。然則親屬之稱「親戚」，不勝於「親眷」乎？

《曾文正公年譜》云：「道光乙巳春闈，湖南中式八人，皆長沙籍。貴州中式之黄輔相與其姪彭年，原籍醴陵，而狀元蕭錦忠、朝元孫鼎臣、去秋順天鄉試南元周壽昌亦於是科同入翰林。時公方爲侍讀，筦長沙郡館事。題名之日，撰聯云：『同科十進士；慶榜三名元。』」蓋佳話也。

陽春譚康侯部郎敬昭十二歲時應縣郡試，凡十四冠軍。某撰一聯贈之云：「百千卷裏無雙士；十四場中第一人。」可謂絶無僅有。

閩縣曾伯厚孝廉福謙有賀其門人吴壽巖元福入泮聯云：「作名公卿，從秀才始；得佳子弟，爲吾黨光。」

《静志居詩話》云：「平湖陳上交光禄泰來年十八舉於鄉，十九釋褐。歸娶，賜内府金花燈籠。知平湖縣事劉抑亭贈以聯云：『秋進士聯春進士；大登科後小登科。』鄉里榮之。」

黄天河《金壺遯墨》云：「閏七月續娶，隋九薌刺史贈聯云：『紀閏秋清，爲有雙星遲駕鵲；催粧才富，好傾八斗賦驚鴻。』」

《鷗陂漁話》云：「《西清詩話》：『劉原父再婚，歐陽公以詩戲之，有「洞裏桃花莫相笑，劉郎今是老劉郎」之句。《王直方詩話》：「白藕作花風已秋」一絶，趙德麟細君王氏作。德麟鰥居，因見此篇，遂與爲親。人謂「二十八字媒」。』余甥劉耿夫續妻王氏，嘗戲拈前二事製聯贈之云：『雅謔古賢傳，仙客重來桃欲笑；良緣芳姓合，詩媒初達藕方華。』」

吴縣潘築巖茂才爲文恭公之孫，娶壬戌狀元吴崧甫侍郎之女，於十月初旬親迎成禮。俞蔭甫太史書聯賀之云：「門第舊金、張，喜宰相文孫剛配狀元嬌女；倡隨小梁、孟，締百年嘉偶恰當十月陽春。」

潘瑶圃大令恭寅署連江時，續娶張莘田大令用穡之女。有聯云：「花縣新賡，擲果好隨仙令舄；春山如笑，畫眉先問丈人峯。」

閩縣張季枏孝廉楨宴鹿鳴後授室。曾伯厚孝廉賀以聯云：「鴛鴦社裏夜月玉簫，先看萬選青錢，付與文壇誇手筆；龍虎榜頭春風金勒，留得一枝彩管，歸來粧閣寫眉圖。」

《楹聯述録》載陳秀才錫熊賀其友新婚聯云：「插鬢留香花第一；畫眉偷樣月初三。」蓋時在十二月三日也。又，金仲和文學集隨園、船山句爲聯，賀其友續娶云：「華堂奠雁燈如昨；繡幕鸞窺月再圓。」可稱工切。

吴縣潘偉如中丞霨任閩藩時爲公子合巹。楊子恂太史獻聯云：「使君是南國福星，正板輿奉處，蓬萊海水，玉華洞天，介壽瑶觴，好聽來十郡笙歌，咸樂太平婚嫁；族閥擅中朝雋望，恰金屋修成，萱草北堂，梅花東閣，催粧彩筆，最難得八瀛風月，都歸才子文章。」按：《詩·衛風》「伯兮」章：「焉得萱草，言樹之背。」《毛傳》云：「蘐草令人忘憂。背，北堂也。」蓋北堂爲婦人所居之地。家人以君子久役不歸而思念之，謂安得蘐草種於北堂，以忘其憂耳。初未嘗言母也。不知何以相承爲母事。然孟郊詩：「萱草生堂階，游子行天涯。慈親倚堂門，不見萱草花。」則其誤自唐已然矣。

鍾仲山觀察峻爲子娶王裕蕣觀察之女。時鍾方擢道員，王亦陞知府。有賀聯云：「秦、晉締良緣，正兩姓椿萱同膺鳳誥；鍾、王傳字法，教一雙兒女共寫鸞書。」

番禺許拜庭封翁賡揚曾有五代一堂之慶。孟蒲生孝廉爲製聯云：「事祖事父，祖事祖事父，父事祖事父；有子有孫，子有子有孫，孫有子有孫。」句法奇創。

王文簡公士貞長刑部時，汪文漪閣學灝獻聯云：「尚書天北斗；司寇魯東家。」公載之《香祖筆記》。《聯話》以爲錢名世所作，蓋誤。

曾伯厚孝廉福謙言，林文忠公則徐有贈某達官聯云：「通侯門第雙龍節；才子文章五鳳樓。」

曾文正公以大學士督兩江。鍾西耘太史集《爭坐位帖》字獻聯云：「文中子之門出將相；郭令公所至如天人。」俞蔭甫太史亦有集《曹全碑》字聯云：「退之工文辭，學者從而師事；司馬相中國，遠人服其威名。」沈文肅公爲船政大臣，晌萬壽贈聯云：「人望昌黎如泰山北斗；帝命傅説作舟楫鹽梅。」蓋非二公不足以當之。

劉霞軒宮保蓉與左侯相參駱文忠公幕府，時有「諸葛」之目。宮保入蜀，有贈聯者云：「文章西蜀雙司馬；經濟南陽一卧龍。」

故事：翰林稱先入館者爲「前輩」。其人入閣，則改稱「中堂」。合肥李少荃伯相大拜時，太夫人猶在堂。嘗改袁子才先生六十自壽詩爲聯云：「已無朝士稱前輩；尚有慈親喚小名。」一時傳爲嘉話。

番禺梁檀浦方伯，渠亭先生之哲嗣也。咸豐戊午，先生尹順天署。後有亭曰「佳晴喜雨快雪」，方伯嘗讀書其中。至同治辛未，亦尹順天，撰聯云：「撫字值時艱，素念常縈千里外；讀書承手澤，清風猶憶十年前。」

《楹聯續話》載：「滿洲野園少宗伯介福嘗四主會試，四主鄉試，其他殿廷衡文不可枚舉。有《恩榮宴》詩云：『鷃鵲新班宴御園，摧頽老鶴也乘軒。龍津橋上黄金榜，四見門生作狀元。』于文襄公贈以聯云：『天下文章同軌轍；門牆桃李半公卿。』」按：此出紀文達公《灤陽消夏續録》。近人陳大令康祺《郎潛隨筆》亦述其事。余攷之，則聯是而詩非也。元遺山《中州集》第八卷載金吏部尚書張大節有《同新進士吕子成輩宴狀元樓》絶句，即是前詩。所異者，惟「御園」作「杏園」，「摧頽」作「不妨」，「四見」作「三見」，「作狀元」作「是狀元」耳。則此詩不出自介公可知。殆公見其類已，偶書之而畧改數字，見者遂謂介作歟。

至「嬰武新班」，文達自言「當時忘未問公出典」。郭頻伽《靈芬館詩話》引元遺山《探花詞》「殿前嬰武喚新班」句，謂是其所本。然不宜去「喚」字。考元初王鄂《汝南遺事總論》註：「呂子成，名造。承安二年詞賦狀元。」又《元遺山年譜》：「生於昌明元年。」計是時年才八歲。張大節尚在其前數十年，安得反用元詩。且玩元詩，不過「嬰武喚人」意，未必有本。張詩之「嬰武新班」，當是金源故事，與元詩各不相涉。尚應博攷，未可援後以證前也。説本葉調生廷琯《吹網録》。此雖無關聯語，而後人多承文達之誤，故附辨之。

《冷廬雜識》云：「南昌彭文勤公元瑞乾隆丁酉典試浙江，得人最盛。所取文不限一格。試卷萬餘，遍加評騭，莫不切中作者之病。至有捧落卷而感泣者。是科副主試茅耕亭閣學元銘，出闈後贈公聯云：「聞士頌之，自吴於越；讀公文者，如韓、歐陽。」蓋紀實也。

潘四梅《卧園詩話》云：「予宴鹿鳴時，大京兆爲朱蕉堂先生爲弼，楹帖云：『此身來自田間，喜霞蔚雲蒸，四海英雄皆入彀；他日同趨闕下，看鸞翔鳳翥，一時人物盡登仙。』」

通州徐清惠公宗幹道光甲辰以汀漳龍道調充鄉闈監試。其六世祖巖叟先生，國初亦曾入閩闈。公題聯云：「人文大會六千士；祖武重繩二百年。」迨同治壬戌，恩榜補行辛酉正科。時公已以閩撫爲監臨。是科因江浙未平，展期十月。兩典試繞道至十二日抵閩，十六日入闈。公復撰一聯云：「於斯爲盛八千士；重與論文十九年。」按此非特佳話，而閩中人文之日盛亦可藉以攷見也。

錢塘袁蘭村明府通爲隨園先生之子，仰承家學，博雅工詩，尤精詞曲。陳曼生司馬鴻壽贈以聯云：

「倉山續詩格；紅豆又詞人。」蓋國初吳薗次太守詞有「把酒祝東風，種出雙紅豆」句，時號「紅豆詞人」也。

倪雲癯《桐陰詩話》云：「興國萬清泉徵君斛泉研精朱程之學，結茅山中，讀書講道，不求仕進。宋鼎、鄒金粟，其高足弟子也。會賊擾湖湘，所居適當其衝。一日，賊大至，徵君整襟端坐，絃誦之聲淵淵如出金石。賊爲引退。胡文忠公疏薦於朝，奉旨賞七品冠帶。大吏贈以聯云：『絳帳一時培後輩；黃巾三舍避先生。』此誠草野難副之盛名，亦國家非常之曠典也。」

羅田潘四梅明府煥龍女兄伴霞、女弟仲華、幼暉與其室楊琴珊皆能詩，有集。四梅宰消川日，黔陽易屏山刺史良俶贈以聯云：「循名花縣騰三載；文字蘭臺萃一門。」亦佳話也。

郭遠堂撫部撫湖北。同治癸酉鄉試，宴鹿鳴日，題聯云：「槖筆入名場，四十六年懷往事；彈冠延後進，三千里外拜新恩。」蓋撫部登道光戊子賢書，至此已四十六稔也。又云：「魏闕捧絲綸，精白盟心，不憚搜羅披萬卷；楚材收杞梓，文章華國，相期事業在千秋。」

馬賓侯燦《萍龕掌錄》云：「桂丹盟廉使言：其同年某進士有二子，並傳家學，善古文。其甥亦多能詩。廉使贈以聯云：『海內文章，老泉傳軾、轍；江西詩派，山谷得徐、洪。』可稱典切。惜忘其姓名。」按：世稱蘇明允爲老泉。攷明允《嘉祐集》有《老翁泉銘》，其序云：「往歲十年，空山月明，見一老翁偃息泉上，就之，則隱而入於泉。因甃石築亭而爲銘。」《東坡集》有《老翁井》詩，梅聖俞有和詩，《晦菴詩話》《苕溪漁隱叢話》俱斷爲明允之作，此「老泉」之名所由起也。然葉適《石林燕語》云：「蘇子瞻謫黃州，號東坡居士。其所居之地也。晚又號老泉山人，以眉山祖塋有老翁泉，故云。」是「老泉」是東坡之號。《焦氏筆乘》亦引《燕語》以辨，且云：「子瞻嘗有『東坡居士老泉山人』八字共一印，見於畫册。其所畫竹，或用『老泉山人』朱文印章。歐公撰《明允墓誌》，但言『人號老蘇』，而不言其自號『老泉』。」葉去蘇時甚近，語必不謬。《潛邱劄記》又述戴唐器語云：「東坡有《得鐘山泉公書寄詩爲謝》云：『寶公骨冷喚不聞，卻有老泉來喚人。』果明允號老泉，坡敢於僧泉公者稱曰老泉乎？」尤爲確證。愚又按：子由有《次韻東坡寄其生日》詩云：「歸心天若許，定卜老泉室。」又祭東坡文云：「老泉之山，歸骨其旁。」是子由亦以老泉屬東坡。合而觀之，則老泉非明允之號審矣。蓋泉名雖起於明允，而未嘗爲號。至東坡始取以號之，而不甚著。南宋以來，遂譌爲明允，沿習至今，不可復正。故爲辨之如此。

光緒二年，爲美國開基百年之期。在費里地費城建屋設會，廣徵天下珍寶及異材奇技，互相比賽，以志慶典，美其名曰百年大會，亦曰賽奇公會。一時同赴者三十七國，我中國亦與焉。每國各有儲物院。中國院前建木質牌樓，額曰「物華天寶」，聯曰：「集十八省大觀，天工可奪；慶一百年盛會，友誼斯敦。」爲筦理會務東海關稅務司德璀琳屬司事李少池圭所撰。

楹聯新話卷六

哀輓上

楊臥雲先生希閔言，定親王河上翁之薨，怡親王訥齋主人命門客撰輓聯，俱不愜意。江南一才士爲舉明秀水朱芾園茂昭集句云：「閣中帝子今何在，河上仙翁去不回。」王大稱賞，厚贈之。按：此聯載朱竹垞《静志居詩話》，借以輓王，允稱巧合。或謂某達官奉命撰王輓聯，一才士爲集此進御，殆傳聞之譌也。

陽湖洪稚存太史亮吉乾隆庚戌榜眼。嘉慶初，川陝賊未靖，上書誠邸，乞轉奏。末有指斥乘輿語。部議「大不敬」，當斬。仁廟知其忠，免死，戍伊犂。未百日即赦歸。且誠臣工：「弗以言爲諱。」聖主之聖，直臣之直，真超越前古矣。其没也，某輓以聯云：「羅胸探月窟星垣，庾信文章，韓琦科第，吾宗快婿賢甥，得先生爲兩絶；裹足歷冰天雪窖，上方請劍，絶塞彎弓，當代忠臣奇士，貽惇史以千秋。」

盧抱經學士文弨終於常州龍城書院講席。李申耆太史兆洛輓以聯云：「當代經師，鄭東海、馬扶風，抗前賢爲伍；此間旅殯，荀蘭陵、蘇玉局，得夫子而三。」

李篁仙農部輓温琴舫云：「金石依然，灑淚重摹秦相碣；人琴何在，傷心獨過海王村。」

吾紹徐太守聯璧歷守湘南，以廉惠稱。年至九十而没。莫寶齋侍郎晉在都，寄聯輓之云：「廉吏石猶存，二十年景仰師資，睟然如見先生面；老人星乍殞，三千里痛深父執，逝者彌驚後死心。」阮文達公元時督浙學，亦有聯云：「八郡棠陰，官情昔比湘江水；九齡夢覺，精氣猶留南極星。」

莫寶齋侍郎輓徐穎占先生云：「人生七十稀，難留單豹嬰兒色；修竹三千滿，空憶猶龍老子容。」

亡友王雅方兆南言，宗芥颿司馬聖垣官粵東時，有僚友素無宦情，爲家累所迫，勉就縣令，鬱鬱不得志而没。司馬輓以聯云：「現宰官身，西去仍歸極樂國；了兒女債，南來誤入買愁村。」爲人傳誦。按：此聯今載趙古農《臨池草》，而不知出自司馬也。

南昌萬梅皐先生廷蘭任俠工詩，由翰林官通州牧。東路廳之獄，同僚株連者甚衆。先生惻然，以一身任之，擬大辟，繫保陽獄。十六年，高宗知其冤，特旨赦歸。至嘉慶丁卯始卒，享年八十有九。著有《計樹園詩存》。梁山舟學士集元遺山句作輓聯云：「千丈氣豪天也妒；一生詩在事堪傳。」

滿洲遠皐先生文甯以翰林歷掌文衡，官步軍統領，卒於駐藏大臣之任。張温和公祥河輓以聯云：「内相經文兼緯武；西方成佛即升天。」又輓下南同知王司馬漢聯云：「七日招魂，屈子衣冠輕似蜕；九重賜卹，王尊名節重於山。」蓋司馬因走掃溺，七日求屍不得，以衣冠歛也。

葛忠節公雲飛之殉夷難也，義勇徐保夜跡公尸，走竹山門，雨霽，月微明，見公面去其半，立崖石下，手握刀不釋，左一目猶睒睒如生。欲負之行，不能起。拜而祝曰：「盍歸見太夫人乎？」遂起。乘夜浮舟以歸。潘文恭公世恩輓以聯云：「忠孝兩難全，看碧血淋漓，猶留半額頭顱見阿母；英雄真不死，抱丹心冥没，總是十分肝膽報君王。」

族伯祖明河參軍文光精法家言，事母孝，以布都事借補邵武府經歷，卒。及殯，妾林氏仰藥以殉。張太守元祥輓以聯云：「隨侍得貞姬，臨訣片言如皦日；承歡違老母，彌留一慟耿終天。」蓋紀實也。

有爲福甯郡守者，歿於除夕。或輓之云：「借署名都，九月温麻多奉佛；騎箕除夕，萬家爆竹送登仙。」

吾邑高昇平封翁没於七月既望，年八十一。屠筱園郡博輓之云：「椿齡週九數，月亦週，日亦週，暑遲一個時辰，雲路有情歸緩緩；蘭會值中元，來相值，去相值，料得諸天古佛，靈山拍手笑呵呵。」又輓周紹香云：「垂瞑關心，尚記趣攜小桃葉；撫棺長慟，何期便卧古籐陰。」蓋紹香娶妾於外，遺言挈之歸守也。

會稽屠筱園先生湘之於學無所不窺，尤工詩、古文。嘗註《隨園四六》，援引悉出本書，詳明精核，遠出石琢堂《袁文箋正》之右。今其稿存陶濂生太史處。其没也，太史輓以聯云：「夫子何爲者，以經術作大文章，數十年煞費苦心，果爾必得其禄，必得其位；哲人其萎乎，幸老成即就婚媾，風雨夜追思懿範，猝然如聞其聲，如見其形。」蓋太史嘗受業於先生，而其弟即娶先生之女云。按：此聯，或云梁湖王氏挽錢西駷作。

鄒公眉觀察輓俞陶泉都轉聯云：「敬以持己，恕以及物，一息尚存，此志不容稍懈；生不交利，死不託子，九原可作，微君吾誰與歸。」見《蕉牕見聞録》。

桐鄉陸薌昀縣博元鐏生於臨海，晚年就養其子敬安台州府學署而没。武進洪大令翊輓之云：「鶴俸慰桑榆，台嶽重游，六十年前來處去；鯉庭茂桃李，楹書可讀，五千言在没猶存。」

平湖張海門太史金鏞有友馬某，嘗隨尚書玉麟公出塞，甚見推重。公薨，適太史計偕入都，爲撰聯以輓云：「短後記裁衣，歷雪窖冰天，萬里追隨班定遠；長安仍索米，膹鳶肩火色，九衢痛哭馬賓王。」王文恪公亟賞之。

桐鄉唐明府炳由庶常改官桃源縣令。没後，有輓之者云：「天上謫仙，此去依然參桂署；人間隱吏，今來何處問桃源。」

貴陽成蘭生方伯世瑄爲江藩，值英人之變，以憂卒。母猶在堂。梁茝鄰撫部輓之云：「望斷黔陽，可憐萬里雲帆，依然將母；魂消白下，共惜半年風鶴，了卻孤臣。」又輓沈香城通守廉云：「淮浦共題襟，脱穎爲君欣得地；吳門方掃榻，遺函報我已升天。」蓋撫部爲淮陽道時曾延通守入幕，以得官去。及聞其罷歸，方復迎之，而其訃遽至云。

張磐泉學録輓吳石華先生云：「李、韓年誼，嵇、吕交情，感逝傷懷，同憶大羅天上事；陸、馬史才，姜、張詞筆，銜華佩實，是真文苑傳中人。」

南海吳荷屋撫部光榮解組後僑居桂林，與余小霞州判應松甫聯文酒之盟，而撫部卒。小霞撰聯輓之云：「爲名士，作詞臣，任封疆大吏，愛路近家園，小住桂林營緑野；工書畫，攷金石，著燕、許文章，悵跡疏壇坫，遽聞兜率返香山。」又代黎白仙輓滿洲静山太守興仁云：「治譜已千秋，是名宦傳人，最堪惜正盼鶯遷，遽悲鶴化；齊民同一哭，況平生知己，更難忘幾番説項，五載依劉。」按：《詩》：「鳥鳴嚶嚶」「遷於喬木」，鄭箋：「嚶嚶乃兩鳥聲，非鶯也。」自漢張衡《歸田賦》：「王雎鼓翼，倉庚哀鳴。交頸頡頏，關關嚶嚶。」又《東都賦》：「雎鳩鸝黃，關關嚶嚶。」倉庚、鸝黃，即鶯也，皆以「嚶嚶」言之。而梁元帝《言志賦》：「聞鶯鳴而求友。」陳楊謹《從駕祀麓山廟》詩：「軒樹已遷鶯。」遂明指爲鶯。唐李嶠、李白、李商隱、白樂天諸公相率承用。樂天作《六帖》，且類入「鶯」門中，遂成故實。小霞貪於屬對，雖明知其誤而不改也。

吾邑杜尺莊先生煦以文章行誼重於時。咸豐紀元，當事議舉先生孝廉方正，固辭，不許。乃疏未上而先生遽卒。時漢軍徐鐵孫觀察榮守吾紹，輓以聯云：「特科正待醇儒，天不憖遺，鏡水稽山銷氣色；耆社夙稱前輩，吾猶及見，詩巢書藏想風流。」「詩巢」，即陸放翁快閣故址，建以祀越中詩人者。先生嘗修復之。「書藏」，其藏書處也。

侯官李遠泉運副廷瑛言，林文忠公則徐之薨，其輓聯以李學博彥俊、胡文忠公林翼爲最。李云：「千秋青史存公論；四海蒼生哭此人。」胡云：「報先帝而忠陛下，兩朝開濟屬宗臣，表續《出師》，千古英雄同下淚；佐天子以活百姓，萬口歡呼起司馬，家傳畫像，四方婦孺亦知名。」

太和李月樓二尹子馥骯髒有奇氣。咸豐初，小刀會匪之亂，率勇援仙遊，力戰死。其父猶存。符雪樵大令兆綸輓聯云：「風雨二陵秋，哭子忍聞秦蹇叔；功名千古恨，封侯空説李將軍。」

滿洲忠武公塔齊布忠勇仁廉，歷平湖南北劇賊，爲中興名將。咸豐五年七月，薨於潯陽軍中，年祇三十有九。先是公嘗辱於副將常清，曾文正公爲劾去常清而薦公，故其輓聯云：「大勇卻慈祥，論古畧同曹武惠；至誠相煦嫗，有章曾薦郭汾陽。」胡文忠公林翼亦輓之云：「謚竝武鄉侯，曠代奇勳青史在；年如岳少保，古來名將白頭稀。」皆紀實也。時滿洲香五太守廷桂爲長沙縣，亦有聯云：「誓清大地山河，一捷湘，再捷湖，三捷鄂，爭奈潯陽垂捷，遽隕台星，將軍忠義果忘家，手擲髑髏，曾不計上有老親，下無弱息；哭斷秋江楓荻，生同里，官同僚，交同盟，祇慚偉畧難同，空悲舊雨，此日東南猶苦戰，眼看瘡痏，更憑誰早抒國步，力挽天心。」悲壯淋漓，尤可作公一篇傳贊。按：此三聯載《忠武輓言録》刻本。文正聯並見《零金碎玉》、《楹聯述録》。乃以文忠聯爲文正、太守聯爲文正輓文忠作，不知忠武與太守同隸旂籍，同官湖南，歿於江西潯陽軍中，無子，母猶在堂，故上聯有「潯陽」及「老親、弱息」句，下聯有「同里同僚」句。若文忠則卒於湖北巡撫之任，雖亦無子，而其時封翁及太夫人已亡，且與文正一籍益陽一籍湘鄉，並非同邑，安得如所云云耶。至其誤「垂捷」作「告捷」，「祇慚」作「自慚」，「生同里官同僚交同盟」作「生同時居同里官同僚」，「眼看瘡痏更憑誰早抒國步」作「淨掃萑苻問誰能匡扶社稷」，非特情事不合，抑且文義不聯。是書之舛譌，不一而足，而於此聯尤甚，故特糾之。

湘陰羅忠節公澤南以諸生起義，轉戰大江南北，力摧劇寇。官至甯紹台道。咸豐六年，卒於武昌軍中。楚軍之有湘勇，自公始也。左季高爵相宗棠輓以聯云：「率生徒數十人轉戰而來，持三尺劍，著等身書，亦名將，亦純儒，獨有千秋，羅山不死；報國家二百年養士之德，復卅六城，殺億萬賊，是忠臣，是良友，又弱一个，湘水無情。」羅山，公別字也。

黄平孫蘭皋邑侯翹江以進士知邵武縣，死咸豐丁巳之難。先是公官河間，有與女鬼辨訟前生事。自記：「當城隍神未審時，偕冥吏至一處，額曰『旌忠堂』。有衣冠者居其中。吏因語公：『他日當入此堂。』」然則公之殉忠蓋早定矣。錢塘嚴夢琴通守麗正輓以聯云：「漫云徒死，勝於不死，一死聊完臣子節；既有前生，何必今生，他生莫現宰官身。」

江夏温壯勇公紹原堅守六合八載，卒以身殉，天下哀之。《平定粵匪紀畧》謂公以投水死，蓋本于都統德興阿公奏牘也。其實當江浦事急，德公棄師登艫，賊遂長驅麕集，公百計抵禦。城陷，猶率衆巷戰，力竭被戕。夫人王氏、子輔才同時遇害。是時德公遠潛江滋，据傳聞之辭，率以入告。雖于公大節無損，然非事情矣。或傳挽公一聯云：「不請兵，不請餉，不請功，以一旅義師禦四圍强寇，鐵錚錚好男子；或死忠，或死節，或死孝，舉全家骨肉殉滿縣生靈，風慘慘有餘哀。」

羅壯節公遵殿自杭州歸葬宿松。時黑龍江騎兵方到，曾文正公率之往迎。題一聯云：「孤軍絶外援，差同許遠城中事；萬馬迎忠骨，新自岳王墳畔來。」

勞文毅公崇光撫廣西，曾拔張忠武國樑於椎埋中，卒爲名將。及忠武殉節丹陽，公撰聯輓之云：「東南半壁，血戰十年，那知功壞垂成，頓使江天空保障；俎豆千秋，榮褒九陛，自詫言多幸中，先從草澤識英雄。」按：收降忠武，《平定粵匪紀畧》屬之張公亮基。馮學士桂芬、李方伯元度文集，皆謂公撫廣西時事。今讀此聯，足以訂《紀畧》之訛矣。

益陽胡文忠公林翼雄才偉畧，以湖南北恢復東南諸行省，成中興戡定之基。惜不及見大功告成而薨，時距文宗升遐衹月餘也。曾文正公輓之云：「逋寇在吴中，是先帝與藎臣臨終憾事；薦賢滿天下，願後人補我公未竟勳名。」李次青方伯亦有聯云：「赤手定南天，持節遽乘江渚鶴；丹心依北極，騎箕猶扈鼎湖龍。」按：文正聯見《薹露莽雜記》及《海山書屋詩話》。《述録》屬之左爵相，誤矣。

侯官王壯愍公有齡撫吾浙。咸豐辛酉之亂，固守圍城三閲月，糧絶城破，自縊以殉。譚仲脩孝廉代人撰聯以輓云：「裹創飲血，百戰此孤城，痛鼠雀已無，雲壞睢陽，方遠乞賀蘭破敵；循吏忠臣，一朝自千古，恨犬羊未盡，潮悲浙水，更誰生茹草遺民。」

饒枚臣軍門廷選爲漳州遊擊時，與顧華封參戎飛熊同勦小刀會匪，訂昆季之好。積功至浙江提督。辛酉城陷，死之。參戎輓以聯云：「記當年共事南漳，情聯手足，迄今十載，迯聽聲威，直教閩匪、粤夷、越寇、江氛同喪膽；傳此日臨危東浙，痛裂肝腸，既瘁一身，更兼眷屬，竟使貞姬、愛弟、幼兒、嬌女盡捐軀。」參戎以武進士起家，能文善書。此聯蓋其手製也。

方子嚴觀察輓張海柯軍門聯云：「識面我無緣，名在江淮，百戰功勳萬人敵；出師公未捷，氣吞雲夢，一生忠勇九重知。」蓋軍門陣殁於湖北也。

錢塘董更生司馬基升由龍巖州保升知府。有故交訪之，别甫二日，而司馬以暴疾卒。其人輓之云：「萬里重逢，廿年相識，纔分離兩日，遽聞丹旐西歸，一死固難知，不信竟因無病病；五旬未足，四品猶虚，但多活片時，便得黄堂真拜，九原如可作，還期似昔更生生。」

包晉卿晉輓李聽松明經寅聯云：「老科目一官無，老幕府一金無，長此勞勞，空有文章安所用；爲名士以客死，爲孝子以毁死，對兹瞶瞶，從今造化更何愚。」

侯官林薌溪學博昌彝輓其妻弟周仰蒼茂才球璋聯云：「辛苦接青氈，方羨潛仁承茂叔；淒涼埋白琥，何堪處仲弔元規。」

楊笙友方伯輓張錫田先生云：「廿載盤桓，回首魂銷聯榻夜；一生狂狷，齊聲論定蓋棺餘。」

杭州鄭鐵菴與金韻仙孝廉繩武、屠又樵茂才品金交最契。三君俱工詩文，而韻仙尤精於詞。又樵避亂客死，金亦旋卒。鐵菴各爲聯輓之。其輓屠云：「水淡證鷗盟，式好無尤，常記取文酒盤桓，爾醇我肆；烽燃驚鹿走，欲生反死，可省得室家離散，親老兒孤。」金云：「一第亦微名，輸君顧曲矜才，脫口唱曉風殘月；三生眞誑語，恨我招魂乏術，傷心對衰草斜陽。」

嘉興曹秋湄司馬由進士令陝西。告歸，殁於浦城戎幕。張小舫太守其曜輓之云：「十年梓里怡情，憶題雁名高，澤沛西秦留治蹟；半載柳營共事，歎騎鯨仙去，水流南浦黯離魂。」

滿洲文端公倭仁相業卓著，而其要在「格君心，尊國體」兩端。薨時，謝麐伯太史維藩獻聯云：「持讜論於道統絶續之交，誠意正心，講幄敢參他說進；奪我公於國事紛紜之際，排和議戰，明朝無復諫書來。」可謂能舉其大矣。

花縣駱文忠公秉章由湘撫督四川，平髮逆石達開，土匪李泳和、藍大順等。薨於位。先是公居諫垣，以卻户部庫吏賂，受知成廟，遂大用。童遜菴太史棫輓聯云：「自成廟鑒公清操，天下已望丰裁，至今將相兼資，由先帝知人，留得老成匡社稷；論益州討賊奇勳，此地復安耕鑿，太息功名未竟，正中原多故，願教靈氣護山河。」又左季高侯相聯云：「公爲諸葛一流，盡瘁鞠躬，死而後已；我侍文忠數載，感恩知己，生不能忘。」蓋公撫湘時，侯相以孝廉參公幕府，言聽計從，恩禮殊絶，故其言如此。他書以爲曾文正輓胡文忠作，則於情文全不相合。其亦未之思也。

通州徐清惠公宗幹薨於閩撫之任。先是，公嘗分巡汀、漳、龍及臺灣，咸有政績。楊子恂太史輓之云：「是廿年南國福星，教澤在士，遺愛在民，嗟我蒼生，讀到《述録》誤「罷」。碑文惟《述録》誤「齊」。下淚；數一代中興人傑，《述録》作「良佐」。循吏有傳，功臣有表，報公《述録》誤「君」。青史，愧無椽筆爲書勳。」楊雪蕉光禄慶琛亦有聯云：「立德立功，結閩中三至因緣，到底成仙仍此地；同官同譜，想山左十年交誼，從今愛我更何人。」蓋公與光禄同年，又嘗同仕山東也。

無錫秦穀貽大令煦歷任煩劇，緣事罷職，卒於閩。曾伯厚孝廉福謙，其所取士也。輓以聯云：「輿論聽旁人，三十年宦海勞薪，那堪春夢醒時，歸岫更愁雲影滯；名場嗟故我，五千里客程返棹，詎料前緣續後，到門長哭雪聲寒。」又輓中表梁翊軒孝廉俊年聯云：「行囊詩卷，病榻藥香，銷磨一世才華，不圖果熟荔支，竟爾歸真游紫府；問字停車，飛觴折柬，篤愛兩家兄弟，此後花開夜合，共誰話舊翦青燈。」蓋翊軒嘗客粤東，病足十餘年，以六月殁也。

曾文正公國藩爲中興名臣冠冕。其薨於江甯也，中外哀輓之作具載於《榮哀録》。其敘功德者，如馮林一宫允桂芬云：「武緯本文經，爲漢、唐後儒臣吐氣；中興媲開國，與順、康間元佐論勳。」周壽山藩伯開錫云：「中興將相出其門，合武鄉、汾陽之功并爲一手；半壁東南失所恃，問王導、謝安而後幾見斯人。」范郡伯志熙云：「當代一人，是潞國丰儀，汾陽福澤；大名千古，有皐、夔事業，韓、柳文章。」陳軍門濟清云：「爲國家股肱心膂之臣，再造勳名郭忠武；鍾衡岳磅礴鬱積之氣，三朝知遇李長源。」彭鎮軍昌禧云：「韓、歐無武，李、郭無文，集數子所長，勳華巍煥；衡岳之高，洞庭之大，歎哲人其萎，雲水蒼茫。」黃振綱云：「萬户領侯封，墮淚直同羊叔子；千秋論相業，易名不愧范希文。」黃軍門少春云：「入正揆席，出總師干，以其身繫天下安危，真不愧元老壯猷，名臣碩畫；德媲皐、夔，功逾管、葛，所注意在民生休戚，恨未見滇南解甲，隴右銷兵。」其兼恩誼者，如孫琴西藩伯衣言云：「人間論勳業，但謂如周召虎、唐郭子儀，豈知志在皐、夔，别有獨居深念事；天下誦文章，殆不愧韓退之、歐陽永叔，卻恨老來湜、籍，更無便坐雅談時。」郭韻軒侍郎嵩燾云：「論交誼在師友之間，兼親與長，論事功在唐宋以上，兼德與言，朝野同悲惟我最；攷初出以奪情爲疑，實贊其行，攷戰績以水師爲著，實主其議，艱難未預負公多。」薛慰農觀察時雨云：「一个臣休休有容，頻年燮理餘閒，小隊出郊坰，慣向山中招魏野；萬户侯緜緜勿替，當代元勳佐命，大名垂宇宙，豈徒江左誦夷吾。」馮展雲侍郎譽驥云：「一旅獨勤王，誓此身掃蕩江湖，勛業終能酬志節；片言曾論帥，記當日流連詩酒，笑談早已識英雄。」賀撫部祥麟云：「海内外福寓偕依，入操廟算，出掃欃氛，旋斡拓中興，允武允文資藎畫；江西南停雲相望，我值懸弧，公傷弭節，去來同寸晷，一生一死慟交情。」蒯子範太守德模云：「公今與皐、夔、望、散同游，翳古元勳齊俯首；我正溯江、漢、沱、潛而上，每經遺壘輒傷心。」倪豹臣撫部文蔚云：「知我十年前，問客何能，門下濫竽常自愧；論才三代後，如公有幾，江南愛樹已難忘。」劉廉訪于潯云：「秉節立三朝，門下屬僚多將相；違顏纔兩月，座中師傅已神仙。」俱極警策。其餘佳搆尚夥，以詞意大同小異，故不具録。閱者諒焉。

俞蔭甫太史樾亦有文正公輓聯，自序云：「余受知于公最深。庚戌進士覆試，公充讀卷官，以余詩有『花落春仍在』句，期許甚大。余以『春在』名堂，識感亦識愧，故於聯中及之。」句云：「是名宰相，是真將軍，當代郭汾陽，到此頓驚梁木壞；爲天下悲，爲後學惜，傷心宋公序，從今誰誦落花詩。」

濰縣陳覺民太守應聘權韶州。其兄某刺史殉全州之難，喪歸，道經郡治。太守設祭於光孝寺。汪芙生司馬瑔代僚屬撰公輓云：「先軫此歸元，想晉絳英靈，颯爽弓刀能殺賊；常山悲喋血，仗平原家祭，蒼涼旌翣與招魂。」

侯官林梅九廣文國士輓葉紀周云：「黯黯雪中天，丹旐言旋，遵海魂歸游釣地；汪汪湖上水，隻雞憑弔，臨風腸斷解推人。」

隨州喻雲巖學博懋泰深於經術，司鐸穀城，與吾鄉施望雲先生相得甚歡。及没，遺命必以望雲題銘旌。望雲既哭以詩，并撰輓聯云：「欲追舊夢已依稀，與君上下襄江，短别十年，長别千古；不爲交情方痛哭，數我平生老友，經師易得，人師難求。」

華守庭司馬輓張弼臣刺史聯云：「肝膽獨能傾，憶當年鐵馬金戈，相依患難；膏肓終莫救，歎此地白頭黃口，未有歸期。」

番禺桂杏帷孝廉壇輓其師陳奎垣茂才聯云：「面訓猶存，十載春風稱弟子；心喪罔極，兩楹夜月夢先生。」

楊黼香太守歿於蜀。其輓聯，蒼古莫如陳學録灃；哀豔莫如馮撫部譽驥。陳云：「生爲循吏，歿必有可傳，亟宜紀載；少與齊名，老不復相見，是用痛傷。」馮云：「故里魂歸，江上雪花楊子宅；新詩淚併，峽中人日蜀州篇。」

侯官沈文肅公少受業於林香溪學博昌彝。公筦馬江船政，香溪自粤歸，不及見而歿。公輓以聯云：「總角侍龍門，風雨嘯歌，許以同心如昨夜；輕裝歸馬瀆，波濤咫尺，失之交臂恨終天。」又輓董虞琴大令平章云：「八千里外好音來，陶令歸乎，胡爲鬱鬱幽愁，四載駒光扶病過；二十年前知己感，鍾期邈矣，忍聽聲聲血淚，九旬鶴髮撫棺悲。」又輓饒仲卿主政新云：「謂此才定玉笋班中，何期五千里歸來，薄宧京華成幻夢；尋乃父向大羅天上，爲道十三年別後，故人塵世已衰翁。」蓋虞琴歿時老母猶存，仲卿尊人枚臣軍門則已殉杭州之難也。

番禺金引泉茂才壽昌幼孤，母夫人鞠之成立。生一子，年未强仕而歿。吴紅生觀察，其堂甥壻也。時官淮海，寄聯輓之云：「有母八旬，卅年教養，又從兩歲撫孤孫，那堪寂寂青燈，嫠婦緯添仍似昔；思君一慟，百感蒼茫，倘使九原逢伯姊，爲語蕭蕭白髮，女兒花悴不勝秋。」

侯官李上舍昂爲子嘉封翁作梅之仲子，聘林勿村撫部女孫。未娶而上舍卒，女遂奔喪守節。有輓之者云：「本來蘭玉易摧，累爾翁老悼童烏，此去匆匆真太遽；自古彭殤同壽，幸有婦輝增寡鵠，千秋嘖嘖又奚悲。」

蔣澍東輓許庚雲先生金匱云：「道學紹白雲先生，閉户著書，萬口共推經笥富；豪飲若青蓮學士，飛觴醉月，千秋同有酒樓傳。」

曾撫部璧光輓滿洲文莊公瑞麟聯云：「立言立德立功，中外咸欽韓魏國；多福多男多壽，古今幾見郭汾陽。」

寶應王文勤公凱泰撫閩有政績。其仿阮文達粤海堂創設致用堂，監臨癸酉鄉試力除夙弊，尤爲士林所稱。光緒乙亥，巡臺灣番社回省，積勞薨於位。俞蔭甫太史，其同年生且姻婭也。輓以長聯云：「乘桴過斗六門邊，瘴雨蠻烟，不辭辛苦，立功在絶徼，蓋視傅、鄭尤難，偉矣半載經營，盡闢天南生熟地；回頭思廿七年事，敝車羸馬，時相過從，同譜若弟兄，遂訂朱、陳之好，傷哉一朝永訣，未完吴下唱酬篇。」楊子恂太史亦有聯云：「正己率屬，勤政愛民，並代循聲配清惠；養士存儒，通經致用，一家碩學接樓村。」又盛蓮水通守在淥聯云：「桐爨感知音，最難忘鳳咮堂前推敲夜月；梅霖期入相，萬不料鯤身山外憔悴秋風。」蓋公監臨癸酉鄉試，賦詩紀事，通守和作曾爲其所賞也。

文樹臣觀察星瑞輓羅海農太守瀚龍聯云：「同譜憶前緣，廿載深交，掩淚怕看循吏傳；稱觴曾幾日，九原遺憾，傷心猶戀老萊衣。」蓋太守卒之前一日猶爲其封翁七十稱祝也。

陳蘭浦學録輓潘伯臨部郎正亨聯云：「三絶擅清才，能詩能字能文，一第未成留隱憾；半生多樂事，愛客愛花愛酒，考終無疾證前脩。」

馮竹儒觀察焌光尊甫尹平刺史以事戍伊犂，殉回匪之難。及西域平，觀察乞假出關，求其遺櫬歸葬。時左季高侯相督陝甘，誄以聯云：「絶域作忠魂，孤塚迷離，收骨猶憑鄒曼父；覆盆嗟往事，九重昭雪，籲天不待武陵兒。」未幾，廷議有遺使泰西之役。觀察奉召入都，歿於上海。侯相並輓之云：「萬里覓遺棺，風雪西歸憐孝子；九重勞側席，海天《述録》誤「邦」。東望失才臣。」金眉生都轉亦有聯云：「生入玉門闕，父骸歸矣，兒心慰矣，可憐抱恨終天，追到黃泉供定省；恩來金鎖闥，主眷隆哉，臣力竭哉，縱未宣威異域，傳之青史冠循良。」

金眉生都轉又有輓陳魚門太守聯云：「七縱擒深得各國情，一箭燭孤城，是魯仲連再世；兩孝廉同負大將畧，萬山鼓奇氣，乃張蒼水後身。」辭氣岸異不凡。惜譽過其實，非魚門所敢當也。

閩縣曾子幹副貢兆楨任俠使氣，能拯人之厄。爲藥所誤而卒。劉壽之孝廉三才輓以聯云：「太史復生，定爲君編游俠傳；庸醫不殺，恨非我作掌刑官。」人多誦之。

閩縣陳子駒副貢遹祺爲南社十子之一。生於道光庚寅。家居嵩山，即明傅處士汝舟丁戊山房故址。其歿也，楊雪滄觀察浚輓以聯云：「六如慧業悔多才，乃知同降庚寅，桃塢蹉跎艱一第；十子名家生並世，恰好卜居丁戊，木虛風調共千秋。」見者稱其工切。

福州周少紱司馬賡章好談佛老。嘗任山東高密、籐縣，所至主僕各跨一驢，別以一驢負書自隨，民稱「三驢大夫」。以乞養歸。沈文肅督兩江，延之入幕。未幾卒。文肅撰聯輓之云：「主計屬龔、黃，得數月勾留亦幸矣；真儒説仙佛，知三家衣鉢必争之。」孫澂之太守文川亦有聯云：「終嚴親逮養之年，伏處啣哀，至行更超循吏傳；值我佛託生之日，跏趺坐化，隨緣偶現宰官身。」又莊鼐卿比部鼎元聯云：「心跡在黃壺、陳鏡之間，兩袖清風，廉吏歸裝惟一鶴；口碑遍呂湖、鄭鄉以外，萬家霖雨，大夫遺事説三驢。」足以傳司馬矣。

皋蘭吳柳堂先生可讀居諫垣，因劾烏魯木齊提督成祿，言激切過當，下部議，免官。光緒初，召吏部主事。及葬惠陵，力請爲行禮官。禮成，自盡於薊州馬伸橋之三義廟。遺疏論繼統事。吏部以聞，上震悼，賜恤如例。好義者爭輸地與金，爲營葬於薊，使望惠陵，從先生志也。張撫部之洞撰聯輓之云：「殲良終痛秦《黃鳥》；授命能卑衛史魚。」黃國理聯云：「哀籲九天，明《春秋》一統；昭垂兩疏，與日月雙懸。」黃太史貽楫聯云：「天意弔孤忠，三月長安忽飛雪；臣心完夙願，五更蕭寺尚哦詩。」則謂先生出都之日天大雪也。而管太守貽蕓云：「哲人憂盛危明，縱爲國捐軀，斷不使朝廷有闕；聖主懷忠賜卹，儻異時披奏，定能知臣子無他。」白太史遇道云：「烈士豈殉名，效命輸忱，一疏直爭天下計；聖人能受諫，僉謀獨斷，九原差慰老臣心。」歸美朝廷，其立言尤爲得體云。

侯官王麗丹觀察葆辰輓沈文肅公葆楨聯云：「內端心學，外備邊防，遺疏獨拳拳，抱半壁隱憂，病榻彌留謀國遠；作吏耐貧，課功責實，手書常娓娓，誦先人愷誼，孤兒涕淚受恩多。」

劉開生都轉博學精禪理。人叩其學佛要旨，曰：「惟不動心而已。」壬午二月，自泰西奉使歸，尋沒。其友李芋仙刺史士棻輓之云：「漢、宋學兼優，及見嘉、光諸老輩；去來心不動，已完佛祖大因緣。」

青浦熊純叔學博其英善詩、古文，慕義若渴。光緒丁丑，河南旱災，赤地千里，人相食。先生惻然憫之，乃在江浙倡募巨資，偕凌厲生部郎淦、金苕人太守福曾赴豫散賑。自丁丑冬至己卯春，集欵四十餘萬，徧賑二十七州縣，全活無算。先生積勞成疾，竟以正月四日歿於衛輝。豫人感其德，立祠祀焉。其同里愼葆森撰聯輓之云：「上立德，次立功，惟期實足副名，敢以困濟中州，遽信彼蒼能福我；天道遠，人道邇，勿謂理難勝數，但使芳流後世，須知吾邑有傳人。」可謂樂善者勸。

長樂林錫三閣學天齡督學江蘇。延陳徵夫孝廉課其子，未至而閣學歿。孝廉輓以聯云：「先皇尚北面尊師，度在人亡，倘朝端故笏興思，史館他年應補傳；長者以西賓遲我，情深緣淺，悵江上扁舟相訪，燈窗中夜讀遺書。」上聯謂閣學曾充宏德殿內師傅也。

閩縣楊子恂太史仲愈豪俠風流，揮金如土。中歲逋負山積，乃鬻其鹾業於龔愛人藩伯易圖，赴都謁選，沒於上海。藩伯輓以聯云：「早結下三生香火緣，同是謫天來，誰知風流文采，陶寫中年，縛繭爲人絲竟盡；代銷了一篇詩酒債，可憐揮手別，依舊富貴神仙，蹉跎兩誤，繫鈴遺我解何從。」語極淒婉。他若李川模聯云：「胸羅八斗奇才，當代共推曹子建；懷契一分明月，前身應是杜司勳。」許孝廉貞幹聯云：「文酒締因緣，記金臺大雪，夜走貂裘，可堪豪竹哀絲，眼底蒼涼成往事；網羅嗟瘴癘，悵歌浦逝波，月圓鯨背，每念千秋萬禩，夢中憔悴哭斯人。」林茂才志廉聯云：「先人同譜，劉孝標最篤交期，頻年洵沫情深，幸免西華傷葛帔；亘古名流，孔文舉差堪比例，一旦風騷韻歇，欲當北海覆金杯。」林孝廉在禮云：「酒邊交誼彈指十年，君是阮嗣宗，人物口中少臧否；客裏夢魂傷心千里，我知李供奉，才名身後不銷沈。」亦俱非俗調也。

吾邑沈稼村孝廉百墉輓高茶菴郡丞望曾聯云：「垂死尚驚人，歎蘆中窮士，柳下卑官，忽聞霹靂一聲，頓悟徹黃粱大夢；平生孰知己，看竹屋詞名，草堂句好，賸得零星數卷，再商量青史千秋。」郡丞工詩詞，將沒時盍適遇雷震云。

范農部鴻謨少好音樂，至老不倦。辛巳，火起其宅，爲所傷而卒。周吉甫大令福昌撰聯輓之云：「奇事共驚呼，可憐月落參横，一炬傷心同穆伯；舊遊難再續，最怕酒闌燈灺，羣芳含淚説車公。」爲人稱賞。

閩縣王可莊脩撰仁堪視學山西。其封翁歿於都門，脩撰聞訃，凡五日奔一千一百里，歸治其喪。屠伯熙侍讀輓聯云：「太行匹馬奔喪五日而來，有子如斯，先生可死；滄海横流抗論千秋之上，其人不作，吾輩焉依。」蓋紀實云。

閩縣陳可堂游戎英用船政局藝童起家，爲人忠勇，饒謀畧，爲福星輪船管駕官。光緒甲申夏，逆夷法蘭西窺福州，調防馬江。君先後上書，極論水師部署失宜，並陳破夷諸法。大府不能用。七月三日，君察夷船有變，急斫椗以備。俄夷果發礮攻我軍，君登柁樓麾船力戰，身負重創，猶還砲不已，卒與船俱燼。家人求其屍不得，以衣冠葬。是役也，我軍凡燬輪船九，喪管駕官四，而君之死爲尤烈。其從兄喜人明經藴撰聯輓之云：「死原報國卻含冤，想青燐黑月，夜嘯聲高，應憾陳濤誤房琯；鬼尚有靈當殺賊，看鐵雨金風，忠魂起立，肯教江水飲完顔。」詞旨悲壯，羅縠臣司馬大佑極賞之。

張振軒宫保樹聲督兩廣。法越釁起，疏論戰守事宜，與廷議不合，迭被糾劾。公不自安，乃請解任專辦防務，得旨俞允，以張香濤制府代之。甲申九月初日薨於軍。制府輓之云：「代公乏武庫之才，峴首哀思，片石人懷羊太傅；報國示據鞍可用，壺頭瘴癘，明珠天監馬將軍。」時龔靄人藩伯撰聯，亦以「羊」「馬」相擬，謂人曰：「我兩人所見畧同也。」其句云：「雲撼大星沉，民思遺愛，軍感舊恩，馬伏波功竟壺頭，興謗無端生薏苡；風澄南海静，公定成規，我懷知己，羊太傅碑留峴首，登高何處奠茱萸。」

湘陰左文襄公宗棠以孝廉起家，與曾文正、李伯相平髮逆及捻回各匪。而公復定關隴，收新疆，功烈尤偉。位至東閣大學士，由一等伯晉封二等侯。倚畀之隆，一時罕儷。光緒甲申，法人犯順，奉命督師入閩。明年，和議成，乃告歸。未及行而疾劇，以七月二十七日薨於福州行館。哀輓之作遐邇畢集。就所聞見，如鄧賡元云：「幕府畺圻，書生侯伯，孝廉宰輔，疏逖機樞，繫中外安危垂三十年，魂魄長依天左右；湖湘巾扇，閩浙戈船，沙漠輪蹄，中原羽檄，揚朝廷威德越五萬里，聲名遠震海東西。」羅穀臣司馬大佐云：「以一身繫天下安危者三十年，看連雲烽火次第澄清，武侯揮扇而軍，蓋代大名垂宇宙；爲聖朝恢徼外版圖凡數萬里，祇横海蛟鼉頻煩擘畫，宗澤渡河未果，出師遺憾滿滄溟。」思周筆健，高挹羣言。他若劉撫部秉璋云：「范希文十萬甲兵，妙算如神，四海議中朝人物；葛忠武兩朝開濟，大名不朽，千秋拜丞相祠堂。」劉藩伯連捷云：「勤學好問謂之文，闢土有德謂之襄，星日大名垂，特筆九重孚衆論；黃陵之山屹若柱，湘江之流紆若帶，風雲秋氣慘，靈旗萬里送歸魂。」黎大令培質云：「生不愧封侯，整師五萬里，電掣雷轟，手挈邊畺歸版籍；没猶思破敵，遺表數百言，風淒雨泣，魂依大海撼波濤。」馮廉使邦棟云：「謝安東土正思歸，未疾遽膺，秋色冷瀟湘煙雨；諸葛南征曾奉詔，大功未竟，英靈鬱天海風濤。」戴軍門定邦云：「千古證心期，《前出師表》、《後出師表》；中興論宰執，湘鄉一人，湘陰一人。」張都司振檠云：「將相具全才，恰同潞國勳名，汾陽威望；軍民懷舊德，忍見武侯遺壘，太傅豐碑。」渾雄悲壯，亦如驂之有靳。至李太守有棻云：「出將入相，大名與曾、李相參，豈知鉅任獨肩，勳業最高心最苦；互市叩關，隱患非漢、唐可比，太息老成不作，人材彌少事彌艱。」感時論事，與衆不同，殆所謂「古之傷心人別有懷抱」者歟。

番禺鄒翔笙茂才五雲輓其季父秋琴孝廉煌昌聯云：「北轍甫言旋，纔膺謁選，遽赴脩文，歎從今辨難執經，向何處竹林問字；西河深抱痛，年過商瞿，悲同伯道，幸有孫承祧繼體，佑後人椒衍盈升。」

錢塘朱子璞秀才兆璜輓其兄星蓮寶誠云：「棣萼記聯輝，何圖春草經年，分手竟成千古；荆枝遭疊折，從此秋萸會罷，傷心更少一人。」見者稱其典切。然不如閩縣林勿村撫部鴻年哭弟云：「焦灼太多端，爲汝隱憂，早恐支離成病骨；聰明真到底，與予俄訣，猶將艱鉅勗仔「仔」有平、上兩音，義同。肩。」吾郡山陰謝墨香明經家芸哭弟雨香云：「情關兄弟，義託師徒，覽當年賸稿遺篇，千古文章千古憾；堂上衰親，閨中少婦，聽此日悲啼痛哭，一聲兒女一聲天。」語淺情深，讀之令人酸鼻。

葉敷恭太史大遒輓其妻弟黄叔勤云：「嗟嗟長吉，天上雖不苦也，其奈阿孁何，忍看寸草摧心，未報春暉先萎落；申申女嬃，地下果相逢乎，且脩來世罷，若向石林問狀，爲言壯歲尚蹉跎。」

楹聯新話卷七

哀輓下

輓聯率以矜莊婉約勝，獨曾文正公國藩才力標舉，天矯老蒼，自成一格。亡友馬賓侯燦稱其運古文法於聯語中，洵不虛也。其最佳者，如輓湯海秋侍御鵬云：「著書貫諸子百家，其學亦博矣；得謗遍九州四海，而名即隨之。」輓孫文節公銘恩云：「以文來，以節歸，毅魄常留兩江上下；因孝黜，因忠死，苦心可質百世鬼神。」公視皖學，奉命辦賊，以請終養鐫級。城陷，卒自經以殉。輓袁端敏公甲三云：「屬纊寄箴言，勸我勉爲范宣子；蓋棺有定論，何人更議李臨淮。」輓戴文節公熙云：「舉世稱畫師，無人識爲血性男子；上界足官府，知君仍作供奉神仙。」公用畫畫值南齋有年，及在籍辦團練，死庚申之難。輓左青士太守輝春云：「使青士有年，欲安天下今誰屬；憂蒼生成病，未定江南死不歸。」輓張南屏太學楚江云：「殺賊出奇兵，竟作國殤哀翟義；捐生完大節，居然家法紹睢陽。」輓陳堇亭給諫岱雲云：「歸路三千指故鄉，記否黃鶴晴川，曾上高樓持使節；去年重九作生日，豈意《述録》誤「憶」。隻鷄斗酒，又來蕭寺弔詩魂。」輓李勇毅公續宜云：「我悲難弟，公哭難兄，舊事説三河，真成萬古傷心地；身病在家，心憂在國，彌留當十月，正是兩淮平寇時。」蓋公兄忠武公續賓與文正弟忠愍公國華同殉廬州三河鎮之難也。輓馬端敏公新貽云：「范希文先天下而憂，曾無片時逸豫；來君叔爲何人所賊，足令百世悲哀。」公督兩江，爲賊張文祥所刺，薨。卒不得主名，遂成疑案。輓易臨莊太學良翰云：「鄧禹少從戎，壯懷欲吸西江水；終軍雖遇害，毅魄猶殲南越王。」輓謝春池茂才邦翰云：「春草繫詩懷，有人痛哭謝康樂；秋風埋戰骨，無計招魂馬伏波。」輓凌紫巘孝廉云玉成云：「曰歸曰歸指故鄉，豈期露宿風飧，便爲異域招魂客；有弟有弟今詩伯，從此孤兒寡婦，付與天涯急難人。」輓凌荻洲水部玉垣云：「湖海詩名二十年，身世畧同黃仲則；沅湘故國三千里，魂靈應傍賈長沙。」水部蓋紫巘孝廉之弟，以詩名云。輓易封翁文杰云：「半載從吾遊，令子畧同秦少覿；一鄉飲君德，古人可比許文休。」輓郭封翁家彪云：「江天落德星，有人知是戴安道；大地埋堅石，看我敬銘蘇老泉。」輓劉忠壯松山云：「勳業畧同馬伏波，骨歸萬里；精誠差比岳忠武，壽少二齡。」輓黃南坡觀察冕云：「偉人事業無恆蹊，任俠而作循良，推算而平禍亂；晚歲林泉有至樂，真率以娛耆舊，經綸以付兒孫。」輓黎壽民太守福疇云：「四十年憂患飽經，歎白髮早生，襟韻真如古井水；二千石謀猷初試，祗丹心不死，精魂長繞敬亭山。」輓向伯常司馬師棣云：「與舒嚴並稱溆浦三賢，同躡妙年千里足；念吳楚尚有高堂二老，可憐孝子九原心。」輓劉隱霞司馬本傑云：「五載共兵戈，地下知心王壯武；萬年歆俎豆，沙場歸骨馬文淵。」輓雷子木太守鐸云：「深殿注丹毫，聖主殊恩記良吏；圍城襄壘守，使君遺愛在長沙。」輓李秀峯都司開林云：「期服去官，有猶子能行古禮；儒冠爲俠，如先生豈是今人。」蓋秀峯爲壽亭農部從父，以儒生就武職。其没也，壽亭爲乞假持服云。

左季高侯相《雜著》後附載輓聯，其雄健不亞湘鄉。如輓張石卿制府亮基云：「長沙獨守幾經旬，憶草檄紛馳，公爲府主我爲客；鄂渚一別即終古，歎萍蹤靡定，昔向瀟湘今向秦。」輓烏魯木齊都統西林宮保云：「遺訣酸辛，嗟膝下無兒，堂前有母；殊勳彪炳，看大江東去，冰嶺西來。」輓唐陰雲方伯云：「湖外故人稀，萬里遥情春草緑；荆南良吏在，廿年遺愛峴山青。」輓劉克菴通政典云：「北闕君恩，南陔母養，西域戎機，忠孝合經權，好與聖賢論出處；廿年交固，萬里功成，九原夢斷，死生關氣數，忍看箕尾吐光芒。」通政從侯相平粤賊、捻匪及西征逆回，以母老歸卒於家。輓沈經笙相國桂芬云：「入告有嘉猷，擊楫應同劉越石；經邦懷遠志，籌邊還憶李文饒。」

俞蔭甫太史樾著有《楹帖録存》。其哀輓之作，取材新穎，務掃陳言。如輓王蔭齋觀察云：「舊夢怕重提，海上同舟，兩夜聯床還似昨；微名慚偶合，吴中懷刺，一時驚座更無人。」蓋觀察名曾樾，與太史同名字。曾在上海同坐輪船至金陵也。輓惲次山撫部云：「大雅宏達，是名翰林，清通簡要，是真吏部，嚴明仁恕，是封疆重臣，遺愛長留荆楚地；論芸香俸，爲前後輩，編花萼集，爲同年生，訂縞紵交，爲吴中老友，傷心怕過櫟存堂。」撫部爲太史兄壬甫太守同年，由湘撫罷歸。與太史同寓吴下，所居有櫟存堂。輓丁濂甫光禄云：「小集三同年，杯酒清談，猶憶共商《蜀游草》；傷心一分手，畫圖留贈，不能再寫浙中山。」光禄視學吾浙，太史嘗與杜蓮衢侍郎飲其署齋，皆庚戌同年也。光禄以所著《蜀游草》囑校，并作畫贈之。輓徐誠菴大令云：「補四百餘闋新聲，傳世應偕萬紅友；溯三十八年舊夢，與君同是一青衿。」大令與太史同入邑庠。所著《詞律拾遺》，足補萬紅友所未備。輓張仲甫中翰云：「耆年碩德，兩賦《鹿鳴》篇，憶從前初奏笙簧，喜動天顔曾一笑；辨例屬詞，獨得《麟經》意，想此後不祧俎豆，長傳絶業到千秋。」中翰登嘉慶庚午賢書。其先德蘭渚先生撫閩，謝恩疏入，仁廟批「欣慰」二字。同治庚午，重宴鹿鳴。所著《春秋屬辭辨例》曾進乙覽云。輓倪載軒觀察云：「卜宅闔閭城，園林花木猶待評量，遽歸海上仙龕，冷落空齋小摇碧；歷官觀察使，霖雨經綸未遑展布，徒令吳中父老，欷歔遺愛古龔、黄。」觀察由縣令起家，未補道缺。曾買屋蘇州，太史爲題其舫齋曰「小摇碧」。輓何子貞太史云：「史館建嘉謨，惜創議未行，三品下庶僚至今無列傳；講堂刊定本，奈校讐方半，《九經》中大義從此屬何人。」太史在史館，曾建議修三品以下列傳，不果行。晚年在維揚書局校刊大字本《十三經註疏》，未卒業而歿。輓吳仲雲制府云：「樹滇黔數萬里外威名，歸卧林泉，一品門庭若寒素；溯翰苑十九年前老輩，叨陪杖履，半年壇坫共湖山。」制府以雲貴總督引疾歸里，主講杭州敷文書院，與太史所主詁經清舍止隔一西湖也。

薛慰農觀察時雨善爲楹帖，而於輓詞尤典切渾成，曲盡情致。如輓桐兒云：「十三齡經史粗通，譽滿公卿，始信虚名能折福；卅一載迍邅迭遘，默參因果，將毋造孽是居官。」輓伯兄藝農廣文云：「仲無兒，叔無兒，弟有兒，兒轉無兒，庭誥分承，忍見諸孤稱降服；姪長逝，嫂長逝，孫夭逝，祖旋長逝，家門太蹇，可憐後死最傷心。」輓吳勤惠公云：「名在御屏風，由百里歷兼圻，樸誠報國，寬厚臨民，溯公德極巃峯、雪嶺而遥，邊徼同瞻，何止江淮頌遺愛；學推鄉祭酒，謝朝簪遂初服，刊誤讐書，編年存稿，待我歸話豐樂、醉翁之勝，典型遽隕，那堪湖舫憶前遊。」自註：「與公西湖別後遂成永訣。」輓何廉昉太守栻云：「翰墨中人，詩酒中人，江山花月中人，薄宦豈能羈，平生擺脱風塵，逸興豪情，跨鶴占維揚勝蹟；文苑一傳，循吏一傳，貨殖游俠一傳，通才無不可，夙昔服膺師訓，感恩知己，騎鯨作上相先驅。」自註：「太守爲曾文正公門下士，任俠，善詩文。罷官後治鹽於揚州，先文正數日而卒。」輓李小湖大理云：「經師人師大宗師，江上題襟，許我平分一席；金管銀管斑竹管，湘東紀事，如君自有千秋。」自註：「大理歿於鍾山書院講席，時予分主惜陰。」輓袁篤臣觀察云：「將才吏治儒修，天若假年，一代名臣應合傳；科第勛猷家世，死原無憾，重闈大耋最傷心。」觀察爲忠愍公甲三猶子。歿時，其祖母郭太夫人年近百歲，猶在堂也。輓陳桂舫部郎云：「敬公爲三管傳人，親炙稍遲，幸畫舫題襟，雅集折白門楊柳；有子屆六年報最，升庸在即，惜麻衣解組，去思留滁郡甘棠。」時部郎子幼舫刺史官滁州，方膺俸滿保薦。輓汪逸林大令云：「故里擅豪情，記列岫樓開，詩酒縱横，遲我未登名士席；陽城書下考，悵雙江路隔，老成彫謝，哭君新罷上元燈。」自註：「大令被議後没於贛州。其家舊有列岫樓，爲全邑老輩觴詠之所。」輓戴子高茂才云：「侍中坐五十重席，解經克紹宗風，平生辛苦書林，博覽旁搜，墨守相期緜漢學；湘鄉是第一流人，感舊最傷知己，從此羈留賓館，淒風苦雨，羇魂應自戀吴興。」茂才曾受知於曾文正公，聘入金陵書局，未蒇事而没。輓高星甫孝廉云：「累年講舍相隨，把酒論文，師弟交情如骨肉；此後吾廬誰主，隔江揮泪，夢魂終古戀湖山。」自註：「予主講崇文，孝廉爲監院。杭人爲余結廬湖上，孝廉時監守之。」輓李祝三云：「與人無忤，與世無爭，木訥自甘，葆真而去；如金在鎔，如玉在璞，元善所庇，有子必昌。」

閩縣戴光甫上舍奎知余撰《聯話》，曾録楊子恂太史仲愈輓言一帙相示。中多藻密機圓之作。如輓陳貫甫觀察景曾云：「功罪自分明，溯江關轉饟，淮甸運籌，一介纍臣，萬里東南資保障；才名長抑塞，羨王、謝卿材，龔、黄吏治，廿年散地，半生嶺海老窮愁。」觀察以事被黜，投効江南戎幕，卒未復職。及大營潰散，家居二十年而卒。輓陳幼農部郎偶庭云：「家世陳仲弓，循吏儒林，潁水一門堪合傳；才名蘇明允，文章政事，眉山諸子盡多材。」輓范嵌溪給諫熙溥云：「慷慨諫書傳，數青瑣朝班，報國年華君尚富；淒涼鄰笛暮，悵黄壚酒伴，餘生憂患我猶存。」代陳某輓黄蘅洲太守慶安云：「家國鬢雙皤，憂樂東山，誰識蒼生關謝傳；淵源香一瓣，文章北海，曾垂青眼到陳羣。」太史主講鳳池書院有年，陳萏嘗爲其賞拔也。代何藻亭輓郭茝舟廉訪云：「千言柱史，三策河渠，歎平生辛苦一官，得晉台衡公已老；南海歸魂，西洲舊路，溯曩日周旋兩代，重來華屋我何堪。」自註：「廉訪卒於廣東臬司之任。」輓某云：「才名老畫師，德望老經師，累葉風流，文苑儒林應合傳；及門賢子弟，克家佳子弟，一堂作述，讀書從政各多材。」輓鄭芝生大令世祺云：「棄五斗米歸田園，想陶令黄花，栗里琴樽成酒隱；留萬卷書貽子弟，羨謝家寶樹，烏衣裳屐盡卿材。」輓趙又銘觀察新云：「奔馳八千里歸途，一面匆匆，竟與先生成永訣；慚愧三十年知己，遺編落落，敢期後死託斯文。」輓吴又濱鹺尹其康云：「王郎抑塞，杜牧清狂，海上波濤，生死一官無限淚；陶令田園，向平婚嫁，家山千里，江南風雨未歸魂。」輓陳肖丞孝廉云：「意氣少年場，憶銅臺走馬，綺陌看花，落落前塵，《述録》誤「志交」。已矣一盃燕市酒；知交千古淚，《述録》誤「文章」。歎兵燹餘生，關河旅食，蕭蕭破篋，賸君九日見溪書。」自註：「孝廉殁於崇安鹺館。」輓卓望巖孝廉雲祥云：「才命竟相妨，悵南海煙波，白髮傷心餘二老；神仙多所誤，夢西陵風雨，青衫洒淚祝三生。」孝廉殁於杭州幕次，時二親猶在堂也。輓林封翁士發云：「世俗笑疏狂，憶少年飲博屠沽，無忌交游，誰識侯嬴真長者；死生論氣誼，悵此後江湖風雨，魏其座客，不留仲孺慰窮愁。」封翁爲美堂孝廉燾之父，好客嗜博，所交皆知名士，與太史尤莫逆云。輓盧士棠《述録》誤「萬」姓。云：「蓮葉爲舟，大士渡來君渡去；荔枝下酒，浮生如夢醉如仙。」盧以荔子下酒得疾，卒於六月十九日。輓鄭遂巖茂才云：「玉樹竟生埋，可堪繐帳招魂，夜半琴聲悲寡鵠；曇花剛一現，從此雲亭問字，堂前元草泣童烏。」

輓聯固貴典切，然亦有以白描勝者。如陳芸圃輓徐南輝云：「訂交四世，珂里同居，自憐老景難留，願侍白頭常話舊；長我一年，祖鞭先著，倘或後塵可步，相逢黄壤不多時。」陳嘯琴輓從弟芷江云：「一病夏徂秋，此日傷心非我獨；羣季十有六，而今哭弟到君三。」又李翼南輓云：「竟隨老父，想亦開顔，泉路承歡親色笑；倘遇伯兄，不堪回首，秋風揮淚話淒涼。」韓鐵生輓陳三橋云：「總角訂深交，感余客路歸來，得敘離悰剛一載；齊年驚早謝，從此篇章檢點，那堪遺蹟認三橋。」居筱園輓沈墨田云：「戚里中有數同心，痛爾嚴君兼痛我；一日内兩揮老淚，悲吾女姪又悲君。」徐蘭洲輓阮某云：「幼學每相隨，青眼久蒙垂顧盼；老成不復作，素心誰與話生平。」汪芙生輓沈眉伯云：「識面甫經年，遽驚奄忽黄壚，在昔論交何太晚；傷心真欲絶，何況飄零白社，平生知己本無多。」低徊俯仰，悱惻動人，固非雕繢者所能及也。

石首沈槐卿觀察由進士宰鄱陽，有善政。咸豐四年，賊再薄省，公率義旅赴援。賊尋分寇饒州，公仍反救。至則城已陷，署令李仁元死之。公督勇力戰，斷一臂，力盡亦死。十四日，得公尸，如生。自作輓聯云：「二十年讀書，二十年服官，取義成仁，要擔起綱常兩字；進不能救援，退不能固守，孤忠効死，慚對他章貢雙流。」

吳縣潘文恭公世恩以大學士予告，優游京邸者四年。薨時自撰輓聯云：「鄉夢久無憑，那有閒情問松菊；主恩慚未報，好留餘悃付兒孫。」忠愛之情溢於言表。

杜尺莊先生輓其戚胡孺人聯云：「盡瘁事高堂，藥鼎糜甌，紅爪回春傳孝愛；積悲銷病骨，鳳雛鴛偶，碧城破涕慰團圞。」

嚴大令，忘其名氏。其夫人與嚴同歲，於端午生子，閱十日而亡。韓鄂不茂才韡輓聯云：「配淑偶以同庚，十載鸞儔，回首已成潘岳恨；舉佳兒於重午，一旬鶴化，傷心祇爲孟嘗生。」

郭遠堂制府柏蔭太夫人能詩文。封翁階三先生家居設帳，太夫人時爲督課。時以爲有宣文君之風。其没也，黄漱六比部紹芳輓以聯云：「授經隨紗幔諸郎，數末座少年，曾許黄裳堪大器；來弔具生芻一束，幸南州孺子，得交郭泰是儒宗。」蓋比部曾受業其門云。

侯官周蒼士學博嘉璧輓林爲政太夫人云：「內和外睦是家肥，溯平昔徽音，鍾、郝堂前瞻禮法；子孝孫賢兼婦順，論後來福報，機、𢙟傳上看科名。」

侯官廖鈺夫尚書輓楊竹圃方伯夫人云：「鴻案德宜家，憶戒旦雞鳴，星指薇垣光有爛；鱣堂經教子，喜後昆鵲起，雨從花縣澤流甘。」

曾文正公輓胡文忠公太夫人聯云：「武昌居天下上流，看兒曹整頓《述録》誤「新整」。乾坤，縱橫掃蕩八千里；陶母是女中人傑，憶平日帡幪《述録》誤「痛仙馭永辭」。江漢，感泣《述録》誤「激」。悲歌百萬家。」或作文忠輓文正太夫人作，殊誤。

侯官沈文肅公葆禎夫人爲林文忠公長女，能文工書，深明大義。咸豐六年，從文肅守廣信。會賊陷貴溪、弋陽等邑，進犯郡城。時文肅方在河口籌饟。守兵聞，驚潰。吏民奔避一空。勢危甚。夫人乃刺血作書，乞援於浙江防將饒鎮軍廷選。懷印與劍，日坐井旁，以死自誓。饒得書，感其忠義，乘漲夜發，不數日而至。文肅亦歸。夫人親執爨以饗將士，衆咸感奮。連戰皆捷，城遂獲全。至今江右人嘖嘖稱道勿衰。以同治十二年八月望日亥時終於里第。《鋤經精舍零墨》謂歿於兩江督署，誤。與其所生月日時悉合，亦異事也。左季高候相輓以聯云：「家能孝，國能忠，《述録》誤作「退能守進能攻」。一生大節昭昭，挽狂瀾於既倒；來何因，去何果，千古元精耿耿，抱明月而長終。」盛蓮水通守在滬代船政局員撰聯公輓云：「爲名臣女，爲名臣妻，江右矢丹忱，錦繖夫人同偉績；以中秋來，以中秋去，天邊圓皓魄，霓裳仙子證前生。」按：文肅夫婦守廣信事，咸豐六年八月曾文正公入告，第稱夫人躬執汲爨饗軍，而乞援一節歸功於文肅，不言出自夫人，故當時未沐褒賞之典。迨光緒十年六月，江撫潘偉如中丞始從紳民之請，録其書稿，疏乞祔祀文肅廣信專祠，得旨俞允，並見邸抄。鄭梅隱文濱《醒睡録》乃謂「夫人命各官嬰城，而召文忠舊部來援。內外夾擊，賊大敗退去。詔封一品夫人。」蓋傳聞失實而誤記也。因録夫人輓聯，爲辨於此。

俞曲園太史有輓江室仇夫人聯，自爲序云：「夫人爲江少雲觀察之配。通文墨，而不爲詩詞。喜觀史，以史中可法可戒事爲子若婦言之。尤好施與，能急人之急。庚申辛酉之亂，戚黨中往依之者，人人佽助之，罄所有不惜。臨終自爲輓聯曰：『平生儘爲誰忙，代夫子辛勞，敢分人己；家法原非我設，受祖宗懿訓，敬告兒孫。』烏呼！是亦女有士行者矣。」聯云：「以巾幗中人，常落落然有儒生氣象，豪傑襟懷，日對青史一編，迥異尋常脂粉輩；當緜綴之際，所拳拳者在祖宗懿訓，兒孫家法，手題繐帷數語，豈惟明白去來閒。」

常熟許太夫人爲翁文端相國原配。藥房中丞同書、玉甫中丞同爵、叔平尚書同龢皆其子也。夫爲宰相，子孫皆狀元，極笄珈之榮。其没也，詔書褒美，賜祭一壇。蓋曠典也。俞曲園太史獻聯云：「夫爲宰相，狀元子，狀元孫，看門庭武達文通，世代勳賢，會見韋平成舊業；帝褒賢母，御賜祭，御賜葬，極恩禮隆天重地，年家子姓，敬從鍾、郝緬遺徽。」

潘蘭儀司馬之母汪太宜人生七子，存二。有孫八人。守節四十餘年。其長女守貞不字，先母卒。母女同膺旌表。卒於同治甲戌閏六月之朔，年七十四。倪載軒觀察，其西鄰也。輓以聯云：「青燈四十載，獨抱冰心，歎膝下佳兒，止存雙鳳，閨中弱女，先跨孤鸞，老景逼桑榆，半死枯楊遭閔厄；丹詔九重天，特褒苦節，算萱花慈壽，已過七旬，桐樹孫枝，剛符八士，高風留綽楔，平分清籟到隣春。」

吳桐雲方伯之室孫夫人，幼失怙恃。既歸吳，撫其八歲小姑，以迄於嫁。後挈子女避兵，遂得拘攣疾，困頓牀席者幾十年。將卒，猶命其子善事庶母。事詳方伯所撰《行狀》。俞曲園先生輓以聯云：「噩耗到江南，溯自早歲零丁，中年離亂，暮齒又疾疢纏緜，何怪神傷荀奉倩；褒揚來日下，想其勤儉相夫，孝友勗子，恩義逮偏妻女妹，允推閨範宋宣文。」按：《爾雅·釋親》：「夫之女弟爲女妹。」郭註：「今謂之女妹是也。」袁又愷引《禮記》昏義「和於室人」。鄭注：「室人，謂女公、女叔諸婦也。」正義曰：「女公，謂婿之姊女；叔，謂婿之妹。」證《爾雅》正文「女妹」是「女叔」之譌。若《經》作「女妹」，則郭注爲無謂。即以俗説證，亦但當云「今俗有此稱」，不當疊經文矣。臧拜經云：「夫之兄爲公，故其姊爲女公。夫之弟爲叔，故其妹爲女叔。」則「女妹」實當作「女叔」也。郝氏《疏證》謂郭注「女妹」亦「女叔」之誤，則非。

許州葛瑞卿大令任吳縣，其母李太夫人卒於署，年八十。俞曲園先生撰聯輓之云：「二品紫泥封，潁上板輿，花縣迎來衆母母；八旬黃髮壽，吳中丹旐，薤歌送到大家家。」按：《後漢書·列女傳》：「扶風曹世叔妻班昭，和帝令皇后諸貴人師事焉，號曰『大家』。」李賢無音，丁度《集韻》謂「家與姑同。大家，女之尊稱。」愚按：古音「家」皆讀「姑」，後轉爲「歌」，又由「歌」轉今音。隋陸法言《廣韻》遂收入九麻韻。顧氏、段氏攷之詳矣。然古凡同音之字例得通叚。大家之家，乃姑之叚字。《隋書·長孫平傳》：「不癡不聾，不作大家翁。」大家翁即阿家翁也。《宋書·庾仲文傳》作「不癡不聾，不成姑公。」是其明證。按：《愼子》：「不聰不明，不能爲王；不癡不聾，不能爲翁。」劉熙《釋名》：「不瘖不聾，不成姑翁。」則此語自古有之。趙甌北謂「起於六朝」者，非。《後漢·后妃傳》：「虞美人未加爵號，但稱大家。」借家爲姑，與曹大家同，然則此聯上下兩「家」，實音同而義異也。

成都劉特舟大令宰甯德，太孺人嘗就養官舍。尋歸，以四月十八日卒於里第。曾伯厚孝廉福謙輓以聯云：「蓮峯下奉板輿，種成四境甘棠，入室勗官箴，猶是當年勤畫荻；瀼水西理歸棹，聽到一聲杜宇，生天參佛果，更遲十日笑拈花。」

林潁叔藩伯壽圖輓潘耀如太史炳年之室吳孺人聯云：「寫韻佐清貧，夢化彩雲，吳女一燈凄似豆；悼亡同感賦，寒飄臘雪，潘郎兩鬢欲成絲。」

豐潤張幼樵侍講佩綸與閩縣陳伯潛學士同庚，少陳一月。同以直言濟幹著稱。及法事起，侍講奉命使閩，陳使江南，同辦洋務。馬江敗後，陳適遭太夫人之喪，侍講撰聯輓之云：「狄梁公奉使歷重關，白雲孤飛，將母有懷嗟陟屺；孫伯符同年少一月，東風不便，弔喪持面愧升堂。」

鄒翔笙茂才五雲輓其叔母云：「茶蓼集中年，最難堪望夫石冷，思子臺高，鬱成一病淹淹，遽爾珮環歸上界；桑榆懸暮景，何以慰白髮慈姑，青燈嫠母，應念兩情惻惻，凄然風雨近重陽。」

薩謙臣茂才輓其姊聯云：「荻訓付佳兒，兩世才名酬望眼；荆陰憐弱弟，一時遺恨感燃鬚。」謝墨香明經家芸有代族姪升甫輓其妻之祖母聯云：「慈竹正垂青，方五世同堂，詎料一朝驚見背；弱蘿先殞翠，倘九京聚首，爲傳片語慰相思。」蓋升甫妻已先卒也。

閩縣劉子諶孝廉忱輓其師何翊卿大令履亨如夫人聯云：「好月不長圓，東閣梅花閒水部；江風何太急，後堂絲竹感彭宣。」又代其族弟輓未婚妻母鄭太君云：「艸帶襲經香，綽綽高門，忝附鸞臺慚碧鸛；胡麻分飯顆，茫茫滄海，莫尋玉杵搗元霜。」俱切其姓。

悼亡詩須纏緜婉轉，方爲合作。輓聯亦然。如家質民先生元淳云：「歎我不辰，僅留薄命糟糠，猶歸泉下；祝卿來世，不遇封侯夫婿，莫到人間。」陳蘭甫學録澧云：「已到暮年，名曰悼亡實偕老；不妨多病，君今先去我還留。」陳渭占云：「待我百年，再覓爹孃尋絮果；寄卿一語，無愁兒女泣蘆花。」梁禮堂觀察嗚謙云：「百年總有散場時，就現在較量，自合君亡留我在；萬事即今揮手罷，痛半生辛苦，不知淚盡但神傷。」黎召民光祿兆棠云：「說身後事便覺悲酸，苦將好語慰沉痾，累卿牢記心頭，仙去不知成隔世；顧乳中兒益增忉怛，惟有吞聲空掩泣，諒我强安眠食，神傷未合對高堂。」所謂「纏緜婉轉」者，非耶？趙厚子云：「福慧本難兼，如君冰雪聰明，壽考早知無分；死生成永訣，念我幻泡身世，別離應不多時。」

陳少香大令偕燦輓其繼室沈孺人聯云：「從憂患來，從冷煖來，從生死來，從詩歌醞釀來，十五載風雅倡隨，都不記君是紅顔，我是白首；無小家氣，無脂粉氣，無寒儉氣，無柴米夫妻氣，千餘里關河鼙鼓，悔未遂花間課子，柳外歸耕。」

南海黎虞廷學博輓其室陳孺人云：「十一年交謫無聞，雖對泣牛衣，仍是團圞況味，悵今日窮愁更迫，賸七齡弱女，五歲癡兒，百感茫茫，我未成名卿已逝；廿六載塵緣太速，念相莊鴻案，誰分奉養勤勞，歎平生職任未完，有白髮翁姑，青燈嫠母，兩情惻惻，存猶抱憾殁何安。」

郭子美軍門松林之配崔夫人從軍門自楚赴浙。軍門以事勾留皖江，夫人先行。抵上海，忽染時疾而逝。軍門爲文哭之，并撰聯云：「十七載憐卿敬慎，終始不渝，猶憶太白樓前，仲宣臺畔，涼夜青燐微月聽徹刁聲，把劍最難忘，曾賴金釵輸作犒；三千里爲我扶持，殷勤相倚，何意皖南暫住，海上先驅，霎時黑雨驚風吹殘鴛夢，撫棺真痛絶，方知團扇竟成空。」

《楹聯述録》載薩某輓繼室聯云：「一之爲甚豈可再；卿猶如此我何堪。」節短韻長。若潘德畬藩伯輓其繼配李夫人云：「念姑嫜菽水久寒，兩地淒涼，又因萊婦添雙淚；倘新舊栗脩相見，九原問訊，爲道檀郎已二毛。」郭遠堂撫部輓其繼配楊夫人云：「八千里曾共遠游，滿地黃沙，驢背夕陽雙瘦影；四十年重尋覆轍，一抔青草，龍腰夜月兩香魂。」龍腰，與其原配合葬處也。抑何婉麗乃爾。

孫詩樵孝廉言，某逵官有愛姬春燕，卒於立夏前一日。自書輓聯云：「未免有情，此日竟同春去了；似曾相識，何時重見燕歸來。」嵌字無迹，人以爲工。

金匱孫勗三明經工詩畫。重九日，與妻彈琴，忽隱几而逝。次日生一子。其妻輓之云：「老成尚有典型，何當風雨滿城，抱琵任彈專一調；丈夫愛憐少子，更痛參商異度，蓋棺未及洗三朝。」

婦人輓聯無事情可敘，惟就其夫若子生發，最難見長。清新如俞蔭甫太史，華澤如楊子恂太史，洵稱一時能手。俞輓吳平齋觀察之母朱太夫人云：「有造福三吳之子，又有造福三吳之孫，先後謳歌盈茂苑；遲浴佛一月而生，再遲浴佛一月而卒，去來蹤跡在靈山。」太夫人生於五月八日，卒於六月九日。輓周縵雲侍御之母沈太夫人云：「躋八秩更六齡，富貴貧賤患難，處之夷然，屢承芝誥褒揚，有是兒，有是母；以一身兼五福，康甯令德考終，數者備矣，請看麻衣羅拜，又多子，又多孫。」輓丁雨生撫部之母黃太夫人：「多壽復多男，有令子，有賢孫，有文孫之孫，五代一堂同辟踊；教忠即教孝，是嚴師，是慈母，是衆母之母，三吳百粵共謳思。」撫部撫吳，太夫人就養官舍而歿。輓楊某之母丁淑人云：「有令德，有清才，不愧聲稱是賢母；一忠臣，一孝婦，最難伉儷並傳人。」淑人能詩工書，嘗刲臂療姑疾。尊甫子宣官浙，死辛酉之難。輓柳質卿孝廉之母俞太孺人云：「生稱母，死稱妣，必也正名，一字記曾參末議；

鍾氏禮，郝氏法，幸哉有子，九泉會見賁恩綸。」孺人歿時，議者以孝廉有前母，宜稱「繼母」。太史據《儀禮·喪服》篇「繼母如母」。疏：「繼母本非骨肉，故次親母後。」謂「以親母而謂之繼母，義不可通」。孝廉從其言，遂稱「先妣」，故上聯及之。輓顧竹城大令之室葉淑人云：「鶴壽未六旬，仙去後一年，再到仙山獻壽；鶯花過三月，佛生前五日，遽歸佛地拈花。」淑人年五十九，四月三日卒。楊輓黃漱蘭侍讀體芳之母太夫人云：「八十年青史女宗，羨郊、祁科第，軾、轍文章，絶代經師，《述録》誤「當代詔經」。絳幔口傳名世業；二千里白雲親舍，痛庭樹慈烏，關河駱馬，一篇將母，萊衣淚盡使臣詩。」侍讀與其弟同入翰林，時方督學福建。甫下車而太夫人訃至。輓陳孝廉之母某太宜人云：「遺經親授諸孤，羣從才名，薛鳳、荀龍皆國器；寶筏同登彼岸，一門孝義，樊姬、謝女盡仙班。」蓋太宜人病篤時，其女嘗封臂和藥以進。及歿，女與其妾亦相繼而亡云。輓林顥叔方伯壽圖之母太夫人云：「經術本家傳，溯卅年前機聲燈火，荻畫牕塵，風雨絳紗，至今鄒魯諸生，尚拜宣文堂廡；勳名歸母教，看萬里外建績金城，浣兵瀚澥，關山錦繖，遥想氐羌十郡，爭祠譙國幢麾。」又云：「懿行史臣尊，三百年異數恩榮，禮義詩書，天語九重褒孟母；孝思阡表慰，五十載孤兒血淚，文章政事，人才一代起歐陽。」太夫人擅文學，教子名成，就養陜西藩署而歿。又輓方伯之配張夫人云：「詩卷唱隨四十年，福慧雙脩，生世碧霞偏小謫；俸錢齋奠八千里，家山一夢，海天黃鵠永分飛。」輓胡季舲侍郎肇智夫人云：「五千里路唱隨，佐裘帶行邊，海上仙山，繡斧風清迎紱佩；十萬俸錢齋奠，悵旌旂分陜，天涯芳草，錦袍涼淚浣蘋蘩。」侍郎爲汀漳龍道，夫人歿於官舍。時奉陳臬陜西之命。輓潘大令之妾梅少君云：「禪榻病維摩，聽落葉哀蟬，潘鬢況堪涼月影；金閨賢絡秀，恨雲屏寶瑟，江梅還作斷腸花。」比而觀之，覺楊掠浮光，俞崇切響，又有庶子家丞之别焉。

曾文正公婦人輓聯亦勁氣直達，落落大方，非雕繢者所及。劉詹巖殿撰太夫人，云：「七州團練使，八座太夫人，愛日忽頹，鄉里榮哀天下羡；哲嗣名狀元，曾孫新進士，文星環繞，高堂福壽古來稀。」張海門學使太夫人，云：「元女大姬，祖德溯二千餘載；周姜京室，帝夢同九十三齡。」賀映南太學夫人，云：「柳絮因風，閫内先芬堪繼武；麻衣如雪，階前後嗣總能文。」

施可齋《閩雜記》云：「光澤歐陽順齋巽有婦何氏。賢而才，早夭，遺一子，自爲輓聯云：『奴别良人去矣，大丈夫何患無妻，願他年重訂婚姻，莫對生妻談死婦；兒依嚴父艱哉，小孩子定仍有母，倘後日得蒙撫育，須知繼母即親娘。』上别其夫，下教其子。情深意婉，至今人猶傳誦之。」按：此聯，《楹聯續話》謂是福州林氏婦撰。惟其句則作「我别君去，君何患無妻，倘異時再協鸞占，莫謂生妻不如死婦；兒隨父悲，兒終當有母，願他日得酬烏哺，須知養母即是親娘。」辭氣結轖，不及原作之自然流走，殆屬訛傳。可齋稱「道光戊申，館光澤，典史徐左三公義爲言：順齋婦喪時往奠，親見其書懸靈前者。」當不謬也。

常州趙收菴先生乾嘉間以學行名天下。所撰輓詞，膾炙人口。莊仲弢爲余述其輓孫淵如觀察云：「中外著猷爲，一甲科尊，重向螭頭追昔夢；死生成契闊，九旬母老，轉從鶴髮話深悲。」輓管藴山侍御云：「辛苦到衰頹，盡瘁一官，餘事文章皆自定；倉皇成訣絶，交逾廿載，異時肝膈向誰論。」輓楊蓉裳部郎云：「文饒六朝，開篋尚留元宴序；魂招三峽，奔喪痛阻巨卿車。」輓楊鼐圃云：「五字擬長城，空有遺編淩鮑、謝；一麾遲作郡，不教宣績比龔、黃。」輓莊亭叔云：「科第卅年尊，文舉酒常因客置；風流一時盡，康成經幸有孫傳。」有書有筆，情餘於文，信乎名不虛傳也。

余所輯輓聯，有辭句劇佳而不知其履貫事實者。如輓男聯云：「半載協寅恭，每過宛城思太守；兩河遺子惠，頻臨汝水哭神君。」「鮑叔情深，執手都門成永訣；士安病廢，傷心天道竟難論。」「黃髮稱翁，猶令郡人思宰肉；白眉有季，能成名士奠生芻。」「舊約范生車，不堪風雨招魂，知己一言悲宿草；新歸丁令鶴，應向松楸含笑，表阡雙璧是通才。」「三十年父執云亡，叩馬識韓公，往事夢縈巴水澤；二百里官程遥隔，登樓懷謝傅，蒼生淚墮峴山碑。」「慈悲智慧吉祥，諸相俱足；循吏儒林文苑，有子皆傳。」「方城作尉，我愧居先，何期後至稱賢，柘火再更悲永逝；上國論交，君年差長，爲問出塵胡早，麻衣六尺愴遺孤。」「江淹賦別，杜牧傷春，讀北海《論盛孝章書》，早慮此才無永歲；春雨填詞，秋燈校史，仿玉溪序《李長吉集》，尚堪殁世有傳名。」「甥館相依，記詩壇傳硯，花徑隨輿，每感樂公勤拂拭；江鄉初近，正夢斷空廬，心摧春草，何堪謝傅更山邱。」「半世數何奇，身既清羸官偃蹇；九原心獨苦，親方垂暮子零丁。」「別我訂重游，自憐吏隱十年，歸計更無元亮宅；送君剛百日，最痛家分三地，離愁竟促孝章年。」「掛劍獨慚吳季子；撰碑誰是蔡中郎。」輓女聯云：「郝、鍾著美，夙荷聯姻，果看淑女來歸，職備蘭閨嫻母訓；梁、孟齊名，忽驚感逝，所望文孫崛起，味留蔗境博翁歡。」「紗幔傳經，一代女宗尊魏國；瀧阡歸祭，三朝物望起歐陽。」「論才是巾幗鬚眉，俾大家有家，葛衍瓜緜，兩世箕裘文母力；遺愛在期功遠近，視猶子如子，龍超彪怒，一家裙屐後昆賢。」「依然江草江花，陌上歸來，哀逝彫殘潘岳鬢；曾識孝儀孝綽，林間坐久，開編淒絶令淵文。」「紗幔夜生塵，化蝶隨風依謝草；綵衣春入夢，啼鵑帶月染潘花。」「巾幗有丈夫風，《列女傳》中，不數桓車、孟案；神仙厭人間世，大羅天上，詎知潘悼、元齋。」「度嶺奉安輿，方期八座起居，長此建牙娛愛日；趨朝持使節，才隔七旬色笑，那堪回首失慈雲。」「倦游能佐長卿貧，儘封殘艷雪吟箋，慰客裁書頻寄遠；小住曾棲徐穉榻，歎重到斜陽老屋，留賓解珮更何人。」皆有書有筆，情餘於文，不讓《聯話》諸名公之作。惜乎傳抄疏脱，莫攷其所由來。論世知人，不無遺恨。録之以俟博聞者補訂焉。

武進黄仲則景仁工詩，與陽湖洪稚存太史齊名，江左稱「洪、黄」。仲則客死汾州，稚存走千里，護其喪以歸。撰聯輓之云：「遺札到三更，老母孤兒憑我託；間關走千里，素車白馬共君還。」

楹聯新話卷八

集古

舊傳集《四書》句戲臺聯云：「發於聲，高也，明也，悠也，久也，有同聽焉，斯爲美；奏其樂，手之，舞之，足之，蹈之，若是班乎，可以觀。」又集曲云：「把往事今朝重提起；破工夫明日早些來。」用古如己出，工巧絶倫。又，姚念慈集唐句題都門戲館云：「此曲祇應天上有；斯人莫道世間無。」張文敏公集宋句題西湖戲臺云：「古往今來祇如此；淡妝濃抹總相宜。」各切其地，不可移易。今人多用於他處戲臺，其亦未之思已。

劉金門宮保題義塚聯云：「逝者如斯夫；掩之誠是也。」又當鋪舊聯云：「以其所有，易其所無，四境之内，萬物皆備於我；或曰取之，或曰勿取，三年無改，一介不以與人。」曲折如意，巧若天成。近來朱雅南少尉振麒題錢米店云：「尚亦有利哉；可以無飢矣。」又集《詩經》題茶行聯云：「誕降嘉種，薄言采，薄言擷，自今以始歲其有；亦各有行，千斯倉，萬斯廂，於胥樂矣旨且多。」又陳奎五茂才賀人新婚云：「宜爾室家，式燕且喜；從其孫子，俾熾而昌。」賀人遷居云：「有那其居，兄弟式相好矣；克昌厥後，子孫勿替引之。」亦所謂漸近自然者耶。

李香華家瑞近有集句題烟館者云：「重簾不捲留香久；短笛無腔信口吹。」工切無比。

徐清惠公宗幹有集唐開元《春山銘》字爲聯云：「載錫之光，百禄是荷；則篤其慶，萬福攸同。」又一聯云：「積德承先，子臣弟友；虛心稽古，禮樂文章。」見梁茝鄰《歸田瑣記》中。

余小霞州判應松以詩人滯跡下僚，鬱不得志。尋罷。官爲萬乙樓太守，集杜句爲聯贈之，云：「古來才大難爲用；老去悲秋强自寬。」

鄞縣張意蘭二尹儒績言其在浙幕時，有某大令以名孝廉宰江山，工詩善畫，倜儻風流。常於公暇，攜名姬，乘畫舫，往來山水佳處。集句自題一聯云：「現宰官身，色即是空，空即是色；作江山主，詩中有畫，畫中有詩。」真才人之筆。

《隨園瑣記》云：「王夢樓太守爲先君集《禊帖》書一聯云：『和可契蘭脩，深情若揭；静能知竹趣，樂事相因。』原跡久失。忽於妙相菴重睹，則已爲僧人削去上欵，鐫木懸掛矣。」

嵩鶴舫司馬雲、王可亭少尉福昌俱善輯古今集句楹帖。嘗以抄帙相示，中多《聯話》未收之作。爲去其重複，選而存之，不復別孰爲嵩本，孰爲王本也。五言集唐人句云：「山公惜美景；獨孤及小謝有新詩。李嘉祐」「汲古得脩綆；韓愈開懷暢遠襟。褚亮」「名香播蘭蕙；岑參妙墨揮巖泉。張九思」「詩思竹間過；道心塵外逢。褚亮」七言集唐人句云：「春水船如天上坐；秋山人在畫中行。」「獨立千載誰與友；我生百事常隨緣。」「山園燕坐圖畫出；水作夜牕風雨來。」「讀書有味如諸果；飲酒此心同活雲。」「文章論或到淵奥；意氣相與披胸襟。」「平生獨以文字樂；孝友未要時人知。」「江月轉空爲白晝；青山無數列青螺。」「置身福地何蕭爽；卓立天骨森開張。」「巢父掉頭不肯去；李白乘舟將欲行。」「蒼官青史左右樹；神君仙人高下衣。」「安能攢眉折腰事權貴；爭見高崖巨壑爭開張。」又集宋人句云：「忙中對酒成閒客；老去違時畏後生。呂陶，張來。」「分場自敵三千客；掉鞅何煩七十城。張來，劉紋。」「長伴高人種松菊；相忘吾道亦江湖。張來，劉紋。」「已欣臺省登羣彥；尚得君王呼主人。俱張來句。」「豈知汲黯輕爲郡；真作楊雄老著書。俱劉敞句。」八言集《詩品》云：「紅杏在林，碧桃滿樹；疏雨相過，清風與歸。」又雜集古人句云：「景星夜明，分野有慶；惠風時協，豐年屢登。」「政成令行，順如流水；德宣威立，速於置郵。」「爲善讀書，得安樂法；澆花種竹，生歡喜心。」「沈麝異香，遜乎蘭桂；《莊》《騷》精語，根於《詩》《書》。」「秋月照人，如鏡臨水；春風潤物，自葉至根。」「寸心自高，廣流臻永；三禮立吉，四氣受和。」「西山朝來致有爽氣；太華夜碧人聞清鐘。」「學道愛人，春來有腳；虛懷應物，雲出無心。」「勅勒普黎，聊以自遣；仇池華嶽，藉作壯遊。」「古鏡照人，素體儲潔；大風捲水，積健爲雄。」「茶乳流香，酒波泛碧；月珠澄夜，花露靄春。」「好學深思，心知其故；格言至語，日陳於前。」「文成規矩，思合符契；道匡雅俗，器重宗彝。」「惟儉助廉，惟恕成德；寡營習静，寡欲養生。」「道愜時宗，言爲世則；學窮書府，文究詞林。」「隨遇而安，因樹爲屋；敦行不倦，積土成山。」「松月披襟，蕙風入抱；菊樽餞客，桂實延年。」「威儀五鳳，以成嘉瑞；縱横三署，乃昭法模。」「守儼若思，養浩然氣；現已成事，讀未見書。」「鶴有仙心，花如人意；竹隨畫活，雲爲詩留。」「山水有情，桑麻如畫；風雲得氣，鸞鶴翔空。」「性情曰富，精神曰貴；和氣爲春，清節爲秋。」「披雲看霄，超然獨往；澄風觀水，思若有神。」「蔚矣國華，龍文照水；昜云朝望，驥足淩雲。」「收天下春，歸之肺腑；與萬物共，衹此性情。」「大厦初成，燕雀相賀；盛德斯感，蘭菊叢生。」「金石和鳴，雲烟絢彩；芝蘭挺秀，松菊引年。」「秀木干雲，飛沿拂席；垂露在手，和風入懷。」「清閟雲林，倪迂畫閣；英光寶晉，米老溪堂。」「白雲初晴，如月之曙；黄唐在獨，與古爲神。」「好山當門，流水如畫；明月在手，清風入懷。」又集《曹娥碑》字云：「吟安嶼草江花外；歌待雲流月上時。」集柳誠懸《元秘塔》云：「柳風成趣涼生座；荷露流香妙入茶。」「學格人功思尚友；心常自律即嚴師。」集《褉帖》字云：「世稽古詠清風在；人有天懷静悟生。」「朗抱觀人清若水；幽懷無事静於山。」「林陰清和，蘭言曲暢；流水今日，脩竹古時。」「言當其可，事得其敘；脩期於永，德寄於虛。」「於竹韻蘭言寄所趣；以春風流水暢其懷。」

宣化鍾南耘太史德祥博學工詩文，尤精書法。嘗集古詩歌及碑版文字三百餘聯，語俱古峭。兹録其尤佳者如右。集《褉帖》，七言云：「古懷殊世契於竹；春事得天清在蘭。」「每契同游敘文暢；有人虛左事當時。」「世間所樂者暫相；宇内豈知無異人。」「少文遊山寄其趣；與可作竹契所天。」「管、樂遡時天所相；山、嵇在坐人無羣。」「昔觀當與古賢次；今感不爲時事生。」「山林致虛引脩況；帶畢有品同諸於。」「静喻太極列一九；年有異悟觀之無。」「水取所樂類智者；山峻其品殊仰然。」「水曲人閒詠脩竹；亭陰日静觀遊絲。」「隨時不可以目聽；内氣自知當足流。」「春事已隨蘭信得；風懷知向竹間殊。」「古人若生寄一管；時感所極列萬觴。」「俯仰天地樂可極；古今將相人能爲。」「嘗盡世趣悟隨遇；老於文字無陳言。」八言云：「人生有爲，静契太極；天事無妄，感隨萬殊。」「畢觴娱天，内有至樂；

遷文問世，後無齊能。」「有爲在林，自若其趣；天能得水，不羣於時。」「一水抱竹，無有世趣；萬山當户，欣然静言。」「天山所取，觀物在峻；遷、固之作，其文不陳。」「文與可竹得自天契；陰長生詠迥不猶人。」「賢者内修，爲日不足；至人觀化，與天同流。」「弦者將然，山水静若；觴之又矣，左右相諸。」集《爭坐位帖》字，七言云：「野士豈有王太客；時人不知郭子横。」「閣置九師心有易；座共一品人無言。」「左史所志無不古，右軍可傳何第書。」「極天聞梵悟貴介；大澤望魚思故人。」「敢將古史少文惠；嘗意心書非武侯。」「上下相從念東野；人天平等悟南能。」「功人豈廢東郭犬；守富莫爲南澤魚。」「當爲衆人别魚目；聞有異事承羊鬚。」「無終古來有節士；末下人曾言故鄉。」「有鄉便欲依王績；他日還當訪戴公。」「王、桓並世豈相下；李、郭同心真所難。」「得士常思百夫特；能權安用九分書。」「鄉居日晚野聞扈；海上月明人射魚。」「指心可對當懸特；列座同尊極品魚。」「會意忽來天下月；無言清對海南香。」「論文晚喜曾子固；高士昨同何尚之。」「名綱晚藏三千片；異品初聞百兩金。」「立名可就郭有道；出世當從向子平。」「能畫不容迫王宰；愛人須臾得常何。」八言云：「清香晝然，數息澹空；滿月時出，寓心高明。」「深恩入人，功法無二；特立出世，天地與參。」「指目古人，列上中品；頂足當世，見文武才。」「各有兩足，何不行道；同此一心，常思見天。」「六一積書，欲守二犬；百里用相，不卑五羊。」「行文用權，如將七縱；進退有級，類士三升。」「不息雜念，見須彝國；獨有高悟，入非想天。」「保介有衆，共力宣里；數齒念富，無若宋人。」「立功本難，莫疑羊子；宗道可敬，皆曰魚公。」「知己兩三，情生齋閣；寓言十九，何分逕庭。」「文能開天，進三大禮；相有名德，爲九分人。」「朝南便行，真遂意事；

日東而作，有及時功。」「忽指月光，猶有我相；自命書品，爲無佛尊。」「割裂古才，若存一尺；披取異士，其直百金。」「才如子葵，足與論聖；家有王李，可公諸人。」「行古五禮，用三足爵；與人一心，得二目魚。」「天咫少聞，積以人力；日尺常滿，分爲月光。」「參五百佛，大衆平等；非十二子，尊聞古人。」「座中參軍，顧若平等；海上公子，坐等大魚。」「九地出師，別有將指；十部從事，不如公書。」「參軍言魚，自況高志；少伯聞犬，心知異人。」「空心安易，路羊可失；獨行高特，野猲與從。」「上德不德，是以有德；至名無名，莫之能名。」「魯侯古聞，論定一足；裴公畫相，威出兩權。」「文中子之門出將相；王丞相所至如天人。」集宋人句，七言云：「挂席無由上牛斗；讀書得趣是神仙。」「餘子風流返晉魏；老元詩律尚驃姚。」「開窗種竹仍留客；隱几看書隨處家。」「舉盞但能邀皓月；養花長欲占春風。」「憑陵河嶽才無敵；小巧園亭坐倦寬。」「留陶淵明把酒盞；笑姜太公用直鉤。」「數畝竹陰惟欠鶴；隔江山色欲招人。」「芳草不鉏當户長；幽蘭生處近人多。」「白蘋欲起雨初歇；綠樹成陰春已還。」「些騷豈敢奴僕命；笑語那知天地秋。」「禮文不移意則古；妙語無言心獨醒。」「暫入城來惟賣藥；自栽梅後不聞香。」「邇來曾草鹿脯帖；間者新貽酒甕詩。」「四重闌干五滴水；數竿脩竹半池荷。」「幽人獨來帶殘酒；好鳥勸坐回新聲。」「亭上雄文鑿青石；檻前脩竹憶南屏。」集東坡句，云：「庭下已生書帶草；袖中知有錢塘湖。」「舊聞草木皆仙藥；知向江湖拜散人。」「應作羲之羨懷祖；況逢孟簡對盧仝。」「平生當著幾兩屐；此墨足支三十年。」「且同月下三人影；自撥床頭一甕雲。」「但願低頭拜東野；未應舉臂辭盧敖。」集杜子美句，云：「政用疏通合典則；地分清切入才賢。」「東閣官梅動詩興；南極老人應壽昌。」「逸羣捷足信殊絶；高秋爽氣相鮮新。」「秋水纔添四五尺；落日又見漁樵人。」「小池已築魚千里；隙地仍栽竹百區。」「臨風玉樹蔦蘿上；承露金莖霄漢間。」集黄山谷句，云：「小雨藏山客來久；長江接天帆到遲。」「園中看筍已成竹；階下種桃還得陰。」「周鼎湯盤見蝌蚪；深山大澤生龍蛇。」「久知鵠白飛新得；漫染鴉青襲舊書。」「小徑曾鉏待三益；清坐不言行四時。」「園中鳥語勸沽酒；窗下日長宜讀書。」「詩罷春風榮草木；書成快劍斫蛟龍。」「暑風披襟著菡萏；秋鷹振翮當雲霄。」「心持鐵石要長久；胸吞雲夢畧從容。」「長虹垂地若象字；晴岫插天如斷屏。」「山芽落磑風回雪；夜雨鉤船燈照牕。」「向來四海習鑿齒；頗識平生馬少游。」「繫船來近花光老；開軒友此歲寒君。」雜集古人句，八言云：「水鏡澄花，冰壺澈鑑；辯河飛箭，文江散珠。」「多材爲林，衆器成樂；長瀾若水，遠馥薰風。」「禮樂旁垂，樂華會舉；心星聚照，智月清昇。」「竹帛餘文垂於萬世；古今奇寶是在五常。」「枕經籍書，緼以年歲；登山臨水，雅好琴文。」「金比玉參，光爲日月；麃宗驥旅，見其文章。」「脩竹映池，高梧直巘；新虹明歲，澄月照秋。」「高節雄文，獨立當世；道風德曜，遠期古初。」「步武新臨，雲蒸霞起；飯食既畢，水流花開。」「萬春方華，千齡始旦；三光宣曜，四靈效祥。」

《桐陰清話》云：「嘉應李秋四明經光昭，其配紅蘭館主工集古。嘗取《禊帖》爲楹聯若干，一時傳誦。余記其尤雅者。如：『萬年觴有清和氣；一品集無時世文。』『脩竹當風生古趣；幽蘭臨水抱閒情。』『品齊日觀雲亭峻；氣與風蘭水竹情。』皆清麗可喜。」又云：「番禺潘德畬方伯仕成有別墅在荔支灣，顏曰『海山仙館』。孟浦生孝廉爲題門帖云：『海上神山；仙人舊館。』拆字渾妙無跡。又嘗見某家榜其門云：

『老驥伏櫪；流鶯比鄰。』蓋左爲馬廐，右爲妓院也。亦殊工巧。」

金匱楊子延先生昌礽嘗有《楹聯集腋》一帙，其高足許稗麟爲付剞劂。對偶工整，出處悉註本文，足貲臨池之助。惜板藏其家，得見者罕。今特選而録之。五言云：「慎言節飲食；後漢崔瑗《座右銘》。信道守詩書。晉阮籍《詠懷》。」「咒水龍歸蓋；明張羽《贈僧還日本》。開門鶴入簾。元袁梅《寄開元奎律師》。」七言云：「蓬萊文章建安骨；唐李白《宣城謝眺樓餞別校書叔雲》。龍馬精神海鶴姿。唐李郢《上裴晉公》。」「一粒粟中藏世界；唐呂巖七言。數重花外現樓臺。蜀王延珪《浣花溪》。」八言云：「戴仁而行，《儒行》。樂善不倦；《孟子》。有過則改，《周易》。見義必爲。《集註》。」「禮以仁清，劉宋王僧達《祭顔光禄文》。孝惟義養；劉宋顔延之《陶徵士誄》。才爲世出，梁邱遲《與陳伯之書》。覺在民先。梁沈約《齊故安陸昭王碑》。」長聯云：「林杪見晴峯，宋陸遊《春日》。紅樹暗藏殷浩宅；唐薛逢《送衢州崔員外》。座中無俗客，宋程顥《陳公廙園修禊事席上作》。秋山又見謝公棋。唐貫休《送楊公杜之舅》。」「其志潔，其行廉，《史記·屈原列傳》。與物無營，魏曹植《七啟》。但得烟霞供歲月；唐呂巖七言。冬一裘，夏一葛，唐韓愈《送石處士序》。居身以約，梁任昉《王文憲集序》。御將耕稼報昇平。宋陸游《秋夕露坐》。」

《兩般秋雨盦隨筆》云：「伊犂有見過亭，蓋爲謫官而設。劉金門宮保過之，題一聯云：『過焉如日月之食也；復其見天地之心乎。』運用經語，天造地設。」

泰山有經石峪，方數畝許，徧刻隸書《金剛經》。字爲山水所浸蝕，十不存一。無姓名年號。攷《山志》亦未詳何人。惟聶劍光《泰山道里記》載：「北齊武平時，梁甫令王子椿嘗于徂徠山刻八分書石經。」阮文達公《小滄浪筆談》載：「鄒縣尖山摩崖有北齊唐邕題字。」筆法俱與相類，究未知出自誰手也。近人榻其遺字爲聯，得「脩無量德；爲有善人」八字。按：丁藴齋《聞聞見見録》記此，誤「峪」爲「嶼」。又謂字係王右軍所書，失考甚矣。

張叔平部郎世準嘗輯道、咸間書家集句集字楹帖，刻於都門。中惟何子貞集《争坐位》字三十九聯已載《聯話》。又，莫子偲集漢碑二十四聯、焦氏《易林》兩聯、宋人句七聯，《聯話》以爲黄右原、張仲甫作。餘皆未收。今録其尤工者如右，以補其遺。集句如漢碑云：「耀此馨香，雖遠猶近；納我鎔範，有實若虚。張遷、衡方、司空殘、孔彪。」《易林》，云：「仁德大隆，吉慶長久；和氣所舍，福禄光明。」漢魏六朝句，云：「詩書敦夙好；山水有清音。陶、謝。」李太白五言句，云：「緑水繞飛閣；青天掃畫屏。」七言，云：「浣紗石上窺明月；向日樓中吹落梅。」杜工部五言句，云：「明月生長好；浮雲薄未歸。」七言，云：「煙緜碧草萋萋長；雨抱紅蕖冉冉香。」唐人句，云：「顧視清高氣深穩；文章彪炳光陸離。杜甫、李白。」東坡句，云：「得見來禽與青李；常撞大吕應黄鐘。」山谷句，云：「身入醉鄉無畔岸；胸吞雲夢畧從容。」蘇、黄句，云：「雲山得伴松檜老；天地無私花柳香。坡、谷。」宋人句，云：「立脚怕從風俗轉；高懷猶有故人知。復古、后山。」「久陪方丈曼陀雨；會訪拾遺花柳村。東坡、益公。」此莫子偲所集也。集字，如《争坐位稿》字七言，云：「同心席地二三字；直節忝天十八公。」八言，云：「朝廷傳讌，禮唯三爵；太史紀績，書及百名。」《禊帖》，七言，云：「老竹亭閒生古趣；初蘭天氣得先春。」八言，云：「合氣與形，當峻諸外；會文與樂，以係其羣。」此何子貞所集也。又，《争坐位稿》，七言，云：「屈子辭爲六朝祖；右軍書是百家師。」八言，云：「作聖何難，争於一念；論道非易，責以三公。」又，《禊帖》，七言，云：「與可風流若水品；某生懷抱次山文。」八言，云：「臨水遊山，詠觴爲樂；觀天察地，懷抱與同。」《多寶塔》字七言，云：「人能輔世無如德；學可傳家止有經。」八言，云：「合遊息藏脩皆是子；通陰陽造化謂之文。」此唐詩甫所集也。又，《禊帖》，七言，云：「古事萬言咸足信；清脩一日不能虛。」此周荇農所集也。《聖教序》字七言，云：「生文成佛謝靈運；曠世知音鍾子期。」八言，云：「太華奇觀，萬古積雪；廣陵妙境，八月驚濤。」此張鹿仙所集也。其餘不及備載。然其精華已約畧盡之矣。

《海山詩話》：「詩云：『鐵塔磨人代』，文樹臣先生詩也；『黄金鑄霸才』，李子虎先生詩也。梁逸集書楹聯，余愛其工。」

「海甯黄少蘭孝廉錡工詩善書，官江西同知，與王次厓先生莫逆。先生已未登第，以知縣發甘肅。孝廉集《元秘塔》字贈聯云：『有如皎月出珠海；已覺清風襲玉門。』余極賞其自然。」並見《海山詩話》。

龍泉周篤甫司訓耿光學行醇篤。嘗於齋中書一聯云：「衆怒衆歡，此際宜存主宰；獨行獨坐，其間都有鬼神。」見者歎爲名言。

林勿村中丞鴻年題正誼書院講堂聯云：「爲經師難，人師尤難，義利共關頭，察動須從静坐；去口過易，心過不易，聖狂分轉念，羣居要慎獨知。」

集帖始於僧懷仁集王字爲《聖教序》，趙良弼集顔字爲《默菴記》。近人集爲楹帖，多有格言名論，可代箴銘者。如《争坐位》，五言云：「作事合天理；立身爭古人。」「君子必自反；聖人無常師。」「能事無作意；名言但率真。」「心宜定於一；日得省之三。」六言，云：「檢身常若不及；去過但恨未能。」「清修未嘗奉佛；獨立本不依人。」「則我未之有得；於人何所不容。」「正言自明其道；大節不屈於人。」「於己如未有得；其人乃莫與爭。」「謹言不致有失；獨坐可以自脩。」「作事有合於古；論人獨取其長。」七言，云：「爲人知足心常喜；與世無爭品自高。」「事到張皇終有失；心無喜怒自然平。」「紀綱端向齊家出；富貴還從積德來。」「入到率真皆古道；文無作意是高才。」「應世會須思有九；居心常守畏之三。」「失路因宜爭晚節；能文不敢恃高才。」「知不足如己有失；能自反與人無爭。」八言，云：「以禮衛身，爲固本地；將書悅目，得清心時。」「存平等心，悟佛入道；謹脩齊事，以人合天。」「能致其功，脩己以敬；無縱我欲，畏天之威。」「不恃己長，令德無極；莫言人過，直道自存。」「我思古人，心有獨得；世有作者，功不敢居。」「節用謹身，保家有道；進德脩業，明理爲宗。」「綱舉目張，與爾家室；行端言謹，益我身心。」「儆怠就勤，因心作則；畏微謹獨，反身而誠。」「獨守清明，和而爲介；勿存姑息，威即是恩。」「至理名言，置之座右；清天明月，懸於心中。」九言，云：「唯安分守身自無大過；能知人論世更見長才。」「謹修齊事，位一家天地；存致澤心，爭百世勳名。」「得失本無常，惟天所命；行藏無一定，即聖之時。」十言，云：「謹事節用愛人，脩己以敬；安分守身知命，與聖同功。」「益者三，損者三，取友必謹；天數五，地數五，明理爲宗。」十一言，云：「端行謹言，吾人以反身爲事；立監佐史，爾室無縱欲亂心。」十三言，云：「富貴須自守，雖高不危，雖滿不溢；才德無他長，有功勿伐，有能勿矜。」此顧孟平翰句也。又，七言，云：「友人愛我斯聞過；臣子無他敢責難。」「與其過縱何如謹；到得能誠自會明。」「倫理只從天事見；功名貴自本心來。」「和平應事尤能介；姑息存心不是恩。」「習勤能使一身振；悟

楹聯新話卷九

雜綴上

何喬遠《閩書》云：「福安龜仙鎮在縣治西，邑巨鎮也。朱子到此，鄉民飯焉。朱子贈句云：『水雲深處神仙府，禾黍豐時富庶家。』」按：此聯已載《聯話》，而不言贈何人，且「深處」作「長日」，「豐時」作「豐年」，「富庶」作「富貴」，未知孰是，存以俟攷。

《重纂福建通志》云：「莆田黃伯厚麟洪武中廷對第一，授翰林供奉。御製祀圜丘聯云：『大明日月光天德；洪武江山壯帝居。』麟佯狂仆之。帝怒，麟曰：『此陳后主句，天朝效之，不既羞乎？』帝曰：『爾便易之。』麟口占曰：『乾坤一統歸洪武；日月雙輪照大明。』帝稱善。」

徐君義《談薈》云：「今上爲張江陵賜堂額曰『純忠』。其左扁云：『社稷之臣』；右扁云：『股肱之佐』。堂對曰：『志秉純忠，正氣垂之萬世；功昭捧日，休光播於百年。』樓額曰『捧日』。皆御筆。」

閩中摭聞云廖天瑞除新昌縣，有善政。歸里，囊篋蕭然。工詩，亦精岐黃術。嘗題齋聯云：「相不得爲醫得爲，稍扶人世；名非所好酒所好，聊樂我生。」

明萬曆間，韓城劉公永祚巡撫宣府最久，練軍戢民，邊鄙静謐。榜其署門云：「謹關梁，完要害，千里蹈；仁者人也，天君乃和。」「見義則爲，勵其德色；當仁不讓，養此心苗。」「道德一經，首重在儉；損益諸義，無大於謙。」此俞蔭甫太史樾句也。而何子貞侍郎集《争坐位》之「有三尺地身可坐；到五更時心自清。」顧孟平集《争坐位》之「作何清修，合自悟道；如此長晝，息心披書。」鍾西耘集《争坐位》之「各有兩足，何不以道；同此一心，常思見天。」「朝南便行，真遂意事；日東而作，有及時功。」俞蔭甫太史集《校官碑》之「枝葉既删，斯存本地；門户不出，而收遠功。」集《繹山碑》之「及時行樂，請自今日始；與世無争，長如泰古初。」有理趣而無腐氣，余尤時時樂誦焉。

《止齋遺書》云：「謝退谷師曾言，某有楹帖云：『張而復張，天地且無力量；歛之又歛，昆蟲亦有生機。』語甚有味，惜未記其姓名。」

争。」「書久繹乃顯；理自戰而强。」七言，云：「理義明時有建日；功夫定後無思維。」「言之高下在於理；道無古今維其時。」「家有義方稱長者；道維强立在初年。」「起滅萬流金自定；久長一念石爲開。」「道理分明方及遠；功夫長久可爲山。」八言，云：「古稱不德，乃爲上德；夫維無争，斯莫之争。」集漢隸《校官碑》，六言，云：「學不講，將焉獲；禮既復，即是仁。」「謀於野，學有獲；脩之家，德乃長。」七言，云：「利在所輕義自重；德之既高文不卑。」「武公之詩是曰抑；老子所寶首在慈。」「人之進退在繇禮；官無崇卑惟愛民。」「開家用《老子》三寶；從政稟《周官》六廉。」「有三公不易之介；無一藝自用乃高。」「化虜彼我元無迹；存爾天君即在心。」「惟學藝文抑末也；克脩德義是賢虖。」「脩德不矜官位重；克家惟在子孫賢。」八言，云：「義在斯爲，奚讓賁、育；理足而止，不因程、朱。」「履仁蹈義，用修我德；學《詩》講《禮》，克昌爾家。」「樂民之樂，賢於自樂；仁人安仁，實即利仁。」「克制彼私，平旦有息；不役於俗，天君乃安。」「孝虖惟孝，家即有政；樂民之樂，德乃不孤。」《曹全碑》，七言，云：「儒者承家先孝弟；學人報國在文章。」「功乃不流有定節；敏而好學無常師。」八言，云：「君子脩德，無不獲報；儒者明理，奚爲費辭。」「和乃不同，君子之德；定而後安，《大學》所先。」「君子處事有忍乃濟；儒者屬辭既和且平。」「治國若魚，不擾爲福；養民如馬，有害斯除。」《魯峻碑》，七言，云：「儒者家風當静穆；學人體氣自和平。」「究竟孔、顔何所樂；大凡清任不如和。」「無大無小歸於敬；有爲有守視其人。」「廉静並守則長足；道德自樂乃無憂。」《樊敏碑》，七言，云：「古人所重在大節；君子於學無常師。」「居常無喜怒之色；立志以聖仁爲歸。」八言，云：「集義所生，無助之長；好學而敏，乃窮其微。」「禮以履之，義路是道須教雜念清。」「當失意時真長進；應非常事貴和平。」「高才貴本誠心積；柔念須教道力提。」「人各有能我何與；理所未得情難安。」「聖言示我真當畏；至德使人無可名。」「時事可爲無自挫；友人有過亦宜匡。」「時事亦當參古禮；人爲不敢恃天功。」「於人何不可容者；凡事當思所以然。」「行百里者半九十；惟一德人無二三。」「行事莫將天理錯；立身當與古人争。」八言，云：「若知者行其所無事；故君子名之必可言。」「力排異端，將軍破賊；心存天理，行子還家。」「見人之過如己有失；於理既得即心所安。」「意之所忽，過從此長；衆有同欲，功不可居。」十四言，云：「明理自平居，莫到有事時存兩端念；置身須得地，當爲從古來第一名人。」此何子貞侍郎紹基句也。又，七言，云：「欲使畏威須載德；但能無過不言功。」「人能安命終無過；天亦愛名不易加。」「大才自古難爲用；盛德從來貴有容。」「争名不若藏名好；廢事都從喜事來。」「人能節用家常足；士不争名品自高。」「是非每以三思亂；取與當從一介分。」「事惟不苟微尤畏；心可無疑毁亦安。」八言，云：「事當從衆，亦當異衆；人恐不明，猶恐太明。」「行無不可對天之事；思必有益於世乃言。」「君子有容，其德乃大；聖人無欲，此心常安。」「蓋世功名必從滿損；參天事業都自敬終。」「無伐無矜，真富貴相；有爲有守，是廟堂文。」「取予雖微，曾分一介；行藏有道，不易三公。」「世故能明，葵猶衞足；人言可畏，李不整冠。」此唐詩甫李 杜句也。又，集《多寶塔》，八言，云：「處無多言，金人所戒；動心忍性，玉汝於成。」「觀書要能自出見解；處世無過善體人情。」「於世俗中見本來面；處家庭内無利己心。」「傳世之文先取其識；觀人所忽每在於微。」此亦唐詩甫句也。又，集秦篆《嶧山碑》，五言，云：「道因時以主；理自天而開。」「功高斯不伐；理定自無懷抱次山文。」八言，云：「臨水遊山，詠觴爲樂；觀天察地，懷抱與同。」《多寶塔》字七言，云：「人能輔世無如德；學可傳家止有經。」八言，云：「合遊息藏脩皆是子；通陰陽造化謂之文。」此唐詩甫所集也。又，《禊帖》，七言，云：「古事萬言咸足信；清脩一日不能虛。」此周荇農所集也。《聖教序》字七言，云：「生文成佛謝靈運；曠世知音鍾子期。」八言，云：「太華奇觀，萬古積雪；廣陵妙境，八月驚濤。」此張鹿仙所集也。其餘不及備載。然其精華已約畧盡之矣。

《海山詩話》：「詩云：『鐵塔磨人代』，文樹臣先生詩也；『黃金鑄霸才』，李子虎先生詩也。梁逸集書楹聯，余愛其工。」

「海甯黃少蘭孝廉錡工詩善書，官江西同知，與王次厓先生莫逆。先生已未登第，以知縣發甘肅。孝廉集《元秘塔》字贈聯云：『有如皎月出珠海；已覺清風襲玉門。』余極賞其自然。」並見《海山詩話》。

龍泉周篤甫司訓耿光學行醇篤。嘗於齋中書一聯云：「衆怒衆歡，此際宜存主宰；獨行獨坐，其間都有鬼神。」見者歎爲名言。

林勿村中丞鴻年題正誼書院講堂聯云：「爲經師難，人師尤難，義利共關頭，察動須從静坐；去口過易，心過不易，聖狂分轉念，羣居要慎獨知。」

集帖始於僧懷仁集王字爲《聖教序》，趙良弼集顏字爲《默菴記》。近人集爲楹帖，多有格言名論，可代箴銘者。如《争坐位》，五言云：「作事合天理；立身爭古人。」「君子必自反；聖人無常師。」「能事無作意；名言但率真。」「心宜定於一；日得省之三。」六言，云：「檢身常若不及；去過但恨未能。」「清修未嘗奉佛；獨立本不依人。」「則我未之有得；於人何所不容。」「正言自明其道；大節不屈於人。」「於己如未有得；其人乃莫與爭。」「謹言不致有失；獨坐可以自脩。」「作事有合於古；論人獨取其長。」七言，云：「爲人知足心常喜；與世無爭品自高。」「事到張皇終有失；心無喜怒自然平。」「紀綱端向齊家出；富貴還從積德來。」「入到率真皆古道；文無作意是高才。」「應世會須思有九；居心常守畏之三。」「失路因宜爭晚節；能文不敢恃高才。」「知不足如己有失；能自反與人無爭。」八言，云：「以禮衛身，爲固本地；將書悅目，得清心時。」「存平等心，悟佛入道；謹脩齊事，以人合天。」「能致其功，脩己以敬；無縱我欲，畏天之威。」「不恃己長，令德無極；莫言人過，直道自存。」「我思古人，心有獨得；世有作者，功不敢居。」「節用謹身，保家有道；進德脩業，明理爲宗。」「綱舉目張，與爾家室；行端言謹，益我身心。」「儆怠就勤，因心作則；畏微謹獨，反身而誠。」「獨守清明，和而爲介；勿存姑息，威卽是恩。」「至理名言，置之座右；清天明月，懸於心中。」九言，云：「唯安分守身自無大過；能知人論世更見長才。」「謹修齊事，位一家天地；存致澤心，爭百世勳名。」「得失本無常，惟天所命；行藏無一定，卽聖之時。」十言，云：「謹事節用愛人，脩己以敬；安分守身知命，與聖同功。」「益者三，損者三，取友必謹；天數五，地數五，明理爲宗。」十一言，云：「端行謹言，吾人以反身爲事；立監佐史，爾室無縱欲亂心。」十三言，云：「富貴須自守，雖高不危，雖滿不溢；才德無他長，有功勿伐，有能勿矜。」此顧孟平翰句也。又，七言，云：「友人愛我斯聞過；臣子無他敢責難。」「與其過縱何如謹；到得能誠自會明。」「倫理只從天事見；功名貴自本心來。」「和平應事尤能介；姑息存心不是恩。」「習勤能使一身振；悟長邊幸一烽未起；省刑罰，薄税斂，六年鎮撫愧五枝已窮。」宣人至今以爲實録。

施可齋《閩雜記》云：「福清葉文忠公祠中有別室，奉公小像。座前柱上鐫公自題聯句云：『黄閣誤承恩，歎此日經綸，辜負了金甌玉鉉；青山頻入夢，留衰年精力，準備著竹杖芒鞋。』蓋公復相時奄焰已張，天啟昏庸，補救無術，不得已而懷退歸之志。上聯語極藴蓄，非同尋常謙詞；下聯亦當時實事。大臣去國之苦衷，百世下猶如見焉。」

李寒支《歲紀》云：「崇禎甲戌九月，福州林工科農亨之子奇珍殺妻龔氏。龔即狀元用卿之孫女也。向因姑病刲股療疾，賢孝有聲。三學青衿主持公論，而民變遂起，毁林宅爲孝婦祠。蓋奇珍窮兇極暴，衆借此洩忿也。余過祠，爲題一聯云：『刼年兵解空糜股；前世香燒想斷頭。』後幾爲工科所陷。賴督學陶公承文不行，事乃寢。」

陶宗儀《輟耕録》云：「張之翰，字周卿，邯鄲人。由翰林學士除授松江知府。自題桃符云：『雲間太守過三載；天下元貞第二年。』是歲卒，亦讖也。」

李雨村《詩話》云：「靳介人善作對。有孝廉習堪輿術，介人贈一聯云：『研經自合師師古；游藝何妨景景純。』」

高要朱鐵梅孝廉負才學，爲詩多規刺時事。道光辛卯，江西被水，災黎赴會城沙井，待賑不得，多死。孝廉爲作《沙井行》，達當事所。當事遽命散賑。顧以詩語刺譏，銜之，欲中以法。會當事卒，乃免。黄樹齋少司寇讀其詩，曰：「此詩俠也。」山左徐超遠爲作《西江詩俠圖》，題者頗多。陳蓮史方伯繼昌贈以聯云：「萬言策下劉蕡第；七字詩傳鄭俠圖。」

山左張扶九先生翼宰衡陽，清介絶俗。嘗過洞庭湖，中流風浪大作。舟人請許願於湖神，以羊豕祀。先生曰：「吾安得餘金辦此。」不許。太夫人乃拔頭上銀簪投之，浪頓息。及晚泊，市魚，剖腹得簪，即太夫人頭上物也。人咸異之。先生因題一聯于大堂云：「衾影無慚，此事敢盟衡嶽廟；肝腸罯轉，他年難過洞庭湖。」

秀水朱竹垞先生解組里居。歲饑，率同志爲粥以食餓者，設廠市西古南寺，全活無算。先生大書榜於寺門云：「同是肚皮，飽者不知饑者苦；大般面目，得時休笑失時難。」《歸田瑣記》誤「人」。見楊謙《曝書亭詩集箋註》。

汀州伊墨卿先生秉綬守惠州日，宋芷灣太史湘乞假白金三百爲公車費。先生夂耳其才，曰：「君盍以七言聯贈我，嵌『東西南北』四字其中，當有以報。」太史即書一聯云：「南海有人瞻北斗；東坡此地即西湖。」先生稱賞，倍贈之。

陳太守其元云：「歸安凌厚堂先生堃博學工古文，尤精壬遁之術。性怪僻，敢爲大言。官金華府教授，初至，即署一聯於明倫堂云：『金匱萬千衷，孔子曰，孟子曰；華衮百廿作，帝者師，王者師。』見者無不咋舌。後殉庚申粤匪之難。」

王紫詮《甕牖餘談》云：「寶山蔣劍人敦復落魄如皐，佯狂乞食。一夕大醉，宿寺中。見月射佛睛，閃閃有光，疑爲寶珠。攀援登其頂，憊甚，因踞而卧。及醒，不能下，大呼。寺僧以梯來，乃得下。遂大書於壁云：『大才人佛頂偷珠，山高月小；老名士街頭乞食，海闊天空。』有江北某宦見而奇之，指廟中魁星以楹帖請。蔣信口集杜句云：『是何意態雄且傑；不露文章世已驚。』某宦歎爲絶才，乃資之歸。」

孫詩樵《餘墨偶談》云：「丹徒嚴問樵太史年十九爲名解元，試春官報罷。出都，行至山東，旅費已盡。時通州徐樹人中丞守泰安，初未識面，問樵書一聯，使人投之。徐迎入署，極盡情好，瀕行贈五百金以壯行色。其聯云：『千里而來，徐孺子可容下榻；一寒至此，嚴先生尚未披裘。』可稱一時佳話。」

仁和姚平泉先生光晉由舉人官上虞教諭，以經義訓士。性和而介，圭撮不妄取，虞人稱之爲「姚菩薩」。先是先生夢至一處，四山若壁立，上有瀑布屈曲下流。有老僧出迎，屬坐片石上，不知何處，因繪《夢游圖》，賦詩志之。及游上虞麻姑洞，則宛然夢境也。乃自謂「前生爲此山老僧」，復繪一《獨立圖》，題聯其上云：「了他過去因緣，偶然游戲；還我本來面目，自在逍遥。」年八十一卒。

孟籟甫《豐瑕筆談》云：「季安期太史初祈夢於呂祖祠，至一所，見門聯云：『玉堂三載夢；湘水一帆秋。』或以爲此翰林出爲荆楚學使徵也。既而入詞垣，將散館前一夕，夢數吏導輿從甚都，拜請曰：『湘潭縣缺城隍，奉上帝命來迓公。蒞期在翊日午也。』季始恍然悟前夢。遲明，作書召同官及親故與別，沐浴更衣，談笑而逝。」

皋蘭吴柳堂侍郎可讀居諫垣，鯁直敢言，不避權貴。嘗題寓門云：「萬事未甘隨俗轉；一官辛苦讀書來。」後露章劾甘肅烏魯木齊提督成禄「十可斬，五不可緩」，情辭激切。迨王大臣會議傳訊，公復侃侃抗辨，多所詆觸。忌者欲中以危法。賴穆宗聖明，卒保全之，僅予落職。而下成禄於獄，擬斬監候。

時陝甘肅清，公有還鄉之志，感恩戀闕，情不自已，乃書一聯於門云：「春色靄南臺，愧今生衰朽殘年，難言封事；烽烟靖西極，念此去優游故里，總屬天恩。」其死報穆宗之心蓋已基於此矣。

《餘墨偶談》云：「常見人家春聯每書『春回禹甸山河外；人在堯天雨露中。』頗以『外』字心爲疑。後讀《繹史紀餘》，知爲越南叅政黄公寅字椿軒者贈天使周淡園禮部句也。祇易『光分』爲『春回』耳。詩云：『丹詔欽頒自九重，星軺到處總春風。光分禹甸山河外，人在堯天雨露中。傾向有星皆拱北，朝宗無水不流東。節旋應自承清問，願道車書一統同。』」

廣東粤秀山之麓，舊有應元宮道觀，中祀雷神。寶應王文勤公凱泰爲藩司時，即其地建應元書院，以爲孝廉肄業之所。而於講堂之左别建仰山閣，移奉雷神。手題楹帖云：「嶽峙層霄，海内斯文尊北斗；雷鳴昨夜，天公有意屬南州。」跋云：「用宋黄冕仲故事，預爲多士大魁之兆。」院有奎文閣，並題聯云：「三台奎曜臨南越；八座文星拱北宸。」至明年，爲同治辛未科會試，院中獲雋者九人，而狀元梁君耀樞即九人之一。梁字斗南，聯中字既明見，而《論語註》有「北辰，北極，天之樞也」，語亦隱藏其名。斯亦奇矣。時公已遷閩撫，因郵寄一聯懸其講堂云：「瑞兆豈無因，不負隔年彈柳汁；科名原有定，適逢佳會種梅花。」其云「柳汁」者，因庚午春開課有《柳汁染衣賦》題也。其云「梅花」者，因公五世伯祖樓村先生康熙癸未會元，所居曰「十三本梅花書屋」。公建書院落成，適屆未科，曾於左偏餘地築屋，種梅十三樹，亦顔之曰「十三本梅花書屋」，爲諸孝廉兆也。俞蔭甫太史載之《春在堂隨筆》，以爲詞林佳話，而奎文閣一聯未録。余嘗聞公自言及此，故并誌之以補其遺。

王文勤公凱泰爲粤藩時，因久旱，禱雨於粤秀山雷神。有驗，題聯以酬云：「繞郭雲烟收一覽；出山雷雨慰羣生。」時公以水土不宜，擬引疾歸。有人誦此聯，以爲必不得請。未幾，遷閩撫。

李貞婦，侯官林孝廉豐鎬之女。幼字同里李封翁作梅仲子昂，未嫁而昂死。貞婦請於父母，奔喪守志。歸李之日，親友各撰聯送之。其一曰：「片石空山，大璞獨完天地正；半輪皓魄，清光能奪雪霜寒。」其二曰：「萬刦淚模糊，恨血難消妃子竹；九重春浩蕩，祥雲長護女貞花。」其三曰：「必委質始稱臣，何以薇蕨首陽，仗節共扶周義士；能之死矢靡慝，試看《柏舟》河側，呼天難奪衛共姜。」其四曰：「敢云地道無成，人定勝天，一綫終能存廟祀；太息江流不轉，心堅匪石，千年何處起波瀾。」聞皆出楊子恂太史手筆。按：未昏奔喪守貞之女，當稱「貞婦」，不當稱「貞女」。余書《盛貞婦傳》後，援據經史，辨之頗晰。今録於此，以質博雅君子。其文曰：「永康胡氏女，未昏，夫死奔喪守節。余爲作傳，題曰『貞婦』。或見而問曰：『《禮》：「未廟見，不成婦，不可以婦名。」故自來誌傳皆稱「貞女」，而子獨變稱「貞婦」，何歟？』曰：『《禮記·曾子問》篇：「孔子曰：『三月而廟見，稱來婦也。擇日而祭於禰，成婦之義也。』『未廟見，不成婦』之説實出於此。然經所謂『婦』，乃對舅姑而言，非對夫而言也。《士昏禮》載：『婦至，明日見於舅姑，盥饋特豚於室。若舅姑既没，三月乃奠菜。祝辭曰：「某始來婦。」』奠菜，即廟見祭禰之禮也。蓋子之嗣親，繫其成婦，不繫其成妻。姑舅姑存，則饋豚於室，以成婦之禮。舅姑没，則奠祭於廟，以成婦之義。明婦職不因舅姑存没而異，以教孝也。故曰：「未廟見，不成婦」，謂不成子婦也。而據以爲「夫婦」之「婦」，謬矣。「夫婦」之名定於納采，而成於納徵。納采辭曰：「吾子有惠貺室某。」鄭注：「室，猶妻也。」而注「納徵」則曰：「徵，成也。言至此而夫婦可以成也。」是故《春秋》書法「往取曰逆婦，至曰婦入」。而《左氏》記徐吾犯之妹稱公孫子南曰「夫」，不因未昏而異辭也。未昏且然，而況夫死奔喪守貞不嫁者哉。禮莫大於正名。名不正則言不順。奔喪守貞之婦雖未與夫共牢合巹，至其矢志不貳，歸夫之家，持夫之服，上事舅姑，下撫嗣子。跡其所爲，與已昏者無以異。是尚得謂之未成婦乎哉？且是時貞婦之在夫家也，其自稱者，「婦」耶，「女」耶？則必曰「婦」矣。彼自「婦」之，而人自「女」之，殆非貞婦心也。古者「在室不嫁曰貞女」，《魏書·列女傳》：「貞女兕先氏，許嫁彭老生。未及成禮，老生逼之，不肯從，被殺。詔曰：『雖處草萊，行合古跡，宜賜美名，號曰貞女。』」蓋其事與《召南·詩序》所稱「貞女」者合，故當時謂之合古跡，遂以「貞女」號之。然則「貞女」者，謂女之不受暴男侵陵者也，非謂未昏夫死奔喪守貞者也。今人混而稱之，又誤矣。』或曰：『貞婦之稱，於古亦有徵歟？』曰：『劉向《列女傳》曰：「衛寡夫人者，齊侯之女，嫁於衛，至城門而衛君死。保母曰：『可以歸矣。』女不聽，遂入，行三年之喪。」此即今未昏奔喪守貞者也。而謂之「寡夫人」。夫人，婦辭也。有爵者曰「夫人」，則無爵者曰「貞婦」，是其例矣。由是言之，「貞婦」之稱，考諸經史而不謬者，質諸傳記而不悖，求之人情事理而安，不愈於彼稱「貞女」之漫無取義者乎？』於是或釋然而去。因次序其語而書之於後。」《左·昭元年傳》：「鄭徐吾犯之妹美，公孫楚聘之矣。公孫黑又使强委禽焉。犯懼，告子産，請於二子，使女擇焉。皙盛飾入，布幣而出。子南戎服入，左右射，超乘而出。女自房觀之，曰：『子皙信美矣，抑子南夫也。』『夫夫，婦婦，所謂順也。』適子南氏。」蕉氏循補《疏》云：「『抑子南夫也』，注言『丈夫』。循按：下云『夫夫，婦婦，所謂順也。』則此『夫』字乃夫婦之夫；上云『公孫楚聘之矣，公孫黑又使強委禽焉』，然則子南聘在前，故云『子南，夫也。』言子南聘在前，已有夫婦之分也。杜以戎服左右射解爲『丈夫』，《正義》引曹大家《女誡》，謂『男欲剛，女欲柔』，以解『夫夫，婦婦之順』，於義不可。」蓋聘則已有夫婦之道，於此可證。歸熙甫妄斥未嫁之賢女，盍讀此言耶？

高烈婦，光澤張氏女，嫁爲同縣高汸然妻。汸然病痘死，烈婦視夫含斂畢，遂縊。先是，汸然常所居軒中有汸然題柱帖云：「明目張膽作事；頂天立地爲人。」而烈婦適死於「頂天立地」之句下，豈以自況耶。見建甯張怡亭紳文集《高烈婦傳》。

宋伯瑜《丁戊紀聞》云：「季氏，浦城人。諸生孝本之妹。能詩，工書法。嫁爲同邑農家婦。夫故樸陋，季事之盡禮，絶無鄙薄之意。咸豐戊午，賊陷縣城，擄季入館，欲犯之。季弗從，頭觸石柱，血淋漓，大罵。賊目有解文墨者，聞而歎曰：『烈婦也。』亟移之别室，治其創。既愈，因謂之曰：『吾今即放若歸。若固善書，盍以一聯酬我乎？』季曰：『是非所吝，但非呼吾夫來不可。』賊目從其言。夫至，乃援筆題云：『富貴置身在忠孝；英雄退步即神仙。』蓋諷其反正也。賊目覽之，笑曰：『寓規於頌，深得古人贈言之體。不意巾幗中能明大義如此。可敬也。』遂遣部卒送其夫婦還鄉，并給僞諭，禁他賊騷擾焉。」

貴州桂丹盟廉訪家居時，收藏書畫金石甚富。會賊犯縣境，倉猝遷避，不及攜取，盡棄之而行。尋聞其宅爲一賊目所據，以爲必歸烏有矣。及賊去歸視，則一無所失，且整齊潔淨反勝於前，若爲之典守者。然廳事中懸一聯云：「觀世若弈棋，勝負難分，惟高手先人一著；開懷宜飲酒，醉醒莫問，是同心勸我三杯。」云亦賊目所題。意其人亦有才之士，而被脅從者。廉訪與客言，輒呼爲「風雅賊」云。

家可堂從叔自幼工詩，尤精駢體。作楹聯又能語語關合，典切不浮，屬對之工雅尤爲餘事。嘗見代王某輓妻母聯云：「屏雀啣恩，憶頻年淑訓親承，握手再三憐碧鸛；河魚致虐，痛半載沈痾不起，傷心重九駕青鸞。」蓋其人患痢，卒之日適逢重陽故耳。

《餘墨偶談》云：「葉崑臣制軍死事隱約。輓之者曲辭固非所宜，直書又難得體，故落墨殊未易也。惟華樵雲觀察、陳蘭浦孝廉二聯，措詞兩得其當。華云：「身依十載春風，不堪回首；目斷萬重滄海，何處招魂。」陳云：「公道在人間，祗緣十載舊恩，頻揮涕淚；靈魂歸海外，想見一腔遺憾，化作洪濤。」

貴池桂丹盟廉訪超萬道光癸丑進士，由江蘇知縣累遷至汀漳龍道。所至風清弊絶。尤善鞫獄，創「朱問墨供」之法，人不能欺。解組家居垂十餘年。同治壬戌，避寇來閩，巡撫徐清惠公宗幹奏權臬篆，以疾卒於官。前數日夢神贈聯云：「乾坤正氣扶持我；日月山河照耀人。」自謂平生無愧此語。清惠公輓以聯云：「遺愛遍東西，察吏安民，經濟文章來助我；盛年如少壯，冰心鐵面，聰明正直去爲神。」

陳子莊《庸閒齋筆記》云：「曾文正公與左季高爵相以同里、姻婭相友善。金陵克復，公據諸將言，謂幼逆洪福瑱已死於亂軍中。及殘寇入浙，左公諜知幼逆尚在，督兵往攻，而以其事入告。公疑浙師張皇，具疏詆之。左公疏辯，洋洋數千言，亦頗詆公。朝廷知二公忠，無他腸，特降諭兩解之，而其怨卒不釋。由是遂絶音問。然二公平日未始不互相推服也。呂侍讀庭芷自甘肅軍營歸，公詢左公一切布置，歎爲「天下第一」。公薨，左公挽以聯云：「知人之明，謀國之忠，自愧不如元輔；攻金以礪，磨石以錯，相期無負平生。」説者謂「生死交情於是乎見」。昔韓忠獻與富文忠同爲宋室名臣，以撤簾事失歡，至終身不通慶弔。觀二公之相與，賢於古人遠矣。

《庸閒齋筆記》載言可樵朝鏞臨終自書輓聯云：「始笑人生徒自苦耳；既知去處亦復陶然。」以爲「來去自如」。近見翁霽堂照一聯云：「園地久荒蕪，縱然嘉木成陰，爭似我孤懷落落；詩文多失散，若有良朋問稿，祇道他妙手空空。」其灑落殊不亞於可樵。

或傳左季高侯相二十七歲疾劇，自撰挽聯云：「痛今日騎鯨西去，滿腔血洒向空林，七尺軀委殘荒草，誰來歌騷歌曲，按銅琵塚畔，挂寶劍枝頭，憑弔此松楸魂魄，憤激千秋，縱教黃土埋予，當呼雄鬼；倘他年化鶴東還，一瓣香祝完真性，三分月認出前身，從兹爲牧爲漁，訪鹿友山中，尋鷗盟水上，消磨著錦綉心腸，逍遥半世，祇恐蒼天厄我，又作詩人。」按：公自少即負經世之畧，不屑以詩文自見。此聯語氣，與其平日志趣絶不相類，必屬譌傳。故録而辨之。

馬賓侯燦《萍龕掌録》云：「閩有虐遇其婦而致死者。婦家欲鳴諸官，其外舅不可，但撰輓聯送懸靈前云：『都不聞片語遺留，病果何因，此去應增大煩惱；最難得百般承順，死宜無罪，他生定結好因緣。』其人見之感愧，遂治喪惟厚。浙有喪繼母不如禮者。母家欲訟諸官，其母舅不可，但撰輓聯送懸靈前云：『不幸喪中年，從今雪滿庭前，無復同吟柳絮；最難爲後母，試問魂歸月下，可曾有愧蘆花。』其人讀之慚悔，執喪惟謹。兩事相類。知文人之諷刺，勝於長吏之刑威矣。」

相傳有甫娶而婦翁歿者，撰聯輓之云：「泰山其頽乎，吾將安仰；丈人真隱者，我至則行。」又一聯云：「紅葉是良媒，瓊珮來時仙珮返；青蓮原小謫，玉山倒後泰山頹。」蓋其人李姓，以醉死也。又有輓僚壻歿於花朝者云：「花滿芙蓉城，莫是請君作主；風飄楊柳岸，何堪與我分襟。」人皆稱其新巧。然么絃仄調，究失哀輓體裁。又有輓未昏妻聯云：「爾何人，我何人，無端六禮相成，惹出者番煩惱；生不見，死不見，倘若三生有幸，好圖再世姻緣。」語雖切而亦俚，附糾於此。又按：俗稱妻父爲泰山，或謂起於泰山有丈人峯，不知丈人峯特泰山諸峯之一，不可以括通山。且《玉匱經》：「青城山，黄帝亦封爲五岳丈人。」則山之稱丈人者非一，何獨於泰山而屬妻父，此其説不可通也。或又謂起於唐張燕公，因東封而其壻鄭鎰遷官，黄繙綽有「泰山之力」語。不知此事詳載段成式《酉陽雜俎》，其謂「泰山之力」者，乃言燕公爲泰山封禪使之力，非以燕公爲鎰妻父而謂之泰山也。且呼妻父爲岳，始見於蜀何光遠《鑑戒録》，唐初尚無此稱，又何從以妻父爲泰山耶？此其説亦不可通也。至或謂《漢書·郊祀志》「大山川有岳山，小山川有嶽壻山。」嶽而有壻，則泰山可稱妻父。尤爲附會。按：嶽壻山，《史記·封禪書》作「岳⿰山胥山」，與《班書》異。攷《説文》《玉篇》《廣韻》皆無「⿰山胥」字，至梅氏《字彙》始有之。其爲唐以後俗字可知。疑《史記》本从「士」作「壻」，从「山」者，傳刻之誤也。然字雖當作「壻」，而其義實不同。《説文》士部：「壻，夫也。从士，胥聲。」小徐本《通論》「壻」下云：「壻，胥也。胥有才智之稱，知爲人父之道也。故於文士胥爲壻，或从女爲婿。」「婿」下云：「胥，長也。《周禮》：『徒十人，胥一人。』徒中有才智者爲之長，曰胥。古諸侯一娶九女。婿者，女之長也。」愚按：《詩·小雅》：「君子樂胥。」鄭箋：「胥，有才智之名。」《周禮·天官·冢宰》：「胥十有二人。」鄭註：「胥讀若諝，謂其有才智爲什長。」故小徐本之以立說。然《說文》之「疋部」：「胥，蟹醢也。」無才智義。惟「言部」有「諝」字，下注云：「知也。」與箋注合。是「樂胥、胥徒」皆當作「諝」，去言爲諝，是其假借。故鄭云「讀若諝也」。由是言之，則「壻」乃從「諝」之省，可類推矣。嶽壻山雖在小山川之列，而爲封祀所及，意其山亦一方之傑出者，故取雄長之義，以「嶽諝」名之。《史記》改「嵴」固誤，《漢書》借「壻」亦非本字也。其可指爲夫壻之壻哉？然則妻父之稱泰山，直是委巷不經之談，而今人乃據爲典故，至名手亦或蹈之，何歟？

長沙吴桐雲觀察言，其鄉有漁人酷愛花，没而停柩於佛寺，或輓之云：「生計在清湘，聽欸乃聲中，此日烟消人不見；靈魂依古寺，看如來座上，異時花散色皆空。」按：「欸乃」用柳子厚詩「欸乃一聲山水緑。」《顏氏家訓》云：「欸乃，湖山節歌聲。」劉蜕《文集》中有《湖山靄迺曲》。劉言史《瀟湘》詩有「閒歌曖迺深峽裏」之句。元結有《湖南欸乃歌》。三者皆一事，但用字異耳。「欸」音「哀」，亦作上聲讀。後人因柳子厚集中有注云「一本作襖靄」，遂音「欸」爲「襖」，音「乃」爲「靄」，不知彼注謂別本作「襖靄」，非謂「欸乃」當音「襖靄」也。愚攷《廣均》「十五海」云：「欸，相然應也。於改切。」揚雄《方言》：「欸，譥然也。南楚凡言然者曰『欸』，或曰『譥』。」顏說本此。然《說文》「欠部」「欸」下注云：「皆也。本作「訾」，段氏從《玉篇》訂正。从欠，矣聲。」《廣均》「十六咍」云：「欸，歎也。烏開切。」「十六怪」云：「欸，怒聲。許介切。」《玉篇》「欠部」云：「欸，烏來切。歎也，皆也。一曰恚聲。」無相然應之義。惟《說文》「口部」有「唉」字，下注云：「譍也。」《廣均》「十六咍」云：「唉，慢譍。」《玉篇》「口部」云：「唉，於來切。應聲也。」《莊子·知北游》篇：「狂屈曰：『唉，予知之。』」義正訓「應」。是「欸」「唉」二字不同，古字多通，故《方言》借「欸」爲「唉」。段氏玉裁謂「實當作唉」，是也。乃《説文》「乃部」注云：「曳詈之難，象氣之難出也。」《廣均》「十五海」云：「乃，語辭也。」《玉篇》「乃部」云：「乃，奴改切。」下引《説文》：「曳離之難也。」「曳離」乃「曳詈」之誤。「唉」「乃」之音義如此。湖中節歌聲若人相然應，而其曼聲徐度，又若曳詈之難，故唐人合此二字用之。然則「欸乃」當作「唉乃」，俱讀如字。彼作「靄迺」或「曖迺」者，固非；即作「欸乃」者，亦非本字也。況今人又字訛爲「欸」，音訛爲「襖靄」哉！

鄞縣張意蘭二尹儒績言，全謝山先生爲母作佛事，手書楹帖云：「爲東家徒，烏知西有；遵北堂命，權念南無。」按：梁氏《楹聯叢話》載陸稼書先生聯云：「讀儒書不從佛教；遵母命權作道場。」謝山似脱胎於此，而造語益工。近人閩縣林雪舫孝廉遠醮壇一聯云：「吾儒崇佛教，其然豈其然；人子報親恩，無可無不可。」尤説得活潑潑地。

常山例決囚於鼓樓下。庚申之亂，日凡數十人。好事者作盂蘭會超度之。某名宿爲書一聯云：「好頭顱誰當斫之，孽鏡臺前，往事不堪回首問；真面目而今已矣，盂蘭會上，今宵許爾現身來。」

閩人謂盂蘭盆會曰「普度」。按：《明史·宦官傳》：「永樂五年二月，建普度大齋於靈谷寺，爲高帝帝后薦福。」則「普度」二字見於史矣。光緒己卯秋，福州烏石山道山觀建普度四十九日。楊雪滄觀察浚題聯於門云：「前三三，後三三，問幾生果果因因，實非實，花非花，有如此山中荔子；晝七七，夜七七，看今世來來往往，聞所聞，見所見，各無隱天上木樨。」

《歸田瑣記》云：「杭人趙京者，因病入陰司，舉頭見柱上一聯云：『人鬼只一關，關節一絲不漏；陰陽無二理，理數二字難逃。』後署『會稽陶望齡題』。」

俞曲園《右台仙館筆記》云：「咸豐初，粵寇萌芽。有海鹽查某者，夢至一處，見文案山積，數十人繕寫猶若不及。楹間懸一聯云：『弱柳瓊簫仙有劫；落花銅鼓佛無靈。』意不可解，而其語則頗可誦也。」

海甯陳質菴通守容禮少時從父戍伊犂，跬步不離者十餘載。嘗泣請於將軍文清公松筠乞以身代。文清憐其誠，據情入告。雖未邀俞旨，而孝子名溢塞外。父沒，徒跣扶柩歸葬，廬墓三年。後官江蘇通判。文清贈以聯云：「攬勝寰中九萬里；承歡塞外十三年。」紀其實也。

吳江郭頻伽麐應京兆試，下第出都。時法梧門學士掌成均，送以聯云：「一輩登科慙李郃；半年太學去何蕃。」見所著《靈芬館詩話》。

閩縣何蕚聯先生贈周蒼士學博嘉璧聯云：「斯文矜貴琅玕筆；吾道清甜苜蓿盤。」語殊名貴。然唐開元中東宮官僚清淡，薛令之爲左庶子，賦詩云：「朝日上團團，照見先生盤。盤中何所有，苜蓿上闌干。」蓋是東宮詹事等官，不知何以相承爲教職事也。

余小霞州判贈汪西芝巡檢楹聯云：「菜根滋味知君慣；潭水交情愛我深。」皆切其姓。

屠筱園進士有贈鄉賢蔡東軒先生英聯云：「范文正作秀才，以天下爲己任；胡安定居教授，識弟子於其師。」蓋非先生不足以當之。

《海山詩屋詩話》云：「沈眉伯丈贈樊昆吾先生聯云：『東方朔謫仙人，少年酒陣詩壇，望氣皆成龍虎；諸葛公真名士，即此綸巾羽扇，笑談可卻熊羆。』」

楹聯新話卷十

雜綴下

投贈楹聯，雖屬應酬之作，然須恰稱身分，乃爲可貴。如曾文正公贈孫琴西光禄云：「大筆高名海内外；君來我去天東南。」贈孔觀堂上公云：「業紹二《南》，羣倫宗主；道承一貫，累世通家。」贈胡潤之宫保云：「舍己從人，大賢之量；推心置腹，羣彦所歸。」贈袁漱六太史云：「於漢宋間折衷一是；以江海量翕受羣言。」贈彭筱舫太守云：「兩地同心，期爲諍友；八年重見，已有傳書。」贈徐石泉孝廉云：「立千仞崗，真魯連子；無片言妄，希司馬公。」贈蕭心莊茂才云：「大筆横揮，顛張醉素；名山高卧，鶴骨松心。」稱譽處莫不適如其人。至造語雄俊，尤其餘事。

薛慰農觀察善爲贈言，得者莫不樂其雅切。如贈江小松大令云：「少角藝，老論文，客裏追隨，把盞各驚雙鬢雪；我擁氈，君聽鼓，閒中慰藉，扶笻同看六朝山。」贈可曾禪師云：「卜鄰喜近清涼宅；與客同參文字禪。」贈日本儒士岡本監輔云：「縱談如覽大瀛海；贈別惜無春雪詩。」贈馬少原大令云：「作諸侯客，現宰官身，湖海話游蹤，最難忘東浙題詩，金堤折柳；築三休亭，結五老會，鄉園娱晚福，好消受鍾山鹽水，白下鶯花。」自註：「少原作幕浙江，服官江南，歸老金陵。」又贈劉省三爵帥云：「應運毓勞臣，未冠從軍，已冠登壇，起淮南，清皖北，縱横於吳楚宋鄭齊魯燕趙之交，以西窺秦隴，陳必善，戰必克，彤矢分封，順昌旗幟照行間，懿鑠哉當今名將；多材兼衆美，始精技擊，繼精藝事，喜緩帶，愛投壺，涉獵於琴棋醫卜陰陽奇遁之學，而壹意詩歌，用則行，舍則藏，黑頭高隱，安石鶯花娱晚歲，歸來兮與我同心。」尤足抵爵帥一篇小傳。

《餘墨偶談》云：「王澤山孝廉贈友聯云：『白練裠，黄綢被，紫綺裘，草聖詩伯酒仙，鄭虔三絶；玉條脱，金僕姑，鐵如意，美人英雄名士，何晏一雙。』句工語雋。未知此友可當此聯否？」

林薌谿昌彝云：「相書可信者，惟《皇諭風鑑》。次則《大清神鑑》。《風鑑》係禁書，天下祇兩部。一存湖南，中載掌紋三千餘條，鑿鑿有據。光緒庚辰春，湖南相士趙元臣挾其術游粤東，所言前後運多奇驗。自言曾得《風鑑》秘書也。番禺鄒夢南觀察贈以聯云：『元叔愛神游，三神六神十二神，神乎其技；平原能相士，人相我相衆生相，相根於心。』」

趙又銘宫贊新，于慎卿中翰光甲同治五年奉使册封琉球國中山王尚泰。球人踵門以楹帖乞書，二公各切其爵位姓氏撰句應之。從客林筱民孝廉曾録其稿示余。如贈中山王云：「世篤忠貞，辟爾爲德；天壽平格，王此大邦。」王世子尚興，云：「書圃舒華，禮園侯實；龍文表瑞，麟趾歌仁。」王弟尚弼，云：「有禮則安，爲善最樂；保世滋大，與國咸休。」相國尚克讓，云：「米嶽鍾靈，筍崖測峻；瑞泉益壽，福木凝鼇。」王舅向元模，云：「漢代親賢原並建；宋儒體用自兼賅。」法司向有恆，云：「彩筆集應標一品；綉衣世本席三公。」又，法司馬朝棟，云：「世傳將畧標銅柱；代有經師仰絳紗。」金紫大夫阮宣詔，云：「具五善宜歌《小雅》；兼九能不愧大夫。」又，金紫大夫阮孝銓，云：「《五君詠》重顏光禄；七子名齊漢建安。」又，金紫大夫毛發，云：「奉使才如吴季子；傳《詩》家似鄭司農。」又，金紫大夫東國興，云：「贈縞似曾逢舊識；盥薇況復讀新詩。」又，金紫大夫程德裕，云：「洛學一門傳道脈；雪堂再世衍詩家。」又，接封通使金紫大夫鄭秉衡，云：「與我同舟曾共濟；羨君一歲竟三遷。」東禪寺清仁上人，云：「在山歲久知泉性；出岫雲遲契道心。」餘不盡録。聞此爲從來使臣所未有，至今得者猶寶若球璧云。

梁氏《聯話》載：「閔鶴雛誦一書室聯云：『世間惟有讀書好；天下無如喫飯難。』不知誰作。」按《隨園詩話》，此爲蘇州薛皆三進士句。但「讀書」作「修行」不同耳。

《隨園詩話》云：「陳豹章工詩好色。嘗築別業於廬江，依山結屋，吟嘯其中。自題一聯云：『王伯輿終當爲情死；孟東野始以其詩鳴。』」

慈溪盛蓮水通守在渌五十生日自撰聯云：「再過三日便成歲；若到百年已半時。」蓋通守生於十二月二十七日也。侯官林薌谿孝廉昌彝七十生日自撰聯云：「七秩古來稀，去日已多來日少；百年曾有幾，生時且樂死時休。」可謂達人之言。

《瀛壖雜志》云：「陽湖周弢甫比部騰虎生平以經濟才自負，嘗署其門曰：『有王來取法；無佛處稱尊。』豪氣可想。」

華亭周稚廉先生爲鷹垂之子，釜山太守之孫。天才雄放。少年作《錢塘觀潮賦》，爲時傳鈔。嘗署門聯云：「論家世如閣帖官窰，可稱舊矣；問文章似談箋顧繡，換得錢無？」蓋二物皆松江產也。其不羈如此。

《海山詩屋詩話》云：「南海陳蔭田員外嘗自署楹聯云：『種三頃秫，擁百城書，此生足矣；製千丈裘，造萬間廈，何日忘之。』」按：此聯聞他處亦嘗有之，孰作孰襲不可知。要之具此胸襟，皆非庸質，故所見偶同也。

閩縣俞咨臣秀才汝欽有書室聯云：「後天地生真缺陷；作古今想非凡人。」

文樹臣觀察星瑞罷官後以詩酒自娛，常榜一聯於廳事云：「爲相爲將爲仙爲佛，算平生志願都虛，祇兩字喫飯穿衣，便了英雄事業；學書學劍學琴學棋，悔往日精神誤用，賸幾句打油釘鉸，也充名士風流。」

宜黃陳少香先生偕燦由惠安縣罷歸後，復避寇來閩，鬻書畫以自給。有送友之浦城聯云：「何事不浮雲，春草春波，遂爾送君南浦；將詩難度日，採薇採蕨，請看待我西山。」讀之增喟。

贈僧聯用佛家語，數見不鮮。錢唐吳薇客太史敬義贈虎跑寺平山和尚聯云：「爐火紅深，與我煨芋；窗樹緑滿，煩公寫蕉。」具有雅人之致。

了若上人善棟通內典，能詩善琴。住持三山興安會館。莆田林中丞楊祖福州陳司馬書勳與爲方外交。林題其居曰「真室」，并贈聯云：「了無塵韻滯胸次；若有仙風出指頭。」

瞿丹禪師篆經擅詩書畫三絶。尤精醫，貧者求治，不受謝。黃孝廉潛熙贈以聯云：「以文士才華證辟支果；具神醫手段發菩提心。」

查蓮坡《詩話》云：「雪嶠大師圓信又號雪獅子。結茅徑山中，獨居一菴。自書聯云：『孤雪卧此中；

萬山拜其下。』」按：此聯，近人沈鼎山倒用其語，榜於黃山文殊院，云：「書道據上人句。」不知何據。豈雪嶠一號「道據」耶？

漏雲和尚號静峯，亦字明照。本吴江陳翰林沂震次子，當家難時逸出，侍文覺禪師爲僧。內典之外兼工詩文，尤善書畫。然不多作。與客談，絶口不及時事。著有《漏雲詩稿》四卷，行於世。居鐸菴四十餘年。其壻某持節浙江，邀之，不往也。嘗署其門曰：「往事已遥無可悔；此身猶在敢忘修。」亦足以覘其志矣。

宋佩之《隨軺日記》云：「豁一道人，薊東人。孟姓，名至才。自幼出家，居遵化石門鎮黃花觀中。日讀道書，手不釋卷。嘗集《藏經》及《列仙表》行世。光緒辛巳四月十四日，將往西山白雲觀，手書一聯付其弟子云：『去黃花，留白雲，恍疑身外有身，夢外有夢；集《藏經》，稿《仙表》，或得備所未備，聞所未聞。』十九日，忽無疾而逝。繹其辭，若預知羽化之期而自輓者，亦可異已。」

潘任卿太史築室都門，撰聯寄其弟亦㝊太史云：「餘地拓三弓，幾時枌里言歸，得賦《閒居》遂初服；敝廬仍半畝，差幸荆華並茂，勉培舊植式清芬。」蓋用子由《逍遥堂》詩意也。亦㝊亦答以聯云：「八千里直北長安，何當舊約重尋，還對話逍遥夜雨；五十載城西老屋，畢竟吾廬可愛，願無忘清白家風。」

李碧舫孝廉僑居佛山。咸豐甲寅，土寇毁其室。事平，乃重葺之。落成日，署一聯於門曰：「脩我牆屋；反其耄倪。」

饒春田茂才有輓女尼聯云：「此去應知歸淨土；來生切莫入空門。」又云：「西方添箇多情佛；南國愁將薄命人。」言外殊含感慨。

延平渡口亭有胡孝廉雲章聯云：「莽莽紅塵，一息各分南北路；盈盈綠水，三篙頻送往來人。」

福建藩署儀門有聯云：「察吏所以安民，勤以爲標，廉以爲本，公以爲體，明以爲用；理財必先絜矩，生之者衆，食之者寡，爲之者疾，用之者舒。」

月潭上人有題昭忠寺也園聯云：「與石訂交奇不厭；有梅相對冷何妨。」

南海廖覺卿明經焯工詩文，好爲楹帖，不留藁。嘗見其題珠江舟中二聯，其一云：「放懷於紅樹青山，任教世上風波，琴客逍遥詩客醉；得意在良辰美景，領畧箇中旨趣，荷花烟雨荻花秋。」其一云：「乘興便移舟，看來萬點煙波，畫意都歸襟袖裏；寫懷欣對酒，話到三更風月，詩情全在櫂歌中。」

廣州清平橋爲煙花澤藪，兩岸酒樓對峙。何伯喬上舍松題聯云：「兩岸樓臺，高捲筠簾邀月入；一河船舫，輕摇蘭櫂載花來。」又云：「風月常新，共上斯樓聊縱目；煙波無際，須知有岸可回頭。」

福州南臺萬壽橋北舊有錦江樓酒館，俯臨大江，頗饒勝概。後閉歇。有吴人蘇姓者繼其業，鋪設烹調悉仿蘇式，於舊號「錦江樓」下增「蘇春記」三字。遍徵文人聯句，須分嵌新舊字號其中。作者甚多，惟閩縣鄭薌樵茂才擅場，遂以用之。其辭曰：「蘇臺春色平分，好與鶯花同作記；錦里江光近接，爲看風月一登樓。」錦江鋪在萬壽橋北，爲南臺五十三鋪之一，樓之取名以此。薌樵此聯，不但拆字渾融妙無痕跡，而「蘇臺」「錦里」亦極巧合，宜爲人膾炙不置也。

福州南臺廣聚樓酒館近挹天甯山，區菊泉少尉爲撰聯云：「美酒可銷愁，入座應無愁裏客；好山真似畫，倚欄都是畫中人。」

《升菴外集》有「茶榜」云：「雀舌初調，玉盌分來詩思健；龍團搥碎，金渠碾處睡魔降。」

閩縣林奎五茂才題油燭酒麵店聯云：「廣開世界光明地；大適人情醉飽天。」陳子安茂才夢奎題煙布店聯云：「宜夏宜冬，無思不服；匪饑匪渴，式食庶幾。」分貼穩愜。又題油粿光餅店聯云：「敢試油鍋，何如氣節；幾經爐火，有此圓光。」渾脫可喜。

張雋生昌甲《煙話》載有人題鴉片煙館聯云：「三起三眠，永朝永夕；一噴一醒，如渴如饑。」評爲「形容入妙」。然余謂李香華集句一聯尤爲過之。李聯見上。

海甯朱雅南少尉振麟善集古。常集《四書》爲信義典鋪題聯云：「信以成之，會計當而已；義爲利也，玉帛云乎哉。」

涿州城門有聯云：「薊門鎖鑰今冠蓋；河朔膏腴古督坑。」吴履福題。

上海曹某爲薙頭肆書楹帖云：「大事業從頭做起；好消息自耳得來。」見黄漠鴻《小家語》。

戲臺楹聯，嘗有集佛經者曰：「一切應作如是觀，有即非有；衆心皆生大歡喜，聞所未聞。」曲折如意，洵非能手不辦。

閩縣林燦如通守集《四書》題循州道署戲臺云：「河西善謳，齊右善歌，亦足以發；祝鮀之佞，宋朝之美，其勢則然。」對語耐人尋味。

薛桑根先生題海上戲館聯云：「五千年史鑑翻新，人物衣冠，大半是經文緯武；九萬里梯航並集，樓臺歌舞，此中有舜日堯天。」

《列子·湯問》篇：「周穆王時，有巧人偃師者，造木人，能歌舞。」此即今傀儡之始也。或據段安節《樂府雜録》，謂「起於陳平」者，非。有人題一聯云：「遇事强出頭，此中大有人在；登場便抽脚，天下其謂公何。」嘲謔入妙。

桐鄉徐庚生茂才終身不娶，自署其棺「獨室」，並題聯云：「埋憂待荷劉伶鍤；行樂先題表聖詩。」陸薌畇教授元鎛得嘉木於台州，製棺，額曰「止止居」。書聯云：「一生倏忽少壯老；萬事脱離歸去來。」雖同是達觀之語，而一覺其孤高，一覺其感慨矣。

《冷廬雜識》云：「杭州義塾立法甚善。費辛橋方伯丙章題聯云：『莫謂孤寒，多是讀書真種子；欲求富貴，須從伏案下工夫。』激厲寒畯，詞意肫切。」

福州西城外山上林氏祖塋有聯云：「一部《歸藏易》；千秋安樂窩。」人賞其工。近年林穎叔藩伯壽圖罷官歸，營壽藏於是，亦題聯云：「未知東越歸何傳；爲愛西湖買此山。」神味尤爲雋永。

福州西城外有一烈婦坊，聯云：「閨中人何謂未亡，要全了倫常大義；天下事最難一死，莫錯認夫婦癡情。」

福州街巷間惜字鑪聯句，多書「能知付丙者；便是識丁人」。質而有味。相傳爲孟瓶菴攷功所撰。

粤東俗尚乞巧。瓜果之外，兼設花卉、編織諸器，凡亭臺樓閣、几案盤盂之屬皆具。工精物麗，巧不可階。許賓衢廉訪嘗編花爲字，製一楹聯云：「帝女合歡，水仙含笑；牽牛迎輦，翠雀淩霄。」上署「七姊妹夜合」，下署「虞美人木筆」。聯欵俱集花名，工切渾成，見者莫不稱賞。

上海每届九月設菊花會於豫園之茶寮，品其高下，諸名士咸與焉。袁翔甫大令嘗題一聯云：「四座名花，難得品題盡名士；一甌佳茗，故應比擬似佳人。」見者稱其雅切。

余讌集不喜拇戰，亦不善拇戰。胡月樵觀察嘗誦一聯云：「倩人抓背，上些上些再上些；關癢處全憑自己；對客猜拳，著了著了又著了，真消息還在他家。」斯言雖小，可以喻大。善悟者與《孟子》「求在我」語參觀。

明福王時，馬士英用事，起逆案阮大鋮爲兵部侍郎，逼左都御史劉公宗周去位。比周固寵，政以賄成。有署士英門者曰：「兩朝丞相，此馬彼牛，同爲畜道；二黨元魁，出劉入阮，豈是仙蹤。」又榜兵部門曰：「闖賊無門，匹馬横行天下；元凶有耳，一人直入中原。」馬、阮見之，亦莫之怪。時事如此，欲國無亡，得乎？

明閹黨楊維垣好談時藝。戊淮安日，會試童子，大署其門曰：「授小兒秘訣。」夜半，有人續其後曰：「醫太僕官方。」楊見之大窘。見閻百詩《潛邱劄記》。

姜南《蓉塘紀聞》云：「正德中，以江都趙鶴爲山東按察司提督學校副使，政尚嚴厲，所至考校生員多所罷黜。衆議紛然，搢紳亦多厭之，竟以罷官。鶴去，以貴潮代之。潮亦風裁凛然。生員之傷弓者猶畏之。潮出巡至齊河縣，其分司壁間有題對句云：『趙鶴方翦羽翼；江潮又起風波。』潮見之，遂投劾歸。恐招怨也。」

陸敬安《冷廬雜誌》云：「秀水令某，初至頗著仁聲，士民獻匾云：『民之父母。』未幾改操，廣通賄賂。或題一聯於匾側云：『漫道此之謂；誰知惡在其。』後被劾去。」

鄭梅隱《醒睡録》云：「黄梅令某，以孝廉方正起家，而行實貪鄙。每出，必以『孝廉方正』牌爲前導。或貼聯其上云：『焉有君子而可；譬諸小人其猶。』」

陳鈞堂《郎潛隨筆》云：「道光朝，一翰林夙出陳文愨公官俊門下。文愨喪偶，翰林爲文以祭之，有『喪我師母如喪我妣』之語。翰林妻又嘗爲許文恪公乃普義女。有集成語作聯，揭諸門外曰：『昔歲入陳，寢苫枕塊；昭兹來許，抱衾與裯。』爲言官登白簡。」

同安秀才王海，訐孝廉吴江冒充舉人。自縣至府。知府錢某提鞫。江力辨其誣。海謂「果舉人必嫻文藝。請出題面試，則虚實立見。」守如其請，命退而候題焉。於是江乃許海千金，而以萬金爲贄，拜知府門下。知府因密搆一藝授江，俾面試時録以進。江見之失色，急叩頭曰：「師豈猶有所不足歟？何逼人之甚也！」知府驚問故，江對曰：「門生手中要辦數千金甚易，筆下要書數十字卻難。」知府爲絶倒。案既結，或揭一聯於府署頭門云：「豈有文章驚海；有何面目見江。」一時傳笑。事載葵愚老人《寄蝸殘贅》。余攷通志，國朝泉州鄉榜無「吴江」其人。此殆老人寓言。因其聯語頗巧，姑録之以助諧譚。

粤逆洪秀全據江甯。凡僞宫殿門聯，輒以「一統江山，滿朝文武」八字居首。有人續其下云：「一統江山，四十五里有半；滿朝文武，三百六行俱全。」上聯謂金陵外城南北里數也。語謔而碻。賊大索其人，不得乃已。歸化蔡竹銘茂才嘉勳嘗被擄至江甯，逃歸，爲余言「此其所目擊」者。

章有謨曰：「錢學士溥在京師時，除夜同沈大理粲在夏攷功愈宅作聯贈夏，倩沈書之，曰：『座上無氈，且喜身寒心內暖。』方搆下句，夏遽對云：『門前有粟，誰憐眼飽肚中饑。』夏清介而貧，其家對倉而居也。錢以米六十石贈之。」

顧丹午《雜記》云：「商邱宋牧仲犖撫吳，脩滄浪亭，作聯云：『共知心似水；安見我非魚。』一夕，或改『水』爲『火』，『魚』爲『牛』，以暗合公名。公聞之大笑，亟命撤去。」

《歸田瑣記》云：「京師浴堂門首聯云：『入門兵部體；出户翰林身。』蓋上句借音爲『冰布』，下句借音『汗淋』也。嘉慶乙丑，聶蓉峯銑敏以庶常改兵部主事。至己巳萬壽，聶復以撰進頌册賞編脩。有友人戲舉浴堂聯句贈之，人皆以爲巧合。」

程南《樵餘詩話》云：「汪瑟庵先生爲江蘇學政，例至金陵録遺才，撰楹帖云：『三年燈火，原期此日飛騰，倘存片念偏私，有如江水；五度秋風，曾記昔時辛苦，仍是一囊琴劍，重到鍾山。』道光初，某廣文以送考至省。故事：廣文送攷者，例向學使求所屬遺才一名。時沈小湖爲學使，一概謝絶。某廣文戲改前聯云：『三年辛苦，只求兩個遺才，倘蒙片念垂恩，感深江水；百計哀號，不管八棚伺候，拚著一條老命，撞死鍾山。』後學使亦微聞之，不罪也。」

余小霞應松曰：「湖南撫部某，初入境，有某來迎。談次，問『近有新聞乎』？猝不及對，乃曰：『惟有一對甚工。有縣令姓續名立人者，或戲之云：「尊姓原來貂不足；大名倒轉豕而啼。」』撫部一笑而罷。及到任，竟劾去之。實則令乃一好官也。」

校官署聯，如《冷廬雜識》所載孫廣文垣句云：「宦海風波，不到藻芹池上；皇朝雨露，也沾苜蓿盤中。」宋廣文成勳句云：「冷署當春暖；閒官對酒忙。」想見寒氈清況。又，李小巖孝廉言，其尊人題花縣學署云：「案上存三五卷書，雖學難博；年中食四十兩俸，不養而廉。」蓋謂校官稱「學博」無「養廉」也。語亦風趣。若傅芝堂廣文自嘲云：「百無一事可言教；十有九分不像官。」雖其句本於宋俞野雲桂英詩「百無一事身爲客，十有九分心在家」，然太自貶損矣。不若葉季韶舍人之寓諧於莊也。蓋舍人由舉人司鐸光澤，初至即榜一聯於署門云：「爵賞刑威，奉天子命；詩書禮樂，爲人倫師。」或問：「校官何處得爵賞刑威？」舍人曰：「操廩增附黜陟之權，歲舉其優者貢於朝，爵也。貧士有糧，月課有獎，丁祭有胙，賞也。士子惟校官戒飭之，州縣不得率加凌辱，刑也。排衙近文廟，坐堂即明倫，威也。子何藐視校官耶？」聞者乃大笑而退。

紀文達公在詞館，有京卿不願外放道員，貧病以死者，公戲爲輓聯云：「道不遠人人遠道；卿須憐我我憐卿。」又有撰道士娶妻賀聯者，得句云：「太極兩儀生四象」，而未有對。公爲誦唐句足之，云：「春宵一刻值千金。」亦謔而不虐也。

倪雲癯鴻曰：「曩聞潘、何二姓結姻，某賀以聯云：『有水有田兼有米；添人添口又添丁。』拆字殊巧。」

蕭山錢清高小樓觀察校前後兩夫人，皆陳姓也。其續娶時，仁和錢古坤學博堃戲製一聯云：「祇謂陳陳相因耳；卻喜高高在上頭。」可稱雅謔。

舊傳有人與友合作五十生日，撰聯云：「與我同庚，忝居三日長；得君知己，共作百年人。」語有風趣。近人閩縣林奎五茂才戲賀其友五十云：「二女二男，合成三個子；半睬半現，共算百年春。」尤令人啟顏。

程蘭畦晥《驚喜集》云：「趙右林言一對，乃明靖難時乞丐所作，輓被難者。奇崛可喜。句曰：『恭喜兩先生，有志竟成，斫節烈頭，剥忠義皮，快活極矣；可憐一乞丐，無家可宿，灑英雄淚，秉《春秋》筆，於戲哀哉！』」

程蘭畦晥曰：「嘗有屠而富者，已納粟矣。其父既没，開門延賓。或送一聯云：『此去定然成佛果；從今不忍過君門。』主人謂其情深，而不知上用『放下屠刀立地成佛』，下用『過屠門而大嚼』，皆隱切屠者也。」

劉三才孝廉華東有才而貧。一日，與友過財神廟，見香火甚盛，索筆大書一聯於神座曰：「昧昧我思之，傷者貧也；僕僕亟拜爾，彼何人斯。」見者皆失笑。

鎮平黃香鐵釗以縣令改官潮州教授，後升翰林院待詔，著有《白華草堂》初、二、三集。或撰一聯調之云：「七品八品九品，品愈趨而愈下；一集二集三集，集日積而日多。」語頗風趣。

宜黃符雪樵先生兆綸工詩善謔。有賈人譚碧山者，娶妾名琪花，甚寵嬖之。既而有娠，張筵召客，以誌夢蘭之喜。即席乞聯。先生集《詩品》贈之云：「碧山人來，幽鳥相逐；金樽酒滿，奇花初胎。」見者莫不叫絶。

《餘墨偶談》云：「諷世語以調笑出之，最易動人。記有合奉藥王、財神者，乞某名士撰聯。某立成云：『縱使有錢難買命；須知無藥可醫貧。』作相輕語，正兩相須也。閱者無不絶倒。」

《蕉牕雜記》云：「貢院舊有一聯云：『號列東西，兩道文光齊射斗；簾分内外，一毫關節不通風。』或減數字移用武闈云：『號列東西，兩道齊射；簾分内外，一毫不通。』殊堪噴飯。」

《春宵囈語》云：「一生員爲人代倩，事發荷校，百計求脱不能得。因訪健於刀筆者，苦祈之。其人曰：『此當以風雅動之。』於枷上書曰：『瓊林獨席。』又聯云：『坐破寒氊，從此漸入佳境；磨穿鐵硯，而今才得出頭。』『佳境』蓋借音『枷頸』也。學使見之，笑予省釋。」

《見聞隨筆》云：「某童，年八旬矣。學使詢以經傳，多不復記。有人嘲以聯云：『行年八秩尚稱童，可云壽考；到老五經猶未熟，不愧書生。』亦雅謔也。」

《笑笑録》云：「吴下繆心如水部五月入泮，是秋即聯捷。其童試題爲『夫人自稱曰小童』，鄉試題爲『君子不以言舉人』一章。有客賀以聯云：『端午以前，猶是夫人自稱曰；重陽而後，居然君子不以言。』可謂巧合。」

宋學博士琛曰：「甌甯黄雅南孝廉一峯才學敏贍，好滑稽。有遷居者，擕所蓄三犬四彘而往，乞聯。黄爲書句云：『居室同三苟；爲人合四諸。』人謂用《論語》《大學》語，而不知其借音『猪狗』以戲之也。」

黄秀才協塤曰：「有以貲爲部曹者，性鄙吝，衣履垢敝，見客輒道其窮乏。一日，丐人書春聯於寓門，一友見之，笑曰：『子素深藏，兹何忽以富户示人耶？』急出視之，則大書曰：『未若貧而樂；誰能出不由。』」

《燕臺花事録》云：「金谿朱春舫贈秋芙聯語云：『九串空花，春舫依然漆黑；三拳潦草，秋芙到處裝紅。』諧語殊堪捧腹。」

同邑章申甫丈安圻録示楹帖，有輓湖南詩僧嬾癡兩聯。一云：「曾選佛，亦選官，錫卓湖湘四邑，聲聞傳二諦；是詩僧，即詩伯，香分翰墨一編，清偈足千秋。」一云：「舊訪懶殘，聽相取十年，塵夢莫尋煨芋語；永懷齊己，問師稱一字，冷齋曾憶詠梅詩。」不知何人所撰。

葛壯節公雲飛官瑞安副將時，宗滌樓侍御稷辰贈聯云：「武穆兩言，不愛不怕；文成一訣，即知即行。」公嘗自以擘窠大字額其堂曰「威惠」，并書聯云：「持躬以正，接人以誠；任事惟忠，決機惟勇。」論者謂不負所言。

咸豐間，京師有名優周翠琴者，生於花朝前一日，以三月末卒。陸眉生給諫秉樞輓之云：「生在百花前，萬紫千紅齊俯首；春歸三月暮，人間天上總銷魂。」流傳禁中。

侯官林文忠公則徐在河工時，題所居室聯云：「春從天上至；水由地中行。」題客座聯云：「蘆中人出；河上公來。」又贈河丞張姓者聯云：「乘槎直到牽牛渚；載筆同游放鶴亭。」切地切姓，人咸歎其工妙。

俞太史樾曰：「同年應敏齋任江蘇廉訪，以署中楹聯無佳者，屬爲更易。輒以各聯貽之，亦未知其果用否也。大門聯云：『聽訟吾猶人，縱到此平反，已苦下情難上達；舉頭天不遠，願大家猛省，莫將私意入公門。』上聯乃舊句，下聯余所易也。又，便坐聯云：『且住爲佳，何必園林窮勝事；集思廣益，豈惟風月助清談。』又云：『小坐集衣冠，花徑常迎三益友；清言見滋味，芸牕勝讀十年書。』」

後敍

從兄䅻青先生績學負才，困於下位，不得展其用。遂潛心著述，別具千秋。博極羣書，無不探討。尤精考訂之學，而職事仍無偏廢。生平丞、簿、尉三涖其官，遇屈抑無告，輒宣達以直其情。歷訪忠孝節烈湮没不聞者，爲撰傳記表彰之。廳事盈列縹緗，寢饋其中，寒暑無閒。性廉介，尤憎奔競，杜門吏隱。雖宦況瘠苦，澹如也。昔崔斯立丞藍田，日哦松下。兄殆流亞歟。嘗勗都人士敦品勵行，講求根柢之學。以故宦轍所經，士林懷之。僉持詩、古文辭相就正。其任宜蘭丞，僻處海外，慨文士僅攻末藝，樸學闃如，乃搆擘經精舍，廣置經史，定其課程，厚其廩給，使生童砥礪實詣。未數年，獲雋、食餼踵相接。不甯唯是，向之爲刀筆生涯者，月得所資，身家足贍，爭自濯磨，廉隅頓飭。夫小試行道之端，已著成效若此，苟得充其量，則大用大效，其措施必非如庸吏爲者。惜乎長慶老郎，官階終矣。乃遇既迍邅，復遭家不造，奉諱旋里，遽歸道山。屬纊前夕，以所箸《退閒隨筆》、傳記、事畧、《楹聯新話》等書畀余校刊。兄之學行，固嘗師事，義不容辭。惟名場屢躓，譾陋寡聞，不克揚兄之名，傳兄之業，爲疚心耳。顧他集尚煩辜較，而是書已具梗概，遂先付梓。其體例與梁氏《叢話》相似，別類分門，編成十卷。或謂蒐輯不敵梁氏之富，且有見載於《叢話》中者。抑知彼居高位，多臨涖，聲應氣求，副墨充至。兄則柳下卑官，限於方隅，僅據耳目見聞、友朋傳述。然傑搆佳聯網羅亦備。況精擇詳語，間附考證，從事鉛槧殫十餘載，始裒然成集。視《叢話》如驂之靳，夫豈有所不逮耶！至重見各條，乃糾正之，非掠美也。若夫「錫、錫」「根、銀」，校字疎譌，實余淺學不文之咎。尚望大雅君子惠而教我，則幸甚矣。殺青斯竟，爰贅數語以誌鴒原之痛云爾。光緒癸巳孟春既望，受業弟鴻頡謹敘。